中国诗歌研究动态

第二十三辑·新诗卷

主　编　赵敏俐
执行主编　孙晓娅

教育部人文社会科学重点研究基地
首都师范大学中国诗歌研究中心　主办

学苑出版社

图书在版编目（CIP）数据

中国诗歌研究动态．第二十三辑，新诗卷/赵敏俐主编．—北京：学苑出版社，2020.6
ISBN 978-7-5077-5952-5

Ⅰ．①中… Ⅱ．①赵… Ⅲ．①诗歌研究–中国–丛刊 ②新诗–诗歌研究–中国 Ⅳ．①I207.22-55

中国版本图书馆CIP数据核字（2020）第096872号

责任编辑：	李　耕
出版发行：	学苑出版社
社　　址：	北京市丰台区南方庄2号院1号楼
邮政编码：	100079
网　　址：	www.book001.com
电子信箱：	xueyuanpress@163.com
销售电话：	010-67601101（营销部）、010-67603091（总编室）
印 刷 厂：	北京建宏印刷有限公司
开本尺寸：	787×1092　1/16
印　　张：	29.25
字　　数：	458千字
版　　次：	2020年6月第1版
印　　次：	2020年6月第1次印刷
定　　价：	146.00元

编 委 会

主　　编：赵敏俐
执行主编：孙晓娅
编　　委：（按姓氏笔画为序）
　　　　　　王光明　王兆鹏　方　铭　左东岭
　　　　　　刘福春　李昌集　吴伏生　吴思敬
　　　　　　吴相洲　林　莽　施议对　钟振振
　　　　　　钱志熙　徐　炼　黄卓越　蒋　寅
　　　　　　蔡　毅
本期编辑：马富丽　韩文秀

目　　录

女性诗歌论坛
写作困境与突破路径：女性诗歌写作的主体自觉
　　　　　　　　◇孙晓娅（主持）　李湘宇（整理）/1

论文索引
2018年新诗期刊研究论文索引　◇郭紫莹/22

诗集与史学论著叙录
新诗著作书目（2018）　◇刘福春/90

书　　评
重新审视中国新诗与现代历史
　　——评张洁宇新著《民国时期新诗论稿》　◇潘俊宇/113
神谕的再审视
　　——《远方的缪斯与诗感空间》序　◇王朝军/121
批评的视域与责任
　　——读《小海诗学论稿》　◇李德武/123
一部没有学术腔儿的诗学手记
　　——评安琪新著《人间书话》　◇宋春香/125

郑敏先生百岁寿辰致敬特辑
"郑敏先生百岁寿辰致敬特辑"编者按　◇孙晓娅/135
《郑敏文集》总序　◇吴思敬/138
论郑敏的诗学理论及其批评　◇谭桂林/154

20世纪90年代的中国十四行诗：郑敏的《诗人与死》

◇汉乐逸（原著）　章　燕（翻译）/167

驻校诗人研究

灯灯：叙述的迂回和曲折　◇阿　华/193

从鸟儿开始说起

　　——灯灯诗歌印象　◇陈　亮/198

一盏点亮自己，一盏照亮别人

　　——试述灯灯诗歌中"亲人般的关注"　◇谈雅丽/202

春天变奏曲

　　——灯灯诗歌小析　◇李佳悦/209

在生活中感召诗意

　　——评灯灯的诗歌　◇朱　瑜/214

驻校诗人讲座

一个人的诗歌史——诗歌发展之我观　◇祝立根/229

诗选现场

一本书的广阔天地

　　——《北漂诗篇》（第一部）代序　◇师力斌/238

"我希望做一盏暖色的灯"

　　——《北漂诗篇》（第一部）后记　◇安　琪/240

《北漂诗篇》（第一部）目录　◇师力斌　安　琪/243

波澜壮阔的裂缝：作为一种边地概念的女子诗歌

　　——《内蒙古女子诗歌双年选》的书写价值综述（代序）　◇赵　卡/249

一切才刚刚开始

　　——《内蒙古女子诗歌双年选（2017/2018年卷）》编后记　◇火　马/255

《内蒙古女子诗歌双年选（2017/2018年卷）》目录

◇《诗歌双年选》编委会/259

一种精神　水滴石穿

　　——《2018中国散文诗精粹》代序　◇王泽群/271

大戏，开始上演……　◇何敬君/274

《2018中国散文诗精粹》目录　◇熊　亮/276

一本诗选的出色，可归结为一种广义的成功的批评　◇戴潍娜/284
就像拥有一间自己的房间，女诗人也应该有一本自己的诗选　◇施施然/285
《中国女诗人诗选2018年卷》目录　◇海　男　施施然/288

学术研讨会综述

寇宗鄂诗歌创作研讨会综述　◇张凯成/304
首都师范大学驻校诗人灯灯诗歌创作研讨会综述　◇张　颖/310
《中国新诗总论》学术研讨会综述　◇徐　晓/317

研讨会录音整理

记录新诗百年　赓续五四精神
　　——谢冕、李红雨做客第29届书博会"红沙发"访谈实录
　　◇宁夏人民教育出版社（整理）/323
谭五昌《在北师大课堂讲诗》（五卷本）学术研讨会录音整理
　　◇任美玲（整理）/330
"贵州诗歌的当代性"研讨记录　◇梦亦非（整理）/360
《卧夫诗选》首发暨卧夫诗歌研讨会录音整理　◇安　琪（整理）/368

诗歌活动通讯

首都师范大学驻校诗人灯灯对话会在京举行　◇梁　莉/398
西南交通大学段从学教授在首都师范大学举行讲座　◇朱　瑜/399
"百年新诗学案"第二次课题组会议在京召开　◇张凯成/401
百年回望：《中国文学研究论著汇编》出版座谈会在京召开　◇王　梦/402
河北师范大学宫立副教授在首都师范大学举行讲座　◇南　烛/404
首都师范大学第十六位驻校诗人入校仪式在京举行　◇李佳悦/406
上海大学曹辛华教授在首都师范大学举行讲座　◇望　月/408
首都师范大学驻校诗人祝立根在首都师范大学举行讲座　◇瑾　瑜/410
台湾大学洪淑苓教授在首都师范大学举行讲座　◇南　烛/412

新诗纪事

2016年中国新诗纪事　◇李润霞　薛媛元/414

写作困境与突破路径：女性诗歌写作的主体自觉

主 持 人：孙晓娅教授
整 理 者：李湘宇
时　　间：2019年11月19日
地　　点：北京

孙晓娅：大家上午好。来参加本次会议的多是近年在中国当代诗坛非常活跃的女诗人，而且这一两年均有诗集出版。这次我们有幸邀请到美国女诗人、翻译家徐贞敏参加对话，她的加入扩展了我们研讨的国际空间。"写作困境与突破路径：女性诗歌写作的主体自觉"，是我们对话的一个切口，借由这个议题，我们共同反思个人及女性诗歌写作中存在的问题以及突破的路径，话题可伸可缩，希望大家自由恳切地交谈、抛砖，无所顾忌，因为这是开给我们自身的一次研讨会。

徐贞敏：非常感谢孙晓娅教授能够给我这次机会，让我能够在此聆听大家的经验。全世界女诗人聚在一起的机会并不多，我参加过很多诗歌会议，与会的大多是男性，少数诗写得很好的女诗人只是以"美女"的身份做陪衬。所以，女诗人之间的真正交流是极为可贵的。非常期待大家的发言，让我们共同进行一次心灵的沟通。

孙晓娅：贞敏犀利地指出当下国际诗会中存在的普遍问题，女诗人国际化地被习以为常地作为摆设和色彩调料剂，这是女诗人处境和身份的尴尬。我更为关注的是女诗人自身创作的困境以及突破的路径，希望大家畅所欲言。

吕约：首先谢谢晓娅组织这次活动。和女诗人在一起，使我感到自由。在我们中年之时谈起写作的困境，自然就会回顾来时路。但丁《神曲》的开头正是如此，他在人生的中途走进一片幽暗树林，母狼、豹子等怪兽包围着他，于是，他从中开始重新探索，寻找新的道路。

当然，他很幸运，碰到了他所尊敬的诗人维吉尔以及女神，他们引导着但丁经历着地狱与天国。

现在的我们比他更孤独，我们没有一个无条件信任、全身心爱慕的女神来引导我们走出树林，与但丁所在的古典时期相比，信仰的力量在当代更显微弱。那带领我们走出黑暗与迷途的肯定性力量在哪里？于此，文学生命的困境与自然生命的困境是类似的。首先，父母给了我们一个自然生命，随着年龄的衰老渐渐衰落。而文学的生命，则是从我们开始用词语尝试写作开始的。我们由此赋予自己一个文学生命，这个生命与自然生命一起在成长，关系密切。自然生命在最衰弱的时候，也许文学生命反而很强劲。文学生命是对自然生命的一个拯救，这是写作的一个基本意义。我曾经听到很多诗人，特别是女性诗人问："为什么你要写作？写作的意义在哪里？"我的写作不一定能够对世界产生什么意义，但是对我个人的生命来说却是至关重要的，对女性来说尤其强烈。

结合我个人创作的经验来谈，我刚开始写作的时代并不是特别诗意的。1989年我进入华东师大上学，这是一个特别美的校园，同时也赶上了80年代中国文化黄金时代的尾声，理想主义洋溢其中，我们是在一种美的氛围里长大的，如同成长在《红楼梦》的大观园里。在夜晚漫游，在草地上写诗唱歌……我们从之前"文革"的禁锢中恢复了自由，发现了自我主体的重要性，个性充分地成长。

那时候校园里有很多诗人，但是我并没有开始写诗，因为生活本身就像诗一样。真正开始写诗的时候，是人生最低落的时候，我毕业以后跑到了陌生的广州，想到改革开放的前沿去看看中国到底在发生什么变化。

我1993年毕业，正好是邓小平发表南方谈话的第二年，也是中国市场化开始的时代。但这恰恰是传统文人最失落的一个时代，知识分子纷纷下海。我在广州郊区的一个中学当高中英语老师兼班主任，天天带着学生上课做操。去了以后，20岁的我感觉到理想跟现实的差距，好像林黛玉从大观园离开，进入了一个特别的世俗社会的里面，所有人都在挣钱，我发现文化、文学在彼处毫无意义。

在矛盾中，我的写作就开始了，那是我小小的生命的第一次低潮。我所住的青年教师宿舍，有一个长长的走廊，每个人的门口都通向走廊，对着门口的铁路桥，从南方到北方的火车一直呼啸着。那个时候坐火车是不容易的，火车代表远方，我每天都想：我什么时候能坐火车逃跑？离开这该死的地方！

我就搬了一把椅子当成桌子，坐在那里写了我人生的第一首诗，叫《在南方幻想南方》。我生在南方，实际上我希望自己通过语言来重构一个"南方"，其中有很多真实性的因素，这才是我理想的家园，这就符合鲁迅所引的日本的厨川白村的话："文艺是苦闷的象征。"

对我来说写作并不是因为幸福，诗歌不是生活，生活才是诗歌，你想要在生活中创造诗意的时候就会发生的，是自我受到外部世界的挑战的时候，整个外部世界要否定文学的时候产生的，实际上就是自我跟世界搏斗的过程。自我有多强大，在和外部世界的搏斗之后，就会越来越强大，最后到了无论外部世界再怎么变化，自我心中坚定的东西毫不动摇，这是写作赋予我们的意义。文学生命是通过写作创造的，与自然生命相伴成长，但同时也存在着张力。

生命亦如此，女性特别容易对衰败敏感，你变老了，有了一根白发，有了皱纹，会非常在意。究其原因是女性无时无刻不处在男性眼光的包围里，用男权文化的标准来塑造自己，才会焦虑特别多，担心自己会过气。70年代，我们这一代人刚刚登上诗坛，可能占了年轻的一些便宜。但是历史的自然规律是很残酷无情的。80后、90后甚至是00后等诗人如雨后春笋，如果仅仅是在短时间的维度里面跟别人去竞争年轻新鲜，已经没有意义了。

人生有多少困境，写作就有多少困境。每个人都经历了不同的危机，有心灵死亡的时刻，如同自然生命有生机特别充沛的时候也有死亡的时刻。然后在死亡的边缘，又获得再生的力量而复活，西方是特别强调这一点的，基督被钉上十字架之后能够复活，而在中国文化里只能依靠顺其自然的老庄智慧。而个人怎么能够去再生、去复活？写作也如此，倘若突破，无论是从深度而言，还是广度而言，都会上一个台阶。

对我来说，写作的轨迹是和时间与空间交织在一起的，从南方到北方变成了一个分水岭。我大学是在南方读的，大学毕业后也在南方度过了10年时间，南方跟北方相比，是截然相反的两种文化。王国维《屈子文学之精神》认为，北方的文学是以情感见长，南方的文学则是以想象和理智见长。从《楚辞》一直到《庄子》都被认为是南方的传统，想象力特别的丰富，有浪漫主义的因素；但同时理智特别发达，思辨性很强。我自己的经历恰恰符合王国维对南方和北方的分析。

作为一个知识分子，在广州不会有任何的精英的幻觉，在《在南方幻想南方》的写作中，我自己通过词语建构了一个南方，将自己打回原形，成为一个普通人，面对的是日常经验不断的变化。相较北方的稳定，南方的节奏特别快，南方人是以灵敏见称的，所以，当时我的诗歌中会有很多感官性词汇，理性思考不深入。2003年因为创办《新京报》到了北京，发现这里到处都是历史，宫墙院子散落其中，我沉迷于这丰厚的历史感。在北京，我不仅仅生活在当代生活变化的最前沿，同时跟中国最古老的几千年文明在一起，在诗歌中，历史感、时空感被打开了，视野更加开阔。《炸弹漫游》则是一个例子。我想象一个炸弹在当今世界上漫游，把这个炸弹变成一个人物，他看到了当代世界的危机。

总的来说，到了北京以后，我的诗一是写得更长了，二是更大了，更有现实关怀了。为我们所敬仰的古今中外的大诗人，都是民族重要的知识分子，塑造了民族的思想和感觉。感时忧愤是中国知识分子以及世界的知识分子的共有传统，在个人写作中，这也是一种新的力量和关怀，当把整个世界融入自我里面，自我的疆域就会不断扩大，这就是一种突破途径，也是生命自然走向深刻与丰富的过程。

除此以外，我还想谈谈我们共同面对的一个困境："当代文学中的反讽及其局限。"我们这一代诗人是在西方文化影响的过程中成长的，从波德莱尔开始，一直到奥登、布罗斯基这些人，他们给我们提供了现代的反讽艺术，我们的写作也从中受益。从北岛那一代朦胧诗人开始，无论是诗歌领域还是小说领域，比如20世纪80年代的先锋文学，从王朔开始，一直到余华、莫言，再到李洱最新的《应物兄》，都是以反讽来呼应现代经验。

但我们这代人到了此刻，发现仅仅有反讽是不够的，因为反讽它实际上就是一种否定，是对不合理、不理想的现实的一种否定，但是我们到底在肯定什么？读者对当代诗歌有不满，觉得阅读起来有隔阂，因为读者对诗歌的期待还停留在中国传统诗学的直接抒情上，但是当代诗歌的经验变得很复杂，我们无法直接地表达情感和观念，只能用反讽去表达。没受过专业诗歌训练的读者，就会有疑惑，这也是我们诗歌在传播过程中面临的一个困境。

但当理想和现实已经慢慢合一时，我们到底能不能够以一种肯定的力量来表达？实际上是需要向古典传统回溯，并重新来理解诗歌写作的。这是我们这一代人在经过了诗歌的启蒙和洗礼之后，可能要重新思考的一个问题，也是我说的反讽及其局限和困境的问题。

生活在这个世界上总有各种困境，不同时期有不同时期的困境，面对困境有不同的突破方式，大的突破是把世界融入你的生命，让你的自我不断拓宽，与世界慢慢和解，这是大诗人都会进入的境界。

从个人的文学观念切入，入世和出世的关系问题也是非常重要的。一方面，个人的写作要积极地跟世界呼应。进入现实的深处，词语才会不断地被激发与更新。但仅仅如此，你可能会被这个强大的世界所吞噬。所以需要有超越性的一面，对诗人来说，这是至关重要的。如何把现实感和超越性结合得更好，同时呈现为一首首的诗，这是我目前思考的问题。谢谢大家。

孙晓娅：吕约的发言风格很独特，一言以蔽之是幽微和宏深兼而有之。既有对个体写作经验的回顾，也理性地抛出写作中的关键性问题。就她提出的几个话题，我们也可以深入地探讨。比如，作为诗歌的信徒，我们写作的根在哪里？这确实是我们要扪心自问的一个问题。在这个问题上，吕约有对自身写作策略的思考，这是她进入自我剖析的一个途径，但是不一定适合其他诗人，我们每一个人探深和勘察自我情感以及内心空间的途径都会不同。

安琪：我跟吕约一样，都是从南方到北方，时间也差不多，我是2002年12月来北京的，但是我跟吕约的写作状态恰好是倒过来的，我反而是在福建进行宏大写作，到北京变成个人写作，现在基本是处在困境的阶段了。我在福建是以写长诗为主，20世纪90年代纸版本时代的诗人都知道安琪很能写长诗，有100多首，自己选了47首，2002年印了一本长诗选叫《任性》。后来到北京，2012年又印了第二本长诗选，叫《你无法模仿我的生活》。保留了福建《任性》的47首，加上到北京的一些放进去，总共80多首，现在正在印第三本，书名《未完成》，三本的书名都来自里面的诗题，目前正在校对。

多年的诗歌写作，我总结为以下两点体验。第一，写作可以总结为一个字："气"，要有"气"，"气"要足。"气"对一个诗人是很重要的，"气"包罗万象，愤怒的气、怨气、不平之气等等，有"气"力量就大。我们也知道氢气球，有气，才能够升腾起来，没气就瘪了。我在福建时气特别足，"气"帮我打开了写作的视野，犹如开了一个天眼。原来没有写作的时候，看到的只是一个平面的世界，而写作则让我看到了另外的一个世界，赋予了自己力量，看到了他人所看不到的世界。因为诗，我在福建的时候老觉得自己比别人厉害、超脱，觉得身边的人都很庸俗，还成天想着当大师。北漂前几年，这个气还在，叶匡政、老巢等老朋友都听过我说我要成为大师，成为中国诗歌界前十名等大话。经历太多事情后，我如今已忘记这些了，但他们会提醒我这些话。大概2004年，徐江请我吃饭，劝我："安琪，每个人都想成为大师，诗人都有这个情结的，但是不要讲出来。"他说你讲出来就犯了众怒了。现在我也讲不出来了，气弱了，也没有抱负了。

第二，要不安，不安分、不安心。我在福建时生活特别好，家庭美满，自己也是当地小有名气的诗人，担任漳州市作协副秘书长，市管干部、区拔尖人才、区政协常委等等。从世俗角度而言，也算是成功人士。前夫也是副科级的机关干部，在区级部门算很好了。但我总是不安，总是愤愤不平，觉得生活环境一片庸俗，非常压抑，非常憋闷。那时的我关注国家大事，在诗歌中常有体现，在《巫》里我写道，"中国，中国，你今天要把经济当枕头/把稳定当拳头"，时至今日，我们依旧强调稳定压倒一切，有经济才有高枕无忧的枕头，稳定才有拳头、有力量。写《九寨沟》的1999年，北约正在轰炸南联盟，我从新闻联播知道这事，义愤填膺，我于是在诗里写，"一个国家的军火在另一个国家发挥作用/一个国家的人民在另一个国家流离失所"，高度概括了战争的属性。在《巫》里还有一句，"航母可以把全世界的军事设备和野心装下/把战争运到四面八方"，诸如此类充满国际关怀的句子，那时候的写作有很大的抱负，有成为大师的自我勉励，对宏大叙事的关注，是在题材和写作方向上的自觉追求。

诗歌是语言的艺术，单讲究写什么不够，还需注意怎么写。刚才吕约说了西方的影响，我的写作也起步于对西方诗歌的阅读，主要是欧美现代派，以柔刚翻译的《西方超现实主义诗选》为母本，展开我新、奇、怪的美学旨趣追求。现在，我已经不再走超现实主义的道路了，但是能够打动我的，依然是具有超现实主义风格的诗歌。词与词、句与句之间的组织不合常理，不遵守语法规范，不遵守词性，这样的诗作总是令我怦然心动，因为它提供了新的想象和新的语言结构。

从大的分类来看，影响中国的外来写作模式主要有两类，一类是"俄罗斯模式"，苏联式的，一类是"欧美式"，我是属于后者。"俄罗斯模式"以情感取胜，情感博大，意境深沉，语言比较平缓，基本符合逻辑，营造出一种悲壮气氛；而欧美式的写作，语言另类、异端、前卫，大都表达非常自我、隐秘的人生经验。在中国整个主流层面还是认同俄苏模式，欧美风的写作基本还是属于被贬斥状态。

1998年在漳州南山书社，我很偶然地买到了庞德的《比萨诗章》，豁然开朗，原来，诗歌可以如此包罗万象。当时庞德被关在比萨监狱，于是开始写《比萨诗章》了。批评家杨远宏老师不喜欢《比萨诗章》，他认为庞德是一个精神病人，这是他的胡言乱语。但我认为这是一个人为了免遭记忆的遗忘与流失而写下的诗行。他在监狱里关着，没有办法与外界交流，为了免于失语、失忆，他就动用一切能力，去记录、去想象、去追忆。他在放风时，看到电线杆上站了三只跳跃的鸟，于是便写进了《比萨诗章》，"鸟在五线谱上弹奏乐器"。他从前的阅读与翻译经验，包括对中国古诗的翻译，都在《比萨诗章》中得到体现。

于是我明白，一首诗可以是无限的，这激励了我、启发了我。福建时期我那百来首长诗，用的就是《比萨诗章》的写法，形成了陈仲义老师说的杂糅、综合的写作风格。在当时，我们漳州诗圈很多人都读《比萨诗章》，但只有我能够受到影响，我把《任性》寄给西川时收到了回信，那封信我至今还保留着。西川也是特别热爱庞德的，他一眼就看出庞德对我的影响，他写道："我尤其认真读了你的诗歌。我发现我们两人在对庞德的兴趣上十分相似。这让我感到惊讶，因为一般女诗人都会躲开庞德的混乱。庞德对历史生活的任意切割甚至会令一些男诗人退避三舍。他对某些脆弱的诗歌灵魂会形成伤害。但你居然没有被他击倒！了不起！……"（2002年3月17日）说到底，一个人必须要有和庞德契合的地方方能接受他写作的启迪，那时我还是气足、火旺。一个人必须处于烈火状态，方能够燃烧万事万物。烈火的燃烧是没有道理的，一场火烧起来，可以烧毁一座城市，可以烧毁整座森林。这是烈火才能完成的任务，微火、温火，则没有这个可能，一阵风过来就能把微火、温火吹灭了。现在的我是微火、温火，就算知道庞德《比萨诗章》的写法也写不出熔万物的诗篇了。

由此我认为，青春是了不起的。青春是惊涛骇浪，人到中年它自然而然就萎缩了，生命就变成平静的湖面了。而惊涛骇浪才有力量，能翻船，能打碎天空的倒影，平静的湖面只能被动反映而已。我一直很喜欢青春状态，虽然我现在已经没有了。幸运的是，我曾经历了狂暴的青春、奋不顾身的青春、烈焰熊熊的青春。

我曾在福建做"中间代"诗歌运动，带着一股舍我其谁的勇气。在第三代跟70后中间的我们，难道就要被遮蔽？不！生于20世纪60年代早期的那批诗人，有机会参加第三代诗歌运动的"两报大展"，而中晚期则没有机会参加，但这批人却是整个20世纪90年代诗坛的中坚力量。因为没有统一的命名，于是这批人像群星闪烁在各自的省份。21世纪黄礼孩主编的民刊《诗歌与人》推了两期70后诗歌大展，70后浮出地表。但生于20世纪60年代没有参加第三代诗歌运动的我们怎么办？2001年，黄礼孩和我继续以《诗歌与人》的民刊推出中间代诗人诗选，中间代终于有了自己的"身份证"。

2004年在北京，我和远村、黄礼孩编辑出版了上下两卷精装《中间代诗全集》，中间代接续了第三代和70后中间的空档，历史的链条终于没有断裂，2005年洪子诚老师修订《中国当代新诗史》时，把中间代也写了进去。

回想自己的北漂，确实是因为长诗写作和中间代的顺风顺水让自己膨胀了，觉得漳州的天空太小了，我的翅膀很硬，要飞得更高，那就走吧。我们这一代人接受了20世纪80年代末国门大开西学涌进的热潮，有比较强烈的反叛意识和先锋情结，总想打破什么，北漂就是我打破既有一切的方式。2002年12月13日，我到达北京，像沈从文一样，一出北京西站，对着纷飞雪花的天空默默喊了一声，北京，我来了。谁知，来北京是从天空跌落到地狱，直接就面临了辞职和离婚，变得一无所有。我写过一首诗《像我这样的女人》，"回来还是离，你选择/我沉吟半晌，我只要维持""像我这样的女人/已经不是女人/已经不是你想要的女人/已经不是你能要的女人/已经不是我想做回、就能做回的女人"，工作和家庭的双重失去一下子让我恐慌无着，紧紧抱住朋友的公司不敢动。我在北京都是在诗人朋友的公司工作，公司不大，但很温馨，像家人一样。如果我要写北京的生活，我会按照每个公司的线索写下来：张小波公司，叶匡政公司，侯马弟弟公司，老巢公司，赵智公司。全部与诗人有关。感谢这些诗人老板提供我在北京生活的保证。虽然不富足，但还有一口饭吃，还有一张床睡。

那几年我经历了生命中最低沉的时光，地下室、筒子楼、蜗居都住过，情感也非常困苦，真是应验了我早年的一句诗，"明天将出现什么样的词"，每一个明天都充满生活的未知，能不能活下去都没有保证。所有的宏大想法都没有了，活着就是第一要义，从一个极端跳到了另一个极端。极端的人大都这样，不懂中庸。从福建的狂妄自大，到北京的活命就好，甚至都想到哪天活不下去了，跳河了事，跳楼怕痛，不敢。那时候真是太理解项羽不敢过江东的心情了。这段时光都记在我的北京十年（2003—2012）短诗选《极地之境》里了。感谢诗歌，充当了我情绪的出口，我真是把写诗当成记日记了，把《极地之境》读完，一个五味杂陈的我就站立在你面前。痛苦出诗人，一点不假，每天都有那么饱满的痛苦郁积在心，不写出就会崩溃。福建时期的语言训练使我基本能够准确表达出自己想表达的，至今《极地之境》依旧是我最满意的一部短诗选。对作家而言，苦难确实是财富。

  《极地之境》是一部非常个人化的写作，几乎可以说是百无禁忌的写作，一无所有的人是没有什么可担忧的，孤独无依的痛苦、遇到某段感情时的短暂欢乐，自暴自弃、自我励志、颓废、怨恨，都在。记得张清华老师读完《极地之境》后很幽默地说，看得出安琪在情感上"旱的很旱，涝的很涝"，可以理解为诗歌中情绪的汹涌或枯竭，也可以理解为个人情感遭遇上的悲与欢。我从来不否认"情"在女诗人写作上巨大的推助力，尤其反常规、意外、非理性之情，正因为反和非，你才会忏悔、恐惧和纠结，才能调动全身心的体验去书写，正常的情只会让你安稳，犹如前面所说的平静的湖面，力量不大。对于女性，青年时期遭遇"情"的机会较多，要抓住每一次触动，多写，中年之后，基本进入无"情"状态，一方面外来的诱惑少了，另一方面自己也不敢轻易动情，瓶颈的出现与此有关。当然，许多人会否定。但我相信自己的判断，反和非的情对一个女诗人很重要，它是女诗人写作相当强悍的内外燃点。

  我经常在想，如果在欧美，《极地之境》可能会引起较大反响，它太隐私、太个人主义，它只负责记录一个北漂女诗人艰辛的生活给她造成的情绪的波动，而无关一个伟大的时代。这样的诗作普拉斯写过，狄金森写过，但在中国，这样的诗作往往难登大雅之堂，你甚至都不好意思在台上朗诵你的孤独、你对爱的渴望、你得到爱之后的窃喜……种种个人化的东西在中国当代语境下都是羞愧的、难以见光的。我很少获奖，也很少在综述评论文章中被提及，这些，都与我的写作方向有关。我也认命，觉得很正常。

  2010年时我的写作瓶颈开始出现，北漂的苦都写了一遍，再写就是重复，突然间不知写什么、不知怎么写。幸好2012年我遇到了现在的爱人，结了婚，有了自己的房子，在北京，只要有房子，便不再漂。我松了一口气，一下子懈怠了，完全丧失了写作的斗志，突然间写不出来了。这让我非常焦虑。2012年我自印长诗选《你无法模仿我的生活》时写了一篇后记，《再出发，从漳州安琪开始》，说的就是如何解决瓶颈的问题。

在《再出发，从漳州安琪开始》一文中我写到了我向陈仲义老师打电话求教，陈老师认为，女诗人越是生活不顺越是容易出好诗。所谓"诗穷而后工"，我们活着的每一天都在印证古人的话。但我个人肯定不想回到不顺的生活，因此我想到了一个解决办法，读书。

2013年3—5月我在鲁院读书，借了好多诗集，改变此前完全依靠天赋和灵感写作的习惯，苦心构思，也写了20来首，但非常累。我以前的写作如有神助，经常只要敲打出一句话，后面就滔滔不绝一路写下，写得头皮发麻，后背汗毛直竖，看上去像巫师作法。北漂前期依旧保持这种好状态，动辄就要别人出题让我写并且都能写出。而构思写作是痛苦和劳累的，于是我开始尝试口语写作，好的口语诗在对现场的抓取和呈现上便捷、直接，令人回味。而我琢磨了四年，到今年才无奈承认，自己的口语写作不是成功的，于是回到抒情和意象上。

这中间我不断读书，每读一本就写一篇读书笔记，或长或短，迄今已写了420篇，2019年中国华侨出版社出版了我的读书笔记，书名《人间书话》，收入201篇读书笔记，对写作很有帮助。

这几年我恰好也有一些机会外出采风，它们也构成了我写作的另一个来源，每次外出回来，我都会很自觉地写一组诗，苦思冥想地用诗歌语言表达出来。很多人只看到我写得快写得多，却不知每一首我都是绞尽脑汁在写。读万卷书、行万里路，我又一次用行动验证了老祖宗的言论。跟《极地之境》相比，我现在的写作情绪化的东西少了，更理性，已从前期的天赋写作转向知识写作。我一直有一个观点，诗神喜爱年轻人。年轻人有一股朝气，有鲜活生猛的力量，青春逼人。诗神不喜欢中老年人的衰朽之气。人到中年，我们依旧需要保持青春之气，年龄与青春其实无关，"有的人一出生就老了"，有的人年龄很大了却还青春，我们要做永远青春的人，保持我们的血性、激情、柔软和对世界的好奇。只要我们的青春还在，我们的诗歌写作就不会衰朽，我们就能继续写出动人的诗篇。

读书、走向户外、保持青春气，这是我目前突破中年写作瓶颈的三个尝试。

孙晓娅： 谢谢安琪，她从婚姻和个体的生命经历来谈，让我们得以重新立体化认识生活中写作中的安琪，此外她提出了"中年女性在写作中应该如何寻找激情"的问题。接下来请寒烟发言。

寒烟： 曾有人在发言中说，写诗需要寻找激情，而我最深切的感受是，有些诗是命运给的，是冥冥的赐予，不是寻找能找来的。当然这类诗在一个诗人的写作中注定不会多，因为那些看似"得来全不费功夫"的诗句，往往是痛苦火山的爆发，是心血沸点的结晶。这样写作的代价实在太大了，有时候就像在地狱里走一遭那样。命定之诗是"要命的"。因为诗从天性和本质上来说是极残忍的，她那来自远古的野性和"巫"性，从未被越来越强大繁盛的现代文明所驯化，从来就需要高贵骨血的献祭。

命定性就是唯一性。她只属于你，属于你这样一个生命，你这样一颗灵魂。一个真正热爱诗歌、敬畏诗歌的人所能做的，就是多读书，多练笔，"时刻准备着"——当命定之诗来临的时候，能够以与之比翼齐飞的"巅峰"状态和纯熟技艺，更好地接住她。

说到"写作的困境"，我内心深处一下子涌起太多感触。其实"困境"一直与我的写作相生相伴，尤其是近些年来，人到中年后那些五味杂陈的纷繁感受，使我发现再像原来那样只写短诗根本无法容纳和铺展。可是长期以来，我已习惯于短诗那种瞬间爆发的节奏，怎么办？那段时间真是苦恼、苦闷极了，就像在隧道里摸索，看不到一丝光亮。但我最终还是下决心要把这个坎迈过去。最大的一个困难，就是长诗和短诗的节奏不同，于是我开始琢磨着如何调养一股更适合长诗的"气"，开始恶补那些曾被我长期忽略的关于自然、地理、历史等方面的书籍和纪录片。一个更深远的时空在我生命中敞开了。原来一些单薄、浅层的感受在咀嚼、反刍中不知不觉深化了，一些个人化的生命体验仿佛与一个更辽远、丰厚的精神世界相认、相融了，那些化入生命的知识点终于引燃了写作中不再单一的"爆发点"……

写长诗不仅需要养气，更要沉住气。尤其在当下这样空前喧嚣的浮躁中，不仅要沉住气，而且要沉到底。沉到底，才有可能触及虚浮泡沫下的真实和疼痛，才有可能捧出那压舱石般沉甸甸的诗篇。

谢谢大家！

孙晓娅：谢谢寒烟的肺腑之言。很多人都说寒烟是用生命写作，而"生命写作"并不是一个虚设的评定，因为只有走近她和她的作品时，才能够了解"生命写作"于寒烟是毕生的命题。她所言的命定之诗是生命中可遇而不可求的赐予，长诗写作中的困境既需要自我挑战，也需要岁月的积淀。我非常赞同她说的"触及虚浮泡沫下的真实和疼痛，才有可能捧出那压舱石般沉甸甸的诗篇"。

胡茗茗：非常开心有这样的机会和大家交流，我并不长于言辞，也很羡慕大家能够出口成章。曾有人把我的爱情跟写作能力挂钩，其实不是，我认为这两者没有必然的联系。只要是经历过的东西，无论是否还在彼时的激情与温度里，它都会伴随我一生的。而且这种力量，会让我一生都能够以此写作，这跟我骨子里是一个传统女性有关。我觉得经历过的东西，恰恰是最珍贵、最美好，最能给人持久力量的存在。

我比较懒惰，也比较简单。虽然一直沉浸在诗歌氛围里，但我与外界生活始终隔着一个玻璃罩子，没有特别深入的接触，但是我也愿意任性地把自己的隔绝保持下去。

我看到了很多女性的困境，比如说"性感的张扬与束缚""女性的包容与局限""身份的多重和拘泥""有限的自我和无限的外界"，包括家庭琐事、工作琐事、经济空间等等，这些都是困扰。

我的很多诗歌都是贴着皮肤的温度而写的，我对词语的捕捉建立在刻骨铭心的生命体验上，因此我希望这些词语是可靠的。可以说是疼痛感，使我们和优秀的诗歌相逢。我惊喜于语言带来的惊喜和错愕！我记录当下，是为了和过去的我做比较，和众人做比较，和历史做比较。现在的我通常会自觉写一些大于我的事物，尽量用有力量的细节去代替我说话。质朴一些，羞怯一些，将感知的界限放大一些，我希望这样。作品有很大的空间感和神性在，将人类远远推开，或者做有距离的注释和俯瞰。

我尽量做个有力量的女人，善于调剂生活，把生活过得活色生香。诗本身不仅是语言，不是经验，甚至不是抒情，它就在你想说又说不清的那一部分里，在你的心被扎疼的感知里，等着你被上帝选中做它的代言，我真想把自己过成诗的样子。

年至中年的我，希望给自己做减法，做简单的人，说明白的话，写直接的诗，并放弃了写作伟大作品的抱负。因为我意识到了自己私人经验中得到的真实与大历史中呈现出来的真实，有很大的不同。我找不到合适的写作形式来平衡，最终只能在矛盾的心态中放弃挣扎。

某种程度上，这是因为我们只能写自己能写出来的东西，而无法写自己想写的东西。在想写的主题和能写的主题之间是各种艰难的沉思，长时间的静默，甚至绝望，把自己交出去。具体到一首诗歌来说，更复杂的意义在于，我们对历史和现实的态度，不仅决定了我们写出什么样的文字，还决定了我们选择过什么样的生活。我有时候主动选择了更为艰难的一种，一个人要保持自我是多么困难，因为我也经常被诟病，我不关心人不关心真理，只关心到个别。我也只想把个别做到极致，并把这种个别的写作写到极致。

孙晓娅：谢谢茗茗呓语般的发言，如诗如随笔，而且，她自己的创作体验和写作精髓，都在呓语中完成。我在最初设定议题时，女性诗歌写作的内在空间问题，女性主体性的自觉，以及性别的主体性研究，一直以来都是学界关注的焦点问题。前面几位发言人都触及了，我们的讨论也进入一个新的阶段。接下来请大型女性诗歌刊物《诗歌风赏》的主编从女性刊物的编辑角度发言。

娜仁琪琪格："写作困境与突破路径：女性诗歌写作的主体自觉"，这个主题特别好，实际上是关于女性生命、性情和思想的一次深入对话。

每个人都有自己独一无二的成长史，现在我就回到一个编辑的身份上来谈。能成为一个编辑是命运安排的事情，这份工作训练了我的沟通能力，这也是我天生匮乏的。实际上我来到北京的第一个职业不是编辑，而是在图书公司做发行，这个工作与我的性情特别不符，因为我并不善于交流。但是，我需要养家糊口，所以我必须去做客户与公司的桥梁，最后，我把工作完成得非常好。

然而，这不是我想要做的事情。最理解我的那个人是我先生，他觉得我是个小女孩，一直没有长大，心中一直装着一个童话世界。一天，他在《北京晚报》的报缝里看到了《中国校园文学》招聘编辑的信息，就对我说："格格，我觉得你应该到这里去。"我说："为什么？"他说："你看校园文学就是跟小孩打交道啊。"于是我就去应聘了。《中国校园文学》要求编辑同时做好编辑工作与发行任务，这正是我的特长，在年终也拿了先进个人奖。《中国校园文学》磨炼了我六年的时间，我从一个普通的编辑做到了执行主编。

人生际遇中的变化，在我们看不到的去路上正在走向我们。2010年我迎来了命运中的一个节点，去了《诗刊》工作。我是认真对待每一份工作的人。同时，正是因为在《诗刊》的编辑工作，我有机缘认识了更多的诗人，对当下诗歌有了更深入的认识。

但命运又一次狠狠地推了我一把，2012年底，非常突然的一个事件发生了。我要离开我热爱的工作岗位了，在此前没有人告诉我。12月28日那天单位开了个年终总结会，而后大家都欢欢喜喜地准备过新年了，我自然也是欢喜的，计划放假了回老家过新年。然而，年终总结会一结束就有领导来告诉我说，2013年我不用来上班了。

编辑是走在时间前面的人，在这个时候，我手上备下的通过了终审的稿件是三期杂志的量，在2012年我不仅做编辑工作，还兼职负责一些活动上的事务性工作，经常是别人都下班了，我还在工作，很多的周六、周日也在一个人悄悄地加班。而年底了拿奖金的是别人，两手空空离开的是我。我说："没关系，结束的时候正是开始。"

这个事件使我对人生、对世界、对生命，有了更深入的思考。一个掉入深渊的人，他要寻找的首先就是光明，我如何寻找新的开始？

我想，我做了这么多年的编辑工作，对女诗人有很好的理解。同时我自己也是个女诗人，所以能够切实理解女诗人面对的困境和生命的那些挣扎。是的，我理解，我了解。我理解女诗人就像理解自己，了解女诗人也一如了解我自己，我因为爱惜自己，而爱惜女诗人。正是这个时候，我就选择了做女性的诗歌刊物，把它命名为《诗歌风赏》。

接下来考虑的是怎么样把这个平台搭建起来，所以在很长的时间里，我都在思考栏目的设置。我一直认为女诗人是跟诗神最接近的那个人，她们天性敏感、细腻，有着丰富的内心世界。很多女诗人具有多方面的才华，不仅会写诗，还会画画、弹琴、舞蹈，还有的会写戏剧，于是我设置了一个展示女诗人多方面才华的栏目——雕塑，在这个栏目里，绘画、摄影、戏剧舞台，色彩艺术显得尤为重要，因此我决定，这个栏目用16个页码的彩色来呈现。

很多女诗人，像我自己，天性就不喜欢说话，人生过往中积累的一些思想、经验，轻易不会说出来的，这些思想与经验又太宝贵了，于是，我就设置了一个访谈栏目——煮酒，邀请一位懂得她的女诗人来与她青梅煮酒，这是一个自然表达与流露的过程，泉眼一经被打开，便涓涓流淌了起来。

其他栏目的设置我当然也都是非常用心的，包括在代际上，如何相互传承，这也确实是诗歌生长态势的一个自然现象，犹如四季的更迭与因循。包括还有一个关于外国女诗人的栏目——采玉，这也是一个很好的专栏。在阅读《诗歌风赏》，欣赏我们中国女诗人的作品的时候，读者也能欣赏、了解到国外优秀女诗人的创作状态。由于时间的原因在这里我不能逐个介绍。《诗歌风赏》做到如今已经 24 卷了。我在创刊时就想，如果我能做得久的话，每一个栏目都可以成为一本书，呈现出我们当代女诗人的创作势态。

我在做编辑工作的同时，并没有耽误写作，我是一直在心里点灯的那个人，为自己点灯，为家人点灯，照亮自己，也希望去照亮别人。这个世界已经有很多苦了，我要拿出美好的东西，让人看到，在这个世界可以活得很美好，困境是可以走过去的。

所以在《中国校园文学》做编辑的时候，我的诗歌都是在夜晚两三点钟的时候完成的，因为平时没有创作的时间，我只有把一些书摆放在临近我睡觉休息的窗台上，我晚上把大脑清空了，然后等待着诗神来唤醒我，突然一句话迸发出来的时候，我就马上把灯打开，顺手摸到一个本子记下来，这就是一首诗的开始，很多诗歌都是这样来的，在梦境中蹦出一句话，而后顺着写下去。半夜的时候我经常会泪流满面，因为想要的那个世界和面对的世界，它一直是冲突的、对抗的。

在平静的生活表面，我的灵魂在抗争，我需要在另一个时空中完成自我。我要与万物对话，要与那些微妙的生命对话。正是这样的一种状态中，确实我能写出一些很有思想性的东西，在《中国校园文学》工作的那段时间，我写了《我有我的九万里山河》《窠臼》《戏剧性》《众生相》。在《诗刊》工作的那段时间我写下了《礼物》《雪夜》《自白书》《漫漶》。这些都是在人性和社会性这种碰撞和剧烈冲突的过程中，在挣扎、对抗的过程里写出来的作品，当然也有一些对美好寄托的作品。

在 2013 年 1 月 4 日凌晨 3 点，我写下一首诗中最后的一句话："我说：结束的时候，正是开始。"这首诗叫《风中》，后来赢得了很多人的喜欢，那一年我还写下了《佛前》《佛乐里》，那段时间我更好地从信仰中获得了力量。我一直觉得好多东西不是我们刻意去做的，而是在你的生命的节点上，它来找到你。当然，这需要我们经过长期的写

女性诗歌论坛

作训练和阅读的积累，在滋养的过程中，让它成为一种生命的泉源和一种巨大承受的力量。当神秘而来的事物找到我们的时候，我们恰好接住了。所以，我早已释然，对一切充满感恩，感恩一切力量的成全！包括迎面而来的不想接受的以及命运中的深渊。

我是特别热爱自然的人，对花草树木都特别喜欢。我突然会被小鸟叫醒，这就是一首诗的开端，会被水流的声音激发，灵魂开始远行。我曾做过梦，山谷的回音在对话，是浩荡、奔涌、澎湃、壮阔的，在梦中我就觉得太好了，这不仅是一首长诗，而是一个诗剧，可惜那天我太累了，没能起来，醒了之后一句话都找不到了。

因此，在自己创作的过程中，我很好地理解了女诗人们的状态。同时，在编辑女性诗歌的时候，经常相逢心灵的碰撞，我们女诗人的才华是上天给予的，每个人都是天使，都有自己最独特的部分。就像上苍分配给每个人一块自留地一样，你把这一块种好，只要种自己的特色，那么你就是最好的。其他的树木丛林、自然山川都是风景，只要你在其中，你就是最优秀的。

孙晓娅：谢谢娜仁给我们如此详尽真切地分享她作为主编的经验经历，丰富了我们话题的面向。接下来请扶桑和碧微两位发言，她们两位目前创作态势非常好。扶桑善于处理日常碎片中灵魂的触动，在诗歌技法上善于峰回路转，碧微是多面写手，才华横溢。请谈谈你们在写作中的身份和角色的调整与超越。

扶桑：谢谢晓娅邀请，我是被议题吸引赶来的。

有的诗人出去开会或旅游几天，就能写出很多诗，这是很大的能力，我不行。对我而言，外部世界的事物，无论是一棵树、一朵花，都要内化为我心灵世界中的一部分，有痛楚、有温度、有感情，我才可能会写。否则的话，我动不了笔，写它和任何人写它，既没有任何区别，也传递不出任何独特的东西，只能流于表面。

我是属于生活完全被职业吞噬掉的那类人，生命中 90% 的时间是必须为职业服务的，永远处于一种在加班加点的状态，而且没有节假日。所以，我跟大自然接触的时间是极其少的。听到布谷鸟叫了，我才知道春天来了。我每天上班路过一家院子，里面有一株非常小的小桃树，就像一个发育不良的幼儿一样，很细的小桃树，只能开几十朵小花。我一看到它开花，就知道春天来了。我的春天只有布谷鸟的叫声和一棵小桃树。这棵小桃树我后来也写入诗中。这就是对我的现实生活的真实写照。

我对生活的广度缺乏认知，只能接受自己的局限性，不断向内心世界探寻、挖掘。不过，这也奇怪地契合了我一直以来的诗歌观：诗歌乃是一种心学。

我赞同寒烟讲的命定之诗。一个诗人在最好的状态下，只能完成他的一半，另外一半是由不可知的力量完成的。诗人能做到的就是多读书，多练笔，多到外面看看。多思考女性情感的问题，也是非常重要的，确实，我们女性的写作和男性有很大的差异，其中，情感这一部分是支柱性的存在。但是与什么样的人发生什么样的情感遭遇，这是命定的，也是不可知的。

现在我再讲外部空间和内部空间。我的职业导致我丧失了外部空间的广阔性、丰富性，我就只能向内心的领域走。晓娅刚才讲我的诗歌中有突然的一转，其实都不是有意处理的，我没有受过任何专业训练，也没有任何文学理论的知识。我小时候的第一个理想是想当画家，但我从小就喜欢文学。为什么突然想读诗呢？这是我生命体验的一个开端。我15岁那年突然喜欢上一个老师，是小女孩对老师那种暗恋，也不敢表白，很羞涩，也不敢说。但是，内心中突然有了非常多的感受和话语，但不知道怎么样去表达，那时候突然就想读诗了。

但是那时候也找不到新诗读，我就从我爸爸的书柜里找唐诗宋词开始读起，新诗是过了几年之后才读的。我早年在江南生活，后来我又搬到了河南，始终处于一种非常孤独的状态，诗歌就是唯一的陪伴者和对话者。喜欢的诗我会反复读，我诗歌的全部技艺是在阅读中无意识习得的，不是有意分析或者研究得到的。有些我特别喜欢的诗人，每隔几年我都会重读一次。

其实我的写作困境，就是我的人生困境，我始终摆脱不掉职业对我生活的那种吞噬。我的职业会把人异化成一台争分夺秒、高速运转的机器。我只能用生命中残余的碎屑时间来读书、思考、写作，只有这时，我才能像一个人、一颗心那样地去感受和生活，我很少去写外部世界的最重要的原因，就在于此。我无法去写我不熟悉的、并非真正懂得的东西。从2012年之后到现在，我的写作处于一种止步不前的状态，我长期以来生活的地域，是一个卡夫卡式的地域，它给我的精神上造成了极度的沮丧感。有一年我甚至不看任何诗歌，对诗歌都无动于衷。后来有一次唐不遇给我寄了他的诗集《在世界的右边》电子版，我看了以后非常激动，为我们中国的年轻诗人而振奋，然后重新恢复了对诗歌的热情。

对我来说，我在写一首诗时，从来不知道它是单首的诗，还是会成长为一个组诗。只有在写作过程中，如果发现我写完之后还有话说，才会继续写下去，使它成为一个连贯的主题，这时候，组诗出现了。短诗可以自己呈现，但长诗不是，你一边写它，它一边在成长出来。有一次别人问我："你这个句子怎么写出来的？"我说它自己蹦出来的。

我的诗中所出现的每个重要的词，都不是无缘无故出现的，一定是它跟我的生命状态发生了直接的关联。就像我写死亡，这个主题比较密集地出现在1998年、1999年，那时我经历了重大的内心之死，用了10年时间，我才把死亡的意念摆脱。我写这个主题，是因为我需要从中解脱出来。

我为什么偏重于俄罗斯诗歌的理念谱系呢？一个人喜欢什么样的诗，写什么样的诗，最重要在于寻找的目标。我从诗歌中要寻找的不是语言实验，而是诗歌对人类心灵的抚慰与救治，这是诗歌最本质的存在。因为我在生活中既没有朋友，也没有老师能指导我，连阅读都是非常滞后的，只有自己默默地独自生长，所有痛苦的经历都要靠自己心灵的力量去化解，于是那就会发现自己更加需要诗歌的抚慰能力，而不是语言实验。

杨碧薇：晓娅老师说让我从自己的身份转化的角度来谈一下。我之前出过《坐在对面的爱情》，但是后来没有出过诗集，中间出过散文集，接下来要出一个学术批评集。

我从两个方面谈，一是我的地域身份，二是我的文化身份。我出生在云南昭通，家庭独特。父亲家这边，祖籍江西，雍正年间到了云南。到现在家谱一直没有断，一直和江西的亲戚保持密切的联系。我爷爷家到云南之后，参加了洋务运动，兴办实业，家境殷实。所以我爷爷在民国年间就接受了良好的教育，不仅会英语，还会俄语。

而我外公则出生于一个江湖家庭，祖籍湖北麻城、孝感一带。"湖广填四川，麻城占一半"，我外公家最早"填"到的地方最开始属于四川宜宾，后来重划行政区后属于云南。外公是跑江湖的袍哥。有些资料中说晚清时，四分之三的四川成年男性都是属于袍哥会的。我外公平时在马帮工作，到处赶马，也曾在茶马古道上卖鸦片。

我外公家和我爷爷家本是两个非常不同的家庭，但在1949年中国阶级打破重组之后，他们两家就都成了市民家庭。我父母则在这样的一个历史背景下结合，生下了我。到北方以后，很多人都说云南是非常闭塞落后的，但我们家在云南是特别先进的。1998年，我们家就买了电脑，爸爸开始编程，并做游戏给我玩。同时，因为家里藏书非常多，我可以自由阅读，所以从没闹过"书荒"。父母也会引导着我阅读，所以我小时候阅读了大量西方文学名著。

到了中学之后，因为看的作品比较多，我开始好奇怎样解读作品，所以开始阅读理论。理论对我的人生非常有益，我中学的时候是个叛逆少女，但因为有理论的支撑，所以我能够理智地面对，并没有完全放飞自我。

在我小时候，云南是一个相对独立的地方，它并没有过多地受到沿海市场经济的冲击，依旧保持着自己的文化逻辑，即非汉人中心主义的逻辑。我们并不处在汉文化中心的地带，在我们家乡就有苗族、彝族、壮族、汉族等不同民族。且由于我父母的教育也偏西化，所以我并没有受到太强烈的汉文化中心主义的规训。我所接受的价值教育，是多民族的、多元化的。因此，在我开始写作的时候，也没有"中心"的意识，在别的人看来是一种边缘化的写作。我到了北方之后发现，很多人有统一的内在价值标准。从诗歌的写作而言，表面上是多元化的，但是大家内心深处还有一种集体无意识，这就导致了一些人的诗歌趋同性非常强。

来到北方后，我才深刻地体会到南方和北方是两个完全不同的世界。在小时候的我看来，云南才是真正的南方。在我们的视角里，地图上的江浙一带都太靠北了，"南方"的思想贯穿着我的写作。同时，除了文学之外，我也喜欢从美国发源的摇滚乐，所以美国当代文化给我的影响可能远远超出了中国古典文学，我也需要在古典文学上好好补课。

我五岁开始写诗，但并没有严肃对待，也从未发表。直到二十四五岁的时候，我才开始正式发表诗歌，意识到写作是我灵魂的出口。与此同时，在文学创作上，我认为要打破学院化的条条框框，以及其他任何自称的"中心主义"加于个体的外在附加值，要从写作中去辨认个体。在现代社会里，我们每个人身上都有很强的集体无意识，倘若要从中辨认自己，只能通过独特的写作。如果不能，那么对自身的辨认就是失效的。

对我个人而言，主体自觉的确立和辨认，落实到诗歌写作中，总结起来就是两点，一个是边缘化，另一个是个体性。谢谢。

孙晓娅： 两位的发言带我们进入了她们的写作、职业、家乡等现实处境中。扶桑揭开了她真实的写作困境，碧薇从中心与边缘、地域风格与诗歌经验的视角深入分析了自我写作的成长，非常感谢。接下来请杜杜和彭鸣发言。

杜杜： 大家的情感都真挚感人，听完大家的叙述以后，我非常感动。比起大家长时间和诗歌的相依相伴，我自己和诗歌在一起生活的日子实在太短，我的诗歌在此时是可怜的、惭愧的。读书的时候为赋新词强说愁，现在人到中年又开始写诗了，开始寻找内心真的自己。

我这两年刚开始着手去写诗，写的都是与情感、自然、生活息息相关的事物，它们离我很近，让我感动。但现在遇到了瓶颈，看到很多优秀的诗歌，内容仿佛是我想说的，但为什么自己说不出来？和安琪老师交流后我发现，要多读书，多积累语言的丰富性与多彩性，而不仅仅是在生活当中去体悟。

想要寻找到一些突破点的时候，要让身体、思想、生活都富于变化，或者增加痛苦感、孤独感、新鲜感。在这个过程中我寻找自己，不想按部就班地生活了，也许按部就班的生活很好，但是这样的生活不是自己想要的。当生活激发不了你、点燃不了你的时候，你就需要寻求一种改变。刚才我听到每一位诗人经历过的痛苦，无论是生活上还是择业上的，都使我深受触动。和女诗人坐在一起，仿佛我们是曾经的亲人，诗歌的亲人。

学习永远不晚，学习永远在路上，谢谢大家。

彭鸣： 感谢大家的发言，收获非常大。诗歌于我是非常重要的，帮助我执着地活下来、坚持下来，甚至从抑郁的阴霾中走出来。此刻，我的灵魂受了非常大的震撼。诗歌创作是洁净灵魂宣泄的出口。当外界存在了问题，我就用笔发出声音，通过诗歌与自己对话。

我从初中四年级开始写诗，当时是班里的英语科代表。有一天我看见老师没收了一张小纸条，是一位小男孩在英语课上写的诗，老师在办公室偷偷表扬了这位同学，说："这家伙虽然在英语课上面写诗，但这首诗写得确实还不错。"我想要偷偷被首肯的感觉，于是我开始了诗歌写作。

我毕业过后在政府部门工作，这期间我一直和诗歌界保持着联系。

后来我投入极大精力开了一家策划公司，于是和诗歌界断开了联系，但并没有中断我的诗歌写作。平时非常忙碌，但周日属于我自己，在这一天我必把手机关掉，上午整理屋子，中午睡一个阳光大觉，下午放着自己精心挑选的音乐，开始进入写作状态，轻松、自我。

我曾有一本诗集陈列在"不死鸟文学"网站上，不死鸟后来没了，我的文集也和它一起去了。后来重返诗歌界，我追求的早已不是发表作品与获奖，更多是走在自我写作的路上，活在诗歌带给自我的幸福感里。2017年漓江出版社出版了我的诗集《东方既白》（上、下册），我源自本真，生活在本真中，写本真的事物，"本真"构成了我诗歌创作的全部。

我大学学的是英语专业，没有很系统的文学理论修炼，但我没有放弃。我希望我的诗歌既不是深海里，也不是陆地上尘土飞扬浮躁的飞行物，我希望自己的诗歌在靠近浅水的海滩的地带，浪花飞溅而来的时候，被海水狠狠打磨、冲洗；海水退潮的时候，希望我的诗歌成为浅滩的一枚贝壳，如果有人来看海，有幸喜欢，随便把它捡回去就好了，如此简单。

对于诗歌的写作，我永远在路上。谢谢大家。

孙晓娅：非常感谢大家把内心积压了十几年，甚至几十年的情感经验讲出来，坦诚地交流，相信我们每一个人都会获益匪浅。吕约开了一个很好的头，然后我们每一个人坦诚地做了剖析和反思。唯一遗憾的是今天贞敏谦虚地做了一个听众，不过也希望她能把大家的诗作带到国际诗坛，让更多人了解我们中国当代的女性诗歌。这次仅仅是女性诗歌对话的一次好的开篇，希望我们以后还有续篇，日后展开国际视野的女性诗歌论坛，从不同议题深入我们写作中的问题，真诚地感谢大家。

2018年新诗期刊研究论文索引

◇郭紫莹

*本索引收录2018年新诗期刊研究论文目录。

*索引按月份分组，组内按篇名音序排列。

*每个条目所列内容及格式为：篇名，作者，刊物名，期数，页码。

*个别文章在发表时文字或标点不甚规范或有错误，但为了与发表时的原貌一致，不做修改。

一月

1.《"绘画美"诗论回望及近年来诗坛审丑化逆流批判——从"余秀华热"的白话新诗返祖病症说开去》，姬志海，《中外诗歌研究》，2018年第1期，第36—38页。

2.《"机器诗"的套路》，黄维盈，《文学自由谈》，2018年第1期，第117—123页。

3.《"满天吹着西班牙的风"：抗战时期的中国诗坛与西班牙内战》，曲楠，《中国现代文学研究丛刊》，2018年第1期，第71—88页。

4.《"透明"的尺度》，范云晶，《诗刊》，2018年1月下半月刊，第10—11页。

5.《"我和革命越走越远"——读梁晓明》，霍俊明，《当代作家评论》，2018年第1期，第149—157页。

6.《"新感性"诗歌在崛起》，远洋，《星星》，2018年第2期，第103—117页。

7.《"再现"与群体表征建构的诗学——论张二棍传统修辞下的新乡土诗歌写作》，梁盈，《赤峰学院学报》（汉文哲学社会科学版），2018年第1期，第120—124页。

8. 《〈曾心小诗点评〉：一个奇迹》，曾心，《中外诗歌研究》，2018年第1期，第1页。

9. 《〈再别康桥〉的主题探究》，陈建强，《中学语文》，2018年第3期，第94—95页。

10. 《〈李长之文集〉失收新诗文献辑论》，尧育飞，《长沙理工大学学报》（社会科学版），2018年第1期，第64—75页。

11. 《〈雨巷〉中的意象赏析》，赵姿婷，《青年文学家》，2018年第2期，第42页。

12. 《阿库乌雾现代诗歌创作的语言文化策略》，周芸芳，《西南民族大学学报》（人文社会科学版），2018年第1期，第173—178页。

13. 《"八骏"的奔腾与突破——第二届"甘肃诗歌八骏"创作概论》，叶淑媛，《星星》，2018年第2期，第40—51页。

14. 《白远志的乡土》，火会亮，《朔方》，2018年第1期，第168—170页。

15. 《波德莱尔的诗歌理论和创作对李金发创作的影响》，袁进美，《青年文学家》，2018年第2期，第48—49页。

16. 《城市中的异乡者——读桑克之〈拖拉机帝国〉》，郝妍，《诗林》，2018年第1期，第88—91页。

17. 《传统的重塑：二十世纪七十年代台湾现代诗的另类现代性》，白杨，《中外诗歌研究》，2018年第1期，第24—25页。

18. 《创新是散文诗最强大的生命力》，张庆岭，《星星》，2018年第3期，第34—35页。

19. 《春到人间燕归来——纪念穆旦诞辰100周年》，杨开显，《中外诗歌研究》，2018年第1期，第8—10页。

20. 《从个体生命的追寻到呐喊与承担——论汪铭竹1940年代诗歌的转变》，司真真，《长沙理工大学学报》（社会科学版），2018年第1期，第76—81页。

21. 《大地行走与灵魂守望——2017〈民族文学〉诗歌综述》，刘广远，《民族文学》，2018年第1期，第156—160页。

22. 《当代"长诗"：现象、幻觉、可能性及危机》，霍俊明、沈浩波、颜炼军、王士强，《扬子江诗刊》，2018年第1期，第82—90页。

23. 《当代中国诗歌中的古典质素探析》，苗霞，《中国文学研究》，2018年第1期，第126—135页。

24.《当天堂村的那个丫头变了——从诗歌〈丫头〉看李尚朝的悲悯情怀》,王姗姗,《名作欣赏》,2018年第2期,第37—40页。

25.《当下学者诗人诗文本解读一组（下）》,张无为,《赤峰学院学报》（汉文哲学社会科学版）,2018年第1期,第125—130页。

26.《翻译诗歌与百年新诗》,熊辉,《中外诗歌研究》,2018年第1期,第12—14页。

27.《返乡的白花——读诗集〈白花的白〉》,蒋德均,《星星》,2018年第2期,第118—134页。

28.《冯至、梁宗岱对歌德的接受与偏移》,张爱华,《青年文学家》,2018年第3期,第63页。

29.《个人特质与群体差异——简评黎子的诗》,左安军,《江南诗》,2018年第1期,第55页。

30.《根须深扎的诗树——李自国诗歌的思辨锋芒和美学因子》,蒋涌,《星星》,2018年第2期,第96—102页。

31.《工匠精神的诗性呼唤——评邱新荣诗集〈天工诗韵〉》,薛青峰,《朔方》,2018年第1期,第156—161页。

32.《孤独的绝唱——小引诗歌〈西北偏北〉赏析》,邱良云,《青年文学家》,2018年第3期,第46—47页。

33.《关键词的思想提炼和美学演绎》,刘波,《诗刊》,2018年1月上半月刊,第43—45页。

34.《国际诗歌节,再造"诗之国"的中国新形象》,盛一杰,《星星》,2018年第2期,第5—11页。

35.《呼唤与重建:本土诗学的精神与特质》,李犁,《诗选刊》,2018年第1期,第66—71页。

36.《华夏民族的精神故乡和诗歌起源浅探》,吴忆南,《黄河》,2018年第1期,第152—154页。

37.《回顾与展望:百年新诗访谈》吴思敬、张健,《长江学术》,2018年第1期,第5—11页。

38.《蓝色反应与另一种汉诗——有关新诗与外国诗歌译介几点思考之"虚拟论文"的"引文"》,沈奇,《中外诗歌研究》,2018年第1期,第17—19页。

39.《离心与互限:第三代诗歌的表意焦虑——以诗歌语言和想象力为中心》,张凯成,《西南民族大学学报》（人文社会科学版）,2018

年第 1 期，第 179—184 页。

40．《另类的崇高——读李壮和康雪的诗歌》，曹梦琰，《扬子江诗刊》，2018 年第 1 期，第 34—35 页。

41．《论闻一多的〈九歌〉再创作》，吴丹，《南方文坛》，2018 年第 1 期，第 59—63 页。

42．《美国华人学者的中国文学整体观——以现代汉诗研究为中心》，苏文健，《当代作家评论》，2018 年第 1 期，第 158—164 页。

43．《美国华人学者的中国文学整体观——以现代汉诗研究为中心》，苏文健，《中外诗歌研究》，2018 年第 1 期，第 38—39 页。

44．《朦胧诗"起点论"考察兼谈其经典化问题》，万水、包妍，《中外诗歌研究》，2018 年第 1 期，第 31—32 页。

45．《面向"新时代"的当代诗歌》，张德明，《诗刊》，2018 年 1 月上半月刊，第 52—57 页。

46．《破解"感伤之谜"：袁可嘉"民主诗学"的一个进路》，王东东，《北方论丛》，2018 年第 1 期，第 44—48 页。

47．《七月派诗歌的叙述声音》，王昌忠，《中外诗歌研究》，2018 年第 1 期，第 19—20 页。

48．《浅谈现代诗歌语言的温度》，储劲标，《中学语文》，2018 年第 3 期，第 92—94 页。

49．《人有心肠，诗有性情——王立国诗歌解读》，李犁，《诗林》，2018 年第 1 期，第 92—93 页。

50．《诗歌如何介入现实的沉重？》，崔筱，《星星》，2018 年第 2 期，第 140—143 页。

51．《诗之"情"与声之"动"——试论抗战时期诗歌朗诵实践在现代诗学上的位置》，津守阳，《长江学术》，2018 年第 1 期，第 30—41 页。

52．《时代的抒情歌音——读徐钺近作》，砂丁，《江南诗》，2018 年第 1 期，第 11—17 页。

53．《时间的玫瑰而非时代的月季——北岛〈回答〉诗疗解读（上）》，王珂，《名作欣赏》，2018 年第 1 期，第 41—46 页。

54．《蜀人余光中》，吕进，《中外诗歌研究》，2018 年第 1 期，第 5 页。

55．《谁的目光闪烁，能将黑夜看破——谈树才的诗歌》，褚云侠，

《江南诗》，2018年第1期，第81—87页。

56.《他去了那头》，梁笑梅，《中外诗歌研究》，2018年第1期，第6—8页。

57.《拓展现代汉语的世界诗歌地图——西川的外国诗歌翻译及其意义》，梁新军，《星星》，2018年第2期，第53—69页。

58.《万古愁，或灵敏之作为中国诗歌的精神》，张清华，《十月》，2018年第1期，第206—209页。

59.《为诗一辩》，江弱水，《诗刊》，2018年1月上半月刊，第46—51页。

60.《文化认同与自觉担当中的精神家园建构——当代撒拉族诗歌群体研究》，权绘锦、张定华，《民族文学研究》，2018年第1期，第87—92页。

61.《戏谑的时空游戏（正方）》，张慧妍，《诗刊》，2018年1月下半月刊，第8—9页。

62.《现实、介入与转化——论新世纪先锋诗歌的审美转型和精神流变》，刘波，《江南诗》，2018年第1期，第88—93页。

63.《现实的诗化展开：战后台湾现代诗的生活美学》，柴高洁，《北方论丛》，2018年第1期，第39—43页。

64.《新诗的当代困境与选择——兼论诗歌的圣化写作与俗化写作》，李熙睿，《中外诗歌研究》，2018年第1期，第29—31页。

65.《新诗现代性品格的三个维度》，张伟栋，《北方论丛》，2018年第1期，第33—38页。

66.《一个人的写作问题》，李俊功，《星星》，2018年第3期，第41—42页。

67.《一个诗人的天演论——"食书蛮"诗品：赵丽宏诗集〈疼痛〉》，戴舫，《当代作家评论》，2018年第1期，第139—148页。

68.《一首新诗一线书喜于沧海得遗珠——读刘中诗集〈贺兰山的草帽〉》，王琳琳，《朔方》，2018年第1期，第162—167页。

69.《引出另一个我》，方文竹，《星星》，2018年第1期，第56—57页。

70.《源自地心黑暗的诗意》，张慧敏，《星星》，2018年第2期，第136—139页。

71.《怨妇诗的当代承接——兼评荣荣诗集〈时间之伤〉》，牛殿庆,《名作欣赏》,2018年第2期,第126—127页。

72.《在第二个百年努力胜出——谈新时代的中国文学理论批评》,王光明,《中外诗歌研究》,2018年第1期,第16—17页。

73.《在黎明的纸上画出一个太阳——读左安军的诗》,黎子,《江南诗》,2018年第1期,第59—60页。

74.《翟永明的女性诗学》,游翠萍,《星星》,2018年第2期,第72—81页。

75.《翟永明的诗语特征论》,宫白云,《星星》,2018年第2期,第82—94页。

76.《张新泉:晚年豹变与秋天的戏剧》,霍俊明,《散文诗世界》,2018年第1期,第24—25页。

77.《张枣眼中的中国新诗——〈论中国新诗中的现代主义〉译后记》,刘金华,《中外诗歌研究》,2018年第1期,第26—27页。

78.《这"断命"的诗歌远非那么糟》,王文营,《文学自由谈》,2018年第1期,第108—116页。

79.《中国当代诗歌空间中的中心与边缘》,郝琳,《中外诗歌研究》,2018年第1期,第22—24页。

80.《中国后现代主义诗论:以世俗化、身体写作为中心》,邓程,《石家庄学院学报》,2018年第1期,第64—70、111页。

81.《中国后现代主义诗论:以世俗化、身体写作为中心》,邓程,《中外诗歌研究》,2018年第1期,第21—22页。

82.《祝福东亚诗歌——在中日韩诗人大会上的主题讲演》,吕进,《中外诗歌研究》,2018年第1期,第11—12页。

83.《自媒体诗歌的负面生态效应》,夏吟、曾子芙,《星星》,2018年第2期,第13—22页。

84.《自媒体时代诗歌的读与写问题》,孙慧峰,《星星》,2018年第2期,第23—30页。

85.《自媒体时代诗歌传播的现实境况》,陈朴,《星星》,2018年第2期,第31—38页。

二月

86.《"0596 诗歌":微信时代的漳州诗群》,戢桂荣、任毅,《岭南师范学院学报》,2018 年第 1 期,第 73—86 页。

87.《"绘画美"诗论回望及近年来诗坛审丑化逆流批判——从"余秀华热"的白话新诗返祖病症说开去》,姬志海,《文艺争鸣》,2018 年第 2 期,第 118—124 页。

88.《"她对着月亮叫起来":杜绿绿印象记》,胡续冬,《西湖》,2018 年第 2 期,第 86—88 页。

89.《"痛感"的潜能》,卢桢,《诗刊》,2018 年 2 月上半月刊,第 50—51 页。

90.《〈敦煌〉:当代诗人的精神聚会》,张雨,《岭南师范学院学报》,2018 年第 1 期,第 67—72 页。

91.《21 世纪传播新格局下的诗歌生态》,罗麒,《现代中国文化与文学》,2018 年第 21 期,第 373—384 页。

92.《艾青:我对"这土地"爱得深沉》,汪胜,《名人传记》上半月,2018 年第 2 期,第 74—79 页。

93.《禅与诗:感性、智性与神性——与项美静的诗歌对话》,刘强、项美静,《名作欣赏》,2018 年第 4 期,第 82—84 页。

94.《从"盘峰论争"回看"90 年代诗歌"的"个人化写作"——兼论"90 年代诗歌"的文学史可能》,唐小祥,《文艺争鸣》,2018 年第 2 期,第 125—133 页。

95.《从"诗教"的艺术符号学阐释看中华美学的生命精神》,安静,《西南民族大学学报》(人文社会科学版),2018 年第 2 期,第 169—177 页。

96.《从手抄本到家庭图书馆——一位整体主义诗人的读书生活》,席永君,《西湖》,2018 年第 1 期,第 80—86 页。

97.《单面人的孤独与幸福》,周军,《星星》,2018 年第 5 期,第 140—143 页。

98.《当代诗中的"维米尔"》,姜涛,《文艺争鸣》,2018 年第 2 期,第 92—98 页。

99.《等待的焦虑与"70 后"诗人的时间之思——以阿翔〈一切

流逝完好如初〉和翟文熙〈时间软壳〉为例》，何光顺，《海南师范大学学报》（社会科学版），2018年第1期，第43—49页。

100.《读诗记》，刘向东，《诗潮》，2018年第2期，第133—137页。

101.《对散文诗的自我认识》，星星、庞白，《星星》，2018年第6期，第44—45页。

102.《对诗意和诗趣的追寻》，马赫，《诗刊》，2018年2月上半月刊，第8页。

103.《构筑"伊甸园"的精神贵族——读太阳岛诗集〈活在纸上〉》，觅程，《星星》，2018年第5期，第113—121页。

104.《解读杨角〈头顶国徽行走〉》，陈海龙，《星星》，2018年第5期，第106—112页。

105.《京派诗风的嬗变：〈文学杂志〉与中国现代诗歌》，邵宁宁，《海南师范大学学报》（社会科学版），2018年第1期，第55—61页。

106.《痉挛的园林——谈朱朱诗歌》，孙磊，《文艺争鸣》，2018年第2期，第99—108页。

107.《镜与诗：让智性敏锐的审美触觉深入诗意与生活》，徐肖楠，《星星》，2018年第5期，第70—83页。

108.《蓝色反应与另一种汉诗——有关新诗与外国诗歌译介几点思考之"虚拟论文"的"引文"》，沈奇，《文艺争鸣》，2018年第2期，第114—117页。

109.《李金发：被遮蔽的译诗者》，刘聪，《新文学史料》，2018年第1期，第95—103页。

110.《李尚朝：生存颤栗与诗化人生》，林艺凌、任毅，《名作欣赏》，2018年第5期，第59—62页。

111.《论木心诗歌的智性书写》，魏晓雪，《青年文学家》，2018年第5期，第60页。

112.《略论诗歌写作的审美向度》，李永才，《星星》，2018年第5期，第5—24页。

113.《妙遇和精神之光：一个人的国际诗歌奖——就"诗歌与人·国际诗歌奖"答陈培浩问》，黄礼孩，《广州文艺》，2018年第2期，第141—149页。

114.《墨香叠起的阶梯》，星星、阿垅，《星星》，2018年第6期，第34—35页。

115.《奇异的古惑仔胡续冬》,杜绿绿,《西湖》,2018年第2期,第89—90页。

116.《浅谈中西诗歌功用理论的差异》,冯红变,《江汉大学学报》(社会科学版),2018年第1期,第78—82页、127页。

117.《巧合的真实与误读的假象——王学东诗集〈现代诗歌机器〉阅读札记》,包晰莹,《星星》,2018年第5期,第95—105页。

118.《清风般的语调讲述的——李小洛诗歌阅读札记》,王可田,《星星》,2018年第5期,第59—69页。

119.《确认责任、"晚期风格"与历史意识》,李海鹏,《诗刊》,2018年2月上半月刊,第52—61页。

120.《让生命在现实与虚幻之间摆渡——王钻清诗作中的"物我"观》,王菲菲,《星星》,2018年第5期,第122—135页。

121.《如何建构开放的诗歌理论史景观——评吴思敬主编〈20世纪中国新诗理论史〉》,刘波,《中国现代文学研究丛刊》,2018年第2期,第245—249页。

122.《生命漫游者的水世界——简论谈雅丽诗歌创作》,聂茂,《星星》,2018年第5期,第84—94页。

123.《诗歌的地域文化美学研究——以闽东诗群为例》,王经纬,《滁州学院学报》,2018年第1期,第28—30、132页。

124.《诗歌与哲学是近邻——陈超诗学思想探索》,王颖,《星星》,2018年第5期,第39—46页。

125.《诗性"口语"与人性"档案"——论侯马〈大地的脚踝〉》,宋宁刚,《星星》,2018年第5期,第48—58页。

126.《诗意人生——〈走在季节边上〉诗学内涵解读》,张文娟,《枣庄学院学报》,2018年第1期,第96—98页。

127.《时间的玫瑰而非时代的月季——北岛〈回答〉诗疗解读(下)》,王珂,《名作欣赏》,2018年第4期,第40—46页。

128.《世家原自重文章——纳兰性德诗之旅(中)》,李元洛,《名作欣赏》,2018年第4期,第53—58页。

129.《守望爱情:现世人间的荒漠甘泉——读王晓波诗集〈骑着月亮飞行〉》,袁遐,《诗潮》,2018年第2期,第138—140页。

130.《抒情的中国:普实克论中国诗歌》,陈国球,《现代中文学刊》,2018年第1期,第8—10页。

131. 《他把灵魂放在天葬台的一块石头上（评论）——对宋长玥诗歌的一点思考》，衣郎，《青海湖》，2018年第2期，第22—28页。

132. 《谈"六行体"小诗的实践》，曾心，《华文文学》，2018年第1期，第114—118页。

133. 《谈谈项美静的诗》，刘强，《名作欣赏》，2018年第4期，第85—87页。

134. 《提升诗歌教学质量的路径探究》，王海平，《中学语文》，2018年第6期，第22—23页。

135. 《微课在诗歌鉴赏教学中的应用分析》，段笑梅，《中学语文》，2018年第6期，第64—65页。

136. 《现代"赶路人"的"乡愁"书写（反方）》，张永峰，《诗刊》，2018年2月下半月刊，第10—11页。

137. 《写下去》，人邻，《星星》，2018年第4期，第92—93页。

138. 《心性与诗——以西渡的〈杜甫〉〈苏轼〉为例》，敬文东，《诗选刊》，2018年第2期，第52—59页。

139. 《新媒体语境下〈星星〉诗刊发展研究》，马林、魏红珊，《中华文化论坛》，2018年第2期，第177—180页。

140. 《新诗百年及改革开放以来新诗写作之反思——诗人食指在复旦大学图书馆诗歌收藏中心的一次演讲》，食指、陈思和，《大家》，2018年第1期，第175—187页。

141. 《新诗的当代困境与选择——兼论诗歌的圣化写作与俗化写作》，李熙睿，《星星》，2018年第5期，第25—32页。

142. 《新世纪打工诗歌论》，李小杰、王晨晨、钱广川，《青年文学家》，2018年第5期，第58页。

143. 《一个唯美主义者的变形记——论朱朱诗歌中感性的历史与伦理》，王东东，《文艺争鸣》，2018年第2期，第109—113页。

144. 《以诗的名义抵达内心》，刘天琪，《星星》，2018年第5期，第137—139页。

145. 《翟永明诗歌写作的新向度——一种唯物主义女性注意视角》，刘莉，《现代中国文化与文学》，2018年第21辑，第361—372页。

146. 《窄门里的声音（正方）》，李建周，《诗刊》，2018年2月下半月刊，第8—9页。

147. 《中国新诗早期的开创者》，洪迪，《台州学院学报》，2018

年第 1 期，第 20—26 页。

148．《祝福东亚诗歌——在中日韩诗人大会上的主题讲演》，吕进，《星星》，2018 年第 5 期，第 34—37 页。

三月

149．《"纯文学"的罪魁，或永恒之"异"的文学——"先锋文学"的再反思》，徐刚，《广州文艺》，2018 年第 3 期，第 142—147 页。

150．《"后先锋时代"的文学实验：一种风格的诞生》，徐勇，《广州文艺》，2018 年第 3 期，第 133—141 页。

151．《"穆旦传"的现状与价值》，张立群，《长沙理工大学学报》（社会科学版），2018 年第 2 期，第 72—75、79 页。

152．《"三个崛起"与当代诗歌的突围》，王光明、谢冕、孙绍振、徐敬亚、沈奇、唐晓渡、吴思敬、景立鹏，《扬子江诗刊》，2018 年第 2 期，第 78—84 页。

153．《"诗如天空掉落的一个湖泊"——王学芯〈往事的幻象〉印象记》，万冲、敬文东，《作家》，2018 年第 3 期，第 58—61 页。

154．《"五四"短篇小说文体的生成资源综论》，李杰，《廊坊师范学院学报》，2018 年第 1 期，第 29—35、44 页。

155．《"闲居有真趣"——朱英诞〈自题思牖〉论析》，扈雅璐，《华中师范大学研究生学报》，2018 年第 1 期，第 9—12 页。

156．《"一些事情离我们越来越远"——读陈马兴的诗》，王士强，《诗探索·作品卷》，2018 年第 1 辑，第 98—100 页。

157．《〈野草〉与日本——关于两个"诗人"》，秋吉收、李慧、裴亮，《学术月刊》，2018 年第 3 期，第 15—22 页。

158．《阿信诗：原初的味道》，于贵峰，《诗探索·作品卷》，2018 年第 1 辑，第 84—91 页。

159．《巴音博罗诗歌中的抒情要素》，朱周斌，《红岩》，2018 年第 2 期，第 169—175 页。

160．《百年新诗的民间话语研究视角》，刘继林，《北方论丛》，2018 年第 2 期，第 30—34 页。

161．《百年新诗选本的地域化呈现——论贵州新诗的选本现象》，颜同林，《北方论丛》，2018 年第 2 期，第 35—40 页。

162.《悲壮的"堕落"——解析朱英诞诗歌〈残果〉》,黎婷,《华中师范大学研究生学报》,2018年第1期,第1—4页。

163.《比较中细读:〈小泽征尔指挥〉》,邱景华,《诗探索·作品卷》,2018年第1辑,第180—198页。

164.《沉浸:诗歌鉴赏的一把钥匙——以〈新城道中〉为例》,王翠华,《中学语文》,2018年第9期,第14—16页。

165.《陈超的"生命诗学"理念——以对海子评价为中心》,刘卫东,《诗探索·理论卷》,2018年第1辑,第90—100页。

166.《陈超个人历史化生命诗学体系》,苗雨时、郭友钊、王之峰、王克金,《诗探索·理论卷》,2018年第1辑,第79—89页。

167.《澄澈:修炼者的诗学——论尚钧鹏的诗》,李俏梅,《诗探索·理论卷》,2018年第2辑,第130—148页。

168.《赤裸的自然之子:芒克其人其诗》,邹鸿超,《长沙理工大学学报》(社会科学版),2018年第2期,第80—84页。

169.《纯净质朴的草原情结——论乔欣诗歌的生态美》,孙晓娅、朱林国,《廊坊师范学院学报》,2018年第1期,第26—28页。

170.《从时间走向空间——谈李金发〈微雨〉中的"弃妇"情绪》,黄慧辰,《青年文学家》,2018年第9期,第38—39页。

171.《从形象到流行——谈李尚朝形象类歌词的创作》,范皓琪,《名作欣赏》,2018年第8期,第34—35页。

172.《从一首诗不完美的结尾开始——评雷武铃》,辛北北,《星星》,2018年第8期,第81—95页。

173.《大凉山的"麦田守望者"——倮伍拉且生态诗歌研究》,张放、韦足梅,《民族文学研究》,2018年第2期,第40—48页。

174.《代际经验的显现及其审美理性》,林馥娜,《诗探索·理论卷》,2018年第1辑,第11—17页。

175.《当代先锋诗歌流派谱系考察——兼论20世纪80年代诗歌运动的流派学意义》,周伦佑,《文艺争鸣》,2018年第3期,第122—125页。

176.《嘀咕或宣谕:诗人的两种声音》,霍俊明,《清明》,2018年第2期,第206—208页。

177.《雕琢的难度(反方)》,张静轩,《诗刊》,2018年3月下半月刊,第9—10页。

178.《读者视野中的徐志摩》,方长安,《学习与探索》,2018年第3期,第138—147、176、2页。

179.《杜运燮早期佚诗六首及其相关情况》,李光荣,《诗探索·理论卷》,2018年第1辑,第60—67页。

180.《杜运燮致辛笛书信二十通(1979—1980)》,杜运燮、王圣思,《诗探索·理论卷》,2018年第1辑,第42—59页。

181.《翻译诗歌与百年新诗》,熊辉,《诗刊》,2018年3月上半月刊,第50—58页。

182.《方向与高度——论吉狄马加的诗歌》,罗振亚,《当代作家评论》,2018年第2期,第168—180页。

183.《冯娜诗歌简论》,陈培浩,《江南诗》,2018年第2期,第11—17页。

184.《父亲杜运燮二三事》,杜海东,《诗探索·理论卷》,2018年第1辑,第36—41页。

185.《复调与对位——郭沫若早期十四行诗创作掠影》,张勇,《贵州师范大学学报》(社会科学版),2018年第2期,第115—123页。

186.《改写:现代诗歌教学突破难点的捷径》,张从慧,《中学语文》,2018年第9期,第85—87页。

187.《共和国初期政治抒情诗的审美追求——被误读的崇高之美》,包恩齐,《文艺争鸣》,2018年第3期,第136—142页。

188.《光影画面下的日常与细节(正方)》,龚奎林,《诗刊》,2018年3月下半月刊,第7—8页。

189.《广阔又混沌的幻影——读毛子的〈迁徙之诗〉》,胡清华,《诗探索·理论卷》,2018年第1辑,第119—122页。

190.《归家之诗 赤子之诗 自然之诗》,叶延滨,《诗探索·理论卷》,2018年第1辑,第148—151页。

191.《郭沫若〈女神〉的版本学研究》,郑艳明,《郭沫若学刊》,2018年第1期,第58—65页。

192.《还乡:传统与现实之间的自我救赎——评阿苏越尔长诗〈阳光山脉〉》,谢银恩,《凉山文学》,2018年第2期,第121—125页。

193.《海子的诗该不该入选中学教材?》,胡健,《文学自由谈》,2018年第2期,第94—98页。

194.《汉语诗歌诗性问题的符号学解析》,朱恒,《贵州社会科学》,

2018年第3期，第96—103页。

195.《行走中的真实与虚幻》，陈卫，《诗刊》，2018年3月上半月刊，第48—49页。

196.《后现代主义的跨界写作——旅法台湾诗人夏宇诗歌研究综述》，李洪华、黄琦，《世界华文文学论坛》，2018年第1期，第16—22页。

197.《黄河，一部诗歌的正典——评吉狄马加〈大河〉》，西渡，《扬子江诗刊》，2018年第2期，第53—56页。

198.《寂寞将何言——评陈一军诗集〈孤旅诗绪〉》，张向东，《星星》，2018年第8期，第96—109页。

199.《贾平凹诗歌创作研究综论》，王万顺，《当代文坛》，2018年第2期，第67—73页。

200.《交际、场域、政治与诗歌——读霍俊明〈先锋诗歌与地方性知识〉》，李文钢，《诗探索·理论卷》，2018年第1辑，第172—175页。

201.《近代东亚的鲁迅〈野草〉批评——丁来东的〈鲁迅和他的作品〉及其学术贡献》，洪昔杓，《学术月刊》，2018年第3期，第23—32页。

202.《距离审美中的戏剧化表达——朱英诞〈模糊〉一诗解读》，梁亚楠，《华中师范大学研究生学报》，2018年第1期，第5—8页。

203.《看他虚构的世界——读喻言近作》，李琦，《散文诗世界》，2018年第3期，第26—27页。

204.《靠文本的"翅膀"飞翔——沈苇诗歌及其隐含的诗学问题》，罗振亚，《扬子江诗刊》，2018年第2期，第25—29页。

205.《跨界诗歌：逾越后存在的问题——兼谈消费语境下诗歌的姿态》，邱志武，《当代作家评论》，2018年第2期，第181—188页。

206.《廖伟棠诗的"地理"与"身份"论》，余文翰，《诗探索·理论卷》，2018年第1辑，第132—147页。

207.《林徽因诗歌音乐性探析》，李艳敏，《阜阳师范学院学报》（社会科学版），2018年第2期，第110—113页。

208.《论〈三叶集〉〈女神〉对早期新诗观念的建构》，邓招华，《北方论丛》，2018年第2期，第41—45页。

209.《论陈超的诗学理论与批评》，邢建昌，《诗探索·理论卷》，2018年第1辑，第70—78页。

35

210.《论韩国诗歌作品的人文主义解读》，洪廷善，《作家》，2018年第3期，第76—79页。

211.《论兰苕翡翠　碧海鲸鱼——王自亮诗简》，洪迪，《江南诗》，2018年第2期，第89—93页。

212.《论鲁迅城乡选择的悖论及现代指向》，王传习，《廊坊师范学院学报》，2018年第1期，第36—39页。

213.《论萧红与林芙美子诗歌中女性意识的形成》，方宏蕾，《赤峰学院学报》（汉文哲学社会科学版），2018年第3期，第98—100页。

214.《没有"形式"的诗——新诗建构中的郭沫若诗论》，梁波，《郭沫若学刊》，2018年第1期，第66—70页。

215.《每个想象都是最后的想象》，玉上烟，《星星》，2018年第7期，第57—58页。

216.《莫须有的北方或神话地理——简评曹僧的诗》，王子瓜，《诗林》，2018年第2期，第7—9页。

217.《穆旦与郭小川在1957年前后的交往》，子张，《长沙理工大学学报》（社会科学版），2018年第2期，第76—79页。

218.《内敛是一种力量——评苏奇飞和黄建东的诗》，卢桢，《扬子江诗刊》，2018年第2期，第41—42页。

219.《浅谈香奴散文诗的艺术魅力》，范恪勋，《星星》，2018年第8期，第58—68页。

220.《情者的形象——小议张意临的诗》，马小贵，《江南诗》，2018年第2期，第64页。

221.《让文字"带上自己的心"——陈超〈诗野游牧〉诗话随想》，薛梅，《诗探索·理论卷》，2018年第1辑，第101—106页。

222.《人生无处不诗行——台湾诗人绿蒂诗歌导读》，莲荷，《凉山文学》，2018年第2期，第126—128页。

223.《日本"再话文学"视阈下的彝族叙事长诗〈阿诗玛〉译介研究——兼论日本"再话文学"》，赵蕤，《民族文学研究》，2018年第2期，第166—172页。

224.《散文诗，放逐心灵的天空和旷野》，星星、重庆子衣，《星星》，2018年第9期，第41—42页。

225.《散文诗是脱缰野马》，星星、洪烛，《星星》，2018年第9期，第35—36页。

226.《深入无地——论多多后期的诗歌》,向卫国,《星星》,2018年第8期,第18—38页。

227.《神性、诗性与人间情怀——读陈人杰诗集〈西藏书〉》,张德明,《诗林》,2018年第2期,第92—94页。

228.《生命的两种写法》,张静轩,《星星》,2018年第8期,第141—143页。

229.《失败或曰诗人之心——毛子诗歌论》,何方丽,《诗探索·理论卷》,2018年第1辑,第108—118页。

230.《诗的现实才是"新现实"》,杨亮,《星星》,2018年第8期,第137—140页。

231.《诗歌从来不是知识》,远人,《星星》,2018年第8期,第5—14页。

232.《诗歌是生命中"漫出来的部分"——剑男的诗与人》,魏天无,《上海文化》,2018年第3期,第50—61页。

233.《诗歌为何被带进沟里?》,唐小林,《文学自由谈》,2018年第2期,第4—18页。

234.《诗歌形象的一次重建——以"情绪论"与〈沫若诗集〉为中心》,夏正娟,《现代中国文化与文学》,2018年第23辑,第225—237页。

235.《诗歌作为一门"手艺"——诗人多多论》,赵目珍,《星星》,2018年第8期,第39—55页。

236.《诗与思:消解于无——读何小竹的诗》,一苇渡海,《红岩》,2018年第2期,第188—192页。

237.《世界诗歌、中国(文学)经验和后理论——从北岛诗歌英译的争论谈起》,吕黎,《北京师范大学学报》(社会科学版),2018年第2期,第71—79页。

238.《试谈〈野草〉的先锋意识》,陈思和、郭垚,《学术月刊》,2018年第3期,第5—7页。

239.《试析杜运燮诗创作对于中国现代诗发展的意义》,王芳,《诗探索·理论卷》,2018年第1辑,第20—35页。

240.《抒情与反抒情》,波佩,《红岩》,2018年第2期,第156—157页。

241.《属于风景的词语》,陆立,《星星》,2018年第8期,第2页。

242.《说"破":石破、人破、秋风破——彭志强诗集〈秋风破〉杂俎》,向以鲜,《星星》,2018年第8期,第118—125页。

243.《思想者的空间,唯有温度——也谈周庆荣散文诗集〈有温度的人〉》,孙思,《诗选刊》,2018年第3期,第15—21页。

244.《特殊时代孕育的维吾尔朦胧诗——以诗人阿迪力·吐尼亚孜的〈在喀什的地球〉为例》,阿丽耶·如苏力,《青年文学家》,2018年第9期,第22—23页。

245.《田园与身体的抒写及其悖论——论柳宗宣的诗》,张典,《上海文化》,2018年第3期,第62—71页。

246.《铁与梦:一首诗的物质想象与精神分析——读王单单〈卖铁的男孩〉》,景立鹏,《星星》,2018年第8期,第126—135页。

247.《听京西琴韵在天地间回荡——序〈马淑琴诗选〉》,杨志学,《绿风》,2018年第3期,第125—128页。

248.《外来词、古词语与生造词——论初期白话诗中的词语构成》,谢君兰,《现代中国文化与文学》,2018年第23期,第84—99页。

249.《文学"返乡"之路——浅析当代大凉山彝族诗歌群落发展态势》,陈晓莉、毛佩,《青年文学家》,2018年第9期,第30—31页。

250.《西藏的灵性书写——读陈人杰〈西藏书〉札记》,耿占春,《作家》,2018年第3期,第44—52页。

251.《闲谈为什么要写作——写在散文诗集〈一条河的注释〉之前》,灵焚,《星星》,2018年第8期,第69—79页。

252.《现代汉诗的现代诗体的成功实验——论詹澈的"五五诗体"》,王珂,《世界华文文学论坛》,2018年第1期,第8—15页。

253.《现代性与人文地理学:透视新世纪中国诗歌的"地理转向"——以雷平阳、"象形"诗群为例》,钱文亮,《文艺争鸣》,2018年第3期,第126—135页。

254.《想象力与思想力的高度契合和诗化——读旅日诗人田原诗集〈梦蛇〉》,野松,《星星》,2018年第8期,第110—117页。

255.《言说不尽的"母亲"——从毛子的〈母亲〉谈开去》,杨亮,《诗探索·理论卷》,2018年第1辑,第123—126页。

256.《一位安静的沪上歌者——论陆忆敏的诗》,张立群、王霞,《廊坊师范学院学报》,2018年第1期,第22—25页。

257.《一支闪着智者微光的蜡烛——李尚朝〈新启蒙诗选〉新诗

品鉴》，黄根生，《名作欣赏》，2018年第8期，第32—33页。

258．《已经开始的未来》，毛子，《诗探索·理论卷》，2018年第1辑，第127—129页。

259．《以闪烁思想光焰的灵性文字守护汉语诗歌品质——诗人庄伟杰教授访谈》，师榕、庄伟杰，《诗探索·理论卷》，2018年第1辑，第160—166页。

260．《意外的收获——刘梦苇诗作拾遗记》，解志熙，《中国现代文学研究丛刊》，2018年第3期，第210—216页。

261．《英国诗学文化与徐志摩的诗艺建构》，毛迅，《现代中国文化与文学》，2018年第23期，第23—48页。

262．《用最低的声音给自己说话》，江非，《诗刊》，2018年3月上半月刊，第9页。

263．《在积之美中起舞——读马小贵的诗》，张意临，《江南诗》，2018年第2期，第58—59、54页。

264．《早发的现代叶子——马来亚现代派诗人杜运燮与其1940年代的诗》，许文荣，《世界华文文学论坛》，2018年第1期，第95—106页。

265．《詹澈的诗体实验》，谢冕，《世界华文文学论坛》，2018年第1期，第5—7页。

266．《战后日本〈野草〉研究的两种路径与一条副线》，赵京华，《学术月刊》，2018年第3期，第8—15页。

267．《中国诗歌中隐喻的法兰西解读——以程抱一和于连为例》，海丽玮，《名作欣赏》，2018年第6期，第145—148页。

268．《中国现代诗论的一种总结——论袁可嘉的诗论》，廖四平、魏玲玲，《学习与探索》，2018年第3期，第148—158页。

269．《中国现代自由主义诗学文学形式论研究》，张慧佳，《南方文坛》，2018年第2期，第49—57页。

270．《重探郭沫若诗集〈女神〉的人类性审美特征》，朱德发，《山东师范大学学报》（人文社会科学版），2018年第2期，第1—15页。

271．《朱英诞诗的艺术魅力探寻》，王泽龙，《华中师范大学研究生学报》，2018年第1期，第8页。

272．《朱自清的诗歌批评对瑞恰慈语义学的接受和转化》，刘佳慧，《中国现代文学研究丛刊》，2018年第3期，第30—47页。

273.《自觉的声音：读陈太胜的著作》，郑政恒，《诗探索·理论卷》，2018年第1辑，第168—171页。

274.《走出夹缝之后的辽阔与从容——王立世诗歌的一种方向》，高亚斌、刘晓飞，《诗探索·理论卷》，2018年第1辑，第152—158页。

275.《走在同一条路上》，靳晓静，《星星》，2018年第7期，第49—50页。

276.《作为方法与信念的细读——关于〈沙与世界：二十首现代诗的细读〉的几点反思》，宋宁刚，《诗探索·理论卷》，2018年第1辑，第2—10页。

四月

277.《"大海捞针"的力与美——东荡子诗歌阅读笔记》，杨汤琛，《文艺争鸣》，2018年第4期，第148—151页。

278.《"地下室青年"手记》，霍俊明，《诗刊》，2018年4月上半月刊，第46—48页。

279.《"动"的精神与艾青诗歌的审美开拓》，丁晓妮，《重庆工商大学学报》（社会科学版），2018年第2期，第114—120页。

280.《"读者"视阈下新诗研究的新突破——论方长安〈中国新诗（1917—1949）接受史研究〉》，余蔷薇，《海南师范大学学报》（社会科学版），2018年第2期，第67—70页。

281.《"卡夫卡和他的前辈们"或站在餐桌旁的一代——关于"第三代诗歌"影响的焦虑与剖析》，霍俊明，《广州文艺》，2018年第4期，第129—137页。

282.《"诗乐一体"的不懈追求：李尚朝音乐创作论》，李琴，《名作欣赏》，2018年第11期，第47—49页。

283.《"水"的感怀与哲思——李鲁平〈含章〉的内涵及艺术表达》，杨彬，《长江文艺评论》，2018年第2期，第67—70页。

284.《"思"的水域与文本的疆土——读梦天岚散文诗集〈比月色更美〉》，庄庄，《散文诗》，2018年第7期，第95—96页。

285.《〈钓鱼城〉：一个人的城》，赵晓梦，《散文诗世界》，2018

年第 4 期，第 33—37 页。

286.《〈九月诗刊〉：纸上坚守和民刊之"民"》，陈培浩，《岭南师范学院学报》，2018 年第 2 期，第 59—64 页。

287.《〈喧嚣为何停止〉及境界美学写作》，世宾，《文艺争鸣》，2018 年第 4 期，第 123—126 页。

288.《不老的记忆　永恒的精神——写在吕进先生 80 华诞庆贺之际》，陆正兰，《中外诗歌研究》，2018 年第 2 期，第 61—63 页。

289.《超现实新诗创作——读陈明远的长诗、十四行诗和自由诗（下）》，屠岸，《名作欣赏》，2018 年第 10 期，第 49—54 页。

290.《成都情绪中的意象空间——论成都当代女诗人诗歌创作中的西蜀文化情愫》，李戬，《星星》，2018 年第 11 期，第 112—122 页。

291.《从故土家园到诗歌地理——宁夏诗人的乡土叙述》，倪万军，《朔方》，2018 年第 4 期，第 165—169 页。

292.《戴着镣铐的舞蹈——郭沫若十四行诗掠影》，张勇，《博览群书》，2018 年第 4 期，第 116—121 页。

293.《当沉默变得坚硬时》，梦天岚，《星星》，2018 年第 10 期，第 63—64 页。

294.《仿佛超越之上的精神》，陈人杰、霍俊明，《滇池》，2018 年第 4 期，第 77—80 页。

295.《浮辞、类诗及梦想的诗（反方）》，程继龙，《诗刊》，2018 年 4 月下半月刊，第 9—10 页。

296.《顾城诗歌中的孤独意识研究》，张婷，《青年文学家》，2018 年第 12 期，第 47 页。

297.《光阴反刍：小城叙述的情与物——读杨章池的〈小镇来信〉》，李啸洋，《长江文艺评论》，2018 年第 2 期，第 55—60 页。

298.《海上夜航船的诗与思——论李少君的海洋诗》，杨碧薇，《星星》，2018 年第 11 期，第 78—93 页。

299.《海子和他的诗歌》，雨田，《星星》，2018 年第 11 期，第 53—64 页。

300.《韩东新诗的"存在"意蕴》，姚家育，《星星》，2018 年第 11 期，第 40—51 页。

301.《韩山诗群与〈九月诗刊〉的互动共生》，李彬，《岭南师范学院学报》，2018 年第 2 期，第 65—70 页。

302. 《化重为轻的诗歌之道（正方）》，程一身，《诗刊》，2018年4月下半月刊，第7—8页。

303. 《活动、知识、情境：探索新诗教学新途径》，李建军，《中学语文》，2018年第10期，第16—19页。

304. 《极地取景框与"真诗"的诞生——关于陈人杰的藏地抒写》，霍俊明，《滇池》，2018年第4期，第81—86页。

305. 《价值的"中间物"："第三代"诗歌的影响与反思》，刘波，《广州文艺》，2018年第4期，第120—128页。

306. 《艰难的突围——世宾诗歌及其诗学观点》，曾海津，《长江文艺评论》，2018年第2期，第88—92页。

307. 《接受雪的抚慰和它制造的白日梦——评米绿意诗集〈通往彩虹的梯子〉》，纳兰，《星星》，2018年第11期，第123—136页。

308. 《金粉泡沫中的谅解、契合与求真——论夜鱼的诗》，盛艳，《长江文艺评论》，2018年第2期，第49—54页。

309. 《劲健与悲慨：〈钓鱼城〉长诗的境界与魅力》，吉狄马加，《散文诗世界》，2018年第4期，第30—32页。

310. 《精神家园的倾情守护者——有关马培松诗歌的阅读笔记》，刘晓琳、张德明，《星星》，2018年第11期，第94—103页。

311. 《空间拓展、思辨意识与综合性文本细读——评〈乡村伦理与乡土书写——20世纪90年代以来的乡土小说研究〉》，钟世华，《海南师范大学学报》（社会科学版），2018年第2期，第71—74页。

312. 《跨越在古今中外文艺经典之间——〈艺术之光〉中的艺术转换问题》，邹建军，《长江文艺评论》，2018年第2期，第61—66页。

313. 《灵魂的行走——读陈顺的散文诗集〈穿越生命的河流〉》，向笔群，《散文诗世界》，2018年第4期，第84—88页。

314. 《论中国现代格律诗的艺术特点与社会功能》，王晓云，《名作欣赏》，2018年第11期，第111—114页。

315. 《论宗白华的诗学观》，张生，《同济大学学报》（社会科学版），2018年第2期，第96—102页。

316. 《吕进老师的慧瞳》，徐臻，《中外诗歌研究》，2018年第2期，第75—76页。

317. 《吕进诗学思想的方法论启示——〈吕进诗学思想研究〉前言》，向天渊，《中外诗歌研究》，2018年第2期，第56—61页。

318.《你眼中的泪为谁而倾——宫白云〈站台〉赏析》，李汉超，《中学语文》，2018年第11期，第9—10页。

319.《篇章之外，诗心之内——〈曾心小诗点评〉的别样魅力》，刘婉仪，《中外诗歌研究》，2018年第2期，第67—70页。

320.《品高儒雅亦吾师——记吕进先生》，杨东伟，《中外诗歌研究》，2018年第2期，第70—74页。

321.《浅谈吕进短诗的汉语特色》，傅天虹，《中外诗歌研究》，2018年第2期，第41—42页。

322.《塞上江南盛开芬芳艳丽的花朵——序〈宁夏散文诗选〉》，海梦，《散文诗世界》，2018年第4期，第82—83页。

323.《身份焦虑与生存困境》，周聪，《星星》，2018年第11期，第141—143页。

324.《神秘的吕进》，字父时代，《中外诗歌研究》，2018年第2期，第65—66页。

325.《诗，该如何面对生存的本真》，宋宝伟，《星星》，2018年第11期，第138—140页。

326.《诗歌教学五法》，朱赟，《中学语文》，2018年第12期，第18—20页。

327.《诗歌与医学》，西贝，《星星》，2018年第11期，第14—27页。

328.《诗歌中的"缪斯"——论艾青诗歌中的女性意象》，蔺玉娇，《名作欣赏》，2018年第12期，第128—129页。

329.《诗学泰斗吕进》，陈剑，《中外诗歌研究》，2018年第2期，第39—40页。

330.《时代的歌者——李强〈萤火虫〉解读》，吴矛，《名作欣赏》，2018年第12期，第12—14、18页。

331.《试论海子诗歌中的两种独特诗性》，钟师慧，《青年文学家》，2018年第11期，第22—23页。

332.《说出来的都是谎言——冯娜〈雾中的北方〉赏析》，唐小红，《中学语文》，2018年第11期，第12页。

333.《完整性写作：一种走向完整的诗学》，明飞龙，《文艺争鸣》，2018年第4期，第152—154页。

334.《我是"新来者"》，傅天琳，《中外诗歌研究》，2018年第2

期，第 42—43 页。

335.《我是一个有根的人》，星星、曹立光，《星星》，2018 年第 12 期，第 52—53 页。

336.《我与吕进先生——〈人淡如菊：漫话吕进先生〉前言》，熊辉，《中外诗歌研究》，2018 年第 2 期，第 43—55 页。

337.《西南旧事之一：讲座》，羽戈，《中外诗歌研究》，2018 年第 2 期，第 63—65 页。

338.《夏宇诗创作中的文字选择——以〈诗六十首〉为例》，林妤，《现代中文学刊》，2018 年第 2 期，第 96—98 页。

339.《现代汉语诗歌的隐喻策略——以"词"为着眼点》，范云晶，《诗林》，2018 年第 2 期，第 127—135 页。

340.《新诗的追逐与迷思》，陈西西，《名作欣赏》，2018 年第 11 期，第 167—168 页。

341.《湮没于"共性"中的"个性"：刘半农与鸳鸯蝴蝶派的距离》，张承志，《文艺争鸣》，2018 年第 4 期，第 180—184 页。

342.《一个理想主义者的慈与悲——杨克韩语诗集〈杨克的当下状态〉所表达的忧虑与沉思》，洪君植，《星星》，2018 年第 11 期，第 66—77 页。

343.《一切的智慧和善都住在里面》，星星、韩宗夫，《星星》，2018 年第 12 期，第 44—45 页。

344.《一首充满希望的诗篇——细读沈祖棻〈忍耐〉》，余艳雯，《安徽文学》下半月，2018 年第 4 期，第 17—19 页。

345.《一首给人幸福的抒情政治诗——〈祖国啊，我亲爱的祖国〉的诗疗解读（中）》，王珂，《名作欣赏》，2018 年第 10 期，第 55—64 页。

346.《以诗歌的名义》，刘泽球，《星星》，2018 年第 10 期，第 71—72 页。

347.《以萤火之光照亮世界——湖北诗人李强诗歌研究》，庄桂成、胡欣，《名作欣赏》，2018 年第 11 期，第 15—18 页。

348.《译与介：米歇尔·鲁阿〈郭沫若诗选〉法译本分析》，胡娴，《现代中文学刊》，2018 年第 2 期，第 63—66、58 页。

349.《隐秘的飞行——车前子诗歌阅读札记》，思不群，《散文诗世界》，2018 年第 4 期，第 27—28 页。

350.《萤火虫的诗光闪耀在霓虹灯下——李强及其诗歌中的泛理想主义》,史习斌,《名作欣赏》,2018年第11期,第19—21、24页。

351.《语言共和:百年新诗再出发》,沈健,《诗刊》,2018年4月上半月刊,第49—57页。

352.《遇到一位时间的"同情"兄——读散皮诗集〈镜子里的影像谋杀了我〉》,赵林云,《星星》,2018年第11期,第104—111页。

353.《在"苹果林"中发现"梨树"——关于何向阳诗集〈青衿〉》,霍俊明,《作家》,2018年第4期,第67—69页。

354.《在生活与诗歌的双重坐标中——品读诗人李强的浪漫情怀》,古春霞,《名作欣赏》,2018年第11期,第22—24页。

355.《在自然面前大智若愚,在大海里放下我们的心——东荡子生态思想刍议》,梅真,《文艺争鸣》,2018年第4期,第136—147页。

356.《知其不可而为之——关于诗歌翻译的断想》,李以亮,《星星》,2018年第11期,第5—12页。

357.《中国新诗诗哲学转向的韩东贡献》,张厚刚,《星星》,2018年第11期,第31—39页。

358.《最初和最终的自由——东荡子的文学行动》,苏文健,《文艺争鸣》,2018年第4期,第127—135页。

五月

359.《"诗心"、客观性与整体性:〈野草〉研究反思兼及当下鲁迅研究中存在的问题》,汪卫东,《文艺争鸣》,2018年第5期,第6—10页。

360.《"我"的内在秩序与外部关联——也论鲁迅〈野草〉的主体构建问题》,李国华,《文艺争鸣》,2018年第5期,第41—46页。

361.《"五四"英译诗对早期新诗语言的塑造》,刘茹斐,《武汉理工大学学报》(社会科学版),2018年第3期,第135—141页。

362.《"新归来诗人"精神源流论》,姜超,《星星》,2018年第14期,第74—87页。

363.《"于天上看见深渊"——鲁迅〈野草〉中的深渊意识及沉沦焦虑》,张闳,《文艺争鸣》,2018年第5期,第15—19页。

364.《〈水的声音〉:水之思与存在之叩问——清水的散文诗简

评》，王小忠，《散文诗世界》，2018年第5期，第84—87页。

365.《〈伍子胥〉中的政治时刻——冯至的西学渊源与20世纪40年代的"转向"》，罗雅琳，《文艺研究》，2018年第5期，第62—72页。

366.《〈野草〉出版广告小考》，陈子善，《文艺争鸣》，2018年第5期，第11—14页。

367.《〈野草〉命名来源与"根本"问题》，符杰祥，《文艺争鸣》，2018年第5期，第32—40页。

368.《〈野草〉通讲：生活与美学》，张业松，《文艺争鸣》，2018年第5期，第20—24页。

369.《〈野草〉哲学与尼采主义——鲁迅对尼采哲学的借鉴与共鸣》，王学谦，《文艺争鸣》，2018年第5期，第25—31页。

370.《暧昧的悲剧与悲剧的暧昧——徐志摩与林徽因的〈山中〉对话》，崔玖琪、黄德志，《名作欣赏》，2018年第14期，第23—25页。

371.《北岛的外国诗歌翻译》，梁新军，《江苏师范大学学报》（哲学社会科学版），2018年第3期，第42—48页。

372.《背景唤醒的词语》，祁发慧，《青海湖》，2018年第5期，第27—31页。

373.《冰冷的现实与坚硬的抒情》，邓招华，《星星》，2018年第14期，第136—139页。

374.《苍凉的相遇，或抵近神与自然的两种方式——关于梅尔诗集〈十二背后〉的读札》，张清华，《当代作家评论》，2018年第3期，第167—174页。

375.《词的灵动与心的律动——李尚朝诗歌简论》，周航，《名作欣赏》，2018年第14期，第47—49页。

376.《大河流经山岗——西川诗歌的历史意识》，贾天卜，《星星》，2018年第14期，第61—72页。

377.《当代诗歌的代际诗学转换》，赖彧煌，《广州文艺》，2018年第5期，第132—140页。

378.《到灯塔去——高鹏程"海洋"系列诗歌阅读笔记》，马晓雁，《星星》，2018年第14期，第89—98页。

379.《地域景观：穿透生活的一个视角——评冯娜的诗》，孙晓娅,《当代作家评论》,2018年第3期,第175—183页。

380.《第三届"当代诗词创作批评与理论研究青年论坛"综述》,宋湘绮、莫真宝,《诗潮》,2018年第5期,第121—124页。

381.《点化·线性·网络——例说诗歌"微课"点化处理的原则》,方明,《中学语文》,2018年第15期,第102—103页。

382.《多重标签下的理学家诗歌研究》,刘思宇,《福建论坛》(人文社会科学版),2018年第5期,第115—122页。

383.《感性、神性与智性——浅析贺颖的诗歌创作》,张英,《渤海大学学报》(哲学社会科学版),2018年第3期,第12—15页。

384.《孤绝的华尔兹与独舞的探戈——卢文丽诗集〈礼〉读评》,涂国文,《江南诗》,2018年第3期,第86—89页。

385.《广阔的大野》,扎西才让,《诗刊》,2018年5月上半月刊,第9页。

386.《行吟与言志——读李志亮〈散文诗精选〉》,王幅明,《散文诗世界》,2018年第5期,第82—83页。

387.《话语的滑行和诗意的涣散(反方)》,伍明春,《诗刊》,2018年5月下半月刊,第10—11页。

388.《霁晨诗歌短评》,谭雅尹,《江南诗》,2018年第3期,第61页。

389.《惊蛰——序"中国历史上第一个彝族打工诗人"吉克阿优的诗集〈一只蚂蚁爬上天堂〉》,俄尼·牧莎斯加,《凉山文学》,2018年第3期,第109—113页。

390.《开拓新诗研究的新领域——"中国新诗接受史研究(1917—1949)高端论坛"会议综述》,陈柏彤,《武汉理工大学学报》(社会科学版),2018年第3期,第142—145页。

391.《口语化:当代诗的一个侧面》,荣光启,《广州文艺》,2018年第5期,第141—151页。

392.《兰采勇诗歌的乡土情结——诗集〈我的乡愁我的情〉序》,洋滔,《星星》,2018年第14期,第111—117页。

393.《论郭沫若〈女神〉的艺术风格》,李英,《青年文学家》,2018年第15期,第51页。

394.《论余秀华诗歌中的古典意象》,孙乘风,《青年文学家》,2018年第15期,第52页。

395.《论中国现当代女性诗人情爱书写的传统文化意蕴》,林平乔,《贵州大学学报(社会科学版)》,2018 年第 3 期,第 143—151 页。

396.《马克思主义与当代诗歌的关键词》,李云雷,《诗刊》,2018 年 5 月上半月刊,第 52—57 页。

397.《绵而不尽的柔情——试析徐志摩诗歌〈山中〉》,朱慧妍、黄德志,《名作欣赏》,2018 年第 14 期,第 19—20、25 页。

398.《面向大地的深情歌吟——张合〈乌蒙壮歌〉序言》,张德明,《星星》,2018 年第 14 期,第 99—104 页。

399.《民族意识·本体意识·文体意识——中国悲剧诗学的现代性复调》,杜安,《贵州师范大学学报》(社会科学版),2018 年第 3 期,第 104—112 页。

400.《南星与〈春怨集〉——寻诗之旅(一)》,刘福春,《新文学史料》,2018 年第 2 期,第 4—10 页。

401.《牛汉早期佚诗辑注》,贾东方,《新文学史料》,2018 年第 2 期,第 157—160 页。

402.《情感的寄托与理性的节制——试析〈山中〉松树审美意蕴的古韵与新味》,谈燕婷、黄德志,《名作欣赏》,2018 年第 14 期,第 9—10、15 页。

403.《求索诗的灵魂——解读贺颖的诗歌》,徐日君、智建勋,《渤海大学学报》(哲学社会科学版),2018 年第 3 期,第 7—11 页。

404.《如何实现日常生活与精神喻指的转换(正方)》,罗小凤,《诗刊》,2018 年 5 月下半月刊,第 8—9 页。

405.《散文诗创作需要突破》,妮米阿露、陈洪金,《星星》,2018 年第 15 期,第 33—34 页。

406.《生命的痛与远方——论余秀华诗歌的生命意识》,杨雷,《三峡大学学报》(人文社会科学版),2018 年第 3 期,第 53—57 页。

407.《诗歌如镜——简评庄凌诗歌》,王世虎,《星星》,2018 年第 14 期,第 118—125 页。

408.《诗歌写作:亲而近之,积健为雄》,童县城,《读写月报》,2018 年 5 月下旬刊,第 22—25 页。

409.《诗歌也是"对真实的热情追求"》,邱志武,《星星》,2018 年第 14 期,第 140—143 页。

410.《诗人的"德国锁"——论张枣其人其诗》,颜炼军,《北方论丛》，2018年第3期，第23—28页。

411.《诗人剑心的五张脸庞》，刘翔，《江南诗》，2018年第3期，第74—78页。

412.《诗研会孤鸿片影——上世纪90年代双城堡诗歌研究会散忆》，心敏，《诗林》，2018年第3期，第88—89页。

413.《时间的暗示和语言的力量》，横行胭脂，《星星》，2018年第13期，第38—39页。

414.《时务风气与戊戌时期歌体诗的创作——以〈湘报〉为中心》，张驰，《现代中国文化与文学》，2018年第24期，第233—244页。

415.《苏浙皖诗群：一个活跃于新四军抗日根据地的诗人群体》，周锋，《新文学史料》，2018年第2期，第34—47页。

416.《他戳中了我心里那个触点——对布衣〈山顶上的雪〉（组诗）的解读》，钟宇，《星星》，2018年第14期，第126—134页。

417.《天平倾向于哪一侧：90后诗歌或同代人写作》，霍俊明，《作家》，2018年第5期，第62—68页。

418.《退到自然，退到语言》，徐俊国，《星星》，2018年第13期，第47—48页。

419.《退隐与遗忘——读杨方〈骆驼羔一样的眼睛〉》，夏澍，《星星》，2018年第14期，第105—110页。

420.《网络时代的诗歌制度或潜规则》，赵卫峰，《星星》，2018年第14期，第5—15页。

421.《为什么爱情会被永远迟滞》，向卫国，《诗刊》，2018年5月上半月刊，第49—51页。

422.《唯有相思似春色——论徐志摩〈山中〉的意象》，徐新慧、黄德志，《名作欣赏》，2018年第14期，第11—12、18页。

423.《文化诗学发生考论》，肖明华，《江西师范大学学报》（哲学社会科学版），2018年第3期，第57—61页。

424.《文学：以独特的思考进行新的创造——与辽宁作家贺颖的对话》，林喦、贺颖，《渤海大学学报》（哲学社会科学版），2018年第3期，第1—6页。

425.《西川的诗——知识分子写作与后现代之光》，何光顺，《星星》，2018年第14期，第44—60页。

426.《现代汉语虚词与中国现代诗歌节奏》，王雪松，《文艺研究》，2018 年第 5 期，第 50—61 页。

427.《现代诗歌的几个关键词》，李龙，《青年文学家》，2018 年第 15 期，第 45—47 页。

428.《现代主义诗歌批评的体系建构与话语转型》，宋宝伟，《北方论丛》，2018 年第 3 期，第 29—33 页。

429.《线里线外：傀儡诗的戏剧情境——以顾城、焦桐、车前子的诗为例》，翟月琴，《文艺争鸣》，2018 年第 5 期，第 86—93 页。

430.《像自由的风儿穿梭于时空中，并窥探其中的秘密》，星星、亚明，《星星》，2018 年第 15 期，第 39—40 页。

431.《星辰之上的漫游者——读陈人杰诗集〈西藏书〉》，语伞，《诗潮》，2018 年第 5 期，第 118—120 页。

432.《秀喜与杜潘芳格的台湾女性诗歌书写路向》，樊洛平，《中州学刊》，2018 年第 5 期，第 149—155 页。

433.《徐志摩与林徽因〈山中〉同题诗歌比较》，张文悦、黄德志，《名作欣赏》，2018 年第 14 期，第 21—22 页。

434.《一部被像诗歌一样折叠起来的长篇小说——于坚〈小镇〉陇东诗群在线研讨发言摘编》，于坚、高凯，《飞天》，2018 年第 5 期，第 136—143 页。

435.《一腔碧血，一段柔肠——了凡其人其诗初探》，祁丽岩，《名作欣赏》，2018 年第 15 期，第 11—13 页。

436.《一只牛顿的苹果砸在了诗人的头上——张益禄组诗〈相对论〉阅读印象》，薛梅，《作家》，2018 年第 5 期，第 89—92 页。

437.《一种有历史品格的"深度批评"——洪子诚的新诗研究及其他》，钱文亮，《名作欣赏》，2018 年第 13 期，第 16—21 页。

438.《艺术社会学视野中的本真性两难困境及其超越——对诗人余秀华的个案考察》，卢文超，《当代文坛》，2018 年第 3 期，第 124—128 页。

439.《音符构成的想象力——读谭雅尹的诗》，霁晨，《江南诗》，2018 年第 3 期，第 53—56、52 页。

440.《月皎松醒不眠人爱深情厚了无痕——读徐志摩诗歌〈山中〉》，高研、黄德志，《名作欣赏》，2018 年第 14 期，第 13—15 页。

441.《在路上穿行，就这样日益丰盈——阿来的诗歌与散文创作论》，巩晓悦，《当代文坛》，2018 年第 3 期，第 67—71 页。

442.《臧棣：我把一些石头搬出了诗歌》，木叶，《上海文化》，2018年第5期，第4—13页。

443.《长在体外的肺——关于十家台湾诗的札记》，胡亮，《星星》，2018年第14期，第17—40页。

444.《枕一弯乡愁入眠——童童诗歌印象》，李燕，《绿风》，2018年第3期，第127—128页。

445.《中国现代抒情诗叙事性发生的语言机制》，傅华，《北方论丛》，2018年第3期，第17—22页。

446.《中国现代叙事诗的"被遗弃者"：王希仁叙事诗考论》，桑晓飞，《青年文学家》，2018年第14期，第42—45页。

447.《重审卞之琳诗歌与诗论中的节奏问题》，李章斌，《文艺研究》，2018年第5期，第38—49页。

448.《重温青春，感知真情——兼谈黎政明〈红酥手〉爱情诗创作》，蓝月亮，《凉山文学》，2018年第3期，第114—119页。

449.《朱湘与新月诗派的关系考辨》，郝梦迪，《现代中国文化与文学》，2018年第24期，第222—232页。

450.《自然·诗化·超常——论细节描写的状态》，孙守让，《读写月报》，2018年5月下旬刊，第26—29页。

451.《最美的梦境留心头至深——从〈山中〉浅窥徐志摩的前世今生》，仇玉丹、黄德志，《名作欣赏》，2018年第14期，第16—18页。

六月

452.《"飞起来"还需"落得下"（反方）》，王士强，《诗刊》，2018年6月下半月刊，第10—11页。

453.《"我只葆有尖锐的寂静"（正方）》，霍俊明，《诗刊》，2018年6月下半月刊，第8—9页。

454.《"新工人诗歌"的意义、限度及可能性》，娄燕京，《现代中文学刊》，2018年第3期，第95—101页。

455.《"一抹超验的微光"——90后诗人林宗龙的诗性言说》，董迎春、庞代江，《南京理工大学学报》（社会科学版），2018年第3期，第9—15页。

456.《卑微之物的生命张力——新诗中的草意象解读》,王玉国、李华,《佳木斯大学社会科学学报》,2018年第3期,第111—113、118页。

457.《北岛诗歌:整体的象征意味和局部的喻体悬置》,薛世昌,《南京理工大学学报》(社会科学版),2018年第3期,第1—8页。

458.《超越情怀与纯净之美——试论陈人杰诗歌的西藏书写》,蒋登科,《名作欣赏》,2018年第16期,第91—94页。

459.《城市中的"忧郁之花"——论东篱诗集〈从午后抵达〉》,马各,《青年文学家》,2018年第17期,第42—45页。

460.《澄澈:修炼者的诗学——论尚钧鹏的诗》,李俏梅,《诗探索·理论卷》,2018年第2辑,第130—148页。

461.《慈航普度 以诗为舟》,丁琼,《青海湖》,2018年第6期,第119—123页。

462.《从"沉静的凝定"到"碎片的狂欢"——试论郑敏三个时期诗歌图像与声音运用的流变》,王欣闻,《阴山学刊》,2018年第3期,第23—27页。

463.《从新诗到杂诗:周作人对古典诗歌的扬弃》,谭坤,《诗探索·理论卷》,2018年第2辑,第13—22页。

464.《当代大凉山彝族诗人群诗境探析》,马友呷莫、刘辰,《青年文学家》,2018年第17期,第20—21页。

465.《杜甫与新诗的现代性》,师力斌,《诗探索·理论卷》,2018年第2辑,第2—12页。

466.《对〈甘蔗〉中诗歌真实性的解读》,仝露华,《洛阳理工学院学报》(社会科学版),2018年第3期,第68—71、82页。

467.《风的身上长满了我的耳朵》,姜华,《星星》,2018年第18期,第42—43页。

468.《格物致诗——胡弦诗歌读札》,颜炼军,《诗探索·理论卷》,2018年第2辑,第105—113页。

469.《孤独与救赎》,梁梦荻,《星星》,2018年第17期,第140—143页。

470.《横移中的纵承——纪弦与中国古典诗学》,杨景龙,《诗探索·理论卷》,2018年第2辑,第23—47页。

471.《胡弦诗歌艺术的古典神韵》,郭枫,《诗探索·理论卷》,2018年第2辑,第102—104页。

472.《黄翔、食指、根子诗歌导读》,吴投文,《阴山学刊》,2018年第3期,第47—54页。

473.《基于行顿论的自由诗体节律》,许霆,《诗探索·理论卷》,2018年第2辑,第56—78页。

474.《记忆像铁轨一样长——学界纪念余光中先生》,李影媚,《华文文学》,2018年第3期,第112—117页。

475.《江南诗:历史的体温与山河的情感——许军诗集〈吴越叙事:乡村书〉序》,周瑟瑟,《星星》,2018年第17期,第71—79页。

476.《浇灌那一片绿色——试析昌耀诗歌创作的地域因素》,李清,《青海湖》,2018年第6期,第111—118页。

477.《理想主义的浪漫歌唱——评李尚朝的诗〈天空〉》,张天英,《名作欣赏》,2018年第17期,第20—22页。

478.《聆听生活的教诲》,吴辰,《诗刊》,2018年6月上半月刊,第48—49页。

479.《论冉仲景诗歌的三次嬗变》,倪金才,《星星》,2018年第17期,第99—109页。

480.《论新月才子方玮德交游及其诗歌艺术》,牛传琦、王永兵,《滁州学院学报》,2018年第3期,第48—52页。

481.《洛夫隐题诗的诗体探索》,夏莹,《星星》,2018年第17期,第14—27页。

482.《缪斯的踪迹——新加坡华文现代诗的半世纪回顾》,张松建、张森林,《世界华文文学论坛》,2018年第2期,第62—72页。

483.《南方的诗,从自由的领地飞起》,何光顺,《诗探索·理论卷》,2018年第2辑,第86—100页。

484.《青花之思——读爱斐儿散文诗组章〈青花瓷〉》,鹿丁红,《星星》,2018年第17期,第63—69页。

485.《三种方式》,余怒,《诗刊》,2018年6月上半月刊,第9页。

486.《散文诗的现代写作与建设性拓展》,韩嘉川,《星星》,2018年第18期,第35—36页。

487.《诗歌的符号学向度——基于"动态生成理论"的中国诗歌隐喻建构》,周翔,《青年文学家》,2018年第17期,第26—29页。

488.《诗情哲理的熔铸——评老木(李永华)的创作》,陆士清,《世界华文文学论坛》,2018年第2期,第94—103页。

489.《诗人之思与人性之诗——读周庆荣散文诗集〈有温度的人〉》,张翼,《星星》,2018年第17期,第45—62页。

490.《时间的存在是为了消失,诗歌是为了铭记》,熊芳,《诗探索·作品卷》,2018年第2辑,第74—79页。

491.《抒情经验与生产美学——〈我的诗篇〉及工人诗歌相关问题》,周驰觐,《现代中文学刊》,2018年第3期,第101—107、57页。

492.《谈洛夫诗歌中"时间"的几副面孔》,阮娟,《星星》,2018年第17期,第28—41页。

493.《天然无雕饰——读雪儿诗集〈蔷薇花开〉》,车延高,《长江文艺评论》,2018年第3期,第117—119页。

494.《外国诗歌形式的误译与中国现代新诗形式的建构》,熊辉,《中国现代文学研究丛刊》,2018年第6期,第136—146页。

495.《万物竞生欢喜——几首山水诗写作的自我观察》,李郁葱,《星星》,2018年第16期,第78—79页。

496.《网络时代的乡愁隐喻——陈代云诗歌的生命言说》,袁志红,《贵阳学院学报》(社会科学版),2018年第3期,第100—103、113页。

497.《微课在诗歌教学中的有效运用》,王桃,《中学语文》,2018年第18期,第104—105页。

498.《为在水泥岛上种植新诗之树的香港作家树碑立传——关于香港新诗史编写的论争》,古远清,《世界华文文学论坛》,2018年第2期,第43—46页。

499.《唯遣性灵铸诗意 不矜风雅钓浮名——白云先生古风诗钞〈梧桐疏月〉序》,何希凡,《星星》,2018年第17期,第119—134页。

500.《文本细读在现代诗歌教学中的应用》,赵永仙,《中学语文》,2018年第18期,第12—13页。

501.《我的八十年代诗歌——〈一棵棕榈树和两个女人〉跋》,马莉,《诗探索·理论卷》,2018年第2辑,第118—125页。

502.《我的来路和去处》,马嘶,《诗探索·作品卷》,2018年第2辑,第59—65页。

503.《我的身体、这纸、这火》,熊焱,《诗探索·作品卷》,2018年第2辑,第3—4页。

504.《我的诗歌写作缘起和我当下诗歌创作的思考》,张雁超,

《诗探索·作品卷》，2018年第2辑，第80—85页。

505.《我们热爱这世界时便生活在这世界上——纪念诗人方敬先生》，吕进，《诗选刊》，2018年第6期，第108—112页。

506.《我思·我感·我歌——周云蓬〈午夜起来听寂静〉的主要精神意蕴》，王雪艳、焦明甲，《文艺争鸣》，2018年第6期，第168—171页。

507.《物与我融合的抒情——徐志摩诗歌浅谈》，马晓兰，《青年文学家》，2018年第18期，第47页。

508.《现代性的美学演进——关于新时期诗歌四十年的线性叙述》，刘波，《文艺评论》，2018年第3期，第8—12页。

509.《现实与星星一样有光，也有暗影》，侯平，《星星》，2018年第17期，第136—139页。

510.《向以鲜的金石写作》，陶发美，《诗探索·理论卷》，2018年第2辑，第126—129页。

511.《写诗在他是一种自我救赎——读野松诗集〈裸祖的灵魂〉》，朱子庆，《星星》，2018年第17期，第80—87页。

512.《写作是沉思的生活》，胡弦，《诗探索·理论卷》，2018年第2辑，第114—116页。

513.《新诗所需要的形式就在那儿》，庄晓明，《诗探索·理论卷》，2018年第2辑，第79—85页。

514.《新诗韵律认知的三个"误区"》，李章斌，《文艺争鸣》，2018年第6期，第153—162页。

515.《新时代诗歌和百年新诗的建设》，马知遥，《诗刊》，2018年6月上半月刊，第50—56页。

516.《燕园草木，"入门"之门——臧棣"入门"系列诗歌互文性解读》，王书婷，《中国现代文学研究丛刊》，2018年第6期，第147—162页。

517.《摇曳多姿的艺术之花——论严迪散文诗的语言特色》，王美春，《散文诗世界》，2018年第6期，第82—87页。

518.《一部口语体的中国当代新诗发展史》，安琪，《诗潮》，2018年第6期，第120页。

519.《一位村姑的诗歌之路》，李田田，《诗探索·作品卷》，2018年第2辑，第52—58页。

55

520.《意象、哲思与生命关怀——梁积林诗歌的三步解读》，包文平，《星星》，2018年第17期，第110—118页。

521.《余光中诗歌接受生态辨析》，梁笑梅，《华文文学》，2018年第3期，第105—111页。

522.《余秀华诗歌的艺术特色——兼谈余秀华诗歌的出版带来的启示》，金晓燕，《星星》，2018年第17期，第88—98页。

523.《在"无序"中前行——"散文性"与新世纪诗歌》，杨亮，《文艺争鸣》，2018年第6期，第163—167页。

524.《在历史经验中锐化的诗人记忆——昌耀诗歌创作简论》，冯晓燕，《青海湖》，2018年第6期，第105—110页。

525.《在诗与爱中幸福地长寿——〈因为风的缘故〉的诗疗解读（上）》，王珂，《名作欣赏》，2018年第16期，第65—72页。

526.《在思索中遇见诗》，代红杰，《星星》，2018年第16期，第84—85页。

527.《在西部探索诗歌的触角》，包文平，《诗探索·作品卷》，2018年第2辑，第66—73页。

528.《只有你了：纯粹——读雪君诗的几点感悟》，杏林，《诗探索·作品卷》，2018年第2辑，第48—51页。

529.《中国诗歌古今传承演变暨抒情与叙事关系学术研讨会综述》，郑鹏，《诗探索·理论卷》，2018年第2辑，第48—55页。

530.《中国现当代文学的日常生活诗学论略》，唐艺玮，《青年文学家》，2018年第18期，第49页。

531.《重金属的表达》，刘火，《星星》，2018年第17期，第5—10页。

532.《自足于一泓爱的湖水——许玲琴〈在梦中我无数次靠近她的山谷〉赏析》，李汉超，《中学语文》，2018年第17期，第16—17页。

七月

533.《"传神"翻译标准视域下的八种〈乡愁〉英译赏析》，张如莹、刘绍忠，《广西社会科学》，2018年第4期，第71—74页。

534.《"多民族文学"视野下"民族诗歌"的创作及可能》，董迎春,《广州文艺》,2018年第7期,第142—151页。

535.《"叙事性"的变形记——兼及近年诗歌的"先锋性"问题》,李建周,《北方论丛》,2018年第4期,第51—55页。

536.《〈他们〉或"他们"》,韩东,《作品》,2018年第7期,第153—164页。

537.《20世纪80年代以来的"口语诗"问题综观》,李心释,《福建论坛》(人文社会科学版),2018年第7期,第101—111页。

538.《百年新诗、与时代相互激活的生长史》,燎原,《诗刊》,2018年7月上半月刊,第48—56页。

539.《包临轩:营建开放性的诗歌场域》,陈爱中,《作家》,2018年第7期,第78—80页。

540.《边缘与坚守——"燕赵七子"诗歌创作简论》,吴媛,《星星》,2018年第20期,第107—117页。

541.《城市让诗怎么啦?》,铁舞,《文学自由谈》,2018年第4期,第86—96页。

542.《传统诗学视角下的戴望舒〈雨巷〉解读》,李颖异,《青年文学家》,2018年第21期,第27、29页。

543.《从"风景的发现"到"临照的美学"——"诗人宗白华"的另一种读法》,汤拥华,《社会科学辑刊》,2018年第4期,第199—208页。

544.《从诗歌美学到史诗诗学——巴·布林贝赫对蒙古史诗研究的理论贡献》,斯钦巴图,《民族文学研究》,2018年第4期,第13—20页。

545.《大后方抗战诗歌的报刊媒介场域研究》,张立新,《兰州大学学报》,2018年第4期,第182—189页。

546.《带着乡愁的瞻望与书写(评论)》,马钧,《青海湖》,2018年第7期,第24—31页。

547.《单永珍诗歌中的意象试析》,德吉措,《青年文学家》,2018年第20期,第42页。

548.《当代诗歌创作的批评维度——以老巢的诗歌创作为例》,王豪,《绵阳师范学院学报》,2018年第7期,第133—136、155页。

549.《当我们谈论诗歌时我们在谈论什么》,谷禾,《星星》,2018年第19期,第45—46页。

550.《当我写作散文诗时,我写下的是诗》,星星、史鸰,《星星》,2018年第21期,第48—49页。

551.《当下"自然中心主义"的诗学建构及反思——以黄恩鹏的散文诗创作为例》,王学东,《北方论丛》,2018年第4期,第45—50页。

552.《当忧郁成为我的文学种子——访藏族女诗人完么措》,阿顿·华多太、完么措,《青海湖》,2018年第7期,第123—128页、第122页。

553.《吊水,澈骨亲情的血痕(上)——评冯明德的道性审美与〈覆水〉的灵波诗情》,彭林家,《散文诗》,2018年第13期,第88—93页。

554.《冬日去路》,赵依、聂权,《星星》,2018年第20期,第53—58页。

555.《多重身份点亮诗歌创作——论郑愁予诗歌创作内容的丰富性》,扈雅璐,《星星》,2018年第20期,第37—50页。

556.《反意义、非诗化、无风格——何小竹诗歌的符号学考察》,李商雨,《民族文学研究》,2018年第4期,第103—109页。

557.《非非主义三十年诗性历程》,周伦佑,《作品》,2018年第7期,第141—152页。

558.《非亚诗剖:生活近景幻术与骨骼质》,隆莺舞,《红岩》,2018年第4期,第174—177页。

559.《共和与对话:新诗语言建设策略初论》,沈健,《星星》,2018年第20期,第5—18页。

560.《孤独与风景——谈肖水的诗》,王子瓜,《江南诗》,2018年第4期,第11—17页。

561.《古韵新声——论中国经典诗歌与华语流行歌曲互动》,苏玥、王强,《赤峰学院学报》(汉文哲学社会科学版),2018年第7期,第139—141页。

562.《胡适新诗理论中的言物、说理与叙事》,姜玉琴,《中国文学研究》,2018年第3期,第1—7页。

563.《回到怎样的"文学故乡"?(反方)》,刘东,《诗刊》,2018年7月下半月刊,第11—12页。

564.《借陶之形写赤子情怀取埙之声发大地歌吟——赵亚锋诗歌简析》,李王强,《星星》,2018年第20期,第100—106页。

565.《开到荼蘼花事了》，霍俊明，《清明》，2018年第4期，第207—208页。

566.《口语和八十年代》，李亚伟，《作品》，2018年第7期，第165—168页。

567.《论安琪诗歌对女性自我镜像的解构及超越》，韦容钊，《名作欣赏》，2018年第21期，第81—83页。

568.《论巴·布林贝赫诗歌意境与意象——纪念巴·布林贝赫诞辰90周年》，乌·纳钦，《民族文学研究》，2018年第4期，第5—12页。

569.《论朦胧诗与九叶诗派的内在渊源》，吕周聚，《社会科学辑刊》，2018年第4期，第22—31、第209页。

570.《论青海当代女性诗歌的多样与多元》，毕艳君，《青海社会科学》，2018年第4期，第171—176页。

571.《洛嘉才让诗集〈倒淌河上的风〉中的诗歌意象及艺术特色》，古志鸿，《长春师范学院学报》，2018年第7期，第108—111页。

572.《每一位好诗人都有自己命定的规格——关于安琪和安琪的诗歌》，燎原，《星星》，2018年第20期，第85—90页。

573.《美丽的错位——郑愁予论》，沈奇，《星星》，2018年第20期，第21—36页。

574.《命名作为一种传播策略——论新媒体时代诗歌的"命名热"》，罗小凤，《南方文坛》，2018年第4期，第96—101页。

575.《目光的想象——论吉狄马加的诗歌》，爱德华多·埃斯皮纳、刘雪纯，《扬子江诗刊》，2018年第4期，第33—37页。

576.《浅论中国当代先锋诗人"解构写作"的得失》，丁永杰，《青年文学家》，2018年第20期，第66页。

577.《让我难受的中国新诗》，白蓝地，《文学自由谈》，2018年第4期，第103—109页。

578.《日常经验的多重诗性表达》，丁航，《星星》，2018年第20期，第136—139页。

579.《声乐展演与歌词的角色意识——兼与诗歌比较》，童龙超，《兰州大学学报》（社会科学版），2018年第4期，第190—199页。

580.《诗人的眼力与手艺》，张文晨，《星星》，2018年第20期，第140—143页。

581.《诗味·独味·回味——对散文诗的要求》，白炳安，《散文诗世界》，2018 年第 7 期，第 87、86 页。

582.《诗心漫射的晶体——评曾新友诗集〈花飘逸一段诗的梦〉》，唐德亮，《诗林》，2018 年第 4 期，第 93—94 页。

583.《首届张枣诗歌学术研讨会会议纪要》，王瑞瑞、李北京，《南方文坛》，2018 年第 4 期，第 66—73 页。

584.《丝缕逸风显真情——郑愁予诗歌"风"意象探析》，陈婕涵，《名作欣赏》，2018 年第 21 期，第 115—117 页。

585.《他在一朵惊讶里销魂——读华万里的诗》，李商雨，《红岩》，2018 年第 4 期，第 188—192 页。

586.《桃花之后，便能看到我的骨头了——读牛合群散文诗集〈一朵顶天〉》，周庆荣，《散文诗世界》，2018 年第 7 期，第 84—86 页。

587.《通感写作与百年新诗》，董迎春、覃才，《北方论丛》，2018 年第 4 期，第 38—44 页。

588.《童话王国与寓言世界——读杨美宇诗集〈用一首诗打开世界〉》，马君成，《诗林》，2018 年第 4 期，第 93—94 页。

589.《文化与人性之上的诗篇——论汪剑钊的新诗创作》，任毅，《江南诗》，2018 年第 4 期，第 82—91 页。

590.《文学制度与当代少数民族诗歌研究》，魏巍，《兰州大学学报》（社会科学版），2018 年第 4 期，第 200—209 页。

591.《先于纸上的乡愁——高凯、我们以及〈乡愁时代〉》，李春风，《星星》，2018 年第 20 期，第 91—99 页。

592.《现代新诗的情感底蕴》，胡威，《文化学刊》，2018 年第 7 期，第 63—66 页。

593.《像初恋一样永恒——洛夫〈因为风的缘故〉赏读》，朱卫国，《中学语文》，2018 年第 20 期，第 12—13 页。

594.《心疼与敬畏》，刘凯健，《诗刊》，2018 年 7 月上半月刊，第 46—47 页。

595.《新诗诞辰：作为"问题"的历史考辨——兼及新诗百年纪念之反思》，向天渊、王妮，《重庆三峡学院学报》，2018 年第 4 期，第 70—79 页。

596.《新诗的理想》，周晓风，《社会科学辑刊》，2018 年第 4 期，第 32—36 页。

597.《新世纪诗歌中的乡村伦理与诗学伦理——以剑男的诗歌写作为例》，魏天无，《当代作家评论》，2018 年第 4 期，第 182－190 页。

598.《新世纪诗歌：活力大于危机》，王士强，《南方文坛》，2018 年第 4 期，第 121—12、134 页。

599.《胸前扎着野花的诗人——从古典诗歌中的民间传统到当代诗歌中吕德安的创作》，小海，《作家》，2018 年第 7 期，第 59—71 页。

600.《亚楠的选择与新世纪散文诗的突围》，罗振亚、刘慧，《当代作家评论》，2018 年第 4 期，第 175—181、2 页。

601.《一个"静"字的正面是人世超载的"喧嚣"——赵希斌诗歌〈静〉评析》，段新强，《中学语文》，2018 年第 20 期，第 13—15 页。

602.《用哭泣和爱对抗虚无——论杨庆祥诗歌的精神脉象》，罗小凤，《石家庄学院学报》，2018 年第 4 期，第 85—90 页。

603.《用诗歌的手术刀解剖人生——宇风诗歌艺术特色微探》，陈小平，《星星》，2018 年第 20 期，第 118—126 页。

604.《用最粗犷和最纤细的神经对待写作》，花语、戴维娜，《星星》，2018 年第 20 期，第 59—63 页。

605.《语言的艺术——浅析穆旦〈赞美〉中的数量词运用》，朱雪佩，《名作欣赏》，2018 年第 21 期，第 130—131 页。

606.《再谈散文诗》，星星、章闻哲，《星星》，2018 年第 21 期，第 56—57 页。

607.《在传统与现代间行进的诗学（1949—1976）》，吴思敬，《中国现代文学研究丛刊》，2018 年第 7 期，第 1—26 页。

608.《在深入观察中善于发现的智慧诗篇（正方一）》，陈朴，《诗刊》，2018 年 7 月下半月刊，第 7—8 页。

609.《在诗歌里寻找命运的踪迹——简谈柳苏的诗歌》，宫白云，《绿风》，2018 年第 4 期，第 126—128 页。

610.《在时光流逝中寻找隐匿的遁词——浅析张泽雄诗歌创作中生命与时间的哲理探寻》，冰客，《星星》，2018 年第 20 期，第 127—134 页。

611.《在中国新诗百年纪念大会上的致辞：一百年来一件大事》，谢冕，《长江学术》，2018 年第 3 期，第 5—7 页。

612.《张枣诗歌的"现实性"阐释》，卓今，《南方文坛》，2018年第4期，第61—65页。

613.《张枣与现代汉语诗歌》，王光明，《南方文坛》，2018年第4期，第57—61页。

614.《丈量一生短长（正方二）》，翟月琴，《诗刊》，2018年7月下半月刊，第9—10页。

615.《中年写作的现实困境》，李轻松，《星星》，2018年第19期，第52—53页。

616.《重识新诗"诗性"观——纪念新诗诞生一百周年》，向天渊、王妮，《兰州大学学报》，2018年第4期，第174—181页。

617.《邹绛：淡泊宁静"画"诗人》，段从学，《星星》，2018年第20期，第65—83页。

八月

618.《"古瓮里的一滴露水"：读杨键》，曹竞艺，《诗潮》，2018年第8期，第101—104页。

619.《"诗言志"与当代诗歌接受》，赵志强，《青年文学家》，2018年第24期，第57页。

620.《"石竹风诗群"生态思想初探》，江少英，《福建师大福清分校学报》，2018年第4期，第14—18页。

621.《"唯洪湖能保全自己"——从诗集〈蓑羽鹤〉看哨兵的洪湖书写》，吴投文，《长江文艺评论》，2018年第4期，第87—92页。

622.《"新现实"的两种书写倾向》，邵晨宇，《星星》，2018年第23期，第138—140页。

623.《〈人民诗歌〉与建国初期诗刊"人民话语"的建构》，巫洪亮，《西南民族大学学报》（人文社会科学版），2018年第8期，第161—168页。

624.《2017年中国新诗之一瞥（上）》，谭五昌，《星星》，2018年第23期，第39—55页。

625.《21世纪海上丝绸之路与当代海洋诗歌》，李状，《诗刊》，2018年8月上半月刊，第56—60页。

626.《百年新诗：政治的悲歌和历史的幻象》，张晶晶，《语文学刊》，2018年第4期，第66—70页。

627.《悲悯的焦虑——张二棍诗歌中的底层书写》，孙晓娅，《星星》，2018年第23期，第58—69页。

628.《北岛海外诗歌语言的空间问题研究》，虞扬，《名作欣赏》，2018年第23期，第125—127页。

629.《陈劲松与他的诗歌（作家印象）》，耿林莽，《青海湖》，2018年第8期，第38—39页。

630.《承续、吸纳、革新——十三行汉诗的诗体优势分析》，黄永健，《名作欣赏》，2018年第22期，第57—62页。

631.《搭建中菲文化交流平台架起中菲作家友谊桥梁——在中外散文诗学会菲律宾宿雾创作基地揭牌仪式上的讲话》，赵振元，《散文诗世界》，2018年第8期，第86—87页。

632.《读碑、自啮与超越——试从"读碑"意象入手诠释鲁迅散文诗〈墓碣文〉》，贾甄，《现代中文学刊》，2018年第4期，第71—76页。

633.《对比赏析徐志摩和哈代的诗歌里的悲观主义——以〈私语〉和〈插曲的尾声〉为例》，肖玉玥，《青年文学家》，2018年第23期，第47页。

634.《对话与抒情——读张枣〈跟茨维塔伊娃的对话（十四行组诗）〉》，刘玉美，《名作欣赏》，2018年第23期，第142—144页。

635.《多元化诗史景观的建构与新诗现代化传统的接续——论80年代谢冕、杨匡汉主编〈中国新诗萃〉》，曲竟玮，《海南师范大学学报》（社会科学版），2018年第4期，第1—6页。

636.《冯晏的诗作：被灵魂所信赖所爱——或自我的缺席与语词的氧气》，夏可君，《作家》，2018年第8期，第150—153页。

637.《浮动山城的生命书写（正方）》，任毅，《诗刊》，2018年8月下半月刊，第8—9页。

638.《汉语诗歌的第四条岸——哨兵的隐守姿态或自然的面相学》，夏可君，《长江文艺评论》，2018年第4期，第98—103页。

639.《胡适诗歌在英语世界的译介现状》，郑澈，《新文学史料》，2018年第3期，第148—154页。

640.《经由"田野调查"，向自然和洒脱靠近——李元胜最新诗集〈天色将晚〉读后》，刘清泉，《星星》，2018年第23期，第93—

101 页。

641.《李立扬诗歌死亡主题研究——以〈在我爱你的这座城〉为例》,陈茹,《文化学刊》,2018 年第 8 期,第 76—78 页。

642.《历史整体性与海外华人学者的现代汉诗研究——以叶维廉为中心》,钱韧韧、苏文健,《华侨大学学报》,2018 年第 4 期,第 56—66 页。

643.《灵魂的歌吟——论昌耀》,万冲,《星星》,2018 年第 23 期,第 5—23 页。

644.《领悟之地》,李琦,《诗刊》,2018 年 8 月上半月刊,第 9 页。

645.《镏金镀银的温暖吟诵——陈劲松诗歌印象》,郭建强,《青海湖》,2018 年第 8 期,第 40—43 页。

646.《论古典诗学传统对中国现当代女性诗人的影响》,林平乔,《南京理工大学学报》(社会科学版),2018 年第 4 期,第 26—31 页。

647.《论韩东诗歌的艺术渊源》,郭海玉,《中州学刊》,2018 年第 8 期,第 148—152 页。

648.《论穆旦诗歌创作中"我"与"我们"关系演变》,李艺童,《福建师大福清分校学报》,2018 年第 4 期,第 19—25、37 页。

649.《论穆旦诗歌对鲁迅〈野草〉精神的承继》,庞云芳,《名作欣赏》,2018 年第 23 期,第 138—139 页。

650.《论诗歌结构艺术的审美层面》,李骞,《文艺争鸣》,2018 年第 8 期,第 114—120 页。

651.《论新古典主义诗歌的写作向度与诗学新质——以陈东东为论述中心》,白杰,《海南师范大学学报》(社会科学版),2018 年第 4 期,第 13—19 页。

652.《论徐志摩诗歌对古典诗歌的传承》,谢文献,《名作欣赏》,2018 年第 23 期,第 140—141 页。

653.《论左翼文学传统的复苏——以王学忠、郑小琼的诗歌为中心》,冯清贵,《海南师范大学学报》(社会科学版),2018 年第 4 期,第 7—12 页。

654.《略论我国西北民歌与西南民歌不同及形成原因》,程美华,《福建师大福清分校学报》,2018 年第 4 期,第 38—41 页。

655.《聂绀弩的"反战诗"》,刘军,《新文学史料》,2018 年第 3

期，第144—147页。

656.《凝视与抵达：辨认世界的方式》，吴投文，《诗刊》，2018年8月上半月刊，第54—55页。

657.《浅论当代诗歌批评的伦理学重建》，张静轩，《文艺评论》，2018年第4期，第64—67页。

658.《浅谈新美学原则的确立与朦胧诗》，李梅月，《青年文学家》，2018年第23期，第20—21、23页。

659.《散文诗像一面折射社会的镜子》，微雨含烟，《星星》，2018年第24期，第56—57页。

660.《生命不是无尽的，而生活是》，白婉宁，《星星》，2018年第23期，第141—143页。

661.《生命存在的诗性哲学表达——评龚学明诗集〈白的鸟紫的花〉》，吴投文，《星星》，2018年第23期，第102—109页。

662.《诗歌由表现历史与哲学的深度来评定——谈梁潮的咏史母题的诗作》，施秀娟，《文化学刊》，2018年第8期，第50—56页。

663.《诗化空间的出色叙事及创作技巧——张二棍诗歌赏析》，郭道荣，《星星》，2018年第23期，第70—83页。

664.《诗人读诗》，朱建业，《诗潮》，2018年第8期，第105—109页。

665.《诗心、诗情与诗意——一个谈话》，李少君，《星星》，2018年第23期，第123—129页。

666.《诗之"瘾"》，章德益，《星星》，2018年第23期，第130—136页。

667.《时代的诗意孤独：埃拉·惠勒与吕碧城感怀诗歌比较》，上官书仪，《青年文学家》，2018年第24期，第40—41页。

668.《史·诗·思——评〈细读陈陟云〉兼及陈陟云诗歌的当代文学史价值》，黎保荣，《海南师范大学学报》（社会科学版），2018年第4期，第20—25页。

669.《视觉转向与形似如画——中国早期新诗对风景的发现与书写》，万冲，《中国现代文学研究丛刊》，2018年第8期，第131—152页。

670.《他带着金黄的洞察在路上——读黄昌成诗歌评论集〈仓库研磨的诗学〉》，陈世迪，《星星》，2018年第23期，第110—121页。

671.《汪静之的"绮梦"——寻诗之旅（二）》，刘福春，《新文学史料》，2018年第3期，第12—17页。

672.《现代与后现代诗歌的美学探讨——"繁复的意象堆砌"与"完美的境界"》，陈明远，《名作欣赏》，2018年第22期，第43—48页。

673.《新发现的两则田汉佚作》，廖志翔，《新文学史料》，2018年第3期，第165—169页。

674.《新诗文化：概念、定位及问题意识》，吴投文，《阴山学刊》，2018年第4期，第18—23页。

675.《新一代诗人的写作及困境（反方）》，王学东，《诗刊》，2018年8月下半月刊，第10—11页。

676.《选本与新诗历史发展关系研究之路径》，方舟，《福建论坛》（人文社会科学版），2018年第8期，第134—139页。

677.《一份诗学病理追踪报告——评张清华〈新世纪诗歌：一个人的编年史〉》，耿殿龙，《星星》，2018年第23期，第25—37页。

678.《一只牛顿的苹果砸在了诗人的头上——张益禄组诗〈相对论〉阅读印象》，薛梅，《诗选刊》，2018年第8期，第27—30页。

679.《伊蕾：走向女权和女性意识的扩张》，李东海，《星星》，2018年第23期，第85—92页。

680.《在失衡中平衡的诗歌美学——读哨兵的诗集〈蓑羽鹤〉》，王怀昭，《长江文艺评论》，2018年第4期，第93—97页。

681.《在诗与爱中幸福地长寿——〈因为风的缘故〉的诗疗解读（下）》，王珂，《名作欣赏》，2018年第22期，第49—56页。

682.《置身俗世的另类纯粹——论黄礼孩的纯诗化诗学观》，仲雷，《海南师范大学学报》（社会科学版），2018年第4期，第26—32页。

683.《中国现代新诗英译本辑录（1929—2016）》，王天红，《文艺争鸣》，2018年第8期，第104—113页。

684.《中华文明的精神象征：当代诗歌中的杜甫形象》，万冲，《滁州学院学报》，2018年第4期，第40—45页。

685.《自然与人的幻化交叠——生态视域下的离离诗歌》，王渤，《甘肃高师学报》，2018年第4期，第8—10页。

九月

686.《论新时期诗歌与四十年代诗学的关系》,吴井泉,《北方论丛》,2018 年第 5 期,第 37—42 页。

687.《张曙光与"九十年代中国诗歌"——重读诗集〈小丑的花格外衣〉志感》,易彬,《北方论丛》,2018 年第 5 期,第 43—50 页。

688.《城市中的精神觅索与省思——廊坊城市现代化进程中的王克金诗歌创作研究》,靳乾、王咏梅、张勃,《楚雄师范学院学报》,2018 年第 5 期,第 62—67 页。

689.《论李元胜诗歌的生态美学意蕴》,曾子芙、夏玲,《楚雄师范学院学报》,2018 年第 5 期,第 68—72 页。

690.《论新媒体时代诗歌的"优伶化"现象》,罗小凤,《当代作家评论》,2018 年第 5 期,第 31—38、73 页。

691.《想象的结构:论吉狄马加的诗》,李骞,《当代作家评论》,2018 年第 5 期,第 137—144 页。

692.《两栖性、双声话语与个人化诗歌体式的生成——论北岛 1970 年代的诗歌》,王士强,《当代作家评论》,2018 年第 5 期,第 145—151 页。

693.《论北岛诗歌自省主题》,杜梁,《当代作家评论》,2018 年第 5 期,第 152—158 页。

694.《让风的高贵在诗歌中流淌——刘山〈春风痒〉序》,叶延滨,《飞天》,2018 年第 9 期,第 141—144 页。

695.《类比想象:台湾新世代本土诗人诗歌中的象征中国形象》,赵小琪,《贵州社会科学》,2018 年第 9 期,第 39—48 页。

696.《中国新诗起点的历史建构与文学史的接受和认定》,余蔷薇,《河北学刊》,2018 年第 5 期,第 113—118 页。

697.《日常语言,及其幽灵——读王家新近作》,李海鹏,《红岩》,2018 年第 5 期,第 33—36 页。

698.《大众化诉求与新世纪诗歌的民间性建构》,张福贵、王文静,《吉林大学社会科学学报》,2018 年第 5 期,第 113—120、206 页。

699.《张新泉的诗歌人生》,聂作平、张新泉,《江南诗》,2018 年第 5 期,第 69—75 页。

700.《浅论中国现代诗的荒原意识》,杨澄宇,《江苏社会科学》,2018年第5期,第216—223页。

701.《"涩"作为诗学概念的意味》,蒋寅,《江海学刊》,2018年第5期,第198—208页。

702.《"我对你陈述我的一切,有如内心的独自交谈"——林莽诗歌印象》,王永、姜一凡,《廊坊师范学院学报》(社会科学版),2018年第3期,第13—15、19页。

703.《生命的庄严如默默燃烧的图景——林莽〈秋天比血更浓〉导读及相关问题》,吴投文,《廊坊师范学院学报》(社会科学版),2018年第3期,第16—19页。

704.《古典意境和现代审美的诗性融合——读林莽诗歌》,谈雅丽,《廊坊师范学院学报》(社会科学版),2018年第3期,第20—23页。

705.《秋与水乡——简论林莽诗歌中的"风景"》,王巨川,《廊坊师范学院学报》(社会科学版),2018年第3期,第24—27页。

706.《暮年诗赋动江关——纪念诗人朱英诞》,谢冕,《兰州大学学报》(社会科学版),2018年第5期,第42—43页。

707.《发掘朱英诞——现代文学史与出版史上的一个重要事件》,周百义,《兰州大学学报》(社会科学版),2018年第5期,第43—47页。

708.《一座诗的丰碑——为〈朱英诞集〉问世而作》,陈子善,《兰州大学学报》(社会科学版),2018年第5期,第47—48页。

709.《隐没的诗神重新归来——纪念〈朱英诞集〉出版》,王泽龙,《兰州大学学报》(社会科学版),2018年第5期,第48—50页。

710.《述源诗——彝族歌诗文明的绝响》,阿牛史日、阿额阿伍,《凉山文学》,2018年第5期,第115—123页。

711.《一首兼顾个人家国的乡愁型诗疗诗——〈乡愁〉的诗疗解读(上)》,王珂,《名作欣赏》,2018年第25期,第44—50页。

712.《现代汉语诗歌批评中的"晦涩"浅析》,李昀璟,《青年文学家》,2018年第27期,第56—57页。

713.《浅析徐志摩诗歌的艺术特性》,刘妍,《青年文学家》,2018年第27期,第64页。

714.《爱是一种信仰——论舒婷诗歌中的情感观》,马敏,《青年文学家》,2018年第27期,第65页。

715.《诗意年代——诗人聂振邦与哈报新闻讲习所诗歌班》，申志远，《诗林》，2018年第5期，第89—90页。

716.《安静中的向内延伸与向外扩展——读柳沄诗集〈周围〉》，陈朴，《诗潮》，2018年第9期，第120—121页。

717.《"十七年"现代诗歌经典的"解构"与"重构"》，邓淦元，《石家庄学院学报》，2018年第5期，第63—68页。

718.《窗口获取延伸的洞微故乡、江南和城市的深广视角——评任俊国先生散文诗集〈窗口〉》，潘志远，《散文诗世界》，2018年第9期，第85—88页。

719.《发明的现实——张枣诗细读小辑》，江弱水，《文艺争鸣》，2018年第9期，第145—153页。

720.《说说王家新先生的"翻译诗学"》，丁鲁，《文学自由谈》，2018年第5期，第23—34页。

721.《余秀华的"率真"与阿Q的直白》，王澄霞，《文学自由谈》，2018年第5期，第72—78页。

722.《诗人闵人和他的诗》，林希，《文学自由谈》，2018年第5期，第113—115页。

723.《"我们都还拿着诗歌的练习簿"——〈星星〉诗刊2018"大学生诗歌夏令营"诗歌简论》，李富庭，《星星》，2018年第26期，第17—25页。

724.《论欧阳江河的"亡灵"及其长诗写作的文学史意义》，严欢，《星星》，2018年第26期，第27—44页。

725.《2017年中国新诗之一瞥（下）》，谭五昌，《星星》，2018年第26期，第46—57页。

726.《把鸟鸣放回枝头，把一朵云送向远方……——漫谈文娟散文诗中直面生存的态度》，灵焚，《星星》，2018年第26期，第59—73页。

727.《转型时代的新乡愁——评罗国雄诗选集〈遍地乡愁〉》，阿来，《星星》，2018年第26期，第75—79页。

728.《连续性与主题因：杨克诗歌全息图式的现象学考察》，方文竹，《星星》，2018年第26期，第80—88页。

729.《低处的心跳高处的密语——读惠永臣诗歌有感》，马步升，《星星》，2018年第26期，第89—92页。

730. 《李犁：以大声音守护诗性的世界》，张翠，《星星》，2018年第 26 期，第 93—100 页。

731. 《为何不能接受星空的速朽——宁延达诗歌简论》，宫白云，《星星》，2018 年第 26 期，第 101—106 页。

732. 《动荡灵魂的情感秩序——雪迪诗歌评论》，任协华，《星星》，2018 年第 26 期，第 107—113 页。

733. 《时代的隐痛与褶皱》，李洁，《星星》，2018 年第 26 期，第 136—139 页。

734. 《总有旧物被看见》，胡清华，《星星》，2018 年第 26 期，第 140—143 页。

735. 《生命再次感到了高远的秋天——读林莽〈我的怀念〉》，路也，《诗探索·作品卷》，2018 年第 3 辑，第 180—193 页。

736. 《一首可以穿透时光擦亮生命的诗——读林莽〈瞬间〉》，辛泊平，《诗探索·作品卷》，2018 年第 3 辑，第 194—199 页。

737. 《"算是尽了自己的微力了"——再说彭燕郊与陈实》，易彬，《诗探索·理论卷》，2018 年第 3 辑，第 33—53 页。

738. 《怀念彭燕郊》，周实，《诗探索·理论卷》，2018 年第 3 辑，第 54—55 页。

739. 《我们要继承彭燕郊先生什么?》，欧阳白，《诗探索·理论卷》，2018 年第 3 辑，第 56—58 页。

740. 《诗学与诗歌的互歧》，刘涵之，《诗探索·理论卷》，2018 年第 3 辑，第 59—60 页。

741. 《诗人气质"五因"说》，王正，《诗探索·理论卷》，2018 年第 3 辑，第 62—77 页。

742. 《试论现代主义的意象与境界》，陈明远，《诗探索·理论卷》，2018 年第 3 辑，第 78—85 页。

743. 《那湖水有点灰有点暗》，谢冕，《诗探索·理论卷》，2018 年第 3 辑，第 88—91 页。

744. 《宁静的诗性情怀——作为跨世纪诗人的林莽》，叶橹，《诗探索·理论卷》，2018 年第 3 辑，第 92—97 页。

745. 《中国当代现代主义诗歌是怎样萌芽的——评〈林莽诗画 1969—1975 白洋淀时期作品集〉》，苗雨时，《诗探索·理论卷》，2018 年第 3 辑，第 98—101 页。

746.《林莽：一个自觉的诗人艺术家》，邱景华，《诗探索·理论卷》，2018年第3辑9月，第102—132页。

747.《林莽与埃利蒂斯》，路也，《诗探索·理论卷》，2018年第3辑9月，第133—140页。

748.《关于林莽诗歌的几个关键词》，牛庆国，《诗探索·理论卷》，2018年第3辑9月，第141—147页。

749.《穿行于忧郁田园与现代荒原的时代悲歌——张中海诗歌创作论》，陈敢，《诗探索·理论卷》，2018年第3辑9月，第150—159页。

750.《乡音、乡俗、乡情——张中海八十年代早期诗歌创作的心灵历程》，孙晓娅，《诗探索·理论卷》，2018年第3辑9月，第160—164页。

751.《无法回归的田园——论张中海的乡土诗歌》，吴昊，《诗探索·理论卷》，2018年第3辑9月，第165—174页。

752.《"泥土"中生长的现代诗意——张中海诗歌作品综论》，王巨川，《诗探索·理论卷》，2018年第3辑9月，第175—184页。

753.《张中海诗歌中乡土经验的历史书写》，丁航、张立群，《诗探索·理论卷》，2018年第3辑9月，第185—190页。

754.《"乌鸦"的在场方式——孙冬诗歌阅读印象》，胡清华，《扬子江诗刊》，2018年第5期，第57—60页。

755.《论初中诗歌教学中的情景教学》，郭绮雯，《中学语文》，2018年第27期，第34—35页。

756.《慢慢恢复内心的善良——毛子诗歌〈捕獐记〉赏析》，李汉超，《中学语文》，2018年第26期，第17—18页。

757.《诗歌复苏了我们强大的生命力——周中诗歌〈我们还会在春风中相见〉品析》，邹立辉，《中学语文》，2018年第26期，第19页。

758.《新世纪诗歌对现实的"发明"与"重塑"》，罗小凤，《中国现代文学研究丛刊》，2018年第9期，第53—62页。

759.《且以诗境修禅意——读陈计会组诗〈此时此地〉》，王瑛，《作品》，2018年第9期，第156页。

760.《身的诗学与其实践之义》，郑龙，《哈尔滨工业大学学报》（社会科学版），2018年第5期，第97—105页。

761.《"我生来拥有河流的性格与命运"——2018·第十一届星星

大学生诗歌夏令营活动侧记》，马林，《星星》，2018 年第 25 期，第 133—139 页。

762.《把听从的灵魂引导到散文诗的意境中去》，星星、耿翔，《星星》，2018 年第 27 期，第 44—45 页。

763.《让散文诗尽力呈现和挖掘现实中隐喻的东西》，星星、周小平，《星星》，2018 年第 27 期，第 50—51 页。

764.《"工夫即本体"——彭燕郊的诗学思想与立场》，孟泽，《诗探索·理论卷》，2018 年第 3 辑，第 12—32 页。

765.《不合时宜的歌者》，陈太胜，《诗探索·理论卷》，2018 年第 3 辑，第 2—11 页。

766.《论中国现代诗歌意象和其艺术性》，严敬华，《安徽文学》下半月，2018 年第 9 期，第 3—5 页。

767.《自然书写与东北抗战中的反侵略精神——以金剑啸叙事长诗〈兴安岭的风雪〉为中心》，王巨川，《北方论丛》，2018 年第 5 期，第 31—36 页。

768.《多多：诗人的原义是保持整理老虎背上斑纹的疯狂》，木叶，《上海文化》，2018 年第 9 期，第 4—13 页。

769.《那湖水有点灰有点暗——在"林莽诗歌创作研讨会"上的发言》，谢冕，《廊坊师范学院学报》（社会科学版），2018 年第 3 期，第 5—6 页。

770.《在公共性与个人性之间——论吉狄马加诗歌的书写策略》，罗小凤，《民族文学研究》，2018 年第 5 期，第 5—11 页。

771.《〈星星〉诗刊与新世纪大学生诗歌》，覃才，《星星》，2018 年第 26 期，第 5—16 页。

772.《个体经验与记忆的现代转换——林莽诗歌论》，刘波，《廊坊师范学院学报》，2018 年第 3 期，第 7—12 页。

773.《用意象进行深度叙事（正方）》，熊国华，《诗刊》，2018 年 9 月下半月刊，第 8—10 页。

774.《论昌耀诗歌高原意象内在意义》，俞蓉，《安徽文学》下半月，2018 年第 9 期，第 9—10 页。

775.《有所迟疑——关于意象、细节与想象（反方）》，赵依，《诗刊》，2018 年 9 月下半月刊，第 10—12 页。

十月

776.《"吕进先生诗学思想研讨会暨教育思想座谈会"成功举行》,西南大学中国新诗研究所,《中外诗歌研究》,2018年第4期,第4—5页。

777.《"青春"裂变与发酵——漫谈九〇后诗歌写作》,李磊,《青年文学》,2018年第10期,第129—131页。

778.《"山水的教养"何须有形?》,张立群,《诗刊》,2018年10月上半月刊,第45—46页。

779.《"遵命"与"变通"——以诗歌为中心论〈新华日报〉对〈讲话〉精神的落实》,许金琼,蒋登科,《文艺争鸣》,2018年第10期,第129—133页。

780.《〈吕进:隽语与泰华诗歌〉序》,曾心,《中外诗歌研究》,2018年第4期,第29—30页。

781.《〈吕进诗学思想研究〉后记》,向天渊,《中外诗歌研究》,2018年第4期,第26—27页。

782.《向诗而生:吕进先生诗学思想研讨会暨教育思想座谈会顺利召开》,北碚发布,《中外诗歌研究》,2018年第4期,第5页。

783.《20世纪七八十年代台湾诗歌入乐探析》,范皓琪,《重庆第二师范学院学报》,2018年第5期,第78—82页。

784.《朝向更好的汉语——我的翻译经验》,黄灿然,《广州文艺》,2018年第10期,第127—139页。

785.《春起万物生——序郭毅诗集〈诗意雁江〉》,龚学敏,《草地》,2018年第5期,第76—77页。

786.《纯粹空灵的轻吟浅唱——吉狄马加〈秋天的眼睛〉赏析》,李汉超,《中学语文》,2018年第29期,第13—14页。

787.《从超验语气到与诗无关——西川与新诗的语气问题研究》,敬文东,《中国现代文学研究丛刊》,2018年第10期,第48—107页。

788.《当代诗歌民刊发展的先锋性和精品意识——基于诗歌官刊和网络诗歌发展研究》,詹绍姬,《岭南师范学院学报》,2018年第5期,第76—81页。

789.《等着你,远方的诗……——读赵振元先生〈行走在远方〉》,

何建明，《散文诗世界》，2018年第10期，第126—128页。

790.《独自抵达记忆的诗行——读赵加辉诗集〈我向诗歌道个歉〉》，王开平，《星星》，2018年第29期，第99—107页。

791.《多维度的"叙事性"阐发——评杨亮的〈新时期先锋诗歌的"叙事性"研究〉》，崔筱，《文艺评论》，2018年第5期，第76—79页。

792.《翻译的年轮——以诗歌翻译为例》，李以亮，《广州文艺》，2018年第10期，第120—126页。

793.《海洋想象·口语写作·自我超越——谈汤养宗近年的诗歌写作》，伍明春，《福建文学》，2018年第10期，第130—131页。

794.《行走着的文学——读任怀强的诗集〈去瓦城的路上〉》，郭念文，《星星》，2018年第29期，第108—114页。

795.《和土地滴血认亲——凡羊诗歌印象》，蒋雪峰，《星星》，2018年第29期，第95—98页。

796.《近十年（2009—2018）徐州诗歌论》，薛春、吴云、王为生，《名作欣赏》，2018年第29期，第16—18页。

797.《跨文化的诗与思：吴宓〈欧游杂诗〉探析》，余婉卉，《文学评论》，2018年第5期，第75—83页。

798.《朗朗于诗，衮衮于学，谆谆于教——著名诗歌评论家吕进先生80华诞》，彭光瑞，《中外诗歌研究》，2018年第4期，第11页。

799.《雷平阳长诗写作中的精神难度》，陈朴，《星星》，2018年第29期，第33—46页。

800.《论当代云南青年诗人乡土抒写的底层情怀》，鲁玉祥，《星星》，2018年第29期，第69—80页。

801.《论丁可诗选中的"寻根"意识》，高梦、吴云，《名作欣赏》，2018年第29期，第19—21页。

802.《论海子诗歌的通俗化接受模式》，王昳睿，《阴山学刊》，2018年第5期，第74—77页。

803.《论胡适新诗理论中的跨界式叙事——从"作诗须得如作文"的诗学命题谈起》，姜玉琴，《长江学术》，2018年第4期，第80—86页。

804.《吕进诗学思想的方法论启示》，向天渊，《星星》，2018年第29期，第5—17页。

805. 《吕进诗学思想研讨会举行 80 岁的他仍有心中的诗和远方》，伊永军，《中外诗歌研究》，2018 年第 4 期，第 8 页。

806. 《吕进先生诗学思想研讨会北碚召开》，北碚报数字报，《中外诗歌研究》，2018 年第 4 期，第 6—7 页。

807. 《吕进先生诗学思想研讨会暨教育思想座谈会在渝召开》，胡航宇，《中外诗歌研究》，2018 年第 4 期，第 7 页。

808. 《吕进先生诗学思想研讨会暨教育思想座谈会召开》，王思屹，《中外诗歌研究》，2018 年第 4 期，第 6 页。

809. 《马非的选择》，朱剑，《青海湖》，2018 年第 10 期，第 122—125 页。

810. 《马萨诗歌中的西海固（正方）》，吴宜平，《诗刊》，2018 年 10 月下半月刊，第 8—10 页。

811. 《那些诗人教给我们的事——读葛筱强〈丁酉早秋怀里尔克〉组诗》，马大勇，《作家》，2018 年第 10 期，第 63—64 页。

812. 《内心冲突与语言喧哗——读汤养宗的诗》，许陈颖，《福建文学》，2018 年第 10 期，第 134—135 页。

813. 《期待一次新的起飞》，唐小林，《诗刊》，2018 年 10 月上半月刊，第 58—60 页。

814. 《嵌进人性深处的银针——简论丁进兴诗集〈十万芦花〉》，张鲜明，《星星》，2018 年第 29 期，第 115—118 页。

815. 《切入当下生活，呈现触觉的判断和信心——孟醒石、刘云芳、白鸿诗歌阅读印象》，薛梅，《诗选刊》，2018 年第 10 期，第 86—88 页。

816. 《轻与重：情感和语言的艰难平衡》，卢获，《诗刊》，2018 年 10 月下半月刊，第 10—12 页。

817. 《散文诗是语言的放牧》，吴立志，《星星》，2018 年第 30 期，第 54—55 页。

818. 《诗歌的人化和传达的精致——简评邓太忠的新作〈穿过内心的出口来等你〉》，何开四，《星星》，2018 年第 29 期，第 89—94 页。

819. 《诗人就是随时听写世界的人》，寒寒、俞妍、蓝蓝，《星星》，2018 年第 29 期，第 19—29 页。

820. 《守住梦想的"老男孩"——吕进先生诗学思想研讨会暨教育思想研讨会在重庆北碚召开》，中国教育在线，《中外诗歌研究》，

2018年第4期，第8—10页。

821．《他试图说出人间的秘密——读汤养宗诗集〈在人间〉》，石华鹏，《福建文学》，2018年第10期，第135—136页。

822．《王者归来——王长军近作印象》，罗振亚，《星星》，2018年第29期，第82—88页。

823．《微信时代：新诗探索的得与失》，蒋登科，《诗刊》，2018年10月上半月刊，第51—54页。

824．《为了新诗的更快成熟——在中国当代诗人杰出贡献金奖颁奖仪式上的答谢词》，吕进，《中外诗歌研究》，2018年第4期，第45页。

825．《为汤养宗的句读法下个注脚》，曾念长，《福建文学》，2018年第10期，第133—134页。

826．《唯识论与废名的诗歌》，张吉兵，《中国现代文学研究丛刊》，2018年第10期，第108—120页。

827．《现代诗歌的逻辑之美》，葛徐栋，《中学语文》，2018年第30期，第76—77页。

828．《现代诗歌教学教什么——以〈你是人间的四月天〉教学为例》，詹静，《中学语文》，2018年第28期，第10—12页。

829．《现实触须的敏感与内在锋芒的敏锐（评论）》，芦苇岸，《青海湖》，2018年第10期，第15—21页。

830．《现实和生命摩擦中的在场性书写——浅论马非的诗歌创作》，王伟，《青海湖》，2018年第10期，第126—128页。

831．《相信把诗歌作为生命的一种可能》，张敏华，《星星》，2018年第30期，第48—49页。

832．《心中别有欢喜事，向上应无快活人》，张杰，《中外诗歌研究》，2018年第4期，第39—44页。

833．《新诗的下一个百年，重头戏应该是"立"》，吕进、吴向阳，《中外诗歌研究》，2018年第4期，第30—38页。

834．《新时代、新诗歌》，张慧瑜，《诗刊》，2018年10月上半月刊，第47—49页。

835．《新时代：社会天平与诗歌的内在性》，霍俊明，《诗刊》，2018年10月上半月刊，第54—56页。

836．《新时代诗歌要有新气象》，李云雷，《诗刊》，2018年10月上半月刊，第56—58页。

837.《新一代长诗：诗化和思艺的古今相接——欧阳江河后期诗歌的深层重构》，陈亚平，《作家》，2018年第10期，第51—59页。

838.《一首兼顾个人家国的乡愁型诗疗诗——〈乡愁〉的诗疗解读（中）》，王珂，《名作欣赏》，2018年第28期，第50—58页。

839.《又发现许地山翻译和创作的歌词廿八首》，商金林，《现代中文学刊》，2018年第5期，第53—57页。

840.《于未来的写作》，雷平阳，《星星》，2018年第29期，第64—67页。

841.《寓言与诗人之乌托邦——雷平阳诗论》，黎婷，《星星》，2018年第29期，第47—63页。

842.《在"听"中体验生命——细读冯至诗歌〈我们听着狂风里的暴雨〉》，陈文颖，《名作欣赏》，2018年第28期，第63—66页。

843.《在方向明确的道路上》，罗振亚，《诗刊》，2018年10月上半月刊，第49—51页。

844.《在吕进诗学思想研讨会暨教育思想座谈会上的讲话》，陈时见，《中外诗歌研究》，2018年第4期，第14页。

845.《张作梗：复活并为抒情证明——张作梗诗歌随感》，李犁，《诗潮》，2018年第10期，第27—31页。

846.《致敬先贤，回报师恩——关于〈吕进诗学研究〉的写作》，张德明，《中外诗歌研究》，2018年第4期，第27—28页。

847.《种子移植与审美再现——我的诗歌翻译观与翻译策略的选择》，舒丹丹，《广州文艺》，2018年第10期，第140—145页。

848.《走向高处的诗》，陈卫，《福建文学》，2018年第10期，第131—132页。

十一月

849.《"从不真的要一块土地"：当代江南诗歌的迁变朱朱讨论会实录》，姜涛、江弱水、臧棣、张桃洲等，《上海文化》，2018年第11期，第42—55页。

850.《"发明词语者，发明未来"论马雁》，马骥文，《上海文化》，2018年第11期，第10—18页。

851.《"返乡而不至"的精神隐喻》,赵思运,《诗刊》,2018年11月上半月刊,第49—50页。

852.《"弥漫着大的悲哀":黍不语诗歌的一个问题(反方)》,荣光启,《诗刊》,2018年11月下半月刊,第10—11页。

853.《"生命也跳动在严酷的冬天"——重读诗人穆旦》,王家新,《文艺争鸣》,2018年第11期,第23—30页。

854.《"是你们教了我鲁迅的杂文"——由穆旦说到袁水拍》,姜涛,《文艺争鸣》,2018年第11期,第48—55页。

855.《"像朝圣者望着恒河"——关于贾浅浅的诗集〈第一百个夜晚〉》,张清华,《南方文坛》,2018年第6期,第91—95页。

856.《"压抑"与"写作"——穆旦翻译的诗歌史意义》,姚丹,《文艺争鸣》,2018年第11期,第35—42页。

857.《"以心会心"式诗歌批评的重建——当下诗歌批评"空心化"趋向的思考》,罗小凤,《北方论丛》,2018年第6期,第45—49页。

858.《"隐匿"的地方:"同志诗"的性别操演》,陈祖君,《南方文坛》,2018年第6期,第96—102、108页。

859.《"在言语所能照明的世界里":穆旦诗歌的修辞与历史意识》,李章斌,《文艺争鸣》,2018年第11期,第82—90页。

860.《〈祝福〉〈野草〉与鲁迅独异的生命哲学》,曹禧修,《学术月刊》,2018年第11期,第141—148、140页。

861.《〈杉林神女经〉的文学主题及叙事结构》,韩凌,《凉山文学》,2018年第6期,第119—122页。

862.《〈小镇一日〉:"路"与"内地的发现"》,段从学,《文艺争鸣》,2018年第11期,第56—62页。

863.《〈众语杂生与未竟的转型〉序言》,吴思敬,《长沙理工大学学报》(社会科学版),2018年第6期,第77—78页。

864.《八年:关于"中国诗歌研究"栏目的简要回顾》,易彬,《长沙理工大学学报》(社会科学版),2018年第6期,第79—80页。

865.《百年新诗史中旧诗回潮现象审察》,赵思运,《齐鲁学刊》,2018年第6期,第141—144页。

866.《百年之后,作品是文学史叙述的唯一依据》,邹建军,《星星》,2018年第32期,第123—129页。

867.《被压制者的叙事——从底层视角看当代女性诗歌的"软性抵抗"写作》,何光顺,《湘潭大学学报》(哲学社会科学版),2018年第6期,第103—109页。

868.《昌耀的逸作与旧作改写问题》,孙施,《长沙理工大学学报》(社会科学版),2018年第6期,第66—76页。

869.《沉默而丰富的"苦果"——读〈穆旦自选诗集:1937—1948〉》,刘峥,《长沙理工大学学报》(社会科学版),2018年第6期,第59—65页。

870.《呈现真实的、可能的作家形象——说新版〈穆旦年谱〉,并说开去》,易彬,《新文学史料》,2018年第4期,第45—56页。

871.《城市:现代诗个人化赋形技术的锤炼及其可能性》,沈健,《江南诗》,2018年第6期,第12—16页。

872.《澄明之境——林莽先生诗歌创作50年梳理与思考》,陈亮,《作家》,2018年第11期,第106—111页。

873.《从"调式"到"对话"——论张枣突围"现代抒情"的可能与限制》,周文波,《上海文化》,2018年第11期,第26—34页。

874.《从戴望舒与林庚的争议谈起:论中国新诗建设》,陈驰、张少清,《名作欣赏》,2018年第32期,第152—153页、第157页。

875.《戴望舒在上海的最后岁月》,陈釭,《各界》,2018年第21期,第22—24页。

876.《当代诗歌——观念和语言的相互砥砺》,李心释,《星星》,2018年第32期,第5—11页。

877.《蒂斯黛尔与中国新诗的节奏建构》,王雪松,《湖北大学学报》(哲学社会科学版),2018年第6期,第146—153页。

878.《独特语境下的整体构筑——荣荣诗歌的特性及情怀》,天界,《江南诗》,2018年第6期,第86—90页。

879.《儿童诗歌〈月亮〉赏析》,卢逸蕾,《青年文学家》,2018年第33期,第31页。

880.《二十世纪先锋派诗歌的视觉呈像》,倪静,《江苏社会科学》,2018年第6期,第233—241页、第276页。

881.《废墟之上——白月诗歌散论》,吴小虫,《星星》,2018年第32期,第99—106页。

882.《冯振乾与1940年代西北现代诗歌的展开》,贾东方,《当代文坛》，2018 年第 6 期，第 103—109 页。

883．《感悟、思索、想象与灵感》，晏略殊，《星星》，2018 年第 32 期，第 130—135 页。

884．《关于诗的情感、思想、技术和本土化》，蒋爽，《青年文学家》，2018 年第 31 期，第 103、2、125—126 页。

885．《关于诗歌的三个问题》，白帆，《青年文学家》，2018 年第 31 期，第 111 页。

886．《海洋：当代诗歌的美学新空间》，罗小凤，《诗刊》，2018 年 11 月上半月刊，第 51—58 页。

887．《何时能与这世界握手言欢？》，杨珊珊，《星星》，2018 年第 32 期，第 137—140 页。

888．《核心素养下的诗歌教学实践》，盛燕，《中学语文》，2018 年第 33 期，第 21—22 页。

889．《家园情愫的升华与超越——霁虹诗集〈尼底尔库：会理〉书感》，伍立杨，《凉山文学》，2018 年第 6 期，第 135—136 页。

890．《坚守散文诗特立独行的珍贵品质》，陈旭明，《星星》，2018 年第 33 期，第 41—42 页。

891．《焦虑的合谋与无声的拮抗——论 90 年代诗歌中"知识分子写作"阵营的合与分》，汪晓慧，《星星》，2018 年第 32 期，第 12—23 页。

892．《借一块煤，叩问内心——读包苞组诗〈黑色是一块石头的荣耀〉》，邵悦，《飞天》，2018 年第 11 期，第 136—140 页。

893．《今天怎样研究穆旦》，张桃洲，《文艺争鸣》，2018 年第 11 期，第 31—34 页。

894．《今晚我是所有的人李浩〈你和我〉》，许仁浩，《上海文化》，2018 年第 11 期，第 35—41 页。

895．《金克木：几个"带伤"的文本——寻诗之旅（三）》，刘福春，《新文学史料》，2018 年第 4 期，第 34—38 页。

896．《旧体诗对早期新诗变革的影响》，周军，《北方论丛》，2018 年第 6 期，第 35—39 页。

897．《捐赠、馆藏与作家研究空间的拓展——从中国现代文学馆所藏多种穆旦资料谈起》，易彬，《文艺争鸣》，2018 年第 11 期，第 91—99 页。

898．《铿锵之气　柔弱之美——段若兮诗歌简论》，雪潇，《星星》，2018 年第 32 期，第 82—89 页。

899．《离歌的面影　至真的情歌——〈再别康桥〉重读》，余树财，《中学语文》，2018 年第 31 期，第 39—42 页。

900．《李自国诗歌论》，张德明，《当代文坛》，2018 年第 6 期，第 152—155 页。

901．《历史想象力、女性经验、日常美学——新世纪中国女性诗歌嬗变的几种向度》，杨汤琛、李璐延，《湘潭大学学报》（哲学社会科学版），2018 年第 6 期，第 110—114 页。

902．《林中漫步》，胡弦，《诗刊》，2018 年 11 月上半月刊，第 9 页。

903．《灵魂的备忘与救赎——读任白的长诗〈情诗与备忘录〉》，张学昕，《作家》，2018 年第 11 期，第 89—96 页。

904．《留在大风中的形象（三题）》，柴然，《星星》，2018 年第 32 期，第 114—122 页。

905．《论犁青的"流散写作"与"立体诗学"》，亚思明、王湘云，《南方文坛》，2018 年第 6 期，第 103—108 页。

906．《论朦胧诗的主题建构》，李想，《文化学刊》，2018 年第 11 期，第 41—42 页。

907．《论穆旦诗歌的"黑夜"一词》，张伟栋，《文艺争鸣》，2018 年第 11 期，第 69—74 页。

908．《缪克构的诗歌世界》，钱文亮，《星星》，2018 年第 32 期，第 90—98 页。

909．《穆旦的汉语及其历史意识》，胡桑，《文艺争鸣》，2018 年第 11 期，第 75—81 页。

910．《穆旦诗歌英译述评（1946—2016）》，王天红，《新文学史料》，2018 年第 4 期，第 73—86 页。

911．《穆旦诗歌中的词与物》，李建周，《文艺争鸣》，2018 年第 11 期，第 63—68 页。

912．《穆旦诗在韩国》，郭艳宁，《新文学史料》，2018 年第 4 期，第 87—93 页。

913．《穆旦佚诗信笺考订》，李方，《新文学史料》，2018 年第 4 期，第 57—61 页。

914.《穆旦佚文七篇辑校》,司真真,《新文学史料》,2018年第4期,第62—72页。

915.《浓情蜜意的人生况味——读徐小泓新作〈蜜食记〉》,张宇,《厦门文学》,2018年第11期,第74—76页。

916.《漂泊的诗神,或浮起的橡实:当代海外诗歌的漂流诗学》,杨汤琛,《广州文艺》,2018年第11期,第130—138页。

917.《七月派诗歌的抒情声音》,王昌忠,《北方论丛》,2018年第6期,第40—44页。

918.《浅析四十年代诗歌中的乡村意象》,闫慧芳,《安徽文学》下半月,2018年第11期,第100—101页。

919.《敲开石头捉拿火星的人——胡弦近作阅读随笔》,王可田,《星星》,2018年第32期,第26—38页。

920.《任务群教学设计初探——以人教版高中语文必修一诗歌单元为例》,江海燕,《中学语文》,2018年第33期,第15—16页。

921.《散文诗是我的宗教》,鲜红蕊,《星星》,2018年第33期,第47—48页。

922.《生命共同体的建立——当代诗歌中的自然书写》,万冲,《淮南师范学院学报》,2018年第6期,第62—67页。

923.《诗歌报纸在1986年》,贺嘉钰,《当代作家评论》,2018年第11期,第148—157页。

924.《诗歌形式问题的讨论是必要的》,丁鲁,《文学自由谈》,2018年第6期,第108—117页。

925.《诗人在拯救灵魂的路上无法退场》,王长军,《青年文学家》,2018年第31期,第110页。

926.《诗学的方向与归属:生态诗学——中国当代生态诗学建构之我见》,梅真,《当代文坛》,2018年第6期,第143—151页。

927.《试析昌耀与张枣诗歌语言的异同》,肖学周,《名作欣赏》,2018年第31期,第46—48页。

928.《他们的期限只是一个短暂的日子戈麦的诗及改稿》,何炯炯,《上海文化》,2018年第11期,第19—25页。

929.《疼痛与虚空——胡弦诗歌的主题探究》,张馨艺,《星星》,2018年第32期,第39—53页。

930.《通向"未写之诗"的写作——池凌云诗歌的一个简要解

读》，耿占春，《扬子江诗刊》，2018年第6期，第38—42页。

931.《晚年豹变与秋天的戏剧——序张新泉诗集〈事到如今〉》，霍俊明，《星星》，2018年第32期，第69—75页。

932.《为什么是诗，而不是没有》，木朵、于坚，《星星》，2018年第32期，第55—67页。

933.《我将用一生等你通过——张二棍〈黑夜了，我们还坐在铁路桥下〉赏析》，李汉超，《中学语文》，2018年第32期，第17—18页。

934.《我热爱的诗歌》，水子，《青年文学家》，2018年第31期，第111—112页。

935.《小安口语诗的艺术特征》，游翠萍，《中华文化论坛》，2018年第11期，第95—100页。

936.《写给每一个有爱的日子——读诗集〈后来〉》，夏敏，《厦门文学》，2018年第11期，第71—73页。

937.《心灵与自然相融的无限禅意——读女诗人冉冉近作〈喀拉峻的夜晚〉等诗》，赵历法，《星星》，2018年第32期，第76—81页。

938.《新诗与时代同行》，谢冕，《诗林》，2018年第6期，第11—13页。

939.《形式研究与公共关系——孙玉石新诗论著读札》，李国华，《名作欣赏》，2018年第31期，第13—17页。

940.《幸福是什么——〈面朝大海，春暖花开〉解读》，沈春华，《中学语文》，2018年第33期，第68—69页。

941.《悬置"尘世"的虚与实》，刘慧，《星星》，2018年第32期，第141—143页。

942.《血浓于水的游子恋歌——读余光中〈乡愁〉》，彭远华、周金辉，《中学语文》，2018年第33期，第71—73页。

943.《寻找中国诗歌的自新之路——穆旦与海子比较初论》，钱文亮，《文艺争鸣》，2018年第11期，第43—47页。

944.《一首兼顾个人家国的乡愁型诗疗诗——〈乡愁〉的诗疗解读（下）》，王珂，《名作欣赏》，2018年第31期，第49—57页。

945.《一种认知装置：年轻的谜或雨的途中》，霍俊明，《清明》，2018年第6期，第206—207页。

946.《意象诗学的跨越式绵延》，崔春雷，《青年文学家》，2018

年第 31 期，第 109 页。

947.《与诗词共舞并一路向前——齐齐哈尔诗歌现象评述》，赵宪臣，《青年文学家》，2018 年第 31 期，第 106—108 页。

948.《语言在日常诗意与历史反思中升起——第七届鲁迅文学奖获奖诗歌综论》，马春光，《山东文学》，2018 年第 11 期，第 115—119 页。

949.《月光是怀旧的翅膀——陌上寒烟诗歌简评》，张德明，《绿风》，2018 年第 6 期，第 126—128 页。

950.《云南当代新诗对"边地与民族"的诗意书写》，朱彩梅，《名作欣赏》，2018 年第 32 期，第 99—100 页。

951.《在金华谈艾青》，于坚，《江南诗》，2018 年第 6 期，第 91—94 页。

952.《在平原深处低语（正方）》，张执浩，《诗刊》，2018 年 11 月下半月刊，第 8—9 页。

953.《在新的崛起面前》，谢冕，《诗林》，2018 年第 6 期，第 9—11 页。

954.《中国当代诗坛：谢冕的意义》，吴思敬，《诗林》，2018 年第 6 期，第 14—16 页。

955.《中国化的"唯美与颓废"——邵洵美的诗论研究》，潘坤、程革，《文艺争鸣》，2018 年第 11 期，第 156—159 页。

956.《中国诗歌的故乡在哪里？》，洪烛，《星星》，2018 年第 32 期，第 108—113 页。

957.《中国新诗理论的现代品格——谨以此文纪念新诗诞生一百周年》，吴思敬，《诗选刊》，2018 年第 Z1 期，第 5—14 页。

958.《作者·叙述者·读者——抒情诗中诗人面具之锻造》，舒凌鸿，《上海大学学报》（社会科学版），2018 年第 6 期，第 103—112 页。

十二月

959.《"病痛"体验与"离散"书写——80 后诗人熊焱诗歌论》，董迎春、覃才，《南京理工大学学报》（社会科学版），2018 年第 6 期，第 1—6 页、第 13 页。

960.《"草根诗学"理论的价值解析》，宋宝伟，《文艺评论》，

2018年第6期，第4—12页。

961.《"匍匐的灵肉升向落日闪烁的高处"——评姚辉长章散文诗集〈在高原上〉》，黄恩鹏，《星星》，2018年第35期，第63—71页。

962.《"它们选择站在一场大风中，必有深深的用意"——张二棍诗歌论》，王永、吴惜文，《诗探索·理论卷》，2018年第4辑，第70—80页。

963.《"天空"的五种面目——关于"天空"话题的经典联读》，张永辉、张华，《名作欣赏》，2018年第35期，第48—49页。

964.《"五四"爱情的别样抒写——巴人与"湖畔社"的情诗比较》，任金刚，《名作欣赏》，2018年第35期，第114—116页。

965.《"新世纪诗歌"研究的深化与拓展——评王士强的〈消费时代的诗意与自由〉》，吴投文，《诗探索·理论卷》，2018年第4辑，第176—182页。

966.《〈无效的新诗传统〉及其他》，朱子庆，《诗探索·理论卷》，2018年第4辑，第9—11页。

967.《〈洵美诗选〉翻译溯源》，孙继成、师文德，《诗探索·理论卷》，2018年第4辑，第184—193页。

968.《21世纪诗歌：历史传承与"变异"动因》，罗麒，《文艺评论》，2018年第6期，第13—21页。

969.《阿毛的诗歌地理与空间美学》，张德明，《长江文艺评论》，2018年第6期，第113—117页。

970.《把大山作为室内：城市化时代的痛苦浪漫——论王单单》，师力斌，《星星》，2018年第35期，第47—56页。

971.《悲悯的焦虑——张二棍诗歌中的底层书写》，孙晓娅，《诗探索·理论卷》，2018年第4辑，第52—59页。

972.《成为同时代人——用"谁"来回答"什么"》，张光昕，《广州文艺》，2018年第12期，第121—125页。

973.《从地下文学到"朦胧诗"——20世纪70年代前后的现代主义诗歌复兴》，张枣、亚思明，《世界华文文学论坛》，2018年第4期，第12—28页。

974.《从问题和历史出发的"第三只眼"——论叶橹诗歌批评的启示与意义》，罗小凤，《诗探索·理论卷》，2018年第4辑，第14—28页。

975.《大地、大地性与散文诗写作路径》,方文竹,《星星》,2018年第36期,第101—102页。

976.《地理培育诗的气质并使之斑斓》,李犁,《星星》,2018年第31期,第34—35页。

977.《短小的篇章也血肉之躯》,蒋登科,《星星》,2018年第36期,第38—39页。

978.《多余的柔情——论从容的诗》,西渡,《诗探索·理论卷》,2018年第4辑,第153—168页。

979.《复数的女神:郭沫若的"人民"观探源》,陈俐,《郭沫若学刊》,2018年第4期,第7—11页。

980.《古典的韵味——读〈在微山〉的二三感受》,王珊,《诗探索·理论卷》,2018年第4辑,第128—130页。

981.《古典惦念与童话终结——有关夏梦散文诗的另一种解读》,张德明,《星星》,2018年第35期,第106—113页。

982.《挥之不去的灵动与沉稳——王晓波诗歌品读》,铁舞,《诗探索·理论卷》,2018年第4辑,第169—173页。

983.《简谈诗人张二棍诗歌的"质朴"》,林莽,《诗探索·作品卷》,2018年第4辑,第153—154页。

984.《建国后〈女神〉的文学史阐释与现代新诗发展脉络的重构》,咸立强,《海南师范大学学报》(社会科学版),2018年第6期,第21—28页。

985.《解读〈相信未来〉中"我"的精神内核》,王丽,《中学语文》,2018年第34期,第46—48页。

986.《介入的愿望与向死而生的眼光——张执浩近年来诗歌研究》,彭仙,《星星》,2018年第35期,第84—91页。

987.《精神的还乡——评〈父亲的大兴安岭〉》,漆昕,《诗探索·理论卷》,2018年第4辑,第131—133页。

988.《论梁启超"过渡期"的新诗文体观》,熊文韵、赵黎明,《海南师范大学学报》(社会科学版),2018年第6期,第29—34页。

989.《论四川青年诗人诗学探索的几种向度——以2018四川青年诗人改稿会作品为例》,马迎春,《星星》,2018年第35期,第5—14页。

990.《浅谈〈再别康桥〉的三个意向层面》,向润颖,《青年文学家》，2018年第36期，第55页。

991.《浅析顾城诗歌的语言陌生化》，刘梦婧，《青年文学家》，2018年第36期，第54页。

992.《青春，重庆与旧日子——李海洲诗歌阅读札记》，王辰龙，《星星》，2018年第35期，第78—83页。

993.《容留经验与边界视野——王单单近期诗歌的新变与启示》，霍俊明，《星星》，2018年第35期，第36—46页。

994.《散文诗的诗意与"远方"》，张德明，《星星》，2018年第36期，第64—65页。

995.《生活漫议——读席亚兵的诗》，马小贵，《星星》，2018年第35期，第100—105页。

996.《生猛民谣，孕育"新诗经"——读古马〈生羊皮之歌〉》，陈仲义，《诗探索·理论卷》，2018年第4辑，第102—104页。

997.《诗的语言是一种生成性的语言》，纳兰，《星星》，2018年第31期，第217—218页。

998.《诗歌与生命的解读者——叶橹先生访谈》，庄晓明、李青松、叶橹，《诗探索·理论卷》，2018年第4辑，第29—42页。

999.《诗歌作伴可还乡》，王单单，《星星》，2018年第35期，第57—61页。

1000.《诗评中代入式的非技巧之技巧》，黄昌成，《星星》，2018年第35期，第15—22页。

1001.《诗是活着的证明》，方石英，《诗探索·理论卷》，2018年第4辑，第134—135页。

1002.《时间的骊歌与灵魂的谣曲——读方石英的诗》，张立群、陈曦，《诗探索·理论卷》，2018年第4辑，第122—127页。

1003.《试论张二棍诗歌中的宗教情怀》，景立鹏，《诗探索·理论卷》，2018年第4辑，第60—69页。

1004.《书评：〈洵美诗选〉英译本》，杜博妮、孙继成，《诗探索·理论卷》，2018年第4辑，第194—196页。

1005.《衰朽与死亡的歌哭——论子非〈麻池河诗抄〉》，宋宁刚，《南京理工大学学报》（社会科学版），2018年第6期，第7—13页。

1006.《水车、贫困及总和：诗歌言语阻拒性的指称意蕴》，霍文博，《文艺争鸣》，2018年第12期，第134—136页。

1007.《思无邪》，古马，《诗探索·理论卷》，2018年第4辑，第108—119页。

1008.《颂唱与歌哭：一个热血者的精神镜像——读卜寸丹长篇散文诗〈象形〉》，庄庄，《星星》，2018年第35期，第72—76页。

1009.《文明外衣下的丛林世界——西川〈潘家园旧货市场玄思录〉解读》，张永辉、张华，《名作欣赏》，2018年第35期，第52—54页。

1010.《闻一多的新诗格律探索与英诗汉译》，杨凯、蔡新乐，《贵州社会科学》，2018年第12期，第41—47页。

1011.《无非是，把一尊佛从石头中救出——张二棍访谈》，张二棍、霍俊明，《诗探索·理论卷》，2018年第4辑，第81—89页。

1012.《新诗：现代中国的"一个语言身体"——对百年新诗成就的一种认识》，向卫国，《诗探索·理论卷》，2018年第4辑，第2—8页。

1013.《新诗中的"自然"长什么样》，张德明，《星星》，2018年第31期，第124—125页。

1014.《新时代："说诗歌"的原创力与集体共识》，卢辉，《星星》，2018年第35期，第23—32页。

1015.《一半沉于阴影，一半被光照耀——赵亚东诗歌创作略论》，包临轩，《星星》，2018年第35期，第92—99页。

1016.《音乐与诗歌的语境与情感符号叙事——以电视音乐选秀节目歌曲表演艺术改编为例》，王天昊，《语文学刊》，2018年第6期，第67—73页。

1017.《英美新批评与美国华人学者的现代汉诗研究》，苏文健，《华侨大学学报》（哲学社会科学版），2018年第6期，第15—26页。

1018.《永不消逝的海市蜃楼——读西川的〈开花〉》，张永辉、张华，《名作欣赏》，2018年第35期，第50—51页。

1019.《用诗歌留存自己体温与光芒——简评侯立新诗集〈四季禅韵〉》，鲜圣，《星星》，2018年第35期，第114—120页。

1020.《有缘的人，有根的草——古马诗歌〈青海的草〉赏析》，白晓霞，《诗探索·理论卷》，2018年第4辑，第105—107页。

1021.《语言修辞与古典性的诞生——古马诗歌语意辨析》，苗霞，《诗探索·理论卷》，2018年第4辑，第92—101页。

1022.《缘起于苦难,在诗歌中升华和超越》,赵亚东,《诗探索·作品卷》,2018年第4辑,第24—27页。

1023.《远离的乡土与勃发的诗情》,蒋登科,《星星》,2018年第31期,第57—59页。

1024.《在他手里,诗歌成了一支狙击步枪》,刘年,《诗探索·理论卷》,2018年第4辑,第48—51页。

1025.《张二棍诗歌的智与质》,孔令剑,《诗探索·理论卷》,2018年第4辑,第44—47页。

1026.《张烨诗歌的哲学浸润》,褚水敖,《诗探索·理论卷》,2018年第4辑,第138—152页。

1027.《直面现实与变构现实》,王士强,《星星》,2018年第31期,第102—103页。

1028.《中国新归来诗人:不是流派的群体》,沙克,《作品》,2018年第12期,第166—168页。

1029.《中国新诗现代性和经典化问题的新探寻——评方长安的〈中国新诗(1917—1949)接受史研究〉》,王烨,《文艺评论》,2018年第6期,第22—25页。

1030.《重探新诗的诗歌精神与历史想象力》,刘奎,《广州文艺》,2018年第12期,第115—120页。

1031.《作为生产的文艺与农民主体的创生——以艾青长诗〈吴满有〉为中心》,路杨,《文学评论》,2018年第6期,第110—118页。

新诗著作书目（2018）

◇刘福春

* 本书目收录2018年新诗著作书目，分"诗集""诗论与资料集"两组。"诗集"在前，"诗论与资料集"在后。

* 组内按年月顺序排列（无月份者列最末），个人集在前，按作者排列；合集、选集在后，按书名排列。

* 每个条目所列内容为：书名，作者及著作方式，出版地：出版社，出版年月，开本，页数，其他。

* 个别作品在发表时文字或标点不甚规范或有错误，但为了与发表时的原貌一致，不做修改。

诗　集

相声专场　阿吾著
杭州：浙江文艺出版社　2018年1月　大36开　198页　中国桂冠诗丛

戴望舒与他的诗　戴望舒著
济南：济南出版社　2018年1月　16开　135页　读诗吧

我因此爱你　韩东著
杭州：浙江文艺出版社　2018年1月　大36开　132页　中国桂冠诗丛

天空高远，生命苍茫　胡建文著
武汉：长江文艺出版社　2018年1月　大32开　188页

形式主义的花园　华清著
北京：人民文学出版社　2018年1月　大32开　233页

第一百个夜晚 贾浅浅著
武汉：长江文艺出版社 2018年1月 大32开 237页

风骨指数 雷黑子著
成都：成都时代出版社 2018年1月 大32开 307页

河脊汀芷 雷黑子著
成都：成都时代出版社 2018年1月 大32开 220页

岳阳记 李冈著
南昌：百花洲文艺出版社 2018年1月 大32开 128页

刘半农与他的诗 刘半农著
济南：济南出版社 2018年1月 16开 117页 读诗吧

晏子 马晓康著
北京：线装书局 2018年1月 大36开 224页

一年只有六十天 芒克著
南京：译林出版社 2018年1月 36开 192页 诗人朗读书系

开耳 欧阳江河著
成都：四川文艺出版社 2018年1月 大32开 248页

一座城的味道 潘德宝著
北京：中国文联出版社 2018年1月 大32开 188页

燃烧的肝胆 潘洗尘著
杭州：浙江文艺出版社 2018年1月 大36开 133页 中国桂冠诗丛

我对你的爱萍水般绵长：关于一座赣西小城的抒情 漆宇勤著
北京：中国言实出版社 2018年1月 大32开 206页

老婆 全京业著
2018年1月 36开 90页

京业的诗 全京业著
2018年1月 36开 57页

母亲和雪 唐欣著
杭州：浙江文艺出版社 2018年1月 大36开 166页 中国桂冠诗丛

泅渡　瓦刀著
武汉：长江文艺出版社　2018年1月　16开　238页

我的隔壁是灵魂　王若冰著
西安：西安交通大学出版社　2018年1月　大32开　226页

爱，无止息　王忆著
南京：江苏人民出版社　2018年1月　32开　224页

闻一多与他的诗　闻一多著
济南：济南出版社　2018年1月　16开　122页　读诗吧

找王菊花　杨黎著
杭州：浙江文艺出版社　2018年1月　大36开　159页　中国桂冠诗丛

过去的生命　周作人著
杭州：浙江人民美术出版社　2018年1月　16开　118页　经典悦读

百年新诗2017精品选读　大风诗社主编
成都：成都时代出版社　2018年1月　16开　424页

2017年中国微信诗歌年鉴　月色江河主编
香港：天马出版有限公司　2018年1月　16开　335页

2017中国年度诗歌　《诗探索》编辑委员会选编，林莽主编
桂林：漓江出版社　2018年1月　16开　278页　2017中国年度作品系列

2017年中国诗歌精选　中国作家协会创研部编
武汉：长江文艺出版社　2018年1月　16开　321页　2017年选系列丛书

梦想之弦：诗歌卷　商震、蓝野主编
北京：中国方正出版社　2018年1月　16开　200页　爱廉说·中国廉政文学作品精选

诗话文成　慕白主编
武汉：长江文艺出版社　2018年1月　16开　272页

我听见了时间：崛起的中国90后诗人（上下）　《诗刊》社编

北京：中国青年出版社　2018年1月　大32开　742页

无声的水鸟　符策坚主编
青岛：中国海洋大学出版社　2018年1月　16开　244页

新世纪先锋诗人三十三家　李之平主编
南昌：百花洲文艺出版社　2018年1月　大32开　348页　百年诗库

亚欧大陆地史诗　曹谁著
太原：北岳文艺出版社　2018年2月　大32开　208页　北岳诗库

落花乱——代薇诗选　代薇著
北京：作家出版社　2018年2月　大32开　155页　中国新诗百年

祥云诗集　黄祥云著
北京：中国大地出版社　2018年2月　大32开　323页　中国诗文金点

骑着月亮飞行　王晓波著
广州：暨南大学出版社　2018年2月　大32开　167页

第二届诗探索·中国诗歌发现奖获奖作品集　《诗探索》编辑部编
长春：吉林大学出版社　2018年2月　大32开　248页

2017红高粱诗歌奖获奖作品集　《诗探索》编辑部编
长春：吉林大学出版社　2018年2月　大32开　138页

2017华文青年诗人奖获奖作品　《诗探索》编辑部编
长春：吉林大学出版社　2018年2月　大32开　249页

2007－2017中国诗歌版图　李永才主编
成都：成都时代出版社　2018年2月　大32开　407页

那些孩子们喜欢的诗歌　李少君、彭敏主编
北京：人民日报出版社　2018年2月　16开　217页

首届、第二届"诗探索·春泥诗歌奖"获奖作品集　《诗探索》编辑部编

长春：吉林大学出版社　2018 年 2 月　大 32 开　283 页

新诗百年爱情诗选粹　骆寒超主编
北京：团结出版社　2018 年 2 月　16 开　475 页

中国诗歌·2018 年度诗人作品选　阎志主编
北京：人民文学出版社　2018 年 2 月　大 32 开　310 页

鱼的翱翔　曹安娜著
青岛：青岛出版社　2018 年 3 月　大 32 开　129 页

白的鸟　紫的花　龚学明著
南京：南京出版社　2018 年 3 月　大 32 开　313 页

初绽的蔷薇　怀鹰著
台北：秀威资讯科技股份有限公司　2018 年 3 月　25 开　186 页　秀诗人

写给月亮的诗　怀鹰著
台北：秀威资讯科技股份有限公司　2018 年 3 月　25 开　231 页　秀诗人

月亮已失眠　黄梵著
南京：江苏凤凰文艺出版社　2018 年 3 月　大 32 开　248 页

黄鹂之歌　黄桂枢著
北京：北京燕山出版社　2018 年 3 月　大 32 开　134 页　一叶文丛

沉默与智慧　李曙白著
武汉：长江文艺出版社　2018 年 3 月　16 开　192 页

小悲欢　林珊著
武汉：长江文艺出版社　2018 年 3 月　大 32 开　162 页

云潮集　梅花驿著
不是出品　2018 年 3 月　大 32 开　113 页

江南引　欧阳江河著
南京：译林出版社　2018 年 3 月　48 开　202 页　诗人朗读书系

词语的魅力　潘洗尘著，全京业译
2018 年 3 月　大 32 开　193 页　中国当代著名诗人译丛　汉韩

对照

原版成都　其然著

成都：四川民族出版社　2018年3月　大32开　180页　潮头文丛

沙浪诗选　沙浪著

香港：香港诗人联盟　2018年3月　大32开　176页　香港诗人联盟百家丛书

一朵粉红——王素峰情诗集　王素峰著

台北：艺术家出版社　2018年3月　25开　191页

卧夫诗选　卧夫著，安琪编

上海：文汇出版社　2018年3月　大32开　250页　《名人堂》系列

东风破　晏榕著

上海：上海人民出版社　2018年3月　16开　381页

我去过你的未来　杨蔚然著

武汉：长江文艺出版社　2018年3月　大32开　235页

小镇来信　杨章池著

武汉：长江文艺出版社　2018年3月　大32开　288页

赵刘氏传：赵思运非虚构诗选　赵思运著

2018年3月　32开　191页

季节的脸色　朱登麟著

贵阳：贵州人民出版社　2018年3月　大32开　200页

读家记忆2017年度优秀作品·诗歌导读　林莽、陈亮主编

北京：现代出版社　2018年3月　16开　230页

2017江西诗歌年选　刘晓彬主编

杭州：浙江文艺出版社　2018年3月　16开　393页

2017中国年度作品·诗歌　中国当代文学研究会诗歌委员会选编，林莽主编

北京：现代出版社　2018年3月　16开　268页　2017中国年度作品系列

《上海诗人》作品精选：2007—2017　赵丽宏、季振邦主编

上海：上海文艺出版社　2018年3月　16开　351页

诗刊2017年度陈子昂诗歌奖获奖作品集　《文化遂宁》编辑部编辑

《文化遂宁》编辑部　2018年3月　大32开　175页

致敬海南：建省办经济特区三十周年诗歌选　孔德明、李少君主编

北京：中国青年出版社　2018年3月　16开　293页

陈亮诗选（2008—2017）　陈亮著

北京：中国文联出版社　2018年4月　大32开　237页

茶香余韵　陈瑞光著

北京：团结出版社　2018年4月　大32开　290页　文化平度2017

花期　丁及著

南京：江苏凤凰文艺出版社　2018年4月　大36开　164页

往事悠悠　戈锋著

北京：团结出版社　2018年4月　大32开　140页　情系华夏

土地上的居住　梁久明著

哈尔滨：哈尔滨工程大学出版社　2018年4月　32开　199页　九九诗丛

月光里的乡愁　马鸿福著

北京：团结出版社　2018年4月　大32开　195页　文化平度2017

悲欢的形体：冯至诗集　冯至著，冯姚平编

北京：新星出版社　2018年4月　大36开　248页　雅众诗丛

她和世界谈起自己　高博涵著

香港：香江出版社　2018年4月　大32开　131页

红蜻蜓之歌　金波著

北京：中国少年儿童出版社　2018年4月　16开　123页　金波60年儿童诗选

萤火虫之歌　金波著

北京：中国少年儿童出版社　2018年4月　16开　133页　金波60年儿童诗选

白天鹅之歌　金波著

北京：中国少年儿童出版社　2018年4月　16开　116页　金波60年儿童诗选

一张相片的自画像　黎保荣著

北京：团结出版社　2018年4月　大32开　198页

龙郁诗选　龙郁著

长春：吉林出版集团股份有限公司　2018年4月　大32开　310页

时光陡峭　晴朗李寒著

北京：人民文学出版社　2018年4月　大32开　301页

我的一生在我之外　熊育群著

广州：花城出版社　2018年4月　大32开　249页

土生土长　王宏军著

哈尔滨：哈尔滨工程大学出版社　2018年4月　32开　178页　九九诗丛

面具　于坚著

昆明：云南人民出版社　2018年4月　32开　140页　于坚文集·诗歌卷

飞行　于坚著

昆明：云南人民出版社　2018年4月　32开　172页　于坚文集·诗歌卷

石头醒来　赵亚东著

哈尔滨：哈尔滨工程大学出版社　2018年4月　32开　189页

朱英诞集（第1卷）　朱英诞著，王泽龙主编

武汉：长江文艺出版社　2018年4月　16开　700页

朱英诞集（第2卷）　朱英诞著，王泽龙主编

武汉：长江文艺出版社　2018年4月　16开　626页

朱英诞集（第3卷） 朱英诞著，王泽龙主编
武汉：长江文艺出版社 2018年4月 16开 547页

朱英诞集（第4卷） 朱英诞著，王泽龙主编
武汉：长江文艺出版社 2018年4月 16开 629页

朱英诞集（第5卷） 朱英诞著，王泽龙主编
武汉：长江文艺出版社 2018年4月 16开 634页

2017年国际华文微诗选粹 熊国华选编
香港：大世界出版公司 2018年4月 16开 200页

2017年度诗人选 朱零编选
北京：作家出版社 2018年4月 16开 371页

中国当代诗歌赏读 林新荣主编
北京：九州出版社 2018年4月 大32开 306页

中国年度诗歌选2017 任怀强、牛红旗主编
天津：天津人民出版社 2018年4月 16开 212页

中国诗歌·2018新发现诗人作品选 阎志主编
北京：人民文学出版社 2018年4月 大32开 312页

江南：时光考古学 高鹏程著
武汉：长江文艺出版社 2018年5月 大32开 273页

岩村史诗 韩文戈著
石家庄：河北少年儿童出版社 2018年5月 大36开 296页

实话实说 金珍红著
2018年5月 大32开 47页

云翻过了那座山 离离著
北京：中国书籍出版社 2018年5月 大32开 194页 当代诗人自选诗

这就是时光 李琦著
北京：中国书籍出版社 2018年5月 大32开 197页 当代诗人自选诗

山高水长 李强著
武汉：长江文艺出版社 2018年5月 大32开 227页

纸质的时间　李元胜著

北京：中国书籍出版社　2018 年 5 月　大 32 开　197 页　当代诗人自选诗

另起一行　漆宇勤著

上海：上海文艺出版社　2018 年 5 月　大 32 开　188 页　新海派诗萃

峭岩"史诗三部曲"　峭岩著

香港：读书文化出版社　2018 年 5 月　16 开　680 页

食物链　商震著

北京：中国书籍出版社　2018 年 5 月　大 32 开　197 页　当代诗人自选诗

早班火车　宋晓杰著

北京：中国书籍出版社　2018 年 5 月　大 32 开　196 页　当代诗人自选诗

诗意彩云间　行云著

北京：中国电影出版社　2018 年 5 月　大 32 开　348 页　粤风文丛

新旧体诗合集

2017 年度十大好诗　耿占春、刘海星、朵渔编

太原：北岳文艺出版社　2018 年 5 月　大 36 开　262 页　诗歌阅读馆

2017 山东诗歌年鉴　大家诗歌典藏馆选编，孙方杰主编

北京：中国文联出版社　2018 年 5 月　16 开　327 页

21 世纪贵州诗歌档案（2015—2017）　赵卫峰、颜同林主编

成都：四川民族出版社　2018 年 5 月　大 32 开　280 页　圣立作家文丛

崛起的诗群　苏历铭主编

南京：江苏人民出版社　2018 年 5 月　大 32 开　362 页

蓝鲨诗选（2007—2017）　张牛、陈计会主编

上海：上海文艺出版社　2018 年 5 月　16 开　280 页

理想国（待渡亭·2018）合著本　施维、方明编辑
香港：待渡亭诗刊　2018年5月　29开　239页

0596 诗篇　漳州市诗歌协会编
北京：中国华侨出版社　2018年5月　大32开　299页

珞珈诗派·2018　吴晓、李浩主编
武汉：长江文艺出版社　2018年5月　大32开　339页

郭小川诗选　郭小川著，王晓编
北京：人民文学出版社　2018年6月　大32开　259页　教育部统编《语文》推荐阅读丛书

唯有悲伤无人认领　梁书正著
北京：作家出版社　2018年6月　16开　280页　中国多民族文学丛书

遍地繁花　梁书正著
北京：团结出版社　2018年6月　大32开　180页　文韵雅风

陌上花开　刘存玲著
北京：团结出版社　2018年6月　大32开　325页　春华文秀

站在你左边的耳朵　罗蓉著
成都：四川文艺出版社　2018年6月　大32开　140页

如何再向北　潘洗尘著
武汉：长江文艺出版社　2018年6月　大36开　63页

风吹诗花向天涯　向永生著
北京：中国文史出版社　2018年6月　大32开　334页　星星诗文库

幸福是突然找回这样一些东西　谢炯著
太原：北岳文艺出版社　2018年6月　32开　199页　猎户诗丛

在内心散步　焱冰著
北京：中国文联出版社　2018年6月　大32开　277页　诗文合集

穿过雪夜的大堂　杨角著
武汉：长江文艺出版社　2018年6月　大32开　143页

汉字意象　喻子涵著

北京：北京燕山出版社　2018年6月　大32开　92页　我们·散文诗

掩藏着鸟鸣　周广学著

太原：北岳文艺出版社　2018年6月　大32开　236页　晋军新方阵

那些中学生喜欢的当代诗歌　李少君主编，何南评点

北京：人民日报出版社　2018年6月　36开　259页

青岛四十年代诗选　黄耘、赵天青编

青岛：青岛出版社　2018年6月　大32开　556页

天南诗星——1937至1949云南诗选　罗铁鹰选录初编，蔡正发校审定稿

昆明：云南美术出版社　2018年6月　大32开　354页

中国诗歌·2018年度网络诗选　阎志主编

北京：人民文学出版社　2018年6月　大32开　306页

潜江诗群（2016—2017）　黄明山主编

武汉：长江文艺出版社　2018年6月　16开　309页

替我生活：武汉文学院作家年度（2017）作品选　吕兵主编

武汉：长江文艺出版社　2018年6月　16开　379页　诗文合集

迈特村·1961　马兴著

上海：文汇出版社　2018年7月　大32开　232页

与时光喝茶：林新荣诗歌评赏　林新荣著

北京：九州出版社　2018年7月　16开　326页

时间的光芒　刘忠华著

北京：北京日报出版社　2018年7月　大32开　257页

草木寓言　萌娘著

北京：作家出版社　2018年7月　大32开　169页

小雅：我写中国当代诗人二百榜　招小波著

香港：香港先锋诗歌协会　2018年7月　大32开　210页

比云灿烂　周承强著

北京：光明日报出版社　2018年7月　16开　232页

2017湖南诗歌年选　湖南省诗歌学会主编
南昌：百花洲文艺出版社　2018年7月　16开　365页

给孩子的心诗：一个人的火车　朱零主编
北京：作家出版社　2018年7月　大32开　134页

山石榴作家作品精选　刘勇主编
北京：中国文联出版社　2018年7月　16开　488页　诗文合集

诗歌点亮生活：中国诗歌网优秀作品选（上下）　吉狄马加主编
北京：作家出版社　2018年7月　16开　359+347页

中国先锋诗歌："北回归线"三十年　《北回归线》编委会编
武汉：长江文艺出版社　2018年7月　16开　594页

中国先锋诗歌年鉴（2017卷）　磨铁读诗会编
北京：中国青年出版社　2018年7月　大32开　734页

此时此地　陈计会著
北京：团结出版社　2018年8月　大32开　194页　黑鸟集

马新朝诗选　马新朝著，邓万鹏编
郑州：河南文艺出版社　2018年8月　大32开　334页

去留书　逢金一著
北京：团结出版社　2018年8月　大32开　163页　初心集

灵魂的苦旅　汪文德著
北京：团结出版社　2018年8月　大32开　276页　金点诗文

落日越过群山　杨启刚著
桂林：广西师范大学出版社　2018年8月　大32开　183页

诗与远方　如梦敦煌：全国敦煌诗文征选活动优秀作品集　阳关博物馆编
兰州：敦煌文艺出版社　2018年8月　16开　443页　诗文合集

阳光打在地上——北大当代诗选1978—2018　洪子诚主编
北京：北京大学出版社　2018年8月　16开　512页

茶坪诗章　巴山丘庄著

北京：团结出版社　2018年9月　16开　450页

蓝钟花　包临轩著

北京：人民文学出版社　2018年9月　大32开　233页　野草莓丛书

清风起　陈巨飞著

北京：中国青年出版社　2018年9月　大32开　151页　第34届青春诗会诗丛

心如猎犬　缎轻轻著

北京：中国青年出版社　2018年9月　大32开　151页　第34届青春诗会诗丛

萧关古道：边地与还乡　高鹏程著

上海：文汇出版社　2018年9月　大32开　167页

草莓草莓　洪光越著

北京：中国青年出版社　2018年9月　大32开　126页　第34届青春诗会诗丛

时间密码　洪瑜沁著

上海：华东师范大学出版社　2018年9月　大32开　118页

摸天空　江一苇著

北京：中国青年出版社　2018年9月　大32开　148页　第34届青春诗会诗丛

回到一朵苹果花上　康雪著

北京：中国青年出版社　2018年9月　大32开　151页　第34届青春诗会诗丛

雪山入梦　雷晓宇著

北京：中国青年出版社　2018年9月　大32开　151页　第34届青春诗会诗丛

转运汉传奇　李海鹏著

北京：中国青年出版社　2018年9月　大32开　104页　第34届青春诗会诗丛

海天集　李少君著

南京：江苏人民出版社　2018年9月　大36开　204页

时间中的独白　李永毅著
北京：中国青年出版社　2018年9月　大32开　206页

蜗牛　林良著，卢贞颖绘
福州：福建少年儿童出版社　2018年9月　16开　131页　小太阳童诗馆

我为这人间操碎了心　刘汀著
北京：中国青年出版社　2018年9月　大32开　151页　第34届青春诗会诗丛

世间的一切完美如谜　陆燕姜著
北京：中国青年出版社　2018年9月　大32开　151页　第34届青春诗会诗丛

伊甸园纪事　吕达著
北京：中国青年出版社　2018年9月　大32开　151页　第34届青春诗会诗丛

约等于故乡　牧风著
武汉：长江文艺出版社　2018年9月　大32开　191页

起承转合　欧阳学谦著
北京：中国青年出版社　2018年9月　大32开　137页　第34届青春诗会诗丛

我在天兵天将旁看你　祁连山著
南昌：百花洲文艺出版社　2018年9月　大36开　212页　百年诗库

我还没有　盛兴著
北京：中国青年出版社　2018年9月　大32开　149页　第34届青春诗会诗丛

可以幸福的时刻　秦立彦著
桂林：广西师范大学出版社　2018年9月　大32开　238页

本命记　温青著
北京：中国文史出版社　2018年9月　大32开　202页　星星诗

文库

花香滂沱　夏午著

北京：中国青年出版社　2018 年 9 月　大 32 开　151 页　第 34 届青春诗会诗丛

无眠的星光　熊光炯著

香港：国际炎黄文化出版社　2018 年 9 月　大 32 开　242 页

少女和理发师　熊曼著

北京：中国青年出版社　2018 年 9 月　大 32 开　142 页　第 34 届青春诗会诗丛

小叶榕　余真著

北京：中国青年出版社　2018 年 9 月　大 32 开　149 页　第 34 届青春诗会诗丛

2019 写给孩子的小小诗日历　邹进著，杨飞绘

北京：中国画报出版社　2018 年 9 月　48 开　无页码

2019 截句日历　邹进著，周学洋绘

北京：中国画报出版社　2018 年 9 月　48 开　无页码

所有未来的倒影　戴潍娜、杨庆祥、严彬著

桂林：广西师范大学出版社　2018 年 9 月　大 36 开　331 页

把木鱼敲成骨头　子非著

武汉：长江文艺出版社　2018 年 9 月　16 开　147 页

阳江现代诗选（2007—2017）　张牛、陈计会主编

广州：花城出版社　2018 年 9 月　16 开　267 页

或默或语：杜占明诗选　杜占明著

北京：中国友谊出版公司　2018 年 10 月　大 32 开　315 页

低头看见土地温柔　黄飞跃著

北京：团结出版社　2018 年 10 月　大 32 开　195 页　秋实集

生长于野　可人著

北京：作家出版社　2018 年 10 月　大 32 开　170 页

大河书　王彦山著

南昌：江西高校出版社　2018 年 10 月　大 32 开　178 页

舞者的水声　徐可著

北京：作家出版社　2018年10月　32开　206页

殷德江诗选　殷德江著

北京：人民武警出版社　2018年10月　大32开　225页

接梦话　余笑忠著

宁波：宁波出版社　2018年10月　大32开　284页

我不能握住风　宇秀著

桂林：广西师范大学出版社　2018年10月　大32开　201页　诗想者·诗歌文库

詹澈截句　詹澈著

台北：秀威资讯科技股份有限公司　2018年10月　25开　121页　截句诗系

春暖花开四十年　李少君、丁鹏主编

长春：时代文艺出版社　2018年10月　16开　464页

千年咏叹：诗情白洋淀（白洋淀诗歌群落卷）　刘金柱主编，贺嘉钰、李栋人编选

北京：中国青年出版社　2018年10月　16开　299页

千年咏叹：诗情白洋淀（现代卷）　刘金柱主编，邓招华、周润彪编选

北京：中国青年出版社　2018年10月　16开　285页

夏天还很远：成都@巴黎　李舫主编

北京：商务印书馆　2018年10月　大36开　285页　丝绸之路名家精选文库

中国诗歌·2018年度民刊诗选　阎志主编

北京：人民文学出版社　2018年10月　大32开　304页

万物奔腾　安琪著

北京：中国华侨出版社　2018年11月　16开　229页　漳州作家丛书

北京时间的背针　安然著

成都：四川文艺出版社　2018年11月　大32开　166页

我的狗兄弟　崔益稳著

上海：上海文艺出版社　2018 年 11 月　大 32 开　216 页　牧城文丛

群峰无序　大解著

北京：中国青年出版社　2018 年 11 月　大 32 开　147 页　中国好诗

我本孤傲之人　江一郎著

北京：中国青年出版社　2018 年 11 月　大 32 开　158 页　中国好诗

一株麦子的幸福　罗振亚著

北京：中国青年出版社　2018 年 11 月　大 32 开　192 页　中国好诗

那春天　弥赛亚著

武汉：长江文艺出版社　2018 年 11 月　16 开　155 页

钱万成作品选·诗歌卷：青春背影　钱万成著

长春：时代文艺出版社　2018 年 11 月　大 32 开　266 页

钱万成作品选·诗歌卷：母亲的村庄　我的城市　钱万成著

长春：时代文艺出版社　2018 年 11 月　大 32 开　146 页

钱万成作品选·诗歌卷：地球两边　钱万成著

长春：时代文艺出版社　2018 年 11 月　大 32 开　282 页

钱万成作品选·诗歌卷：回望远山　钱万成著

长春：时代文艺出版社　2018 年 11 月　大 32 开　186 页

钱万成作品选·诗歌卷：乡村歌谣　钱万成著

长春：时代文艺出版社　2018 年 11 月　大 32 开　178 页

数一数沙吧　沈苇著

北京：中国青年出版社　2018 年 11 月　大 32 开　216 页　中国好诗

镜中　舒丹丹著

北京：中国青年出版社　2018 年 11 月　大 32 开　150 页　中国好诗

落在海里的雪　王小妮著

北京：中国青年出版社　2018 年 11 月　大 32 开　155 页　中国好诗

我不想大张旗鼓地进入你的生命之中　巫昂著

北京：中国青年出版社　2018 年 11 月　大 32 开　142 页　中国好诗

自然主义者的庄园　阎安著

北京：中国青年出版社　2018 年 11 月　大 32 开　164 页　中国好诗

忙红忙绿　宇秀著

台北：秀威资讯科技股份有限公司　2018 年 11 月　25 开　167 页

入林记　张二棍著

北京：中国青年出版社　2018 年 11 月　大 32 开　187 页　中国好诗

事到如今　张新泉著

北京：中国青年出版社　2018 年 11 月　大 32 开　174 页　中国好诗

百名诗人同写神木　《诗探索》编辑部编，林莽主编

北京：现代出版社　2018 年 11 月　16 开　275 页

当我卑微无名时：艾华林十年诗选　艾华林著

成都：四川民族出版社　2018 年 12 月　大 32 开　137 页　星·诗文丛

爱情日记　百川河著

成都：成都时代出版社　2018 年 12 月　大 32 开　195 页

乘一朵声音过河　揭春雨著

香港：初文出版社有限公司　2018 年 12 月　36 开　317 页　本创文学

花开见佛——李勇诗画集　李勇著

上海：上海人民出版社　2018 年 12 月　16 开　244 页

超验者　刘剑著

北京：作家出版社　2018 年 12 月　16 开　163 页

爱得深沉　王学忠著

北京：团结出版社　2018年12月　大32开　146页　汶水走笔

掌纹　晓松著

上海：上海文艺出版社　2018年12月　大32开　269页　巨鹿苑文丛

榴荫集　叶宁著

北京：团结出版社　2018年12月　大32开　226页　涵泳文丛诗文合集

"朦胧诗"与"第三代诗"　陈晓明主编

北京：作家出版社　2018年12月　16开　396页　改革开放40年文学丛书

诗地罗平　何晓坤主编

武汉：长江文艺出版社　2018年12月　16开　247页

50年代：五人诗选　于坚、王小妮、梁平、欧阳江河、李琦著

广州：花城出版社　2018年12月　大32开　274页

中国诗歌·2018年度诗歌精选　阎志主编

北京：人民文学出版社　2018年12月　大32开　304页

无边的海　苇鸣著

Éditions Unicité　2018年　大32开　231页　汉法对照

十首诗（第1辑）　张明宇主编

阿诗玛出品　2018年　大32开　453页

十首诗（第2辑）　张明宇主编

阿诗玛出品　2018年　大32开　468页

新荷三十年集·星光　新荷诗刊编辑部编

上海：上海市监狱管理局新荷诗刊编辑部　2018年　16开　447页　诗论与资料集

诗论与资料集

苦涩的笑声　简政珍著

西安：陕西人民教育出版社　2018年1月　32开　245页　当代

新诗话

诗之思 泉子著
西安：陕西人民教育出版社 2018年1月 32开 226页 当代新诗话

在北师大课堂讲诗（第1辑） 谭五昌著
西安：陕西师范大学出版总社 2018年1月 16开 301页

在北师大课堂讲诗（第2辑） 谭五昌著
西安：陕西师范大学出版总社 2018年1月 16开 330页

在北师大课堂讲诗（第3辑） 谭五昌著
西安：陕西师范大学出版总社 2018年1月 16开 427页

在北师大课堂讲诗（台港澳专辑） 谭五昌著
西安：陕西师范大学出版总社 2018年1月 16开 376页

在北师大课堂讲诗（海外专辑） 谭五昌著
西安：陕西师范大学出版总社 2018年1月 16开 314页

大时空 大心境 大技巧 黄莱笙主编
北京：现代出版社 2018年1月 大32开 311页 三明诗群研创基地丛书

词的寂静 阿西著
上海：文汇出版社 2018年3月 大32开 262页 《名人堂》系列

破茧而出的诗——学员作品评析集 怀鹰著
台北：秀威资讯科技股份有限公司 2018年3月 25开 195页

往事与《今天》 芒克著
台湾新北：INK印刻文学生活杂志出版有限公司 2018年3月 25开 238页 文学丛书

王珂学术会议诗学论文集（1994—2017） 王珂著
南京：东南大学出版社 2018年3月 16开 599页 东大中文·新学衡文库

蔡其矫 诗坛西西弗 王永志著
福州：海峡文艺出版社 2018年3月 16开 424页

新诗美学　吴晓著

北京：中国社会科学出版社　2018年3月　16开　427页　钱江新潮文丛

群像之魅——"现当代诗学研究"专题论集

江汉大学现当代诗学研究中心、《江汉学术》编辑部主编

武汉：长江文艺出版社　2018年3月　16开　578页

三十八位诗论家论现代汉诗　王珂主编

南京：东南大学出版社　2018年3月　16开　440页　现代汉诗精品文库

诗歌之舌的硬与软　于坚著

昆明：云南人民出版社　2018年4月　32开　264页　于坚文集·诗论集

朱英诞集（第10卷）　朱英诞著，王泽龙主编

武汉：长江文艺出版社　2018年4月　16开　691页

第三代诗歌研究资料　张涛编

南昌：百花洲文艺出版社　2018年4月　16开　355页　中国当代文学史资料丛书

博雅文章采薇辞　谢冕著

北京：北京大学出版社　2018年5月　16开　265页　北大记忆

现代诗：接受响应论　陈仲义著

北京：中国社会科学院出版社　2018年6月　16开　384页

昌耀论　张光昕著

北京：作家出版社　2018年6月　16开　314页　中国当代作家论

被抵押的日子：黄礼孩诗中的经济学世界　林江泉著

长春：时代文艺出版社　2018年7月　16开　285页

经济学的闪电：黄礼孩的诗和经济学家的对话　林江泉著

长春：时代文艺出版社　2018年7月　16开　217页

俫伍拉且诗歌创作的生态美学　张放、韦足梅、吴敬玲著

成都：四川民族出版社　2018年7月　大32开　231页

马瑞麟创作研究（第5集）　马仲伟主编
中国诗书画出版社　2018年7月　大32开　152页

转世的桃花——陈超评传　霍俊明著
石家庄：河北教育出版社　2018年8月　16开　648页

论诗人的两个世界　绿岛著
香港：读书文化出版社　2018年8月　大32开　389页

中国诗歌·2018年度诗歌理论选　阎志主编
北京：人民文学出版社　2018年8月　大32开　312页

虚掩　胡亮著
合肥：安徽教育出版社　2018年9月　大32开　277页

中国新诗史略　谢冕著，刘福春插图
北京：北京大学出版社　2018年9月　16开　473页

窥豹录：当代诗的九十九张面孔　胡亮著
南京：江苏凤凰文艺出版社　2018年10月　32开　326页

听蛙室笔记　袁志坚著
武汉：长江文艺出版社　2018年10月　大32开　263页　诗想者书系

波浪的诗魂——蔡其矫论　邱景华著
福州：海峡文艺出版社　2018年11月　16开　401页　晋江地情丛书

北大新诗日历·公历2019年　刘福春、高秀芹主编
北京：北大培文教育文化产业（北京）有限公司　2018年11月　24开　无页码

一首诗的诞生　林莽、海城主编
北京：首都经济贸易大学出版社　2018年11月　大32开　339页

新荷三十年集·年轮　新荷诗刊编辑部编
上海：上海市监狱管理局新荷诗刊编辑部　2018年　16开　210页

（作者单位：四川大学文学与新闻学院）

重新审视中国新诗与现代历史
——评张洁宇新著《民国时期新诗论稿》
◇潘俊宇

中国新诗的发展历程已逾百年，从胡适在草创期打出"一时代有一时代之文学"的口号开始，白话新诗便登上了历史舞台。早期新诗以"反叛"的姿态打破格律，力图站稳脚跟，却不免又陷入诗歌创作艺术的窠臼。之后新月派诗人林庚、梁宗岱、废名等人在此基础上，对诗歌格律艺术及审美标准进行不懈的探索，众多新诗流派在现代诗坛上大放异彩。他们的创作与探索都与具体的历史时代相呼应，20世纪40年代书写苦难的诗作更是呈现了诗歌与历史间的互证……对新诗史的观察与研究，多年来一直持续进行且不断推新，张洁宇的研究便是其中有代表性的一例。

2019年6月，张洁宇的新著《民国时期新诗论稿》由花城出版社出版。这部论稿分为三编：上编关注中国新诗艺术内部若干问题；中编切入了具体诗潮流派与诗歌现象，力图贯穿和呈现丰富的新诗历史面貌；下编则深入新诗作品内部，通过意象、主题等分析展开话题。此书汇集了作者多年来在新诗方面不懈研究的最新成果，对新诗研究界尚未定论的许多复杂问题做出了进一步的推动。

一

本书亮点之一首先体现在对既往被忽视的史料的挖掘与处理上，作者采用史料研究的方法，细致翔实地勾勒出当时历史的情状，力图还原历史现场。张洁宇凭借多年来扎根于旧报纸、旧杂志书堆里的功底，注重原始材料的搜集与挖掘，详尽而全面地展现了许多未被关注的材料，并加以分析，厘清了许多研究者过去未曾注意到的、意义含混的诗歌现象，为新诗研究做出了更加全面的结论。比如，1923年，闻一多曾为当时红极一时的"女神"诗人郭沫若写了两篇评论，分别为《〈女神〉之时代精神》《〈女神〉之地方色彩》。在"时代精神"一文中，闻一多高度赞誉了郭沫若《女神》之"新"，体现了"二十世纪底时代精神"，而在"地方色彩"中，闻一多则展开了他的尖锐批评。他认为诗人不仅要"吸收外洋诗底长处"，还要"保存本地的色彩"，真正要做"中西艺术结婚后产生的宁馨儿"。张洁宇认为"把'时代精神'和'地方色彩'两个问题分开来做，是闻一多的有意为之"。而在多年的文学史叙述中，对"地方色彩"一篇的重视程度远远低于"时代精神"。在这里，作者通过对材料的详细分析，引出了闻一多对"本土化"问题的关注。过去，闻一多对新诗"本土化"问题的这一最早讨论始终没有得到研究界的重视和肯定，只看重他对郭沫若的颂扬，而作者以其敏锐的研究能力和扎实的学术功底看到了闻一多的苦心所在。正如她写道："以往的新诗史往往为了肯定郭沫若的创造性而偏重'时代精神'的一面，忽视了闻一多的深度和苦心。虽然，从表面看来，闻一多对《女神》时代精神的肯定与对其地方色彩的批评似乎存在某种矛盾，但恰恰是通过这样的一褒一贬，突出了他对'本土化'问题的独到思考。"①

　　看待史料不可顾此失彼，忽略重点，本书作者以极为严谨的态度，加以深入的分析论证，为学人做出了研究示范。她认为，在探究格律问题时，闻一多新诗理论中的"三美"实际上是有所倾向的，而非简单的"三美并列"，但是"在以往的研究中，总存在一种三美并列的理解，并将此认作闻一多对诗歌艺术的全方位的归纳总结，但事实上，回到闻一多当时表达的语境中就会发现，'三美'的重点实在只在于最后一个——'建筑美'"。研究者通过对闻一多《诗的格律》的分析，得出"新诗格律与旧诗格律的差别恰恰就在于'增加了一种建筑美的可能性'"。古典诗无论在"绘画美"还是"音乐美"方面都与新诗基本保持一致，最主要的区别就在于格式。旧诗无法脱离五七言律诗、绝句等基本形态的束缚，但是新诗只要在格律范围内，诗人可依照诗歌内容进行"相体裁衣"，格式本身千变万化，闻一多更是通过自己的诗歌创作实践并证明了这一点。在书中作者通过分析《忘掉她》和《也许》两首挽歌，体现了闻一多"建筑美的可能性"，并相当自然地引出了之后对闻一多古典主义"节制"美学的论述，可见研究者的写

---

① 张洁宇：《民国时期新诗论稿》，花城出版社，2019年，第15页。

作功底之深。

此外，最重要的是，作者在本书中不仅讨论了新月诗派、现代诗派群体等在新诗史上有代表性的诗人，还将鲁迅、沈从文、叶公超等非典型性诗人纳入，将这些人的自觉的诗性特征和灵活的跨界姿态展现出来，让读者对新诗史有新的认识，体现出一种对话性思维，极大地丰富了新诗史研究。正如其所说："在新诗史上，有很多并不以诗人名世的写作者。他们活跃于诗坛，从事写作、翻译、批评、编辑等与诗相关的事业，如果没有他们的参与，诗坛就不可能呈现出它现有的面目。"[1] 因此，讨论他们在诗坛上的贡献也是有价值的诗学问题。本书的第九章集中处理的就是这个问题。以沈从文为例，他凭借小说和散文等闻名于世，但他也写过几首小诗，各个文体之间的界限并不森严，作为抒情性诗人，关注格律问题，其中体现着新月诗人的某种共性。张洁宇在阅读分析了大量史料后得出"沈从文对于新诗建设的热情与思考，更多的是通过诗歌批评的方式来参与并传达"的结论。沈从文的诗歌批评集中收录在《沫沫集》中，他对郭沫若、李金发、朱湘、徐志摩、卞之琳等诗人都给出了极大的关注和评论，可谓是有一套自己的诗歌批评标准。在这一点上，研究者的感悟力是很敏锐的，沈从文的"诗化批评"应该引起研究界的重视。

值得注意的是，张洁宇对以《野草》为代表的散文诗也纳入诗史中，如何看待散文诗与诗歌之间的关系，学界一直未给予过多的关注。张洁宇则多年来致力于《野草》研究，在《新诗论稿》中对"散文诗"这一概念的发展脉络做了细致的爬梳与整理，明确认定了散文诗的文体独立。在她看来，"现代散文诗的灵魂首先在于其独特的现代精神。正是因为现代人在现代社会中的现代体验，已经让传统的诗文形式无法承载和准确表达，所以这样一种兼具散文与诗的特征而同时又超越了诗文各自的表现领域的新形式才应时而生"。[2] 鲁迅采用散文诗的形式书写《野草》，解决了自身写作中"说"与"不说"的困境，并使散文诗这一文体的风格达到成熟的高度。张洁宇通过对《野草》文本的解读，探究鲁迅在特殊时期的文学观和写作观，提出"诗"与"真""活"与"行"的问题，这是对历史的一种介入。在"野草"时

---

[1] 张洁宇：《民国时期新诗论稿》，花城出版社，2019年，第214页。

[2] 同上，第170页。

期,鲁迅一反此前对内心"黑暗"思想的压抑和隐藏,自觉尝试一种新的方式传达自我内心的真实,在"说"与"不说"的困境中挣扎、思考,并尝试着"怎么说"的方式,因此采用了散文诗的文体形式。张洁宇认为,鲁迅在文本中通过处理"现实的""内心的"与"文学的"三重"真实",提出必须以"文学的真实"来反映"现实的真实"的观点,因为只有"文学的真实"才可以真正保存住"现实的真实"。他以"假中见真"的特殊方式去尝试写"真实",在写作中表达关于"诗与真"这一重大艺术问题的独特理解。

二

张洁宇在多个方面突破了以往研究,见解新颖独特。譬如以往研究者在讨论新诗格律问题时多关注新月派群体,忽视了20世纪30年代现代派诗人身上所存在的某些格律问题,将格律问题变成了一个历史性的问题。张洁宇认为,这种处理方式虽基于历史,却容易造成误解。新诗格律问题不仅是与新诗发展的某个历史阶段相关,更是"诗歌艺术内部的一个本体性问题",不能将之简单地局限在某个年代。因此,她在格律问题这一脉络上,顺着历史语境向前,不仅讨论了20世纪30年代新月派的新格律诗,还对20世纪30年代林庚、梁宗岱等人对格律问题的讨论进行了细致的探究与分析。在这里,她对格律问题有独到的见解,认为"格律问题不仅关系到诗人对形式、语言问题的认识,同时也关系到对新诗与古诗及外国诗歌传统之间关系的理解。新诗打破旧诗传统的过程,即是一种从打破(古诗)语言的特殊性进而到重建另一种(新诗)语言特殊性的过程"。[①]

基于这一思路,作者针对闻一多、梁宗岱、林庚等人对诗歌格律的探索进行了深入的讨论与分析。1935年,梁宗岱在《诗特刊》上发表《新诗底十字路口》一文,认为新诗已经走到了一个"分歧的路口",只有选择另外一条道路——"发见新音节和创造新格律",中国新诗才能继续向前发展。之后,沈从文发表《新诗的旧账》,呼应了梁宗岱的观点,也直接提出了新诗"形式"的问题。之前很少有学者关注过20世纪30年代梁宗岱等人的诗歌理论观念,但是在张洁宇看来,

---

① 张洁宇:《民国时期新诗论稿》,花城出版社,2019年,第28页。

梁、沈等人的诗歌观念有着重大意义，主要就在于："通过打破中国新诗惟'自由体'独尊的局面，通过发起对'格律'和诗歌'音乐性'问题的讨论和创作时间，重新树立中国'新诗'的观念，有效地突破'自由诗'的写作方式，建立一种汉语现代诗的新的写作策略，以期达到一种兼顾汉语语言特征和旧诗传统的'纯诗'理想"。① 之后，作者又着重分析了梁宗岱等人在1935年重提格律，与之前闻一多等人的格律探索有何异同，实际上就在于梁引进了法国后期象征派的诗歌理论和"纯诗"观念。非常有创新意识的是，作者通过评述梁宗岱开阔宏达的"世界诗歌"观念，提高了梁宗岱在诗歌界的理论意义，认为他将汉语写作放在世界诗歌史的范围内去理解，更注重在语音层面上的韵律，真正认识到了现代汉语的独特性。

此外，作者观察十分敏锐，对新诗史上比较有意思且有价值的现象提出了自己独到的见解，值得后人学习借鉴。作者注意到，在新诗史上，废名、林庚、朱英诞，包括卞之琳和早期何其芳，"他们的诗歌创作从感觉方式、传达方式、意象意境的营造等方面而言，都显得相当'传统'。同时，在诗歌理论和诗歌史观的阐述方面，他们更是无所顾忌地表明了自己趋向'传统'的立场。但恰恰是这一批人，都被毫无争议地纳入了'现代派'的范围"。② 这个看似矛盾的现象引起了作者的关注，即他们是如何看待"传统"与"现代"、如何以沟通的眼光和创造性的尝试来对待"新诗"的？作为新诗史研究者的我们又应当如何理解他们、评价他们？之后，她以废名为例，通过分析具体的诗歌文本，讨论了废名的"传统"与"现代"。废名的诗学重在"感觉"，一时代有一时代之"感觉"，他并未隔断与传统的联系，强调与晚唐诗学的继承关系，强调韵外之致，看重个人体验，实际上是以现代眼光对传统进行的一种重新解释。通过对废名的解剖，作者进而考察和总结现代派诗人的诗学追求和艺术得失，得出"重释传统只是他们的手段和途径，而最终的目标始终指向新诗的'现代'化理想"③ 的结论。

由此可见，研究者以新诗史上出现的暂未被关注的问题统摄全书，体现了较高的学术研究本领和发现问题的能力。她对诗歌文本的分析

---

① 张洁宇：《民国时期新诗论稿》，花城出版社，2019年，第50页。
② 同上，第112页。
③ 同上，第123页。

驾轻就熟,引领读者展开了多方位的思考。

三

这本书的成就不仅止于此,最重要的是作者力图将诗歌放到相应的历史背景中去考察,关注历史,回归历史语境,探究作为"诗史"的中国新诗是如何一步步地成长、成熟,最终臻于佳境。这本书隶属于《民国文学史论(第二辑)》,在总序中,李怡强调,文学的研究必须回到历史语境中,要进一步关注和描述民国特有的社会、政治与文化情态。张洁宇的这部著作,正是在民国时期各种社会政治势力错综复杂、历史现象纷繁丛生的基础上对中国新诗的一种深入探索,是她多年来苦心钻研的学术成果展现。正如作者在导言"作为'诗史'的中国新诗"中写道:"从《凤凰涅槃》的破旧立新,到《死水》《雨巷》的绝望彷徨;从'雪落在中国的土地上'的苦难坚忍,到'一个民族'已经起来的信念与期望……中国新诗在成就艺术的同时,也从来没有忽略过折射历史的责任,或者说,一部现代新诗的历史本身也就是一部特殊意义的'诗史'。"虽然很多人在写作中也都会或多或少提到时代背景,但是像张洁宇这样透过历史材料本身以及诗歌文本,结合作家生平,深入挖掘、体察诗歌背后的东西,是少之又少的。她以女性细腻的心思去贴近诗人,走进诗人,努力找寻诗人的创作路径,为我们理解中国现代新诗打开一扇更加明亮的窗户。

在第十一章《诗与死》中,作者通过分析与"死亡"相关的多个意象,如郭沫若笔下涅槃而生的"凤凰",闻一多《剑匣》中自杀而亡的铸剑师,鲁迅《野草》中频繁出现的"生"与"死",废名笔下的"坟"等,展现了20世纪早期中国的黑暗与腐朽,在时代的巨变与自我的觉醒中,中国现代诗人由一种破旧立新、涅槃更生的情绪逐渐转向哲学的沉思,对"生"之体验所带来的"坦然、欣然",即使是废名也从未如表面一样悲观厌世,而是真正将生死参透,了然时空与生命的有限性。抗战后,死亡不再作为一种隐喻或哲学沉思,而是变为了血淋淋的现实。正如著者所说:"在血与火的现实之中,更多的诗人以他们的笔记录了残酷的战争和令人悲愤的历史。这不仅是现实的需要,也是诗人良知和情怀的体现。"① 艾青以 1937 年的四川旱灾为背景，创作《死地》，表达对天灾人祸的激烈控诉；臧克家于 1947 年在上海看到"前日一天风雪，昨夜八百童尸"的惨状后，以悲痛无比的心情写出《生命的零度》，感叹"八百多个活生生的生命""没有姓名，没有年龄，没有籍贯，连冻死的样子和地点，也没有一句描写和说明"。臧克家以对现实的高度关注和批判色彩，诗作显示出一种作为杂文式的效果，呼应着残酷的现实。之后，作者通过分析穆旦《森林之魅——祭胡康河上的白骨》一诗，提出了对历史的反思问题。在她看来，"最重要的并不是诗人记录了怎样一段人类历史上的惨剧，重要的核心在于，诗人是如何与众不同地表现了战争的真相以及战争背后更深刻的真理。诗人回避了英雄主义和浪漫感伤，而以更独到的方式将生与死、个体与人类、当下与历史等等问题引入了诗性的沉思"。正如穆旦所写："静静的，在那被遗忘的山坡上／还下着密雨，还吹着细风／没有人知道历史曾在此走过／留下了英灵化入树干而滋生。"历史是沉默的，"牺牲"也会被遗忘，但他的意义就在于对"自己与历史之间关系的全新的理解与认知"。

同时，作者的研究视野广阔，不仅关注"诗与梦""诗与死"，更是穿越历史时空中的双城，关注不同地域文化中的生存体验，体现出对现代文明的深刻反思。最后引出"诗与人"的问题："如果说中国现代文学是'人的文学'，那么中国新诗则更是深切关乎'人'的艺术。"在最后一章中，研究者借用沈从文《新文人与新文学》一题，反其道而用之，探究京派文人群作为"学院型文人"的独特性和历史特点，重点讨论"人的文学"与"新的启蒙运动"，认为京派文人所肯定的"小品文"不只是一种文体，更多体现了他们的文学观念和文学态度。在此处谈到了人的处境与文学写作的关系，"这种精神，既是对新文学'自由写作'精神的坚守，同时也体现了一种返回文学内部去寻求启蒙之途的独特思路"。②

无论是正面在战场上"斗争"的诗人，还是远离战场、身居学院的文人，都在以自己的力量关心国家社会大事，与时代风雨相抗衡。他们为苍生百姓，为艰难历史，以自己手中的笔写出了中国百年历经

---

① 张洁宇：《民国时期新诗论稿》，花城出版社，2019 年，第 293 页。
② 同上，第 364 页。

坎坷艰难的前进历程。由于此前的诗歌形式无法承载时代的使命，新诗诞生在需要它的历史时代，之后义不容辞地发展起来，并在与世界文学的相互交流中壮大自身，最终融合为集传统与现代于一身、中与西相结合的适合中国历史发展需要的诗歌，正是诗人们在创作实践与理论观念上的不懈探索，为中国现代新诗史留下了一颗颗永久璀璨的明珠。

总而言之，本书通过具体的诗作来透视整个时代，探究诗歌作为历史的意义，是一种在对历史进行整体性观照下的研究，不仅对新诗研究有推进意义，更对理解整个百年诗歌文学的发展有启示意义，体现了百年新诗与中国历史之间的相互激活和相互助长。本书无论是在史料挖掘、诗歌文本分析，还是诗歌理论方面，都对相关研究有所推进，它提示我们：中国现代新诗在多个向度上对现代中国的历史做出了诗意的回应，呈现了时代的情绪，这些面向都值得我们不断地重读和思考。

（作者单位：中国人民大学文学院）

神谕的再审视
——《远方的缪斯与诗感空间》序

◇王朝军

在西方宗教文化里，有个词，叫神谕。中国也有，我们称为谶语，佛教中则唤作佛偈。意思虽有些微的差别，但大同小异，皆是来自彼岸世界的某种暗示性或隐喻性的话语。也就是说，无论在哪个民族的认知系统中，其实质都是一种语言或语言的艺术。在这个意义上，诗歌作为一种最纯粹的语言艺术，与神谕便有了相通的地方。所以，对诗歌的解读最难，也最是费力不讨好。因为你无法与诗人同时同地获得和他完全相同的情感体验，却要在他有限的分行文字中窥出真相来。这是对解读者洞察力的考验，更是对其生命意识和耐力的考验。我想，在这个过程中，解读者"劳心"的程度一点也不会比诗人小。

作为一位现当代诗歌的研究者，作为一位诗评家，王巨川做的正是这"解读者"的活儿。本书所收录的文章，便是他近几年所取得的部分成果。其中，现代白话新诗自然是其着力阐述的方向，但对旧体诗也有涉及。应该说，他是在新旧体诗转换的时空框架中来观照新体诗的。自然，坐标也是有的。那便是诗歌区别于其他散文体文学样式的最核心的支撑，用王巨川的话来说，就是"神性的，形而上的，终极意义的价值取向"。

在这里，我们又拉呱上了在当今诗坛司空见惯的一个词：神性。虽然它并不直接表现为神谕，但很明显，二者因了"神"，而取得了隐性的呼应。没有一个诗人或一首诗，是拒斥"神"的，反而因抵近"神"而收获了他的诗和他自己。那些无"神"的所谓诗歌，其实并不能称其为诗，只是没有温度的支架罢了。总之，诗人便是在这种与"神"的对话乃至共舞中感知到了所书写的"象"的意态，进而形之于诗。一切的结构、语言、节奏、法度等技术性的问题，都无法与"神"抗衡，它们即便在诗人的理性之塔上攀得再高，也不得不臣服于"神"的脚下。"神"无须自我加冕，它的冠冕，是诗一产生便存在的。

有了"神"的诗,就像眼角的褶皱,"神"的意思,或者说"神谕"便隐藏在这一道道褶皱中。是谁让它们隐藏起来的呢?是诗人,是诗人那敏感如露珠的心灵。所以当诗评家欲图重新将这褶皱捻平时,他们要同时具备以下条件。一是在场感,即回到诗人写诗的那个维度,将自己消融于诗人主体中去感受。二是自我的主体性,也就是区别于诗人主体的独立自我。而且这个自我必须足够强大,这样才不至于被诗人主体所淹没,才有可能在诗歌造就的旋涡中伸出一只手来,继而上岸,继而向这旋涡投去从容的一瞥。自我要强大,就涉及第三个条件:足够的诗学理论素养、对诗歌所呈现的神谕性语言的解码能力以及解码后的审美与伦理观照。三个条件缺一不可。否则,诗评家或诗歌研究者是无法确立自我的身份乃至精神属性的,就会造成与对象所蕴含的精神的撕裂,导致"神"的意旨永被遮蔽。

就此来看,王巨川是一个称职的诗评家,更是一个优秀的诗歌研究者。他将诗人对日常经验的审视进行了二重乃至多重的再审视,从而获取了延伸的可能和更为丰沛的意义。墨西哥诗人帕斯说:"只有伟大的诗人会提醒我们,我们是弓手和箭,也是靶子。"这个话用到王巨川这里并不成立,原因是,他不仅仅将诗人和他的诗看作靶子,更把其看作"神"的使者。使者对"神"的旨意的传递有可能出现偏差乃至谬误,即便是"伟大"的诗人和"伟大"的诗。因此,怀疑,追溯,分解,重新判别或确证、归纳或阐释,便显露出其特有的意义和价值。我想,任何一个杰出的诗歌研究者或诗评家,应该都是预先设定了一个这样的态度的吧。只不过机缘巧合,我现在恰好遇到的是王巨川。

闲聊几句,且以为序。

(作者单位:北岳文艺出版社)

批评的视域与责任
——读《小海诗学论稿》
◇李德武

　　小海近年的写作领域不断拓宽,在擅长的诗歌写作之外,开始涉足批评写作,且一发不可收。先后撰写了《韩东诗歌论》《〈哭庙〉:当代诗歌在历史和现实中的言说——兼谈〈哭庙〉的历史观问题》《胸前扎着野花的诗人——吕德安诗歌论》《杜涯论》等侧重关注当代诗歌成就的多篇重要文章,多篇论文长度都在两三万字左右。通常人们认为文人都相轻,但在小海眼里则是文人相重。私下交谈时小海曾向我表露过他对待同时代诗人的态度,他说:"作为同时代诗人,我们不能彼此认同,这是不对的!"为此,小海花在研究分析他人成就与特点上的精力比他思考自己写作还要多。这种现象在诗人中是极其罕见的。鸿篇大论不仅体现出小海理论基础的缜密扎实,也展示了小海敏锐而独到的鉴赏力,很多篇关于诗人的专论精准而透彻,从诗学和史料双重角度提供了权威的论证。2016 年,小海荣获了第五届"长江杯"江苏文学评论奖一等奖。去年,北岳文艺出版社将小海近年的部分批评文章结集出版,名为《小海诗学论稿》,可以让我们系统了解小海的批评思想和富有创建性的美学观念。

　　我和小海都是彼此的第一读者,我们有新的作品总是喜欢发给对方征求意见。收集在《小海诗学论稿》中的文章绝大多数我都在第一时间读过。小海的批评能力令我惊讶,除了他擅长写整体性评论以外,他下笔之快,涉及艺术层面之广,阅读积累之厚实都令我钦佩。小海的批评视域是前沿性的,且是中西全景式的。在这部诗学论稿里,不仅有他对当代国内最优秀诗人的评论,也有他与外国学者就诗学的对话,有他对国际上文学大师作品的品鉴,比如《胡安·鲁尔福,源头性的作家》《在悖论中踯躅的人间歌者——读谷川俊太郎的诗》《午夜的骑士——读萨曼·鲁西迪〈午夜之子〉》等,都为我们了解和欣赏这些大师的作品提供了独到而崭新的视角。当然,在这部文集里也收录了他为雕塑家、古琴家、画家、电影导演等写的评论，包括和我之间的对话，这些评论背后都是小海和艺术家们之间长期交往结下的深厚友情。

艾略特曾说，每个诗人都是一位批评家。这话就鉴赏能力而言不错，但现实中不是每个诗人都肯为他人"做嫁衣"。写批评文章消耗的是自己的思想和理论积淀，一个正处于探索中的诗人要放下自我的艺术界定，而毫不吝惜地对同道进行系统性阐述，需要的是大度、勇气和自信，需要的是不计个人得失对艺术美的忠诚。中国新诗百年来，从现代性而言还没有完全走出西方自由体诗的阴影，还没有摆脱西方哲学、美学、语言学等理论对写作的影响，而形成属于中国的诗学。有责任感的诗人在探索诗歌文本创新的同时，也一直努力在诗学上形成我们自己的特色。可能我们并不缺乏撰写诗学文章的人，但学者和教授的文章总感到和诗人的创作隔着些什么，为了准确呈现写作的理论性和文本特点，近年来出现了一批诗人批评家。正如诗人们喜欢读波德莱尔、艾略特、瓦雷里等诗歌评论一样，在对待诗歌批评上，人们更相信诗人的观点。小海对当代诗学建设是有贡献的，因为他太了解这个时代的诗歌写作了。我认为，他关于"他们"诗派的介绍，关于韩东、吕德安、杨键、杜涯等诗人的评论，可以成为后人研究这些诗人绕不开的权威参考。

小海投身诗歌评论写作不是偶然出现的，从与斯塔文斯对话前后开始，他就已经着手做批评的准备了。他系统地阅读了西方近代的文学理论代表作，从哲学到美学，从艺术流派到大师级的作家，甚至宗教、语言学等关联领域，无不涉足，写了几百万字的读书笔记，其用功用心程度堪称非凡，又何况这一切都是在他一只眼睛几近失明，另一只眼睛矫正视力只有0.5的情况下完成的。尽管知识积累丰厚，但他不是那种掉书袋式的批评家，他进入文本的能力和对他人观点的使用总能做到新奇独到，他是一个有见地、有发现的批评家。他的文章不是对作者或作品"说明书"式的解读，而是对文本保有的艺术领域进行丰富和开阔。在一些关键问题上，小海也不念情谊，而是展现出公允而犀利的个人观点，这些带刺的观点常让作者感到不舒服、不开心。小海的批评越来越受人尊重，这源自小海是一个敢于说真话的批评家。

谁说这是一个没有诗歌批评的时代？说这话的人，我相信他一定没有读过《小海诗学论稿》。

一部没有学术腔儿的诗学手记
——评安琪新著《人间书话》
◇宋春香

一部书稿，只要公开出版就必然会面临一种风险，一种来自不同读者不同阅读视域不同观点的冲击，因为走进公众视线的作品，其话语阐释权就不再是作者，而是读者。在创作领域中，诗歌的"通灵者"都会有与众不同的写作风格。安琪是诗人，其"意识流"的诗作伴随读者走过了"奔跑的栅栏""任性""像杜拉斯一样生活""极地之境""万物奔腾"以及"中间代"的诗意文本，当"诗话"转入"书话"，的确令人期待。顾名思义，"书话"本应该是"读书笔记"或"读书随笔"的缩写词，读安琪的《人间书话》虽然有闲叙随笔的印记，但是与以往的随笔阅读不同，在且行且思的阅读分享中，在读者的接受层面，你会读出一份浓厚的诗学的味道，而且是一种没有学术腔调的学术味道。安琪直言写不来"正儿八经有学术范的论文"，但是，这并不能否定该著作本身所具有的诗学意义和价值——诗人、诗心、诗思、诗论贯穿始终，这本书就是一部没有学术腔儿的诗学手记。

一、悦读的歌者：一位诗人的亲诗歌情结

安琪的《人间书话》按照作品的国别和内容可分为三个部分，第一辑以国外书目为主，精选外国22个国家66本外国经典名著为阅读对象，第二、三辑以135本中国古今书目为主，涵盖了文学、文化、理论等领域的内容，并以诗人文学家的创作居多。该书稿共计古今中外文学名著201篇读书记，文史哲相容共生，思与想火花四射，褒贬诗人，谈笑诗论，评入时境，论从心出，时时触动读者的心弦，瞬间共鸣，阅者不禁拍案惊赞，非一鼓作气不能读也。诗人的阅读离不开诗人及其诗作。作为诗人，安琪读书记的评书文本以诗作为多，诗理为妙，随意而起的评述也最精彩。

125

对于安琪而言，所选读书记的作者大多属于诗学（狭义的诗学仅指诗歌，广义的诗学涵盖了所有与文学有关的创作与理论）领域的文化人，或为诗人，或为作家，或为哲学家的文学家，如尼采。即使所选书目是小说、随笔和文学理论等非诗歌纯文本，也会成为文体思考和诗歌比较的对话源泉。安琪对诗的亲和感常常使其赋予寻常之书以诗的价值、诗意的感动，即使带着"猎奇心态"读《山海经》，也会发现其语言中"又东三百里""又东三百五十里"所提供给诗者写作的"一个很有影响力的表达模式"，以及带给自己的绘画赋名的灵感，诗意灵动，情趣盎然。安琪从唐代梁琼《昭君怨》"回看父母国，生死毕胡尘"中重叠一份古人灵感，追踪出处，道问孔夫子；安琪读《出土文物二三事》中殷商历史会觉得自己"欠着伟大的殷墟一首诗"；读《围炉夜话》钟情于张贴在书房的对句，以及"谭克修诗语"；读《随园诗话》的情趣之际会提倡朋友"在文字中相聚"；读《警世通言》"喜欢每篇中的诗词"；读《武则天》面对"心理分析"和"长篇大论"而独津津乐道"小说家和诗人的区别"，并在《中国"60后"作家访谈录》中予以细化："诗人务虚，小说家务实，前者启人心智，后者教人写作秘密。"而这份诗人之"虚"也恰恰"代表的是人类精神深处的深刻的诗性向往，诗人精神深处的梦幻与梦想的象征与体现，也是身处阴影之中依旧向往光明的歌者"。作为诗人歌者，安琪读《闲书》乐寻"致诗中有闽派之帜"的缘由；读《黄帝内经》源于"古文中浸润出来的"女友推荐。这种"秘响旁通"的慧智诗心，既可以让安琪"由画入诗"地理解《寒玉堂书画论》，于读书中阐释西莫尼德斯所言"画是无声诗，诗是有声画"的精髓，也可以从"作为教育家的文艺理论家"童庆炳先生的评传中，厘清其"从审美诗学转到心理诗学，又转到文体诗学，再转到比较诗学，最后走向文化诗学的整个学术历程"。

安琪随书而行，或在候机的间隙，或在奔跑的列车上，时间和空间都是读诗读书的栖居地，由此诗心随情感游走，她也会"因为读了尼采而流泪"，因为司马迁"至今五百年"的使命肩负而读史留诗，笔端怀念父亲，写下"我如今活得像个羞愧，一个又一个五百年，已过……"的诗句，从而体现出诗人感性多情的一面。朝行夜顾的读者，只要翻阅行走在《人间书话》，就无处不言书记，无处不谈诗话，无处不现诗学。

二、比较的诗学：横向激活的跨文化思维

在《人间书话》的写作中，即使是关于一个人、一部书的品读，安琪也始终运用中外横向对比的跨文化思维，分析诸多诗学"关键词"的翻译与传播、接受与影响等问题，用一句话、一个问题来激活读者的诗学记忆，以深刻反思中西诗学的同质之处与文化差异所在。

（一）中国文化的翻译与传播

在他者叙事中探寻中国形象"走出去"问题，这是安琪关注诗学的内省视角。从中国文化的自我认知角度上，安琪讲求和谐平衡，中国文人并非是非儒即道，非出世即入世，往往在其中间者有之，所以在孔子和老子思想中她会赞叹"中国人幸好有儒和道，身心方能有一种平衡"。比如，在称道"春秋战国是中国历史上了不起的时期"后，安琪会以此为圆心画出世界文化地理的辐射图，来比对同一时期的西方文化，因为"德国哲学家雅斯贝尔斯称之为人类文明的轴心时代，几乎和春秋战国同期，各个文明都出现了伟大的精神导师——古希腊有苏格拉底、柏拉图、亚里士多德，以色列有犹太教的先知们，古印度有释迦牟尼，中国有孔子、老子……"。通过对西方作家作品的阅读，安琪以敏锐的观察力发现：中国文学、文化作品在世界经典中的缺席，诸如"艾柯没有引用中国文学作品""艾柯对中国文化十分陌生"，并提出文化输出的本体论观念，认为"中国当代社会要有能向别国输入自己价值观的东西，人家才会关注你、翻译你"，反思和批判流露于字里行间，这在新时代的"共同体"构想与构建中无疑是具有实践价值和意义的。在全球化的视野中，提倡中国文化的翻译与传播将是一个对既有观念的冲击波，体现了一份文化自信的坚守。当然，这也是一个有违"西学东渐"陈念的"逆行"之旅，任重道远。

安琪对中国女性诗人充满同情，能够立足本土文化反思"封建社会对女性才华的湮灭"现象，并联系外国作家创作实际，不想结论是一样的："伍尔夫《一间自己的屋子》就假设了莎士比亚有个妹妹和他一样有才华，但一没有一间自己的屋子，二没法接受教育连字都不会写，三成天被关在家里父母监督着大门不出二门不迈的，她的才华没有能力变成文字，她自然变不成莎士比亚。"如此的一种交流比较，她

无意中也窥见了文坛性别的"主义"问题,这是女权主义诗学专攻的领域,也是世界诗学不可回避的难题。但是,文中这种横向的比较式思维,如"镜"与"灯"的审视,让读者在阅读中既浪漫地看到了自己,也理性地看到了他人。

(二) 西学东渐的接受与影响

从西学话语反思中国接受与影响这个"走进来"问题,这是安琪关注诗学的外围视角。诸如:谈到艾略特语言的"现代性",集中于"注解"风的中国影响,既有数量之多,"影响了中国许多诗人",也有最突出的影响群体,"特别是第三代诗人",欧阳江河"那种哲理的、思辨的、不容置疑的肯定句式颇具艾略特的风格",以及柏桦的《水绘仙侣》、翟永明的《随黄公望游富春山》。谈到肖洛霍夫《静静的顿河》,直接引用了全书的"引诗"及全书对作家赵卡的影响,对于这部"文字的想象空间更大,进入心灵的力量更强"的经典,作家赵卡落款为"赵卡斯基"也就不为怪了。谈到《蒙田随笔全集》的魅力,安琪一言以蔽之,"有太多让你读下去的元素",如奇闻趣事、诗歌佳句、语言轻松、思想密度之高等,更是中国诗人臧棣喜欢的作家,因为在臧棣的诗话专著《诗道鳟燕》里有两处提到蒙田,是他对付"语言神秘主义"可能造成的异化的必读书目。讲到《兰波作品全集》,安琪举出了中国诗人的众多追随者,"中国许多诗人有兰波情结,海子把兰波归为没有成为王的王子,在诗中称兰波为'诗歌烈士',臧棣(《我喜爱蓝波的几个理由》)、潘维(《追随兰波直到阴郁的天边》)也均有很好的诗作献给兰波。有一个诗歌词汇很通行,'语言的炼金术',也是出自兰波"。梭罗的《瓦尔登湖》让安琪想到海子有关的回忆文字,因为海子有一首诗《梭罗这人有脑子》,用民谣体写的,其中有一句"梭罗这人有脑子/看见湖泊就高兴"。而梭罗和兰波都是海子笔下歌咏的偶像,并组合成美妙的诗句。梭罗不仅影响了海子、康城等诗人,而且他还是汉学研究者,因为"梭罗对中国儒学所研甚深,经常引用孔子的言论,偶也有孟子的"。在比较中安琪所涉及的诗学领域可谓中西合璧。比如,对于文化,中西人物是对应对译对研的,如孙周兴和海德格尔、周国平和尼采、钱中文和巴赫金等。这种一对一的结对传递了一个时代的诗学之声,让西方思想在中国从陌生变得越来越熟悉。与此同时,安琪的跨文化思维敏锐至极,从中国古代的奴隶伊尹联想到古希腊的奴隶伊索,从托尔斯泰的《忏悔录》而切入到"忏悔文学",由点至线拉伸文学叙事的长度。平铺直叙中,安琪又能由《忏悔录》而切入到《思想录》之构想,由线而面地拉宽诗学意义的宽度,意在思索生命意义和宗教是非,虽两字之差,其主题境界迥然不同,一句"心灵的自省而非自传式的叙述"恰似用思想之火直击心灵阅读的燃点,有一份"阅读的震撼"就是应有之义了。

阅读中联系中国文化,安琪指出,儒家传统的"隐"恰恰是写作者不敢如卢梭、巴金一样"如实解剖自己"的原因。实际上,当我们习惯从个体性来分析言行差异时,安琪从跨文化的角度指出了中外文化影响中的潜在规约。针对《里尔克:一个诗人》这样一本"堪称全世界最厚的诗人传记",安琪旁征博引,中西互印,引入了中国学界燎原的《海子评传》《昌耀评传》、刘皓明《真实的和扮演的感情》、张松建专论《里尔克在中国:传播与影响初探》、臧棣诗学专论《汉语中的里尔克》,并在与罗丹、纪德、茨维塔耶娃等的相遇中获得提神的"一杯又一杯咖啡"。对安琪而言,这种跨文化的思考既带来了阅读的辛劳,也增添了无数获得感的精气神。而对《蒙古国文学经典·诗歌卷》的阅读,无疑在"撒开野马"的语言草原上为安琪"打开了蒙古国诗歌之门",并在传统题材的写作中感受到蒙古与中国的相似性,异域文化的亲切之感也就油然而生。针对斯蒂芬·欧文的《追忆》,安琪最看重的是副标题"中国古典文学中的往事再现",正是这样一个题目使得所阅读的书目具有了跨文化内涵,这是一个他者视角的中国古典文学,在"晓畅干净、智慧深情的文笔"中,安琪用一句话概括其精义:"应该把这8篇文章中涉及的诗文都找出来读,它们,在斯蒂芬·欧文笔下发出了值得留恋的气味。"柯雷的《精神与金钱时代的中国诗歌》是一部外国汉学家笔下的中国诗歌评论集,是文字中凝聚跨文化思维的跨文化专著,安琪认为这是一部有"史"的抱负的诗学专著,作为"中国诗人的老朋友"的亲切对话,无疑拉近跨文化思考的审美距离,其翻译语言"从容、优雅,兼具西方思维的理性和火辣辣的中国诗歌现场的感性"。

与此同时,即使是阅读《神秘北纬30°》这样一本非文学类书籍,安琪同样会追问中国的文化与文明,在"秘境"中寻找中国,探寻三星堆文明、"青铜立人像"的灵感来自何方。这都是一种跨文化思维带来的新思考,试图从"无解之谜"中获得有解的答案。读安琪的《人间书话》就是行走在人间,中外诗学都是相通的,或同中有异,或异中有同。

三、随性的诗思:一种创作的诗学要义论

不为学术可以为记,为记而遂成要论。安琪的诗学是短篇的,是片段的,是随性的,所以落笔的文字就不会臣服学究气,更少学院派的学术腔儿,读着顺心顺意,不留虚言妄语。因为不是长篇大论,该读书记讲究精义要论,一句话、一个论断、一个回味,甚至是一句肯定或否定的断语,皆可把随性的思考诉诸笔端。也许是源于作者的诗人身份,诗学理论的独到解读也最为抢眼,最为精彩。其间,"作家读作家、作家写作家"式的"近距离对打"写作中,安琪的诗论观点凝聚了文学创作等多个角度的智慧,阐释模式明显具有了古人的诗话特点,在个性化解读中凸显诗史的洞悉、诗性的智慧、诗语的率真。

(一) 诗史的洞悉

安琪常用诗人固有的敏感和理智的深思去关注诗歌历史个案与时代精神的契合。在诗歌创作中,安琪会把"叙利亚、中兴、鸿茅药酒"都写到诗句中,其写作诉求在于"与现实而非与古人写过无数次的事物建立关系、写当下发生的事而非不着边际的事"。这种写作理念也是她愿意关注时代精神的思想基础。所以,她从鲍勃·迪伦的《编年史》自传勾画出时代精神符号,从个体性书写中发掘隐含的集体无意识,由此及彼,她认为一个人可以是"一代人",比如"鲍勃·迪伦是代表一代人获奖的","他的获奖是一代人的获奖,是诺贝尔奖评委会对20世纪60年代美国变革的礼赞和致敬,在中国所赢得的欢呼主要来自受惠于20世纪80年代国门开放西潮涌进,曾经的一代热血青年对自己青春记忆饱含热泪与深情的回望"。

安琪关注中国古典文学史,一针见血地指出"妻子形象的缺失是中国古典文学的通病"。安琪对惯论反其道而论,"子不语"的"怪力乱神"自然有其现实价值,认为"其实所谓的怪力乱神,反映的还是现实社会,有恩的报恩,有仇的报仇",中国文学经典诸如《红楼梦》的写作逻辑莫非如此。而对于文学教材中的诗史问题,就如离不开杜甫的叙事一样,是一个"命名"的叙事,是一个"叙事与诗史"亲和

的读写实践，安琪的文学教材论谈到对于读者需要了解的重要内容，即两个"知道"：一是"知道哪些书哪些人可以继续深挖，然后丢开教材去追踪那些可以深挖的人和书"，二是"知道你心目中的哪些人哪些书被遮蔽，然后以你的力量去深挖那些被遮蔽的人和书，去补充教材"，从而对于"历史叙述已经延伸到21世纪"的《中国当代文学专题教程》给予诗史意义的评价，因为这里已为"中间代"和21世纪诗歌设了一个专节。历史是客观的，不仅应有过往的历史，也应有鲜活的当代史，诗歌的历史是诗学的重要阐释内容，哪一环的缺失都会造成诗史的断裂，对于诗歌历史的关注就是关注诗学理论建设和诗歌的创作实践。安琪的诗心就是随着诗歌游走，随着诗歌的历史娓娓道来，跳跃的言辞充满诗性的智慧。

（二） 诗性的智慧

安琪笔下独有的诗性语言，赋予不同诗人作家以不同的评价，如敬文东的"精神洁癖""孤傲自诩"以及"不妥协"，"江弱水是个勇于给出自己断语的学者"，"天赋异禀"的舒羽时时刷新"诗歌美学趣味"，"最熟悉诗歌现场的批评家"陈仲义，等等。在此书中，由诗人到诗歌的传播，诗心不断，断语迭出。类似于"翻译是一项艰辛而危险的活""翻译是文学成为世界文学最重要的一环"等精准高超的判断式句式，既谈到了翻译之于世界文学的重要作用，也看到了翻译不足以达意的弊病，并且在形象的比喻中直陈自己的翻译观："翻译端上什么菜，读者就只能吃什么菜，读者甚至没有点菜的权利。"从优秀作品的永恒性角度讲，"无论谁译都出彩的作品一定是好作品"。由此，安琪会为诗歌中的"翻译体"正名，尤其是"译者汪剑钊创造的对中国当代众多诗人产生重大影响的俄译汉句式，那种沉郁顿挫音调下降的语质，那种进一步退两步再进一步的婉转表达，那种悲伤的心灵诉求，那种迷人的抒情，它们将一句一句走出来，指认那些学习它们的中国诗人其实学习的乃是汪剑钊的语言"。跨文化的翻译可以为诗歌带来意想不到的惊奇。在安琪看来，这种"全新的语言表达模式"是翻译家的杰作，并且"为汉语言注入了新鲜的异质的血液"。在智慧的解读中，"超现实主义对诗歌乃至整个文化艺术最大的贡献在于，它打破了艺术家惯常的逻辑条理，它告诉诗人，每个词都可以重新赋予它的词性，词与词的组合也不必按照语法规定，一句话，超现实主义提倡的就是陌生化而且是最大限度的陌生化，因为太过陌生化而变成了自说自话，因为没人能懂超现实主义者到底要表达什么"。"你记住了布勒东这个超现实主义诗人，但你记不住他写了什么。这就是超现实主义。"安琪的智慧是精简的，此种解读，言简意赅，充满智慧，夺人眼球，从而让读者印象深刻。

安琪的智慧是超越而新奇的：对于一部《裴多：柏拉图对话录》而言，"虽然每个句子都懂，但合在一起就懵了"的文本，足以让世界之人质疑关于自己的进化论，因为"21世纪的人思维赶不上公元前399年的人，所谓的进化论看来是靠不住的"。此间，又何止思维呢？精神境界、思想水平向来存在个体差异，灵魂的深度只有天才哲人才可洞悉，安琪在这里道出了世人共有的困惑，人类经历了身体的物质进化、表达的语言进化、思想的精神进化，又有几组可同步、可超越呢？这自然让人们想到近日电视中的一则广告，那从车子里向外扔垃圾的当代人，究其境界，自然就如同倒退到百万年前的原始社会中的原始人。人类的精神进化与物质进化本就是两个不同的系列，安琪的质疑俨然可以成为一个诗学研究的课题。

（三）诗语的率真

现实生活中，"上有庙堂之高，下有江湖之远"，诗人诗语贵在拥有一份上下求索的率真之气。在《西方正典》阅读中，安琪关于理论书的概括更是直接而精辟，即其"作用、本质就是潜移默化，让你的思维能硬朗些，必要的时候能引用那么一两句，足矣"。这也切合了不少学者研究的命脉，有时候读理论著作就是为了找到一句证明的话，如中国人遵循的学问之道"六经注我"。评价《兰波作品全集》时，就如同诗人对诗人的对话，对于提倡"通灵"的兰波，安琪认为他也确实是一位诗歌的"通灵者"，不仅"诗句飘忽、神秘，有如幽灵在说话，又像天神降语，本质上兰波确实就是一个少年诗人，思维并未被成人化，我们经常说，孩子是天生的诗人，兰波就是这样的孩子。只是他比目不识丁、全凭天赋说诗的孩子多了知识却又未被知识捆绑住"。谈到女权主义文学，从"女性主义的圣经"波伏娃的《第二性》，安琪联想到"性别歧视"，痛批约定俗成的"女人是男人的肋骨"类似论说。谈到"女性主义文学批评的《圣经》"桑德拉·吉尔伯特的《阁楼上的疯女人：女性作家与19世纪文学想象》，安琪既将其定性为

"一部文学批评专著",也从女性主义视角深刻反思"女性自我价值"的实现问题,选择性的反问句中给读者一个肯定的回答:"每一个女性身上都住着一个阁楼上的疯女人。"谈到弗吉尼亚·伍尔夫的《一间自己的屋子》,安琪关注她的女权主义者和作家的双重身份,关注她的爱情,关注其意识流写作风格,对其天才特质给予"善待""成全"的宽容姿态。于是在对待女性作家的关注中,让人看到一种"女性主义者的自我认同与性别自觉"的意识,正如安琪在《极地之境·自序》中的自我定位那样直率:"我是个不折不扣的女性主义写作者""一个女性主义者必定是先锋精神的追求者"。于此,安琪创作的诗学与评论的诗语不谋而合。

在安琪的眼中,非诗歌的工具书也是诗歌的服务者,像《西方文论关键词》这种"理论写作的工具书"是为诗歌服务的,因为"没有人会从头到尾把这本书读一遍,就像没有人会从头到尾把《现代汉语词典》读一遍。但这不影响每个人家里放一本'词典'"。读到兴致处,安琪干脆就异常利落地 pass 掉《毕加索诗集》般的"词语堆积游戏"、《月亮是夜晚的伤口——罗伯特·瓦尔泽诗集》式的"流水账式的写作",而类似于"把穆齐尔打入冷宫"的拒绝姿态更是体现了诗人言辞的犀利与尖锐,体现出诗人读书的个性,因为"自我意识越强的个性越强,个性越强的也就越能赢得后世的尊重"。那种诗歌批评应坚守的"人本立场",那种关于"优秀批评家应该是别林斯基式的,而不是事后诸葛亮式的"呼唤,那种对"谈谈诗,而不是争吵诗"之温和态度的推崇,以及"有心读书,无意为官"的率性,让安琪的诗学火花随意迸射,情趣之间,零敲碎打,进行一篇篇"切入现场的思想言说",落笔人间的都是一句句入心的诗话。

指携点墨朝出游,头枕华章夜入寐。读书是诗心的游走江湖,写作是语言的诗意实践。汉语就是言意之外的诗性艺术,每位钟情于汉语的诗人都必然会成为诗学精神的个性化阐释者,可以长篇,可以短论,更可以点到为止,一句断语足矣。

总之,无论从量上还是质上,诗的元素与诗的思想火花是安琪新著《人间书话》的真金石。世人读书不免有此通病,正如安琪所言"左眼进右眼出"之形状。而从创作到理论不是人而兼有,需要不为功利的读书行动并记之,记之并点面相合,为诗说、诗话、诗论,如若有穿行其间的诗闻逸事,更是平添了几分诗学趣味,自然于随性中形成一部没有学术腔的诗学手记，读安琪《人间书话》，听"谈笑风生间阐明了许多诗歌观点"，可悦、可学、可为之，但远不可及也。

（作者单位：中国政法大学国际教育学院）

"郑敏先生百岁寿辰致敬特辑"编者按

◇孙晓娅

70年前,在战火硝烟的大西南一隅,郑敏以静夜的祈祷者之姿踏上诗坛。她"仿佛是朵开放在暴风雨前历史性的宁静里的时间之花,时时在微笑里倾听那在她心头流过的思想的音乐,时时任自己的生命化入一幅画面,一个雕像,或一个意象,让思想之流里涌现出一个个图案,一种默思的象征,一种观念的辩证法,丰富、跳荡,却又显现了一种玄秘的凝静"(唐湜:《郑敏静夜里面祈祷》)。从1939年创作第一首诗《晚会》,直到21世纪,她始终保持创作的旺盛精力,成为"九叶"诗人中创作生命最长,也是截至目前创作历程最长、成就最突出的女诗人。她和牛汉被誉为中国诗坛的常青树,愈老弥坚的世纪青檀。在中国现代女性诗歌史上,郑敏更是不容忽视的耀眼存在,她既是诗人,也是熟谙中外诗歌、现代诗潮和理论的学者、教授、翻译家,她的诗歌创作和学术著述影响至深。

1920年7月,郑敏出生于北京的一个胡同里,她寂寞的童年为其哲学的沉思与人文的气质埋下了伏笔。1939年,郑敏考入西南联大,主修西方古典哲学,在老师冯至的引导和鼓励下,开始了新诗创作。《金黄的稻束》是郑敏早期的代表作,首次发表在1943年第1期的《明日文艺》上,初题为《无题(之二)》;1949年郑敏出版了第一本诗集:《诗集1942—1947》。50年代到70年代末是她创作的空白期;1979年,在北京师范大学外语系任教的郑敏开始为学生开设英美文学、西方文论等课程,重新研究英美文学。这一年,郑敏恢复了写作,她将搁笔三十年后的第一首诗题名为《诗啊,我又找到了你》。此后,郑敏相继写出200多首新诗作品,出版了《寻觅集》《心象》《早晨,我在雨里采花》《郑敏诗集(1979—1999)》,同时还出版有诗学论集《英美诗歌戏剧研究》《结构—解构视角:语言·文化·评论》《诗歌与哲学是近邻——结构—解构诗论》《思维·文化·诗学》,编译有《美国当代诗选》,形成了她人生中第二个诗歌创作及诗学理论的高峰。

对于20世纪80年代个人的代表之作《心象组诗》,郑敏自言:"第二卷的卷首诗《心象组诗》写于1986年,那年自己走出早期的诗歌语言,找到适合新历史时期的自己的风格诗语。"《诗人与死》是郑敏90年代所写的一组具有史诗气魄的杰作。在谈到该诗的写作背景时郑敏说:"我这首诗写的时候意图是讲诗人的命运,在我们特有的情况下我们诗人的命运,也可以说是整个知识分子的命运,同时还有我对死的一些感受。"需要明确的是,"诗人与死"不是指某个具体事件,而是从"个人"通向"时代",借"诗人与死"关怀知识分子时代命运的隐喻。《诗人与死》选用了十四行诗的形式,意味着诗行有着形式的要求和限制,但这些并没有造成诗人诗思的限制,反而为诗的严肃主题附上了紧张且平衡的格律支撑。

在过去半个多世纪动荡而严酷的生涯中,郑敏始终保持着对诗歌的热爱,用个人出色的新诗创作与诗学理论,为中国现代新诗实绩添砖加瓦。她不在西方文化中心论的阴影下遮蔽我们自己的文化传统,而是与世界文学沟通,融合中西,书写诗人自己的生命体验,尊重语言,赋予诗应有的逻辑、内涵、灵魂,将封闭狭隘的心灵引向无穷变幻的宇宙。21世纪以来,关于郑敏研究越来越得到学界重视,就我个人而言,与郑敏先生的第一次接触是在2002年8月召开的"字思维"与中国现代诗学第二次研讨会上。犹记当时身着绘有荷叶连衣裙、盘头利落的郑敏先生跟我私下交流了不少她对汉字与母语文化特征的真知灼见以及个人的忧虑。2004年5月15日,"郑敏诗歌创作与诗歌理论研讨会"在首都师范大学举行,这次研讨会由中国当代文学研究会、北京师范大学外国语学院和首都师范大学中国诗歌研究中心联合主办,84岁的郑敏先生优雅喜悦地参加了研讨会。与会的诗人和学者有牛汉、屠岸、谢冕、刘象愚、张同吾等,会议由吴思敬教授主持,我当时负责具体的会务工作。2011年《郑敏诗歌研究论集》(吴思敬 宋晓冬编)由学苑出版社出版,宋晓冬此前在首师大读本科时与我也交流过相关资料搜集的问题,我有机缘提供了自己的相关意见。2016年3月5日应作家网编辑、诗人安琪之约,带着提前准备了半个月的采访问题,我在清华荷清苑做了一下午将近四个小时的采访,专访期间先生没有提出休息。她极为健谈,耳聪目明,对历史的过往历历如昨,我也不忍心打断她的热情,似乎最后是我的体力不支,结束了访谈。童蔚说这是她母亲最后一次清晰回答对方的提问了，近来记忆力明显减退，已经不能接受采访了。2018年12月，98岁的郑敏先生获"玉润四会"首届女性诗歌奖终身成就奖，这个奖项颁发给郑敏先生是实至名归的，因我获首届女性诗歌奖"评论奖"，得以与代母亲领奖的童蔚同台领奖。或许上述这些都是我有幸编辑这个专辑的缘起吧。

时下，在郑敏先生即将迎来百岁寿辰之际，电子诗刊《幸存者诗刊》主编唐晓渡老师邀请我从诗歌创作与诗歌评论、研究的两个方面为郑敏先生组一个专辑，回顾概览其诗歌创作历程，总结郑敏诗学的独特成就和诗艺境界，继承和再发现郑敏诗学给后来者的启示。我择选了不同阶段有代表性的短诗十六首、长诗一首，以及对郑敏诗艺与诗学理论的研究颇有代表性的学术论文三篇：第一篇为吴思敬教授的《〈郑敏文集〉总序》（《郑敏文集》2012年由北京师范大学出版社出版），第二篇为谭桂林教授的《论郑敏的诗学理论及其批评》（《广东社会科学》2003年第3期），第三篇为莱顿大学汉学家汉乐逸教授的《20世纪90年代的中国十四行诗：郑敏的〈诗人与死〉》。其中可能大家比较陌生的是汉乐逸教授。他是著名的汉学家，对中国现代诗歌的研究很有成就，他主要的研究对象是卞之琳、冯至及其他现代诗人的作品。选文出自汉乐逸著《中国十四行诗——形式的意义》（荷兰，莱顿大学，2000年，第149—182页），是他对郑敏十四行诗《诗人与死》的个人解读，发人深省。该文由屠岸先生的女儿、郑敏先生的弟子章燕教授翻译，为这篇选文增添了格外的意义。

为《幸存者诗刊》2019年第4期所做"郑敏百岁寿辰致敬特辑"所选16首短诗《晚会》《金黄的稻束》《时代与死》《小漆匠》《荷花（观张大千氏画）》《墓园》《鹰》《兽（一幅画）》《爱的复活》《诗啊，我又找到了你！》《假象》《渴望：一只雄狮》《破壳》《早晨，我在雨里采花》《心中的声音》《最后的诞生》和长诗《诗人与死（组诗十九首）》，因篇幅所限，在此仅做存目。

《郑敏文集》总序

◇吴思敬

1947年3月,在北京大学求学的年轻诗人李瑛,读到了从未谋面的郑敏的诗,欣喜地写下了一篇诗评,说"从诗里面我们可以知道郑敏是一个年轻人,而且在她自己的智慧的世界中,到处都充满了赤裸的童真与高贵的热情,在现阶段的诗文学中是难得的"。①

1949年5月,远在温州的年轻诗人唐湜,为已在美国留学的郑敏也写下了一篇诗评,称郑敏"仿佛是朵开放在暴风雨前历史性的宁静里的时间之花,时时在微笑里倾听那在她心头流过的思想的音乐,时时任自己的生命化入一幅画面,一个雕像,或一个意象,让思想之流里涌现出一个个图案,一种默思的象征,一种观念的辩证法,丰富、跳荡,却又显现了一种玄秘的凝静"。②

对于郑敏研究来说,这是两篇极为珍贵的文献。两位作者,李瑛和唐湜均是有几十年创作经历的诗歌大家,然而写作这两篇诗评的时候,都还只是二十出头的年轻人,他们一北一南,把目光不约而同地聚焦在郑敏身上,没有别的,只是为了诗。如今,六十多年过去,唐湜已经仙逝,李瑛与郑敏俱已进入耄耋之年,但把这两篇评论与郑敏早期的《诗集1942—1947》联系起来读,我们依然能感觉到那个时代年轻人的那颗跳荡的诗心。的确,诗与青春有相通的含义,青春常在,诗心不老。

作为有一颗不老诗心的人,郑敏从1939年写出第一首诗《晚会》,直到21世纪的今天,终身笔耕不辍,使得她成为"九叶"诗人中创作生命最长,也是到目前为止女性诗人中创作生命最长的诗人。她称得上是中国诗坛的一株世纪之树。

---

① 李瑛:《读郑敏的诗》,天津《益世报·文学周刊》,1947年3月22日。
② 唐湜:《郑敏静夜里的祈祷》,《新意度集》,生活·读书·新知三联书店,1990年,第143页。

郑敏在美国曾听过诗人罗伯特·布莱的一次讲演。这位诗人让每位听众在毫无思想准备的情况下进入自己的内心深处，寻找那曾经是自己童年的象征的小女孩或小男孩。他深信这个童年如今虽然已深埋在无意识中，但仍对今后的道路有着深刻的影响。郑敏说："我突然看见一个小女孩，她非常宁静、安谧，好像有一层保护膜罩在她的身上，任何风雨也不能伤害她，她就是我的爱丽丝。"① 爱丽丝本是查尔斯·道奇森笔下一个做梦的小女孩。她纯真可爱，充满好奇心和求知欲，在梦中开始了一场漫长而惊险的旅行。贝多芬也曾谱写过《致爱丽丝》的经典钢琴小品。对于郑敏而言，诗歌就是她内心深处、深埋在无意识中的爱丽丝，这是她毕生的钟爱，也是支撑她在风霜雨雪的险峻环境下生存下来的生命之根。

心中的爱丽丝在冥冥之中指引着郑敏的诗歌之路。1939年郑敏考入西南联大，原想攻读英国文学，在注册时忽然深感自己对哲学几无所知，恐怕攻读文学也深入不下去。再加上当时西南联大哲学系大师云集，便想何不先修哲学，再回过头来攻文学，以便对文学能有深刻的领悟，于是便注册为哲学系的学生。应当说这一注册，不仅决定了诗人后来的生活道路，也决定了她诗歌的独特风貌。

哲学系学生要选修一门外语，郑敏就选了德语，诗人冯至成了他的外语老师。冯至对她的影响不只是德语，更重要的是在冯至的影响下，她开始写起了诗。1942年，当她把自己的第一首诗呈送给冯至先生的时候，冯至说了一句话："这是一条很寂寞的路。"这句话让郑敏对未来的命运有了充分的精神准备，从此她以寂寞的心境迎来诗坛的花开与花落，度过了生命中漫长的有诗与无诗的日子。

1949年到1979年是郑敏诗歌创作空白的30年，是她的爱丽丝沉睡的30年。又经过了5年的徘徊与寻觅，沉睡的爱丽丝才真正地苏醒过来。1984年到1986年，郑敏迎来了其诗歌创作至关重要的一个阶段，她说，"首先我解放了自己的诗，在无拘无束中我写了不少自由自在的诗"②。能够在新时期有这样的突破，一方面是改革开放的时代激发了她的创作激情，另一方面则基于郑敏对于美国当代诗歌的关注与

---

① 郑敏：《我的爱丽丝》，《诗歌与哲学是近邻——结构—解构诗论》，北京大学出版社，1999年，第414页。

② 郑敏：《诗歌自传（一）闷葫芦之旅》，《诗歌与哲学是近邻——结构—解构诗论》，北京大学出版社，1999年，第481页。

研究。郑敏认为，二战后的美国诗歌之所以超越了40年代的现代主义诗歌，它的创新和高明之处在于两点：一是所谓开放的形式，二是对"无意识"与创作关系的认识。这种对西方后现代主义诗歌的深刻理解，有助于郑敏挖掘出长期被掩埋的创作资源和生命体验。自80年代中期到世纪之交，郑敏始终保持着旺盛的创作精力，先后出版了诗集《寻觅集》《心象》《早晨，我在雨里采花》《郑敏诗集：1979—1999》，且每年都会在《人民文学》或《诗刊》上推出新作。岁月的淘洗让她的诗歌焕发出澄澈、明净的动人光彩，深深地打动着读者的心灵。

应当说，从踏上诗坛的那天起，郑敏就显示了她与同时代诗人的不同。以同属于九叶诗派的女诗人陈敬容为例，陈敬容的诗是忧郁的少女的歌吟，郑敏则是静夜的祈祷者。以同是西南联大诗人的穆旦、杜运燮为例，郑敏的诗中没有入缅作战的《草鞋兵》的坚韧，也没有"滇缅公路"上的硝烟与灰尘，更没有在野人山的白骨堆上飘荡的"森林之魅"。但是郑敏有自己的东西，那就是哲学的沉思与人文的气质。郑敏曾这样谈及冯至对自己的影响："那时我的智力还有些浑沌未开，只隐隐觉得冯至先生有些不同一般的超越气质，却并不能提出什么想法和他切磋。但是这种不平凡的超越气质对我的潜移默化却是不可估量的，几乎是我的《诗集1942—1947》的基调，当时我们精神营养主要来自几个渠道，文学上以冯先生所译的里尔克信札和教授的歌德的诗与浮士德为主要，此外自己大量地阅读了20世纪初的英国意识流小说，哲学方面受益最多的是冯友兰先生、汤用彤、郑昕诸师。这些都使我追随冯至先生以哲学作为诗歌的底蕴，而以人文的感情为诗歌的经纬。这是我与其他'九叶'诗人很大不同的起点。"① 以哲学作为诗歌的底蕴，以人文的感情为诗歌的经纬，这是郑敏得自冯至的真传，亦是理解郑敏诗歌的切入点。

先说一说以哲学作为诗歌的底蕴，哲学对于郑敏的影响是深入骨髓的。如她所言："冯（友兰）先生的'人生哲学'与'中国哲学史'课程却像一种什么放射性物质，一旦进入我的心灵内，却无时不在放出射线，影响我的思维和感性结构。……冯先生关于人生境界的学术启发了我对此生的生存目的认识和追求。人来到地球上一行，就如同参加一场越野障碍赛。在途中能支持你越过一次次障碍的精神力量，

---

① 郑敏：《忆冯至吾师——重读十四行集》，《当代作家评论》，2002年第3期。

不是来自奖金或荣誉,因为那并非生命的内核,只是代表一时一地的成败的符号,荣辱的暂时性,甚至相互转换性,这已由人类历史所证明。只有将自己与自然相混同,相参与,打破物我之间的隔阂,与自然对话,吸取它的博大与生机,也就是我所理解的天地境界,才有可能越过'得失'这座最关键的障碍,以轻松的心情跑到终点。"① 正是这种在探索人生真谛方面的执着追求,这种立足于"天地境界"的积极的人生态度,才一次次地伴她度过包括十年浩劫在内的人生难关,同时也使她的诗歌获得了一种广阔的境界。

郑敏曾经说自己受三位诗人的影响最深,他们分别是17世纪的玄学诗人约翰·顿、19世纪的浪漫主义诗人华兹华斯和20世纪的象征主义诗人里尔克。他们之所以能够为郑敏所钟爱,共同点是"深沉的思索和超越的玄远,二者构成他们的最大限度的诗的空间和情感的张力"。② 而在其中,尽管几经各种文化冲击,里尔克始终是郑敏心灵最为接近的诗人,里尔克诗中的哲学命题也是郑敏常常思考的对象。

新时期到来后,郑敏开始了研究当代西方思潮的学术历程,尤其是后现代主义和解构主义,它们不仅令郑敏产生了浓厚的兴趣,更大大地开拓了她的视野。德里达的非中心论和多元化思想使她学会反思,对汉语诗歌和中国传统文化有了全新的认识。她怀着极大的热情尝试以西方的现代精神解读东方智慧和中国的古老文明,力图将西方的解构主义与中国的老庄哲学融会贯通。在谈及哲学与诗歌间的关系时,郑敏曾说:"我并不认为应当将哲学甚至科学理论锁在知性的王国中,也不应将诗限在感性的花园内。而高于知性和感性,使哲学和诗,艺术同样成为文化的塔尖的是那对生命的悟性,而这方面东方人是有着丰富的源流的。"③

郑敏善于在西方文化和传统文化之间寻求结合点,善于运用冷静的笔触和充满智慧的语言,把哲理和思辨融入形象,智性与感性兼而有之,从而使她的诗歌能够做到深刻而不晦涩,平易而富有内涵,具

---

① 郑敏:《忆冯友兰先生的"人生哲学"课》,《追忆冯友兰》,郑家栋、陈鹏选编,社会科学文献出版社,2002年,第69页。
② 郑敏:《不可竭尽的魅力》,《诗歌与哲学是近邻——结构—解构诗论》,北京大学出版社,1999年,第58页。
③ 郑敏:《诗歌自传(一)闷葫芦之旅》,《诗歌与哲学是近邻——结构—解构诗论》,北京大学出版社,1999年,第480页。

有一种成熟、静穆的品质。从 20 世纪 40 年代诗歌创作至今，其沉思、宁静的诗歌哺育了数代人。尤其是她晚年所写的《诗人与死》《最后的诞生》等诗体现了诗人对命运的深切关怀和对生与死的透彻哲思。

　　20 世纪 90 年代初期，郑敏创作了组诗《诗人与死》。这是诗人因"九叶"诗友唐祈死于医疗事故，引发出的对诗人与死亡的思考："是谁，是谁/是谁的有力的手指/折断这冬日的水仙/让白色的汁液溢出""你的第六十九个冬天已经过去/你在耐心地等待一场电火/来把你毕生思考着的最终诗句/在你的洁白的骸骨上铭刻""诗人，你的最后沉寂/像无声的极光/比我们更自由地嬉戏"。在郑敏看来，诗人是用自己宝贵的生命在抒写人生的诗篇，诗歌的真正价值在于它可以超越肉体的死亡。郑敏所写并非局限于唐祈个人的悲剧，而是涉及一代知识分子的命运，融合中西的跳脱的意象、绵长真挚的激情与深刻的思辨，达到了完美的统一。

　　进入新世纪后，她在《诗刊》上发表《最后的诞生》，这是一位年过八旬的老诗人，在大限来临之前的深沉而平静的思考：

　　　　许久，许久以前
　　　　正是这双有力的手
　　　　将我送入母亲的湖水中
　　　　现在还是这双手引导我——
　　　　一个脆弱的身躯走向
　　　　最后的诞生
　　　　…… ……
　　　　一颗小小的粒子重新
　　　　飘浮在宇宙母亲的身体里
　　　　我并没有消失，
　　　　从遥远的星河
　　　　我在倾听人类的信息……

　　面对死亡这一人人都要抵达的生命的终点，诗人没有恐惧，没有悲观，更没有及时行乐的渴盼，而是以一位哲学家的姿态冷静面对。她把自己的肉体生命的诞生，看成是第一次的诞生，而把即将到来的死亡，看成是化为一颗小小的粒子重新回到宇宙母亲的身体，因而是

"最后的诞生"。这种参透生死后的达观,这种对宇宙、对人生的大爱,表明诗人晚年的思想境界已达到其人生的巅峰。

再说一说以人文的感情为诗歌的经纬。郑敏是一位始终怀抱人文主义理想的诗人。她曾经说过:"无论是中华几千年的文化传统还是西方的文艺复兴,无不是始自'人'的觉醒,文史哲等人文学科酿成中、西方的人文精神,成为滋养人类心灵的母乳。"① 郑敏与她所崇敬的里尔克等诗人虽然所处的时代、地域、文化背景都不甚相同,但是同样有着对于宇宙、人生的彻悟,有着对人文主义理想的坚持。

20世纪40年代的郑敏就显示了她独特的创作追求,她一反现代主义诗人消极颓废的调子,也不同于当时流行的政治呐喊,而是以一种超越的眼光凝视尘世,以一种博大的胸怀拥抱自然。如唐湜所言,她是"一个在静夜祈祷的少女,对大光明与大智慧有着虔诚的向往"。② 作为在西南联大校园中成长的诗人,郑敏没有局限于知识分子的书斋生活,她以开阔的视野关注下层人民的苦难。《小漆匠》《清道夫》等诗作深刻地揭示了当时社会现实的黑暗,表达了诗人对于底层劳动者的深切关怀,并进一步引发了诗人对于整个国家、民族的命运以及个体生命存在价值的反思。在解读这些生命的沉重与现实的苦难的时候,郑敏追求一种积极乐观的人生态度,自觉地思考人的生命所应当承担的责任,以及个体在时代中的意义和价值,诗中贯穿着追求自由、平等、人的尊严的精神,体现了一种深厚的人性关怀。

20世纪80年代以来,随着市场经济的发展和大众文化的兴起,传统的精英文化被祛魅,人文主义的理想逐步淡化。某些在商业社会和消费文化的背景下成长起来的青少年,虽然身体壮实精神上却是空虚苍白的,为此,郑敏表示出强烈的担忧。郑敏认为,不能一味地强调物质的进步、科学的发展,而忽略了宝贵的传统文化,为了整个中华民族的价值取向和精神境界,要继承传统文化的精华。郑敏从青年时代对诗歌的热忱走向对中国传统文化以及整个人类命运的思考,并为人类文化的明天深深困惑、焦虑,这正是一个真正的诗人与哲人身上与生俱来的人文主义气质所决定的。现代物质社会使人"异化",对于

---

① 郑敏:《对21世纪中华文化建设的期待》,《思维·文化·诗学》,河南人民出版社,2004年,第35页。
② 唐湜:《郑敏静夜里的祈祷》,《新意度集》,生活·读书·新知三联书店,1990年,第143页。

现代人在感情上的冷漠诗人总是特别敏感。郑敏关注人类的命运和现代人的生存危机，她的《愉快的会见》一诗所表现的就是现代人之间感情的冷漠，诗人想要追求的则是一种人与人、人与自然、人与社会的和谐关系。《诗啊，我又找到了你》，则是表达经历十年浩劫后诗人终于再度找到诗歌的精神和人文的理想，该诗没有华丽精致的辞藻，只有平淡朴实的词句，但在其中却蕴含着一个浓缩的精神家园，一个密度很大的人文情感世界。

如果说"以哲学作为诗歌的底蕴，以人文的感情作为诗歌的经纬"，标志着郑敏诗歌的精神境界与思想高度，那么"使音乐的变为雕刻的，流动的变为结晶的"则代表了郑敏诗歌的独特的艺术追求与艺术风范。

郑敏的老师冯至在里尔克逝世10周年所写的文章中，曾对里尔克有过这样的评价："在诺瓦利斯（Novalis）死去、荷尔德林（Holderlin）渐趋于疯狂的年龄，也就是在从青春走入中年的路程中，里尔克却有一种新的意志产生。他使音乐的变为雕刻的，流动的变为结晶的，从浩无涯涘的海洋转向凝重的山岳。他到了巴黎，从他倾心崇拜的大师罗丹那里学会了一件事：工作——工匠般地工作。……罗丹怎样从生硬的石中雕琢出他生动的雕像，里尔克便怎样从文字中锻炼他的《新诗》里边的诗。"① 正是在冯至的影响下，郑敏在写作之初就被里尔克迷住了。郑敏的诗歌不仅具有里尔克式的注重内心体验的沉思气质，其语言的凝练风格亦深受里尔克的影响，而且里尔克的诗歌精神在日后一直成为郑敏诗歌生命的营养。在郑敏看来，里尔克是与她心灵最为接近的一位诗人——"40多年前，当我第一次读到里尔克给青年诗人的信时，我就常常在苦恼中听到召唤"②。里尔克告诫青年诗人对于人生、对于理想心中要有执着虔诚的信念，同时，在写诗的时候要避免肤浅和感情的倾泻，要学会静观、体悟，让意象自然呈现，这样才能贴近事物的本质，诗中的感情经过自省和收敛，才不至于泛滥。

郑敏的诗歌具有一种里尔克式的、深沉的、凝重的雕塑之美。在郑敏的诗中不时会有着光洁的雕塑般质感的意象出现。正如"九叶"

---

① 冯至：《里尔克——为10周年祭日作》，《冯至学术论著自选集》，北京师范大学出版社，1992年，第482—483页。

② 郑敏：《天外的召唤和深渊的探险》，《诗歌与哲学是近邻——结构—解构诗论》，北京大学出版社，1999年，第409页。

诗人袁可嘉所言,"雕像"是理解郑敏诗作的一把钥匙。诗人对于生命的体验往往来自具体可感的形象,对于艺术有着深厚造诣的郑敏,非常注重用具体的形象来表达内在的思想,常常会写一些视觉性很强的诗,具有明显的绘画感和雕塑感。郑敏曾说,她的意愿就是让每首诗有它自己所需要的颜色和光线。在她的笔下,光与影,色与线自然地组合起来,色调融于文字,画意融于诗情,这一切就如同盐溶于水,不着一丝痕迹。在前期的代表性诗作《金黄的稻束》中,她提炼出一个现代诗歌史上的经典意象——"金黄的稻束"。诗人把站在秋后田野中的稻束,想象为有着"皱了的美丽的脸"的"疲倦的母亲"的雕像,很自然地就把金黄的稻束与博大的母爱联系起来。进而诗人又用"收获日的满月"为这座雕像抹上了光辉,用暮色里的"远山"为这座雕像添加了背景,而始终伴随着雕像的是"静默",正是在静默中,在对历史的回溯中,让人感到了母爱的博大与深厚。如郑敏所言:"'母爱'实际上是人类博爱思想之源头""是根深蒂固的人性的一个方面,并且深深地影响人类文明、伦理及各方面的理想和审美"。① 在当代女性诗人中,郑敏突破了女性写作仅仅关心消解男权、解除性禁锢、自由发挥女性青春魅力的层次,在默想与沉思中达到了一种新的高度。

  细味郑敏的诗,能感受到其间有一种内在的音乐的旋律和节奏,这主要归功于郑敏年轻时所接受的西方音乐的教育。自从在美国布朗大学获得英国文学硕士学位以后,在爱人童诗白的支持和鼓励下,郑敏得以在纽约业余进修音乐。在1952年到1955年这段时间里,通过不断地充电和学习,郑敏填补了自己对于西方音乐、艺术认识的空白,这在某种程度上也极大地丰富了她对于西方文学、文化的认知。这些对于郑敏日后的诗歌创作,都有着极大的帮助。《郑敏诗集:1979—1999》的第一卷便是以她那首著名的《诗的交响》作为题目。该诗犹如交响乐一般气势恢宏,富有节奏感,四大乐章巧妙地将全诗精致地结构起来。再如郑敏早年的诗作《音乐》,其中的诗句读来动人心魄,就像小提琴的琴音一般自窗口流泻而出,不绝如缕。流动的音乐在郑敏的诗歌中获得了色彩、线条和角度,在凝重的诗句中充满了雕塑般的质感,而雕塑的立体感更令郑敏的诗歌"横看成岭侧成峰",从不同角度看来都各具风味。

---

① 郑敏:《序》,《郑敏诗集:1979—1999》,人民文学出版社,2000年,第4—5页。

郑敏不仅是中国现代诗歌史上的一位重要诗人，同时也是一位重要的诗歌理论家，这在现代女诗人中尤为难得。对郑敏来说，对诗歌理论和西方文论的研究不仅是高校教师的职业要求，更是她人生的需要。回顾她的生活与创作经历的时候，她说："最早时，我最有兴趣的是诗歌、艺术、音乐，而后我感到必须再上一层楼，那就是哲学；再后，我觉得哲学是一盏夜行灯，诗歌、音乐、艺术是我的身体的寓所，而这一切都是为了了解人类在几千年的文明史中所走过的路。这种对人类命运的思考是我此生求知欲的最大动力。……今天回顾起来，海德格尔'诗歌与哲学是近邻'一语，足以概括我所经历的心灵旅程。"①对郑敏来说，诗歌的创作与理论的探寻，是一个硬币的两面。她的诗歌有浓郁的哲学底蕴，她的论文又不同于普通的哲学著述，有明显的诗化色彩。"正因为哲学对我是和诗歌、艺术三位一体的，而三者又都是生命树上的果子，我觉得我对理论的研究并不妨碍写诗，在读哲学时我经常看到它背后的诗，而读诗时我意识到作者的哲学高度。因为我并不认为应当将哲学甚至科学理论锁在知性的王国中，也不应将诗限在感性的花园内。而高于知性和感性，使哲学和诗、艺术同样成为文化的塔尖的是那对生命的悟性，而这方面东方人是有着丰富的源流的。"②这些话很可以说明郑敏何以能在潜心诗歌创作的同时又能对理论进行深入探求的原因。

通常的理论建构形态，可大致分为两大类，一类是有系统架构的专著，一类是有针对性、有感而发的论文。郑敏的理论探讨没有采取专著的形式，而是采取论文的形式。之所以这样做，是由于她认为，真正有独创的体系、堪称思想巨著的精品很少，大多的专著只能算作一本稳妥但没有更多创见的参考书。而论文的写作，"作者在落笔之前往往早已深入到'野外'（field）进行勘探，边思考，边理解，边追究，直至感触累积，喷发为系列论文。……这类著作的特点不在体系的完美，而在于探讨过程的展开。在好的情形下，书中对问题的提出和思考，由于直接受到现状的挑战，较富启发性，其答案，不论是否

---

① 郑敏：《诗歌与哲学是近邻——关于我自己》，《诗歌与哲学是近邻——结构—解构诗论》，北京大学出版社，1999年，第473页。
② 郑敏：《诗歌自传》，《诗歌与哲学是近邻——结构—解构诗论》，北京大学出版社，1999年，第480页。

完全正确，都具有独创性"。① 正是基于这样的判断，郑敏的诗歌理论著述，没有采取系统完整的专著形式，而是采取系列论文的形式，当某一方面专题研究到一段落时，组装在一起，便以书籍的形式出版。她的几部有影响的诗学著作：《英美诗歌戏剧研究》（北京师范大学出版社，1982年）、《结构—解构视角：语言·文化·评论》（清华大学出版社，1998年）、《诗歌与哲学是近邻——结构—解构诗论》（北京大学出版社，1999年）、《思维·文化·诗学》（河南人民出版社，2004年）便是以这种方式推出的。

郑敏的诗歌理论著作，偏重内心沉思，凝结着她丰富的诗歌创作实践，贯穿着对宇宙、自然和人的哲学思考，力图把深厚的民族文化积淀与西方诗歌的现代意识交织在一起，是中国新诗理论建设的重要成果。这里不可能对郑敏的诗学思想做全面的论述，只想提出在当代诗学界影响较大的几点略做阐述。

第一，对诗歌创作无意识领域的开掘。现代心理学研究成果表明，在意识的格局严整的中央王国之外，还有着广漠无垠的疆域——一个神秘的黑暗王国，这就是无意识世界。这个无意识世界不仅是个巨大的信息库，而且也是个巨大的地下信息加工场。此前我国理论界对诗歌创作的论述多只着眼于意识领域，对无意识领域鲜有论及。由于郑敏有过留学美国的经历，熟悉欧美文化与西方的文明，因此她对西方诗歌界及文化领域所发生的变化有着敏锐的感觉与判断力。她说："1985年后我的诗有了很大的转变，因为我在重访美国以后，受到那个国家的年轻的国民气质的启发，意识到自己的原始的生命力受到'超我'（Super－ego）过分压制，已逃到无意识里去，于是我开始和它联系、交谈。"② 她认为，二次大战后，诗人们"探索着像黑洞一样存在于人们心灵中的'无意识'。神秘的无意识，没有人能进入它，但又没有人能逃避它的辐射，因为今天语言学已经明确这心灵中的黑洞是语言结构的发源地。……我想我们的民族和个人不知有多少丰富的经历都还被埋在那深深的无意识中，如果我们能打开栅门，让它浮现出来，

---

① 郑敏：《前言》，《诗歌与哲学是近邻——结构—解构诗论》，北京大学出版社，1999年，第1页。

② 郑敏：《诗和生命》，《诗歌与哲学是近邻——结构—解构诗论》，北京大学出版社1999年，第419页。

我们的作品一定会获得以往不曾有过的新的能量"。① 实际上，如何能够让"月亮那不朝向地球的另一面"——无意识也可以参与到作者的诗歌创作中，确实成为新时期以来郑敏在写作时认真思考的问题之一。1985年以后，郑敏写出了《心象组诗》，她说：该诗的写作"解放了自己长期受意识压抑的无意识，从那里涌现出一批心象的画面，在经过书写后仍多少保存其初始的朦胧、非逻辑的特点。这些图像并非经过理智刻意组织的象征体，也非由理性编成的符号表象。它们自动地涌现，说明无意识是创造的初始源泉，语言之根在其中"。② 从《心象组诗》开始，郑敏在创作时不断地挖掘作为生命深层结构的"无意识"，不断地与它沟通、交流。当然，郑敏并没有照搬超现实主义的"自动写作"，她强调的是意识与无意识的对话，让那些沉淀在心灵深处的东西活跃起来，形成图象和幻象，从而可以使心灵捕捉到平时被抑制被淹没的一些奇思妙想。

第二，对诗歌内在结构的研究。结构是诗歌创作中一个极其重要的环节。一般的诗人和诗论家谈结构，多是从诗作展开的位置、布局、角度、顺序等外在的方面来论述的。郑敏谈诗的结构则是从诗人创作心理过程着手的。她认为结构的过程是一种思想艺术的升华，它是一种质变，一种突变。在这个过程中素材才能转化成艺术，转化成诗。

在郑敏看来，有没有这种动态的、诗的内在结构，也正是诗与散文的区别。她认为："诗与散文的不同之处不在是否分行、押韵、节拍有规律，二者的不同在于诗之所以成为诗，因为它有特殊的内在结构（非文字的、句法的结构），因此一篇很好的散文即使押上韵、分行、掌握节拍，也不是诗，也达不到诗的效果，反之，一首诗如果用散文的格式来表达，它仍不是一篇散文，而成为'散文诗'。因为从结构上它仍然是诗。"③ 郑敏认为诗歌的这种不同于小说、戏剧、散文的内在结构的主要特征是"通过暗示、启发，向读者展现一个有深刻意义的境界。这可以是通过一件客观的事或主观的境遇使读者在它的暗示下自己恍然大悟，所悟到的道理总是直接或间接地与历史时代、社会有

---

① 郑敏：《天外的召唤和深渊的探险》，《诗歌与哲学是近邻——结构—解构诗论》，北京大学出版社，1999年，第411—412页。
② 郑敏：《序》，《郑敏诗集：1979—1999》，人民文学出版社，2000年，第2页。
③ 郑敏：《诗的内在结构——兼论诗与散文的区别》，《诗歌与哲学是近邻——结构—解构诗论》，北京大学出版社，1999年，第3页。

关。……诗的特殊的内在结构正是为这种只有诗才能有的暗示和启发的效果而服务的"①。由此出发，郑敏进而提出两种重要的结构类型，一种是展开式结构，一种是高层式结构。展开式结构像中国传统的庭院式建筑，一步步地将读者领入柳暗花明、豁然开朗的境地。展开式结构有不同的形式，"它们的共同特点是一切寓意和深刻的感情都包含在诗的结尾，或是层层深入，或是奇峰突起，或是引人寻思，总之结尾是全诗的高潮和精华"②。这种展开式结构多见于古典和浪漫主义诗歌。高层式的结构，其特点是："有多层的含义，在现实主义的描述上投上超现实主义的光影，使得读者在读诗的过程中总觉得头顶上有另一层建筑，另一层天，时隐时显，使人觉得冥冥中有另一个声音。"③这是现代派诗歌常用的结构类型。郑敏所描述的两种结构类型，特别是对高层式结构的阐释，对于中国当代诗人了解、借鉴西方现代派诗歌，有重要的价值。

郑敏不只是介绍了两种重要的结构形式，而且还描述了诗的内在结构的生成。"诗的结构的诞生确实是一个十分微妙复杂的脑力活动。这里包括观察、回忆、下意识的储藏经过上意识的组织，思想与感情在意象内的结合，词找意，意找词等等，而这一切的进行又并非诗人可以随意指挥的，就好像人们无法指挥自己的肠胃进行消化一样，但当这一切艺术活动在默默中进行完毕时，就会有一个诗的结构涌现在诗人的心目中。"④郑敏在这里阐释了"无意识"在内在的结构生成中的作用，但她又并未无限抬高"无意识"的作用。在她看来："灵感与想象作用于现实的材料形成主观的感受，感受深入到无意识的深处，继续受无意识的潜移默化，成熟后吐出艺术的真实——意象、结构、语言。这里结构受智性和逻辑的影响较大，结构是一种功能，用来清醒地保存一个作家在不清醒时的状态，使作家在强烈的艺术风暴中仍能把握审美的完整性。"⑤郑敏对"无意识"在内在结构生成中的作用，做了辩证的分析，避免了片面性。

---

① 郑敏：《诗的内在结构——兼论诗与散文的区别》，《诗歌与哲学是近邻——结构—解构诗论》，北京大学出版社，1999年，第4页。
② 同上，第12页。
③ 同上，第12页。
④ 同上，第26页。
⑤ 郑敏：《创作与艺术转换——关于我的创作历程》，《思维·文化·诗学》，河南人民出版社，2004年，第204页。

第三，对于诗歌语言问题的研究。20世纪上半叶，俄国形式主义、英美新批评、结构主义和符号学等批评流派提出文学应该研究自身之所以成为文学的独具的内在特征，文学应该被视作文本的集合，文学活动本质上是一种语言活动。语言不能再被仅仅视为交际的工具，而且是人存在的一种方式，人们通过语言把握世界，世界则通过语言而呈现在人的面前，语言几乎可以涵盖文学活动的所有方面。这即是文学研究的"语言论转向"。正是在这样一种背景下，郑敏对诗歌语言的研究冲出了把语言视为表达工具的传统看法，做了全新的开拓。

从80年代起，熟悉西方文论的郑敏开始关注德里达的解构主义，开始反思和批判绝对的中心、权威观念和非此即彼的二元对立的思维观，并运用解构主义的原理探讨新诗与语言的关系问题。郑敏指出："20世纪世界人文科学的一次最大的革新就是语言科学的突破：语言不再是单纯的载体，反之，语言是意识、思维、心灵、情感、人格的形成者。语言并非人的驯服工具，语言是人类认知世界与自己的框架，语言包括逻辑，而不受逻辑的局限。语言之根在于无意识之中，语言在形成'可见的语言'之前，是运动于无意识中的无数无形的踪迹（一种能）。语言并不听从于某个人的意志，语言是一个种族自诞生起自然的积累，其中有无数种族文化历史的踪迹（trace），它是这个种族的历史的地质层。只要语言不死，其记载的、沉淀的种族文化也不会死亡。"① 为此郑敏在《语言观念必须革新：重新认识汉语的审美功能与诗意价值》《世纪末的回顾：汉语语言变革与中国新诗创作》《20世纪围绕语言之争：结构与解构》《语言符号的滑动与民族无意识》等文章中，详细介绍了20世纪西方语言观的变革，并鲜明地提出了"语言观念必须革新"的观点，指出"我们的语言观仍停留在语言是工具，语言是逻辑的结构，语言是可以驯服于人的指示的。总之人是主人，语言是仆人。语言是外在的，为了表达主人的意旨而存在的身外工具。这些属于早已被抛弃了的语言工具论，它愚蠢地阻拦我们开拓文学、历史的阐释和创作、解读的广阔天地；并且进一步扭曲我们对客观世界的认识，也错误地掩盖了语言文字的多层次，语言的潜文本，语言的既呈现又掩盖的实质；阻拦人们从认识上心服地承认百家、百花是

---

① 郑敏：《语言观念必须革新：重新认识汉语的审美功能与诗意价值》，《结构—解构视角：语言·文化·评论》，清华大学出版社，1998年，第73页。

无可动摇的多元认识论的现实，从而避免围绕着哪一家的解释真正掌握绝对真理，哪一朵花是花中之王的无谓的、进行了几千年的喋喋不休的争论"①。

从这点出发，郑敏进一步强调语言超越工具地位的真正的自由，强调如何使无意识与有意识、无形的语言踪迹与有形的语言自由地对话，强调对语言要尊重，要珍惜，"因为语言的根不在它处，而是在诗人自己的无意识中，诗人的浮躁粗暴都会使他听不见自己语言的声音。因此海德格尔说：你不要'说'语言，好好地'听'，让语言来'说'你。诗人们在诗和语言面前要沉静一下容易喧嚣的自我，语言就会向诗人们展开诗的世界。诗来自高空，也来自自己心灵的深处，那里是一个人的良知的隐蔽之处"②。郑敏的这些论述，在语言工具论依然占统治地位的今天，无疑具有思想的启迪价值与诗歌写作中的可操作性。

第四，对新诗应当继承古代诗歌优秀传统的思考。对于20世纪中国新诗历史经验的反思，郑敏主要是围绕传统而进行的。郑敏认为："由于八十年内是两项运动在主宰新诗的方向，其一是与古典诗歌的彻底断绝，其二是竭力向西方寻找模式——19世纪的浪漫主义，20世纪的现代主义和后现代主义。由于我们是告别自己的汉语传统，向西方索取模式，我们的模仿是没有自己的立足点的纯模仿，在最好的情况下能得其精髓，糅入东方的思想感情，在境界上有自己的独到之处，但更多的时候是徒有其表，流于学皮毛而失精髓，学其短而遗其长。"③结果，"中国新诗很像一条断流的大河，汹涌澎湃的昨天已经一去不复返。可悲的是这是人工的断流。将近一个世纪以前，我们在创造新诗的同时，切断了古典诗歌的血脉，使得新诗与古典诗歌成了势不两立的仇人，同时口语与古典文字也失去共存的可能，也可以说语言的断流是今天中国汉诗断流的必然原因"④。

郑敏认为，正是由于与中国古代优秀诗歌传统的断绝，新诗才出

---

① 郑敏：《语言观念必须革新：重新认识汉语的审美功能与诗意价值》，《结构—解构视角：语言·文化·评论》，清华大学出版社，1998年，第73—74页。

② 郑敏：《探索当代诗风——我心目中的好诗》，《诗歌与哲学是近邻——结构—解构诗论》，北京大学出版社，1999年，第304页。

③ 郑敏：《今天新诗应当追求什么？》，《思维·文化·诗学》，河南人民出版社，2004年，第164页。

④ 郑敏：《关于中国新诗能向古典诗歌学些什么》，《思维·文化·诗学》，河南人民出版社，2004年，第149页。

现了许多问题:"有些新诗作者忽略了汉语诗的特点和中华文化的特点,写出一批非汉语的汉语诗和非西语的西方诗,对于汉西两个诗歌体系而言都是难以接纳的。"① 针对这种情况,郑敏多次大声疾呼新诗要继承古典诗歌的优秀传统,要向古典诗歌学习。在《中国新诗八十年反思》一文中,郑敏提出可在三个方面向古典诗学习:一是古典诗内在结构的严谨;二是对仗的艺术;三是古诗在炼字上特别着力。在《试论汉诗的某些传统艺术特点》一文中,郑敏又更具体地列举新诗能向古典诗歌学习的东西:一、简而不竭;二、曲而不妄;三、"歌永言、声依永";四、道、境界、意象;五、对偶。在《关于中国新诗能向古典诗歌学些什么》一文中,则提出:一、节奏感;二、诗的境界:豪情、潇洒、婉约含蓄、悲怆、悟性。郑敏说:"此外古典诗词可以采珠淘金之处还有许许多多,不能一一列举。关键在于今天的诗人,要有向古典诗歌艺术与诗学探寻、发现以丰富新诗自身的意识,只有真诚的信念才能带来新的启示。"②

尽管郑敏批评新诗与古典诗学传统的断裂,主张向古典诗学传统的回归曾被人讥为"文化保守主义",尽管当代的诗人与学者不可能都赞同郑敏的每一个具体观点。郑敏却丝毫没有动摇。作为有七十年创作经历的老诗人,作为对中西哲学和文学理论有充分了解的学者,郑敏提出的命题都是经过她认真思考。她对古典诗歌优秀传统的断裂由衷地痛惜,她对当前新诗创作状态的不满和批评,实际上体现了她对中国新诗的深厚情感与生命深处的渴盼。她由接受冯至的启蒙和现代主义的洗礼开始新诗的写作,到经由后现代主义向古典诗学传统的回归,这随着20世纪文化思潮划出的诗歌与诗歌理论的运行轨迹,本身就能给人们以足够的启示。

当我提笔写这部《郑敏文集》序言的时候,郑敏先生已是91岁的高龄了。郑敏先生是我的长辈,从年龄上说,她只比我的母亲小两岁。从粉碎"四人帮"以后不久,我便认识了郑敏先生。她的慈祥、敏锐与渊博,给我留下了深刻的印象。此后由于工作关系,我曾多次带研究生访问郑敏先生。诗人韩作荣任《人民文学》主编时,每年春节前

---

① 郑敏:《试论汉诗的某些传统艺术特点——新诗能向古典诗歌学些什么?》,《诗歌与哲学是近邻——结构—解构诗论》,北京大学出版社,1999年,第346—347页。

② 郑敏:《中国新诗八十年反思》,《思维·文化·诗学》,河南人民出版社,2004年,第148页。

都要约牛汉、谢冕、刘福春、陈永春和我一起看望郑敏先生，向她赠送花篮，并在清华园内或园外的餐馆聚餐畅谈，后来郑先生年事太高，不宜在外就餐，就只在她的客厅无拘无束地高谈阔论，室外寒风凛冽，室内春意盎然。2005年冬天以后，为编写《郑敏诗歌研究论集》，我和学生更是不止一次地到清华的荷清苑专访郑敏先生，听她讲述她的人生经历，听她对编这样一本论文集的意见。这位耄耋之年的老人，耳聪目明，无论是当面还是电话请教，每次都能给我们做出清晰的回答，在谈完正题后，她又会和我们谈起诗坛，谈起社会，谈起教育，谈起全球生态环境，无怪乎她的家人称她是"忧国、忧民、忧地球"了。

现在由郑敏先生的弟子章燕倾全力编辑的《郑敏文集》即将出版。文集收录了迄今为止郑敏先生的诗歌和理论著作。在我看来，这部文集不仅是郑敏著作的汇集，同时也为中国现代文学史提供了一份供研究分析的完整的案例，让我们看到在一个大变动的时代里，一位诗人，一个正直的中国知识分子的命运和奋斗的历史。

《郑敏文集》的编订，并非给郑敏的诗歌创作和学术研究画了句号。郑敏，这位生命力超常旺盛的诗人，创造的信念就像太阳那样明亮，任凭岁月流逝，世事变迁，她那颗不老的诗心总会应和着时代跳动着，给我们留下美好的期待。

（作者单位：首都师范大学中国诗歌研究中心）

论郑敏的诗学理论及其批评

◇谭桂林

为什么要研究郑敏的诗学理论与诗歌批评？我认为有如下几点理由：其一，在近百年来中国诗坛上既是诗人又是学者、既在诗歌创作上成就卓越又在诗学批评上富有建树者，世不多见，而郑敏乃是其中之一。其二，郑敏在学术上是专攻西方文学的，其创作也多受西方现代文学的影响，但在90年代以来，"猛然回首，发现汉文化的难以匹比的丰富，懊恼一生都在汉文化传统的自我否定的批判中度过"，于是，她连续写了《中国诗歌的古典与现代》《世纪末的回顾：汉语语言的变革与中国新诗创作》等论文，批评五四以来的新诗传统割裂了中国现代诗歌与母语传统的联系以致中国现代新诗总体上成绩不够理想。这些论文发表后，在中国当代诗坛与学术界引起了很大的争议，典型地体现了90年代以来中国学术界新文化保守主义的一个重要特色：用最新的方法与观点来陈述最老的问题。其三，近代以来，世界诗学发展历史经历了目的论与形式论两个阶段，目的论诗学以诗歌的社会功能结构为研究对象，形式论诗学以诗歌形式的组织功能结构为研究对象。20世纪中叶随着现代语言学的迅猛发展及其向其他人文学科的全方位的渗透，诗学理论的建构也从形式论向语言论转向，对诗歌自身语言运动的关注越来越成为诗学研究者的兴趣聚焦点。20世纪90年代以来，郑敏将德里达的解构主义理论同中国新诗批评结合起来，她所写的一系列论文突出地体现了中国当代诗学的语言论转型倾向。鉴于这三个方面，我认为对郑敏诗学理论的研究不仅是对一笔具有丰厚内蕴的理论财富的发现与挖掘，而且是对中国当代诗学理论发展趋向的一种意义深远的瞭望与总结。

一

从毛诗序的兴观群怨说开始，中国传统诗学对诗歌本质的概括与研究大都是围绕着言志、美刺等社会功能而展开。近代以来西风东渐，梁启超等提倡"诗界革命"，仍然是将诗歌当作认识社会、改良社会的一种工具。五四新文学运动以后，在西方浪漫主义诗学的影响下，诗的本位观开始向诗人自身回归，那种与社会改造、国计民生没有什么紧密联系的个人情感被突出出来，成为诗之所以存在的一种本质依据。周作人在一篇诗的专论中就明确指出："本来诗是'言志'的东西，虽然也可用以叙事或说理，但其本质以抒情为主。"所以，周作人认为"做诗的人只要有一种强烈的感兴，觉得不能不说出来，而且有恰好的句调，可以尽量地表现这种心情，此外没有第二样的说法，那么这在作者就是真正的诗"①。成仿吾说得更加斩钉截铁："文学始终是以情感为生命的，情感便是它的终始。至少对于诗歌我们可以这样说。不仅诗的全体要以它所传达的情绪之深浅决定它的优劣，而且一句一字亦必以情感的贫富为选择的标准。"② 作为理论家，周作人与成仿吾分别属于新文学运动中两个主张相对的派别，这说明在五四时期，无论是主张现实主义，还是崇拜浪漫主义，对诗歌的本质在于抒情其观点都是一致的。如果说言志更多地偏重于载外在之道，因为在传统士大夫那里自己之志是以符合圣贤之道为准则的，那么抒情则更多地与诗人自我的个体生命相联系，所以，郭沫若在谈论诗歌的抒情本质时如此激动地表述过自己的见解："我想我们的诗只要是我们心中的诗意诗境之纯真的表现，生命源泉中流出来的 Strain，心琴上弹出来的 Melody，生之颤动，灵的喊叫，那便是真诗，好诗。"③

但情感毕竟不是生命的全部。从生理学的角度来看，除情感之外，生命应该还包括本能、意志、意识、无意识等多个方面，而且本能、无意识等属于生命的深层结构，与诗有着更多的相通之处。因而郑敏的诗学对诗歌本质的思考主要围绕生命这一中心观念展开，这是对五四新文学以来的诗歌本质观念的一种拓展。在郑敏的思考中，可以清

---

① 周作人：《论小诗》，《觉悟》，1922 年 6 月 29 日。
② 成仿吾：《诗之防御战》，《创造周报》第 1 号，1923 年 5 月 13 日。
③ 郭沫若：《论诗三札》，《中国现代诗论》，杨匡汉等编，花城出版社，1985 年。

晰地看到一种逻辑理路。首先，郑敏认为诗的本质不是别的，而是生命的经验。"对于我，诗和生命之间划着相互转换的符号"。在郑敏看来，"所谓生命是人的神经思维肌肤对生活的强烈感受，而诗人在这方面是超常的敏感"。① 思维是人的意识活动，而神经肌肤属于人的感官之源，既然生命经验既包括人的理性思维，也涵盖人的感觉活动，作为生命经验的诗歌就不会只是一种"志"与"道"的传达，也不仅仅止于情感的自然流露。诗应该是一种理性与感觉的综合体。基于这种思考，郑敏对"意象""境界"等中国传统的诗学概念做了自己的阐析。她说："意象是诗人的理性和感性在瞬间的突然结合。因此，我们可以说意象是呼吸着的思想，思想着的身体。意象在经过这种改造后再不是仅起着修饰作用的比喻，它和诗的关系是有机的，内在的。"② 而境界是什么呢，郑敏说："中国人在古典文史哲中常讲境界，我认为境界就是生命的最尖锐、最强烈的体会。"③ 正因为诗是理性与感性的瞬间的突然结合，而且是一种最尖锐、最强烈的体会，所以对诗的接受就不是理解，也不是共鸣所能完成的。在这方面，郑敏特别强调"悟"的意义，认为诗心就是一种具有道德含义的悟性，就在于悟是生命的瞬间的敞亮，是人的感性与理性同时迸发出的生命智慧的火花。

郑敏以里尔克为例指出，诗人不同于平凡人之处，就在于诗人对生命的超常敏感，对于神秘的生命之美常怀着宗教式的崇敬。在芸芸众生之中，诗人是最寂寞的，但"寂寞会使诗人突然面对赤裸的世界，惊讶地发现每件平凡的事物忽然都充满了异常的意义。寂寞打开心灵深处的眼睛，一些平日视而不见的东西好像放射出神秘的光，和诗人的生命对话"。④ 一首好诗往往产生在诗人与生命突然面对面相遇的时刻，而这个时刻实际上就是生命的无意识波澜汹涌的时刻。所以，如果说诗歌的本质是生命的经验，那么，生命的无意识无疑是诗歌力量的一个重要的源泉。生命的无意识是心灵深渊中最深处的一种经验的沉潜与固结，它既包含意识的内容，也具有本能的质素，是意识与本能、精神与肉体的融合，因而最能显示出生命的神秘与复杂。郑敏的诗学特别强调诗与无意识的关系，她说："有时一霎时的内心的一次颤

---

① 郑敏：《诗和生命》，《诗歌与哲学是近邻》，北京大学出版社，1999年，第417页。
② 郑敏：《诗的魅力的来源》，《诗歌与哲学是近邻》，北京大学出版社，1999年，第64页。
③ 郑敏：《诗歌与文化》，《诗歌与哲学是近邻》，北京大学出版社，1999年，第256页。
④ 同①，第419页。

动,会触发一首诗。人们称之为灵感的到来,其实可能就是那酿酒的无意识向你发出的酒香的信号。"所以,"线条型的诗一经上意识的修改就会失去神韵,但并非主张写诗只需一挥而就,应当说诗在无意识中酿造时间是很长的,这个酒窖是由无意识和潜意识组成的,它的功能神秘而复杂,那里的酒曲是很古老的,有的是我们的始祖所遗留下来的"①。在许多时候,郑敏甚至认为所谓无意识其实乃是一种被压抑的原始的生命力,所以无意识才会是丰富的创造源泉。诗人的任务不仅要能够意识到自己的原始生命力受到超我的过分压制而逃到无意识里去的现象,而且要经常与这种原始生命力联系,交谈,倾听原始生命力的呼唤。正是出之于对无意识的强调,郑敏反对理性过多地干预诗歌创作,她形象地说:"果园总是隐藏在无意识的黑郁的原始森林中。当它成为你的逻辑的马车必然就能到达的地点时,它的果实就突然变成塑料的装饰品了。"② 同时,郑敏也反对即兴写诗,"当代有些西方诗人强调即刻感,现场写作,非反思等,虽然也打开一些心得途径,但却不应当因此否定华兹华斯所说的写诗是在宁静中重记感情","时间短固然可以减少理性的插手,而时间隔得长些,在宁静中让理智安眠,而过去的一些情景从无意识中徐徐引起,突现在心灵的眼前,可能比现场的捕捉更深刻,更强烈,这与以理性对经验进行反思和整理是不同的"③。

郑敏生命诗学的精义还在于她特别强调诗的生命在于矛盾运动。在这方面,郑敏受到美国黑山派诗人奥森的"场"理论的影响,即诗是一个场,它以放出能量的方式来影响读者。郑敏相信:"诗永远是一个磁力场,各条磁线从那里发出,诗之所以是有生命的,因为它的各条力线不断地在与其他的力起作用,并同时放出能量,它的能量在读者的心态上引起反响,这样就形成了读者与诗之间的对话。"④ 不过郑敏又进一步指出"诗的场总是建立在矛盾的力之网上"。郑敏曾经以这一命题分析过穆旦的《诗八首》,认为穆旦诗作的伟大之处就在于他的诗充满了他的时代,主要是40年代,一个有良心的知识分子所尝到的各种矛盾和苦恼的滋味,惆怅和迷惘、感情的繁复和强烈形成诗的语

---

① 郑敏:《诗和生命》,《诗歌与哲学是近邻》,北京大学出版社,1999年,第422页。
② 郑敏:《我的爱丽丝》,《诗歌与哲学是近邻》,北京大学出版社,1999年,第414页。
③ 同①,第417页。
④ 郑敏:《诗人与矛盾》,《诗歌与哲学是近邻》,北京大学出版社,1999年,第53页。

言的缠扭、紧结。"穆旦的语言只能是诗人界临疯狂边缘的强烈的痛苦、热情的化身,它扭曲,多节,内涵几乎要突破文字,满载到几乎超载,然而这正是艺术的协调。"为什么穆旦诗歌的扭曲、多节、超载正是艺术的协调呢?这是因为诗的生命在于矛盾运动,但是在杰出的诗人与诗作中,各种矛盾的力线却能有机地组合在一个统一的场中。所以,郑敏十分重视诗的生命赖以展开的内在结构。她说:"诗与散文的不同之处不在是否分行、押韵、节拍有规律,二者的不同在于诗之所以成为诗,因为它有特殊的内在结构。""诗的特殊内在结构正是为这种只有诗才能有的暗示和启发的效果服务的。""如果一首诗只是描述一番而没有深刻的寓意,自然不能是佳作,即使有很深的思想,但缺乏一个体现这种思想的诗的结构,也会令人失望。"诗的特殊结构不是押韵分行,不是合规律的节拍,那么是什么呢?郑敏对此做了很精辟的界定:"诗的内在结构是一首诗的线路,网络,它安排了这首诗的意念、意象的运转,也是一首诗的展开和运动的路线图。"①"诗的内在结构可以有很多类型,但它的目的都是为了使诗含蓄而有丰富的暗示魅力。"诗的结构层次愈多,对话也愈丰富。郑敏还根据自己写诗的经验以及自己对诗歌经典的理解,从技术的角度分析了两种最有代表性的诗歌结构:一是展开式,分层层展开、突然展开、在诗尾别开生面的展开等模式;二是高层式结构,这是现代派诗歌常用的一种结构,它的特点是"使得读者在读诗过程中总觉得头顶上有另一层建筑,另一层天,时隐时显,使人觉得冥冥中有另一个声音"。最后,郑敏指出诗的结构之意义不仅在于写诗本身,而且体现在诗与读者之间的关系中,"诗的结构像一座桥梁,连接了诗人的心灵与外界,连接了诗人与读者。诗人是通过这种结构给他的精神世界以客观的表现。诗的真意存在在它的结构里,在读诗时如果较清晰地掌握了一首诗的结构就可以对它有深刻的理解"。结构感是打开全诗的一把钥匙,所以郑敏认为在诗的欣赏中培养自己的结构感是很重要的。

---

① 郑敏:《诗的内在结构》,《诗歌与哲学是近邻》,北京大学出版社,1999年,第23页。

二

一般说来，无论东方还是西方，无论兴观群怨还是表现再现，经典诗学都是建筑在认识论哲学的基础上的，属于认识论诗学，诗学的核心在于诗说的是什么。19世纪末、20世纪初，西方哲学发生了一种重要的变革，哲学关注的重心问题由语言所表达出来的理性转向表达理性的语言本身。西方哲学界将这种转向称之为"语言论哲学革命"。在这一哲学革命的直接推动下，建立在哲学基础上的西方诗学也由认识论诗学向语言论诗学转向。正如王一川所指出的："当作为基础或统一原则的哲学已从理性中心转向语言中心时，诗学就再也不会无动于衷了，它也同时进行着自身的语言论转向。"其结果就是"语言成为种种诗学流派共同关注的中心，不仅俄国形式主义、结构主义和后结构主义直接发端于现代语言学，而且一向注重阐释的现象学、存在主义、心理分析学、阐释学和接受美学乃至新近的新历史主义和文化唯物主义，都把语言置于前所未有的重要地位"。① 而传统诗学中的术语概念如思想、主题、内容、创作方法等也正在被符号、话语、文本、语境、对话、叙述等与语言密切相关的概念所取代。郑敏40年代在西南联大攻读哲学，后来又赴美研究英美文学，这种资历与学识无疑使她较早地接触了西方的哲学与诗学的语言论转向趋势，因而语言论诗学在郑敏的诗学理论与诗歌批评中占有很重要的位置，体现出了一个与西方世界文化保持密切联系而又具有反思精神的学者对诗学发展趋势的敏锐把握与透彻理解。只不过新中国成立后的30年间由于文学上的极左思潮阻断了中国文学与西方当代文学之间的联系，郑敏一直没有适当的时机来阐述自己对语言论诗学的理解罢了。

"文革"结束后，郑敏用很多的精力写作了不少的诗学文章。正是受西方语言论诗学的影响，她的许多文章都侧重探讨语言在诗歌中的重要地位，显得特别的与众不同。值得注意的是，郑敏对语言的重视并不仅是一种纯技术的考虑。本来，文学乃是语言的艺术，诗歌的语言艺术也从来就是诗家关注的焦点，所谓"语不惊人死不休""吟安一个字，捻断数茎须"，表达的都是诗人对诗歌语言技术上的孜孜追求。

---

① 王一川：《修辞论美学》，东北师范大学出版社，1997年，第7页。

既然只是一种技术上的追求,所以这种追求也常被诗家诟病,批评是舍本求末,买椟还珠。而郑敏对语言的关注之所以被认为是一种语言论诗学的转向,是因为她的语言观与她对诗的本质的理解是紧密相连的。如前所述,郑敏认为无意识是诗歌生命的源泉,而现代语言学的一个重要贡献恰恰就是发现了语言背后的制约力量不是理性而是无意识。"神秘的无意识,没有人能进入它,但又没有人能逃避它的辐射。因为今天语言学已经明确这心灵的黑洞是语言结构的发源地。19世纪的浪漫主义理论家柯洛瑞奇告诉人们想象力包括来自先验和作家心灵方面,而今天的语言学家却指出语言结构的第二空间,这就是无意识。这种走向无意识的语言结构的理论动向被称为'语言转折',它促使诗人及其他作家在60年代后进入了无意识的开拓时代。"① 郑敏从80年代开始对解构主义作了精深的研究,这种研究使郑敏对诗学的思考很自然地走向诗与无意识与语言的联系,并且使得郑敏的语言论诗学大致集中在如下三个方面的内容:

其一,诗的语言以它自己的生命而存在。语言在结构主义那里,是作为符号而存在的。但德里达说,语言只有当它作为一个符号死亡的时候,它的有生命的内涵才会真正地存在。在这一点上,郑敏明显受到德里达的影响。语言作为一个符号,是对一种概念的表达,是符号就可以反复使用,郑敏举了"几度夕阳红"的例子来说明当诗歌的语言成为一种符号能够反复使用时,它就成了陈旧的套话,丧失了自己的生命。真正的诗歌语言,应是通向自由语言的通行证。也就是说诗的语言是不受外界干扰,不再担承符号功能的重负,纯以自己的生命力存在。所以"只有当写下的文字不只是作为传达工具之后,它才能作为语言而诞生。所以你不能把语言只当作一个意义、一个概念的载体,它的功能只是一个符号。只有当这个干瘪死亡之后,它才作为语言而诞生"。在这方面,郑敏不仅肯定了诗语乃是一种个体生命经验的传达,而且鲜明地指出了诗语自身是一种具有生命的存在。既然诗语是一种有生命的存在,那么,一首好诗就不是由若干的部件组合形成的,而是作为一个有机的整体诞生的。对此,郑敏有一个十分形象的说法,诗不是诗人写出来的,而是诗人从自己的无意识中"接"来

---

① 郑敏:《天外的召唤和深渊探险》,《诗歌与哲学是近邻》,北京大学出版社,1999年,第411页。

的。"我的素材必须在无意识中自行转换，酝酿，直到它形成自己的塑形，这时我会通过一些偶然的条件，收到酒已酿成的信号，于是将这首诗接到世界上来。"① 这就是说，一首好诗来到世界之前就已有了自己的整体生命，对这一生命的存在，诗人所能做的只是将它"接"到世界上来，没有也不应该有什么作为。所以，郑敏对传统诗学中重视语言"推敲"的观点不以为然，她说："诗人对语言要尊重、珍惜。不要对语言施虐，拧断句子的脖子，强迫词字结合，任意玩弄，炫耀新奇，招摇过市以博得创新的美誉。""对语言施暴和虐待动物一样令人难以忍受。灵魂的压抑、空虚使得一些诗人转而虐待语言，他们的粗暴只说明自身的匮乏。什么时候诗人在语言面前，不念咒语，不施魔法，而变得虔诚、谦虚，他才能找到真正是他自己的语言。"②

其二，诗人应倾听语言。因为语言的根不在他处，而是在诗人的无意识中，所以倾听语言就是倾听自己心灵最深处的无意识的呼喊，也就是倾听自己身心中的最原始的生命力的呼喊。在郑敏的诗学思考中，诗、语言、生命这几个概念是可以互相转换的，最好的诗歌，是最凝聚和新鲜的语言，在那里面也就有最强的生命力。在这点上，郑敏显然受到海德格尔的启示。海德格尔曾说诗歌语言就好像一个生命居住的地方。他用了"being"这个词来界说自己的意思。有的学者把这个词翻译为存在，但郑敏说："据我的理解，海德格尔的 being 就住在语言里这句话，being 就是生命，活生生的运动中的生命。"③ 既然语言是生命的居所，诗人写诗就不要总想着自己怎么说，而要去倾听语言的声音，虔诚地、谦虚地去倾听。但语言有一种隐蔽自己的性能，诗人怎样才能倾听到语言的呼喊呢？一方面，郑敏特别地提到了诗人的悟性，她说"诗和艺术不只是感性的，恰恰是悟性才是诗与艺术的震撼力的来源"。所以在语言的隐蔽性面前，"作者必须用他的悟性去发现他和语言间的一种诗的经验，也就是与语言对话，不要害怕思维会妨碍诗寻找它自己的语言"。另一方面，郑敏主张诗人要沉静。所以郑敏非常欣赏英国浪漫主义诗人华兹华斯的写诗是在宁静中重记感情的名言。她认为："宁静给他以超越现实的条件，重忆、再现是在宁静的超越现实的氛围进行的，想象之光使事物的轮廓带有异彩，而宁静

---

① 郑敏：《诗和生命》，《诗歌与哲学是近邻》，北京大学出版社，1999 年，第 422 页。
② 郑敏：《探索当代诗风》，《诗歌与哲学是近邻》，北京大学出版社，第 304 页。
③ 郑敏：《诗歌与文化》，《诗歌与哲学是近邻》，北京大学出版社，1999 年，第 255 页。

使心灵清澄无需。"① "诗人们在诗和语言面前要沉静一下容易喧嚣的自我表现，语言就会向诗人们展开诗的世界。" "诗人的浮躁粗暴都会使得他听不见自己语言的声音。"② 郑敏本人崇拜的诗神就是宁静、安谧的，她在回忆自己听诗人罗伯特·布莱的讲演时说："我突然看见一个小女孩，她非常宁静、安谧，好像有一层保护膜罩在她的身上，任何风雨也不能伤害她，她就是我的爱丽丝。这保护罩是什么，我回答不出。也许是诗，是哲学，是我的先祖在我的血液里留给我的文化。从此我知道她就是我的生命的化身。"③ 无论是诗，还是哲学，正是这个宁静、安谧的爱丽丝为郑敏守护着诗的灵感，领引着诗的生命。

其三，由于给语言的诗学意义做了高度的定位，郑敏对汉诗在语言方面所面临的困境及其所具有的诗语传统作了深刻的分析与清理。这是从两方面来进行的，一方面，郑敏尖锐地指出："当代汉语正承受着来自多方的干扰、污染与挤压。一是来自多年的意识形态灌输所形成的套话，一派官腔，内容空洞令人生厌，另一是来自拙劣的翻译语型，以弯弯绕为深奥，另一派是浑身沾满脂粉气的广告、流行歌曲、片头歌的滥美温情的庸俗。"这使中国汉语陷入相当的混乱。另一方面，郑敏又试图从中国汉语传统中找到汉语诗歌走出当前困境的路。在《中国诗歌的古典与现代》一文中，郑敏甚至十分激动与充满感情地说："现在我的漫游已经走向自己的诗歌的故乡，中国古典诗，发现了汉语的魅力与古典诗词在用字、语法方面的灵活与立体性，超时空限制所形成的强烈艺术动感与生命力。"毫无疑问，正是这种对比促使郑敏写下了一组重要的理论文章，批评新诗对中国母语传统的割裂，探讨中国的现代自由诗能够从汉语诗语传统中学习什么。综合这些文章的内容，我们可以看到郑敏的基本观点是：一要继承中国古代诗语的音乐性传统："至今白话诗，格律的与自由体，都存在着音乐性的问题。走出古典诗的平仄模式之后，我们应当如何体现白话自由诗格律诗在语调字词方面的抑扬搭配与诗行的结构？这首先要求我们彻底地研究汉语的音乐性。"二要学习古典诗词中汉语表现意义的强度与浓缩，她认为"新诗在意象的跳跃上完全可以与古典诗词比美，甚至可以超过。但在字词浓缩后的力度，由于口语的局限及汉字简化后，若

---

① 郑敏：《诗和生命》，《诗歌与哲学是近邻》，北京大学出版社，1999年，第417页。
② 郑敏：《探索当代诗风》，《诗歌与哲学是近邻》，北京大学出版社，1999年，第304页。
③ 郑敏：《我的爱丽丝》，《诗歌与哲学是近邻》，北京大学出版社，1999年，第414页。

干字词的被淘汰，却无法与古典诗词相比，这种使新诗相形见绌的遗憾，今天已无回天之力。只有加强对古典诗词的审美能力，或者能寻找出新的艺术途径来表达这种今天诗人同样向往的力度"。这些观点对80年代以来新潮迭起、后学流行的诗坛而言，无疑是一剂去躁戒急的清凉之药，但是，由于郑敏在这些论说中将批评的矛头直指五四新文学运动对古典文学的态度，同时运用德里达的语言思想来阐述新诗向古典诗歌学习的重要意义，以致自己被学界视为90年代以来新文化保守主义的一个代表。

三

郑敏对现代诗学的贡献还包括她的一些新诗批评与诗史述论。郑敏的诗歌批评文章分为中西两大部分，在英美文学批评方面，她对自己所钟爱与倾慕的华兹华斯、庞德、艾略特、威廉斯、罗伯特·布莱、约翰·阿青伯莱等古今诗人做了精辟的分析。对中国新诗的批评文字不是太多，但有不少的观点也富于启示性。如以矛盾性来分析穆旦的诗语状态，从汉语的视觉美与活力、听觉的音乐性如何能回到当代诗作的高度来评介蓉子诗的意义等。从郑敏的诗歌批评中可以看到一个特点，这就是郑敏的批评从来不是为别人而写，而是篇篇为自己而写。换言之，郑敏的批评都是借题发挥，在评说中充分地阐发自己的诗学观念，因而，她的诗歌批评与她的诗学观念是始终交织在一起的。尤其是郑敏对当代中国诗歌现状与思潮发展的批评，都是既有理论深度又有现实针对性，充满着诗人经验与智慧的不易之论。

20世纪80年代以来，中国文学的女性书写一直是以一种性别对抗的姿态活跃在文坛的，女性诗歌作为女性心灵的直接展示，在性别对抗与文化解构方面显得十分大胆与突出。无论是生命激情的狂舞，还是黑暗大陆的凸现，无论是直接不讳的躯体写作，还是反观自我的女性自白，其意义的指向都是女性的躯体以及由这一女性躯体而来的自我感受。在父权制社会中，男性对女性的征服与占领首先是从女性躯体开始的，因而，女性书写首先以躯体写作来解构男性中心观念的压抑，这是无可非议的，也是西方女权主义运动采取的一个重要的文化策略。但是，如果将这一个策略变成了唯一策略，将民族的女性书写仅仅局限于女性自我躯体感受的范围，或者说，当男性大都为社会的存在而活着的时候,而女性却甘心情愿地退居,只为自己的感受和历史而活着,那么,女性解放的意义究竟在哪里?这是每一个女性文学的拥趸者都不得不思考的一个本质性问题。对此,郑敏的回答显示出了一个深受中西文化浸润的女性诗人所具有的思想高度。她一方面明确指出:"女性作为独立自我的发展既是女权运动的重要课题,也是女诗人成为出色的诗人的关键。"另一方面郑敏也精辟地指出女性作为独立自我的发展并不是简单地回到性别上的自我,或者说回到性别自我进行封闭性的自我赏怜。郑敏将西方女权主义思想同中国当代女性文学中的躯体自恋倾向做了对比性的分析,指出西方的女权主义者与我们的女性主义文学有阴阳之别:"她们在反对阳性中心,而我们在寻找阴性的世界,一个愿意向阳性退赔若干领土的阴性国度。""当西方妇女在大煞男子汉的威风,破骑士对妇女的'礼貌'时,中国妇女从劳动服里退出来后要求受到特殊的女性待遇,包括骑士风度的对女性的尊敬与爱怜。""当西方的女权运动者唾弃一切传统留给妇女(出于保护她们)的权益,要求受到男子一样的社交待遇时,中国的一些女性反抗却表现在:请将我当一个女性来对待。"对中国当代女性诗歌的这种躯体自恋倾向,郑敏无疑是很失望的。郑敏认为,女性诗歌的真正意义在于发掘女性的深度自我,而这种女性深度自我不是通过单纯的爱情主题、母性主题、婚姻主题就能到达的,它要求女性完全参与人类命运的思考中去。从本质上看,郑敏似乎是一个女性文学终极意义上的取消者,在她心目中,女性文学的最高境界就是没有性别之分。因为一旦女性作家完全参与了人类命运的思考,在自我的深广度上与男性作家不再有高低深浅之分,那时就没有必要再从性别上考虑作家了。所以,郑敏语重心长地进言女性诗歌:"今后能不能产生重要的女性诗歌,这要看女诗人们怎样在今天的世界思潮和自己的生存环境中开发出有深度的女性的自我了。"而"只有在世界里,在宇宙间进行精神探索,才能找到20世纪真正的女性自我"。①

20世纪的中国文学是一种由古代向现代转型的文学,但是如何转型,向什么意味的现代转型,这在政治意识形态十分复杂的20世纪,确实是人们最为关心的问题之一。现代主义作为文学的现代性的一种,

---

① 本段引文均出自郑敏《女性诗歌:解放的幻梦》一义,见《诗歌与哲学是近邻》,北京大学出版社,1999年,第394—395页。

由于它最前卫地体现了西方文学的发展路径，因而备受人们关注。对于中国现代主义诗歌的发生发展轨迹的描述，在现代文学研究中是见仁见智的。郑敏作为诗人、学者和过来人，对这个问题发表过一些观点，其中有两个观点对我们研究20世纪的现代主义诗歌发展史颇具启发性。一是关于中国现代主义诗歌成熟期的划定，过去不少研究者认为30年代以戴望舒等人为代表标志着中国现代主义诗歌的成熟，其特征在于戴望舒等能够将西方的现代主义手法同中国古典诗词的传统尤其是讲究古典诗语美的传统结合起来。而郑敏指出中国的现代主义真正进入创作的成熟期而且留下自己的足迹的是40年代。从历史的与文化素质的因素来看，"只有当第二次世界大战迫使中国和世界产生了文化的血液循环时才可能使中国新诗发生这样一次震动。封建意识的统治仍然很强烈的30年代是不可能产生真正的现代主义诗歌，对于30年代来说浪漫主义与法国早期象征主义是更容易得到共鸣的。因为这两种文艺思潮都还没有要求面对极其冷酷、严峻、丑恶而复杂的现代现实"。而从语言本身的活动规律来看，"中国新诗由于对古典诗语美的长期依恋，在30年代初期，也还没有能产生表达这种现代意识的语汇"①。依据郑敏对穆旦诗歌的分析可见，这种被郑敏极力推重的语汇实际上指的就是穆旦诗歌中体现出的那种矛盾、痛苦、撕裂拧在一起的诗性语言。二是关于中西现代主义诗歌之间的对比，郑敏认为以高速度走向世界化和现代化的中国现代主义同西方现代主义是不同的："西方现代主义是针对浪漫主义和古典主义的弱点而产生的，因此有较明显的排他性，而中国的现代主义对中外各种诗歌传统是兼容并收的。西方现代主义对浪漫主义是扬弃的，作为一个新诗潮对旧诗潮强调叛逆，而中国新诗自五四以来只叛逆旧诗词，对新诗的各个流派并没有不两立的思想感情。"② 这种新诗史观强调了中国现代主义发展过程中的包容性、民主性，在这种新诗史观的引发下，郑敏将40年代中国现代主义新诗划分为四个种类，一种是古典—现代主义，以卞之琳、陈敬容、袁可嘉为代表；一种是浪漫—现代主义，包括冯至、穆旦和郑敏；一种是象征—现代主义，辛笛和陈敬容各有这方面的色彩；一种是现实—现代主义，曹辛之、唐祈和杜运燮显示出了将现实主义同现

---

① 郑敏：《回顾中国现代主义新诗的发展，并谈当前先锋派新诗创作》，《诗歌与哲学是近邻》，北京大学出版社，1999年，第227页。

② 同上，第229页。

代主义融合起来的倾向。这种划分方法当然可以商榷，但它确实是发人之所未发，在现代诗学史上具有突出的原创性。

（作者单位：南京师范大学文学院）

20世纪90年代的中国十四行诗：郑敏的《诗人与死》[①]

◇汉乐逸（原著）　章　燕（翻译）

在前面的章节中，我们有机会不止一次地提到郑敏的19首十四行组诗《诗人与死》。正如我们在"九叶诗人群"一章中所看到的，郑敏在20世纪40年代就已经是一位十四行诗的主要实践者了。在昆明西南联大就学时她参加了冯至开设的有关里尔克的讲座[②]，因此，她很早就熟悉了里尔克和冯至创作的短小而令人深思的十四行诗作品。半个世纪之后，尽管创作上有过一些弯路，也出现过诗歌的静默的时期，然而，她将早期的学习与她毕生的生活经历结合起来，在90年代创作出了这一杰出的十四行组诗作品。在下个章节中我们将看到，这一作品与现代中国诗歌中"组诗"这个诗歌类型的关系，它超越了十四行诗的形式局限，表现出与大多数中国古典诗歌具有明显的平行关系。在本章节中，我们将以独特的译文展示这一作品，力求传达原文的节奏感，而不期盼表现其所有的形式特点，我们将据此对这十九首诗中的每一首分别进行考察。

从主题方面来看，这组诗的构成基于两条线索的不断交织融合，这两条线索又与诗歌题目中的两个本质内容产生回应。与"诗人"相呼应的是中国诗人的命运主题，或者说是新中国的知识分子在我们这个时代的命运主题。"死"代表着独立于文化背景的，更加富有存在意义的死亡。

---

① 本文选自汉乐逸著《中国十四行诗——形式的意义》（荷兰，莱顿大学，2000年，第149—182页），由屠岸先生的女儿、郑敏先生的弟子章燕教授翻译。

② 在1995年6月北京的一次研讨会上郑敏讲到这一点。徐丽松（Xu Lisong 的音译）引用了此材料，见《诗探索》1996年，第3期，第70—93页。我感谢米盖尔·冯·克莱弗尔（Maghiel van Crevel）送给我这篇重要的文章。关于郑敏早期诗歌事业及其19世纪40年代的诗歌简介，见我所编的《中国文学选导读（1900—1949）第三卷：诗歌》（*A Selective Guide to Chinese Literature 1900 – 1949, Vol. 3*），Leiden：E. J. Brill 出版社，1989年，第267—272页。

这两个主题显然是联系在一起的。在 20 世纪后半叶，许多中国作家都被迫害致死——最广为人知的例子就是杰出的小说家老舍（1899—1966）在"文化大革命"中遭到红卫兵的迫害投湖自尽，除了这样的事实之外，许多免于肉体死亡的知识分子则经历了政治上的精神"死亡"的痛苦，这实际上使他们成为非人。最近的新中国历史中的重要一章就是所谓的"拨乱反正"——为那些在历次政治运动中受到不公正评判的人们正式恢复名誉（一般是在他们死后）的一场斗争。为某人公开恢复名誉，尽管对很多当事人来说都已经太晚了，但对于他们的家属和亲朋好友来说，那至少是一种安慰，因为，它至少保证了他们重新得到了社会的认可，在这个意义上，他们仍然是幸存者。

第二个主题——死亡——绝妙地提出了同样的关于幸存的问题。是否个人的努力最终到达的就是死亡？或者是否还存在着更宽广的关系框架，在这种关系中他们是否仍然是有价值的？组诗中关于济慈《希腊古瓮颂》的暗示表明了一种作为美和有价值的艺术，在这样的艺术中有一种向无时限的永恒层面的调和性转换：这才是最终的"拨乱反正"。

组诗的背景来自"九叶"诗人唐祈（1920—1990）的生活经历（尽管诗中对此未明确说明）。唐祈是政治迫害的牺牲品。他被打成"右派"，遣送到黑龙江的一个劳改农场。经历了二十多年的劳动改造之后，他于 80 年代初期复出，在兰州大学执教。但他仍然受到歧视，晋升教授受阻于政治对手。在他去世之后，他的家人试图获得为他平反的官方证明，而官僚机构拒绝了，口实是"太忙"。①

组诗是关于以下相关主题的扩展性思考：（1）是否可能存在着作为一个诗人个案的平反，而这一个案是中国现代知识分子更为普遍的案例的典型；（2）对于"死亡"本身，作为一个人的命运，是否也存在着某种"平反"的可能；构成这些思考的一个主要因素是奥菲亚斯神话。奥菲亚斯获得单独许可去访问冥界，以期把某人带回到有生命的世界中来，最终未能成功。奥菲亚斯神话与郑敏组诗的相关性不仅通过清晰的奥菲亚斯神话参照得到证实，也通过诗中许多有关里尔克的《奥菲亚斯十四行诗》的引喻得到证实。

---

① 关于唐祈的资料来自徐丽松（Xu Lisong）文（同前页注②）中郑敏的自述以及一些个人通信。

由于奥菲亚斯神话涉及事物关系的本质问题，假如这个关系是生死对抗的关系，那么这个神话在此便尤为贴切，它还带来了关于艺术与意识的所有含义。在一本对我接近这份材料产生主要影响的书中，美国心理学家希尔曼就该问题对诸多古典文学作品和具有学术性的文学作品进行了概括和阐释，他指出，从有意识的思想（即活着的人的思想）这一视角来考虑，冥界常常以颠倒的界域出现，传统认为在冥界中死者坚守着一种转换的形态。上反成为下，光反成为暗，等等。① 在以下对郑敏诗作的内容的分析中，我们将时常遇到这一镜像主题和明暗的反差。总之，我们要遇到所有重要的颠覆原则，在这一原则中与政治和哲学的相关的看法也同时得到了表达。

在展示这组诗作时，每首诗的译文和原文之后都有对于该诗内容的解释性的注释。在许多情况下，我们将在括号中对诗中相关的形式特点进行补充点评。为避免过于复杂的展示，所有点评都涉及最为明确的相关例子，与我们在第四章中分析冯至的诗歌有些相似。我们没有把所有韵式都列表进行分析，而会时常在讨论中发表对诗中韵律的看法。

> 是谁，是谁
> 是谁的有力的手指
> 折断这冬日的水仙
> 让白色的汁液溢出
>
> 翠绿的，葱白的茎条？
> 是谁，是谁
> 是谁的有力的拳头
> 把这典雅的古瓶砸碎
>
> 让生命的汁液
> 喷出他的胸膛
> 水仙枯萎

---

① 詹姆斯·希尔曼（James Hillman）：《梦与下界》，纽约：Harper & Row，1979 年，关于颠倒这个主题在众多相关段落中有所涉及，可参见第 178—179 页。

> 新娘幻灭
> 是那创造生命的手掌
> 又将没有唱完的歌索回。

按照第八行"典雅的古瓶"的线索,让我们回顾一下济慈的《希腊古瓮颂》的第一、二诗节:

> 你——"宁静"的保持着童贞的新娘,
> "沉默"和漫长的"时间"领养的少女,
> 山林的历史家,你如此美妙地叙讲
> 如花的故事,胜过我们的诗句:
> 绿叶镶边的传说在你的身上缠,
> 讲的可是神,或人,或神人在一道,
> 活跃在滕陂,或者阿卡狄谷地?
> 什么人,什么神?什么样姑娘不情愿?
> 怎样疯狂地追求?竭力地脱逃?
> 什么笛,铃鼓?怎样忘情地狂喜?

> 听见的乐曲是悦耳,听不见的旋律
> 更甜美;风笛啊,你该继续吹奏;
> 不是对耳朵,而是对心灵奏出
> 无声的乐曲,送上更多的温柔:
> 树下的美少年,你永远不停止歌唱,
> 那些树木也永远不可能凋枯;
> 大胆的情郎,你永远得不到一吻,
> 虽然接近了目标——你可别悲伤,
> 她永远不衰老,尽管摘不到幸福,
> 你永远在爱着,她永远美丽动人!

(屠岸译《济慈诗选》)

尽管《诗人与死》并未在许多方面与《希腊古瓮颂》存在明确的联系,这头两个诗节还是显示出与这首诗在音调方面的类似。对于济慈来说，如同对于郑敏来说一样，"古瓮"和"花瓶"是他们对于可见与不可见境界之对立关系进行长久思考的出发点。济慈的"什么人，什么神？"使人联想起郑敏的"是谁的有力的手指……是谁的有力的拳头……"。在两首诗中，诗人探询了一个附加的，目前尚不可见的因素，这个因素能够完成或者解释一个在感觉上被打断的，或在知觉的当下时刻尚未结束的情形。

正如我们将看到的，郑敏在整个组诗中继续将有形的和无形的事物联系起来。她经常用的一个方法就是把可见的有形事物看成是有形无形这一对事物中的一个，对于有形事物来说，它的对立面无形物代表着替补的关系、镜像的关系或反转的关系。作为这一组诗的开始，让我们特别关注中文诗第八行中的"典雅"一词，这里英文译成"elegance"。这是一个镜像，写下来与"雅典"是同样的汉字。无论这一指涉"希腊"古瓮的字谜是有意为之，还是无意的，这在本诗和郑敏下面的诗中都是非常贴切的。反转变换的过程，十分贴近这些诗歌想要倾吐的中心思想。它涉及，或者类似于一种转换，通过这一转换，一个从前活着的人被置换到了一个不可见的世界：死亡的世界：冥界。（在诗第十五首中，在人世间无法实现他的"理想"与"未了的心愿"的人被催促着"走出祭坛的广场"，即，尘世的、社会的疆域，"离开雅典和埃及的古城……"）当汉字"雅"和"典"各自占据了它们可能的空间位置的时候，它们代表了人的世界。两个字颠倒过来（参见下面诗第十二首中"颠倒"一词的辩证性），它们便表示出无限的美和永久的意象。这就是济慈的"不是对耳朵，而是对心灵奏出"，这也就是我们将在下面的组诗中看到的：冥界。

从表面上看，郑敏在此处的处理不够宁静：与济慈的"保持着童贞的新娘，"和"她永远不衰老"不同，她的新娘是"幻灭"的。与济慈的永不凋枯的树不同，她的水仙是"枯萎"的。但是，在后来的诗中她会展示出她自己的"然而，不要悲伤"的诗句，如同她经历过的"留下那不谢的奇异花朵"。（见诗第九首）

诗的前十行是两个各有五行诗句的平行部分，每个部分是无结束诗行的四行诗，后面跟着一个结束的诗行。第二行到第五行可以读成连续的句子，紧跟在第一行"是谁"这个破碎的重复句之后；与此类似，在第六行的破碎重复句"是谁"之后，句子可以连续读下去，直到第十行结束。下面的两行（十一、十二行）在节奏上形成戏剧性的断裂：它们不仅非常短，不能切断，而且还有一种"古典"式的声音：在语法和句法上它们是平行的，而且具有古典汉语诗词的风格。随后是两行诗句，由"是"字开头，与前面两个五行部分的开头相呼应。强烈的反转在间歇之后由内容强化了：最后的两行回答了两个五行部分中提出的"是谁的"这个问题。

音韵在开始时是松散的，但第八行的最后一个字"碎"使人记起前面突出的"谁"这个音。后六行两个诗节以相应的同音押韵。

尽管第五行和第七行没有严格押韵，两行末尾的双音字"茎条"和"拳头"构成了一种近似的韵，使人联想到冯至十四行诗第七首第二节中的"心头"／"肩头"这样的音韵。

> 没有唱出的歌
> 没有做完的梦
> 在云端向我俯窥
> 候鸟样飞向迷茫
>
> 这里洪荒正在开始
> 却没有恐龙的气概
> 历史在纷忙中走失
> 春天不会轻易到来
>
> 带走吧你没有唱出的音符
> 带走吧你没有画完的梦境
> 天的那边，地的那面
>
> 已经有长长的队伍
> 带着早已洗净的真情
> 把我们的故事续编。

在第二首诗中，可见的与不可见的界域的差异得到了进一步的发展。"没有唱出的歌"，在第一首诗的最后就已经提到了，现在这不仅是一个非个人化的事实，而且也是"梦"的某种本性，在梦中诗人个人与歌发生关系。歌从"云端"俯视着她——歌不是来自大地，大地上没有吉兆。

　　这里，组诗中第一次暗示出"歌"与"梦"的逝去终究会得到补偿。从远处渐近的"队伍"（"bearers"）将"把我们的故事续编"，而且会以"真情"为其特征。由现实世界的代言人最初进行了否定性的判断和定罪之后，这里首次出现了平反和废止宣判的主题。这一主题在后来所指的"过秤"和"开庭"中也将出现。不是这个可见的现实世界，而是死亡之冥界才是最终的裁判者，冥界被构想为美、永恒和意象的境界。

　　在冥界的主题方面与这组诗最为相关的西方诗歌之一是里尔克的《奥菲亚斯之歌》。在郑敏组诗的第十二首和第十三首中，她对奥菲亚斯神话有明确的指涉；这第二首诗可被看作是关于价值转换的一个初步预示，当事物从此世转入冥界的时候便需要获得被转换的价值。用里尔克的语言说：①

> 正是在这双重灵境
> 声音才显示出
> 永恒而慈祥。
>
> 　　　　　　　　（绿原译《里尔克诗选》）

> 严冬在嘲笑我们的悲痛
> 血腥的风要吞食我们的希望
> 死者长已矣，生者的脚踵
> 试探着道路的漫长
>
> 伊卡瑞斯们乘风离去
> 母亲们回忆中的苦笑
> 是固体的泪水在云层中凝聚
> 从摇篮的无邪到梦中惊叫

---

　　① 见《奥菲亚斯十四行诗》第一部，第九首。此文所引的里尔克诗作均出自 Frankfurt am Main：Insel Verlag 出版社 1966 年出版的里尔克诗选。我自己做了英文翻译；我并不自诩它们具有诗歌的价值，仅供与原文做个对照。

没有蜜糖离得开蜂刺
你衰老、孤独、飘摇
正像你那夜半的灯光

你的笔没有写完苦涩的字
伴着你的是沙漠的狂飙
黄沙淹没了早春的门窗。

诗第三首与前面一首中对"春"的议论产生回应：春不会到来，它的"门窗"被"淹没"了。

生者的世界与死者的世界在其范围方面产生了对比：对于死者来说，"长已矣"（"long"）指的是时间，而生者必然要劳苦地"试探着"他们的空间方面的长度，即他们走在大地上的"漫长"的道路。在诗第十首中"道路"最终成为"终生踩着赤色的火焰/穿过地狱"的道路。

同时，大地的世界是不提供帮助的。那世界养肥了自己，拿人们的悲痛和鲜血取乐，背叛了希望。

在第九行，我们找到了对于济慈的《忧郁颂》的某种参照：

还有"喜悦"，他的手总贴着嘴唇
说再见；令人痛苦的近邻"欣慰"，
只要蜜蜂啜一口，就变成毒鸩：
…………

（屠岸译《济慈诗选》）

在这首诗的第三、五、十行有行内断句特征的诗行中，有一种句法上的呼应：三行都提到将死，离去，衰老。

那双疑虑的眼睛
看着云团后面的夕阳
满怀着幻想和天真
不情愿地被死亡蒙上

那双疑虑的眼睛
总不愿承认黑暗
即使曾穿过死亡的黑影
把怀中难友的尸体陪伴

不知为什么总不肯
从云端走下
承认生活的残酷

不知为什么总不肯
承认幻想的虚假
生活的无法宽恕

  这里又一次提到把"云端"视作诗人所迷失的新的处所。很明确，这是一个富有人性的存在，涉及人与人的关系，在世间的大地上再不能够找到这样的存在。

  以诗人的观点来看，可见的人世间的价值难以把握，这点是明确的。而死去的人是否在生前就清楚地意识到，或现在知晓了"残酷"和"无法宽恕"，这点尚不够明确。

  诗以一个连续的四行和两个两行诗句开始，之后的六行的诗句有一种独特的节奏。它由两个紧密相连的三行诗构成，平行的语法和词汇把这两个三行诗连在一起。

我宁愿那是一阵暴雨和雷鸣
在世人都惊呼哭泣时
将这片叶子卷走、撕裂、飞扬入冥冥
而不是这冷漠的误会和过失

让一片仍装满生意的绿叶
被无意中顺手摘下丢进
路边的乱草水沟而消灭
无踪，甚至连水鸟也没有颤惊

> 命运的荒诞作弄
> 选中了这一片热情
> 写下它残酷的幽默
>
> 冬树的黑网在雨雪中
> 迷惘、冷漠、沉静
> 对春天信仰，虔诚而盲目。

我们在这里看到了一种有序的对抗，对抗的一方是由一般的可见事物所代表的现实世界的敌意，另一方是与此相反的友善而令人向往的世界，"盲目"就通向这个世界。我们看到，在整个组诗中，自然之光（即太阳和月亮）令人敬畏，代表着生与死的封闭循环。相反，愿望、希望和忠诚要么见于"盲目"之中，要么见于人造之光。在诗第三首中，那位令人尊敬的人衰老了，"正像你那夜半的灯光"。在诗第十五首中，那个被催促着"走出祭坛的广场"的人是借助马灯在夜幕中出行的。

这首诗中首次出现了"网"的意象，这将被证明是组诗中最常出现的、最多维度的、最具有中心凝聚力的意象。这里，"冬树"寂静地站立着，如同背景中的"黑网"，忍受着"冷漠"和"沉静"，而平淡却致命的"冷漠"切断了"热情的树叶"。树代表着与表面的骚动和关于人类命运的"轻率"的特征不同的领域。像前面一首诗中那个迷失的、令人哀悼的人一样，它也是"盲人"。

"网"具有那种深刻有力的矛盾状态，它被用来集中冲破阻力而获得某种认识的状态，从字面上讲，几乎就是捕捉这种状态：在一个状态中的迷失却是另一个状态中的永恒。网是一个陷阱，一种杀戮的手段；然而它还能够拥有，能够提升。从一种观念看是被捕获，从另一种观念看却是获得解脱。

"网"在中文里也有"网络，关系系统"的意思。也许它是一个编织起来的关系结构，带来了命运也带来了永恒。① 网的物质结构也与

---

① "网"这个字构建了多次讨论过的一首诗的文本，那首诗的题目为《生命》，是中国当代诗人北岛的组诗《太阳城札记》（*Notes from the City of the Sun: Poems*）中的一首。参见 McDougall (ed.), *Notes from the City of the Sun: Poems*, Ithaca, N. Y.: China‑Japan Program, Cornell University, 1983。

"编织"的主题相关,这个主题我们在诗第十五首中可以遇到。

"网"在中文里与"往",即"过去的",是同音字,比如"往事"意为"Bygone things, objects of memory"("过去的事情,记忆的对象"),这也赋予了网这个意象以深意。再者,由于这个缘故,过去的事情便成为永久的昔日的变异。

整个前八行诗构成了一个连续的独立句。由此产生的节奏压力在第八行结束时,突然间松弛下来,由于后面跟着的是短句。后六行诗由两个三行诗句构成。

> 打开你的幻想吧,朋友
> 那边如浩瀚的大海迷茫
> 你脱去褪色的衣服,变皱
> 的皮肤,浸入深蓝色的死亡
>
> 这里不值得你依恋,忙碌嘈杂
> 伸向你的手只想将你推搡
> 眼睛中的愤怒无法喷发
> 紧闭的嘴唇,春天也忘记歌唱
>
> 狭窄、狭窄的天地
> 我们在瞎眼的甬道里
> 踱来踱去,打不开囚窗
>
> 黄昏的鸟儿飞回树林去歇栖
> 等待着的心灵垂下双翼
> 催眠从天空洒下死亡的月光

我们又一次发现语气强烈的两个情景的对比:"幻想"与"这里"。正像这首组诗注定会那样:"肉体"总是衰退下去,如同诗中所说的"这里不值得你依恋"。

原文第一行中的"打开"与第十一行中的"打不开"是一样的,同是包含否定意义的词。狭窄、自然的天地的"囚窗"是不会打开的;而幻想可以。在尘世的现实中和重压下,幻想的人感觉到他的/她的眼睛"被害瞎了"。

中国传统的道家思想认为，从人的愿望出发，"天地"，即自然界是无情的。这里用的"天地"一词与中国传统的《道德经》中所说的"天地"是一个意思。《道德经》第五章中说："天地不仁，／以万物为刍狗。"在理查德·威尔海姆的《道德经》德语译本中"天地"就是一般的"自然"："Liebe noch Menschenart hat die Natur."①

前三个诗节都以中间断开的诗行开始和结束，有一种视觉上和节奏上的结构性。第四诗节进入了一个全新的形式：三个连续的独立诗行。这个新的节奏组合与内容上的变化是平行的，与从幻想的光转变到自然的（即带来死亡的）光的意象相呼应。

> 右手轻抚左手
> 异样的感觉，叫作寂寞
> 有一位诗人挣扎地看守
> 他心灵的花园在春天的卷末。
>
> 时间卷去画幅步步逼近
> 只剩下右手轻抚左手
> 一切都突然消失、死寂
> 生命的退潮不听你的挽留
>
> 像风一样旋转为了扫些落叶
> 却被冬天嘲讽讥笑
> 那追在身后的咒骂
>
> 如今仍在尸体上紧贴
> 据说不是仇恨，没有吼叫
> 漂亮的回答：只是工作太忙。

---

① 参见亚瑟·威利（Arthur Waley）：《道及其力量：〈道德经〉及其在中国思想中的地位之研究》（*The Way and Its Power: A Study of the Tao Te Ching and Its Place in Chinese Thought*, New York: Grove Press, 1958），第 147 页；理查德·威尔海姆（Richard Wilhelm）：《老子〈道德经〉》（*Laotse Tao Te King, Das Buch des Alten vom Sinn und Leben*, Jena: Eugen Diederiche, 1921），第 7 页。

在这挽歌一般的沉思中，诗人把注意力转向世界不能理解死去的人这一问题，这人显然是一位"诗人"。在预示"过秤""开庭"（我们将在后面的诗中遇到它们）这些因素时，我们再一次被提醒，意识到在"时间"的甬道（春天的逝去）和"心灵的花园"之间有两个不同的境界。"他们"（居住在社会现实中的人们）误解了诗人，认为他轻易地接受了死亡，因为他"没有吼叫"；他们没有认识到他表面上流露出平静，这完全是因为他所关注的对象在别处。（我们记得在诗第四首中，他"不知为什么总不肯/从云端走下"。）

在最后一行中，"只是工作太忙"可以看成是对一个官僚主义者的冷漠态度的辛辣的模仿，他并没有努力为一位受到不公正待遇的受害者"平反"，还为自己站不住脚的理由辩护，推说其他事务占了他的时间，没空调查这件事。

> 冬天是欣赏枯树的季节
> 它们用墨笔将蔚蓝切成块块
> 再多的几何图也不能肢解
> 那伟大的蓝色只为了艺术的欢快
>
> 美妙的碎裂，无数的枝梢
> 你毕生在体会生命的震撼
> 你的身影曾在尸堆中摇晃
> 歌手的死亡拧断你的哀叹
>
> 最终的沉默又一次的断裂
> 从你的脆了的黑枝梢
> 那伟大的蓝色将你压倒
>
> 它的浪花是生命纷纷的落叶
> 在你消失的生命身后只有海潮
> 你在蓝色的拥抱中向虚无奔跑

这里，又一次出现了"网"的主题，不仅出现在字面上，而且也在视觉上返回了网的主题。"枯树"让我们记起诗第五首中"黑网"的"冬树",在这里,"枯树""将蔚蓝切成块块"。蔚蓝色天空下衬托的枝梢,"无数的枝梢"成为绘画中的笔触,将天空的画布裹进"再多的几何图"。

诗中提到"碎裂""枝梢",然后很快便转向与死者的对话。在后六行中,与诗第六首中的死亡具有同一意义的"蓝色"落下来,像干枯的肢体折断了树枝,将诗中的听话者"压倒"。在具有讽刺意义的类似富于性感的拥抱中,他被推进虚无,而"身后的"叶子的"海潮"一堆堆涌起。

> 从我们脚下涌起的不是黄土
> 是万顷潋滟的碧绿
> 海水殷勤地洗净珊瑚
> 它那雪白的骸骨无忧无虑
>
> 你的第六十九个冬天已经过去
> 你在耐心地等待一场电火
> 来把你毕生思考着的最终诗句
> 在你的洁白的骸骨上铭刻
>
> 不管天边再出现什么翻滚的乌云
> 它们也无能伤害你
> 你已经带走所有肉体的脆弱
>
> 盛开的火焰将用舞蹈把你吸吮
> 一切美丽的瓷器
> 因此留下那不谢的奇异花朵

第一诗节与卞之琳于 20 世纪 30 年代创作的十分难懂但却广为人知的爱情诗有着巧妙的回应:

> 我明白海水洗得尽人间的烟火。
> 白手绢至少可以包一些珊瑚吧,

> 你却更爱它胎上绿旗后的挥舞。①

二者的细微差别似乎在于：所有实在的土地现在都被死亡从我们的脚下抽走了；面对新的巨浪，如同卞诗中"白手绢"徒劳地挥舞着，成为彻底告别的符号，在这首诗中，甚至"珊瑚"也不会逃脱"洗刷"。

现在诗人所等待的不是新的白昼，而是"火焰"，火焰将把那诗句铭刻进洗刷得"洁白的"骸骨，而按照下诗中的意思，"人间的烟火"仍然存在，在此情况下，那诗句是无法找到的。大地上的风暴不再能触动她。她正等待着被带入"火焰"的"舞蹈"，此后，在向诗第一首和济慈诗的返回中，在美的境界中——在现世中由花瓶和瓮的"瓷器"来代表，经验的真正价值会像"奇异"的花朵长久持续下去，因为它是"不谢"的。

前八行和后六行都由几个具有自我控制力的诗行开始，而前八行和后六行都以一个较长的"句子"结束，体现了一种收尾的节奏。这种收尾的效果由主要内容中的平行节奏所加强；两种"节奏"都关注死亡之后的状态，就像某种美丽的事物将会被焚烧，或被固定在另一种事物之上（骸骨，瓷器）。

> 我们都是火烈鸟
> 终生踩着赤色的火焰
> 穿过地狱，烧断了天桥
> 没有发出失去身份的呻吟
>
> 然而我们羡慕火烈鸟
> 在草丛中找到甘甜的清水
>
> 在草丛上有无边的天空邈邈
> 它们会突然起飞，鲜红的细脚后垂
>
> 狂想的懒熊也曾在梦中

---

① 卞之琳：《无题三》，《雕虫纪历》，人民文学出版社，1979年，第51页。

起飞
翻身

却像一个蹩脚的杂技英雄
殒坠
无声

如同在前面一首诗中提到的,"火"或者"火焰"实际上并不是全新的组成部分。诗人与她的交谈的对象都属于某一类人,对于他们来说,此生的世界不过是地狱,"赤色的火焰"而非自然之光决定了存在的质量。

然而诗人并没有悔恨。她仍然对那些有可能于外在的逆境中找到"清水"或"天空"的人们抱有崇敬,他们在任何时候都能通过幻想"起飞","让鲜红的细脚后垂"。

原文中的"火烈鸟"在英文中是"flamingos"。在里尔克的诗《火烈鸟》中,这些鸟"一个个迈步走进了想象"。诗的后六行中"熊"的意象与之形成对比:它仅仅是幻想着我们能"起飞"。就我们是"火烈鸟"这个比喻来说,我们能够冲出"草丛""起飞"。我们身体的存在可以被比喻为"熊",尽管也梦想着飞翔,却只能是"蹩脚的杂技英雄",注定要跌落到地面。

后六行诗以不同的途径清晰地散射开来。这六行不仅是一个连续的句子,而且两个诗节都各有一个 a－b－b 的结构,其中 b 行只有两个音节。这种突然间的粗砺节奏吸引了人们的注意力(至少吸引了该读者的思维),或许还造成了极为幽默的效果,这是为了突出内容:一只熊有着令人意想不到的,却是归于失败的飞翔企图。

冬天已经过去,幸福真的不远吗?
你的死结束了你的第六十九个冬天
疯狂的雪莱曾妄想西风把
残酷的现实赶走,吹远。

在冬天之后仍然是冬天,仍然
是冬天,无穷尽的冬天

> 今早你这样使我相信，纠缠
> 不清的索债人，每天在我的门前
>
> 我们焚烧了你的残余
> 然而那还远远不足
> 几千年的债务
> 倾家荡产，也许
> 还要烧去你的诗束
> 填满贪婪的焚尸炉

诗的第一行是对雪莱名诗《西风颂》的最后一行"假如冬天来了，春天还会远吗？"这句话带有讽刺性的变异。在接下来的诗行中，诗人对自己说着，开始进行沉重的思考。尽管她自己显然并没有死亡，但有人死去了；这一死亡对她产生巨大影响，就如同她自己生命结束一般。当"疯狂的雪莱"呼唤西风带来新生时，这里的情形却是"在冬天之后仍然是冬天"。第六行呼应了里尔克的诗句："在所有冬天里这一次漫长无比，／为了过冬，你的心总得忍着点。"（"for underneath winters, there is a Winter so endless/that your heart, hibernating, does survive."）在第七和第八行中，没有变化的、单调的"冬天"的情绪由于突然间转向，与真实的第二人称"你"的谈话而变得更加强烈。显然，在这个特定的早晨，诗人（在做了一次团聚的梦之后？）一直在期待着一种转变，一种解脱。但是，当白昼在继续的时候，她意识到在不远的将来不会发生变化：债务是以"千年"的尺度来计算的，在很长的时间里，一切事物，甚至最为珍贵的遗产——"诗束"——都可能会被扔进"焚尸炉"。

> 没有奥菲亚斯拿着他的弦琴
> 去那里寻找你
> 他以为应当是你用你的诗情
> 来这里找他呢
> 你的白天是这里的黑夜
> 你的痛苦在那里消失得
> 无影无踪，树叶

幸福地轻语，夜莺不需要藏躲

　　你不再睁开眼睛
　　却看到从来不曾看到
　　的神奇光景

　　情人的口袋不装爱情
　　法官的小槌被盗
　　因此无限期延迟开庭。

　　在这首诗和下面一首诗中，我们遇到了奥菲亚斯这个人物。他得到了特殊的许可进入冥界，把他死去的妻子欧律狄克带回人间，而他必须严格遵守一个条件，即在他们回到尘世之前，他不能够直接看她一眼。①（他没有遵守诺言：于是失去了她。）正是因为奥菲亚斯的抒情艺术，他才能在所有人中获得特权在两个世界中往来穿梭。

　　在这首诗中诗人缺少作为中介的奥菲亚斯，直接与死者对话，强烈地赞美"你的诗情"，这解释了一个事实，即不可能有真正的交流。

　　第二诗节建立在颠倒的关键因素上，我们在谈第一首诗的时候对此已经有所暗示。冥界的价值观与尘世是不同的：光的品质不同。生命中的苦难的重负，以这种新颖的观点来看便"消失得/无影无踪"。一旦当眼睛"不再睁开"时，它终于有可能看见"神奇光景"。

　　在最后三行诗中，这些结论显然是由于诗人对死者在人间的声誉充满敬意而得出的。无论其准确的暗示是什么——而且这些暗示好像是关于个人的——其要义似乎在于有的人带着其本质性的东西逃脱了，也许带着它去了冥界，因而尘世间的生存者就没有能力进行判断了。

　　两个六行的诗节是独立的结构。在停顿频繁并有行尾停顿的八行诗之后，第一个三行是一个独立的句子。第二个三行是三个独立的独特而连续的诗行；其节奏特点适宜于它涉及的不同主题内容（因而，也适宜于这首诗语境中的难以解释的晦涩）。诗的前三个诗节以某种方式描绘了死后的情形，在死后，诗人的对话者找到他自己。在这三个

---

① 我借用了希尔曼的 Upperworld（人世间，阳界）一词的用法，他用这个词开头的字母不是大写。

诗节之后，最后一个诗节间接地暗示出有关尘世间的生存后果。

  在这奥菲亚斯走过的地道
  你拿到这第十三首诗，你
  痛苦而愤怒，憎恨这征兆
  意味着通行的不祥痕迹

  然而这实在是通行证的底片
  若将它对准阳光
  黑的是你的脸庞
  你的头发透明通亮

  你茫然考虑是不是这里的一切
  和世间颠倒
  你的行囊要重新过秤

  然而鬼们告诉你不要自欺
  现在你正将颠倒的再颠倒
  世间从未曾认真给你过秤

  诗人展示了这"第十三首诗"，以此作为她自己与冥界的交流。这是她自己的如同奥菲亚斯一般抵达的姿态。显然，她首先想到的是她的对话者可能不相信或抵触她的交流。无论是什么原因（个人原因？），她继续提醒他说，在这样的情形中，必定会有一种颠倒的。从以前的尘世或人间的观点来看，那些似乎是悲剧或不祥的事情，一旦被颠倒过来，从照相中的"底片"这个角度去解释，就会被认定能带来"安全"（调和？裁决？）。她（向她自己也向对方）传达出一个断言，说道：在你的住所，从冥界的视角我试图与你对话，失去即获得。不在便是在场。

  在后六行中，对于尘世来说是明智的观点又一次得到了细致的解读。不要在意别人对你的评价，她说：即便你将人们对你的看法颠倒过来也无济于事。"他们"对你的看法从一开始就错了。

  这首诗是这样的：一个特定的诗行形式与文本中的一个独特的模

式和信息联系起来（见诗第三首，第十五首）。所有具有独立形式的诗行都呈现出独特的肯定性的声音，告知谈话的对方他真实的处境。谈话的对方处于一种死亡之后的恍惚和隐蔽状态。由于在第五行的开头（即这种诗行形式的开始）运用了"然而"一词，并在第十二行的开始又一次运用了该词，该形式具有一致性的特殊功能得到了强调（在两个插进来的三行诗构成的"句"之后，第十二行又明确地继续运用了这一诗行形式。）

> 你走过那山阴小道
> 忽然来到一片林地
> 世界立即成了被黑洞
> 吸收的一颗沙砾
>
> 掌管天秤的女神曾
> 向你出示新的图表
> 天文数的计量词
> 令你惊愕地抛弃狭小
>
> 人间原来只是一条鸡肠
> 绕绕曲曲臭臭烘烘
> 塞满泥沙和掠来的不消化
>
> 只有在你被完全逐出鸡厂
> 来到洗净污染的遗忘湖
> 才能走近天体的耀眼光华

我们又回到了自我交谈的模式中。如同在第十二首和第十三首的情形一样，冥界中的某种相遇真的发生了。现在诗人的意识正在适应一个她所获得的更为广阔的视野。前四行诗似乎扼要概述了冥界的经历（"山阴"一方；小道"忽然"进入了一个阴凉地带；如山洞一般的"黑洞"）。这一经历的结果似乎就是那"掌管天秤的女神"将诗人带入一个新的价值衡量标准。这个女神当然就是维纳斯，占星术中掌管天秤的人。前面诗中的"评判""过秤"的主题现在表现得更为直率，好像整个普通尘世的活动被贬至"一条鸡肠/绕绕曲曲臭臭烘烘"。这就像维纳斯的信息那样犀利，但这里还有希望：死后，在"天体"中有一种新颖的光，这道光从世俗观点来看也是"耀眼"夺目的。

> 那为你哭泣的人们应当
> 哭泣他们自己，那为你的死
> 愤怒的人们不能责怪上帝
> 死亡跟在身后，一个鬼祟的影子
>
> 你有许多未了的心愿像蚕丝
> 如果能织成一片晴空……
> 但黑云不会放过你的默想
> 雷爆从天空驰下击中
>
> 你的理想只是飘摇的蛛网
> 几千年没有人织成
> 几千年的一场美梦
>
> 只有走出祭坛的广场
> 离开雅典和埃及的古城
> 别忘记带着你的夜行时的马灯。

诗人在继续思考着尘世和她现在所意识到的冥界在其等级及其视野方面的差异，她在此面对着一种仍然存在着的怀旧情绪。诗人认识到，可以预见一个心愿，期盼着在未被满足的愿望中实现成功的"编织"："没有人"织成。此生的界域，尽管长期以来都受到赞美，却没有更多的东西赋予人们。只有通过"夜行"来逃脱，拿着自己的"马灯"，才有可能进入更佳境界。

在中文里，"蛛网"意为蜘蛛的网，这又是一个"网"，我们在前面已经讨论过。她的"心愿"和"理想"都涉及各种关系的网，这种关系使得她感觉像是致命的网。

这里我们又一次见到了与独特的内容相关的独特的诗行形式。诗中有行内断句的诗行（第二行和第四行）是提到"死"或"死亡"的仅有的两行诗。第二诗节构成了稳固的独立诗行组，在此之后，六行诗形成了新的、对称交织而又富于节奏的结构：这是由一个独立诗行在开头和结尾构架起来的，相互穿插的两个两行诗组在形式上是平行的。

五月，肌肤告诉我太阳的存在
很温存，还没有开始暴虐
我闭上眼睛，假装不知道谁在主宰
拖延，是所有这儿的大脑的策略

尸骨正在感觉生的潮气
离开火葬场已经两个月
污染的大气甚至不放弃
那从炉中拾回的残缺

也许应当一次又一次地洗涤
用火焰，
用焚烧

这里没有檀木建成的葬堆
也没有洒上玫瑰、月季、兰花的娇艳
只有沉默的送葬者洒上乌云般的困恼。

诗人继续细致地描写人的现实世界不尽如人意。如果不是因为"肌肤"的不适，"太阳"的存在对她也是无所谓的；她期待的并不比自然之光更多。在对于"肌肤"和"大脑"的行为进行了似乎清晰而冷静的分析之后，在第五行和第六行中，分析忽然间变得不够清晰了，弄不清尸骨是谁的。"离开火葬场已经两个月"在这里指的是她参加死者的悼念仪式以来逝去的时间吗？或者说，指的是死者的尸骨？如果是后者，显然，"尸骨"还与有生命的世界保持着某种感情的接触，它现在以"残缺"的形式存在着，继续徘徊在空中。

或许，从这两个方面来解读"尸骨"都行得通。这样，这一段的意义便在于，她的骨头与他的合为一体。无论从谁的角度说，他们都

"离开火葬场已经两个月"。更加和煦的日子归来了，与"尸骨"的干燥形成对比，感觉到了"潮湿"，它引发了痛苦。这暗示出，解决的途径只有"火焰"或"焚烧"——对于非自然"光"的另一种指涉，而我们反复地遭遇这自然之"光"。最后几行中，诗人承认，"这里"要获得与永恒的美和真理相联系的"焚烧"是不容易的。在这个世界上，"没有檀木建成的葬堆"。

在具有庄严的节奏感的八行诗之后（前四行诗都有一个行内停顿，后四行中的三行都是行尾停顿），第三个诗节以其结构不平衡的、意义连贯的三行诗形成的"句"使人突然间感到了惊讶。这种节奏独特的插入与感情更为强烈地对"火焰""焚烧"的思考形成呼应——这里，讲话者似乎在以简单而热烈的旁白与自己交谈。紧随其后，更具有哀歌体的节奏在最后一个诗节又直接返回，其中的最后两行特别长，与第三诗节中特别短的两行形成鲜明的对照。

> 眼睛是冻冰的荷塘
> 流水已经枯干，我的第69个冬天
> 站在死亡的边卡送走死亡
> 天边有驼队向无人熟悉的国度迁移
>
> 欢乐的葡萄不会急着追问下场
> 香醇的红酒也忘记了根由
> 一个个音符才联成歌唱
> 也许是愤怒，也许是温柔
>
> 整体不过是碎片的组成
> 碎片改组，又产生新的整体
> 短视的匠人以为到了终极
>
> 阖上眼睛，任肢体在大地横陈
> 蚕与蛹，毛虫和蝴蝶的交替
> 洒在湖山上，像雨的是这个"自己"

显然，在继续回忆上一首诗中提到的"已经两个月"的时候，诗人以一个"送葬者"的角色对自己进行了自省。她的眼睛现在干枯了，由于长期的悲哀而无法转动。她陪伴着"死亡"直至"边卡"，一直处于与死亡为伍的奇特处境之中，但是，她并没有在死亡之中。在诗的其他部分，她对相对性展开了思考，也对旧的诗产生共鸣，从中获得了某种程度的惬意。"欢乐的葡萄"令我们想起济慈的《忧郁颂》：

>……就在"快乐"的庙堂之上，
>隐蔽的"忧郁"有她至尊的神龛，
>虽然，只有舌头灵、味觉良好、
>能咬破"快乐"果的人才能够瞧见：
>他灵魂一旦把"忧郁"的威力品尝，
>便成为她的战利品，悬挂在云霄。
>
>（屠岸译）

至于酒忘记了根由，一个可能的联想就是伊丽莎白·巴瑞特·布朗宁的《葡萄牙人十四行诗》中的第六首：

>……我所作所为
>与所梦之中都有你的份，正如酒
>必然有它自己的葡萄味……
>
>（屠岸译）

她对自己的劝告似乎是这样的：走向前去，把"葡萄"甩在你的身后；走上前去，进入完全的忧郁。这种转化像其他各种转化一样，是广袤的整体的一部分，这个整体从人性的悲哀这一有限的观点来看是无法测知的。你自己的身份从这一形式转移到另一个形式。

这个处境使人联想起里尔克的《奥菲亚斯十四行诗》第一部第十六首中的处境：

>看吧，此之谓共同承受
>七拼八凑，仿佛它是全部。
>
>（绿原译《里尔克诗选》）

显然，与此相关的还有《奥菲亚斯十四行诗》第二部第十二首：

> 决心变形吧。哦且为火焰而兴奋
>
> （绿原译《里尔克诗选》）

——如同毛虫求死心切，为的是变成一只蝴蝶。

> 他们用时间的激光刀
> 在我们的身体上切割
> 白色的脑纹是抹不掉
> 的录像带，我们的录音盒
>
> 被击碎，逃出刺耳的歌
> 疯狂的诗人捧着瘀血的心
> 去见上帝或者魔鬼
> 反正他们都是球星
> 他们用时间的激光刀
>
> 将一颗心踢给中锋
> 用它来射门
> 好记上那致命的一分
>
> 欢呼像野外的风
> 穿过血滴飞奔
> 诗人的心入网，那是坟。

假如人们对诗人在一个有着敌意的世界里所期待的待遇还有所疑虑的话，那么，这首诗便将这种疑虑消除了。安慰的话语尽管听上去是冷酷无情的，却又一次成为另一个维度中的坚持不懈的保证。"身体"的确得忍受"切割"，但进入"白色脑纹"的记忆是抹不掉的。击碎"录音盒"（身体），促成了歌曲的"逃出"。"疯狂的诗人"的身体一定是在他能"捧着瘀血的心"之前就被"击碎"了——既然他的血是"瘀血"（即超出了正常的血液凝结度），他便带着那颗"星"继续走向观众。

在尘世生命的竞技场上,心可能并不比足球好多少——不声不响地被人踢来踢去的东西。然而在最后,诗人的心进入了那个"网"——持久的相关性框架。正是在这一点上,他接受了"欢呼","欢呼"并非来自社会政治之城,而是像风一样来自遥远的"野外"。

当古老化装成新生
遮盖着头上的天空
依恋着丑恶的老皮层层
畏惧新生的痛苦

今天,抽去空气的气球
老皮紧紧贴在我的身上
它昔日的生命已经偷偷逃走
永生的它是我的痛苦的死亡

将我尚未闭上的眼睛
投射向远方
那里有北极光的瑰丽

诗人,你的最后沉寂
像无声的极光
比我们更自由地嬉戏。

最后六行诗含有这样的意思:一旦"眼睛"离开了肉体,投向远方,它们将享有新的"瑰丽"的欢乐。它远离了死亡与局限的状态,那将是一种"自由嬉戏"的境界,从现世的角度来看,那可能恰好是因为"沉寂"的缘故。

诗中又一次表现出,北极光不同于"日光"。如果眼睛能够抛出身体,那被"化装成新生"的"老皮"紧紧裹住的身体,它们就会看见"瑰丽"。

(作者单位:荷兰莱顿大学)

灯灯：叙述的迂回和曲折

◇阿　华

　　灯灯曾经说："诗歌是自我见证、自我挖掘的过程，文字应如铁锹，向无限的生命内部挺进，保持遇见清泉时的战栗、感动、希望和爱。""当我仰望，我就是星辰，不是给黑夜命名，而是完成发光的一生。"

　　灯灯是个自律的诗人，这在我们这几年的交往中可以感觉出来。

　　灯灯早期的诗歌是对个人生活的梳理与重建，它们不可避免地带着她个人的温度、气息和灵性，是的，那些诗歌是特定的，只能属于灯灯一个人。

　　谈论灯灯的诗歌，我们绕不过她的那首《我说嗯》。《我说嗯》是灯灯被提及最多的诗歌之一，也是她早期诗歌的代表作。

　　如果说这首诗歌带着女性懵懂的青春意识。那么到了《我的男人》这里，灯灯的诗歌就有了新的成熟的气象。《我的男人》写得简短，但有四两拨千斤的作用，短短的七行诗句就把一个女人的款款深情说了出来，融洽而又幸福的夫妻之情在文字中扑面而来！

　　《我说嗯》和《我的男人》是近年来在很多场合大家都要提到的灯灯的作品，但我觉得灯灯还有一首诗是不应该被忽视的，那首诗就是《外省亲戚》。

　　　　他敲门的声音，像一树炸开的石榴
　　　　风声扑面而来，年轻的，带着乡间的泥土味。
　　　　一个硕大的白色编织袋，开始在他的肩上，现在
　　　　它站在地板上，里面装满了花生，和那些
　　　　来不及褪泥的土豆
　　　　在夏天的客厅里，空调在响
　　　　他一直站着，一直冒汗
　　　　他的手不知道往哪儿放

他叫我小婶子

他让我红着脸，想起了我的身份。

我们都有过这样的乡下亲戚，我们也曾有过这样惶恐不安的见面，灯灯在这首诗中写出了我们这个时代的个体对我们各自身份的纠结，带着善良和悲悯，应该说这首诗歌是由小我走向了大我。比《我说嗯》和《我的男人》更具有普世意义。

是的，灯灯的诗歌一直在寻求一种朦胧的向上的精神。她一直在她诗歌中发现美，创造美。在灯灯这几年的诗歌当中，我感觉她又有了新的变化，她的诗歌开始有了两个显著的特点。

第一个特点是对现场细节的深入捕捉。灯灯是个用放大镜看现场的人，有着对现场细节把握的天分。这应该与她日常生活有关，我曾记得去年秋天我们一起去山西采风，中午从饭店出来，她在城墙上发现了一只七星瓢虫，于是她开始用手机对那只七星瓢虫开始了各个角度的拍摄。在她的镜头下，七星瓢虫有着异常的美丽。

灯灯把她的发现抒写在诗歌里面，里面注入了她的感情，就像她在《蚂蚁》这首诗中写道：

蚂蚁在镜头里
捶胸顿足，我要把镜头放到更大
一只更小的蚂蚁
才会出现，蚂蚁在我的镜头里
悲天呛地，直不起腰
更小的蚂蚁
在它身旁，一分为二，如果蚂蚁也有眼泪
那一定是
母亲的眼泪，一定是母亲
怎么呼唤
都没有应答——
如果我把镜头放到最大，我就会看到
一张人脸，我就会看到每一天

——每一天。都有一张相似：

悲伤的人脸。

罗丹说:"艺者的德行只是智慧、专注、真诚、意志。"这种艺者的德行其实就是一种品德,我想,灯灯具备这样的品德,至少,她在努力养成这样的品德。

在灯灯内心深处那个柔软宁静的角落里,对自然美的沉吟,对俗常物事的赞赏,成为她抵抗现实和抚慰灵魂的一种最有效的方式。

灯灯诗歌的另一个显著的特点,就是她诗歌语言叙述的迂回和曲折。

在这几年的诗歌里,灯灯是在有意识地把叙事性纳入诗歌的写作当中,按照个人生活琐碎记载生活。但她的叙述与别人的叙述又有所不同。一个诗人如果能在既定的题材中,加入一些新鲜的东西,譬如技巧、譬如叙述方式、譬如结构的变化,这些新鲜的东西会使一首诗歌变得焕然一新。

是的,一个极其普通的句子,没有什么闪光的东西,但却因为灯灯叙述的方式有别于他人的日常的叙述,使得整首诗歌的时间和空间,都有了很大的扩展。

比如《小鱼》:

岩石撞击溪流,溪流不死。
昏厥的小鱼
在第二次昏厥中,又长了一寸。
我目睹山崖上的山花、蚁虫、蟾蜍
一个接一个跳下来
我目睹蝴蝶挣脱救援的手
跳下来
这些走投无路的生灵,我怀疑它们
也藏有一张人脸,也有一颗
愤怒的心,也把比死更难的活路
留给人间:

——溪流不死,小鱼在昏厥中
又长了一寸。

灯灯让一个普通的诗句，在叙述的迂回和曲折中变得与众不同。

善于在特定的语境里寻找适合自己的叙述方式，是一个优秀诗人的必备修养。灯灯把这一点把握得很好。

这两个显著的特点，现在贯穿着灯灯诗歌的始终。特别是那种叙述的迂回和曲折，在灯灯的诗歌中表现得淋漓尽致。

一个人的诗歌里更多反映的是本人的性格因素，看了一个人的文字，就会大抵上了解这个人。灯灯的诗歌激情、火热、清澈，有着一个金矿挖掘者的固执、强悍的质地，这些年来她一直以沉潜独立的姿态和蓬勃的创造力，在诗坛上闯荡，她的诗歌气息让我着迷。她的诗歌有灼灼逼人的锋芒，每一首都游刃有余。

近期的灯灯的作品更是多了一些对现实的关注，比如那首《看叙利亚盲童在废墟上歌唱》，比如那首《非洲鼓》。在灯灯所住的首师大的宿舍里，有一只非洲鼓，她用来学习敲打乐，但灯灯并没有单纯地只是爱上非洲鼓，而是透过表象看实质，灯灯通过一只非洲鼓想到了地球那一边的生活。可见，她是个有心人，她也一直都是个有心人。

最后我还想说，谁能成为灯灯的朋友，谁就是一个有福之人，因为灯灯就是一面镜子，从她的身上，我们可以照见自身的不足。我非常感谢她时常提醒我诗歌、为人等各方面的不足，我也时常因她的提醒而改进自己。

"你有什么样的气场，就会吸引什么样的人——你活着，因为你有同类。"我在很多场合引用过刘索拉的这句话。

我也深信灯灯所说，人是有气场的，发出什么，就吸引什么，我们对美好心存执念，并相信且做最好的自己，终能遇到最好的人。

灯灯说自然界中也是有吸引法则的：就像她去郊外拍一些相片，草地上的昆虫如果感到自己是不安全的，它会马上飞走，如果它知道你对它是没有伤害的，它就会把美展示给你看。

"遇见，一定要在合适的时候遇见。一个人心里动念，外界就会看见。人动念的时候，是在向宇宙发出邀请。比如说我想在旷野上遇到红蜻蜓，果然就会遇到。所以人要时常想一些积极向上的东西。"

这是灯灯对我说过的话，我把它称作灯灯版心灵鸡汤。是的，一个人如果坚持正心正念，全心全意做好自己，命运会慢慢送上礼物与祝福。

我想说的是：谢谢灯灯，你把一个美好的世界展现给我们看，祝愿我们的灯灯在诗歌路上走得更久，走得更远。

（作者单位：山东省威海市鸿鑫建筑工程有限公司）

从鸟儿开始说起
——灯灯诗歌印象

◇陈 亮

和灯灯相识也有很多年了，多年前她就获得过我们《诗探索》的红高粱诗歌奖，后来在鲁院我和她是同学，再后来她又获得了我们的华文青年诗人奖，不管是其诗或其人都有相当的交集和熟悉。在鲁院读书的时候，她标志性的帽子、利落的装束、仗义的性格、说话时短促有力的速度，都让她不同于其他的女诗人。但不知道为什么，每一次想起了灯灯，眼前总会浮现出一只鸟儿，或是飞翔的姿态。我惊讶自己为什么会有这种联想或想象，后来我仔细想了一下，可能是我在人间活得很重，鸟儿飞翔的状态或许是我在人间最喜欢最羡慕的一种状态，或者说，在潜意识里，好的诗人都与鸟儿的飞翔有着很强的联系，又或许在印象里灯灯喜欢自然或游历，写了很多和鸟有关的诗歌——总之，不知道从什么时候开始，灯灯在我的眼里，就是一位如鸟儿般在天空飞翔和在民间行走的双重叠加的形象了，当然诗歌也是如此，我认为她是一位将诗和人结合得非常完美的诗人（因为手中得到的资料不多，只能从有限的诗歌作品中举例）。

灯灯的诗歌节奏非常干脆、利落，情感隐忍而节制。她的语词、意象、断句、段落——如鸟的鸣叫，如切菜，如箭镞，或急切，或舒缓，从不拖泥带水，也使得她的诗歌可以很自然地切入我们的生命旋律中来，感受到她天籁般的呼吸和情感律动。她的语言非常洗练、爽快，几乎没有任何的啰唆，炼化现实物象的能力非常强，讲究的是言外之意和意外之意。如《鸟叫》："鸟的叫声里有沙发、光线、窗户/我们各求所需/鸟的叫声里，有救护车，轮渡，弯道//树枝在上/我们在下//鸟啊，一直忽上忽下……在鸣叫。"在这里，鸟儿在上，我们在下，下面的生活之物生活状态仿佛是被鸟声所描绘、提示或还原，而又被我们所忽略，可鸟儿一直在叫，我们却在"在下"的生活里一直麻木。整首诗作者几乎没有说出自己的目的，但却有一种汹涌而来的疼痛自鸟的鸣叫中汹涌而来。她将情感隐藏在语言后面，引而不发，随时而发、点到即止、惜墨如金。诗歌不同于其他的文学样式，其魅力或许就在于此。

　　灯灯的诗歌中善于拐弯和转角的特点让我非常着迷，她的诗歌意象经常会如鸟儿一样带领我们忽上忽下地飞，飞扬地画出了流淌的曲线，有意无意地显露出她诗歌中的秘密，然后在你刚要沉迷于这种短暂惯性的飞上飞下的诗意感觉时，突然就拐弯了，到了另外的天地。如《喜鹊课》："喜鹊越飞越高的时辰，也就是/我和你/看见白杨摇曳的时辰：//——皆有苦楚。皆有来历。"最后一句，犹如飞机滑行后，猛然脱离地面（拐弯），却又如此合理。《玉渊潭》："银杏树下/少年的笛声清新，落日盛大/盛大的落日//和落叶的光芒连成一片：我和所有，均是重逢。"最后一句犹如禅机突破了混沌的窗户纸。《喜马拉雅山》："一位尼泊尔男孩，他和我不同/他和我，我身上的/尘土不同啊——//清澈的眼神：住满了雪山、湖泊、太阳/以及我//……前所未有的宁静。""尘土不同"看似无意却猛然饶有深意，最后一句打开了诗意的疆域。《石头》："我看见最明亮的石头/是月亮/我看见月亮下面，山冈，河流，房舍/各在其位/各司其职/是的，是这样/就是你想的这样：/碑石寂静，而牛眼深情……"最后一句，总结性地结晶出诗意。《病，或者药》："病入睡了，药醒着。/药里也有/苦汁大海，也有往返的小溪/黑衣人出入树林/刀斧留下的疤痕，眼睛一样睁着//——月亮是另一只眼睛。/因为它们的凝望//梦中：我比平时更快，又翻过一座山。"最后一句，从实境径直抵达了虚境或灵境等。这些诗意的拐弯或转换就像一只鸟眯着眼睛快要落地的瞬间，陡然飞到了让你惊讶的那个领域和视野，她的诗歌在这种拐弯拐得非常自然和新奇，在平常中见奇崛，有着出人意料的效果，从而打开了我们固化的思维，扩展了诗意的空间。

　　以上的特点，如果使你觉得灯灯诗歌是一种轻飘的诗歌，或者误解为凌空蹈虚那就错了。这是一只以大地和人间作为坚实基础的鸟儿，她既拥有飞翔意义的天空视角和本能，又在以她独有的情怀落差观察体悟人间众生的疾苦或沉重。也就是说，她的诗歌既有轻的或虚的灵巧，也有重的和实的甚至是凛冽的金属质地，轻重和虚实在她的诗歌世界里掌控得相得益彰。"——我在中年。我看见/樱花飞/樱花落下：你们，我们，和他们"，道出了生的秘密或残忍。"请夕阳更美些，更壮烈些/以至于更像一个笼子——/一个和自己对峙多年的人/不忍说出黄昏的秘密,不忍说出/哀牢山上,石头滚落,为什么还拼命红?"隐忍而壮烈,可见肝胆。"有人过河/有人经过隧道/夕阳已经够红了/河水已经够红了,满山的枫叶/也发疯地红——"对于生命或岁月的热切感受。"这一辈子,我和无数石头相遇/看见过它们的无言,以及无言的复制/这么多石头,那么多石头/分成很多块,一样奔波,一样无言/一样在无言中/寻求归宿/很难说,我是哪一块石头/这么多年,我在外省辗转",生存的沉重,生存的无奈、生存的艰辛。"我在人间的知己,潭水深不可测/我看见的,你必将/也会看见/和我相遇的,均是馈赠,包括这/一走动,就会惊飞的/麻雀,包括它/在觅食中,小小的颤栗",现实的凛冽对于人的"颤栗"。在这些诗歌里,我们又看到了一颗将胸脯紧贴刀丛大地的赤子之心,但这些"沉重"和"现实"并不是简单的复制和还原,而是承载了诗人思考、阅历后的艺术抵达,因此显得更有重量和持久。从这一点来看,灯灯和许多女诗人有了清晰的分别,那就是诗歌里难得的"豪迈"或"丈夫气"。

　　爱与悲悯是灯灯诗歌的一以贯之的根脉所在,和她早期的作品不同,这一阶段的诗歌是灯灯有了"中年况味"后的具体呈现。就像一条大河,慢慢地没有了汹涌澎湃,慢慢去掉了青春的张扬,增加了她对于生命,对于记忆,对于经验,对于疼痛,对于众生的关怀:如《看叙利亚盲童在废墟上歌唱》:"她看不见的天空,是我们看见的/我们以为神不在那里/但一个盲人女孩相信了,她抬头/确信歌声/去了神的居所//我从她的笑容里取出花朵,从废墟里/取出哭泣/我从我中取出自己/——毫无疑问,我是盲人,而她不是",有对盲童的悲悯也有对自己的悲悯,面对可怜的盲童,我们也许更可怜。《春天》:"栾树用褐色之心,守着一湖寂静。/鹧鹕划出的波纹,圈住/垂钓人的一日,圈住飞鸟颠簸之苦……"人生皆是如此,我们都有无法突破的或者看不见的"圈"。《三次,以及樱花》:"有三次,我看见樱花要飞。/有三次,樱花分饰三人:你,我,他。//有三次,春雷响过/屋顶生长雨水,死去的人/在梦中,鲜活的脸/告诉我生的意义//雨水闪如勋章。//——我在中年。我看见/樱花飞/樱花落下:你们,我们,和他们",人到中年,对于"飞翔"或者"生的意义"有了它独有的感喟。《蚂蚁》:"如果蚂蚁也有眼泪/那一定是/母亲的眼泪,一定是母亲/怎么呼唤/都没有应答——/如果我把镜头放到最大,我就会看到/一张人脸，我就会看到每一天//——每一天。都有一张相似：/悲伤的人脸"，蚂蚁就是人，生活就是重复，我们都有着相类的悲伤或悲哀。《像爱》："整整一个夜晚/我看见雨水从空中落下，跃起/所有的事物都在哭泣，只有雨不会了/像爱——/未曾过去/也不会重来"，生命的意义就是"爱"，是会一直存在或继续的，而"不会重来"是时间的残忍，我们无法僭越。这些诗歌均是个人情感到达一定程度自然升华后的自然溢出或施与，这也是一种悲悯情怀的自然呈现。这使得灯灯的诗歌摆脱了个人的儿女情长，而具有了广阔人间的"风云"气象。

灯灯诗歌有一种凝神的写作状态值得珍视，这种内心的安宁在我们这个喧嚣的时代是非常难能可贵的，闭门即是深山、眯上眼睛即是宇宙，这功夫也许和各自的性格、生活境遇有关，但肯定也和诗人自我的修炼有关。她在很多诗歌里都具有这种接近于禅机，臻于化境的状态。"我从我中取出自己/——毫无疑问，我是盲人，而她不是。""春天，有人出生。/有人离世。/无限的时辰，寂静在最高处：//水如众僧端坐。/水如众生匍匐。""——我在中年。我看见/樱花飞/樱花落下：你们，我们，和他们。""这暮色：/果子尚未熟透，繁星尚未露出针孔。""而白雾，赐我清白之心——/再没有什么可写的了//我写下：无名……""是的：我将听见自己/书页中//又一次醒来。""清澈的眼神：住满了雪山、湖泊、太阳/以及我//……前所未有的宁静"等，这些凝神的诗意打通了生活和梦幻、现实和精神、情感和理智、自我与众生或万物的关系或藩篱，上升到一种难得的精神高度。实际上，这种"凝神"的状态也不只是我所引用的这几个句子所能涵盖或诠释的，这些句子在这里也仅仅只能当作一些引子而已。纵观她所有的诗歌，这种凝神状态或气息几乎无所不在的，这应该是灯灯诗歌里所散发的一种独特品质。这和鸟儿在民间入定，和鸟儿飞翔时超然忘我的自由境界相似，这种状态是她滤净了人世的浮躁，而处于一种更加放松、自如、敏锐的灵视状态，从而倾听到我们所听不到的，看到我们所看不到的，感受到我们所感受不到的生命和精神气息，从而抵达了时代万象的本质和诗歌艺术的纯真之境。

（作者单位：《诗探索》编辑部）

一盏点亮自己，一盏照亮别人
——试述灯灯诗歌中"亲人般的关注"

◇谈雅丽

诗人灯灯是一个自带光亮和温暖的人，我有幸与她相识相知，受到她人格魅力的影响，且从内心珍视这样难能可贵的友情。我和她交流甚多，细读过她的很多诗歌文本：早期的诗集《我说嗯》；获得2018年《诗探索》华文青年诗人奖的组诗《中年之诗》等；以及2018—2019年她在首都师范大学驻校期间，写作了一大组亲近自然山水与禅意的诗歌。我了解她诗歌创作中逐渐发生的变化，并感受到她心灵的成长。可以说，她在探索和追求人生境界与诗学理想时，她的诗歌创作渐入佳境，日渐丰盈丰富，不断完成了人生的、诗意的完美糅合与蜕变。

在对她诗意源头的找寻中，我将灯灯的诗歌写作态度称为"亲人般的关注"。

"亲人般的关注"是世界生态文学和大自然文学的先驱、俄罗斯作家普里什文提出的一个写作概念。这概念具有多重含义，可以解释为"对素材的十分亲近的态度"或"爱的关注"，或"一种行为方式"。我将其借用，以为无论是"亲人般的关注"还是"爱的关注"，无论是"心灵的状态"还是"行为的方式"，灯灯是实现了将"外在的"探究和"内在的"直觉相互统一的诗人，她的诗歌实现了"心灵与反映物的融合"，诗歌成为她塑造个性的最重要的心灵力量，成为她感知外在世界、释放创作力的行为方式。

在我的理解中，灯灯诗歌中对万物"亲人般的关注"，也是一种"爱的关注"，包含着丰富而多层的含义。她以平等、善良的态度来看待周围的一切，对人们付出真情，对自然的每一种动物、每一种植物、每一件东西、每一个现象和每一个瞬间，都充满深深的温情。在她看来，自然中的每一个存在每一个现象都是有生命有灵性的，小到一支半边莲斜开的脸颊，一只蚂蚁行走搬运的艰难，一只蝴蝶抚摸细长触角的表情，一只喜鹊展开翅膀飞动的弧度，一块丢失四肢的石头，一条昏厥在溪流中的小鱼。她通过细如蛛网般的观察，感受生命的律动，抵达生活真正的内核。她赋予万物温暖的关注，使微小不断叠加，实现了诗歌富有生命力的创造过程。

灯灯对人的爱，对自然的亲近，对万物的良善，使她具有强大的心灵力量。正如马克思·舍勒所说："我身处一个广大得不可测量、充满着感性与灵性事物的世界，这些事物使我的心灵和激情不断动荡。我知道，通过我观察及思维所能认知的事物，以及所有我意志抉择、以行动做成的事物，都取决于我心灵的活动。"灯灯感情细腻，相信感性与灵性事物，以"亲人般的关注"看待周围的人、事、物，而回荡以绵长温柔的情感。

这样的感知方式一开始体现在她对人与人之间那种"爱的关注"。她早期有一首诗歌《我说嗯》：

> 我喜欢你。轻轻地
> 叫我宝贝。
> 我假装没听见。你就急急地叫
> 压抑地叫。
> 像蜜蜂蛰在花瓣上。
> 我红着脸。我说嗯。

正是这种对"爱"的高度关注，使灯灯得以在此首诗中惟妙惟肖地表现出初见情人的小女儿情态，那样羞怯，那样纯真，一个"嗯"字道出心灵所有的颤抖与波动。只有动以细致而温柔的情感，关注所爱之人的一言一行、一举一动，才能打捞出情感世界珍贵而闪光的细节，这首诗歌简洁率真，几无雕琢，却让人印象深刻，过目不忘。

朱光潜先生说："诗是否容易做，我没有亲身体验，不过就我研究中外大诗人的作品得到的印象来说，诗是最精妙的观感表现于最精妙的语言，这两种精妙都绝对不容易得来的。"在灯灯的诗歌中，正是因为对身边那些"熟悉得不能再熟悉"的小情景的精妙观感，才有如此精妙的表达。

"精妙的观感"和"精妙的语言"是好的诗歌创造的重要前提，灯灯把真实的感情、真挚的情绪渗透融合进她的诗歌创作中。发乎于心，动之以情。精妙的观感离不开她对人对事"亲人般的关注"。比如她的诗歌《我的男人》：

> 黄昏了，我的男人带着桉树的气息回来。
> 黄昏，雨水在窗前透亮
> 我的男人，一片桉树叶一样找到家门。
> 一年之中，有三分之一的时光
> 我的男人，在家中度过
> 他回来只做三件事——
> 把我变成他的妻子，母亲和女儿。

　　灯灯擅长于表达生命中最精妙的感受，她总是细心且有耐心地发现事物中的美、圣洁和热烈。她的情感饱满，语言节制而富有张力。《我的男人》这首诗歌凝敛、明晰，正是灯灯用独特的视角做"爱的关注"的一个典范。黄昏了，男人身上桉树的气息，窗前透亮的雨水，男人桉树叶一样找到家门，这是一幅家庭生活的写意画。在时光的变化中，唯有守候，才能让一个女人，实现身份的三次转换，妻子，母亲，到最后成了最宠爱的女儿。读到此处，才真正领悟到灯灯诗歌中藏而不露的深情款款。

　　她曾在这首诗的创作谈中写道："房子几乎成为一个守候的象征，我把它当作我自身，或和我一样，在平凡生活之中，在生命之中，默认自身位置又渴望打破秩序的一种温暖的存在……究竟为什么，在任何时代任何时候，温暖的产生，正是由于同一时期温暖的空缺？"我觉得这是灯灯在这个时代缺席的温暖中，用诗歌传递着爱和热力。

　　灯灯有很多写给亲人的诗歌，如写给母亲的《拥抱》，写给孩子的《黄昏》，写给爱人的《手指在散步》等，她对亲人投之以深情，用准确、细腻的语言描写个人的情感史，她用爱感受被爱，体验情感和生活最纯真的状态。她的诗歌《中年之诗》：

> 害怕深夜接到电话
> 害怕深夜接不到电话
> 害怕清晨醒来
> 你的手

已离开我的手
害怕生铁轻盈，在天上飞
害怕云朵沉重，在水里沉
害怕仇人敲门
要祝福我
害怕亲人在天边
要喝斥我
害怕琴声远走他乡
寻找它的琴
琴声里的孩子们，赤脚，穿旧衣服
他们拉我的衣角，向我乞讨，叫我阿姨
害怕披头散发的老人
拄拐杖，端瓷碗
暮色中
喊我闺女
害怕欠下的债已还清
害怕欠下的债
永还不清
害怕不知悲从何来
害怕知道
悲，从那里来——

  灯灯这首诗歌，是来自心灵深处的一次次对话，仅用"害怕"二字就道出了人至中年生命中最深切的关怀与爱。生命的脆弱、无常和悲伤，害怕命运异质的突如其来；害怕常态的生活秩序被打乱；害怕生命无法承受之重的失去。中年的忐忑焦虑，在不断深化的情感表达里，一个诗人正经受时间的残酷，面对离别与失去，面对轻与重，面对欠下的已经还清和永还不清的债，诗人发出这样的喟叹和伤感。
  我把这样的喟叹和伤感也归之为灯灯心灵中对"爱的关注"和"亲人的关注"。她仅用一些简单的句子，就触碰到了感情世界的冰山一角，这种关注和关切，隐藏着诗歌中未及表达的部分，是诗歌背后隐藏的真情真意。
  在一次访谈中，灯灯自己也说过："我感觉始终有一个注视着的灵魂,像顾城所说的,一个痛苦而微笑的灵魂,她(他)不断对生活和生命发出追问,探寻存在的意义。"她的心灵采取倾听和诉说的姿态,这就是对人们爱的关怀,亲人般的关注。

普里什文的"亲人般的关注"不仅指对人的关怀,更是指人与自然的融合沟通,是一种"天人合一"的境界。在首师大驻校期间,灯灯创作了大量与自然有关的诗歌,灯灯的诗歌并不单纯地写她眼中所见的自然,不是单纯地回归自然,"遁入自然",而是将自然视为"人的镜子",她在自然中发现、探索、追寻,把人类的情感投射到了自然,她对自然的爱来自她对人类的热爱。

灯灯时常到野外观察,她强调生命途中的遇见,一花一鸟一虫一树一石,她的遇见没有目的,也不在乎得到结果。我想,灯灯认识自然的方式加剧了她心灵变化的过程。诗歌和生活是共生的,是同一枚硬币的两面。她和自然互相关照,成为密友,成为亲人,成为自然本身,她有一首诗歌《鸟叫》:

鸟的叫声里有沙发、光线、窗户
我们各求所需
鸟的叫声里,有救护车、轮渡、弯道

树枝在上
我们在下

鸟啊,一直忽上忽下……在鸣叫。

灯灯在鸟的叫声中看到人类生活所需要的一切:光线、沙发、窗户、救护车、轮渡、弯道。在她的诗歌中,人和鸟的角色、身份不断转换,她揭示了人和动物植物之间密不可分的关系。如俄罗斯诗人丘特切夫的一句诗:"万物在我之中,我在万物之中。"她表达的正是人与自然血缘相亲、浑然一体的感觉。她的心灵发生着嬗变,这应对了她对"禅"的真正理解:万变而不离其宗,如蝉与蛹,鸡与蛋,因缘使然,轮回变化,无有先后,无有始终,不同时空,不同体态,终是其宗!

所以,她在万物中看到了人的形象。如诗歌《小鱼》:"这些走投无路的生灵，我怀疑它们，也藏有一张人脸，也有一颗愤怒的，也把比死更难的活路，留给人间。"诗歌《蚂蚁》："如果我把镜头放到最大，我就会看到，一张人脸，我就会看到第一天——每一天。都有一张相似：悲伤的人脸。"诗歌《喜鹊课》："越飞越高的喜鹊，在叫声中，给我换了一张苏醒的人脸。"

她以"亲人般的态度"关注自然万物，花、鸟、虫、鱼、石、河、山，在灯灯的诗歌表达中，万物都是以人的方式入世，如她的诗歌《三次，以及樱花》：

有三次，我看见樱花要飞。
有三次，樱花分饰三人：你，我，他。

有三次，春雷响过
屋顶生长雨水，死去的人
在梦中，鲜活的脸
告诉我生的意义

雨水闪如勋章。

——我在中年。我看见
樱花飞
樱花落下：你们，我们，和他们。

樱花要飞，樱花分饰了三人：你，我，他。樱花落下就是你们、我们、他们的落下。灯灯阐释了对自然的态度，她把樱花当成同类，樱花分饰了人的角色。在灯灯的诗歌中，除了动物、植物，甚至一块石头、一朵浪花、一座无名的山头，都被她赋予了深切的关怀。诗歌《石头》："石头不说话，一说话，就领到了崭新的命运，或滚落，或裂开……这么多石头，一样奔波，一样无言，一样在无言中，寻求归宿。"诗歌《浪花》："每一天都有浪花冲上悬崖，带着赴死的决心。"诗歌《燕山下》："而道路和我想的一样，它把自己送出去：一条通向清晨；一条，通向黄昏。"诗歌《红的问题》："那么多落叶，每一片，都在风中，有一颗颤抖的心，每一片落叶，都向死而生。"在灯灯的诗歌中，万物都如人类一样领受命运的安排。

灯灯创造了一个独一无二的情感世界和禅意空间，她好像在和宇宙万物展开一次恒久的对话：自然万物，皆有生命，皆有苦楚，皆有来历（《喜鹊课》）。

灯灯关注自然的存在，感受自然的生命律动，她和万物呼应、关照、对谈。她甚至以灵性的万物为镜子反观人的生命过程。自然万物是一个生机勃勃的创造过程，灯灯在细致的观察与体悟中，找到了真正的自己，找到了属于自己的那盏灯，这灯照亮着与自然融为一体的人的形象。灯灯最可贵的地方，是她的爱那么坚定，那么明确，那么直接，那么热烈和沧桑："和落叶的光芒连成一片：我和所有，均是重逢。"（《玉渊潭》）

生活中的灯灯和诗歌中的灯灯是一致的，她从来不伤害生灵，她对人间有饱满的爱，仿佛她和整个世界都有血脉亲缘，她凭借"亲人般的关注"的力量找到自然与人的关联。她说，一个人内心要有足够的力量，才不会被外在的事物所迷惑所动摇。

这就是灯灯对生命、对世间万物最深刻的理解。她用一盏灯点亮自己，用另一盏灯为我们开启了一个全新的、感知世间万物的方法。

（作者单位：《诗探索》编辑部）

春天变奏曲
——灯灯诗歌小析

◇李佳悦

进入灯灯的诗歌文本，映入眼帘的是诸多和自然有关的意象：山林、河流、月亮、红云、风雨、黄昏与树叶，即便是在以《高速公路上》《琴键上》这类以实物为主题的诗中，频频出现的也多是自然景观：树木、石头、桃花以及春水；天鹅、松林、马匹、猛兽同野麦。在灯灯的诗歌场景里，季节的更替与昼夜的轮转迹象总是清晰可辨，这是一位诗人对自然时序所拟定的生活有着清晰感受力的表征。

灯灯的诗歌质地是轻盈的——用卡尔维诺的表述即"致力于减少沉重感：人的沉重感，天体的沉重感，城市的沉重感"①。这主要是指，灯灯能在丰富的自然维度当中，找到对应内心复杂情绪的语词，反身关照现代生活赋予她的微妙情绪。灯灯的诗歌当中，轻巧的质地首先源自她的诗不使用"大词"——与许多知识分子式诗歌的写作比较而言，灯灯的诗歌当中绝无繁复历史的缠绕，也不是一种自我幽闭式的诗歌。透过她感悟式的抒发，可以窥测她的诗歌世界并非幽而深，而是澈而明的：春水微澜，夏夜静好，秋日繁盛，冬雪岑寂。灯灯诗中的意象无甚特异，有时平凡常见到让人读之恍惚感到似曾相识，但转念之间，便被裹挟于其诗歌饱满的情绪当中了。

值得关注的是，灯灯的诗歌对四个季节着墨尤多，既有将季节作为诗的时序背景的诗，亦有以某个季节为专题进行描摹绘写。其中，灯灯对春天的偏爱尤其引人注目。"一年之计在于春"，有关"春天"的隐喻，自《诗经》起，就是被一再歌咏的主题。20世纪80年代末期，海子《面朝大海，春暖花开》的发表不啻惊雷一般震动了当代诗坛，"春暖花开"几乎作为"永恒的幸福"的代名词，被一代又一代青

---

① 卡尔维诺：《轻逸LIGHTNESS》，《未来千年文学备忘录》，杨德友译，辽宁教育出版社，1997年，第1页。

年人所向往与追逐。但"春暖花开"的乌托邦意味，随着海子惊世骇俗的"诗人之死"被悬置在了难以触及的地方，"春天"从此不再是单纯的新生同希望之义，在灯灯的诗歌中，随之出现的还有衍生意象如"春水"的泛滥和感伤，"春雷"的威慑与沉痛，以及"春意"的终将逝去。

> 栾树用褐色之心，守着一湖寂静。
> 鹧鹈划出的波纹，圈住
> 垂钓人的一日，圈住飞鸟颠簸之苦……
>
> 春天，有人出生。
> 有人离世。
> 无限的时辰，寂静在最高处：
>
> 水如众僧端坐。
> 水如众生匍匐。
>
> ——《春天》

灯灯对"春天"复杂而微妙的情绪首先源于"春天"本身所包孕的多种可能性，在这首以"春天"为题的诗作中，诗人平叙着春天里的世相百态："春天，有人出生，有人离世。"事实上，出生和离世并非独独限于春天，生而复死同时序交替一般，是永恒且无可逆转的。但诗人把时间点限定在"春天"，意味着春天的出生离世有着更让人欣喜和悲悯的意味。"春天"是"无限的时辰"，被赋予了与生俱来的全新的可能性。"春天"是寂静的、带着禅意的：垂钓人的寂寞和飞鸟的颠簸均可以在此找到安放之处。

> 墙壁变成梨花。我有旋涡的视线。我有
> 桃花的心。如果我哭了，那是因为我看到春天了
> 在多年前的夜里，在你怀里
> 悲伤，絮乱地生长，高过我们所能看见的黑暗
> 我看到猛虎，和它低头嗅着的蔷薇。
>
> ——《酒过三巡》

在灯灯的诗歌世界里，春意盎然的时刻与爱情有关。这首诗充满了古典诗歌的气韵，诗作选用的意象都极具柔软的质地：梨花、旋涡、桃花、蔷薇，并以这些具象的事物喻指抽象的情绪，在草长莺飞的春天，盘根错生出诗人对逝去情感的念想。有意味的是，意象的轻巧却不影响诗作情绪所造成的绵延感，当"悲伤，絮乱地生长，高过我们所能看见的黑暗"，读者能够很快与诗题《酒过三巡》所联系，诗题和内容之间形成一种相关联的"互文性"。

> 谁曾说，春风是用来爱的，柳树是用来恨的
> 一个多情的人只能是这个命：看见一树梨花，压着海棠
> 他朝那个方向张望，湖面突然裂开
> 炸出一条死鱼
> 一个热爱春天的人，无非是自取其辱
> 对此，我深信不疑
> 对此，我心有余悸。
>
> ——《春天，春天》（之二）

在历经了耽溺于春天给予的快乐后，灯灯破天荒地写出了"一个热爱春天的人，无非是自取其辱"这般意含决绝的句子。诗作所用的依然是习见的典故和意象，在此却被全然翻转了含义：春风变得面目可憎。梨花压住海棠的时刻，也是人多情却孱弱的时刻。此时的"春天"已经不再是一种赋予万事万物新鲜含义的季节，它承接了冬天的肃杀，在乍暖还寒时，湖面层积的冰块裂开，跃然水面的竟是一条死鱼，浮现出一种类似荒诞派的戏谑感。然而为什么"热爱春天"却成了"自取其辱"，诗人在"深信不疑"和"心有余悸"的姿态里，给出了沉默的回应。

> 低下头，就看见自己的翅膀，在蜜蜂的两侧
> 石头的两侧，溪水的两侧。被鸟鸣带到葱绿的山顶
> 我几乎要无端地悲喜
> 我几乎要垂直地坠落

当河流开阔，碧草沿着春天飞。

——《春天是敌人》

　　"春天是敌人"，诗人轻轻吐露出五个字，竟似有千斤沉重，这是其逆向情感脉络后所推衍出的结论。"当河流开阔，碧草沿着春天飞"，欣欣向荣的景致所伴生出的伤春之情让诗人难以自抑，以至于无端悲喜、垂直坠落。微妙的情绪变动被放置在自然的景观当中，又被充分赋予了女性诗人特有的对于柔美的知觉，在意象的选取上，尽可能使用常见的、细腻的和贴近自然生活的，再用排比句式强调心理感受。这种笔法，使灯灯的诗，尽管不用特异的意象与形式，却依然能够从各个角度准确抓住大众的阅读趣味。

　　在大孤山待久了，不认识其他的山。鸡鸣山又
　　是你说的哪一座山。阳光带来训诫：
　　"不要相信你看见的春天。"我跟随和风来到堤坝
　　给水库投下白云，树影，以及一对恋人
　　午后的亲吻。鸟还在飞，但身姿朝下
　　现在，我想说什么呢，有小手替我扔下石子——
　　湖水动荡，仿佛决心。

——《鸡鸣山》

　　在《我说嗯》里，灯灯有一组诗专写各种山：《大孤山》《月亮山》《蝶彩山》《鸡鸣山》和《乌有山》。在山林之上，人才能以最高的身姿去接近天空，以最洁净和虔诚的心绪感受自然的意趣。在这首《鸡鸣山》当中，最可玩味的当数这句"不要相信你看见的春天"，"春天"的含义在灯灯的诗歌中被再次拓展：或是未曾亲历的现实，或是琳琅却危险的爱物，或是希冀但难以获取的理想，有关"春天"的隐喻，在此可以得到多方位的阐释。

　　以爱的名义，让春天复活
　　让十根手指沾满阳光，让窗户被风吹开

> 看见人群葱绿，河流安详
> 接受雨水带来的淤泥，和气，并温存
> 让迎春花热烈，苦楝树纯洁
> 让雨燕飞得比去年高出一寸，天空蔚蓝
> 锄草机在绿意里有柔软的心肠
> 让草地上滚动的，奔跑的，都是我春天的孩子
> 让我在某一刻突然被阳光击穿——
> 泪流满面，羞愧难当。

——《让春天复活》

似在圆圈的轨迹中回溯一般，尽管诗人曾断言"春天是敌人"，然而也再次生出了"以爱的名义，让春天复活"的念头。这并不是简单地复验春天的万种可能性，而是在繁复多磨的世情历练之后，所重新焕发出对万物复苏的渴望。"让迎春花热烈，苦楝树纯洁/让雨燕飞得比去年高出一寸，天空蔚蓝"，这里的"春天"已经是"来年"的春天：不再未经世事，不再单薄。诗人从女性经验更精微地走向了母性经验："让草地上滚动的，奔跑的，都是我春天的孩子"，甚至在"某一刻突然被阳光击穿"时，突然感受到了诗人的蜕变。人性不可能永远滞留于某个阶段，随外部世界的拨转变化也好，随内在心灵的彻悟也罢，重要的是，要时刻清晰地感受自我的需要，"让春天复活"，是一次打开诗人心结的契机。

灯灯早期的诗歌世界也许并不阔大，也并不深邃，但这些以女性感觉为主导的情绪呓语其实代表诗人对其个人已逝的一段生命历程的展示和珍视，也颇能打动读者的心。灯灯无意用技巧的高超和思想的复杂来吸引读者的目光，她曾自言："用艺术之轻，化解生命之重。我一直在这样的路上。"在这组"春天"的变奏曲当中，能清晰地见出诗人灯灯对个人诗歌世界精巧的建造与打磨，言辞的灵巧和清新，最终都因化入情感的真挚而熠熠生辉了。

（作者单位：首都师范大学中国诗歌研究中心）

在生活中感召诗意
——评灯灯的诗歌

◇朱 瑜

　　21世纪以来,中国当代诗坛遍地开花,多元化的诗歌话语打破了一种话语模式统治诗坛抑或几个流派分割诗坛的局面,微妙的局面更加凸显出了诗人们的主体个性,而诗歌作为承载诗人异质的有意味的形式,既要有反映生活宽度的担当,又要有拓展人性深度的力量。而"人性"作为一个复杂的中性词,在其隐显错陈中包含着真善美和假丑恶不断较量的两面。首都师范大学驻校诗人灯灯,则择取了人类精神向度中真善美的一面,并用这一面去关涉人间烟火、芸芸众生,加强诗歌创作与现实的对话,用现实主义的情思构筑起自己的诗歌王国。

　　灯灯,曾获2017年"华文青年诗人奖"、《诗选刊》2006年度中国先锋诗歌奖等,出版诗集《我说嗯》。近年来,她以关注生活、言说真情的诗歌话语展示自己的人生感悟,建立起自己的诗歌景观,同时也获得了越来越多读者的青睐。

一、生命之维:我是我自己

　　80年代的舒婷、翟永明一代完成了女性话语的建立,寻求对男性词语世界的反叛,形成了可与男性世界相抗衡的话语体系。而90年代后期以来,女性作家在创作诗歌时有意淡化性别意识,刻意超越性别界限,消解二元对立式的话语立场,回到词语本身,直面词语世界。当下,大多数作家否认自己在诗歌创作中带有性别意识,这种心理意识使得评论家们在潜意识中认为性别写作是低级的,而对超性别言说更具有认同感。而灯灯不同,她在创作中自觉采用女性视角体验世相,用女性人称经营自己的内宇宙和生活含蕴,强调女性感知生活的洞见:

　　我喜欢你。轻轻地

叫我宝贝。
我假装没听见。你就急急地叫
压抑地叫。
像蜜蜂蛰在花瓣上。
我红着脸。我说嗯。

——《我说嗯》

这是一名女性的心理独白,撷取了女性体验爱情的瞬间感受,"我"喜欢听"你"叫"我""宝贝",而在"你"叫"我"的时候,"我"却假装没听见,娇羞之态跃然纸上,感觉和情绪兼出,"闺房之乐"被诗人刻画得氤氲而浓郁。灯灯在诗中完全消解了男女两性的"对抗性",单纯从感觉出发,向日常化和生活化回归,摹写出传统东方女性的羞涩美。"井底点灯深烛伊,共郎长行莫围棋。玲珑骰子安红豆,入骨相思知不知。"温庭筠的《竹枝词》也是用声音来存留男女感情,和《我说嗯》的视角和格调有同工之妙。这首诗其实也表现了女人对爱情中小确幸的享受,这种诗歌话语模式在灯灯的诗中颇为常见:"我希望你握听筒的手/是紧的/春天卡在你的喉咙里/我轻轻咳嗽/你额上的露珠/就再也/坐不住了"(《小伎俩》)"阳光/笑出嫩绿/我也醒了/正用局部的春天/和你对称/包括想你/包括/还是想你"(《在春天》)"我依然年轻/光滑鲜亮的小草莓/长在你心上/我有新鲜的刺/纤细/多情/竖在阳光中/你一转身/我就伤害自己"(《我是草莓》)"我不愿醒来/你身上盖着昨夜的疲惫/听不到合欢树/树端到树根/鸟的叫声/我想起你的眼睛/黑暗中/升起的呼吸/就仍感觉一万个我"(《只有很少的清晨》)。

我们要清醒地认知到,灯灯的诗歌不是女性意识的后退,也不单单是对80年代女性创作刻意强调性别的回溯。在某种程度上,90年代以来女性作家试图用博大文本来张扬男女两性的相同性,用超性别意识来缓解两性对抗的紧张感,实则是掩盖了现实生活中两性实际存在的差异,表现出女性话语刚刚建立时的软弱性和自卑感。女性的诗歌写作在彼时并没有得到真正的自由,甚至处于被男权话语遮蔽的无意识之中,特别是在"躯体写作"中,女性的感觉不再被个人所享,而是进入公共空间,"一旦躯体进入公共视域,成为社会性形象,躯体的自主、独立和完整就将遭受到破坏"①,女性终究摆脱不了被观看和赏玩的命运。

灯灯的诗歌则对这种遮蔽有了一定程度的超越,其不再对女性视角采取刻意回避的态度,而是接通了女性视角和生活之间的鸿沟。在灯灯这里,女性意识的呈现不再仅仅依赖女性"躯体"的构建,她自然而然地对生活中平淡的小事进行叙述:

> 黄昏了,我的男人带着桉树的气息回来。
> 黄昏,雨水在窗前透亮
> 我的男人,一片桉树叶一样找到家门。
> 一年之中,有三分之一的时光
> 我的男人,在家中度过
> 他回来只做三件事——
> 把我变成他的妻子,母亲和女儿

——《我的男人》

这首诗画意美十足,真实地再现生活的日常情景。"如果我们能延用鲁迅先生的说法,把'妇女性'划分为'女儿性、妻性和母性'的话,那么,她们的身上具有的更多的是后二者而远非前者。她们的善良、刻苦、贤惠被突出在光照的亮处,她们的美丽、纯洁、活泼、调皮常消隐在作品的暗处"②,在这首诗中,在"男人"回来后,"我"的"女儿性、妻性和母性"同时出现,正是诗人构建这首诗的高妙之处,她置身于当下"女权文化"过度泛滥的文化语境中,却能够不被环境裹挟,保持独立的诗思,较好地处理"女性意识"中对立的两极——"女儿性、母性"和"妻性"的对抗。她走出了历代女性诗人的荫蔽,在"女权"普泛化的潮流中,重新归置了现代女性意识和传统女性意识的关系。"桉树"生命力旺盛,诗中两次出现这个意象,一个为生活奔波劳累的男人浮现于眼前,灯灯在《温暖的存在》中曾回应自己的这首诗:"如果我在这七行短诗里,多多少少显示我的意图的

---

① 南帆:《躯体修辞学:肖像与性》,《文艺争鸣》,1996年第4期,第30页。
② 黄子平:《同是天涯沦落人———一个"叙事模式"的抽样分析》,《沉思的老树的精灵》,浙江文艺出版社,1986年,第239—240页。

话,它应该会留下一种追问,即,究竟是什么,让我们的男人,一年中,只有很少的时间在家中度过?究竟是什么,让男人把自己的女人,看作母亲、妻子和女儿?"灯灯的诗思虽然发端于个体,有意抑或无意间,她实际上把自己的诗歌眼光延展到了整个社会,可见一斑,在某种程度上暗合了当下社会人们的共性经验,接通了群体性意识,引人深思。

灯灯的诗中,女性的隐秘经验,在人间烟火之气的包裹下,焕发出清新有质感的艺术气息。在《外省亲戚》中,"白色编织袋""花生""土豆""客厅""空调"使现实的浪潮介入诗歌,"接地气"的写作使诗歌变得有呼吸、有温度,醒目的画面感营造出独特的诗性空间,"他一直站着/一直冒汗/他的手不知道往哪儿放","我"捕捉到了"他"的不安和局促,在这一瞬间,"我"的情绪对"他"也形成了某种回应:

> 他叫我小婶子
> 他让我红着脸
> 想起了我的身份

女性情感的易动性大胆暴露,刺激着读者的神经,背后指向的是诗人十足的理性认知,大有一种洞彻女性生命秘密的坦然。这首诗看似是诗人对生活的点滴记录,实则是诗人对女性意识觉醒的回应,然而不同于90年代女性诗歌,灯灯采取了更为温和的方式,自觉关联着自80年代以来女性的精神变迁,延续了对欲望的大胆书写。"身份"一词出现,幽密飘忽的幻觉哗然落地,超验的说不清的感觉戛然而止,女性的"道德感"对这一感受实行了预判。翟永明的《黑房间》里写道"我们是黑色房间里的圈套/亭亭玉立/来回踱步",而这里的"身份",又何尝不是"黑色房间里的圈套"呢?

灯灯特别擅长瞬间感觉的捕捉,书写纯粹感觉层面的东西,但是也会经过心灵的淀滤,融入浓郁的理性成分,从而透析人性的本质,达到更高的审美层次:"我已经很久没有一个人/长时间远望一种树木/饱含热泪"(《桃花》),"让你闭上眼/就会潮湿地/想起我/浮标一样/立在微微起伏/的人群中/不晃动"(《浮标》),"此时若有蝴蝶/贴着车窗飞/我的眼中有泪/温暖而潮湿(《在路上》)",这种由心灵直面诗歌的品质，饱含着一股冲击人心的生命力。在灯灯设置的女性世界里，很少碰到宏大事物的游走，所触者几乎皆为琐碎的片段或瞬间，不论是不会说话的《石头》《燕山下》中的野枣，还是手指在"你"的五官上散步（《手指在散步》）、布拉格下的雪（《布拉格此时下雪》），诗歌都是从微小的事物或生活片段中自然流出，表现出诗人对自己生活的沉思。灯灯的诗毫无两性撕扯的紧张感，也没有女性横空出世言说历史和人类命运的稚嫩感和局促感。她缓缓地叙述自己作为女性在生活中的感和思，甘心淡定自在地做"贤妻良母"，享受使自己感到愉悦的生活，扮演自己所喜爱的角色。不为 90 年代所定义的女性意识所裹挟，灯灯就这样在对生活的感知中超越了尖锐的被集体话语控制的"女性意识"，到达了女性解放的终极河流——我成了我自己想成为的人，而不是被他者定义的女性。

二、"及物"与"不及物"的双重投影：以现实为蓝本与心灵对话

20 世纪 80 年代以来，西方的诗学观念大量涌入中国，诗人们对"纯诗"概念高度认同，甚至认为过度贴近现实会损害诗歌的纯净，海子、顾城、翟永明等诗人纷纷规避社会现实层面的题材，而钟情于哲思、灵魂、幻想等主题，迷恋语言和技巧的咀嚼。不论是海子"祖父死在这里/父亲死在这里/我也会死在这里"的《亚洲铜》、顾城"黑夜给了我黑色的眼睛/我却用它寻找光明"的《一代人》，还是翟永明"仿佛早已存在/仿佛已经就绪/我走来/声音盖不由己/它把我安顿在朝南的厢房"的《静安庄》，一方面，这些诗神秘与虚无并存，神性普遍上扬，诗意澄明，心灵化的路线存留了诗意的纯粹；另一方面，"纯诗"也导致语言的幽闭，本质上隔断了诗歌与现实、读者深层次的交流。21 世纪以来，不少诗人触及"及物"世界，来对抗"不及物"世界对现实的遮蔽，对生活的本质进行鞭辟入里的审视，挖掘潜藏在现实之下的人性的力量，个人情感与经验得到了极度的张扬。王单单用平凡的生活场景反映被现实挤压的心灵，"他的诗是用家乡和回想铸造起来的，有告别了轻松的沉重感"[①]："把云南、贵州、四川、山东等地

[①] 王单单 2015 华文青年诗人奖评委评语（谢冕）。

变小/变成小云南/小贵州/小四川/小山东……/这个时代早已学会用省份为卑贱者命名"(《工厂里的国家》)"请替我向牢哀山问好/请替我在鸣鹫镇穿街走巷/装本地人/悠闲地活着"(《去鸣鹫镇》),郑小琼的"打工诗歌"最大限度地向现实生活敞开,抚摸底层人类的遭遇和命运,逼近当代城乡灵魂的痛感,向读者传达出底层人的生存真相:"我奔波/我淋着雨水和汗水/喘着气/我把生活摆在塑料产品/螺丝/钉子/在一张小小的工卡上/我的生活全部"(《黄麻镇》)"三千多人的工厂/标准而熟练的动作/注定只能收留我们短暂的青春"(《阿芹》),雷平阳则用彻骨冰冷的刹那间的现实碎片,捕捉现代人的生存情绪,增加诗歌与现实生活的交会点,形象地阐明了随着社会的发展,人的感觉和思想的"异化":"它是在啃一块石头/或者/是在啃自己的骨头/我内心惊悚地坐在山顶"(《荒山上》)"他们从我身边经过/视我如无物/我主动示弱/藏身于灌木丛"(《两头大象从我身边经过》)。这些诗人在日常的生活和经验中筑建起自己的诗歌美学,在"及物"间完成了诗人自我和现实生活关系的重建,逼迫诗歌走出过于"纯粹"的艺术范畴,在"人间烟火"中考量人类的命运。灯灯的诗与上述两类诗歌不同,她的诗歌既没有从她所置身的周边现实中完全脱离,也没有完全摒弃诗歌中的"神性",她用"及物"介入"不及物",从"现实世界"反观"内心世界",在"及物"与"不及物"之间洞察世事真相,指涉社会良知和人类精神。

灯灯以敏锐的直觉力感知事物表象,以精警的智慧通往对人性的深层拷问,一方面,诗人追溯现代世界严峻的生命悲剧,触及人类真实的生存状态,揭示现实世界的人类灾难。另一方面,诗人以此内视,叩问自己的灵魂与思想向度,以个人视角折射时代的境况:

> 她看不见的天空,是我们看见的
> 我们以为神不在那里
> 但一个盲人女孩相信了,她抬头
> 确信歌声
> 去了神的居所
>
> 我从她的笑容里取出花朵,从废墟里
> 取出哭泣

219

我从中取出我自己

——毫无疑问，我是盲人，而她不是。

——《看叙利亚盲童在废墟上唱歌》

这首诗以叙利亚战争为背景，"及物"意识在诗中闪现，诗人以此缝合诗歌与现实之间的裂缝，接通诗歌与世界、时代的联系，引起人的心灵震颤。叙利亚的盲人女孩虽然看不见，但是她依然相信温暖、相信明亮、相信歌声的存在。诗人把这种真切的现场感直接推到读者面前，使读者直面生命的痛楚和战争的残酷，对这个女孩生出缕缕怜悯。诗人并没有在对女孩的怜悯中停滞，她用女孩的"笑容"反观人类的内心，"我们以为神不在那里"，"不及物"的主张在诗中生发出深刻的力量，表现了诗人对战争的审视和对战争发动者的批判，体现了诗人带有大爱的担当精神。对于诗人而言，她的繁复、微妙的灵魂世界驱使她进一步地内视、凝眸这个女孩提供给"我"的有价值的精神向度，深入反思自己与这个世界的关系，在这里，闪现出诗人对自我灵魂世界的超越之光。短短的几句诗浓缩了叙利亚小女孩和诗人似乎融为一体的生命长度，冷静而清晰的画面叙述，切入了人的命运本为悲凉的实质，悲凉中亦能生发出明亮、温暖，亦要相信"神性"的照耀。协调好"及物"与"不及物"的诗意关系，显示出诗人驾驭复杂生活题材的能力。

在灯灯的日常书写中，她总是关注现实生活中的某些细微之物，挖掘外在事物的历史感和神秘感。同时，描写外在事物在自己心灵中激起的波澜，把自己从外在事物中领悟到的哲思清晰地呈现在读者面前，以内外互渗的方式营造诗性空间，为诗作找到自由恰适的精神栖息地：

石头不会说话，一说话
就领到崭新的命运：或滚落，或裂开
挖土机开到山前
采石场彻夜不眠
这一辈子，我和无数石头相遇
看见过它们的无言，以及无言的复制

> 这么多石头,那么多石头
> 分成很多块,一样奔波,一样无言
> 一样在无言中
> 寻求归宿
>
> ——《石头》

这首诗以"石头"为诗歌母题,这一让现代人习焉不察的意象,承载了非同寻常的诗情。"挖掘机""采石场"为真实生活中的冰冷、坚硬之物,"石头"在这两者的作用下,或滚落、或裂开,总之无法掌握自己的命运。诗人将这种感觉外化为自己的处境,"寻求归宿/很难说/我是哪一块石头",在生活阵痛中寻找自己的归属,即自己与这个世界的精神关联。在思考中,诗人找到了置放自己命运和情思的容器——月亮,在神性色彩浓郁的意象组合里,跃动着诗人的心灵吁求和渴望,"各在其位,各司其职"。以石头观照人的命运和灵魂,以"陌生化"的效果为诗歌生成了特殊的旋律,释放出人生悬而未决这一状态的神秘感。在更高层次上,触摸到了人类共同的精神脉动。一方面是现实的境遇使人无助,灵魂受到压抑,另一方面,当诗人触及自己灵魂的本质声音时,也从中找到了自己要渐趋靠近的精神轨迹。翟永明也酷爱使用"石头"这一意象抒发个人情思,"用拐摸索走路的盲者/从石头里看见我""先看见一块大石头/再看见它上面古老的血"(《静安庄》),翟永明描写的"石头"与灯灯不同,她的石头并不"及物",是某一符号的替代物,复杂多变而无具体的形态,是用来指涉人类生存境遇的工具。

灯灯虽然擅长书写细微之物,但她并没有为已取得的成就沾沾自喜、故步自封,而是不断地进行诗歌实验,不断打捞现实生活中的事物,扩大自己的书写范畴,追求与万事万物的对话。近年来,宏大的诗歌意象也引起了灯灯的关注,意象"宏大"这一质素的触须往外延展,接通了现实与神性的联系,赋予了诗歌一股强大的情感冲击力。具体而坚实的"此在",追逐具有高远境界的"彼在"世界,彰显了诗人对现实世界的敬畏,表达出诗人从现实生活中获得的启示:

> 和我交谈的鹰,带着雪的光芒

俯冲向下，阿布说
我们是有福的，看见雪山上日出
是有福的
有一刻我确信喜马拉雅山上
住着神灵
就在我看见，与未见之间
而和我交谈的鹰
继续
俯冲直下，向着比雪山更苍茫的人世——

一位尼泊尔男孩，他和我不同
他和我，我身上的
尘土不同啊——

清澈的眼神：住满了雪山、湖泊、太阳
以及我

……前所未有的宁静

——《喜马拉雅山》

尽管此前灯灯很少触摸宏大的诗歌意象，但在这首诗中，我们完全可以领略到诗人对宏大意象的驾驭能力。这首诗突破了诗人诗歌创作的闭锁状态。这种转变的动力，一方面来源于诗人的自觉改变，另一方面，诗人不自觉的博大之爱，也是诗人写作范畴不断扩大的又一重要原因。诗人走到喜马拉雅山，她感知的触须相应地漫向这座神秘的高山，一定程度上提升了诗人思想漫游的高度。"喜马拉雅山""鹰""雪山""湖泊""太阳"等意象，虽然真实，但人间烟火感稀薄，图腾感闪烁，一幅深邃而神秘的风情画呈现在读者面前。诗人在风情画中过滤自己的心灵，情真意切，干净而满足，获得了前所未有的宁静。这首诗其实是灯灯从内视点与世界展开对话的，诗歌肇发于亲身经验和原始感受，密切着词语与现实沟通的亲和关系，又蛰伏着寻找灵魂归属的可能性。《非洲鼓》为同类题材写作，同样带着诗人的体温和呼吸，用现实主义的事物安放诗人的精神作物："鼓面每拍打一下/便能/从中/听到一只豹子的哀叫/雄性/或者/雌性的豹子/一次次/在鼓声中跑动起来/鼓面/长满茸毛回到他的身体"，这首诗通过"非洲鼓"这一事物，倒叙出豹子被捕杀做成非洲鼓的境况，虽为诗歌，却有着小说、戏剧般的品质，直面人类破坏自然的行为，指向对人类道德的拷问。并以人类世界作喻"动物世界"："跟随它的/不是我的手指/不是雨点/不是月亮/不是贫穷的风更不是人类/更不可能/是猎枪/一定是它的亲人/左边/或者右边"，"更不可能是猎枪"充满反讽意味，对人的欲望和罪恶进行了严肃的质问，这是诗人创作这首诗歌的直接动力。跟随它的是亲人，类比于人类世界，充满温情，饱含着对工业文明破坏自然的生态反思，也不乏诗人对世界的悲悯大爱。

三、生态之光：和自然之间的朴素情愫

我们不妨可以说，灯灯的诗是在为自然"招魂"，她大多数诗的灵感皆从大自然中获得，对人生的思考、对灵魂的拷问、对神灵的崇拜，都来自她笔下无所不包的自然。"许多时候，风景的出现是在展示一部自然的圣经。一草一木，一山一水，不仅仅是物质的，也是精神的。每一片树叶，每一块石头，都写着、刻着造物主的思绪与意念。"① 在灯灯的诗歌中，"在另一个蛹里/我害怕蝴蝶张开翅膀"（《蝴蝶》）"柳枝弯下的雨滴/惊飞的燕子/蛰伏在屋檐的春雷"（《我想告诉你的》）"只有风/一年年染绿树枝/很多从远方飞来的鸟/停下来，在树下觅食"（《无题》二），无论强大的或弱小的生命，都是顽强而美丽的，灯灯肯定一切生命体不受伤害的合法性、受到尊重的合理性。诗人视大自然为万事万物的起源，肯定大自然的灵性，追求与大自然对话，把自然视为一个可以平等交往的庞大奇迹：

> 为什么我的夜晚不是
> 你的夜晚
> 葵花已经远去，留下花盘
> 四野为星星准备足够的黑

---

① 曹文轩：《与王同行——曹文轩散文随笔》，光明日报出版社，2004年，第117页。

> 我的左脚是泥土
> 右脚是秋风
> 为什么这一刻，萤虫隐匿，我是全部的灯灯
> 我让所有
> 和你有关的旧事物，都——
> 恢复了原形
>
> ——《去日》

  这首诗从视觉感受出发，着墨于夜晚中所存在的自然景物，清晰地将自然景物从夜晚中剥离开来，寄寓着"我"对"你"的相思和留恋。时间似乎已经完全静止，过去和现在叠合一处，在此刻，在我的想象中，要让所有和你有关的旧事物，都恢复原形。这个时间点上，"我"专注于观察葵花留下的花盘、四野为星星准备的黑、左脚的泥土、右脚的秋风、隐匿的萤虫，面对这天籁般的境界、令人神往的景象，诗人并没有仰视或是俯瞰，而是以平等之姿展示了自然的美。在这美中，将"我"和这自然融为一体，变幻"我"为自然的一部分——"萤虫隐匿，我是全部的灯灯"，物我相融，交织成共同体，自然而流畅，同时也强调了人类心灵对于空间的超越与驾驭。将自己与自然事物融为一体的写法，在灯灯的诗歌中随处可见，"在田埂／仰望蓝天和山脉／像无数个漫无目的的麦粒一样／鼓起饱胀的羞愧"（《麦粒》），诗人用"漫无目的""饱胀的羞愧"这些书写人的词语，作用在"麦粒"身上，"我"与麦粒体验着共同的情绪，达成共识。"水纹是另一种内心／船过之后／晃荡的芦苇／和疾飞的鸟群／事物在风里／冷了"（《疲倦》），"水纹"是"我"的另一种内心，自然景物的波荡，亦是"我"内心的波荡，在大自然面前，诗人熟练地浑然忘我着。物我交融的生命体验，其结果是取消了人类与自然之间的障碍，即摧毁了我物之间的主客位置，达到了一种天地万物平等的理想之境。

  在灯灯的诗歌中，几乎每首诗中都有自然景物出现，但是，她的诗歌中甚少有单独对景物的描绘，诗人笔下的景物往往与诗人的情感纠缠在一起，作为叙述主体而出现。景物也不再是单纯承载着诗人情思的外化物，而是直接被赋予参与人类生命的功能，成为诗歌中"我"的感官或是心灵的一部分，直接触摸"我"的情绪，完成对生命的体

认。灯灯诗歌中的景物作为生命的亲历者，切实在诗人的心灵中成为支撑力量：

> 我有点乱。甚至
> 有点不知所措。像木棉最初的
> 香气
> 羞涩而持久
> 在阔大的夜里
> 星星很小
> 梦很多
> 但月光的声响宁静
> 它抑制了跃出海面的鱼群

——《想你时》

这是一首情诗，何为爱情，爱情何为，诗人将"我"对于爱情的不知所措具象化，就像"木棉最初的香气，羞涩而持久"。对于爱情的体验，是灯灯诗歌中贯穿的主题之一。诗人善于观察寻常万物，与自己的情绪相融，将物与我以唇齿相依之情注入诗歌中，让整个世界都沐浴在爱中：

> 石头动了凡心，流水在玻璃上
> 有了情欲，我在春风中写下："好了伤疤忘了疼"
> 一株桃树，突然开口说话：我不销魂，谁来妩媚
> 我笔墨未干，和流水论去向

这首诗中提及的物全部与"我"融合，诗人的想象力在诗中驰骋，肆意流淌起想象的河流。这些山林花木幻化成"我"的语言，被感情触动，一起沉溺于"我"内心的情梦。这种物我混淆的写法，真假难辨，恰恰成就了本诗的风情。

诗人反复追问遭遇爱情的感觉，自然中的许多物也被拉拢到这种氛围中，"风从去年吹／过来／我要装作若无其事／走／过枯树林／想想春天真的／就会来了／树枝在看得见的地方／一点一点／返着青"（《返青》），

树枝在看得见的地方返着青，实际上是"我"的心也在返着青，诗人将树枝揉进"我"的情绪里，共同作为叙述主体而出现，树枝标志了心灵，通向"我"感受爱情的路途。"青纱帐后的欢腾/小阁窗/软雨/泥泞的呼吸中/我的马/黑暗中抵达我的马/带草味的马/呼啸的马飞扬的马/我是另一匹/烛火里/红红的马"（《忆乌镇》），这首诗写得隐秘而朦胧，神秘主义倾向比较显豁，但剥离开来，我们不难发现，这仍是一首爱情诗。青纱帐后的爱情片段，诗人启用浪漫的写法，有恰到好处的分寸感，清新洗练，而又不失真实。诗人将"马"和"我"融为一体，以喻在爱情中情绪的起伏，以图寻求爱情之路的方向。"青纱帐""小阁窗""烛火"等意象的使用，为这首诗蒙上了一层古典风韵，同为用"物我交融"之法刻画爱情，不禁让我们想到："重帏深下莫愁堂，卧后清宵细细长。神女生涯原是梦，小姑居处本无郎。风波不信菱枝弱，月露谁教桂叶香。直道相思了无益，未妨惆怅是清狂。"（李商隐《无题·重帏深下莫愁堂》）。不管有意或无意，灯灯的诗歌中明显保有李商隐诗歌写作手法的痕迹。

在人类历史上，科学对于推动人类社会的发展，发挥了莫大的作用，伴随着科技崇拜到来的，则是巨大的生态灾难。"在当代，人与自然的关系的变化，环境与生态的危机，已不仅是一个简单的人口膨胀的问题，也不是一个狭义的技术失控的问题，更不是一个偏颇的消费方式问题。随着20世纪六七十年代以后西方第三次环境运动的深入，人们逐渐发现，无论从哪个角度来审视生态危机，最终都会涉及其背后的文化价值观念问题。当代生态危机的背后隐藏的是基本价值的危机。近代以来，科学技术文明背后的价值观念就日益在促进人之主体化、自然之客体化，直接导致人类攫取和控制自然。"[①] 诗人灯灯在创作中显示了作为知识分子的良知、道义担当，以非暴力的形式展现了隐伏在现实生活中的环境问题，斥责了人与环境错位的价值观念，对生态环境的现状展开了探讨：

晴天之上，云朵运送雨滴
十三省，孤独、干渴的麦田
你为什么责备云朵呢

---

① 张锋：《自然的权利》，山东人民出版社，2006年，第13页。

深河之中，每一滴水破碎

破碎到无法

认领，每一滴完整的破碎

你在其中，为什么要责备深河呢

地上奔跑的生灵

我们赞美，朝它开枪，我们保护

我们在地球上

看见，地球上奔命的生灵

我们哭泣

在这首诗中，想象与真实兼有，诗在这里，不仅只是诗人情绪的流露，也非只有对客观世界的摹写，它饱含着对现实存在的看法和经验。诗人试图探究地球干旱背后的深层次原因，批判滥杀生灵的罪恶行径，以感性的话语描述，加诸智慧的凝结和支撑，形成理性的哲思。"哭泣"一词表现了作者对生态和谐之美被破坏的重重担忧，"我有隐忍，不安……/我有责备"，诗人在诗歌的结尾直接抒情，蕴含着对残酷现实的不满和无奈，饱添诗歌的张力。

结 语

灯灯作为当代青年诗人，她的诗真挚、温和、情感细腻、无所不包，记录生活的真情实感，虔诚地书写自己的人生感悟，在她这里，任何生活触动皆可成诗。但是，对现实的还原并未对灯灯的诗情形成禁锢，她的诗，也不乏在现实之上信马由缰的想象。在诗歌的深度上，灯灯着迷于对人类心灵世界的深度开掘、对人性的反思、对社会现象的剖析、对人类遭遇的关怀、对生态问题的忧心，有明显的责任承担意识，诗歌风格绚烂多姿、诗意酣畅、诗情饱满，充满灵性。难能可贵的是，灯灯在取得一定成绩的境况下，还一直对自己的诗歌风格保持强烈的警惕，频繁地进行自我更新。从早期对生活琐屑不断地摹写，到现在诗歌视野的不断扩大、宏大意象的不断出现，灯灯诗歌中的形象也不断做出调整和扩容。灯灯的诗歌虽不能评价为尽善尽美，但灯灯的诗最大限度地贴近生活，表现出明显的审美指向和形态，为自身的存在和写作寻求到了一种可能性。在某种程度上，灯灯的诗歌最大化地反映了生活的宽度，而生活的宽度就是诗歌的广度，这正是一个渐趋成熟的诗人应该有的大视野。

（作者单位：首都师范大学中国诗歌研究中心）

一个人的诗歌史
——诗歌发展之我观

◇祝立根

  文学和诗歌的话题其实很多，但我想来想去，觉得还是老实说说自己的心里话，说说自己写诗以来的一些感悟和所思所想。虽然吃力不讨好，但我觉得这样真诚，不管是对我自己还是对老师和同学们，以及对诗歌，都是一种交代，我觉得真诚最重要，因为在我个人的诗歌创作中，我一直信奉的基本底线是"要想打动别人，首先打动自己"。

  当然，我想和同学们聊的问题，也是近几年我一直在思索的问题——在我不断学习和进行的诗歌创作中，是什么让我的诗歌创作变成了现在的样子？我所秉持着的是什么样的诗歌道统和审美观念？我的诗歌创作最终将走向何方？这当然是非常难以回答，需要不停地学习、实践、梳理、验证的问题，或许耗尽一生也无法穷尽的事情——但这何尝不是诗歌的最大魅力呢——有限的生命面对无限的可能，令人绝望又令人充满了好奇和求知欲。

  每个人的写作都会受其出生环境、教育背景、个人性情，生存现实诸多方面的影响。由此类推，在纷繁复杂的现世之中，诗歌观念和审美趣味异彩纷呈是必然的，诗歌呈现不同的风格、类别，甚至派别，是必然的结果也是目前最好的结果。难以想象在当下只有一种诗歌观念的诗坛是多么的索然寡味和了无生机，在我看来，新诗的垄断主义想法只会造就整体的思想贫瘠，对此我们都应该嗤之以鼻。

  当然我也说了，每个人的写作都会受其出生环境、教育背景、个人性情、生存现实诸多方面的影响。这也必然会呈现出不同的写作方法论，这样的状态，正如佛教有禅、律、净土、华严诸宗，其实皆是面对不同族群和个体的方便法门。说得再直观一点，即是在历史的演变之中，为方便不同人或族群而改良后的目标统一、方法不一的修行方式，什么人修什么法，一如什么人写什么诗（当然，在此我仅言那

驻校诗人讲座

些真正虔诚的诗歌热爱者和写作者，对于那些以诗歌之名，行权欲之事的不在此列）——毛诗集序言"在心言志，发声为诗"，心不同，则发出的声音也不同，所谓"诗无达诂"就是这个意思，这也是文学艺术存在的意义，不同的人发不同的声音，感受和表达不同角度看到的同一个世界。以及由此衍生出来的个体对自由、审美、道德、尊严等等一系列的认知、体悟和探索，这就是我为什么用"一个人的诗歌史"来做今天这个讲座的标题的原因——在诗歌流派纷繁复杂、诗歌观念百花齐放的诗歌的国度里，我自己是如何去寻找符合自己的审美趣味的诗歌并从中汲取创作的营养的。

一、诗人和作家的明面区别

诗人和作家都是写作者，但也有一些"术业有专攻"的区别，在我看来，在明面上来看诗歌更偏重的是人的纯粹性，而作家更偏重的是对知识的掌握和运用。本质上两者没有优劣之分，体现的还是作家或诗人个体能够抵达的广度和深度。如果说诗歌是向下挖井的话，那么作家，则类似于在荒野上采集和耕种，而收成，则需要天气、雨水、土壤、光照的共同作用。向下挖井，则是在个体生命（人性和神性）这一个点上的不停地语言的提纯运动。朵渔说"诗歌是求偏见的意志"，我想说的应该也是这个意思。

我提及诗人和作家的区别，是想通过这写作方式的微小区别或侧重点不同，来佐证诗歌创作中一些基础性原因。严羽《沧浪诗话》言"夫诗有别材，非关书也；诗有别趣，非关理也"，直指的也是这个道理——诗歌直指的是人性，而非文化，作为背景，文化和诗歌的关系，并不直接呈现出来。但这不是指当下新诗创作不需要阅读，恰恰相反，新诗兼具了中国古典审美的基因和西方诗歌的优良品质，大量有效的阅读成为在当下写好诗歌的必备条件，加之铺天盖地的信息爆发和社会的多元化，想要凭借天才式的一两首诗歌即确立自己诗人地位的事情几已不可能发生，不断地阅读学习和创作实践，就成为一个严肃的诗人必须要具备的能力和唯一的出路。

二、中国社会发展与中国诗歌发展关系的一点浅见

谁都知道，中国诗歌如讲源头，那《诗经》与《楚辞》就是最主要的两大源头：《诗经》在北，《楚辞》在南。《诗经》在辽阔的黄河流域，《楚辞》在云雾缭绕的长江流域。两之比较，《诗经》拥有着诗歌的社会属性，外向、责任，这和北方正统、严肃的文化观念和辽阔广袤的地理环境有直接的关系，这种强调社会责任感和功用性的诗歌加之北宋以前诗歌较高的社会地位，使得诗歌成了一种独特的特权，加之诗歌有和未来和神灵喊话的功能，这种独特的特权心态到现在依然部分存在。当然，也加持了中国诗人（知识分子）拥有"先天下之忧而忧"的家国情怀和济世心结，这样的心境，让许多诗歌充斥着"大我"的声音。而南方多山阻挡视线、临水照见自己，个体更易反观自我，所以《楚辞》相较《诗经》更为内省、个性化，更强调个人的感受并对个体生存的处境更为敏感。这从《诗经》中难见作者面容（郑风、卫风较好，却被当作了反证），而《楚辞》却能清晰地得见诗人忧愤面容而可以佐证。

在《诗经》《楚辞》两者这样的思想情感相互交织的共同作用下，中国诗歌就像中国文人那样，在"出世"和"入世"之间徘徊、前进，推至唐的顶峰。北宋以降，因社会原因和理学兴起，诗歌开始慢慢离开天地自然而转向智性哲思，由师造化到师山水自然，再到师园林古玩（假山假水），继而螺蛳壳中做道场。这和文人渐渐主动或被迫离开政治、官僚体系越来越专业化、社会经济越来越发展、分工越来越明确的社会现实有关，但对诗歌而言，终究是一种无奈的退化。当然，这未尝不是诗歌走向专业化的一种表现。但诗歌的专业化是否能够有效地提高诗歌创作的水准，目前来看犹未可知。后至清一代，考据学和标准固化以及文化发展的停滞，终于使一个民族本就羸弱的诗歌想象力彻底地失去了生机，纵观最能体现人之精气神和审美情怀的石雕、泥塑，有清一代（元明时期已呈现明显的衰落）相较前代的造像水平和开阔的胸襟，以非表相平平，而是不堪入目了。反而在一些边远地区，保留了一丝诗歌和艺术创造的生机和活力，而这种现象，我视之为"礼失求诸野"的一种具体展现。譬如在边远的云贵一代，和尚和樵夫的诗歌反见一些胸襟气度、江湖人间，"人间诗草无关税，江上狂

徒有酒名""壮士从来有热血,深秋不必寄寒衣""解鞍且就茅店眠,惊看繁星比瓜大",皆书写于蛮荒的边地,体现出了僵化束缚的诗歌外壳下的一颗炽热之心。这也可以说是在古老的帝国即将崩塌之时,古典诗歌向新诗转变的大幕开启之前,状如明志和托孤的一点孤灯。

1917年,胡适先生的《尝试集》,开启了中国新诗的大门,之后,新月、九叶、朦胧诗,在不断的探索和实践中,新诗渐趋长大、走向成熟。在我看来,主张"人的文学",强调反映现实与挖掘内心统一的九叶派,类似于西方绘画中的新古典主义,而朦胧诗,则类似于西方绘画的印象画派(不说其思想指向,而就其社会作用和历史地位而言,两者连被命名的方式都如此雷同),在新诗推进中都贡献甚巨,而口语诗歌在中国新诗语言上则为现代汉语的彻底解放完成了最后一击,简而言之,口语诗歌使诗歌彻底摒弃了拿腔拿调的诗歌腔,越来越接近人本真的生活状态和言说方式,使诗歌和人贴得更近了。美是一种学问,但所有的美都应该建立在真之上,唯有真实和真诚才是一切美和事物发展的根基。作为搂草打兔子的必然结果,古典文化里的意向和审美方式,在口语诗歌中必然成为被打倒的对象,战斗姿态也是口语诗歌的重要体现,同时,也为当代诗歌在思想上的彻底解放扫除了最后的障碍,当然,一往无前的秋风扫落叶的战斗也使大部分口语诗走到了口水、段子的一面,从而使得讲究语言精致考究、理性思维严谨的学院诗风所不屑。但毋庸置疑,口语诗歌之后,所有不说人话的诗歌都成为一种过时的装饰风格而被摈弃。在我来驻校之后私下和同学们的接触中,我发现学校的诗风很好,热爱诗歌的同学写的诗歌也呈现多样化的方向,没有过多的门户之见,这是让人羡慕的学习新诗的环境。

三、密码

基于个体的创作和阅读,我发现了一些对我的创作产生了很大影响的经验。我把这样的经验反之视为我阅读和写作诗歌的手段和杠杆,如同破解暗门的密码。且在不断的反复的测试中,我发现这样的密码是行之有效的。当然,这都建立在将一首诗歌拆开为一些基本的要素时才能实现,比如诗歌的文本,诗歌的审美,诗歌的语言……就我个人而言,我其实更在意诗歌的整体感觉——在阅读和创作完成一首诗歌之后，它留下的感受、情绪，也就是说，在此时所有的诗歌的语言、审美、文本架构和内容，全都变成了诗歌的背景（被弥漫的情绪所掩盖忽略），这是我最认可的诗歌的样子。如同吃到鲜美的羊肉，但现在要做的事情是让我们来了解羊是什么东西，它的骨架、它的肌肉，内脏、血液和皮毛，卸下来的腿，甚至它的种属、门类，祖先和克隆，更甚至它们吃的草，草的口感、硬度，在衍生到农药的有效有害成分等等——其实这些跟羊肉的鲜美无关，这事关生物学、解剖学和屠宰术……甚至是食客的心态和口味。

（一）背后的文本

首先让我们先来读两首诗，第一首来自雷平阳的《亲人》，这首诗写得较早，算是诗人的名作。

《亲人》：我只爱我寄宿的云南，因为其他省/我都不爱；我只爱云南的昭通市/因为其他市我都不爱；我只爱昭通市的土城乡/因为其他乡我都不爱……/我的爱狭隘、偏执，像针尖上的蜂蜜/假如有一天我再不能继续下去/我会只爱我的亲人——这逐渐缩小的过程/耗尽了我的青春和悲悯。

第二首依然是雷平阳的诗歌，《澜沧江在兰坪县的三十三条支流》，这首诗歌很有争议，但当年的争议和现在的好或坏的解读，在此我们按下不表，不做评论，因为今天要说的是其他方面的事情。

《澜沧江在兰坪县的三十三条支流》：澜沧江由维西县向南流入兰坪县北甸乡/向南流1公里，东纳通甸河/又南流6公里，西纳德庆河/又南流4公里，东纳克卓河/又南流3公里，东纳中排河/又南流3公里，西纳木瓜邑河/又南流2公里，西纳三角河/又南流8公里，西纳拉竹河又南流4公里，东纳大竹菁河/又南流3公里，西纳老王河/又南流1公里，西纳黄柏河/又南流9公里，西纳罗松场河/又南流2公里，西纳布维河/又南流1公里半，西纳弥罗岭河/又南流5公里半，东纳玉龙河/又南流2公里，西纳铺肚河/又南流2公里，东纳连城河/又南流2公里，东纳清河/又南流1公里，西纳宝塔河/又南流2公里，西纳金满河/又南流2公里，东纳松柏河/又南流2公里，西纳拉古甸河/又南流3公里，西纳黄龙场河/又南流半公里，东纳南香炉河，西纳花坪河/又南流1公里，东纳木瓜河/又南流7公里，西纳干别河/又南流6公里，东纳腊铺河，西纳丰甸河/又南流3公里，西纳白寨子河/又南流1公里，西纳兔娥河/又南流 4 公里，西纳松澄河/又南流 3 公里，西纳瓦窑河，东纳核桃坪河/又南流 48 公里，澜沧江这条/一意向南的流水，流至火烧关/完成了在兰坪县境内 130 公里的流淌/向南流入了大理州云龙县。

在这里，我不讨论这两首诗歌其他方面的优劣，仅从文本上来说，这两首诗歌是具有代表性的，《大学》："古之欲明明德于天下者，先治其国；欲治其国者，先齐其家；欲齐其家者，先修其身；欲修其身者，先正其心；欲正其心者，先诚其意；欲诚其意者，先致其知，致知在格物。物格而后知至，知至而后意诚，意诚而后心正，心正而后身修，身修而后家齐，家齐而后国治，国治而后天下平。"《亲人》一诗明显也是这段话的前半段的叙述方式，一种逐渐向小的书写方式，我不管诗人在创作中有没有借鉴，我想说的只是，在新诗的创作中，文本的运用在许多优秀的诗人创作中都有所体现。而第二首《澜沧江在兰坪县的三十三条支流》，也有着明显的《水经注》的结构和叙述方式。

在此给我的经验是，文本的借鉴不但是需要的，而且是必需的，这是除文化遗传基因之外的另一条道路，这是一种中西之间、古今之间的通用的一种传承。这是文学的秘密之一种。当然，也会有人认为这多少有些牵强附会，但如果熟读雷平阳的诗集就会发现，诗人在文本的运用和构建上，绝非是偶然的，而是有意为之的。

（二）语言的陌生化

说起诗歌的语言，我最先想到的几句诗句会是以下这些，这些都是名诗人的名句，诗歌的背景、年代，审美趣味，象征或隐喻，诗歌的历史地位等，已经有许多的人对其进行过不同的分析和品读，我再一次提起，只是想表明通过我的阅读经验，得到的一些个人的感受。

第一句：狂风吹我心，西挂咸阳树

第二句：玫瑰的影子，是一朵凋谢的玫瑰

第三小段：手枪可以拆开，拆作两件不相关的东西，一件是手，一件是枪，枪变长可以成为一个党，手涂黑可以成为另外一个党

第一句选自李白的《金乡送韦八之西京》。选取的主意，是想说明诗歌中词语的歧义性。"狂风吹我心，西挂咸阳树"，它产生了两个画面：第一，狂风吹动了我的心，让我想起了咸阳的树；第二，狂风吹动了我的心，让它挂在了咸阳的树上。单纯从词语的角度看，两者都

成立，当然大家知道，所产生的画面和效果是完全不同的。这也正是诗歌语言的特质，画面感和歧义性。

第二句选自阿多尼斯的《纪念朦胧与清晰的事物》把玫瑰的影子比喻为凋谢的玫瑰，除了诗句包含的时间性，成立的也是形象性，黑色的影子确实像凋谢的玫瑰。但通过语言的循环，使玫瑰这个词语，有了双重的意味，也是玫瑰这个诗歌中常见的、几乎定性的事物产生了现代感等陌生的感觉。

而第三段选自欧阳江河的《手枪》，目的是想说明，语言和事物之间的内在关系，手枪拆开，一是手，二是枪，手和枪绝对是两个孤立的事物，谁都知道，语言是事物的抽象化和符合化结果，是对事物的命名。同样，如果语言脱离了事物，语言便瞬间成了无根之木、无源之水，死去的语言是不可以入诗的，它只是一些空泛的音节和空洞的口号，这乃是诗歌的最大的忌讳。只有保持诗歌的每一个字和每一个词和它所指向的事物之间的灵与肉的关系，诗歌才有可能进入到事物的内部，从而抵达人心。在我看来，如果一个诗人在感受性上无法在语言和事物之间保持一定的契合，这个诗人必定是不合格的，他说写出的诗歌必然是空洞的、没有灵魂的谎言。由此类推，诗歌的第一读者一定是自己的内心，只有打动和说服了自己的诗歌才有可能打动和说服别人，反之就是诗歌的骗子，言语的骗子。当然，那种毫无敬畏地把语言当作士卒随意指挥和驾驭的人，其写作也极其可疑。

（三） 一些基础审美背后的思考

选出以下这些，则是因为这些诗句在不同的感受中有所偏重。

> 大漠孤烟直，长河落日圆。

> 山桃发红萼，野蕨渐紫苞。

> 云横秦岭家何在？雪拥蓝关马不前。

第一句选自王维的《使至塞上》，诗句其设计感极度鲜明，大漠为片，孤烟为竖，长河为线，落日为圆。而谢灵运的《酬从弟惠连》（其五）和韩愈的《左迁至蓝关示侄孙湘》则鲜明地强调了色彩的感觉。

在"返景入深林，复照青苔上"（王维《鹿柴》），"朱雀桥边野草花，乌衣巷口夕阳斜"（刘禹锡《乌衣巷》），"明月松间照，清泉石上流"（王维《山居秋暝》）则有着明显的光线感，由光线建立空间是西方绘画的一大特点，它抵达的效果是瞬间即永恒。中国古典绘画中没有去完成的事情，最终在中国的古典诗歌中处处体现出来。

于坚的小诗《芳邻》，除了颜色的运用，则外加了声音。《芳邻》："房子还是这么矮/樱花树已长得高高/向着晴朗朗的蓝天/亮出一身活泼泼的花/就像那些清白人家/在闺房里养出了会刺绣的好媳妇/这是邻居家的树啊/听春风敲锣打鼓/正把花枝送向我的窗户。"我不管他是用通感或什么其他的方式做到这一点，但他确实让我听到了春天的声音。在他的《恒河》中："恒河呵/你的大象回家的脚步声/这样沉重/就像落日走下天空。"诗人用双重的叠加把感受推向了极致。在李贺的《金铜仙人辞汉歌》中，也能听见声音"衰兰送客咸阳道，天若有情天亦老。携盘独出月荒凉，渭城已远波声小"。白居易《琵琶行》的声音更为直接："大弦嘈嘈如急雨，小弦切切如私语。嘈嘈切切错杂弹，大珠小珠落玉盘。间关莺语花底滑，幽咽泉流冰下难。"

而杜甫的有几句令人印象深刻无比："夜雨剪春韭，新炊间黄粱"（《赠卫八处士》），"艰难苦恨繁双鬓，潦倒新停浊酒杯"（《登高》）；张执浩的《2007，今年的最后一首诗》："你问我在干什么/告诉你，我在揪羊毛衫上的小毛球"；阿米亥的《战地的雨——纪念 Dicky》："雨落在我朋友的脸上：落在我活着的朋友的脸上/那些用毯子遮头的人——也落在我死去的朋友的脸上。"为什么我在这里要将这些诗句一一罗列出来，因为我想强调的是味蕾、手感和触感。

口舌鼻耳眼，皆发之于身，皆是"我"，皆是第一类感受，皆是最原始的生命体验的感受，关乎内心。诗歌的写作，在我看来有一个最大的共性就是"人"。它首先来自个体的、感官性的、生命体验性的感受。

在此我再举一个例子，布罗茨基的《纪念约翰·邓恩》（或又名《写给约翰·邓恩的大哀歌》）：约翰·邓恩睡了，周围的一切睡了。/睡了，墙壁，地板，画像，床铺，睡了，桌子，地毯，门闩，门钩，/整个衣柜，碗橱，窗帘，蜡烛。/一切都睡了。水罐，茶杯，脸盆，/面包，面包刀，瓷器，水晶器皿，餐具，壁灯，床单，立柜，玻璃，时钟，/楼梯的台阶，门。夜无处不在……

举这个例子，我是想说明日常事物的重要性，这些我们看见、听见、闻见，用手指触碰，撞上我们身体的日常的事物，是诗歌的基本的源泉之一。很明显的一点，诗歌不是在书斋里研究出来的，诗歌更应该是活出来的，诗歌也不是高蹈于世界之上的事物，它存在于世界之中，并在我们视而不见的现实生活中隐藏，等待我们去体会、去发现，它理应具有公民的地位和视角。敬畏诗歌，等同于敬畏生命，回到生命本身，也是回到诗歌本身。这也是我秉承的诗歌观念：尊重个体生命，活得在场，强调自我感受，并以"推己及人"的方式切入这烟尘滚滚的现实世界。

这也是我一个人的诗歌史，在无数伟大的诗歌先贤中，找到在审美趣味、思想方式契合自己的学习对象，从而通过他们，找到属于自己的诗歌之路。但因为它具有了无边的人间和一生的光阴作为标轴和背景，使这条道路再也没有了尽头，使这篇文章或讲稿，注定是、理应是一篇生长着的不可能完成的文章或讲稿，如同《沙之书》，如同一棵根植以生命中的树，其每一枝树枝，砍掉的和未生长的；树枝上的每一片树叶，落掉的和未生长的；树叶上的脉络……脉络里的细胞……这样的细节，需要我用整个的生命不断地添加和补充。

一本书的广阔天地
——《北漂诗篇》（第一部）代序

◇师力斌

已经是第三次给《北漂诗篇》写序，但仍然有说不完的话。北漂诗人群体太庞大了，可能要算文学史上最庞大的诗人群之一，比现代以来的新月派、七月派、现代诗派、白洋淀诗群等众多群体可能都要大。它是一个不断生长的群体。源源不断的新人来到北京，进入我们的视野，因此就有源源不断的话想说。主编安琪说她都快成了北漂诗人的大姐了，这样贴心的话在诗歌编撰史上恐怕也不多见。特别是王昕朋先生和他领导的中国言实出版社，大手笔连续第三年出版《北漂诗篇》，促成了这一独特的品牌诗歌选本，可见王先生对北漂群体的格外关注，可谓偏爱有加，功德无量。就我个人而言，前两本书说过的话不再重复，只表达一个意思，那就是，一本书就是一个广阔天地。正是这纸上的广阔，强烈地吸引安琪和我，召唤我们内心的使命感。

关注北漂是新时代的一种文化责任。北漂是弱势群体，北漂诗人是弱势诗人，但关注北漂诗歌，不是文化扶贫，恰恰相反，是文化发现，是发现新时代的新文化。因为，他们写下的诗句绚烂夺目，记录的生活独一无二，创造的文化丰富多彩。本书收录的诗人中，80后、90后、00后诗人明显增多。

《北漂诗篇》是北漂群体创造的广阔天地。来京的人，都是有两下子的人，都是怀揣梦想、追求不凡的人。三本《北漂诗篇》共编选北漂诗人300名。尽管他们占北漂总人数的比例不到万分之一，但在我看来，这已经是一个庞大的精神驻地。一个人就是一群人，一个保安就是10个保安，一个保姆就是100个保姆，一个快递员就是1000个快递员、10000个快递员。

300位诗人，300种经历，300种面目，300种情感，300种文化想象，放在当代中国，也相当壮观，他们极大地拓宽了我对北京文化疆域的视野，拓宽了我对北京文化包融力的认知。海纳百川，有容乃大。

北京之所以大，北京文化之所以如汪洋大海，即是因为它的包融。

我惊讶于北漂诗人们提供的文化价值。穷困者有时比发达者在精神上更加富有。当我看到，一个北漂说出"爱比恨略多一点"，当我看到有人说出"扛过去，就是无数的欣喜在等你"，当我看到有人说出"在这里我们才能理解神州大地，才能最接近自己的梦"，当我看到"在北京成为坐下来的一棵树、走动的一棵树、奔跑的一棵树、生命树"，看到"万物扎根于我"，尤其当我看到网红育儿嫂范雨素说"活着的意义是，有对人类发展承上启下、承前启后的责任感"，我不得不为这个群体点赞。当你一个个看下去，就会明白，这个群体不仅无定，还很坚定，不仅是一个物质创造的群体，也是一个精神创造的群体。古老的《诗经》许多诗作出于草根，21世纪的北京诗歌许多出于北漂。源源不断、生机勃勃的北漂诗歌，可以看成是生机勃勃的北京文学的重要力量，也是生机勃勃的北京文化的重要力量。

《北漂诗篇》是我们窥见北漂群体创造力的新页面。这个群体的文化创造长期处于一种无名状态，沉在水下。这三部书仅仅是北漂群体文化创造的冰山一角，却让我看到了一个广阔的精神世界。它的丰富性远超我的想象。如果不是亲眼所见，你会以为这个群体都是消极、阴暗、牢骚、抱怨的情绪，一旦你点开这个页面，便会同我一样，惊讶于他们的坚强、自信、勤劳、乐观。在这个名人霸屏的时代，北漂是潜水的、无名的，我们却可能通过三部诗选这个小小的页面，窥见他们的面貌。这些诗句提供的，不仅是文字，还是面相，还是生命体验，十分广阔的生命体验。正因此，我愿将这本书与《北漂诗篇》2017年卷、2018年卷一起，视为新时代北京文化的广阔天地。

（作者单位：《北京文学》月刊社）

"我希望做一盏暖色的灯"
——《北漂诗篇》(第一部)后记

◇安 琪

先是朝阳路到财满街左拐/送小乙和他女儿回家后/连续两次向右转弯/看着满月当空照下来/在上朝阳北路的一刹那/猛觉自己的今天就是转折/跟这路一样/平行着走/却上了一条宽而靓的大道。

编到张小云的这首《转折》时,我的心一阵颤动,因为知道张小云这几年的辛苦,想着他在明月光下、在宽敞的朝阳北路突然降临的预感:从此刻开始,一路通畅,生活、情感乃至他不断提到的生命前景。张小云是我的老乡,百分百漳州老乡,作为我到北京最初认识的不多的几个朋友之一,他的奥迪车的副驾驶位置一度是我每次搭顺风车最喜欢的位置。那时的张小云,三十八岁,身为记者,又有自己的传媒公司,男人最好的年龄,真是意气风发,整个世界对他而言不在话下。后来因为转向实体经营,有点像大路不走走偏道,让自己掉入一个奔波辛劳的苦循环。好在他身上有闽南人的韧性和坚毅,也明白"人生可比海上的波浪,有时起有时落",倒不颓废,这便好,他仍然向人展现一股向上的欢喜,看不到他苦行僧的样子。这首写于2018年3月1日的诗作,就是他心境的表象。我也祝福张小云!

一年一度的《北漂诗篇》的编辑工作,是众多北漂朋友的大聚合,分散在北京各个角落的北漂诗人们,平时忙于自己的生存,基本不来往、不走动,一旦《北漂诗篇》征稿启事一发出,便如鱼得水,纷纷冒了出来。沉寂的"北漂群"也像过节一样热闹。《北漂诗篇》是北漂诗人们的展诗台,每有让我惊叹的诗我就会发到群里、发到朋友圈。《北漂诗篇》是一本主题年选,针对的是北漂诗人群体,他们与专业写作的诗人们不同,没有那么多的时间和精力专事写诗、研究投稿,许多人其实已写得一手好诗,却默默无闻,我总是在为他们叫屈,但我能做的,也只是把他们收进《北漂诗篇》,并一一嘱咐他们多写,多投稿。编《北漂诗篇》我有一种奇怪的感受,觉得自己就像北漂诗人们的大姐姐，有责任有义务发掘他们的才华、推他们的诗作走向外界，而他们也对我十分信任和友爱，每有交流，都点头称是，隔着电脑、手机屏幕，我们彼此都体会到了对方的真挚、善良和对文学的虔诚。很希望各报纸杂志的编辑老师们多多关注北漂诗人群体，给他们更大的空间，我很愿意做这方面的牵线搭桥工作。

  2019年卷《北漂诗篇》以煤矿工人马跃的诗作《煤矿掘进工》开篇体现了编者对劳动的尊重，黑暗中劳作的煤矿掘进工，心中有光明的信念，他们是在掘火、掘太阳，用倔强掘、用不屈掘。如果说马跃收入2018年卷《北漂诗篇》的《煤矿工人》一诗更多感伤、更多抱怨、更多苦涩、更多无奈、更多不平的话，今年的《煤矿掘进工》则更多自信、更多面对、更多勇气、更多力量、更多担当。这也是北漂群体面对生活的真实：叫苦不是办法，奋斗才是出路。今年的《北漂诗篇》又涌进了许多新面孔，他们青春、激情、无所畏惧，1994年出生的崔家妹说，其实北漂没有传说中那么悲惨，"我希望做一盏暖色的灯/把一个房间照亮/每次开关都由自己成全"。是的，选择北漂，更多时候就是选择一种独立的自己能掌控的生活。生于1995年的王心妮姑娘的北漂感言是："跨越千里来到首都追逐自己的梦想，有着一颗不甘平凡的心，敢想敢做，无怨无悔，青春就是充满无限可能！"我特别喜欢王心妮一首写流浪狗的诗，这只"内心住着一只狼"的狗，"也许跑一天路/翻遍多少个垃圾堆/才勉强填饱肚子/一路上经历多少艰难/它仍追随着自己渴望的自由"，这样行动自由的一只狗，比被主人牵着锁链的哈巴狗，应该幸福许多。

  军旅诗人赵琼此次投给《北漂诗篇》的几首诗作表达了一个军人对祖国的无限深情，"夜，紧裹大地的时候/总有一些眼睛/被睡眠抗拒/就像，在一片衣食无忧的阳光下/一些翅膀/拒绝安逸"，和平的环境需要战士来守护。热爱祖国，建设祖国，是每一个中国人责无旁贷的使命。

  《北漂诗篇》的出版已进入第三个年头，感谢中国言实出版社为北漂诗人们提供了这一个珍贵的展示北漂诗人创作成果的好平台，这是中国当代文学史第一部北漂诗人年选，《北漂诗篇》年选的出版已不止于诗学意义，还有历史学和社会学意义，"北漂诗歌是具有现实感和历史性的动人之作，是录写现代人真实生活境况和内在心灵轨迹的当代'史诗'"，著名学者、岭南师范学院张德明教授在题为《"一百个杜甫与我们相遇"》的学术文章中如此肯定;"北漂诗人群体"作为城市诗写作的一支生力军,也多次进入著名学者、城市诗学研究专家、上海大学许道军教授的研究视域。《北漂诗篇》被誉为"一部诗歌版的北京志",《北漂诗篇》已然成为北京文化新地标。

祝福北漂诗人,祝福北漂诗篇!

(作者单位:作家网)

《北漂诗篇》（第一部）目录

◇师力斌 安琪

主编：师力斌 安琪
出版社：中国言实出版社
出版时间：2019年1月
ISBN：978-7-5171-2988-2
定价：68元

辑一

煤矿掘进工/马跃

北漂者纪年/张小贝

我愿做一盏灯（3首）/崔家妹

一支钢枪的故乡（4首）/赵琼

密云的水库（4首）/高敏

白杨的诗篇（4首）/安载良

故乡泥（3首）/刘心莲

每一场雨都不是简单的重复（3首）/李超群

虫奏（3首）/三月雪

中国素描（3首）/冯昭

看花（4首）/星汉

这地界儿的情怀（3首）/华小克

北京是个好地方（5首）/张绍民

在城市的大雨中（3首）/朱家雄

请让我优雅地堕落（2首）/紫穗穗

流村镇长峪城村（3首）/王秀云

感恩（5首）/祝相宽

我的一天（5首）/孙艳秋

诗醒了（3首）／林夕子

门卫李哥（5首）／项见闻

骑行／韬筱白

本该跑得远的马（2首）／黄长江

仲夏（3首）／王丁强

在北京城市副中心规划展厅（4首）／蔚翠

看不见（4首）／范秀山

天坛（3首）／刘剑

黑暗是我燃烧的灰烬（2首）／汪再兴

忘不了／金红阳

五棵松，有一位爱美的大姐（3首）／陈家忠

下在半夜的雨（3首）／杨桂林

注视（2首）／适凡

我们都是春天的孩子（4首）／李爱莲

最美的风景（3首）／李金龙

两个小孩（3首）／唐纯美

迷你小青菜（2首）／祝雪侠

儿时的伙伴（3首）／满凤民

敬畏祁连（2首）／周占林

在潮白河左堤路（2首）／孙殿英

在北京看望老乡（2首）／孙清祖

漂在北京（3首）／周步

坐高铁出行／王发宾

竣工帖（2首）／攀峰

古镇黄姚（2首）／武眉凌

新年词（4首）／林茶居

贝加尔湖（2首）／胡德斌

乔装私奔的音符（4首）／孤城

转折（3首）／张小云

九月的月光／相国

转河／王永武

南瓜的微笑／行赫

语言是一个人最难掩饰的身份名片（2首）／张灵

我捂紧口袋（5首）/简素

北京的夜晚（2首）/王心妮

北京的雨只有五分钟（3首）/徐蓓

石头的事业（3首）/焱冰

寻找自我（2首）/杨东澄

那个夜晚的卢沟桥属于我（2首）/任怀强

不问桃花（2首）/莲心儿

跳竹竿儿（2首）/艾若

爱情或者高于爱情（3首）/寇宗源

辑二

笑/范雨素

紧急联系人/叶桂杰

情人节（2首）/张后

漂啊，为了泊（3首）/王迪

电视民工（3首）/姚永标

暖阳（2首）/李迎兵

北京地铁八通线/牛一毛

衰老女神（3首）/阎松

京城的黄金银杏（4首）/曹谁

黑骏马（3首）/大枪

前方到站，漳州（4首）/安琪

穿过狂风暴雨到皮村去（5首）/小海

10号线（4首）/马文秀

通州纪行（3首）/姜博瀚

高峰期地铁（2首）/何旭

凌晨三点的北京站（2首）/王长征

一首单曲循环一个单曲（3首）/玛姬

大寒（4首）/柳风

一片叶也如同这么对待（2首）/桉予

当烈日遭遇了强降雨（2首）/空巷子

东灵山的喂养/曾龙

冲出水面，兑现一个新的我（2首）/梦娜

刺痛猛虎（4首）/述一

致猴年／曹喜蛙

生命于秋中怒燃（4首）／铁血寒冰

后厂村记（5首）／冯朝军

被自己的影子吓了一跳（3首）／红河

归（2首）／朱德冬

我怀念你子宫里的岁月／靳朗

把一胸腔的疼埋起来（3首）／老猛

镜中（3首）／温经天

密码（4首）／王彬

离别辞／楚红城

孤独竖起了我的风衣领子（3首）／布拉格

一只麻雀落在望京（4首）／陈巨飞

莫名其妙的忧伤（2首）／孙捷

潮白河（4首）／蔡诚

居南城漂北京（2首）／刘不伟

列车驶离圣彼得堡（2首）／盛华厚

走不进城市内心的边缘人（3首）／张华

京广线上（3首）／鲁橹

我是谁（3首）／黄华

平谷梨树沟诗章／陈亮

为了自己（3首）／朱铭

江淮行走记／郭良忠

北京西城（2首）／非墨

字典薄了（2首）／大威

一头扎进欲望的海里（3首）／樊志强

手握一颗深沉的雨滴（2首）／沈亦然

浮游的乡愁（3首）／牧野

另一种孤独（3首）／中岛

幸福之诗（3首）／七月友小虎

港北村（3首）／阿琪阿钰

清晨诗（2首）／刘傲夫

和骨头谈谈（2首）／王冷阳

种一棵树（2首）／李飞骏

我们的圆明园（2首）/陈艺文

漂浮之力（2首）/阿B

在黑暗中微笑（4首）/老巢

留下这些草（3首）/花语

停留者（4首）/红色药水

中年书（2首）/苏真

什么也没有（2首）/冷宇飞红

掌管时间的人（2首）/马莉

对她说（2首）/文姬

冷与热/王月

西客站（2首）/王文峰

护理生活/雷从俊

夜（2首）/恩泽

我在北京画地图/倪雯

在晴日里晚出门/城西

优越感/李荼

春天（2首）/梁子

一盏低温的灯（2首）/黑丰

爱与图像（2首）/韩晴

夜深了/大玉

2018（2首）/杜思尚

一平方米的孤独（3首）/刘浪

多么光亮的世界（2首）/杨治国

鸽群飞过工地上空（3首）/王金明

孤独之舟（3首）/邢昊

过客（2首）/孙恒

冬天里的游击队员/许多

租房记（2首）/周江华

地铁/孙捷

九月和七月（2首）/秦进斌

今昔/古雨

二手乡愁（3首）/王二冬

听藏地音乐（2首）/万华山

附录

你是早晨八九点钟的太阳/智英

"一百个杜甫与我们相遇"/张德明

"北漂"与"北漂"者/徐蓓

后记 | "我希望做一盏暖色的灯"/安琪

波澜壮阔的裂缝：作为一种边地概念的女子诗歌
——《内蒙古女子诗歌双年选》的书写价值综述（代序）
◇赵 卡

阅毕《内蒙古女子诗歌双年选》，理论批评家、北京师范大学中文系教授张清华和著名作家邱华栋不约而同地指出了一个重要诗学概念："边地"。这里的"边地"概念，我个人理解为两重含义：一、地理坐标上的；二、美学坐标上的。地理坐标上的"边地"好理解，因内蒙古地处中国最北边，横跨东北华北西北三大区，与蒙古、俄罗斯接壤，故称"边地"，取"边塞""边疆""边关"之意，具有事实意义；美学坐标上的"边地"抒写至少因其稀有而成为一种类型，类型则具有价值意义。

在确定了"边地"诗学的基本概念后，一般读者在阅读时普遍会遇到的困境之一，便是如何确认女诗人的形象。缩小了范围说，内蒙古的女诗人到底是一种什么样的形象，新鲜还是乏味，她们是否因对其自身的徒劳模拟而在时间上显得面目全非？换句话说，这当然并不意味着，人们从内蒙古女诗人那里了解到的东西比不了解的东西还要少。《内蒙古女子诗歌双年选》里的女诗人和女诗人有什么差别，不，应该说《内蒙古女子诗歌双年选》里的女诗人和内蒙古的男诗人有什么差别？显而易见，这个问题的重要性在于其性别风格受到了哪些限制？其重要性也是有限的——作为内蒙古女诗人，是如何到达读者面前的。

这么说来，仿佛内蒙古女诗人的问题如此严重。诗人刘川对内蒙古女诗人有一个预言式的说法，"……每一个从这里突围出来的女性写作者，最终将以新的方式构建这里的地域特征和时代特征"。这，就是内蒙古女诗人的普遍形象，她们需用诗替自己辩护诗的秘密和尊严。

从地理价值上看内蒙古女子诗歌

内蒙古在中国版图上的特殊位置为"边地"概念坐实了现场感,所以,从某种程度上说,"边地"并不出人意料地成为内蒙古女子诗歌的地理修辞。甚至,我会从个体经验与公共经验之间找一个理想角度猜想,"边地"概念也是成就内蒙古女诗人成为出色诗人的重要前提之一。"自身的机遇",诗人、理论批评家臧棣则从诗歌史的角度洞悉了内蒙古女诗人和内蒙古存在的隐秘关系。

因为选本的篇幅所限,目前能看到李娜的《戈壁同题诗(节选)》短了,但仍能明显看出其以叙事为基调的结构,仅从选出来的四节就能读到极强的节奏感和充溢边地色彩的自然气息。"阿拉善啊阿拉善""一棵草就是一个堡垒",当诗写进入心灵至深处时,李娜会调整自己的语速和语调,其"吁告"的意味就从诗行中的"芨芨草和骆驼刺"传出了颂赞苦难的声音。刘晓娟的《浑都楞,月光挂在草尖上(节选)》也是因选本的篇幅所限未能窥得全貌,但仅有的三节足以用"欢欣"来回应阅读,刘晓娟擅用草原意象,叙事清晰,句子间的切换也得法,偶尔用点民歌式的小饶舌,便展示了一个诗人令人无法忽视的独特气质。

我们可以看到"边地"概念诗歌在部分内蒙古女诗人那里拥有一种抒写的正确性。这种正确性主要表现在诸多诗人从集体经验中展现出了(空洞的)个人性,还有一个迷恋于语言层面上的貌似丰富实则单一的词语视觉性,譬如,关于产出"边地"概念的地理地貌气候学知识——它们特有的属性和机理对写作的一般助益,内蒙古女诗人会从不为人所熟知的内外部结构入手考察"边地"自身,任何自然现象、地理实貌、动植物、器物和生活细节等均构成了她们抒写一切的部分,并由此从精神方面探究、考察人类的心灵。

宋丽的诗不矫饰,是常见的那种浑然一体的抒情和咏叹式调子。在她的《那根弦》中,一目了然的节奏和时空转换让阅读提速,使人感受到了一种活力充沛地"弹唱"力量,听到一声声来自原野的"哽咽"和"嘶鸣",于"看到羊群如白浪般翻滚"处戛然而止,给人以一种激情压抑后瞬间释放的快感。和宋丽的《五月我对阿斯嘎的描述》一样,借助某个意象的平面叙述是若干诗人的书写特点,看起来毫不费力似的，实则探询了晦暗不明的精神执念片段，比如陈亚美的《为曼德拉岩画配诗（节选）》和额鲁特·珊丹的《蒙古菊》，内有漫不经心的机趣、喊不出来的疼痛和用知识加以分别的历史。

"我回来已不是我一个人回来"（《珠日河草原，所有的草尖都挂着水珠》）考察娜仁琪琪格的诗，会发现一种从心灵本身抛出来的去留之间的犹豫感，她的每一首诗似乎都在提醒自己，"一出生就向远方行走，走出了草原/丢失了母语"（《我总是在母语的暖流里，流泪满面》）。当我们谈到"边地"诗概念的时候，我们其实在谈诗人的身份意识、回声、执念和现代性辨识，娜仁琪琪格的诗是这方面的典范，她的散文化抒写（间或片段感）有属于她本人的苍凉气息，叙事和抒情融合得顺畅自然，兼顾了理智与情感的距离感。

抒情的滥觞是内蒙古"边地"诗歌的一种传统，由此积累成了一种普遍的风格语言，虽说于地域诗歌研究中有"识辨率"的作用，但我依然不客气地认为，当一种地域诗歌形成一种群体风格的概念时，那就是个人对集体的妥协，容易陷入无名氏式风格的困难。常识告诉我们，诗歌史上最大的麻烦根本不是区分特殊的诗人和一般的诗人，引发我们兴趣的，往往是进入诗歌史中的那些特殊文本而不是一般文本。也就是说，文本价值评判必须有一个基本前提：诗人在使用人工语言还是自然语言？就本卷《内蒙古女子诗歌双年选》而言，抒情语言依然始终如一地占据上风，我倒不是说抒情语言就是一种人工语言，但我们通过文本间的彼此对照会愈加期待用另一种方式表达"边地"概念的诗，比如叶鸣的《讲述一个冬捕的故事》。叶鸣这首诗是叙事的，质朴，引人好奇，令人遗憾的是，作者对题材处理得简单了，"冬捕"的细节没有有效地描写出来。

从美学价值上看内蒙古女子诗歌

从美学价值上加以考虑"边地"诗概念，着重点在于内蒙古女子诗歌文本的独一无二之处。正如诗人刘川所言，"我乐于见到摆脱了'内蒙古'，进而摆脱了'内蒙古女性'身份的更加独立、自由、富有个体精神的女性写作。所以，内蒙古女性写作的先锋突围，既是个体的、又是集体的一种吁求"。

孟芊如隐者，这是诗人孟芊一直以来给人的一个印象。《爱的十二喻》如献诗,过密的词语颗粒感和在结构上表现出来的节拍会给人一种有力的电击感:"我的色彩和言语都不及我的灵魂/我的气息和眼泪都不及我的沉默/我的头发和手指都不及我的瞳孔"。孟芊的诗有执拗的直抵灵魂的理性目标,但她常常将目标当作手段表现,诗行间充满了精确的意象和全神贯注的特写;在《设计师》这首诗中,她随意抓住几个瞬间——"他非常在意他的形状。长而小,躲避下去。/头发在散落的雪花下变湿。"——就将"设计师"这个形象处理得非常具体。孟芊的语感自信,常设令人惊叹的细节和有限度的意义晦涩,甚至在刻意表现心灵和生活的对峙上,都展示出了她独特的洞察力。

花语可谓诗坛宿将,她的诗往往携带着她性格中的随意性成分,泼辣的情感和犀利的言辞让她的诗非常生动。收在本卷诗选里的三首诗《早晨从下午开始》《十二背后,白头的芦苇》《左边的空位》是处理时间的哲学——在身体、情绪、健康、速度、衰老和个人危机的细枝末节里,她如何分配生命。花语在诗中会煞有介事地自责,但这都会化作她写作生涯的故事,即便写到冷漠,她也能让冷漠生出意义来。实际上就是将个人的孤独强行压进物质性里,我们从青蓝格格的诗中可以读出尖锐的疼痛感来,比如《磨刀帖》的时间意识和执拗而轻巧的堆积感,可谓写父亲的典范作品;《此生》发挥了戏剧性独白的功能,气息热烈,对一个人的"此生"命运作了丰饶的构想,甚至有救赎意味。

坚实的疼痛感和敏感的处境意识,要求内蒙古女诗人于她们的诗写观念里内在地处理这些性情材料(这也是她们身体里具有的东西),套用布莱希特的话说,那便是她们的意见和行为。我在唐月的诗中发现了一种深入骨髓的无奈和无力感,她将(如同葛兰西很明确地看到的那样)行为和观念在她那里形成了一个整体,"至于中年的痉挛和阵痛/因为无奈,我们选择慈悲/选择心照不宣"(《春雪》)。唐月的诗有自己的适当习俗和技术性秩序,她在词与物之间仿佛用独特的腔调讲述一桩桩一件件旧事,她的故事具有形容词性,"我是说,我已无力推翻/这五十八公斤圈养的赘肉/伏在自己肩头微笑与哭泣一样/需要炊烟一样袅袅的身段"(《煮妇说……》)。唐月的出色,还在于她从所述之事和叙事方式之间建立起了差异,以及忍耐力的象征,如《偷生》。

"边地"诗学概念的美学价值,在我看来,其中之一应当是建立(群体风格中的)个人风格,也就是我们常说的那种特殊的识别性。当然，具有识别性风格的作品一定是建立在思想基础上的，这其中的难度如同"存在"道出"思"的冒险，不过这并非不可能，内蒙古女诗人的首要满足就是，当她们于诗中认出自己的时候，她们确信认出了自己。

从选本价值上看内蒙古女子诗歌

完成一个小众性质的选本，在某种意义上说就是完成了一种意识形态的观念和行为，尤其冠以"内蒙古女子诗歌"时。长期以来，或者把话说得绝对点，专题的内蒙古女子诗歌选本在内蒙古从来付之阙如，那么，内蒙古女子诗歌选本呼之欲出。

著名作家邱华栋从"边地女性诗歌写作的新景观与新向度"上提出了"边地"的美学概念，诗人、理论批评家臧棣则从"内蒙古的诗歌史"角度上希望内蒙古女子诗歌不要"放弃它自身的机遇"，诗人、诗歌评论家张清华直接将"边地诗学"定性为"稀有而珍贵"和"文学生态的多样性与异质性"。《内蒙古女子诗歌双年选》就是这样一部无悬念的完成性样本，它昭示了内蒙古女诗人的整体性目标，如诗人、批评家霍俊明所言："《内蒙古女子诗歌双年选》在'选本文化'已经失范的今天具有重新校表的功能，同时又具有诗学、地理学和社会学的多重坐标作用。蒙地的女性诗歌无论是个体日常经验、性别意识还是语言景观乃至时代的总体情势从未像今天这样变得如此多元、广阔甚至芜杂、多变而难以进行任何总体性的概括。这印证了无边的个人趣味以及诗歌形态的可能性。"

除了上述我以"地理价值"和"美学价值"摘要观察的内蒙古女诗人外，我觉得内蒙古女性诗歌的丰富性仅以"地理价值"和"美学价值"是无法概括了的。诗人刘川认定："内蒙古女性写作的先锋突围，既是个体的，又是集体的一种吁求。"在本卷诗选中，诗人白墨就是一个意外的发现，她的三首诗《一首诗的启示》《我和我的影子》《三视图》句式短小却表述清晰，均对语言的诗意进行了消除，尤其是《三视图》，几乎让我想到了麦克尤恩的一个短篇小说《立体几何》。小诗人也有不俗的表现，比如2010年出生的王花朵，她诗中溢出的时间意识令人惊叹，《时光中的泪水要慢慢地弹》仿佛讲完了一个宏大悲伤的故事："时光中的泪水要慢慢地弹，／一句完了要吸一口气，／因你在哭的时候一点一点地掉眼泪，/不是一下子就完了的，/是一点一点地掉下来，/时光去不复返。"我称之为对虚实受众"独语虚妄之事"。

限于篇幅，我无法将本卷诗人的作品一一分享出来，她们都在以不同的方式言说，让我们发现了她们心灵的智慧和力量。内蒙古特殊的地理地貌特征，由西而东：沙漠、戈壁、农田、山脉、山梁、沟洼、草原、草甸草原、半荒漠草原、森林，河流等，内蒙古的女诗人不仅可以谈论很多，还可以写出很多，她们的存在，出色程度丝毫不逊于内蒙古的男诗人，从作为一种概念的边地诗中劈出一道波澜壮阔的裂缝，一切仿佛突如其来，但一切又早有了答案。

一切才刚刚开始
——《内蒙古女子诗歌双年选（2017/2018年卷）》编后记
◇火 马

尘埃落定，闻者所见如是并赞曰：《内蒙古女子诗歌双年选（2017/2018年卷）》的出版，堪称内蒙古文学史上的一个重要事件。

2017年夏，我和诗人、理论批评家赵卡谈到一个颇为宏大的计划：我将以一己之力为内蒙古女诗人立传，写一部内蒙古40年女子诗歌综评，时间跨度从1978年起到2018年止，20万字篇幅，另外再配套一个巨型诗歌全编本。

作为中国"边地诗学"的重要组成部分，内蒙古的"边地"诗歌创作，尤其是女子诗歌创作，文本数量巨大，形式多样，但系统性的资料整理和研究工作相对空白。此后一年多的时间里，在工作之余，我开始收集资料、研读文本，并将综述写到5万多字的时候，这一工作暂停了。原因是工作量太大，远远超乎我的预期。

时间如白驹过隙，我却被我的宏大的计划折磨着。今年初的一次私下诗歌交流中，诗人徐厌兄获悉此事后，认为此事在内蒙古诗界具有里程碑意义，遂与我多次探讨，最后他建议将内蒙古女子诗歌的成就以"双年选"形式呈现。在多方征求专家、学者、诗人的意见后，最终将这个动议确定为《内蒙古女子诗歌双年选（2017/2018年卷）》，由诗人徐厌担纲主编。6月10日，征稿启事正式由"作家网"和"诗歌中国网"对外发布，同时通过若干微信公众号转发。

本选本的编辑体例，分本土、他乡、非母语、校园四个版块。简单介绍如下：

"本土"一辑，收录了内蒙古籍汉族女诗人的现代诗歌作品（含散文诗），共82位诗人，175首（篇）。

"他乡"一辑，收录了非内蒙古籍但目前在内蒙古居住、工作、生活、就读（籍贯不限）的女性诗人或原籍内蒙古，现在区（国）外工作、生活、居住、就读的女诗人，以及用汉语写作的少数民族女诗人

（含已经翻译成现代汉语的诗歌作品），共27人，61首（篇）。

"非母语"一辑，收录了内蒙古籍少数民族女诗人用汉语创作的诗作或已经翻译成现代汉语的诗作，共28人，60首（篇）。

"校园"一辑，收录了全日制就读的在校学生（研究生、大学、高中、初中、小学）的诗作，共37人，76首（篇）。

在编选的过程中，编委会注意到《内蒙古女子诗歌双年选》有以下几个特点：

一、文献文本价值，"选本文化"校表功能

作为内蒙古首部女子诗歌选本，本卷诗歌双年选具有重要的"边地诗学"文献文本价值。如诗人、批评家霍俊明所言，"在'选本文化'已经失范的今天具有重新校表的功能，同时又具有诗学、地理学和社会学的多重坐标作用"。虽然部分作品仍没有脱离传统抒情的路子，但很多诗人的诗已经淡化甚至摆脱了"女性"身份、传统的农牧业文化氛围，印证了诗人刘川所说的"摆脱'内蒙古'，进而摆脱'内蒙古女性'身份的更加独立、自由、富有个体精神的女性写作"。

二、来稿量大，入选比例低

从征稿启事发布之日起至截稿日仅仅36天的时间，编委会收到了近300位作者发来的诗歌（含散文诗）2000余首（篇）。限于成书篇幅和出版社审稿原则等因素，应征稿的最终入选率不足15%，选定了174位诗人的372首（篇）诗歌文本。入选的诗歌只是内蒙古女子诗歌创作成果的冰山一角，遗珠之憾在所难免。

三、作者年龄跨度大，职业分布广泛

入选作者的年龄，最大的60多岁，最小的只有9岁，尤其"校园"板块是这次编选过程中的惊喜与亮点之一，如苏笑嫣、晶达这样技术成熟且擅长跨文体写作的诗人。"校园"板块的大多数作者还声音稚嫩，可喜的是她们已经开始发声、学声。80后、90后、00后诗人的首次集结拓宽了选本的时间跨度，间或填补了局部区域性文学的断代

现象，凸显了边地文学生态的可持续张力。另外，作者的职业也各不相同，有大中小学教师、学生、公务员、编辑、记者、企业负责人、学者、工人、农民、自由职业者、家庭主妇等等，这都不妨碍她们用自己的方式表达自己。

四、作者地域分布范围广阔

作为"泛内蒙古"的概念，除本土作者外，生于内蒙古但现在外省居住、工作、生活的诗人作品也在本次编选范围之内。内蒙古地形狭长，从最西边的阿拉善盟到最东边的呼伦贝尔市，本卷选本囊括了内蒙古自治区共12个盟市的作者；此外南至广东、海南，北至吉林，东到上海，西至宁夏，漂泊的游子以诗歌的方式达成了一次完美的"还乡"。

五、文本形式丰富多样

本卷双年选收录的作品包括长诗、短句、组章、散文诗，甚至偏向于童谣的作品。限于篇幅，除个别小长诗外，部分长诗、组章只能忍痛节选，撕裂了文本的整体性。从文本的建筑形式来看，一些文本的超长句式限于成书的幅面制约，在排版时不得不做断行处理，严重损害了阅读的快感，实为一大遗憾。

需要说明的是，《内蒙古女子诗歌双年选（2017/2018年卷）》在送出版社三审三校前，书稿呈送区内外部分诗人、作家、评论家，以书面形式得到了一些非常中肯的意见、鼓励和开创性建议，给了我们极大的信心。他们是：首都师范大学教授、博士生导师孙晓娅，诗人、十月文学院常务副院长吕约，诗人、作家网总编室主任安琪，诗人、《女子诗报》主编晓音，作家、《草原》杂志副主编阿霞，作家、诗人邱华栋，理论批评家、北京师范大学文学院副院长、国际写作中心执行主任张清华，诗人、理论批评家、北京大学中文系教授臧棣，诗人、批评家、研究员霍俊明，诗人、《诗潮》杂志主编刘川等。另外，我们得到了作家网、诗歌中国网、《诗歌风赏》、Enioy英卓读书会、伊克工程机构等单位不同形式的大力支持，以及内蒙古诗歌馆、新草原写作联盟、呼和浩特诗词学会、红山诗社、哲里木诗社的全力协助，一并致谢。

　　作为内蒙古首部小众化的女子专题诗歌选本,《内蒙古女子诗歌双年选(2017/2018年卷)》的首创意义不言自明。我们的愿景,将持续性地把这一工作进行下去,打造成内蒙古乃至我国的一个诗歌文化品牌。

　　最后,借用伯尔·史缇尔执导的电影《重返十七岁》中的一句台词,当然也是对《内蒙古女子诗歌双年选》的定位与展望:"一切才刚刚开始。"

　　是为记。

《内蒙古女子诗歌双年选（2017/2018年卷）》目录

◇《诗歌双年选》编委会

主编：徐厌
执行主编：火马
出版社：内蒙古大学出版社
出版时间：2019年
ISBN：978-7-5665-1678-7
定价：80元

（按作者姓氏音序排名）
第一辑　本土
阿华
足迹//花间一壶酒
白爱琴
母亲的样子//阳台上的母亲//戒自己
白墨
一首诗的启示//我和我的影子//三视图
边城妇
在冬天//医院
冰洁
沙画的诺言//留白//若是，绝处都能逢生
尘之光
把春天叫醒的人//经过乌兰察布//风经过的街道
沉默
赛马

邓亚娟
春天里//季节十二帖（节选）
段丽香
我与这个世界相处的方式
丰慧
春风的钥匙//两只蝴蝶//写诗的女人
高朵芬
偶然性与无意识遇见//我从身体里取出一些水
高金鹰
命运//徐步宇画中的那匹马//寿命
海韵
夜渡//这多么危险
郝云艳
荷花蜜语//冬，那么轻，又那么重
黑甲
纸人//杂货
贾晓燕
朝阳洞//空门不空
蒋雨含
故乡的每一棵树都认识我//谁见过梦的源头//学习
锦钰
正在缺席的人//被一场雪命名的思念
静然
期待一个美丽奇特的再现
静子
父亲节三章
空心木
住在你身体里的土地正在苏醒//无题
李广凤
给一条鱼放生//时间都去哪了//处方
李娜
戈壁（节选）

李云鹤

为岁月留白//老石匠//初衷

莲心印月

时间的针脚//丢失的羔羊

刘丽莉

月光//往事

刘思思

赵大沙坑//理发店里的一只狗

刘晓娟

浑都楞，月光挂在草尖上（节选）

刘栩慈

托起幸福

刘艳云

从一种蓝逃离另一种蓝//每一根落发都是输掉的光阴（节选）

刘玉梅

挂钟走过的时光//我有意回避一场盛筵

刘云飞

在草原，面对一场声势浩大的孤独//叙述

罗海燕

水墨成仙

吕海鹰

老牛湾//红门口

梦遥

中元夜//约你来看乌海湖

米兰

吃鱼//地震

南蝶

烟火//嫁妆

凝儿

中年书//与一只海鸥对话//别赋

弄月之喵

我，从来处来//要向去处去//半江秋色半江红

暖阳

一棵安静的树//春已去

秦翻花

那年，我的娘走了

青蓝格格

磨刀帖//此生//我的腰疾源源不绝

清颜

一个人的草原//灯火流风

晴月

无题//凉晨

冉

她们习惯在夜里发声//一杯旧茶

史冰

女孩与弗拉门戈的故事

水孩儿

今夜你说要来

丝雨

苏醒的春天//查干沐沦河//巴林草原

宋丽

那根弦//五月我对阿斯嘎的描述

苏晗

如果此刻举杯//诗与酒

素心

桃花坐在手心里//黄羊洼的树

唐月

春雪//煮妇说……//偷生//窃秋

田草

死亡时间与海水之殇//领魂鸡之谣

王朝环

我们一起细数白发和时光

王海燕

河流//哭泣的豆子//春日里总有雪

王俊香

窗外

吴国丽

我们越来越//父亲

兮子凤凰

水依云//眉梢雾

匣子

穿越乌兰布和记//火锅//先于冬天到达的一场雪

鲜然

夜露//下雨//流水//云朵

肖虹

一座旧城的春//情诗无色

肖卫琴

乌兰布和//语言或词//话语

小鸟

桂花//听雨

小雨

父亲的二胡

谢文晴

八月

辛灵

影子//互为琴瑟//万物，空寂的谜团

徐艳君

一首诗的对面是斜坡//正午

炫飞

小寒之后，我把乡愁扛在肩上//那片莜麦越过石砌的时光

雪峰

我的心很小，只装得下小小的幸福//离开故乡离不开草木

闫红梅

多么好//在你的城市想你//我愿意

叶子

追根//大梦初醒

以琳

遇光者//月//消逝的河流

忆留空间

母亲//旷野//一个现场

余辉

宿醉//痛经的夜晚

雨文

多像是一场婚姻//法相寺//立春之夜

玉言

冬天制造了裂隙拿什么修补（节选）

远方

冬日的敏感//万圣节

月光

致女人//深夜看灯的人/给你写一首情诗

曾烟

一棵藤飞翔的声音//布谷布谷//波斯菊时光

赵明敏

我是一缕尘烟//致实验室

祯子

有你相伴//你偷去了我的梦

左秀杰

你是我腮边的一滴泪//我丢失在你的影子里

第二辑　他乡

安然

我从草原来//为了爱你//种美人

沉香

在他面前敲鼓//雪语

陈亚美

为曼德拉岩画配诗（节选）

额鲁特·珊丹

蒙古菊

额鲁特·乌银
我们的寂静融合在一起//像明亮的孩子//索索，我们数星星

哈森
梨花·雪//月圆之夜：纸上村庄//记一场春雪

花语
早晨从下午开始//十二背后，白头的芦苇//左边的空位

怀念
寒地生长的人//潮//凌晨三点

觉斓
一匹受伤的骆驼//母亲

柯莉
丁香（组诗）

离响
与屈子的约定以年为期//布隆赛

孟芊
爱的十二喻//设计师

娜仁朵兰
你的拥挤代替不了我的欢乐//方寸之营

娜仁琪琪格
我总是在母语的暖流里，流泪满面//曼德拉，天空收起飞扬的大雪//珠日河草原，所有的草尖都挂着水珠

萍子
我看见春天的心，跳动了一下//送啤酒的女孩//犹豫不决

七七
剩下的大山//极限//起落的秋

田静玮
葫芦

王子晗
写给母亲（组诗选三）

无盐慕容
故乡三月//遗失的月光

香奴
一个悲伤的男人//邻居//紊乱

向大米

沉默//雀跃

筱米

念菊//春风吹

薛映梅

承载

羊儿

屋顶的鸽子//我面向的日出日落，从没改变//九道盘山路，九首崎岖的歌（节选）

远心

大黑河

止水孤鱼

没有归期的月亮//独处

紫苑飞红

七天//有一场雪，落在心里

第三辑　非母语

阿娜儿

枫叶未红//和枫叶一起

敖然

在陌生的城市里走走停停//等

白晓光

暮色旅馆（节选）

布木布泰

那些片段，正一点一点拼接我在尘世的疼痛与孤单（节选）

陈贺文

露珠//烟雨江南

鄂晓玲

故乡

凤凰

写下乳名//别秋

高娃

十月，大地裂变着一种欣欣向荣的事物

红头绳

红尘

蓝雪儿

一片叶悄然无声//一场雪无意飘落

刘凤平

四月，一笑倾城//寻一场春天的邀约

刘琳

一朵光的疼//当我说出//大风灌进了一条街

蒙绢

没有标题的诗//凌乱的女人//一列列火车穿过的山岭

那·斯琴高娃

夜猫子//风筝//一夜雨

那忠虹

透明的杯子

其木格

斜阳里的夏日//低飞的蝴蝶//无花果树的叶子绿了

青格格

春风迟//与草书

斯琴

月光//雾

苏真

逆行//蝴蝶//孤独是一个虚词

邰婉婷

关于雪花干净的问题//失约者//下午茶

乌吉斯格朗

寂寞//恐高症//一场爱的距离

潇潇

老河的悲哀

杨瑛

姓名//爱情//清寂//宽恕

叶鸣

讲述一个冬捕的故事

瑛宁

擦皮鞋的女人//今晚，你们叫我蓝月亮//朽木

鹰

较量//仓鼠//灯下跳动的音符

云露

遗忘//守望

赵广贤

十里桃花//俗世记//益西群措

第四辑 校园

昌娜

谜//寂

陈静怡

走廊//时光的背后

陈青瑶

尽头

董舒冉

我枕在黑夜上//夏天的最后一簇槐花//最后姿态//呼唤//温暖拥抱着温暖

渡澜

无题

风前絮

夏天//第三只眼睛

付伟佳

越来越不懂

高钰珺

致芭比//茶水与雀//虚无//天空

高钰婷

泡沫//鸭子//窗前//影子//小树

侯元

有所保留//你

黄榕榕（李绘）

水族馆//音乐厅//色彩

霍嘉琪

梁家村的院子

晶达

北方//掌心//未名的翼鸟

景卓慧

青城歌//他乡

离歌

薄暮//梦中小桥//檐雨

李慧

谎言

李佳忆

马兰花//榆叶梅//朱瑾

李熙瑶

姥姥//任惜//读年岁

李元霞

如果

刘新月

柳

龙丹慧

湿润

鲁娜

以你的名字呼唤我//晚安，愿你好梦

米佳琪

时光宠爱的女子//感觉

米口袋

我和我妈看衣服//苦恼是长期的

沐阳

血

暖橙

月亮

苏笑嫣

春天把我们吹出声来//微小的事物//明亮的事物各有千秋

田海日汉

月亮//遇见

王花朵

给我最爱的人//时光中的泪水要慢慢的弹

杨伊雯

另一个世界//改变

张沅

桥北六大份村的下午//雨夜

张云霞

被光涂鸦的影子//被情放逐的谎言

张泽英

我们交流的一无所获//东门卖丑橘的//大学课堂

赵槐安

槐序

郑春月

随逝

郑佳怡

无题

周敏

三分之一//只差一个你

名家简评

一种精神　水滴石穿
——《2018中国散文诗精粹》代序

◇王泽群

我孤陋寡闻，不知道其他文体是不是每年都会像散文诗这样，出现这么多种的《年选》？

但我却很欣赏中国散文诗界这种"百花齐放"的《年选》风。

这体现了一种精神。一种让喜爱变得多元多色的精神；一种"大狗要叫，小狗也要叫，而且更敢叫！"的精神；一种破除迷信，相信自己，敢随人后，更"敢为人先"的精神；一种万难不屈，水滴石穿的精神。

熊亮，就有这种精神。

话扯开去说——

我是从写诗、写新诗，上了文学的这一叶"扁舟"的。

我也不是多么热爱文学这项"事儿"。

在20世纪的"三年困难时期"，中华大地，在谁都吃不饱的状态下，却仍然充斥着假话、谎话、大话的环境里，只有卖文换钱，是人生活下去的一条罅隙。也比较实在。那时候的稿费，若相对于那时的物价，还算不错。于是，我就自愿地上了这一叶扁舟，且扳桨摇橹，风里浪里，折腾了大半辈子。于是，我发现，在诸多的文学式样中，最没有样子，最不成规矩、最没有前程的，就是诗，新诗。闻一多试过，毛润之建议过，贺敬之、郭小川努力过，公刘、李瑛实践过，他们都没有将新诗这种文体，建筑起牢不可破的形式或是规矩。于是，新诗就仍然是新诗，仍然无规矩。它既不能像唐诗那样稳重大器，也不能像宋词那样精巧严谨，甚至不如民间的"打油"那样诙谐幽默，以拙见巧，韵味悠长。新诗就这么不尴不尬地活着，任性地扭曲着活着，开一些惨淡的小花。

它没有什么前程。

如果说，新诗可能会传世，且让人记住，只有北岛的两句"卑鄙是卑鄙者的通行证，高尚是高尚者的墓志铭"，但它的传世，不是因为是新诗，而是因为是哲思。

悲乎哉也！

细细一剖，我发现新诗是舶来品。因为是舶来的，它就无根。不过是最初的倡导白话文的几员大将，将散文诗分行排列了罢。而"散文诗"的定义，耿林莽先生有大论，我是非常赞同的。于是，时代发展到今天，散文诗自新中国成立后，在郭风，柯蓝的努力倡引下，在耿林莽、李耕、许淇、王尔碑等众多先生的努力实践中，散文诗有了今天的模样，且集结起一支庞大的队伍，且越来越众。而今天，散文诗山呼海啸地澎湃卷来，便出现了众多的各色各样的散文诗《年选》。

《江西散文诗 2018 散文诗年选》是其中一件。多说一句，这个"年选"的题目。实在是拖沓得可以了。建议主编想点儿办法，把这个"年选"的题目弄得简洁、漂亮、利索点儿。

说说熊亮吧。

熊亮就是一个有着"大狗要叫，小狗也要叫，而且更敢叫"的万难不屈、水滴石穿精神的后进青年。

他真心地爱上散文诗这种文体后，绝不拘泥于复踏前行者脚印的老路，而是不断地创新、创意、创造。他用散文诗这种文体，写了好几部长篇了，而且一篇更胜一篇地前行着。他专程到青岛，拜会了耿林莽先生，并与青岛的诗友们切磋琢磨了散文诗的写作与发展之路后，回到南昌，毫不犹疑，就以一己之力，创办了《江西散文诗》这个赔本的刊物，而且勇往直前，绝不气馁，更攀高峰。我说过，我孤陋寡闻，我不知道在中国的文学界，有多少宁肯让自己赔本劳神，也要办一个刊物，张扬自己的爱好与期冀的人？好像纸媒里最多的，就是做散文诗的刊物了吧？

熊亮就办了一个。而且三年下来，他还要出一册《年选》。

这让我非常感动。也一定有许多诗友、朋友，也会非常感动。因为，此事非常艰难。没有大志向者，不会做这种事。

《江西散文诗 2018 散文诗年选》也有着熊亮自己的创意。那就是他建构了一种他自己的编选设计，他把栏目设置为：序幕、前奏、领衔、主演、压轴五大板块。每个栏目充分考虑名家与散文诗人以及散文诗爱好者的结合。做到每个栏目都有亮点都有新老映衬，使得《年选》总体不会出现头重脚轻或者厚此薄彼的遗憾。也避免了地域的不平衡发展。

仅这一点，它是出新的。比许多《年选》本出现的不均衡现象，头重脚轻，重名家，偏作者，特别是偏业余爱好者的精美佳作不容易被重视的弊病。至于所选的作者与内容，我想，这不需我来评价了。因为打开同一本书，有一千个读者，就会有一千种甚至更多的视角，有一千个甚至更多的美丽世界，有一千条，甚至是一万条的评点与感悟。万花纷纭，才是今天的红尘人间。

仁者见仁，智者见智。这是接受美学的基本原则。

大戏，开始上演……

◇何敬君

两年前看到熊亮主编的《江西散文诗》，我想到年轻时陪女儿看的动画片《米老鼠唐老鸭》每一集开头的那句旁白："演出开始啦……"。得知他主编《2018中国散文诗精粹》，我又想到这句话，并在心里自语：大戏，开始上演……

熊亮痴情于散文诗，以抱元守一的姿态自觉做着散文诗的捍卫者和推动者。这几年听他说得很多的一句话是："散文诗，要亮剑……"他的确是抱定"将散文诗作为自己生活重要一部分，甚至是生命的一部分来对待的念头，并且在不断身体力行"，短短几年工夫，成果累累，令人刮目：《清明》《梅》《马头琴·短歌行》《壁画书》等散文诗集鲜鲜亮亮地到达读者面前，以一己之力创办了《江西散文诗》刊，为散文诗人及爱好者开辟了又一片园地，如今又推出了年度选本，为散文诗芳草地再植新绿。我为之钦佩！为之欢呼！

中国散文诗作为与古体诗、现代诗并肩比踵的诗体之一，幽幽明明地走过百年历程，当下迎来了又一个繁盛期。老一代先生大家们宝刀不老，屡有典范供我们学习；中年散文诗人们依然激情满怀，扛鼎之作频频亮相；一大批青年作者茁壮而起，新风蔚然；还有众多的散文诗爱好者摩拳擦掌，蓄势待发，整个百花园里姹紫嫣红，千姿百态。从杏花春雨江南，到铁马秋风塞北，散文诗年度选本已有近十种了吧，各舒长袖，欲将万千气象尽收怀中。现在，熊亮主编的江西选本又鲜亮登场了。

熊亮是一个有情怀、有个性、善思索、有创造力的人——这也正是一个优秀散文诗人所应具备的品质，所以，这个年度选本就有些不一样了，就有了令人耳目一新的鲜明特色，翻开目录，感觉像是进入了一场晚会的现场。成功的晚会，结构上要讲究龙头、虎背、熊腰、豹尾，中气贯之，衔接浑然，跌宕起伏而成一体，《2018中国散文诗精粹》全书的谋局布阵，以"序幕""前奏""领衔""主演""压轴""鸣谢"等设置板块栏目，正体现了这样一种脉动和气场。我以为，这个打破既有体例的布局既舒缓有度又灵活机动，其尝试是颇具新意的。在每一个版块中，都让所选中的作者"按照交流座谈会形式自由落座，将名家与才俊后生精心布局，将天南地北的散文诗人们自然融合在板块中"，而且都比较充分地考虑到了大家、名家与后起之秀及散文诗爱好者的结合映衬，各有亮点，相映生辉。一重重合奏的乐曲合成一台浑然一体的晚会盛宴，整部选本读下来"不会出现头重脚轻或者厚此薄彼的遗憾"，也避免了某些不平衡。

近几年，大江南北散文诗高地多突，群英峰起，风格有异，各领风骚，这是走向繁荣的重大气象；有辨析，有争论，更是能进一步昌盛的可喜现象。各种已被公认的年度选本，都是"窗含西岭千秋雪，门泊东吴万里船"的架势，想最大可能地展示（以至代表）全国散文诗的风貌，这需要眼界，需要胸怀，需要气度。熊亮自己的散文诗创作已经呈现出较为鲜明的风格和艺术追求，而《2018中国散文诗精粹》作为年度选本的后来者，虽说还存在类似选稿标准尚不够严苛、个别篇章的艺术质量尚待进一步商榷等不能掩玉的微瑕，但其海纳百川的胸怀是有的，不计流派、兼收并蓄的气度是有的；坚持"尊崇前辈，质量第一，推陈出新，扶持新人"的宗旨是令人欣慰和信服的。

——为《2018中国散文诗精粹》点赞！

——为熊亮先生点赞！

《2018 中国散文诗精粹》目录

◇熊　亮

主编： 熊亮
出版社： 四川民族出版社
出版时间： 2019 年 10 月
ISBN： 978－7－5409－8638－4
定价： 39 元

3　序言：一种精神　水滴石穿　王泽群
5　写在前面的话：为了散文诗的梦想　熊亮

17　　序幕
18　　蔡旭
20　　梁北雁
22　　黄志专
27　　高本宣
31　　梁永利
34　　李东华
36　　杨仕敏
38　　王国良
38　　杨得富
39　　王礼敬
41　　燕来松
42　　徐泽
44　　夏天
46　　田景红
48　　杨梦

50	鸿颖
52	王发茂
54	杨翠
56	彭宇
58	彭林家
60	何小龙
62	薛贞
63	方钰霆
65	杨汝海
67	野朗
69	蒋默
70	钟伟业
72	李宗亮
74	孙建成
76	杨继光
79	前奏
80	岳德彬
84	刘慧娟
86	胡庆军
87	程鹏
88	郑立
90	田瑛
92	邹定
94	牛合群
96	秋灯吟草
98	柯良才
100	邵超
102	古梦
103	张九龄
105	立权
107	马亭华
110	王俊楚

诗选现场

111	徐澄泉
113	韩中州
115	杨立春
117	蔡兴乐
119	肖忠兰
122	何军雄
124	李小波
126	路志宽
127	吴晓川
128	杨慧娟
129	何均
131	陈瑞芬
133	领衔
134	王泽群
137	韩嘉川
139	何敬君
144	潘志远
147	卯旭峰
148	李朝阳
149	潘银璋
150	黄治文
151	陈词
153	张少恩
155	洪烛
157	张咏霖
158	尤屹峰
160	晓弦
161	夏寒
162	陈俊
164	李富
166	荒村
168	冀北

170	松怀
171	剑熔
173	许文舟
175	陕南瘦竹
176	姜华
177	林师
178	白炳安
179	祁谢忠
180	张中军
181	毅剑
182	余显斌
184	刘明霞
186	棠棣
187	黄炳坤
189	苏扬
190	白鸽
192	吴奋勇
194	宋显仁
196	剑峰
198	刘建华
200	娄文明
201	周雁翔
202	何洁
204	曹刚
205	张雷
206	晓池
208	王继安
210	罗福成
212	胡华强
215	马雪花
217	陈小红
219	石春平
221	戴永成

诗选现场

223 高专
224 周小盟
225 曾昶

227 主演
228 吴之帆
231 侯洁春
233 卢恩俊
235 邵超
237 张开翼
238 李立东
240 唐鸿南
242 蔺正勇
243 何吉发
244 解光荣
245 管绍波
246 裴国华
247 林晓波
249 杨秩斌
250 陈于晓
252 谢耀德
254 赵德稳
255 萧忆
257 颜儿
258 张俊清
260 北城
262 文榕
264 紫蝶
265 鲁绪刚
267 汤云明
268 王玉中
269 聂难
270 马东海

272	雷中鸣
273	伍晓芳
274	薛振堂
275	心蝶
276	陈顺
277	陈颉
278	吕硕文
279	卢静云
281	刘俊鹰
283	章校中
285	陈典锋
287	黄国英
288	崔国发
290	李朝晖
291	向翔
293	包玉平
296	马仕安
298	任浩
300	虞克义
301	余欢昌
303	朱丽仙
304	吴凤久
305	牧之
306	牧风
308	商野
310	曾晓华
311	张刚
312	曾洁
313	张中信
314	聂秀霞
316	苏有明
317	秀子

319	压轴
320	桂兴华
322	陈惠琼
323	范恪劼
325	林洪海
326	王晋
328	方文竹
330	刘丰歌
331	叶晓燕
333	张生祥
335	孙志梅
336	杨军
337	曹春玲
338	苏长龙
340	王传忠
342	雁歌
344	王垄
346	刘毅
347	雪迪
348	黄小军
350	章洪波
351	熊志华
352	饶航线
353	江思恩
354	江锦灵
355	武海涛
357	陈永华
359	可风
361	杨华
362	鲜圣
363	蓝冰
365	蓝天雁
367	邱小波

369	艾贝保·热合曼
370	李志宏
372	王跃英
374	王剑
375	封期任
376	如风
377	杨剑文
378	朱广旭
379	沉香
380	蓝狐
382	李春林
384	白土黑石
387	王安平
388	姚辉
389	谢海衡
390	郭锦生
391	丘海念
392	罗铭恩
393	熊亮
395	鸣谢
396	罗水长
397	黄志平

399	评论
400	潘志远：散文诗年度选本的一台大剧和盛筵
405	何敬君：大戏，开始上演……
407	范恪劼：时代流变中的正声雅音与审美视域中的生命观照
411	陈词：团聚一下，幸福一下，就到这里

一本诗选的出色，可归结为一种广义的成功的批评

◇戴潍娜

在诗歌圈待久了的人都会发现，诗歌简直就是文学当中的理工科，不论各种选本也好，诗会也好，都是男性占据数量上的绝对优势，偶有一些女诗人如花如蝶般穿梭其中。要改变这种状况需要一代女性诗人的集体发力。好在，现在终于有了这本《中国女诗人诗选》，让女诗人们集体突围。主编施施然美才兼备，她的品位保障了这本诗选的品格——一本能够代表当代女诗人集体面貌和最高水准的诗选。

当下的诗歌创作非常繁荣，有数据可以佐证，目前中国诗歌日产十万首。可惜的是，数量增多了，质量并没有进化。一本书的编选，可以说是一种广义的批评。法国学者薄蒂代将批评分为三种：自发的批评、职业的批评、大师的批评。像网络上的豆瓣书评、QQ说说、博客、微博等，都只能算自发的批评。学院里多数教授的文章，严谨踏实，是职业的批评。在薄蒂代看来，所谓大师的批评，批评者本身就是优秀的写作者，比如波德莱尔和布罗茨基。当一个诗歌批评者自己是一个诗人时，他对自己的精神家族才会有更深刻的相知，才有可能是伟大的批评。而编选一本诗歌选，是和一众诗歌的一场伟大的相遇，是伟大意识的相遇，是深刻的内在关联。我们由此可以将这本诗选的出色，归结为一种广义的成功的批评。

一群太可爱太浪漫的女诗人，在刻刻赴死的人生里，作弄出诸多花样，时而文理高妙，时而浅近热心。他们其中有20世纪80年代开始蜚声诗坛的，多年下来，诗瘾掐不灭，这真是可怕的、不计后果的爱。其中也有年轻的"80后""90后"，他们和这个时代有着更加密切的联结，他们的困惑、痛苦、诗意都是最新鲜的。在一本薄薄的诗选里，读者尽可以饱览几代女诗人的芳华。

就像拥有一间自己的房间，女诗人也应该有一本自己的诗选

◇施施然

一

英国女作家弗吉尼亚·伍尔夫曾有一个著名的论述：文学女性应该有一间自己的房间。为什么要有一间自己的房间？一间自己的房间与女性写作有什么关系？房间又隐喻着什么呢？伍尔夫在这篇论文里，详细论述了女性在创作道路中所面临的荆棘和坎坷，揭示出她们既要对抗男权社会中的种种传统观念，又要承受因机会不平等而带来的物质困难与精神压力。"一间自己的房间"代表着最基本的物质保障，与男性同等的受教育机会，以及相对宽松独立的写作条件和舆论环境。女性只有拥有了一间自己的房间，才能不受打扰地尽情施展自己的才华。

可能有人会说：伍尔夫时代早成过去，现在是 21 世纪了，女性已经拥有了与男性同等受教育和择业的机会。是的，时代在进步，中国女性早已超越了小脚时代，我们甚至可以跨出国门，去留学、去旅行、去京都赏雪、去巴黎购物、去迪拜穿越沙漠、去爱琴海看落日。可是，你以为如此就进入男女平等的社会了吗？当然不是，只要你肯稍加观察，就会发现，这个世界的角角落落都在由男性把持，那些风光旖旎处，偶见凤毛麟角的女性，也像是大片的仙人掌地里点缀般地开了几朵米兰。这奇诡而约定俗成的景象，毫无意外地，也投射在中国诗坛，投射在各类刊物、年度选本，以及文学活动上。

是女性写作者数量少于男性吗？当然不是。在我的阅读视野中，绝大部分都是女性，她们大多受过高等教育，职业各异，诗歌写作早已不再局限于一己情绪，而是自觉转向对社会现实与生命本质的思考。

她们中有极少数一些人，凭借文本和运气，已经取得不俗的成就，形成了一定的影响力和关注度，而更多的女性写作者，也有才华，也有好的文本，也在对诗艺进行着不懈的探索，但较之拥有更多社会资源与话语权的男性，她们的写作遭遇的，是被忽视，被漠视。而她们与男性同样承担着这个社会的分工与责任。因为缺乏外界相应的鼓励，久之，她们中有一些人渐渐黯淡下去，创作时断时续，继而，消失于生活庞大而混沌的灰色洪流之中。

作为写作者，无论男性还是女性，都应该正视这一有待改善的状况，不该任由它无限地延续下去。尤其是女性写作者，必须觉醒，清醒地觉察到女性在这个社会中的位置，行动起来，成为并善待更好的自己。女人并非生物学意义上的一个性别，而是有灵魂的精神载体。法国存在主义学者波伏娃在《第二性》中曾说：女人不是天生的，是变成的。是怎样变成的呢？是女性自己伙同这个男权社会，共同塑造成的。以往的历史把女人塑造成男人的依附品和点缀品，现在，这样的历史，应该也正在改写。女性应该成为自己命运的主宰者，重新塑造自己，成为真正的自由独立的拥有自主权的人，成为自觉的劳动者和创造者，因为，女性是和男性平等的人类的一半。

回到女性写作与刊物选本。目前绝大多数的刊物与选本，主要还是由男性掌握，女性的很少，应该有女性自己主编的刊物和诗歌选本。令人欣喜的是，近年出现了晓音主编的《女子诗报》、娜仁琪琪格主编的《诗歌风赏》、戴潍娜主编的《光年》。但就女性写作者的数量与质量来说，阵地还远远不够。同样，就像拥有一间属于自己的房间，女诗人也应该有一本自己的年度诗选，只有如此，才能摆脱被表达、被挑选、被指点、被命名乃至被代表的命运，才能真实全面地展现当代女性的诗歌风貌和女性的生存、精神面貌。

二

在此背景下，《中国女诗人诗选2017年卷》一经问世，即在诗坛引起诗人、诗评家以及文学界一些有识之士的关注、反响与好评。《文艺报》、《中国妇女报》、《中国艺术报》、中国作家网、中国诗歌网、作家网、中新社、《河北日报》、《燕赵晚报》、《羊城晚报》等多家媒体都作了《中国女诗人诗选2017年卷》新书发布的相关新闻与活动报道。同时，石家庄呈明书店、广州色兮艺术空间联合当地新闻媒体，成功举办了《中国女诗人诗选2017年卷》新书发布暨诗歌朗诵会。在此，向给予我们关注与支持的师友和单位，郑重致谢。

2018年我们邀请中国台湾诗人颜艾琳加入编委队伍，负责港澳台女诗人作品的编选工作。自此，这本会聚了当代最好的汉语女诗人的年度选本，眉目愈加清晰而饱满了。

毫不夸张地说，《中国女诗人诗选2018年卷》是一部令人读之兴奋、难以释卷的珍藏版诗选。这里既收录了写作三四十年、荣获过鲁迅文学奖的前辈大家——在民间诗歌界，她们有个雅称叫"官刊作协诗人"；亦有芳龄、面貌不详，仅以才情犀利的短诗及丰沛的创作量活跃、瞩目于微信、网络的新人——在官方诗坛，她们也有一个雅称，叫"民间网络诗人"。你很难在同一个选本上，同时看到这两极分化的写作。我们做了一个大胆的举动，将她们的作品汇聚在一起。当然，入选更多的，还是当前活跃在诗坛前沿、作品多次出现在重点诗歌、纯文学刊物上的实力女诗人作品。

读到这里，想必您已经了解了《中国女诗人诗选》的编选原则。是的，我们不重身份，只是力图真实全面地让好诗呈现。我们注重文本的创新性。你可以是任一向度的写作：智性发现，理性叙事，感性抒情；口语，意象，哲思……但在题材、技术、语言包括情感的创新性表达以及诗意与思想所能到达的深度或高度上，须处于创新的、引领的位置。此外，我们也注重文本的完成度，它直接考量作者对语言和才情的把控能力，以及思考的成熟度。有时候这也是一个优秀文本的难度所在。很显然，我们希望打造一本面向时间的诗选，让当代最优秀的实力女诗人同台飙诗，我们相信，时间愈久，将愈彰显出它非凡的标本般的意义与价值。

《中国女诗人诗选 2018 年卷》目录

◇海　男　施施然

主编：海男　施施然

编委：安琪　戴潍娜　冯娜　海男
　　　横行胭脂　金铃子　施施然
　　　谭畅　潇潇　颜艾琳

出版社：长江文艺出版社

出版时间：2019 年 3 月

ISBN：978 – 7 – 5354 – 7535 – 0

定价：39 元

傅天琳的诗
　　赴一座古城的约会
　　上庄石头问
　　玻璃桥

李琦的诗
　　茶卡盐湖
　　在敦煌看壁画
　　与牦牛相遇
　　突然与大家走散

海男的诗
　　赎罪
　　爱，应该是一根苇草
　　书房
　　岩石上疯狂的时间

李南的诗
　　夜宿三坡镇
　　小调
　　小小炊烟

娜夜的诗
　　点赞
　　读卡夫卡
　　阳台上的摇椅
　　这里……

荣荣的诗
　　唯美酒诚
　　镜中
　　失意
　　时间

蓝蓝的诗
　　白杨树
　　在爱中
　　世界隐秘的渴望
　　一切都是节奏

杜涯的诗
　　秋日之诗
　　雪

潇潇的诗
　　春秋十四行

池凌云的诗
  那棵树……
  你在我身边，就像沉静的峡谷
  过玻璃桥
  看一个人制作陶艺

宇向的诗
  每一个真正的人
  分类法
  她的教堂
  离去的门徒

扶桑的诗
  盐
  泪房子
  灰尘之家
  望月
  迷

巫昂的诗
  爱
  等待
  125，小雪天
  126，两个月

郑小琼的诗
  喑哑
  交谈
  雨滴
  黄麻岭

戴潍娜的诗
  悖论

亲爱的句子，猜猜我是谁？
　　交换

春树的诗
　　自有癫狂一面
　　一点一滴
　　关系
　　复活

余秀华的诗
　　绝句
　　多么幸运，折断过我的哀伤没有折断过你
　　当我在他生命之外

冯娜的诗
　　陌生海岸小驻
　　寄北
　　赝品博物馆
　　你的手

杨碧薇的诗
　　彷徨奏
　　夏日午后读诺查·丹玛斯
　　大花袄
　　蔷薇

安琪的诗
　　故乡雨大依旧
　　穿皮鞋的狮子
　　她
　　桥往事

横行胭脂的诗
    明月下的银杏树与明月
    描述一种孤独
    早春读布罗茨基及诸人诸书而述作
    北方平原上的爱情

玉珍的诗
    猛夏
    七月
    我们是谁
    使人愁苦的天赋

张何之的诗
    虚构何晏
    嵇康
    冬炉夜雪

夏午的诗
    穿过金黄的稻田……
    恕我不能走到你们中间
    明月书
    寄居赋

缎轻轻的诗
    不再思考
    一个快乐的患病女士
    剧情
    毛茛

胡茗茗的诗
    沉鱼
    你是我的芳邻
    你在听

夜宿国清寺

金铃子的诗
只有
感觉如此羞耻
他问我为什么不皈依

施施然的诗
想和你在爱琴海看落日
过达达尼尔海峡
奈良
暖泉古镇的两位老人

舒羽的诗
如是水晶
柳浪闻莺
一千零一夜

梁小曼的诗
敲钟人
操场
金色泳池
我血中的暮色也是你的

莱耳的诗
女王
像宗教

谭畅的诗
棉花糖
佛手瓜
肩膀一
肩膀二

阿毛的诗
  写诗的主妇
  童话
  冬天的婚姻生活
  每个人都有一座博物馆

阿樱的诗
  病中帖
  爸爸
  银海枣

艾子的诗
  世上最性感的男低音

布非步的诗
  你的名字叫：红
  洛丽塔：譬喻、镜像及其他
  五月
  茉莉花宫酒店的傍晚

陈会玲的诗
  黄昏
  完美的事物不总是虚妄

刀把五的诗
  长风衣
  空棺
  春雪
  女菩萨

杜青的诗
  遇见
  流水

度母洛妃的诗
  发光的菜园
  摇光
  药引

段若兮的诗
  蝴蝶
  一生为你下厨到老
  当我老了
  西北大旱

娥娥李的诗
  疲惫的考古学家
  猫
  梦
  我穿黑色连衣裙抵挡夜色

芳竹的诗
  涂抹
  海水隐没在暮色中
  隐忍的菊花和渐凉的事物
  每朵玫瑰都有着自己的身世

何冰凌的诗
  小西天
  博物馆
  朱顶红之歌
  流水从容赋

洪淑苓的诗
  今生与我同行的你
  玫瑰与剪刀
  往事浸润如雨

诗选现场

后白月的诗

  好奇者功夫

花语的诗

  秋虫唧唧

  当我越来越多地看到自己的短处

画眉的诗

  花间集五——八月花事

  风越吹，骨头越硬

嘉励的诗

  将与你分离的事物日益增多

  贾浅浅的诗风吹过来

  Z小姐

江满芹的诗

  一日

蒋静米的诗

  夜间驾驶

  代码春宫

  乌云梦境

  危楼纪略

敬丹樱的诗

  酸枣与马尾刷

  小寒

  雪路

  含羞草

蓝紫的诗
　　密室
　　与君别

林馥娜的诗
　　镜像
　　小雪

林珊的诗
　　玉舍村
　　隆冬·想起童年
　　新年的第一首诗
　　草木之心

刘畅的诗
　　自画像
　　新年将至
　　飞行力学
　　树化石

刘厦的诗
　　散步诗
　　除夕，我的村庄

陆颖鱼的诗
　　鞋
　　动情没有不对
　　抬起你的头来

绿音的诗
　　春雪
　　五月的风信子
　　黑夜与阳光

诗选现场

石头和水

那萨的诗
　　一种蓝,在流年里
　　在庙里,打盹
　　下沉的石头
　　光之火

娜仁琪琪格的诗
　　在云陵,拜谒勾弋夫人
　　登司马坡拜谒太史公
　　额日布盖大峡谷
　　走在雅布赖寂静的夜晚

潘红莉的诗
　　绿色的邮筒以及绿色的春天
　　在夜晚听德彪西的月光
　　所有映山红盛开的时候

翩然落梅的诗
　　我从山中归来
　　巨兽的赠与
　　石峁
　　樱桃花

青小衣的诗
　　在茶卡
　　听花儿
　　在青海,云朵皆有所指
　　所爱

秋水的诗
　　立冬小调

  送葬

  病房记事

  努力的人

  流水与石头

瑞箫的诗

  东京大学综合研究博物馆：拜访一个古代女人

  诗旅行

  在波德格里察

  红与黑的断片史

桑眉的诗

  在洛带

  "听说爱情回来过"

  孤寂像什么

  母亲去开死亡证明

舒丹丹的诗

  庄园之夜

  冬日

  缘溪行

  树木怎样交谈

黍不语的诗

  蓝月谷

  来到城市的树

  我的房子

  夜晚的母亲

苏笑嫣的诗

  春天把我们吹出声来

  微小的事物

  随风而去

谈雅丽的诗
　　虚构的丛林
　　湖上草塘
　　青野之乡
　　时间博物馆

唐月的诗
　　游牧
　　式微
　　牧妪
　　偷闲

童蔚的诗
　　海边纪事
　　想要走遍幸福的山峦
　　此生

瓦楞草的诗
　　露天过夜
　　牵挂我的人有座地下宫殿
　　她身体是年久失修的桥
　　写给月光之神

吴橘的诗
　　早上对着镜子修眉毛
　　1月29日记心情
　　小西的诗忧郁
　　画自己
　　关于树的无数可能

晓音的诗
　　我要去寻找我的兄弟

刀起的目的就是为了落下

徐小泓的诗
　　闪亮的日子

徐贞敏的诗
　　绣花鞋

颜艾琳的诗
　　纯洁之泪——香水百合
　　云水谣组曲

颜梅玖的诗
　　山中
　　之前读了扎西的诗
　　雨水节
　　好时光

阳子的诗
　　尖叫
　　纪念一个人
　　你即将成为死者
　　你敲身体如敲一面鼓

杨晓芸的诗
　　人类教育史
　　疯人院一日

姚时晴的诗
　　云豹
　　明信片里的海，的草皮

叶莎的诗
　　灯笼六识
　　小诗三首
　　黄昏调息
　　猫想睡

余真的诗
　　礼物
　　何患无辞
　　落日拂来燎原的大火

宇舒的诗
　　相逢
　　融化
　　跑
　　说给你听

郁雯的诗
　　所有的事物都在经过我
　　舞
　　他是一个化妆师
　　关于想念

袁绍珊的诗
　　仁和寺的午后
　　带一个盲人游拙政园

芸朵的诗
　　秋天漫想
　　我在窗内忘记

臧海英的诗
　　少数人

我每天生活在大海上
　　在半空中上班
　　发声学

张耳的诗
　　欢乐青铜
　　那一点点绿

张琳的诗
　　遗迹
　　洪山禅寺
　　说到孤独
　　写下……

张巧慧的诗
　　杀放生
　　石斛
　　春风吹动花枝
　　天一阁
　　十里红装

朱蔓青的诗
　　哀思

紫鹃的诗
　　且慢且行
　　日安台东
　　时差

寇宗鄂诗歌创作研讨会综述

◇张凯成

2019年5月11日，寇宗鄂诗歌创作研讨会在河北廊坊召开。本次会议由首都师范大学中国诗歌研究中心、廊坊师范学院文学院、中国诗歌学会、北京大学中国诗歌研究院共同举办。黄怒波、峭岩、刘小放、程步涛、苗雨时、吴思敬、朱先树、周所同、刘向东、武兆强、张洪波、马淑琴、顾国强、李木马、张大为、王士强、李建周、薛梅、吴昊等全国各地知名学者、诗人出席了此次会议。

寇宗鄂，四川梓潼人，当代著名诗人。主要作品有诗画集《野蔷薇》、《悲剧性格》、《红豆》、《宗鄂专辑》（诗配画）、《西片月》、《宗鄂访波诗画选》、《自然与人文生态系列——宗鄂画集》、《宗鄂小品画选》、《二十一世纪实力派书画作品——宗鄂奶墨画选》等。身兼诗人与画家的双重身份，寇宗鄂既继承了中国古代诗人抒情言志的传统，又借鉴了西方现代诗歌的象征、隐喻等手法，既有诗人饱满的激情，又有画家体物的细腻；同时，他还能自觉地把个人的命运与祖国的命运联系起来，把个人感受与哲学意蕴结合起来，其诗作既有感情的穿透力，又有厚重的思想内涵。此外，寇宗鄂多年来从事诗歌编辑工作，为培养诗坛新人倾注了大量心血，为中国当代诗歌的发展做出了重要贡献。为了对寇宗鄂的诗歌创作进行充分研究，首都师范大学中国诗歌研究中心、廊坊师范学院文学院、中国诗歌学会、北京大学中国诗歌研究院联合举办了此次研讨会，以期总结他的创作经验，推动和繁荣当代诗歌创作与诗歌理论建设。

开幕式由廊坊师范学院文学院院长李世萍主持。廊坊师范学院院长杨学新代表学校对各位专家学者的到来表示热烈欢迎，并简要回顾了廊坊师范学院所举办的一系列诗歌研讨会的情况，强调了寇宗鄂诗歌创作的价值与意义。中国诗歌学会会长黄怒波代表谢冕老师对此次研讨会的召开表示祝贺，并肯定了寇宗鄂诗、画作品的艺术价值及其高尚的人格。廊坊市委宣传部副部长汪国会真诚地欢迎了到场的各位专家学者，谈到了自身对于诗歌的热爱，以及阅读寇宗鄂诗歌的基本感受。解放军出版社原副社长峭岩认识到了寇宗鄂与廊坊的密切关系，他在感到廊坊所拥有的绵长文脉与浓厚创作氛围的同时，指出应在"新诗百年"和"五四百年"的大背景下来考量寇宗鄂诗歌及当下的诗歌创作。河北省作家协会原副主席刘小放回顾了他与寇宗鄂的交往历程以及寇宗鄂的生命经历和诗歌创作经历，并认为诗和画是其创作的"两个车轮"。

随后，与会者围绕"寇宗鄂诗歌与绘画之间的关系""寇宗鄂诗歌创作的整体观察""寇宗鄂诗歌的艺术特质""寇宗鄂诗集及诗歌的细读"等议题，进行了深入探讨。其中，寇宗鄂诗人与画家的双重身份、寇宗鄂对诗人牛汉的承继、寇宗鄂诗歌的生态书写等问题成了学者们关注的焦点。这些讨论一方面有效地阐释了寇宗鄂诗歌的独特内质与艺术品格，另一方面则形成了对其写作的细部审视与深刻反思，并在某种程度上为其今后的创作做出了方向上的指引。具体内容如下：

一、寇宗鄂诗歌与绘画关系的探究

由于身兼诗人与画家的双重身份，寇宗鄂的诗歌创作与绘画之间保持了深刻的关联性，这一现象得到了与会者的重点关注。他们认为，寇宗鄂的诗歌与绘画均达到了很高的艺术水准，而二者又处于相互交融、相互共生的姿态之中。

苗雨时（廊坊师范学院雨时诗歌工作室）的《生态学视域下的诗与画——评寇宗鄂》，以生态学的视域透视了寇宗鄂诗歌与绘画的基本特质，在指出其所表现的对人与自然生态状况的观照、考察和哲学省思的同时，发掘出了其诗画创作所包含的精神向度与艺术风采。该文还认为，寇宗鄂的诗与画同源同构，共同形塑出了其文雅而俊俏的人格风流。**林莽**（《诗探索》）的《诗与画让生命更精彩》，从人格、诗歌和绘画三个方面，谈论了他与寇宗鄂之间的交往历程，并指出寇宗鄂诗歌与绘画的同步行进，能够使其生命更为精彩。**顾国强**（廊坊市作家协会）的《诗中有画境，笔意含诗情——浅析宗鄂先生诗与画》，通过解读寇宗鄂的诗歌与绘画作品，观看到了其诗与画之间的紧密关系。**李木马**（中国铁路作家协会）的《诗意悲悯入画》，重点在于呈现寇宗鄂诗歌与绘画之间的融构关系，以此表现出了其诗歌创作的独特魅力。**鹤矾**（杭州市少年儿童图书馆）的《诗画两从容——记诗人、画家宗鄂先生》，叙说了自身对寇宗鄂的诗歌创作由"敬畏"到"敬仰"的心路历程，还通过描述"诗人宗鄂"到"画家宗鄂"的身份转换，来展现其"诗画两从容"的创作境界。

二、寇宗鄂诗歌创作的整体观察

寇宗鄂有着漫长的创作历程，其诗歌形成了独特的景观，这使他的写作具备复杂与多元空间的同时，也使得学界对其诗歌的阐释充满了多重的可能性。与会者通过对其诗歌创作的整体观察，窥探出了其诗歌的基本面貌。

武兆强（中国艺术研究院）的《捡拾诗的余音——寇宗鄂诗歌创作简论》，论述了寇宗鄂近几年诗歌的艺术特征，指出他的写作注重真情实感，更加靠拢生活经历和人生经验的诗的综合。该文还认为寇宗鄂善于"制作短诗"，为当下诗坛的短诗创作提供了可行性的借鉴。**张大为**（天津社会科学院文学研究所）的《灵魂的浩劫与转身——读寇宗鄂的诗》，从"灵魂"的角度解读了寇宗鄂诗歌的独特"型制"，这种"型制"主要包括了整体意义上的灵魂重建、轮回中的价值观与认知论，以及"唯美主义者"的印象等内容。**王永**和**杨洋**（燕山大学文法学院）的《记忆的坚持与冷峻的凝视——寇宗鄂诗歌印象》，指出寇宗鄂的诗歌创作汲取了绘画的养分，以此形成了诗与画的"互渗"。该文同时看到了其诗歌中所存在的"善心"，以此呈现出了"现代人"的社会责任与"人"的自我体验与时代感悟。**薛梅**（河北民族师范学院文学与传媒学院）的《在关怀中的思索与憧憬——评寇宗鄂的诗歌创作》，重点解读了寇宗鄂诗歌所包含的耐人寻味的标题预警、对野心勃勃人类的规诫以及对自然活力系统的审美观照等内容。**吴昊**（廊坊师范学院文学院）的《从"田园牧歌"到"都市悲歌"——论寇宗鄂的诗歌转型》，认为寇宗鄂的诗歌写作经历了从早期的"田园牧歌"，到20世纪80年代末期以来的"都市悲歌"的写作转型，由此可以观看到时代给诗人留下的痕迹。该文同时观看到了寇宗鄂诗歌中的"不变"因素，即因师承牛汉所表现出的严肃认真的写作态度与现实主义的写作风格。**王宁**（廊坊师范学院文学院）重点指出了寇宗鄂诗歌对社会现实、生态环境、女性群体以及中国文化等内容的思考。

三、寇宗鄂诗歌的艺术特质

寇宗鄂的诗有着鲜明的艺术特质，这尤其体现在其独具个人化特性的诗歌创作上。与会者通过解读其诗歌所表现出来的不同艺术特质，呈现出了其创作的多重向度。

周所同（《诗刊》社）重点阐释了寇宗鄂诗歌的技艺特征与上升到智慧层面的诗歌语言特征，同时还发现了其诗歌所具备的强烈的批判与反讽意识。**刘向东**（河北省作家协会）的《善的习得方式——在寇宗鄂诗歌研讨会上的发言》，通过"启示性读法"细读了寇宗鄂的《蜘蛛岛》等诗歌，重点挖掘出了其诗之"善"的艺术特质，并在现代性语境中对该特质进行了细致观察。**李建周**（河北师范大学文学院）观看到了寇宗鄂诗歌中所存在的"时间的缺席"问题，指明其背后所隐藏的是价值焦虑问题。他同时看到了寇宗鄂诗歌所具备的无姿态的身份意识，以及雕刻时光、涵养生命的艺术特质。**王克金**（廊坊师范学院雨时诗歌工作室）的《批判、抗争与爱创造了他的诗——读寇宗鄂的诗歌》，主要呈现了寇宗鄂诗歌所包含的批判、抗争与仁爱的艺术特质，并指出这种仁爱与批判、抗争并不矛盾。**辛泊平**（秦皇岛山海关第一中学）的《开阔深沉的生命大音——读寇宗鄂的诗》，通过解读寇宗鄂的诗、文，挖掘出了其中所蕴含的为历史做证、为生命的不屈与灵魂的自由命名的主体特质，诗人以此唱出了一首开阔深沉的生命大音。**郭友钊**（廊坊师范学院雨时诗歌工作室）的《宗鄂诗作的美学探析》，从美学的角度探析了寇宗鄂自1962年以来诗歌创作的美学特质，包括对景观美的憧憬、对新的美学的寻找、对审美复杂性的发掘以及发现景观美的灵魂等内容。**刘涛**（北华航天工业学院）的《敲打生命的诗行》，重点呈现了寇宗鄂诗歌对于当前时代环境中生命成长的重要作用，以此表现了其诗歌所具备的经典特质。**陈玉红**（廊坊师范学院文学院）的《略论寇宗鄂诗歌创作的精神维度》，主要论述了寇宗鄂诗歌的哲学思辨、生活感悟、人文情怀等精神特质，这些特质同时构成了其诗歌创作的价值与意义。**王颖**（廊坊师范学院文学院）的《在困难的日子里常怀开花的希望——略论寇宗鄂的诗歌主题》，观看到了寇宗鄂诗歌包含的对中国传统文化的反思、对现代性的批判以及对美好与艰难的生活瞬间的展示等主题。

四、寇宗鄂诗集及诗歌的细读

寇宗鄂在其漫长的写作生涯中创造出了许多独特的表达，如品格的塑构、意象的制造、对真善美的艺术追求等。与会者通过细读寇宗鄂的诗集以及代表性的诗歌，呈现出了其写作的独立性。

陈超[①]的《读〈悲剧性格〉——致宗鄂的信》，以"书信"的形式，表达了自身阅读诗集《悲剧性格》的感受，重点指出了该诗集所包含的主题思想与可贵品格。**钮保国**的《我的家在地球的另一面，在生长竹子生长气节的地方——读寇宗鄂的诗集〈西廾月〉》，主要分析与解读了寇宗鄂的诗集《西廾月》，指出其表达出了诗人在远离故土的语境下，所生成的对祖国、母亲、社会、家庭等的真挚情思。**王之峰**（廊坊师范学院雨时诗歌工作室）的《休眠的火山还醒着——读寇宗鄂先生的诗》，通过解读寇宗鄂所创造的"休眠的火山"这一意象，透视了其诗歌创作对真与美的艺术追求。**王士强**（天津社会科学院文学研究所）的《繁华落尽，返璞归真——关于寇宗鄂的诗〈祖母〉》，在细读寇宗鄂《祖母》一诗的过程中，观察到了其中所蕴含的深情与真意。**梁莉**（首都师范大学文学院）的《点燃一盏不灭的灯——浅析寇宗鄂的诗歌理想》，通过解读《陋室》《祖母》《灯》《虎坊路甲15号》等诗，观看到了寇宗鄂的深刻诗歌理想。**张凯成**（首都师范大学文学院）的《如何描摹"失火"的状态——细读寇宗鄂〈失火的森林〉》，细读了寇宗鄂的诗歌《失火的森林》，在呈现其写作独特性的同时，认识到了该诗为当前趋于同质化的诗歌写作所提供的借鉴。**寇硕恒**（首都师范大学中国诗歌研究中心）的《灵魂的救援与生命的抢险——读寇宗鄂〈另一种生态〉》，通过细读寇宗鄂的《另一种生态》，呈现了诗人对灵魂的救赎和对生命的抢险，并挖掘出了其中所包蕴的批判与反讽的独特意绪。

---

① 陈超（1958—2014），原河北师范大学文学院教授。该文是陈超对寇宗鄂诗集《悲剧性格》的评论，作于1990年5月，收入此次研讨会论文集。

五、与寇宗鄂交往经历的回顾

除上述内容外,与会者还有着对寇宗鄂诗歌及其生命历程的印象式观察,这不仅使得有关寇宗鄂的研究得以拓展,而且还通过展现其复杂的生活经历与身份变化,形塑出了"诗人"身份之外的"寇宗鄂"。

程步涛(中国诗歌学会)在回顾自身与寇宗鄂四十余年交往经历的基础上,谈及了他对于寇宗鄂的三个感受,即独立人格、独特的精神魅力以及悲悯情怀与热血气质。**朱先树**(《诗刊》社)重点回忆了《诗刊》复刊前后对于作为"《诗刊》编辑"的寇宗鄂之印象,并指出其写诗的经历与当代诗歌发展的历程相一致。**张洪波**(时代文艺出版社)主要回顾了寇宗鄂所参与的编辑刊物、"春天送你一首诗"等活动,认为他具备澄澈的心灵与善良的品质。**马淑琴**(北京市门头沟区作家协会)的《吾师宗鄂》,回忆了自身与作为"好老师"的寇宗鄂之间的交往经历,凸显出了寇宗鄂在培养诗人、编辑期刊等方面的贡献。**鹤晴天**(浙江理工大学)叙说了寇宗鄂对后辈的提携,以及其在"南方"的影响力,同时就其诗歌进行了品评,认为他做到了诗与画的共进。

此次研讨会共分三场进行,每场主持人对该场学者们的发言均做出了即时而又精彩的评点。会议最后,廊坊师范学院文学院苗雨时教授做了总结发言。他再次强调了寇宗鄂诗歌创作的独立性,并在总结与会者所探讨问题的基础上,指出寇宗鄂诗歌所带有的鲜明的东方文化神韵。最后,诗人寇宗鄂对各位专家学者的出席表示了由衷的感谢,并表示今后将继续为中国当代诗歌的发展贡献力量。

(作者单位:华中师范大学文学院)

首都师范大学驻校诗人灯灯诗歌创作研讨会综述

◇张 颖

2019年7月3日,首都师范大学驻校诗人灯灯诗歌创作研讨会在北京召开。本次会议由首都师范大学中国诗歌研究中心(以下简称诗歌中心)主办。吴思敬、林莽、商震、李少君、孙晓娅、谢建平、晓弦、武兆强、周所同、蓝野、聂权、胡军、王巨川、薛梅、韩宗宝、杨方、宋晓杰、阿华、陌上吹笛、唐果、唐小米、隋伦、李点、丁鹏、符力、陈亮、谈雅丽、杜杜、爱斐儿、阳光、马丽、赵青、贺颖、张少恩、金涛、李苶、纯玻璃、阿登、景立鹏、夏琪等国内知名学者、诗人、部分媒体记者以及首都师范大学部分研究生出席了此次会议。

与会者围绕着灯灯诗歌创作中的文本气质、修辞方式、意象书写、叙述视角、语言与美学范式等议题,进行了热烈而深入的研讨。其中,灯灯近几年诗歌的创作转变、标点符号的运用、精准而节制的创作风格、诗歌中的小我与大我、叙事与抒情特色等问题,成为与会者们关注的焦点。这些讨论不仅有效地总结了灯灯的创作实绩,而且剖析了其中所呈现出的基本问题,在某种程度上为她今后的创作提出了建设性的意见。整体而言,讨论主要包括以下三个方面:

一、生命与灵感的深度书写

灯灯是从网络诗歌论坛(BBS)时代成长起来的诗人,跟她具有同样经历的一些诗人可能大多数都逐渐消失了,但灯灯的诗却越来越成熟。研究者们试图通过灯灯的诗去重新认识女性诗人在这个时代的独特表达,并发现她在不断突破自我中所形成的诗歌文本的独特性,即一种在细微之处的生命体验与瞬间灵感的碰撞所产生的诗。

林莽(《诗探索》)认为诗人灯灯提供给诗歌研讨会的这组稿件已

不同于以往,它们的语言与结构开始变得成熟而空灵,冷静而清澈了,字里行间基本不见多余的辞藻,旨在体现内在的真情。灯灯十几年的诗歌写作,从清纯的、感性而机敏的青年写作开始,近些年逐步进入了较为自由的,有自己独特个性与面貌的写作阶段。林莽特别强调她在驻校这一年的时间里,在诗歌的写作上又有了质的飞跃。在《手指在散步》《我的男人》《我们所称之为命运的东西》《中年之诗》等等作品中,她开始注重深入生活中的体验,它们是真切的、实在的,而又是充满了疑虑的。林莽认为灯灯的可贵正在于,在当前一个浮躁的诗歌环境中,她不随波逐流,在不断的学习与自我调整中前行,已经取得了可喜的成果,相信她还会不断有所收获。**商震**(中国作家出版集团)认为一首好诗的产生是因为读者能够在诗的巨大空间中找到共鸣,而灯灯的许多诗歌就具有这样的特点,商震对灯灯在驻校前后诗歌发生的重要转变表示肯定,也提出了创作建议,比如像《我的男人》这种带有普遍经验的诗歌,并不能代表灯灯最独特的写作,所以要多创作像《黄昏》《余音》等更带有个人 DNA 的写作。**李少君**(《诗刊》社)认为灯灯一直在进行一种自我突破,现在创作的诗歌都非常自然,比如写奶奶、母亲和女儿的一些诗,都形象生动,也代表灯灯对女性的认识具有大的突破,是一种从小我到大我,从自我到他人的一种转变,这也代表着灯灯的目光从自身转向了更广阔的社会、历史与文化传统。灯灯在诗歌的植物写作上也具有非常鲜明的特色,她写得非常干脆。而在艺术风格与修辞手段上,灯灯坚持的是一种精确而节制的写作手法,这一点非常难得。**晓弦**(浙江省嘉兴市南湖区作协)认为灯灯的诗歌创作在家乡中体现出非常明显的独特性,灯灯是一位很有才华的诗人,挖掘出平常事物中力量,她的诗歌一直保持着鲜活、灵动的品质。晓弦详细解析了《鸟叫》这首诗,鼓励灯灯继续写出更优秀的作品。**武兆强**(中国艺术研究院)认为灯灯是一位内心低调、善于隐身而又具有人格内在能量的诗人。诗,看似单薄,但内里很有力道。仅此而言,就与其他女诗人有着很大的不同。与其说她的诗是由日常生活场景捕捉而来,还不如说她更加注重生命体验与瞬间灵感相碰撞,更加注重人间真相的深度书写,而且每每喜欢于诗的结尾处,以"冒号"为标志导引出某种具有独到性质的哲学意味。同时,灯灯的诗明显具有十分鲜明的现代性特质,这当然与她的语言运用、意象捕捉、视角选择、表述方式有关,但同时或许与她的诗思常常带有某种寓言性质有关。从整体上看，灯灯的诗不乏诗意、理性与节制，很多地方都表现出内在的想象力和精神追求。然而在写作中又设置不解或难解，隐秘的玄机，难测的密码，让我们难以找到解读的钥匙。希望灯灯能够在以后的写作中力避重复，力求每首诗都能写出一些新气象。**周所同**（《诗刊》社）认为万物皆有自己的深渊，在物质日趋坚硬、银子更加闪光的现实里，诗人往往偏爱虚无，并试图无中生有构建另外一个寄居的世界，灯灯就是其中一位显眼的诗人。他从语言、哲学、自然等角度出发解析了灯灯的代表作，认为灯灯是个内心锦绣、才情充沛、低调好学、良善待人、严于律己，退一步让别人先走，充满人文情怀，也懂得感恩并向往干净方向的诗人。**蓝野**（《诗刊》社）认为灯灯坚守自己的审美原则，她的诗歌非常特别，下笔极为简约，每首诗都收得恰到好处，让读者能感知到生命背后的丰富。她创造了一种只属于她自己的语言方式，意象转换特别而生动，在当下诗歌写作中，灯灯将自己的写作与简单浅陋的写作区别开来。她的变化不可谓大，但一直在自己的那条道路上前行。**聂权**（《诗刊》社）对灯灯驻校期间在《诗刊》社的工作给予了高度赞赏，认为灯灯的诗歌有一种特质，那就是无法去条分缕析地去分析，这恰恰是一种综合性的体现，具有创新性与开拓性。聂权从灯灯诗歌的语言体系、对自然的亲近态度、诗歌中的力量感等方面去谈了自己对灯灯诗歌的阅读体验。**张少恩**（辽宁规划建设局）表达了对灯灯诗歌的欣赏，他长期关注灯灯诗歌的创作，认为她的诗精练、精粹、绝不拖泥带水的写法是非常有特色的，并在其中得到了许多共鸣，祝愿灯灯能够有更好的创作。**丁鹏**（《诗刊》社）认为灯灯诗歌中虽然有很多南方的意象，但是却有北方的特点。她的诗歌小中有大，轻中有重，克制中有爆发，执拗背后有灵动，柔软的背后有坚硬，是一种充满张力的写作。

二、语言技巧与美学范式

灯灯的诗歌非常具有创造性，带有鲜明的个人特色，同时又能以最朴素的语言揭示出日常生活的真实。她在长期写作中形成了多元而丰富的艺术特质，与会者们对灯灯诗歌的语言特色与美学范式的挖掘与展示，给灯灯诗歌研究提供了丰富的阐释向度，也开拓了更为广阔的研究空间。

王巨川（《传记文学》杂志社）认为灯灯的诗歌创作是一种纯真的、知识的"内感觉"言说方式。灯灯创作的美学范式特征之一就是非对抗性。这样的写作方式无疑体现出灯灯作为女性写作和地域风貌的一种特征，能够在强与弱、刚与柔、矛与盾的缝隙中找到"化解"的方式，即便这个世界的原初犹如猛虎尖锐的牙齿一样，她也一定会化解为一片"温柔"去面对。即便是讨论"生命"这样一个严肃的话题，她都能在及物的"观看"感悟中娓娓道来。诗人在面对眼前纷繁复杂的及物世界时，保持了客观而冷静的思考，让意义直抵内心，让诗歌呈现光亮，这便如她所说——点燃了自己，也照亮了他人。无疑，她也是在用诗歌"化解"着人类个体与世界整体的矛盾，使自己成为新世纪诗歌历史中的一块基石、一条脉流、一个驿站。**薛梅**（河北民族师范学院）认为作为一个有创造力的诗人，灯灯确是具有异禀的天赋，或者说，灯灯具有那种凤毛麟角的第八感觉，她超越了超验自我的第六感和时间觉中"我执"的第七感，直接抵达了空间觉的第八感觉，她的"神性的感知"，是指她能够听到神的声音，而"神"是那种看不见的深处的神秘的关于生命的声音。或者说，灯灯的语言表达，具有神性的感知，它就像一个智者，或者是一个灵者一样，就像满族的萨满一样能够感知到来自那种看不见的深处的带着神秘性的声音。灯灯的诗，总是在举重若轻中带来自审与自赎、自鉴与自励，她将自己与自然联结一体，互为镜像，互为诤友，在彼此接受与观看中准备好空间，让自我与自然都出现在这个场面里，共同制造出完全崭新的、熟视无睹的自然中没有被发现的、实际上升入了另一种自然的境界。灯灯的诗一直在好诗的行列里站着。这些好诗，看起来是信手拈来，但是每一首好诗都属于好的诗人，就是说一首好诗，它一直在等待、在寻找他的诗人。**韩宗宝**（山东省胶州市文联）认为近年来灯灯的写作气象、写作风貌渐趋澄明、阔大和高远，已经无可辩驳地成为当代诗歌版图中一个令人瞩目的存在。她一直希望以她明亮而清澈的诗歌教化、感染、濡湿、浸润人的心灵，为他人带来光亮和温暖。灯灯的诗歌是灵魂的叙事，是饱满的情感获得了恰当的语言形式之后的自然流露。近年来，她的写作则呈现了一种更为自觉、更为内省的"大诗"状态和境界。她的写作疆域、写作身份和写作立场，明显有了一个新的变化和面貌，她拥有了更高的、更为广阔的诗学视野、社会视野和人性视野。需要特别指出的是，在她近年来的诗作中，她的道德感和同情心越来越强烈,她的担当意识和承担精神也越来越凸显。她如今写下的诗篇,应该是时光的馈赠,也是她个人努力寻找、求索的回报,是自然和万物在她这里所产生的回声,是她美好的心灵和灵魂同这个世界相遇时,产生的给人无限鼓舞和信心的神迹。**隋伦**(《诗刊》社)从灯灯诗歌中所体现出的精准的艺术手法、写作中的生命意识等方面谈了自己对灯灯诗歌的阅读体验。她的诗歌绝不是到语言为止,而是有丰富的暗示性,唤起了读者对待生命更加清醒的意识。**符力**(中国诗歌网)认为灯灯是一个自觉追寻、积极探索的独行侠,内心运行着一个非同一般的小宇宙,有着很强的突破意识和超越精神,是很多同行难以比肩的。在最近的一年里,灯灯的诗作,更多的还是延续以往的语言方式,即通过对世界(自然存在)的观察,获得精神层面的认知、理解或领悟。有必要一提的是,灯灯的少数几首诗并不像以前那么明朗、那么容易进入了。这类诗作,是诗人新的探索和实验的结果。比如《春天》《三次,以及樱花》等,灯灯也能以物观我,全面、客观地看待并拥抱现实世界和人世生存,使人生表现得富有弹性,充满吸引力,让人着迷。她的确是对诗歌心怀纯情和敬意的诗人,她在个人思想修为和诗艺探索方面必将越走越远,值得诗歌同行怀着比昨日更大的热情去期待。**阿登**(山西诗人)认为灯灯的诗歌在保持简洁精练的同时也保留了一种丰富性,结尾常常恰到好处,在诗意的切入与抽离之间进行了恰当的转换,同时也达到了一种平衡。诗歌的跳跃是有轨迹的,气息是连贯的,结尾是回味不尽的,避免过度的机械与冰冷。诗歌需要这样的不舍,在结束时开启一扇门。灯灯的诗歌无疑做到了这一点。

三、个人的温度与感知

除开上述两个层面的解读,与会者们还对灯灯的诗歌及本人进行了随感式的阅读与印象式的观察,这在很大程度上丰富了我们对灯灯的感性认识。尤其是诗人对诗人的理解,似乎在某种程度上更加具有贴合性,也值得读者更多的关注。

杨方(浙江诗人)回忆了与灯灯相识相知的过程,并对灯灯洒脱、简练、充满活力的性格特征与诗歌创作进行了自己的解读,杨方认为灯灯诗歌的疼痛的压痛点不是很快就能找到的,她与自然的亲近非常有特色，她的诗歌给人一种神性的指引。**阿华**（山东诗人）回忆了自己与灯灯在诗人性情上的相互吸引，并认为灯灯早期的诗歌是对个人生活的梳理与重建，它们不可避免地带着她个人的温度、气息和灵性，在灯灯近几年的诗歌当中开始有了两个显著的特点。一个是对现场细节的深入捕捉，另一个是诗歌语言叙述的迂回和曲折。灯灯是在有意识地把叙事性纳入诗歌的写作当中，真实具体地记载生活。但她的叙述与别人的叙述又有所不同。一个诗人如果能在既定的题材中，加入一些新鲜的东西，譬如技巧、譬如叙述方式、譬如结构的变化，这些新鲜的东西会使一首诗歌变得焕然一新。**唐小米**（河北诗人）回忆了与灯灯相处的经历，并认为近几年灯灯佳作频出，在诗歌创作上自觉追求精神的归属感，使她的诗歌有了生命的呼吸和个性，也有了事物必然存在的厚度、重量以及理想无限生长的高度。现实的角色经验和在场的诗歌经验，成为诗人构建诗歌精神原乡的基础。诗歌语言的洁癖成为诗人构建诗歌精神原乡的标尺。对自然万物的尊崇唤醒的生命自省成为诗人构建诗歌精神原乡的方向，对现实的关照和参与为诗人构建诗歌精神原乡提供了精神锐度。这是灯灯诗歌创作中自觉性的一种体现。**唐果**（云南诗人）认为灯灯没有在热闹的场域里丢失自己，驻校诗人是一个阶段的完成，以后期望有更多更好的创作。**宋晓杰**（辽宁诗人）首先回忆了自己对《我的男人》《我说嗯》等诗歌的阅读体验，她认为灯灯是个安静、独立的诗人，她的诗也同样具有这样的品质，她的诗不奢华，没有脂粉气。灯灯写植物的语言非常干脆，写的小题材却富有无法替代的独特性，灯灯对标点符号的运用也具有非常鲜明的特色，但也要注意其中一些有局限之处。学生代表**宋云静**（首师大诗歌中心）回忆了灯灯驻校期间与学生之间的互动与交流，感谢灯灯对他们写作的帮助和鼓励。阅读灯灯的诗歌，会发现在她的诗歌文本中出现了很多窗子意象，透过窗子意象提供了一个观察角度，诗人在观察着世界，思考着人生。窗子也是一种意象的点缀，窗子不仅仅局限于屋内之窗，也不仅仅局限于现实的窗，透过窗子意象，我们能够感受到诗人灯灯对生活的观察、思考与体悟，她于平凡的生活中诗意地栖息着。

最后，诗歌中心副主任孙晓娅教授做了总结发言，她认为灯灯是一个非常低调、善于隐身，而又非常具有内在能量的一位诗人，灯灯在语言、修辞、写作向度等方面都具有独特的创作经验，其诗歌中超验、洁净的智慧，富有弹性的修辞转换，挖掘日常生活的内在等都汇聚上升为一种生命的情感。最后她为灯灯送上祝福，希望她今后的创作越来越好，创作格局越来越大。

（作者单位：首都师范大学文学院）

《中国新诗总论》学术研讨会综述

◇徐 晓

2019年10月19日,由北京大学中国诗歌研究院、北京大学中文系、首都师范大学中国诗歌研究中心和中国诗歌学会共同主办的《中国新诗总论》学术研讨会在北京召开。谢冕、蒋朗朗、陈晓明、赵敏俐、黄怒波、吴思敬、杨立国、李红雨、刘福春、孙基林、王光明、张桃洲、吴晓东、姜涛、钱文亮、西渡、冷霜、古远清、伍明春、杨四平、张洁宇、朱西(意大利)、孟泽、张立群、孙晓娅、龙扬志、卢桢、荣光启、李润霞、李翠瑛、郑政恒、王士强、佐藤普美子(日本)、陈卫、陈文军等数十位海内外知名专家出席了此次会议。

《中国新诗总论》由北京大学中文系谢冕教授主编,于2019年4月由宁夏人民教育出版社正式出版。它是2018年国家"十三五"重点出版图书,总计六卷近500万字。其中,前五卷按时间脉络梳理了中国新诗理论的百年流变,收录了重要诗论家、诗人的学术作品;第六卷为翻译理论卷,收录了对新诗发展有重要影响的外国诗论作品。作为中国新诗百年实绩之一种,《中国新诗总论》以对新诗百年理论批评文献进行汇总的方式,梳理了新诗的发展脉络,展现了中国新诗学的创立和流变全景,具有极其重要的学术和史料价值。

会议开幕式由首都师范大学中国诗歌研究中心副主任吴思敬主持,北京大学中国诗歌研究院院长蒋朗朗、首都师范大学中国诗歌研究中心主任赵敏俐、中国诗歌学会会长黄怒波、宁夏人民教育出版社社长杨立国分别致辞,最后由北京大学中国诗歌研究院名誉院长谢冕做主题发言。

吴思敬教授对2018年9月召开的"中国新诗百年纪念大会学术论坛"和2019年5月召开的"《中国新诗总论》发布会"这两次与中国百年新诗发展相关的会议做了简要介绍。蒋朗朗教授代表主办方北京大学中国诗歌研究院和北京大学中文系向与会的各位专家表示热烈的欢迎和诚挚的感谢，他指出《中国新诗总论》的出版具有极大的针对性和现实性，对促进中国新诗理论的繁荣发展、构建有中国特色的中国诗歌理论体系起着重要的作用，最后，他希望专家学者们能够通过此次研讨会对中国百年新诗发展过程中存在的具体问题进行充分的探讨、交流，砥砺提升。赵敏俐教授代表首师大诗歌中心表达了作为主办方之一欣喜的心情，并向谢冕老师及北大中文系多年来对首师大诗歌中心的支持、帮助表示感谢。此外，他指出通过回顾总结百年新诗的发展流变可以发现，将理论与创作并行探讨是五四以来新诗发展的重要特点。黄怒波会长指出《中国新诗总论》的出版及此次学术研讨会的召开具有跨世纪的转折性意义。杨立国社长代表宁夏人民教育出版社对主办方的邀请、谢冕先生的信任表达了感谢，并详细介绍了《中国新诗总论》在出版编辑过程中的一些细节。他指出《中国新诗总论》自出版后便得到了来自出版界、文化界众多专家的积极反馈，并表明宁夏人民教育出版社愿意继续为促进新诗发展而努力。谢冕教授在发言中首先声情并茂地讲述了九年前的《中国新诗总系》和如今的《中国新诗总论》这两套书的出版经历，他谈到能够为新诗做一点值得被历史记住的工作，是他一生的心愿，这也是北大诗歌研究院成立的初衷。其次，谢冕教授充分肯定和表扬了《中国新诗总论》的六位主编为本书的编纂所付出的辛苦劳动，对宁夏人民教育出版社在本书的版式设计方面的独到用心表达了极大的赞赏。最后，他希望与会学者能够对本书提出更多的批评意见，以便为新诗的下一个百年提供可行性构想。

随后，与会学者主要围绕《中国新诗总论》先后进行了三场专题研讨。每场均设有主持人、讲评人，几位讲评人都对该场学者们的发言做出了即时而又精彩的评点。会议讨论的关注点主要集中在以下几个方面：

一、《中国新诗总论》出版的重大意义

北大是新诗的发源地，这套《中国新诗总论》由北京大学谢冕教授主编，有着深刻而独特的诗学意义。《中国新诗总论》是在 2010 年由北大中国诗歌研究院编纂的《中国新诗总系》理论卷、史料卷的基础上对中国新诗理论批评文献的再次汇总，是中国新诗史上规模最大、

影响极深的一次诗学挑战，它的出版弥补了中国新诗理论研究和出版的空白地带。

学者们充分肯定了中国新诗在百年发展历程中取得的丰硕成果，并指出《中国新诗总论》是对百年新诗的总结、归纳和审视，对今后的新诗理论研究起着重要的奠基作用。他们都对谢冕先生表达了由衷的敬意，谢冕先生作为一位有着大理想、大境界、大格局并深受几代人爱戴的学界典范，始终秉持着正统的价值理念，身负百年诗歌的重大使命，在诗歌研究的道路上秉承和延续着历史的传统。学者们一致认为《中国新诗总论》站在学术的制高点上，以宏阔的目光、宽广的视野、史家的视角集中汇聚和展示了中国百年的诗学成果，建构起了一套具有史料学意义的新诗理论体系，为中国新诗贡献了一份重要的文献史料。

李红雨（北京大学中国诗歌研究院）的《关于参与编辑〈中国新诗总论〉工作的回顾与思考》通过回顾参与编辑《中国新诗总论》的工作，近距离地观察到谢冕先生的总序及几位分卷主编的导言都以各自个性化的思考，以开放、包容的态度，站在新诗发展的最前沿，对纷繁的诗歌现象做出了非常精彩的论述。**杨四平**（安徽师范大学文学院）的《〈中国新诗总论〉编纂的价值与启示》主要阐述了对《中国新诗总论》的编选原则方面所得到的启示，同时指出《中国新诗总论》是在百年新诗系列纪念活动中新诗理论批评被轻视的背景下的一项重大诗学工程，是百年中国新诗理论批评的"选本典范"，在百年中国新诗理论批评重要文献的选编及其经典化，以及理论批评自由空间的拓展等方面均有独特价值，在现当代中国文学史、文化史和思想史方面也有不可小觑的意义。**卢桢**（南开大学文学院）的《开放与对话的诗学景观：〈中国新诗总论〉读记》从"建构在中国诗歌全局意识上的宏大史观、以'经典意识'辐射新诗的理论时空、'对话性'与'开放性'共生的学术视野"三个方面全面、系统地阐发了《中国新诗总论》的诗学价值。**王士强**（天津社会科学院）的《大处着眼，小处着手》谈到《中国新诗总论》既立足于新诗的基本问题，从大量的学术资料中来考察诗学现场，又以开放性的视野和格局呈现了新诗百年的丰富景象，显示出其在历史、文化中的突出位置。**钱文亮**（上海大学文学院）的《我看〈中国新诗总论〉》肯定了《中国新诗总论》将现代新诗在中国台湾、香港的诗学分支编织进百年新诗的总体脉络中来的探索和贡献,并且把它和《中国新诗总系》放在一起进行审视和评价,认为它们共同成为上一个百年新诗研究压阵的优秀著作和下一个百年新诗研究的奠基和开山之作。

二、《中国新诗总论》的编者立场

这套六卷本的新诗理论批评文选《中国新诗总论》的所有编选工作是在谢冕先生的领导下进行的,同时也建立在诸位主编数十年扎实的学术积累和专门研究功底之上,堪称值得信赖和依仗的权威性学术工程。在新诗发展进程中产生过重大影响的理论或批评文章,基本上都以最初发表时的版本收纳其中。而且,每一卷的选文前均配有长篇的序言,这样的编选不仅充分体现了编者认真严谨的治学态度,更以编者开阔的诗学视野、整体性的历史意识和严格的艺术标准,实现了中国新诗史的理论建构。

本套丛书的前五卷主编姜涛、吴晓东、吴思敬、王光明、张桃洲分别发表了编辑感言,对《中国新诗总论》涉及的问题、争议做了相应的回应,从编者的立场和向度呈现了他们各自既立足于诗学现场又独具个性的诗学原则,开创了另一种新诗史的书写方式。

第一卷主编**姜涛**(北京大学中文系)谈到从五四时期到抗战之前的历史,虽然之前早已有定论,但仍存在一定的编选难度,比如如何在梳理白话诗的历史脉络的基础上把新的思考带入其中以便展示新的可能性的向度。另外,他提到编选时还要考虑篇幅的容量,这主要涉及所选诗论是否起到推动历史脉络发展的作用。第二卷主编**吴晓东**(北京大学中文系)一方面表达了选本编选所必然面对的遗珠之憾,另一方面他也为把百年新诗史上最精彩的诗论都囊括其中而感到欣慰。第三卷主编**吴思敬**(首都师范大学中国诗歌研究中心)从诗歌与政治、时代的关系阐述了编选者独立、自由的诗学立场和编选原则。第四卷主编**王光明**(首都师范大学文学院)对80年代诗论被经典化和体制化这一既定事实进行反思,例如从诗和散文的敌对关系方面重新思考,选入一些辨析诗与散文的文章,彰显了诗歌的独特价值。第五卷主编**张桃洲**(首都师范大学中国诗歌研究中心)论述了自己如何在芜杂的诗歌现场从历史和学术的角度来进行思考和选择,从而总结、提炼出真正有价值的学术话题。

三、《中国新诗总论》所涉及的诗学问题

学者们在肯定《总论》所具有的典范性和经典性意义的基础上，纷纷提出了自己的观点和建设性意见，

张立群（汕头大学文学院）的《〈中国新诗总论〉与新诗史料学的历史建构》从史料学的视角论述了《中国新诗总论》从理论批评的角度参与新诗史料学历史建构的可能性。**冷霜**（中央民族大学文学院）的《新世纪新诗诗论整理与研究问题刍议》从第五卷的编选所面临的庞大的工作量这一问题生发开去，将目光投向新世纪的新诗诗论，指出其相对于八九十年代的诗论呈现出了明显的变化，而新世纪新诗诗论如何在观念、文体等方面面对这一变化将为诗歌研究者带来新的机遇和启发。**佐藤普美子**（日本驹泽大学）的《"经验"与"同感"——民国时期诗学的伦理性取向》提供了一个民国时期新诗理论研究的范例，她从"经验""同感"与"象征"的关系思考了百年新诗有关"伦理性价值取向"的问题。**李翠瑛**（台湾元智大学）的《从形式的套路与讨论空间到新诗之"新"精神与诗性意涵》以新诗的形式为基础，从新诗在传统与现代、语言与意象、中国台湾与中国大陆等不同方面的差异等角度探讨了新诗的诗性意涵。**李润霞**（南开大学文学院）的《〈中国新诗总论〉与中国新诗史的理论建构》提到《中国新诗总论》的编纂渗透着论者的理论意识，这是一种建构新诗理论的方式和途径，同时也是一个价值判断的过程。**荣光启**（武汉大学文学院）的《关于〈中国新诗总论〉王光明卷的编选思路》以第四卷的具体文章为例，谈论了编者对 1977—1989 这一时期的诗学问题的独特思考，从中体现出其对历史语境的还原与超越。**龙扬志**（暨南大学中文系）的《重建新诗观念的理解难度——评〈中国新诗总论〉》提出了一个设想，即如果罗列出部分其他未及收入本书的文献目录，以此来作为支撑新诗观念演变的史料再现和呈现文献清理本身的操作过程，可呈现其重要的学术参考价值。**王光明**（首都师范大学文学院）也从出版的角度提出了对《中国新诗总论》在实践和普及方面的建设性意见，他指出一是增加文献资料的索引，二是推广普及本，以便使广大的本科生、研究生以及诗歌爱好者群体从中受益，同时发挥出《中国新诗总论》应有的价值。

除上述观点外，学者们还针对新诗理性的学科化整理、十四行诗的溯源、资料与史料的关系、《中国新诗总论》对未来诗学的启示、从边缘的视角来解读《中国新诗总论》等问题阐述了各自独到的见解。

会议最后，北京大学中文系主任陈晓明、首都师范大学中国诗歌研究中心副主任孙晓娅分别做总结发言。陈晓明教授代表北大中文系和北大中国诗歌研究院对谢冕老师及六位分卷主编表达了敬意，对出席本次会议的学者们表示感谢，并强调《总论》的出版一定会成为中国新诗发展进程中的学术典范和学术史佳话。孙晓娅教授代表首师大诗歌中心再次向参会学者们表示感谢，她指出《总论》是中国新诗理论汇编的一座高峰，它以开放的姿态迎接不同的声音，这也为后期修订提供了一定的参考意见。

（作者单位：首都师范大学文学院）

记录新诗百年 赓续五四精神
——谢冕、李红雨做客第29届书博会"红沙发"访谈实录

时间：2019年7月27日星期六16：30

地点：西安曲江国际会展中心A馆南厅"红沙发"展区

嘉宾：北京大学教授、北京大学中国诗歌研究院院长谢冕
   中央民族大学教授、北京大学中国诗歌研究院副院长李红雨

主持人：《中国新闻出版广电报》记者赵新乐

整理者：宁夏人民教育出版社

  "红沙发"系列访谈活动由国家新闻出版署主办、中国新闻出版传媒集团承办，是国家级重点活动、全民阅读品牌活动和全民阅读国家战略工程的风向标。在第29届书博会上，《中国新诗总论》丛书总主编、中国诗学泰斗、北京大学教授、北京大学中国诗歌研究院院长谢冕老师和丛书主要统筹人北京大学中国诗歌研究院副院长李红雨老师做客"红沙发"访谈活动第四场。两位嘉宾围绕由宁夏人民教育出版社出版的"十三五"国家重点出版物出版规划项目《中国新诗总论》的编选、出版等话题，与读者现场交流和分享。以下为访谈实录。

  主持人：全民阅读，媒体领航。欢迎大家来到"红沙发"系列访谈现场，首先我为大家介绍一下做客本场"红沙发"访谈的两位嘉宾：北京大学中文系教授、博士生导师，北京大学中国诗歌研究院院长谢冕老师，欢迎您！中央民族大学教授、北京大学中国诗歌研究院副院长李红雨老师，欢迎您！

  看到谢老师坐在中间，大家都特别感动，因为已经87岁高龄了，谢老师今天专为《中国新诗总论》而来，您先给大家介绍介绍，您这么大年龄了，还要坚持做这套书，从2015年至今历时数年，为什么要这样做？

谢冕： 大家好，今天谈论的这套书所涉及的不是诗歌创作，而是诗歌理论批评。诗歌创作的范围很大，中国诗歌、外国诗歌、古代诗歌、现代诗歌，大家都熟悉，理论批评的范围也很大，包括外国诗歌理论、中国古代诗歌理论。我们今天谈的是最近100年的诗歌，谈的是中国新诗。这100年中的理论批评在诗歌专业范围中是很小的一个范围，很专业的范围。也许大家熟悉中国现代诗歌、中国当代诗歌，这些统称中国新诗，大家清楚中国新诗的创作，但对中国新诗的理论批评未必都很清楚。我们现在做的工作，包括宁夏人民教育出版社做的工作，就是把中国100年来新诗理论批评的相关文献，经过选择、筛选，集中在一块付梓出版。

刚才主持人问我，这么大的年龄了还做这件事，有什么意义。对我来说意义非常重大，我一生只做一件事，就是研究诗歌。诗歌研究的范围太大，我只是研究中国现当代诗歌。我为此花了一生的力量，到了这一生的最后阶段，我要集中在诗歌的理论批评上。在纪念中国新诗100年之际，为什么我们要用这么多的力量做这件事？因为这件事对中国新诗的发展非常重要。为什么重要？怎么重要呢？我简要给诸位解释一下。

中国新诗的创立，不是先有创作，而是先有理论。胡适先生、陈独秀先生，中国新诗的创始人是先从理论开始的，确定了用白话写诗，破除格律，实现自由体创作，提出这些理论主张，然后由胡适先生率先在《新青年》杂志上发表新诗，他在美国留学时就开始探讨中国新诗的创立。清代末年有一批先行者也在探索新诗变革，但他们没有成功，因为他们没有好的理论。黄遵宪理论不彻底，梁启超理论不彻底，胡适先生的理论是彻底的。这个目标确定以后，他就自己开始尝试写诗。新诗从不成熟到成熟，到今天已走过100年。在这100年当中，我想，我们理论是走在前面的，在新诗创立伊始理论就走在了前面。但新诗出现以后，又出现太多的自由，这时，以徐志摩、闻一多为代表的新月派一些诗人觉得这么自由发展是不行的，需要格律重新发声，这就出现了新诗史上批评的唯美倾向。但是这时中国遭逢日寇侵略，抗日战争爆发，在这个时代潮流中，新诗理论出现审美的转变，从唯美、从想对新诗进行规整的方向，转移到为抗战服务上来。在中国新诗发展的历史上，我们不能忘记先行者对理论批评建设的意义。从这个角度来说，我觉得这两三年我们一直在纪念新诗100年，很多工作都做了，选编了各种各样的诗歌选本，举办了各种各样的庆祝活动，但是我们不能忘记诗歌理论批评的重要性。正是为此，我和我的朋友决定一起来做一件事，这个事情的果实就是现在摆在桌上的六卷本的中国新诗理论批评的汇总。

主持人：刚才谢老师说了为什么要做这套书，这套书也是"十三五"国家重点出版物出版规划增补项目，李老师是这套书的主要统筹人，您给大家讲讲这套书出版的缘起和过程。

李红雨：说到这套书的编纂其实有很多话要说，简而言之吧。谢老师已经将诗歌理论在新诗发展历程中的重要性阐释得很清楚了。现在，我们刚好站在一个时间的节点上——新诗100年，那么对于这100年，除了新诗的创作之外我们还应该回顾些什么？自新诗问世以来，各种各样的诗集、选本层出不穷，对于新诗创作的实绩反映比较充分，但是对于新诗理论的梳理，将其系统性地加以深耕，还从来没有过，而这是一件很重要的事情。这件事最应当由谁来做，如何去做，是摆在谢老师这些新诗研究者面前的一个待解的题目。北大诗歌研究院认为，北京大学是新诗的重要发源地，谢老师和他周围的专家是一些最为资深的研究者，几十年如一日致力于新诗的研究，尤其是理论研究，有非常深厚的学术积累。纪念新诗100年，我们认为由北京大学发起这件事情，以谢老师为主，组织一个优秀的专家团队来做这件事情，是理所应当，义不容辞的。此事由北大中国诗歌研究院常务副院长、中国诗歌学会会长黄怒波率先发起，由北大诗歌研究院联合中国诗歌学会作为承担单位，在谢老师的深思熟虑下敲定。敲定之后得到北京大学的大力支持，北大将其列为120周年校庆的献礼图书。

这套《中国新诗总论》收录的文章大都具有经典性，其中一些资料还是首次面世，它们是中华民族文化传承中不可缺少的珍贵史料和文化财富，对于中国新诗的发展和理论建设，对于当代文学创作和研究的推动，都将发挥不可忽视的作用。

当这套书现在摆在我们面前时，回想起来，我们觉得由北京大学发起，由谢老师领衔来做这件事，真是做对了。如果这件事不是在100年这个时间节点上，不是由北京大学发起，不是由谢老师担纲来做，似乎它的意义都会稍微减色一点。

主持人：刚才说到这套书是北大校庆的献礼图书。我们看到书的总后记当中谢老师提到编写这套书时提出了一个要求，说"以不遗漏任何一篇有价值的文献为目的"，这是特别高的编选要求。谢老师，您给我们讲讲这当中的过程。

谢冕：对此我是思考了很久的。大家知道在做这套书之前，北大中文系100周年之际我们出过另一套书，由我担任总主编，叫作《中国新诗总系》，十卷本，其中八卷都是作品，还有两卷，一卷是理论批评，一卷是史料。但就理论批评和史料来说，这两卷不能涵盖，太窄，根本涵盖不了。理论这一卷编到80万字仍觉得不够，很遗憾，这个遗憾就留到了北大120周年。这个遗憾该怎么补救？刚好新诗100年，北大120周年的时候，我说要把这个遗憾给补上，让我们不再遗憾，于是原来的两卷变成现在的六卷。这六卷我想了很久，聘请了6位专家来承担各分卷的主编，我除了写总序、总后记就没干别的。但我发号施令，我通过微信和电子邮件发号施令，其中一条就是以不漏掉任何一篇重要的经典性作品为目标。我目标定得比较高，很严厉，但执行起来很宽松，因为北大的学术传统就是主张学术自由、思想独立，每个主编都有他的独立性，我是总主编可以发号施令，他可以听，也可以不听，但重要的是我希望不漏掉任何一篇重要的作品，这一点看起来基本上做到了。

为什么是基本上？因为我发现，可能还会陆续发现，还有一些很经典的作品漏掉了。漏掉有种种原因，一个是主编的疏忽，另一个是主编不认为它重要，这样我只好尊重他，我不再强迫别人，大家基本上达到了要求。

主持人：有遗漏那怎么办？

谢冕：那只好留下遗憾，就像电影戏剧一样，每一次拍都有遗憾，但没关系。告诉大家，这个遗憾在总系里可以得到补救，这样也保持了北大的传统，也保持了我主编的权威性，这个没关系。

对于我总主编的这套书，我给的评语是优良，可以得85分。但对于出版方，对于这套书的编辑、装帧、校对，我给100分。我很少给满分，给满分对于一个教授、老师来说很冒险，但我愿意冒这个险，这一次我大胆地给满分，简单说一下为什么。在做这套书时我提出两点要求，一是我希望这套书和《中国新诗总系》那套书设计、装帧上衔接，风格上保持一致，现在做到了，那十本和这六本放在一起就像一个系列，但前后相隔了十年。二是我要求封面是浅绿色，你们专业叫什么颜色我不知道，可能是青春绿，责编陈文军很有悟性，一下子就听懂了我的要求，我特别满意，色彩、排版、字体各方面我都满意，纸张也满意，我挑不出毛病，所以我给满分。我给自己总主编的这套书评 85 分，是因为各分卷主编尽管很有学问，都是名满天下的教授，都是专家，但是都比我年轻，在视野、胸怀、掌握文献的全面性上，或许还略有不足，所以留下一点遗憾没关系。

主持人：留下一点点遗憾没关系，因为您前面提的要求非常高。我想多追问一句，您刚才说专门选择了青春绿，是有什么考虑吗？

谢冕：最近我写了一篇文章，也就是去年年底，那时大家还没有提到要纪念"五四"100 周年，《名作欣赏》的编辑跟我商量说，明年的第 1 期要登我的一篇文章，谈"五四"的，我说"好"。2019 年是五四运动 100 周年，于是在 2018 年冬天开始我就写了一篇短文《文学的青春和梦想——迎接五四新文学运动一百周年》（专栏《一个人的"五四"》）。我不去全面概括"五四"，启蒙啊，救国啊，我不谈这些。我只谈五四运动对文学的意义，对我个人的意义。其中我谈到对"五四"可以有很多概括，可以是一部史，可以是一本书，可以是一篇长文，但也可以给"五四"概括为两个字：青春。中国的新诗诞生于五四运动，青春；中国的新诗理论是在"五四"的背景下发生的，青春。既然谈"五四"，那就是青春，所以书的封面应该是青春绿。为什么是青春绿，因为"五四"就是青春的，中国新诗就是青春的，北京大学是青春的。

主持人：谢老师说一个人的"五四"是所有人的诗歌，这六卷中，前五卷都是按照时间来划分的，但最后加了一卷是翻译卷，请帮我们解释一下。专门加翻译卷的原因是什么，和刚才谢老师说选择青春绿也是一样的原因吗？

李红雨：在《中国新诗总论》的编纂过程中，有一些小故事，五卷本变成六卷本就是小故事之一。以谢老师为总指导做这套书时，形成了一个非常好的工作机制，刚才谢老师说他发号施令，分卷主编可听可不听，这是谢老师的包容、胸襟，其实谢老师的话必须听，不听不行。编纂团队内部有一个十分有趣的事，我们亲切地称呼谢老师发出的指令为"最高指示"，谢老师形成的指导文字我们都按顺序称为"一号文件""二号文件"等等，每次编前会都要整理分发给每个编委。当时在编这套书的同时，还在编另一个系列的丛集，其中一本是对新诗翻译理论文献的梳理汇集。这个系列由于一些编写者工作太忙等原因而搁置，但由赵振江老师主持的翻译理论卷却率先完成了。在新诗的创作和理论发展过程中，翻译是很重要的一环。新诗100年，中国的大门打开了，西方的诗歌理论为新诗的发展带来了新思潮，对中国新诗的影响巨大，其间积累了不少有关思索和理论探讨，于是谢老师拍板决定将新诗翻译卷纳入总论这个系列，认为新诗理论应该有翻译这一部分。对谢老师的决定大家觉得非常好，这恰恰使这套《中国新诗总论》更为完善了。

刚才谢老师讲到了编委团队的工作。谢老师是一个大学问家，他秉承北大的风格，秉持对学术开放包容的态度。但谢老师也非常有原则，重大的原则大家都要执行。同时谢老师对每一个分卷主编又抱着非常开放的态度，分卷主编如何选择篇目，如何阐述自己的学术思想，包括他们的重点取向，谢老师都不干涉，所以这套书非常有特色。我个人认为，这套书有三方面的突出特色：

一是超拔的学术高度。因为是由谢老师担纲，有一批一流的专家当编委，一开始就站在了学术制高点上。

二是别具视野的编选原则。这套总论，以梳理汇集新诗理论文献为主，但谢老师的视野更广阔，除了重要的理论文章，还有一些发刊词、序言、后记、会议言论、书信等，谢老师要求都可以囊括进来。因为在新诗理论发展过程中，一些重要的观点、思想，有时不一定是以理论文章的方式表现出来。广阔的文献涵盖面，这也是这套书的特色之一。

三是文献的梳理整合与深入的学术研究兼具。总论中每一分卷主编都有一篇高水平的长文序论，代表了对某个分期新诗理论研究的成就。而我在这里要特别强调谢老师写的总序。谢老师刚才说他只负责写总序，但总序是整个总论引领性的论说。谢老师站在新诗100年的历史节点上，回首凝望，以非常开阔的学术视野，占据思想和学术的高点，对整个新诗的理论思索、探求、走向进行了深耕性的梳理，气魄宏大，探索精深。如果大家认真阅读这篇总序，便可知晓。我个人认为，这样的总序只能出自谢老师之手，大概目前为止没有人能够替代。因此，可以说这套书既有很高的文献价值，又有很高的学术研究价值。

主持人：谢谢，刚才李老师讲到了在新诗百年这样一个特殊的时间点，我们出版这样一套书，这套书是新诗理论批评的集大成，而且您刚才不止一次地提到了它的学术价值，请谢老师说说这套书的学术价值以及其中原创性的东西。

谢冕：红雨刚才讲了这套书的学术价值，特别表扬了我的总序，我很感谢。各个分卷主编大家是都知道的，都是当今诗歌理论界非常有影响的、一流的学者，他们有长期的学术积累，学术水平无可非议。这些一流的主编决定了我们的学术价值是一流的，这也不必谦虚。尽管我们还有不少缺点和遗漏，但也是一流的。我们不一定要做到最好，但要做到很好，我觉得基本是很好了。这套书的学术性没问题，出版后我也愿意放在案头。我做诗歌理论批评，有关文献翻这套书基本上就够了。

今天的会场不大，但却和中国诗歌界联系在一起。大家都很关心中国诗歌的发展。100年来中国新诗在先驱者的引导下，开始走向自己的道路，这100年走的是和过去的古典诗歌不一样的道路。我在这套书中体现了一个思想，中国诗歌的传统没有割裂，中国诗歌的伟大传统，在新诗当中得到延伸和发展，今后中国新诗还将沿着中国诗歌的伟大传统继续走下去。简单地说，诗言志，诗歌要表达人民的志趣、志愿和志向。写什么样的诗没关系，用文言、白话都没关系，但诗歌要言志，这是中国诗歌的伟大传统，这个传统几千年都没割断。100年前，"五四"的先贤说中国的落后是由于古典文化，这个不对，中国的落后不是因为古典文化、古典传统，他们那时有些简单。100年来，古典诗歌照样得到民众的热爱，新诗也照样得到热爱，新诗不断从古典诗歌中吸取营养，从外国诗歌中吸取营养，从全世界优秀的诗歌中吸取营养。新诗到今天无比通透，理论不断调整着中国诗歌的走向。刚才说到"五四"时创立了新的诗歌观念，抗战时调整，"文化大革命"结束后继续调整，调整走向健康、自由发展的道路，这一点不会改变。对于诗歌，我们可能面临着有些不尽如人意，有些弱项，有些不足的地方，但总体来说是有希望的，我们还是沿着自由发展的道路往前走。因为它是用白话写诗，用自由体写诗，应该沿着这条道路走下去。克服前进道路上的缺点，发扬优点。所以我说，100年来中国新诗和中国古典诗歌应达到和解，中国诗歌是百年和解，是旧体诗和新体诗一起发展。

主持人：谢老师说诗言志，这种传统在中国诗歌100年的发展中还会继续延续下去，谢老师对中国诗歌做了很好的总结！再次用掌声感谢谢老师和李老师。谢谢！

谭五昌《在北师大课堂讲诗》(五卷本)学术研讨会录音整理

时间：2019 年 4 月 20 号下午 2：30—5：30
地点：中国现代文学馆 C 座 204 会议室
主持人：陈旭光（北京大学教授、著名评论家）
整理者：任美玲

陈旭光：各位来宾，女士们，先生们，在北京这样一个和煦暖春的季节，我们在这里举办《在北师大课堂讲诗》（五卷本）学术研讨会，这个研讨会由北京师范大学中国当代新诗研究中心、陕西师范大学出版总社主办，《语言与文化论坛》编辑部、《旅伴》杂志社、中诗网、作家网、人人文学网协办。

我们先介绍一下到场的嘉宾：

1. 首都师范大学教授、《诗探索》主编、著名评论家吴思敬先生
2. 北京师范大学教授、著名诗人任洪渊先生
3. 作家出版社编审、著名评论家唐晓渡先生
4. 北京师范大学文学院教授、著名评论家张柠先生
5. 陕西师范大学出版总社董事长兼社长刘东风先生
6. 陕西师范大学出版总社大众文化出版中心主任郭永新先生
7. 中国传媒大学教授、著名诗人、书法家陆健先生
8. 北京外国语大学教授、著名诗人、翻译家汪剑钊先生
9. 中国社科院外文所研究员、著名诗人、翻译家树才先生
10. 著名女诗人潇潇女士
11. 中国社科院研究员、著名评论家陈定家先生
12. 新东方教育科技集团人文教育研究院院长、著名评论家于慈江先生
13. 著名旅澳诗人、评论家、《语言与文化论坛》主编庄伟杰先生

14. 安徽师范大学文学院教授、著名评论家杨四平先生
15. 湖南科技大学教授、著名评论家吴投文先生
16. 《文学评论》编审、著名学者吴子林先生
17. 作家网总编辑、著名作家、诗人冰峰先生
18. 青年诗评家苏明先生
19. 青年诗人盛华厚先生
20. 人人文学网总编王博生先生
21. 人人文学网主编、青年诗人刘雅阁女士
22. 陕西师范大学出版总社编辑宋嫒嫒女士
23. 《旅伴》杂志编辑总监郭佳先生

最后，介绍一下我们本次研讨会的主人，北京师范大学中国当代新诗研究中心主任、著名评论家、《在北师大课堂讲诗》（五卷本）作者谭五昌先生。与会有《光明日报》、《中国文化报》、《中华读书报》、《环球时报》、中新网、人民网、中国作家网等媒体的记者朋友，我们一并欢迎大家的到来，诚挚地希望这次研讨会能够圆满成功，为谭五昌先生的这几部著作提出高屋建瓴的意见与建议。

下面有请主办方的代表先做主旨发言，首先有请陕西师范大学出版总社社长刘东风先生发言。

刘东风：尊敬的谭五昌先生，尊敬的各位专家、学者，各位媒体朋友，大家下午好！欢迎各位来到中国现代文学馆参加《在北师大课堂讲诗》（五卷本）学术研讨会。借此机会我代表陕西师范大学出版总社对各位来宾表示由衷的敬意，对各位对我们陕西师范大学出版总社一直以来的关心支持表示衷心的感谢！

当然在此也特别感谢为举办这个活动付出辛苦的北师大中国当代新诗研究中心以及协办单位，也感谢令人尊敬的谭五昌先生。《在北师大课堂讲诗》（五卷本）出版以来，受到了多家媒体的报道，也赢得了读者的青睐，一年内首版已经售罄，今年初这部书又完成了加印。我们还准备出《在北师大课堂讲诗》（五卷本）的精选本，准备请各位专家做英语、俄语的翻译，申请"丝路书香"的项目，让它在国际文化交流中发挥更重要的作用，产生更大的影响。

谭五昌先生以他深厚的诗歌学养、敏锐的直觉、严谨的治学态度为我们奉上了这五部诗歌评论的力作，加拿大籍著名华语诗人洛夫曾经力赞："像谭五昌这样的评论家，不但是诗人的知音，中国当代诗歌

价值的定位者，甚至是中国新诗评论史的建构者，他的成就值得推崇、表扬。"而出版这样一套优秀的图书，把这份成就发扬光大，将中国当代诗歌的整体概貌以文字形式呈现出来，是出版人的职责所在。中国自古就是诗的国度，从《诗经》《楚辞》开始，建安的铮铮风骨，唐诗宋词的千年绝唱，流传到中国现当代诗歌是一个一脉相承的完整体系。

习近平总书记强调的文化自信可以从中国诗歌中深刻地体会到，从谭五昌先生的讲解中也可以生动地感受到。于丹女士在写给新书发布会的贺信上说："谭五昌老师是个诗人，并不仅仅因为他写诗，而且因为他活得诗意盎然。大学当然是个不缺乏理性和规矩的地方，但是偏偏有些教授活出了赤子天真，那必定是在北师大课堂讲诗的人。"让诗歌发声，为诗歌代言，谭五昌先生用他的作品为我们打开了一扇诗歌审美世界的大门，为我们的日常生活镀上了一层诗意的光芒，让我们在这个有现代汉语生根发芽的星球的每一个角落里都能够听到中国当代诗歌美丽活泼的音节在回响。心中没有诗歌，就像地球上没有花朵，打造精品是陕西师范大学总社的不懈追求，"出得好，立得住、传得下"是我们一贯努力的方向。陕西师范大学出版总社将继续坚持"刊书载道、立社弘文"的精神，致力于人文学术书籍的出版和精品生产，我们也将以《在北师大课堂讲诗》（五卷本）的出版契机，不忘初心，不懈努力，为广大读者服务，奉献更多的精品好书。

感谢谭五昌先生，感谢在座的各位诗人、学者、评论家对本套书系的关注和肯定，对陕西师范大学出版总社的关怀和鼓励，祝研讨会圆满成功。

陈旭光：谢谢刘东风社长热情洋溢的发言，正是因为你们出版界对诗歌的理解，对诗歌事业的支持，我们中国的诗歌事业有幸，中国文化有幸。下面有请《在北师大课堂讲诗》（五卷本）的作者谭五昌先生发言，大家欢迎。

谭五昌：刘社长过誉了，能有这场研讨会，全靠各位诗坛前辈与同行，比如到场的任洪渊老师、吴思敬老师、晓渡兄、张柠兄，还有在场朋友们的捧场。我在这里给大家汇报一下我举办《在北师大课堂讲诗》（五卷本）的学术研讨会的原因。首先是因为我们陕西师范大学出版总社领导、出版社其他的领导的高度重视，以及诗坛前辈、同行、学术界朋友们的鼓励。这五卷本书出版以后陆续得到了谢冕先生、吉狄马加先生、郑愁予先生等等大概几十位著名评论家、学者、诗人的鼓励，今天到会的批评家与诗人朋友，都是对我本人的鼓励。刚才刘社长讲到著名文化学者于丹老师，我送她这五卷本书，她表示很喜欢。因为有这么多朋友的鼓励，我才有勇气搞这个研讨会。其次，就是这五卷本凝聚了我本人多年的心血，我连续给研究生开了五年的诗歌讲授课，花费了一年的时间整理。开研讨会的主要目的是听听大家的高见，我今天是带着虚心学习的态度来的。这套书的体量非常大，我自己在解读重要的诗人作品时肯定存在着误读或者解读不太到位的地方，今天想借这个机会请各位专家当面指正，以便于以后进一步地完善。

第二点，我为什么要撰写《在北师大课堂讲诗》（五卷本）？第一，这五卷本的读者定位我很清楚，首先是让硕士生、博士生来读，另外，本科生、专科生还有部分素质好的高中生也可以读；第二，这五卷本是给广大诗人、诗歌研究专家看的；第三，这五卷本也是给广大的诗歌爱好者看的。读者定位我偏重于青年学子，如果一个诗人的作品抓不住青年人基本上就失败了，抓住了年轻人也就抓住了未来。诗学著作也是一样的。这五卷本的定位是诗学性的著作，不是诗歌选本，相当于诗歌评论集或者诗人研究集我想通过对话的方式对年轻人进行诗歌教育，这是我的一个真实想法。

第三点，为什么这套书是五卷本呢？这五卷本，中国大陆三卷，中国港澳台一卷，海外一卷，尽量全方位地呈现中国当代诗歌的版图。大陆的诗歌所占比重很大，因为中国当代诗歌最重要的成就体现在大陆（内地），而不在港澳台，港澳台在 20 世纪 50—70 年代的时候，像余光中、罗门、郑愁予他们那一代诗人填补了空白，当时我们受他们的影响，但是到了 20 世纪 80 年代后，风水轮流转，当代诗歌的重镇转移到大陆来了。至于海外诗人，像张枣、杨炼、严力等人寓居海外，我们也不能忽略，也占有一卷，这样就全面地呈现当代中国诗歌的版图。

最后，关于这五卷本的表现形式，为什么采用对话、口语方式，我有自己的考量。我就简单汇报到这里，说得不太准确、严谨的地方请各位专家、诗人们指正，谢谢。

陈旭光：谢谢谭五昌兄，对自己推出这五卷本书的宗旨做了说明，为嘉宾们下一步的讨论提供了思路。

接下来，宣读一些诗坛人士为本次研讨会发来的贺信。

首先，宣读吉狄马加发来的贺信：

欣悉由陕西师范大学出版总社出版，北京师范大学中国当代新诗研究中心主任谭五昌教授撰写的《在北师大课堂讲诗》（五卷本）正式发行问世了，毫无疑问这是一件值得可喜可贺的好事，在这里请允许我以一个诗人的名义，向谭五昌同志和此书的问世致以最美好最诚挚最热烈祝贺！

这套作品是他本人从事当代诗歌研究多年积累起来的学术成果的结晶，对当代中国大陆（内地）、中国台港澳及海外地区百余位优秀的代表性诗人的作品，进行了较为系统、深入、生动的文本解读，在此基础上进行诗学理论的归纳与建构，完整地呈现出中国当代诗歌的版图，用一种特殊的形式填补了国内相关诗歌研究的空白，堪称一部口语体的中国当代新诗发展史略。因而，这一系统性的研究成果的问世，在当今诗评界具有特殊的重要意义。相信今天的活动会让更多的读者能认识和了解此书的特殊价值，让此书在构建和宣传中国诗歌美学精神方面发挥更为重要的作用。

——中国作家协会副主席、书记处书记、著名诗人吉狄马加

接着，宣读谢冕发来的贺信：

谭五昌坚持在大学课堂讲新诗，成果卓著，值得庆贺。我们的前辈闻一多、废名、朱自清、冯至都做过这项工作，现在有更多的年轻学者继续发扬光大这一事业，对此我深感欣慰。我庆贺谭五昌，也庆贺研讨会的召开。

——北京大学教授、北京大学中国诗歌研究院长、著名评论家谢冕

最后，宣读梁小斌发来的贺信：

祝贺谭五昌教授五卷本专著研讨会成功举行！五昌是活跃在当今诗歌现场、具有广泛影响的诗歌评论家，这五卷本《在北师大课堂讲诗》将成为新诗传播的一个典范。今后，希望有更多的学者在大学课堂读诗、讲诗，推动新诗向更高层面发展。

——朦胧诗代表人物之一、著名诗人梁小斌

下面，我们就进入到正式研讨阶段。首先请首都师范大学教授、《诗探索》主编、著名评论家吴思敬先生发言。

吴思敬：谭五昌是我们当下非常活跃的一个诗歌评论家，而且他的身上体现出了对诗歌的热爱，无论是在著述、写文章、写书方面，还是在组织各种不同的诗歌活动方面，他都付出了极大的努力。我曾经说过我们如果评诗坛劳模的话，陈仲义老师是一个劳模，如果再评

一个的话,我觉得就是谭五昌。谭五昌既有大量的著作,同时又在诗歌活动方面付出了巨大的努力,是非常值得赞赏的。

下面我结合《在北师大课堂讲诗》(五卷本)来谈谈对于这几部书的几点想法:

第一,这几部书有诗歌建设方面的意义。中国诗学中很重要的一部分就是鉴赏论,我们以前在创作论方面谈得多,鉴赏论方面谈得比较少,谭五昌这几部鉴赏论把他的诗歌理论结合到鉴赏实践当中,他用这几部著作提供了他对诗歌鉴赏的基本观点,这是几部用鉴赏体这样的著作方式提供了他的鉴赏理论。在他的序言、后记特别是讲课过程当中谈到了对诗歌鉴赏的基本观点,他的观点当中,一是重视文本,他的讲解是基于文本的,基于文本的细读,由于时间的关系不见得每一首诗都做了过细的精读,但是重点讲述的都是基于文本细读,他强调文本。

第二,他强调鉴赏的对象,也就是讲给谁听。谭五昌这几部书的好处就是他的对象非常鲜明,一方面是他周围的硕士生、博士生和访问学者,另一方面也兼顾大学生、本科生,他这几部书完全适合本科生,如果再往下,中学生、高中生完全可以接受这部书。他刚才讲了,这几部书的阅读对象主要是年轻人,而且我认为这个目的达到了,这几本书鉴赏的针对性非常强,这也是非常有特点的。

第三,这部书鉴赏内容的选择也很有特色。一个评论家要讲诗,可以说浩如烟海,这套书精选名家名篇,严羽在《沧浪诗话》中提到"诗者以识为主,入门须正,立志须高,以汉魏晋盛唐为师,不作开元天宝以下人物",当然后两句是个比方。实际上谭五昌选的都是经过大家公认的大家、名篇,所以这个引导就是入门须正,教给年轻人从哪学起,他选的这些诗人就是我们中国新诗史上最有代表性的、最有实际贡献的诗人。

在现代诗歌鉴赏的实践当中,从废名先生,到新中国成立后何其芳写了《诗歌欣赏》,虽然短,却是体现了何其芳先生的鉴赏趣味和眼光。后来洪子诚老师出了《在北大课堂讲诗》,谭五昌这几部书就规模、就选择诗人的覆盖面之广而言,应该是超越前者的。当然我们不说他的诗歌观点,因为废名也好,何其芳也好,他们选诗有自己的观点,特别是他们阐述的观点是非常清楚的。谭五昌也阐述了自己的诗观,不是仅仅就诗论诗,这五卷本首先在诗学建设的意义上是为诗歌鉴赏论提供了一个很好的选本,同时也把他的鉴赏观体现出来了。

其次,这几部书对传播诗学文化有重要的意义。谭五昌对中国当代诗歌史的充分理解和他选的名家名篇由他推荐出来本身就传播了诗歌文化。刚才出版社的社长提到,准备在五卷本的基础上再精选一本,再做得更美一些,确实可以对诗歌的文化普及起到重要作用。

再者,五卷本在诗歌教育方面有重要意义,这几部书就是诗歌教育的著作成果。用课堂实录的形式讲诗,这在以前确实是不多的。教学相长,让学生出场,既是欣赏者也是作为一个评论家的身份,谭五昌把学生的发言现场记录了下来,从朗诵到每个学生提出不同问题,有些学生可能提出的问题相对幼稚一点,但它是这一代年轻人提出来的,它的针对性非常强,而且现场气氛也出来了,这种讲法确实是我们过去的诗学著作当中,大量的诗歌鉴赏辞典或者鉴赏书都没有的讲法,所以这是谭五昌在诗歌教育方面做出了一个很突出的贡献。我个人认为他的这五卷本还是没有出够,以后还可以继续往下写。同时这五卷本身就构成了当下诗歌教育的一个很好的样本,因为现在的诗歌教育不止是在高校,其实在中小学基础教育中更重要,在当今这种大背景下,我相信这五卷本书对未来的中小学老师给不同年龄段的孩子们讲诗起了很好的开场作用,可以极大地推动我们新诗教育的普及工作。

第四,这几部书体现了作者对诗歌和教育事业的双重热爱。《在北师大课堂讲诗》课堂实录的整理并不是那么简单的,实际上很多内容都要重写,包括学生的发言,包括谭五昌的发言,每一篇都要付出心血,这里就要靠一种热爱——对诗歌的热爱,对学生的热爱才能够做到。

第五,今天刘社长提到的这几部书还要再提炼,关于怎么提炼,我提几点建议。首先,在以后的讲课当中要针对不同的对象加强一些背景的叙述,特别是诗人诗作的大环境背景,学生往往缺这部分的了解,文本已经摆在面前了,却不能理解是因为在什么背景、什么思潮下写出来的,这方面谭五昌有简单介绍,但还稍嫌不够。比如牛汉的《半棵树》,这实际上是牛汉在"五七干校"的时候,有一天傍晚看到了冯雪峰站在山上,这个影子特别像被劈掉一半的那棵树,后来他写出《半棵树》,成为他非常重要的代表作。这半棵树不光是冯雪峰,更是牛汉自己精神面貌的象征,如果把牛汉在干校的情况以及冯雪峰与他的交往交代给学生，学生对牛汉作品的理解会更加明晰。《在北师大课堂讲诗》第二卷讲到了李瑛，文中讲到李瑛和公刘到了西南，这点恐怕记忆有差错。因为李瑛从北大出来以后第一步去武汉做征粮队的队长，后来被奉调回来了，他在那个阶段没有去西南的经历，所以他不可能跟公刘一块去大西南。李瑛是一位重要的诗人，当时谭五昌讲解李瑛诗歌的时候是2012年左右，但是李瑛在2010年的时候出了一个重要的选本就是《李瑛诗歌创作70年》，选本把早期的作品收录进来了，李瑛的第一首诗就是《布谷鸟的故事》，这是他上中学时候写的处女作，这个处女作暗示了他的一生，60年之后李瑛又写了一首《又闻布谷》，跟处女作是呼应的，两首诗歌把他的一生衔接起来了。目前谭五昌选择了他的几首军旅诗，但是如果只选了这些，没有回溯到李瑛的最早时候，当时李瑛处于高中阶段，写出这样的诗歌，可以说是一个少年天才。李瑛是北大出身的，所以北大的精神在李瑛身上绝对有体现，他的几位老师都对他有深刻的影响，而且李瑛对他们很敬重，李瑛以写诗为主，很少写评论，可是他给郑敏、冯至、穆旦写了评论，写的这几位诗人全是偏于现代主义的。所以如果李瑛没有参加革命，没有在北大就入党了，那么李瑛就有可能是九叶派的一个重要的成员。他入伍以后，由于他的身份，就收敛了他成为现代派诗人一个重要的可能。李瑛作为军旅诗人也是有很大贡献的，他把快板诗、枪杆诗提升为真正的艺术，从这个角度分析也会对李瑛有一个提升。

所以在谭五昌的作品分析当中有他非常深刻的理解，但是也还有一些空间可以进一步提高。而且写书，特别是讲课的时候，一些记忆的差错是非常容易出现的，这套书也有一些这方面的问题，我希望在重新出版的时候，特别是在未来出精选本的时候，五昌下更大的力量争取做出一部更杰出的作品，真正是传世之作。我就讲到这里，谢谢大家！

陈旭光：谢谢吴思敬老师，全面细致地梳理了一下诗歌史的背景，对于这套书提出了很多很好的建议。我觉得谭五昌做这样一个课堂实录，一方面他是在一个互联网的时代背景下，特别注重互动、交流，跟单纯全篇大论式的讲授不一样，我觉得这也是有北大精神。因为我自己也很有同感，我们有一个批评家周末沙龙，我到艺术学院之后就接过来了，也是实录，讲话录音，叫了速记记录整理，也做了第一期，第二期马上会出来，而且主要是学生发言，学生准备话题大家讨论，嘉宾点评，随时交流沟通，我想这可能也是从谭五昌做这几部书包括吴思敬老师谈的李瑛先生从北大毕业具有北大传统是贯穿一致的。而且北大也有讲解诗学的传统，就是通过非常细致的阅读，然后以小见大，追溯到诗歌史。

下面有请北京师范大学教授、著名诗人任洪渊先生发言。

任洪渊：刚才吴思敬教授非常全面、宏观地论述了谭五昌《在北师大课堂讲诗》五卷本的学术成就，我从一个读者的角度来谈一下自己的感受。谭五昌是对诗歌解读，我来讲一下对他诗歌解读的解读，从一个很细的角度来说一下。

我认为在当代文学批评中，尤其是在当代诗歌批评中，我们真是太需要这种当代新诗解读的文本了。而谭五昌给我们提供了一个"谭五昌式"的当代诗歌解读文本，或者说如果要更完美，一种"谭五昌体"的当代诗歌解读文本。

我将对他解读的吕约的一首诗歌《幻影》进行再解读。每首诗中最根本的那个词我把它称之为"母词"，诗歌的出现是这个"母词"带动的，追踪住这个词，由这个词不断地生成了整首诗一行一行的诗句，追踪着这个词再往前走，一层一层抓住这个词语往前运动的内在关系，运用的是美国新批评中的"文本细读"。

现在我来解读吕约的《幻影》。我跟着五昌解读的语言追踪流程，第一，五昌一下就注视到了"幻影"这首诗的题目，以及这个词是这首诗歌生成的"母词"。诗人在中国南方的一个城市，广州，无意间打开了当天的日报——《南方都市报》，上面的头条消息是当时的科索沃战争，北约轰炸南斯拉夫，出动的飞机是幻影轰炸机，这时第一个对立的反讽词语就出现了，象征着毁灭和死亡的轰炸机竟然是这个诗意的幻影的名字，名和实的对立，不是一个取消一个，一个掩盖一个，反讽力量在互相肯定中加强了对方，幻影加强了毁灭，毁灭加强了幻影，谁是幻影？谁是真实？第一个名与实的对立，他引我们追踪到这里，进入了文本的词语之间。

接着，大战的战场转到了南国都市的一个生活场，由战场到生活场，谁是谁的幻影？南国毒日的轰炸是真实的，无意间把这个报纸折叠成一个遮阳的帽子，顶在头上，就在这个无意的折叠之间，于是第二重的反讽出现了，轰炸机与轰炸机的影子，这是实与影的对立，飞机在报纸上的图片被折叠成一个帽子，轰炸机成为防止轰炸的防空网，轰炸中反过来成了抵抗轰炸的一个,互相加强了荒谬的感觉。战场的轰炸成了虚幻的,南国毒日的轰炸是真实的。

再下面,人还没有来得及变脸,天已经变脸,毒日变成了南国的骤雨,倾盆而下。这时候又是名与实、形与影的对立,主动与被动的对立,轰炸机成了第一个被轰炸掉的东西,暴雨一下把轰炸机冲垮了,设计者最先被设计,你在准备设计别人的时候当心你已经被别人瞄准,这是生活场。接下来的情场,这个塌下来的轰炸机在一个美丽的脸上冷冷地一贴,偷袭的轰炸在这里转换成一个偷袭的吻,仍然是谁是谁的幻影?

就是在这个过程中,五昌带着我们在"幻影"这里停下来,感受这个"幻影"本身它自己表现出来的意义,我感觉到这个世界真的是荒诞,但是荒诞得真有意思,值得来一回,值得我活一回。在这个时候我读这个《幻影》,我也成了幻影的幻影,我笑了,我笑我的世界,我也和世界一起笑,我在笑的这一刻我突然解放了我自己,也救赎了我自己。在这个时候我觉得我们有哀伤,有一种淡淡的哀伤,我们也有了翟永明式的痛楚,那个对生命本身的痛楚。太好了!这个世界有了吕约,让我可以这样一笑,这是自我解放的一笑,自我救赎的一笑。

这就是我解读五昌的解读,追逐词语的终极。所以在这个意义上,五昌把新文本细读、中国传统的眉批式的批评等结合在一起,给我们提供了一个解读当代诗歌文本的方式。如果说要补充一点的话,可以再追问一下,在那一刻是什么原因"幻影"这个词突然击中了这个诗人,这是她潜意识中内在的、更深奥的一个东西,这将是更加完美的解读。谢谢五昌,谢谢。

我再补充一句话,我最后要告白一下,请诗人们见证。因为五昌在谈所谓的"北师大诗群"的时候,用了一个"领军式人物"的词语,我不是出于假正经之类的,我在这里是要真诚地对五昌说,也是对在座的朋友们说,在诗歌群体中没有什么领军不领军,在我看来诗人是绝对自由的个体,没有一个诗人愿意去引领谁,任何一个诗人都拒绝被谁引领,我也是这样,我绝对不去引领谁,也拒绝任何引领者,如果要谈什么引领的话,要么是黑帮,要么是红帮。我和师大这些诗人是什么关系呢?我喜欢读他们的诗,他们也可能读我的东西而已,谢谢。

陈旭光:谢谢任洪渊老师,他是对五昌的诗进行诗人化的再解读,当他转换身份成为读者的时候,当他理解了诗人内心世界的时候,那样建立起来的读者和作者之间的关系,我觉得特别令人感动,谢谢任洪渊先生。

下面我们有请作家出版社编审、著名评论家唐晓渡先生发言。

唐晓渡:我先用一种特别的方式向五昌致贺,刚才听到任洪渊老师的发言,我想到我也讲过类似的话就是,一部作品它引起的一篇评论,它得到最好的评价是什么呢?就是让读的人想做他做的事,读的人读的结果是,不但激起了他再阅读的兴趣,而且读出来了自己的东西。就像一位诗人跟我讲的一样,对于一位诗人最好的评论就是看完了他的评论,想写诗,这是一个最好的评论。我也很感谢任洪渊老师的发言,因为这是诗歌传递的方式,诗歌它不存在一个终结的读法,也不存在正确的读法,它是一个越读越多的东西,它不断地互相激发,让更多的人从他自己的角度,用他的眼光,用他的尺度去阅读作品。

针对《在北师大课堂讲诗》五卷本我说几点。第一个就是当看到五昌的五大本的《在北师大课堂讲诗》时,我眼前一亮,这种感觉已经很多年没有了,上次我大概有这种感觉是看到了陈超的《中国探索诗鉴赏辞典》和《当代外国诗歌佳作导读》,中间还有西渡编过一个十六卷本的古今中外的名篇细读,不同在于西渡那个是编的,不是一个人写的。陈超的著作为什么让我眼前一亮,是因为我当时有一篇书评叫作《一个人的工程》,对诗歌用工程一词是不敬的。我当时记得欧阳江河说过一句话,一个好诗人后面应该有 50 个批评家跟着,因为诗是要不断地阐述的。可惜当代诗歌遭受到了非常大的不公,没有人读,陈超在这种情况下一个人写了四大本,仅外国卷大概就有 104 个诗人、277 篇作品、304 篇导读,这个工作是很辛苦的。但是我们这两三代人都在做一件事情,就是我们在试图重建现代诗歌传统。

新诗有它的传承方式,但是我们这代人感受非常深的是新诗传统走了非常多的弯路。一部分是历史语境的特殊性造成的,另一方面和诗人自信的迷失有关。所谓现代诗传统这个东西,实际上一直处在一种被扭曲的、被戕害、被损毁的状态。这个后果是非常严重的,朦胧诗的论争是自我揭示了这个严重的后果。什么叫诗歌传统?诗歌传统是两根轴的交叉,一个是时间之轴,一个是空间之轴,空间轴是由不同领域的读者相互联系造成的多样性,时间轴是一代又一代诗人和读者用自己新的血液、新的眼光不断地丰富它,传统是这样形成的,一方面是由诗人和读者在时间轴上不断地撞击，另外在空间轴上，是由不同领域的读者的多样性造成的。但是我们看到，比如说1978年，这个诗歌传统已经分崩离析了，时间之轴和空间之轴扭曲、离散。我想朦胧诗之后，两三代人就是要纠正这个后果，诗人、批评家们一直在做这个事情，但是这个事情好像不是那么好做，因为恰好后来又赶上商业主义和消费主义的冲击。想重塑传统，重建传统的努力，比较困难，一方面这40年，尤其是这30年诗歌自身在当代所取得的成就在文本意义上的成就远远超越从前，而且为自己赢得了国际声誉。另一方面，读者和诗人的这种龃龉、冲突不但没有缩小，某种程度上还扩散了。一方面是诗人掉头不顾，只是按照自己的想法写作，用我的话说叫作孤独地走向成熟，对读者、对批评不再抱任何希望。另一方面，是一些读者也已经不耐烦了，你写的既然我读不懂，那我不懂行吗？这种冲突可能会长期地存在，它是历史性地形成的，所以就要历史性地再重建起来。但是它不会自动重建，它需要非常具体的工作，非常痛苦的工作，由一个一个的人、一本一本的书、一篇一篇的文章来做这个工作。我们在20世纪80年代就提出来，细读在当代批评中的缺位，实际上细读传统还没来得及建立好，新历史主义进来了。我们会面临很多这方面的问题，一方面它造成了我们经常"煮夹生饭"，另一方面也在不断地提供可能。那么在这个背景下，我们看像陈超、西渡（于慈江这两年一直在孤独地做这项工作，所以我先向你致意）、五昌的工作意义就在这里，我说重建中国现代诗传统，真的需要重建。其实重建也是自我发现，不管是写诗还是批评，搞不清这个理论问题也不妨碍写作，但是搞清楚了或者就是多想想这个问题，然后就知道怎么让它成为精神上强大的奥援，而且成为我们无往不复的再出发之点，在这个背景下我们看五昌的工作就比较有意思了，有它非常独特、不可替代的价值。

　　五卷本的特点，刚才吴老师已经说得很全面了。我想五昌会面临一个矛盾，顾随有一本关于诗词讲记的著作是我读到的关于讲诗最棒的一本书，他讲过一个问题，天下人不懂诗，为什么不懂诗？就是因为讲诗的人太多，他说"说之越详，离之越远"，所以他说读诗这个东西最主要是自我。可是我们要注意他提的是一个悖论，诗这个东西你讲得越多可能离它越远，可是他自己也在讲。所以这就有一个问题，你怎么讲诗？五昌在这点上有一个很独特的地方，就像刚才吴老师讲的，他把这个范围主要限定在当代诗，不在世的基本就不再提了，国外的也不论了，集中在当代诗，很贴近。第二就是同学参与，这是一个很大的特点。顾随的这个悖论"说之越详，离之越远"可能就是叶嘉莹说的"纯以感发为主，全任神行，一空依傍"，尽管她讲的是古典诗词，但是讲诗这一点与古典现代没关系。你要说给一个什么尺度，什么叫"全任神行，一空依傍"呢？这你得从读者的反应看，这里面有一个大的问题，就是当代读者，包括现在的同学跟顾随那时候有可比性吗？我在想一个问题，就是顾随在辅仁大学讲诗有人听吗？我们知道，在顾随的课堂上，出了像叶嘉莹、周汝昌这样的大家。那么现在的学生跟当年顾随先生那时候比起来是不是素质差得很多呢？我不知道。我20世纪80年代有时候也去高校讲讲课，我就知道台上台下交流的眼光那时候跟后来是不一样的，80年代，90年代，以及20世纪之初十年以后，课堂交流的气氛是不一样的，所以这向讲诗的人提出了比较高的要求，所以五昌你太不容易了，你这样一首一首地讲下来也讲了5年。这种范围得到了限定，同学参与，这个本来是新批评很重要的方法，这是讲诗歌的教育和诗歌的传播，在课堂上有学生参与，在更广泛的社会层面上有读者参与。你写作才完成了一半，另外一半靠读者，但是读者不行怎么办，但是我们知道从隐性读者、标准读者、范式读者到理想读者，它要靠阅读本身，每个人都是隐性读者，每个人都是可以读诗的，但是从一个隐性读者变成一个范式读者，范式读者是什么意思？就是他可以自己读了，他不用五昌告诉他诗歌怎么读，所以这个工作主要完成在从隐性读者到范式读者的途中。

  我提几点看法，当然也是和我刚才说的是联系在一起的，如果说这几本书有未尽之处，或者要出精选本，五昌要继续往前推进，虽然像吴思敬老师说的要加强背景介绍，但是我希望更加"专业性"，这个专业性不是把它讲的变成诗歌学科或者诗门，这个专业性是他把对读者、同学的注意力集中在诗上，能够进入到诗歌，能够激发他对诗歌的认知、感悟和阅读、写作欲望。这个什么意思呢？五卷本中的诗歌讲解大多数是在语义层面上，纠结在语义层面，这首诗这句话在说什么呢，围绕这个又介绍一大堆东西，主要是在传记批评的角度上，我觉得把同学的注意力集中在诗歌语言上，这是讲诗最重要的。诗歌语言本身不是一般语言学意义上的语言，这是生命生长、生成的一种方式，关键是生成的一种方式，每个人都能够进入诗歌是在这个里面。

但是具体从技术里面,是它的图像、声音、句式这些东西,你结合这些东西是在讲诗。我脑海中印象最深的细读是布罗茨基写奥登的《1939年3月1日》,那叫细读,讲阿赫玛托娃,讲5个A开头的笔名,本身就是在讲诗,他是用声音来讲,讲单音节和双音节的关系,这是在讲诗。我希望五昌在接下来更多地集中在这个地方,还有就是难点和隐秘之处。从课堂效果来说,碰到难点和隐秘点,师生交流会发生困难,比如说五昌讲到翟永明的诗,一个学生发言的都没有。我的意思就是难点和隐秘的地方是特别要着力的地方。好,谢谢。

陈旭光: 下面有请张柠老师。

张柠: 首先当然是要祝贺五昌一下出了五卷本书,这些年来五昌在北师大讲诗,从2005年一直讲到今天,十几年承担了北师大文学院中国当代新诗研究这么一门课程。在大学里面的诗歌教育人气是很旺的,刚才唐晓渡的那些观点有些悲观,其实在大学里面根本不用悲观,诗歌教育在大学文学院是课程最多、时间最多的一门课程。现在反复强调综合的人文教育,大学里面就是人文教育最重要的实验地。人文教育里面最重要的一个内容就是文学,因为文学是语言的教育,母语是一个种子,这个种子种在学生的心里面会生根、开花、结果。母语的教育就需要诗歌来承担,语言最后会生长出来的,不是一般的这个词汇是什么意思,它是在种语言的种子。所以我们人文教育最重要的是文学教育,文学教育最内核的东西是诗歌教育。诗歌教育在大学课程设置里面有古典诗歌、现代诗歌、当代诗歌、外国诗歌,所以我们的文学课程设置里面,诗歌教育的课程是最多的。而我们北师大的诗歌教育是有传统的,从早期的穆木天、郑敏先生,一直到任洪渊老师,到今天的李山讲《诗经》,过常宝讲屈原,康震讲唐诗,李怡讲现代诗歌,张清华讲当代诗歌,还有这些年来五昌也一直在坚持讲授当代诗歌。当代诗歌是个什么东西?大家确实摸不着门,你说《诗经》不懂,但是多少懂一点,新诗是个什么东西,很多人都摸不着头脑,因此很多人关注这个领域,同时也带着好奇的目光来看这到底是什么东西。北京大学、北京师范大学等一大批一流的大学里面开新诗讲解的课是最多的,早期有废名先生的《新诗十二讲》。《新诗十二讲》到现在还是经典,因为里面有核心的问题,集中讲解新诗是什么。古诗是什么,已经讲了两千多年了,新诗是什么,还没有人知道,《新诗十二讲》讲新诗是什么,新诗的语言跟古典诗歌的语言,新诗的诗意和古典诗歌的诗意为什么发生这么大的转折,我觉得这里面有非常重要的理论意义。新诗是如何诞生的,怎么呈现它,是通过胡适等一批新诗人来呈现的。

五昌做的事情就是我们新诗教育里面非常重要的一个环节。五昌本人讲了13年诗歌,融入这几本书里面,当然还有一些诗人没写进来,数量是112位诗人,里面包括两个诗群,一个是"北师大诗群",还有一个"莽汉诗群",涉及的面有大陆(内地)诗人、港澳台诗人、海外诗人等,覆盖面比较广。

另外这五卷本以诗歌鉴赏和诗歌评价为主要的目的。学生并不是天生都知道新诗,所以我们的诗歌教育非常重要的一点就是激活对诗歌理解的能力,找到一种方式来讲解诗歌也非常重要,五昌采用了师生对话的形式,这是我们研究生教育里面非常重要的一种讲课方式。现在不同的老师有不同的讲法,有的老师是让学生讲,比如说16次课,每一次课选一到两个学生上去展示,展示完以后老师点评;还有一种是老师满堂灌,满堂灌其实老师更轻松,学生为了偷懒他也希望老师满堂灌;还有一种方式就是老师跟学生不断地互动对话,这是比较困难的。五昌频繁互动的方式,在其他的课上也有,比如小说创作课,我们也是师生频繁地互动,读一段,同学点评,再读一段,再点评,这种互动的方式实际上老师很辛苦,我要偷懒我就满堂灌,但是要点评,每个学生讲完后都要点评这是很不容易的。

另外困难的一点是,在课堂上不仅要选诗人,选诗歌文本,还要选同学发言,这个也要动脑子的,比如说这首诗选哪个同学来发言,要选一个对这类诗人有感情的学生来讲,这也要对每个同学的个性风格有所了解,所以谭五昌也是做了非常多的工作的。

另外诗歌文本本身涉及的面也很多,从20世纪50年代的政治抒情诗再到朦胧诗,一路过来,还有,没有纳入流派诗群的诗人也选了,所以五昌在诗歌文本的选择上也力求照顾方方面面,选择很具有代表性。

五卷本包蕴着五昌本身对诗歌的热情、热爱,他将全部的心血都倾注在诗歌上,不但在学校里面讲诗,组织同学整理录音出版,还有外延产品,比如说华语诗歌春晚等诗歌活动,假设五昌要是不做这个事情,我觉得诗坛的热闹劲就大打折扣。所以一个是祝贺,另外一个就是期待五昌继续讲诗,继续出《在北师大课堂讲诗》,谢谢。

陈旭光：谢谢张柠老师，张柠老师把读诗上升到人文素质教育的高度，并且以教师的身份对于这样的形式做了高度的评价。我觉得五昌做的一个重要的工作是再经典化，或者是寻找经典，他不是依赖我们耳熟能详的诗歌进行再解读，那样的话共鸣者多，但是没有多大意义。诗歌是不断发展的，我们要读当代诗歌，把当代非常博大的诗歌、精品的诗歌留下来走进课堂。另外，他培养的是介于非常专业的诗人群和大众之间的中文系学生，把诗歌的种子种下去，生根、发芽、开花，提升他们的人文素养，我觉得这是一个很好的路子。

下面我们请中国传媒大学教授、著名诗人、书法家陆健先生发言。

陆健：认识五昌这么多年了，我很敬佩他，他的经历，他为诗坛做的工作与贡献是别人没有办法取代的。比如说，刚才张柠兄说到的，大学非常重视诗学教育，将来五昌这种做法也有可能成为高校诗歌教育的方法。五昌不仅仅是教了很多学生读诗，他创造了一种诗歌教学的方法，这个贡献可能大于这五卷书本身的贡献，这种讲诗方法很见效，不说它是一种范式，起码也是一种方式，因为很明显地能够看到一种效果。刚才几位老师也谈到了，这样讲诗非常不容易，他让老师随时都要提着劲，随时都要紧张地思考。学生提问题，老师来解答，这样的方式还有一种好处就是不仅有老师的视角还有学生的视角，当然学生的能力悟性是有差别的，从这五本书里面还是能够看出学生的欣赏能力的差异。

在北师大课堂讲诗，是不是也可以让诗人本人也来到现场，那么一共就有三个视角，这样的话可能效果更好。有多种意见并存，不一定最后要平衡所有的谈话，不用平衡，大家怎么看都可以，将这三方面的视角提供给读者。

我挺佩服陕西师范大学总社的眼光，能够及时地发现五昌的做法以及他这几本书的价值，它们非常有品牌意识，把这个品牌做好，还可以跟教育部协调，现在在中学课堂也有讲诗，小学课堂也有讲诗，在这中间探讨一些经验，看是不是能够找到一种规律的东西，把出版社的品牌也做出来，反过来能够更有利的支持像五昌这样的一种教学实践，把这样的成果大力推广，谢谢大家。

陈旭光：谢谢陆健老师，下面有请著名诗人、翻译家、北京外国语大学教授汪剑钊先生发言。

汪剑钊：首先我觉得应该向五昌表示祝贺，这满满五卷本我拿到手的时候感触还是很大的,我想我是不是也要准备这么一套书了,这套书大概可以跟五昌做一个姐妹篇——就叫《在北外读外国诗》。实际上我在北外开了外国诗歌讲读的课,但是我就没有五昌的眼光,把它们记录下来。

下面我就说一下我的感受,首先一点,我觉得五昌的书给我的感受就是一种厚重感。厚重感不仅是指书本身的分量,而是它里面蕴含了诗歌史的含量,从某种意义上来讲,这五卷本就是当代诗歌简史。其中讲了很多当代诗人,介绍了他们的背景以及他们的诗歌艺术,大概有100位诗人,其中还有诗群,这是非常丰厚的精神食粮。这不仅是一个诗歌史,它也是一个很好的诗歌选本,读者拿到这个作品即便是不看里面的解读、评论,仅仅看诗歌作品的话,也是一个很好的本子,里面选了很多优秀的作品。这点确实是要祝贺五昌,同时应该感谢五昌。

还有一点感受,就是我在粗略的阅读中,我觉得五昌解读中的文学性很强,他扣着文本来谈,非常注意分析作品的艺术性,同时也不放弃对诗歌的这种历史背景,对它的社会意义、社会承担这方面的解读,这是一种综合的品鉴。

我还想强调的一点是这套书的现场感,因为它跟我们以前写的评论、鉴赏是不一样的,它是一个师生合作的产品,五昌在这里面起了很重要的引导作用。他带着学生一起读诗解诗,然后学生参与,实际上我在北外的时候我们也是在这么做,我跟学生也这样在讨论,现在我想想确实有点可惜,那个时候录音没录下来,没有把学生们的智慧留下来,可能我自己有一些想法还能够回想起来,但是当时跟学生的交流场景无法还原出来了。我们的学生都非常聪明,每次我在跟学生解读诗歌的时候,他们碰撞出来的火花是非常好的,可惜当时没有留下来。五昌的工作把学生的才能、诗歌智慧都定格下来,把时光雕刻下来了。而且这样的书读者拿到的话,他在阅读的时候也会有一种参与感,就比读那些枯燥的论文要容易进去,一般的评论往往会针对专业的读者,五昌的这套书对专业的读者有借鉴作用,同时更能面向更广大的诗歌读者,甚至一批刚进入诗歌门槛,在诗歌门槛中间徘徊的那一批读者。

这几年我自己比较深的一个体会就是诗歌教育的问题,诗人们在写作的时候有些诗人甚至拒绝读者,你懂不懂那是你的事,对读者傲慢的态度多少影响了诗歌的传播,那么五昌的工作给那些傲慢的诗人找了一个台阶下,让他们傲慢的诗歌在我们谦逊的读者中找到了入口,所以他们应该感谢五昌,我就说这些,谢谢。

陈旭光: 谢谢汪剑钊。下一位有请著名诗人、翻译家、中国社科院外文所研究员树才先生发言。

树才: 祝贺五昌,也向陕西师范大学出版总社表达敬意,我们好多写的成果、译的成果,要把五昌这种教学互动的成果传播出去,确实需要出版社的助力。

五昌通过这五大卷书把诗歌教育提到了一个前所未有的高度上,当然我指的诗歌教育是现代诗歌教育,这是前所未有的。我认为中国的诗歌教育所有的经验99%仍然停留在读解中国古诗词。新诗以来,更不用说当代诗歌了,这个诗歌教育本身要建立起来很难,因为它是一个巨大的阴影造成的。五昌出的这五卷书,专门把目光聚焦在新诗以来的现代汉诗,而且都是活着的诗人,而且方式也很轻松,我能想象到他在课堂上怎样讲诗。五昌讲我的诗有点偏于讲我的诗歌里面的死亡意识,这可能和他的博士论文有关。像刚才任洪渊老师说的每首诗有一个词语运动,每一个诗人身上你也要注意抓住其矛盾性,每一个诗人的诗歌生命能够进展都有一个核心的力量,不是这个人多么幸福,多么成功就可以消弭掉这种矛盾性,这是内部的矛盾,通过语言创造找到诗歌本身的张力,生命也在那里生成。所以,五昌,我建议你看到我的死亡意识的时候也要看到我的乐天精神,就是怎么都要活到底。这两天我又看了一个"90后"的诗人烧炭自杀,我一夜没睡着,很受触动。

当然,五昌这套书我觉得确实可以充实,使它变得更有分量。五昌这套书本质上总的来说是一个普及版,毕竟主要还是给大学生、研究生阅读。它的长处是全面,但是他要补的地方是要在文本分析做得更加深入。我刚才提供了一个小的建议,就是展开一个诗人诗歌生命构成的时候敢于揭示他身上的矛盾性,这个矛盾一揭示出来就有了。五昌在大学里讲现代诗,我是在全国各地的小学校里面讲现代诗,2017年我出了一本给孩子们上诗歌课的书,这是我出的所有书里面拿到稿酬最多的。这个工作其实很重要,因为现代诗本身已经立住了,但是要更加地深入人心,把现代汉语和人的日常生活的表达结合起来,需要这样的书。让人前所未有地去重视现代诗,在现代汉语基础上写成的诗,第一已经有了非常可贵的成果积累,第二这些成果应该成为现代年轻人、现代孩子们表达自我心声的方式。通过写作达成自我理解非常重要的一种方式,古诗伟大灿烂,但是未来一定是对着现代诗敞开的。所以五昌我给你鼓掌,继续来重视现代诗的教育。

谭五昌:在这里我回应树才兄的建议。因为我在课堂讲诗有一个时间限定问题,如果我要做一个诗歌演讲,演讲中专门谈树才的诗歌,那么我肯定会把你的死亡意识、热爱生命的精神结合起来,全面呈现出来。但是在课堂上没办法,因为时间关系,有的时候不得不稍微简化了一点,所以请树才兄理解。刚才唐晓渡说得非常好,要多谈语言层面问题,这对我的学生来说可能有点难,如果你要谈一个"词语",一节课下来可能一首诗都讲不了,这是现实的问题。这之后,中国当代诗歌研究这门课被取消了,让我讲中国现当代文学研究热点问题。这也是一种机缘巧合,我按照计划把当代诗人们的诗歌讲完以后,我们学校就没有这门课了。在讲诗时,我也很想谈得更专业一点,但我必须考虑学生的实际情况,它既是一个启蒙性的读本,又能对专业的诗人、批评家有参考价值,我是本着这样一个想法做的,想把大家所说的一个新诗教育读本和一个体现诗歌史意识的读本合二为一。这是我所要补充解释与说明的。

陈旭光:下面有请著名诗人潇潇女士发言。

潇潇:首先要感谢五昌,我要向五昌表示敬意,当然也向陕西师范大学出版总社能在这个时代出版这么五大卷表示敬意。

我刚才看到《在北师大课堂讲诗》(第三辑)的第四讲,讲到我和柏桦的诗歌,感觉到很开心。五昌选的我的一些作品,我是很有感触的,特别是选了《一个外省的女子》。在当下,诗歌有很多空白我们不能去说的,而且我们经历了特别的时代,我们有很多语言的敏感词都没办法说,可是如果文学去除了这些敏感词和那些空白与这些大的事件,我们的文学再过50年100年还剩下什么东西呢?都没有了。所以真正好的诗歌著作就是填补空白和那些隐秘的部分,我发现五昌兄选到了这些好的诗歌作品,我不知道他是怎么抓住这些作品的,我看了一下他在谈某首诗歌的时候,他可能没有谈得那么彻底。选了一个诗人,选到某些诗就成为一个历史,白纸黑字在上面,随着时间的推移,人们再来解读这首诗歌的时候它会得到更多的解读,同时这些诗歌背后的那种隐秘,还有它的更多指向,还有文化的背景它会更多地呈现出来，所以在这方面五昌真的做了一个非常重要的工作。我翻了一下，很多诗人的作品被选到这个文本里面了，这一点我个人是充满了感激之情的，因为我发现某些诗在很多场合大家都不会去谈论，或者不会去关注，但是在五昌这几本书里面，有很多这样的作品都被他很敏锐地选了出来，所以我觉得这套书虽然可能会有一些不完美，但是他提供了一个非常好的蓝本，供将来的批评家、阅读者、研究者、翻译者来作为参考文献，就这一点我就觉得这套丛书是一个很大的贡献。同时，把这么集中的 100 多位诗人和他们的作品呈现在其中，也可以说是一部当代诗人的小百科，当代活跃的一些诗人我看大部分都在里面，这也是很不容易的。谢谢大家。

陈旭光：下面邀请中国社科院研究员、著名评论家陈定家先生发言。

陈定家：我接着张柠老师的话说几句。他讲"什么是诗"，他还讲"诗歌可不可讲"，说北师大有讲诗的传统，他有点不太同意唐晓渡老师说的现在新诗没人听了，北师大的诗歌讲授课就很成功，中间说了一大串名字，从穆木天到谭五昌，我觉得可以总结一下。刚才听了各位老师的发言，我想讲两点，一个是诗歌到底能不能讲？诗歌是什么？就跟美到底是什么一样，从柏拉图到德里达没有一个人有一个标准答案，我想"诗是什么"也没有一个标准答案，这是很难的一个问题，但是五昌的五大卷是不是可以看成咱们这个时代对"诗歌是什么"的一个参考答案？人家谈到这个问题的时候会想北师大的五昌教授是怎么讲新诗的，所以这五卷本书的出版我觉得是非常有意义的。

这几年我一直在研究网络文学和网络小说，我跟五昌私下也有一些请教，现在网络诗歌是什么状况，我在编《中国文学年鉴》时有这么一个想法，希望他能不能给我们写一下网络诗歌是什么状况，因为我参加了很多网络文学的推优评奖，还有很多网站的活动，我发现政府对网络诗歌一直没有放在眼里，诗歌不在文学的范围里面，每次开会我都会讲到这个，政府在扶持网络文学的时候，当作是对产业的扶持，急于把 IP 变现，在产业化的过程中诗歌精神就被忽略了。还有就是软件诗歌写作、软件写诗的伦理问题，这当然是一个新的话题了，好多人觉得这完全是一个全新的东西，要追溯一下也不是特别新的东西，中国的诗歌里面有很多游戏的东西，跟软件写作原理是一模一样的。在 20 世纪有人进行过诗歌实验，你随便来一张报纸，把上面的字一条一条地剪下来，然后纸条放在书包里面抖下来，把抖出来的纸条一条条贴到一张纸上，一首诗歌就成了。这里面也有一些网络诗歌写作的原理，当然我说这些有点远，不管怎么变，诗歌的精神是不变的，如果远离了诗歌的精神写得再好也不是诗。

陈旭光： 下面有请庄伟杰先生发言。

庄伟杰： 五卷本落在五昌身上了，这真的是命中注定。我自己也在大学里讲课，经常讲文学史的课，讲诗歌也很多，但都没有留下来。但是当我看五昌的五卷本时，它们真的扎根在我心中，最了不起的是五昌兄还有跨文化意识和整合意识。我认为《在北师大课堂讲诗》（五卷本）有三大眼光，首先是诗人的眼光，谭五昌本身也写诗，如果让一个不懂诗的人写这几本书的话可能不那么可信。还有就是批评家的眼光，要写这112位诗人真的不容易，就像水浒里面一百单八将各有各的性格，这112位诗人也各有各的性格。

我认为世界上最好的文学批评是"深入浅出"四个字，写诗歌也是，我认为写诗歌写到最后就是深入浅出了。其实师生对话的方式也是一种深入浅出的方式。我们当代有些批评家自认为了不起，一讲出来都是这个术语，那个术语，但是有很多人不喜欢看，也不知道说什么，五昌能够深入浅出地把一个诗人的诗讲清楚。既涉及了背景，又能把一些诗句讲清楚是不容易的，但是如果要面面俱到衡量它这是很难的，所以我说它是一部别出心裁的当代诗歌史，不过是换了一种方式，不像我们以前写的中国文学史、诗歌史，都是从什么时候开始。现在的人本身不一定是专业的，如果想了解诗歌史的话，有时候就要通过五卷本这样的形式了解。五昌兄打破了时空，既有时间性，又有空间性，可以说是时空共享，其实最好的诗歌就是时空共享。其实100年来的汉语诗歌是分离的，分离在海外，分流在港澳，但是五昌兄把它们整合了，所以具有这三大眼光，才奠定了目前我们看到的五卷本的内容。我也很开心，五昌兄把我作为海外的诗人写进去，他关注我更多的是乡愁，从这一点也能够看出很多东西。

所以对五昌兄的五卷本，我是打心里面佩服。以前可能很多人对五昌兄有些误解，说你的兄弟五昌兄会搞什么诗会策划，我说你错了，五昌很会策划，一些重大的诗会他都有参与策划。但是五昌兄也很潜心地搞诗歌研究，学术成果丰硕，他每一年都会写年度诗歌一瞥的综论性文章，我看过很多类似的文章，他们都是面上的提一提，但是五昌兄对诗人及诗歌作品是真的会认真点评。没有写过的不知道，写过的人就明白，对诗人与诗作进行评价是不容易的，所以这五卷本是很有价值的。我希望这套书能够发行到港澳台、海外，让他们知道有《在北师大课堂讲诗》（五卷本），当然现在网络时代也很方便，希望更多的人能看到它。

陈旭光： 下面有请安徽师范大学文学院杨四平教授发言。

杨四平： 我讲三点，第一感谢会议的邀请，尤其是五昌的邀请，第二就是祝贺五卷本学术研讨会的召开，第三是向五昌学习，重点谈谈学习。从哪几方面学习呢？第一是学习五昌有一颗滚烫的诗心，皇皇五卷本摆在那里，一年出了九本书，还要办华语诗歌春晚，这是我们搞诗歌评论的绝大部分人做不到的，做这么多的工作五昌肯定是第一人，所以他有一颗滚烫的诗心。

第二是学习五昌睿智的用心。我们就是搞诗歌教育的，培养的学生一大批，但我们都很懒散，没有设计感，如果有五昌这种设计感，良好的用心的话，我们也能够做下去，我们都有这样的条件，但是我们没有这样的用心，所以想要学习五昌良苦的用心。五昌这个工作不是简单的诗歌鉴赏，这只是表面的现象，这良苦的用心后面有更大的文学史的雄心，这也是五昌了不起的地方。我们一谈当代诗歌的时候，很多批评家、教授一般都不敢谈了，如果谈的话也是谈一些经典作品，但是五昌兄敢于挖掘新的诗人与新的作品，我们整个中国现代文学史、整个制度性结构全部发生了一些改革，我想五昌目前做的一些工作，把当前这么多优秀的当代汉诗潜在的经典作品拎出来，影响更多的人，让人们知道当代还有这么多诗人，还有这么多诗歌作品没有看到，他们会产生一种对经典重新的认识，这可能会改变我们整个当代文学史，尤其是诗歌史的写作。

第三要学习五昌不断地培养学生，培养批评家，培养读者的恒心。今天我们很多诗歌的问题就是读者的问题，写作和阅读之间脱节了，诗人自己在写诗，或者批评家在读诗，圈子都太封闭，我想五昌这个行动就是在消除诗歌与读者之间的距离，考虑怎么样让读者重新做读者，这个工作意义也是非常之大，这也是我要认真学习的。因时间关系就讲这么多。

陈旭光： 下面有请吴投文先生发言。

吴投文： 当初我拿到这个五卷本的时候，心里面确实有一种很震撼的感觉，因为在我的阅读视野里，如此集中地、大规模地对中国当代诗歌进行讲解的，五昌可以说是第一人。他在这方面确实是史无前例，这是一项非常艰苦的工作，实际上这项工作很适合他来做，因为他对当代诗的情形非常了解，通过平时的研究，开展的诗歌活动、诗歌讲学，他实际上对中国当代诗歌的发展脉络和中国当代诗歌谱系已经有了一个非常清晰的把握。所以五卷本中选择的诗人，非常具有代表性，基本上能够呈现出当代诗歌发展的一个基本线索。从这个意义上来说，这个五卷本包含着一部当代诗歌史，或者说是一种非典型的即形式别致的中国新诗史。

另外，对于书中的诗歌解读，实际上我也特别有感触，因为我在我们学校里也长期上这门课，但是确实没有五昌兄讲得这么细致、深刻、全面。他这样的五本书也使我体会到，在大学里面如何进行有效的诗歌教学，这实际上是非常现实的一个问题。大学是一个青春的世界，是一个诗歌的世界，要把我们的诗歌教学、我们的诗歌教育对称于我们当代的大学校园还需要我们不断努力。我觉得在诗歌教学中面临的最大问题还是对作品的细读，对作品的细读也是诗歌研究中最本质的问题，对作品的深入解读对诗评家、研究者都是一个很大的考验，当我们面对一首诗的时候我们是面对一个鲜活的人，面对一个真实的灵魂，五昌最生动的部分还是在讲诗，我觉得五昌先生非常难得地做到了一点，他创造了生气勃勃、充满着诗意、富于创造性的课堂。

第二个方面，感觉到刚才张柠教授提到的北师大长期以来形成了一种诗歌教学、诗歌教育的传统，可能这个传统在无声之中也对学生产生了非常大的影响。这样一种课堂的创造对教师是一个考验，对学生同样也是一个考验，师生之间的有效互动可以达到培养诗歌教育审美的目的。这样一种诗歌教学的方式，恐怕我也要好好学习。我也非常欣赏五昌兄的激情和勃发的诗意，因为讲诗需要这样一种气势，需要这样一种语言的调动力，在讲诗歌的时候，我们如果用一种理论性很强的语言讲的话，肯定达不到本身的效果。所以我觉得老师在面对学生的时候，要同时敞开自己，以自己的情绪去感染学生的情绪，我想这种教学才可能非常有效，在这方面我要好好向五昌兄学习。

陈旭光：谢谢吴投文先生，下面有请著名学者吴子林先生发言。

吴子林：五昌兄这套《在北师大课堂讲诗》（五卷本），一方面是继承了传统，另一方面也是开创了传统。第一是继承了古代延续下来的诗教传统，我们知道《论语·阳货篇》中提到，"诗可以兴，可以观，可以群，可以怨"，有人认为这是在讲诗的功能，其实不是，这章讲的是学诗之法，朱熹的《论语集注》就是这么解释的。古代就很重视诗教了，孔子还说"兴于《诗》，立于礼，成于乐"，诗教是一个人成长历程当中至关重要的一个起点，李泽厚的《论语精读》解释"诗可以兴"说，学诗让人开始走向人性的道路，非常到位，很精准，这个诗歌传统就一直这么传下来了。北大有这个传统，北师大也有很清晰的传统，穆木天、郑敏、任洪渊就是这么一直传下来的。所以五卷本的诗教传统，一个是继承古代的传统，也延续了北师大的传统，这个是非常重要的。这个传统我觉得是必须要把它延续下来，不能因为各种原因把这门课停了，那太可惜了。我很羡慕那些孩子能够在北师大听到谭五昌老师讲诗，一讲就讲 13 年，这个太壮观了，这个传统还是要把它接上，所以希望谭老师不要放弃，继续往下做。

第二，谭五昌老师的五卷本又开创了一个新的传统，它打破了一种学术文体，开创了一种口语体。用口语体写著作为什么不行呢？可以的，它就是一部著作，它是口语体，这种口语体能够贴近接受者，贴近那些学诗者，我觉得这个应该要提倡。而且他用口语的方式来教学，起到了很好的桥梁作用，一个好的批评家，他要形成一个桥梁的作用，要实现这个桥梁的作用，一方面要通作者之意，另一方面又要开读者之心，这五卷本很成功地展现出来了，把作者、读者、诗人之间沟通起来了。还有选文本的时候，谭五昌先生也写诗的，他还是一位学者，同时也是一位批评家，有一种包容心，不会像有的诗人提倡什么就把其他诗一棍子打死，五昌保持一种价值的中立，所以遴选文本的时候就有一种开放性，这种开放性有利于贴近诗歌创作的现实，贴近诗歌的历史，是一种低空的飞行，所以能够做到贴近文本。五昌 13 年教学下来在很多学生的心中已经埋下了文学的种子了，因为你开启了他们，完成了对他们诗歌的启蒙，我相信以后北师大肯定又会有新的诗人不断地涌现出来，所以五昌老师开创新的学术文体那是功德无量的事情。有一个人说过，写诗者以诗传，说诗者以说传，五昌先生就是这样的人，谢谢大家。

陈旭光：下面请于慈江先生发言。

于慈江：首先祝贺五昌师弟五卷本《在北师大课堂讲诗》隆重地出台，让我最欣赏的是五昌师弟在象牙塔与社会舞台、在雅与俗、诗歌教育与诗歌活动之间寻求了一个难得的平衡,这是很多人都做不到的,我向他致敬并且愿意向他学习。

这五卷本的诗歌教育是以一种师生之间的互动进行的,是一项动态、立体的活动。让我印象更加深刻的是互动中增加了诗歌的可诵读性,以及当下读者听众的一种听读需求,在跟学生做活动的时候,在跟学生讨论之前会朗读这首诗,这也是我非常看重的,我搞的专栏也是由我自己读诗然后再讨论,我觉得这点非常好。

另外五卷本最突出的一个特点就是文本细读与宏观关照的一个非常完美的结合,宏观关照的话,以海子为例,五昌提到了海子的死亡意识、天才意识,以及女性崇拜,其中有一句话说得非常好:没有死亡的焦虑何谈生的意义,这就是一种宏观关照。还有文本细读,宏观关照引起了吴思敬老师的关注,文本细读引起了我的"忘年交"任洪渊老师的一种再解读的欲望,我觉得这证明了五昌师弟的意义。为什么我叫五昌师弟呢,因为我在北大上本科的时候,他的导师曹文轩老师教我们台湾文学,广义上我们也是师兄弟。从师兄弟的角度来说,我比他早了十年,他最早写出了海子论,我是研究第三代诗歌的,他是比较微观的个案研究的,我是比较宏观的,他是作家作品论,我是流派论、流派的比较论,我们的共同点都是基于文本,基于文本的细读。这五卷本不用说了,我在1986年《启明星》上曾经发表了一篇文章,里面有一句话:海子在未名湖学院诗里面是最接近诗的本质的,未来有很大的发展。我当时的判断还是不走样的。一个批评家最值得自豪和最想追求的就是一种预见性,我虽然不敢说预见性,当年在1986年的时候我对海子的判断还是有一点预见的。五昌是海子研究的专家,他以《村庄》《秋》《四姐妹》等诗作为研究的对象,我给他一点小小的建议,比如说《秋》,"秋天深了,神的家中鹰在集合/神的故乡鹰在言语/秋天深了,王在写诗/在这个世界上秋天深了/该得到的尚未得到/该丧失的早已丧失"。这首诗中我有讨论两个地方,一个地方是"该得到的尚未得到",在几乎所有的版本里面这个"该"是没有的,"得到的尚未得到/该丧失的早已丧失",我特别期待在下一次修订的时候能够有一个补充,这个"该"我也认为是该加上去的,因为从文本的饱满和融洽来说加这个"该"是有意义的,为什么要加,应该说一下。另外一个就是鹰是王的使者还是王的对立面,鹰如何能跟王绑在一起也希望能够解读一下,比如说海子的《九月》,是"一个是马头,一个是马尾",还是"一个是木头,一个是马尾",我希望从文本校勘上五昌兄能够补充一些,谢谢。

陈旭光:下面有请冰峰。

冰峰:《在北师大课堂讲诗》(五卷本)是我们诗人和作家期待的一套书,可能很多作者不能进大学校园里面听课,那怎么样才能够呈现大学校园里面学习的效果,这套书做到了。这套书完成以后会有三个群体的人来看,第一个群体就是编辑,编辑看书的量是非常大的,应该说编辑对诗人的把握也是最准确的,因为编辑能够看到诗人发表了的作品,还能看到他没有发表的作品,甚至是一个诗人非常幼稚的作品,所以从编辑的角度来解读或者研究介绍一个作者,我觉得是非常准确的。

诗歌走出了编辑的关卡之后就走向了另外一个群体,就是读者群,读者对作品的阅读可能是从另外一个方面,他可能考虑的不是技巧,而是读完这本书能不能引起共振,能不能唤起他对生活经验的思考,这可能是这部分读者关注的。

第三部分读者就是学院派的老师、学者和研究者们,这个群体更多的是看诗歌作品的技巧、情感脉络、情感发展的痕迹。那么我们看到的《在北师大课堂讲诗》这套书,正好是对这三个群体都非常重要的一套书。像我们这样的编辑从20世纪80年代就开始编诗,可以说看了三四十年的诗歌,把中国新诗的发展脉络看得非常清楚,以前我们自己也在写诗歌,也读诗歌,是从那样一个时代走过来的。去年我还写了一个诗歌宣言,一部分人也看了,其实很多东西我们也在思考,就是什么样的诗能接近人的情感又能够征服读者,让读者来认可,这样的诗是非常少的。有一些诗技巧控制得很好,我们从诗歌当中看到的都是技巧,但是技巧过分的时候这个诗也就写得比较拙了,它可能所表达的东西受限于这种技巧的干扰,所以这个作品不一定是好作品。作者下了非常大的辛苦写的那首诗一定是排在前面的,但是这种诗的雕琢斧凿痕迹是最清晰的,恰恰可能是他最不注意的,最后那一篇反而是他无意之间写出来的,这部分的诗反而是最好的诗。我们解读诗歌不管是从哪一个角度,我觉得最牛的教授来解读一首诗他肯定也是一家之言,他不可能掌握作者的全部。另外,你写东西的时候所想的和最后交给评论家点评的可能这个差距很大。我觉得无论如何这套书它在引领读者去热爱诗歌,从一个更高层面读诗、介绍诗,我觉得这个意义非常大，它是一个开拓，是一个领域的开辟与创造。刚才我们几位大教授也都说了，这样的书我们留意一下可能也能够做出来，但是我们都没有做，五昌做了，所以他很伟大。

陈旭光： 下面我们有请青年诗评家苏明发言。

苏明： 各位老师好，我就从谭五昌老师诗学批评生涯的角度谈一下。我在2009年的时候在《敦煌》诗刊上第一次读到谭老师的《海子论》，读完之后很震撼，我觉得应该是评价海子很权威的一篇论文，他用非常敏锐的诗论思维和系统研究关注到了海子。我再后来关注到谭老师在博士阶段写出了《20世纪中国新诗中的死亡想象》，这也是比较大的一个诗学问题，在这个阶段他不断地观照当代的诗人。写到第三本书《诗意的放逐与重建——论第三代诗歌》时，视野更加开阔，关注第三代诗人，覆盖面越来越广，触及当代很多诗人。再后来，从他编了很多当代前沿一线诗人的选集，他诗歌的业务一直在蓬勃发展，他的诗学理想也逐步在实现。这个实现过程你们看到的可能是他做的工作，在我感觉是他充溢着个人内在的生命激情，谭五昌老师的激情从未间断，这种激情不是我们理解的今天要怎么样，明天就忘了，他的激情一直存在。就在这种激情的引领下，他的诗论文章里我们看到的不是文化历史诗学、结构主义诗学、人类诗学等当代的诗歌评论，或者文本批评这套人云亦云的东西，这些东西在谭五昌老师的诗论文里面很有效地避开了，你可能会问谭五昌老师不知道这些吗？怎么可能不知道，肯定知道这些东西，但是为什么没有呢？就是因为这种激情把它们消化掉了，变成了谭五昌老师他自己的话语体系，谭老师富有理论的原创性，他身上的诗学研究激情一直在引导他从事关于诗歌方面的各种理论著述。

五卷本真的非常全面，他选的112位诗人，涵盖了1978年以来活跃在中国当代诗坛上的诗人，不光这样，现在我们看到的还有谭老师对新一代青年诗人的挖掘，都是在他的激情里面进行。我有一个建议，如果能够按照西方，比如海德格尔的做法，第一个人讲的就是荷尔德林，他开了一个暑期班，一个学期下来，一讲就是一本书，如果《在北师大课堂讲诗》是112卷的话，这可能是一个更大的壮举，我觉得当代诗人也应该得到这种研究，但是当下对诗人的研究还没有在这个层面上进行，可能是后期要做的事情。但谭五昌老师一直在激情地讲诗，因为他的工作就是这样。

由他的这种激情导致他的书写形式肯定是论语体的形式，因为激情的文章跟理性的文章不一样，激情的文章他讲完之后马上就可以变出来。我们是不是可以讲，如果撇开中国当代诗人谈《在北师大课堂讲诗》好像也不行，如果只谈《在北师大课堂讲诗》不谈中国当代诗人也不可以。

我总结一下谭五昌老师的诗歌精神就是一种夸父逐日的精神，一直在追求高处的太阳，就像海子的那句诗——但诗歌本身以太阳必将胜利！作为一位诗评家，编选家都是在基于生命激情，如果没有这种东西其他的一切都会失去价值，谢谢。

任洪渊：苏明的发言非常触动我，我们现在流行的文本都是不断地重复那些著名的思想家，什么书的名字和他书中的某一段话，而没有他刚才讲的诗歌是激情的写作和激情的阅读，说得更珍贵的是生命的阅读和生命的写作，而不是知识的重复，这是非常重要的，五昌是在这个路上的。

再补充一句，我觉得我们当代的学人，经常是写一种理论文章、大评论文章，我是很厌烦的。我遇到不管什么年龄的人在我面前说海德格尔，说海德格尔的某些名句时，我总是会说："老兄请你告诉我，海德格尔的名著《存在与时间》的第一句是疑问句还是陈述句？"什么意思呢？很多人都没有读过这些思想家和作者的原著，是从网上大加搜罗重新再来发布，我们的文学界是不是这样的？我们的学术和文学要是这么搞下去，谁来读啊，这对我们的生活和生命有意义吗？

盛华厚：《在北师大课堂讲诗》这套书具有鲜明的学术性。从空间上看，被解读的诗人从台港澳到大陆（内地）到国外都有，有很大的影响力；从时间上看，这套书从面市到未来很多年，不管对谭五昌老师还是当代诗歌史，都是一个里程碑式的著作。

谭五昌老师也是一个伯乐，很多80后、90后的诗人都是从校园诗人进入诗歌圈，都得到了谭五昌老师很多的帮助，包括我自己。

陈旭光：现在我们进入总结的阶段，先请陕西师范大学出版总社大众文化出版中心主任郭永新先生发言。

郭永新：我就说五句话，两句感谢，三点体会。

首先感谢今天能够参加这次研讨会的专家、教授和评论家对我们出版工作的支持和肯定，然后我们从专家和以上各位老师的发言中得到了非常大的受益，对我们选题启发很大。

其次感谢谭五昌老师将五年心血凝结成的五卷本的课堂讲诗交给我们做，这套书的出版当年重印，很大地提升了我们出版社的美誉度。

再讲三点体会：

第一，在编这套书的过程中，我们学到了解读诗歌的知识，还深深地受到谭五昌老师对诗歌的热情和严谨治学态度的感染。

第二，这套书特色鲜明，它是一部对课堂诗歌教育的一个实录本，他的选篇都非常有代表性，解读很有高度，再加上学生的互动，所以会把读者带入到课堂，有这样的一种带入感。

第三，这套书也是我们社在出诗歌解读和评论方面最大最全的一套书，所以千言万语汇聚一句话，感谢各位专家还有谭五昌老师对我们的支持和关心，我们今年还会继续推出谭五昌老师主编的2018年中国新诗排行榜，而且中午也得到了谭五昌老师的许可，他的著作还会交给我们出，非常感谢。

陈旭光：下面我们请著名诗人、书法家陆健先生为研讨会赠送书法作品，让诗歌薪火相传。最后，有请谭五昌先生总结发言，致答谢词。

谭五昌：首先非常感大家百忙之中前来主持我的研讨会！这是我参加过的众多研讨会当中档次很高、质量很高的研讨会之一，各位老师与朋友提的意见与建议我都记下来了，比如，吴思敬先生说的对背景的介绍可以更加精准，任洪渊老师非常精彩的再解读，唐晓渡兄、树才兄提出的对学生讲诗时要追求专业化，对诗人的呈现更加立体全面，这都是非常好的建议，虽然在课堂上没有那么多的时间，但是我可以尽量修改与完善。

另外，大家提的建议可能有些实现不了，毕竟课堂时间有限，一个诗人的体量非常大，一个诗人都可以写一篇论文了，唐晓渡兄提出的完全进入语言层面讲诗这个建议，在课堂上实现起来很困难，毕竟讲诗得考虑自己的对象，但是我尽可能去做好这个工作，将来还要继续开讲中国当代诗歌研究这门课，我想方设法还要开起来，进一步完善各位专家的建议。对专家们的意见与建议我就不一一点评了，我今天收获非常大，以前我参加研讨会发言，肯定别人的优点，当然也会提一点意见与建议，今天到我身上，我觉得所有对我的表扬是一种鼓励，给我提出的意见与建议则是真心实意地帮助我把这五卷本做得更好一点。在此还是要非常感谢陕西师范大学出版总社对我的厚爱，陕西师范大学出版总社出了很多非常好的学术书，包括诗歌方面的选本，我们在座这么多著名的诗坛人物，有好的书可以考虑跟陕西师范大学出版总社合作。这五卷本书为什么能够以比较好的面貌呈现出来，因为陕西师范大学出版总社有关领导从来不催我，给我最大的信任与支持，所以我自己加班加点也要把它赶出来。有这么好的出版社，今天又有这么好的学者、教授、批评家、诗人来支持我，这给了我从事诗歌研究的莫大动力。《在北师大课堂讲诗》这五卷本书，的确是我对中国当代新诗经典化的一种有意的自觉的尝试，肯定还是存在许多不足与毛病的。各位说得很到位，我一定把各位的学术智慧吸纳进去，将来力争让这五卷本以更加完善的面貌出现世人面前，让它在海内外产生应有的反响。

一句话，让我们大家共同努力，希望大家一起来做好中国当代新诗的经典化与传播工作，让中国当代新诗在世界范围内产生更大的影响，我非常愿意分享各位同行、朋友的光荣与骄傲，谢谢！

"贵州诗歌的当代性"研讨记录

时　间：2019年8月11日至12日
地　点：贵州省独山县影山镇"群山之心甲乙"店
整理者：梦亦非

张野：最初看到梦亦非定的这个讨论题目，心想：这还需要讨论吗？每个人（诗人）都活在当下，无论风格有多少差别，都或多或少与时代之间构成某种隐秘的联系或回应，生活或思考的痕迹——也就是"当代性"，自然会渗入作品中。在当今多元化的背景下，我们很难指认哪一种写法就是具有当代性的，而另外的写法就不是。但回想我们读过的一些作品，又不能不承认，这个问题仍有讨论的余地。我们活在当下，是否我们的写作就天然地体现出"当代性"？我曾经有一个看法，人人都在生活中，却不一定理解生活。

所谓"当代性"，首先体现为一种时间性，同时又体现为空间性。从这一维度来看，每一个诗人都生活在时间之流中，但时间本身是无形之物，必然要有外在的事物为时间赋形。这些用来赋形的事物可以是事件，可以是物象，更可以是两者的交融。就像杜甫中年以后的诗歌，生活中的人与事、物的不断涌入，才越来越多地昭示了他的时代，同时成就了他诗歌的品格和力量。当然，思想和情感这种相对抽象的内容也会构成"当代性"，但也只有当它们既指向当下并适当地体现出超越性时，才是有力量和有价值的。但对当下生活的介入，不一定甚至不必是路人皆知的符号化表达——多数时候过分的具象化反而干扰甚至消解了"当代性"，诗歌毕竟不是生活的记录本，它与当代生活之间的联系更为隐秘。而当代的变化性及由此带来的复杂性更是有着万千繁复的面貌。其实，无论当下的贵州诗人愿意书写历史还是现实、乡村还是城市，首先都要表达出个体真切的生命感受，并提炼出内在的诗性精神。

另一方面，写法和形式必然也是当代性的一个构成部分。事实上，中国诗歌史上的每一个相异的时代，或在外在形式上、或在写法上都在不断发生着内在的变化。就像宋诗相对于唐诗，不仅语言上有倾向于浅白清新的变化，更有思理的融入而使其内在的诗性构成方式上发生了根本的变化。如此宋诗才获得了自己的存在价值。如果生活在当下的人还在用80年代甚至更早的革命年代的语言和诗性构建方式，则其无论表达什么内容，都会给人以陈腐之感。当然，如果只有语言的滑翔形成的凌空蹈虚，同样难以形成有价值的写作。从某种意义上来说，多数贵州诗歌在这方面要走的路还很长。

总之，我们今晚在这里讨论"贵州诗歌的当代性"，其实说到底也离不开曾经长期讨论的"内容与形式"这两个要素，这两个要素在文学的发展过程中并非一个"不是东风压倒西风，就是西风压倒东风"的问题，而是此消彼长、永远纠缠的问题。当下是一个多元的时代，但并不意味着"存在即合理"。作为一个写作者而存在，一个天然的前提就是应该与时代生活契合，也就是不断创新。虽然文学并非一个无限上升的线性进程，但肯定也不是一个"终点又回到起点"的循环怪圈。当代性是一个开放性的话题，它的多维内涵绝非这几句话能概括，所以期待各位的进一步丰富。

西楚：由于历史的原因、地理上的边缘化，贵州长期以来形成了封闭又独特的文化环境，诗歌写作上更多展现出的是边地化、民族化的特点及传统——亲近农耕而远离现代，吟唱歌咏而缺少反思。当代性不足让贵州诗歌与当代诗歌潮流之间是百花齐放式的补充也是难以逾越的鸿沟，加之外界的认识问题以及传播机会不均等原因，以至于当代诗歌大潮中难以看到贵州诗歌的合流。时至今日，这种"基因"依然还在贵州诗歌界"遗传"着。

而我们身处的当下，社会正处于转型中，现代化的进程里文化多元融汇、城镇化快速发展，人的价值观念亦发生了巨大变化。诗人不能对这些变化视而不见，需要将诗歌的触觉深入这些变化中去，以获得诗歌精神上的当代性。其次是场域的当代性，在城市，改造、扩张飞速进行，城市文明正在贵州高原上蔓延，诗人的生存场景都已面目全非，而写作场景不得不随之改变，诗人没有理由不关注现实生活；在乡村，传统正在消亡、土地正在荒芜、人群正在逃离，田园牧歌不复存在，新的乡村秩序尚未建立，乡村何去何从？新的乡村精神又是什么？这些都是诗人必须关注的问题。诗人们得告别凌空蹈虚的舞台，回到新的现场中来。而当代性的先锋特质，又要求诗人们的写作必须是创新、前瞻的，因而新的表达方式、表现形式成为摆在诗人们面前的一道必须完成的功课，包括创造、构建、运用新的语言系统、意象系统、修辞系统等。

潘利文：时下研讨贵州诗歌的当代性，是极具建设性和必要的一件事，作为当代汉语诗歌的贵州诗歌，相对于"主流和中心"来说，皆显得流量和力度不够，我们出发了很久，然而却是步履蹒跚和艰难，在出发地和此刻之间迂回着，似乎也在向前流动，谈论贵州诗歌的当代性，在某种程度上也是在谈论汉语诗歌的当代性，二者并无太大的差别，因为它们所显示出的"当代性"明显不够。

诗歌的当代性在我的主观镜像中，表现形式为：其一，诗歌语言的当代性，白话文运动已经是一个不可逆转的潮流，文言、古体诗歌在当代的呈现与写作只是传统的过去时代的苟延残喘，这些陈旧的、被束缚和不具备刷新能力的内在品质，决定了它们的未来越来越有限的可能性，已经无法更好地表现当代人的存在和精神情感现实。或者使用过去时代的陈旧的没有新鲜感的语言，陌生化的审美效果就很难完成，就无法激活语言的连锁反应，新的形式就无法产生，创造力也就无从谈起。其二，当代性也还需要体现在艺术精神中，一时代有一时代的文学，真正的艺术是属于它所产生的那个时代的，它只有通过它的那个时代才能走向恒久，艺术从现实和时代审美的需要中产生，当代性代表了艺术的发展方向，艺术的发展方向是无数个当代的函数。因为艺术的内容是人类的情感，人类总是最关心此刻情感的发生与发育和各种形态，艺术仅在人类的精神中得到存在。艺术并不是对现存的东西进行搬运和组装，而是基于现存的东西创造出的新的精神。其三，当代性也表现为对形式的创造，不同的时代、不同的生活时空和审美时空需要不同的形式。由此，当代性就是一种创造与创新精神，也是先锋与实验的根和土壤，我们无法抛去创造与创新去谈当代性，当代性实质上就是一种创造性。

基于以上概念和三个当代性前提来审视贵州诗歌，贵州诗歌都显示了当代性不足的趋向，当然汉语诗歌也是如此，认识当代性也是艺术家自觉地、有目标有方向地对自己的认识，也是一种严肃的态度。

这种态度决定了艺术行动的一切结果和审美价值。

贵州诗歌在当代性的艺术实践中最出色者当为 70 年代出生的诗人群中的赵卫峰、梦亦非、西楚、潘利文等四位诗人，80 后的贵州诗人朱永富和钱磊在诗歌语言的当代性中也曾做过一些超越同龄人的一些努力，赵卫峰对形式和语言的探索和艺术实践、梦亦非对诗歌形式和精神领域的开创、西楚对语言的当代性实践、潘利文对语言陌生化的实践和精神领域的哲学性思考等都相对突出，但相比国内我们还有很长的路要走，同时他们也需要对自己艺术实践修正与深化。

艺术作品的审美价值和意义全在于它的当代性，没有当代性的艺术，是死掉的，无法生长的艺术，它们属于昨天和死神，会淹没在经典的阴影下。贵州诗歌的出路在于，不在于向中心靠拢，也不在于待在边缘处，让世界向它靠近，通过语言、形式等创新，把握时代精神实质，向更广阔领域前进，融入汉语诗歌的当代性中，去完成诗人的自我。

当代性在艺术中不是固有的一个存在物，但它是一个精神的实在，当代性在它与艺术家成为一体的地方、相互进入的地方。当代性不属于过去，也不属于未来，永远是此刻，但它变化流动，像云朵和江河，护卫着现实的大地。

罗树： 我们虽然是在讨论贵州诗歌的当代性，但也是在讨论中国诗歌的当代性。诗人可能有地域性，但诗歌没有，它必须服从统一的评判标准，比如我们经常说的坏诗、好诗、假诗、真诗、小诗、大诗。在这里，当代性可以是一把尺子，也就是诗歌基本评价标准。

简单说一下我的标准：第一点，诗歌要最大程度体现这个时代人的根本处境。请注意，是根本处境，而不是一般处境。根本处境，再直接一点说就是要具有普世价值意义的。那些写忧伤、写乡村、写风景、写青春、写爱情的诗歌，虽然也是在写人的某一种处境，但因为一般都是浅表性情绪抒写，很容易风格化、小资化、快餐化、文学青年化，所以一般不可能具有当代性。第二点，诗歌本身的复杂性和丰富性。古代人写诗，往往逃不过送别、闺怨、讽喻、记行、边塞、咏史、咏物、山水田园诗等题材。所以说到底，古代人的诗歌，更多是个人单向情绪的表达。号称"孤篇盖全唐"的《春江花月夜》，也无非在说一个词——时间。所以，我觉得诗歌的当代性，应该和这类诗歌划清界限。第三点，我们在多大程度上开掘了母语的表现力。优秀的诗人只要写出优秀的诗歌就行，但一个伟大的诗人应该要开创一种诗歌语言的可能性。这种开创可以是表达方式上的、修辞方式上的或者是对当下网络语言或者民间语言的吸纳并成功地应用。第四点，当代性最重要的一点，实际上应该是对"非当代性"的理解和宽容。宽容也许不是一种美德，但宽容，是当代性最重要最底层的基因。去伪存真去粗取精的事情，交给时间好了。

梅朵： 在我居住的地方和故乡之间，有六七个小时的时差，时差成为我和世界之间随时存在的一个奇异的空间，在这个空间里，我与世界的一部分交流着，我们在同一瞬间说着话，而这同一瞬间却是宇宙中不同的两个光点。这几年来以时差为主题，我陆陆续续写了一些诗与歌。今天讨论贵州诗歌的当代性，我没有系统全面地读过贵州诗人的作品，没有发言权，但是我想借用"时差"一词，来说明这一时刻我的想法。中国当代诗人曾经提到一个概念就是"诗学地理"——只以某个地方为题材，只写某个地方的人事风物。这样的一种既封闭又开放的地方性写作是否与世界的写作存在一个时差呢？如果有，我认为，正是这种距离构成了一种对话，看似不相关的却发生在同一时刻的两个时空的话语对立。这种对话中双方的交织与错过、遮蔽与发现，编写了文学创作中的当代性因素，在同一时间中的多重语境和多重写作心态构成了今天写作的前沿表达。

地方性写作的当代性，还表现在于对"两套话语模式"的打破。说什么与写什么，是对于写作者至关重要的事情，有时已经不必然与内心直接相通。社会身份和生存压力对写作的干扰横蛮强大。在良知应该发言的时候，写作者有时呈现出集体的沉默或者对遮蔽的认同甚至对自我声音的放弃。两套话语模式强化了一部分写作者的自我封闭和远离政治化，拓展了某些类型的写作，比如涌现出很多唯美情调的文字，特别是在诗歌创作中。我认为汉语言写作当代性的核心，就是写作者对这种干扰的反抗和冲破，重新联通心灵和文字，联通良知与社会真相，让产生诗歌的源泉、通灵的态度重新回归到写作中来。

蒙耀远： 于诗歌而言，我是门外汉，既不进行诗歌创作，也没有从事诗歌研究。我的研究方向是民族语言文字，重点是水族水书文化，目前正在完成国家社科基金特别委托项目《中国史诗百部工程》子课题《水族史诗〈调布筶〉》和省社科课题《都匀水族迁徙史诗搜集整理与研究》，课题研究的史诗和水书配韵歌诀都是用水语诵唱，我主要对它们进行记音和翻译，剖析其中的文化表达，由关注水族先人的社会理想到关注水族人当下的社会理想。研究材料中有相当一部分用汉字直音的方式记录下来，但是若非经过口耳相授，要读懂绝非易事。去年四月，我在家乡的一个QQ群里诱导群友用汉字谐水语音进行交流，也就是说对话框里录入的是汉字，但是要通过汉字的语音去理解水语表达的意思，群友以能够理解汉字谐音背后的水语意思来获得莫大快感！尽管用语用字都很困难甚至很蹩脚，理解起来也特别费劲，可是却又是对话者乐而为之，群友乐而听之看之，这就是对民族语言的高度认同、对民族文化的淋漓展示。单单的语言或文化表达艺术的视觉冲击力还不够强大，而当语言与文化两者有效结合在一起的时候，被说到心坎上之际产生了通感，快慰之情由然而生，这种震撼可谓一触即发进而迸发出强烈的共鸣！这种你知我知的共鸣莫不触及灵魂最深处，正是这样的语言文化表达方式促成了、满足了、实现了我们个体内心深处的文化诉求。

这一举动旨在思考：水书文字不敷应用，日常口语中闪现出的很多字词句段都因不能记录下来而稍纵即逝，过后回忆又无迹可循。当时根据同一个水语词汇大家共同使用同一个汉字的频率来搜集归类，我把这些汉字水语聊天词汇集在一起，一是想从这些词汇语音语用来探索语言规律，研究其中的文化语言现象；二是想先做这样的基础工作，看看能否找到破解水书文献和口头传统中用汉字记录的语篇语料；三是想编一个小册子，使爱好这样做的水家人能够及时地记录下自己想记的语料。这个做法如果可行，它还可以移植到兄弟民族之中去，或许对民语民歌创作起到一定的推动作用。

费了这么多口舌汇报此事，就是希望引起大家思考当下的汉语诗歌创作如何来影响民语歌谣的创作，如何赋予当下民语歌谣创作新的生命，力挽民歌这一地域特色文化于既倒，使民歌不至快速消亡于当下。

伍国芝：民俗文化与地域特质，均无一例外地纳入作者的视线，成为练笔的素材。写作者的初衷，是将碎片的地域文化及个人知识提升成有效文本，被受众接受，从而成为公共知识。这样就有两个问题出现，一是当下贵州诗歌应当摄入哪些元素？二是哪些元素符合受众？我很赞同梦亦非的一个观点：作品纵向坐标的"多"，包括"复制"与"传染"。所谓"传染"，就是将不同事物同质化的过程。由此我想，任何作品都逃不过一个宿命,那就是都无例外地受到时空的限制。于是回到另一个问题,什么叫"当下",与"当代性"有何联系?我的理解是,作品的"当下"指内涵较小的时段,而"当代性"内涵则较宽泛些。因此,贵州词歌在当下际遇了哪些人与事,其应具有哪些特质的表达,才合乎当代,这也是我们作者所要思考的问题。贵州山峻、峰秀、树绿、水碧、天蓝,这是一个地理特质;贵州有水族文化、布依文化、苗族文化、青川文化、贵州毋敛古国、夜郎文化,这是一个文化特质;还有一个共同际遇,那就是受打工潮与商潮的影响,贵州已逐步退出主要生活方式的农耕文化,于是,民俗旅游逐渐将山水与人文有机地结合起来,成为私密知识向公共知识转化的平台与载体。以与时俱进的态度评价,如果我们的读歌没有摄入这些元素,考问一下,是否脱离了当下?正如许多人已沐浴在改革的春风里正春风得意,却又故作深沉地重笔描述那些面朝黄泥背朝天的凄凉;有些人在实践着食讲味、衣讲质、情讲真、义讲深的人生,却又回过头去描述"食不果腹、衣不护体"的与实际不符的生活。当然,有些回忆是必须,这也是一种时代的印记,但诗歌总是沉浸在过往,我们拿什么来描绘当下,展望未来?近年来,我看到一些作品中,有一种哼穷叫苦的夸张,那种意境就是20世纪70年代的味,以当下90后、00后而言,受众在哪里,读者又在哪里?

每个地域的诗歌均有其地域文化特点,西藏有高原情怀,草原有辽远味道,大漠有沧桑景致,南方有水乡碧玉,贵州亦应有自己的特质,那就是刚才我所讲到的那些元素。一讲马尾绣,人们就会自然而然想到水族;讲到莫友芝,人们便异口同声地说到独山影山;呈现长桌宴,人们便不加思索地联想到苗寨;一提到"天上人家",人们便心系平塘天眼。但至今而言,我没有读到一首关于莫友芝先生的长诗,也没读到关于对他对黔南、对贵州、对中国有过更深更远的长诗研究(当然,我不善于写诗,也不排除其实有人写了,我没有读到),而这些贵州明显的元素代码,为什么被作者遗忘、淡出视线?尤其是对独山表述的缺乏,无论是官方还是自由撰稿人都值得反思。所以,我的想法是,贵州诗歌的当代性必然需要有人引领,一是概念定义,二是实践认同。这两个方面都应当通过争论形成共识,从而更好地提升贵州诗歌的高度。在当今互联网时代,既要与其他地域文化并驾齐驱,又要做实特点,各领风骚,如此,贵州诗歌将与青山绿水同在,点缀着我们多彩的生活。

李启发：贵州有山地，有险峰，有绿树，有碧水，是个十分适合诗意生长的地方。特别是在现代文明高速演进的当代社会，这方山水更是成了不少人心目中的"诗意和远方"。作为贵州人，就更有福了，置身其间，沐浴着氤氲诗意，呼吸着纯净空气，一草一木，一花一石，就是我们自己的"诗意和当下"。作为在这方青山绿水间生长起来的"贵州诗歌"，凭着这方灵气十足的山水胜境，我们更应该有着足够的"底气"与"贵气"。曾几何时，"贵州诗歌"多少次仰"中原诗歌"之鼻息，有过濒临边缘化的尴尬。今天，新生代贵州诗人挟"多彩贵州风"趁势而上，在中国诗坛上挺起了十分亮眼的"贵州板块"，形成了自信向上、生机盎然的"贵州高原"诗歌群落，展现了贵州诗歌在当代诗坛上的崭新样貌和应有作为。贵州诗歌的当代性，就是要依托自己的山地特色和高原本位，准确找到自己的诗歌自信力和诗意增长点，造就贵州诗歌群落与地理海拔相称的"诗歌海拔"，突破长期自设的小地域诗学桎梏和边缘化思想樊篱，形成别具一格的贵州诗歌风光带，开创极具活力的贵州诗歌新高度。这样说来，贵州诗歌的当代性，就是要打破地域性融入汉语诗歌全域图，坚守独特性做强贵州诗歌新板块，保持自信力擦亮贵州诗歌新视野，增强创新力拓展贵州诗歌新高地。简言之，贵州诗歌的当代性，就是一种自我的坚守与突破，就是一种自信的提升与回归。贵州诗歌，从这里出发，又回到这里，如此，在这片热土上，诗意就能永远与你我同在，你我就能与心中这方山水长存。

杨涌泉：谈贵州诗歌的当代性，我认为首先要进入诗歌，进入语言，也就是要对诗歌语言有直觉的把握；其次是要有足够的耐心和积累。没有任何东西能够钳制诗歌的表达，诗歌创造了语言的存在，它面向的是人类精神的提升，它不可能还原生活。贵州诗歌必须要创新，大胆的创新，无创新只有死路一条。

《卧夫诗选》首发暨卧夫诗歌研讨会录音整理

时　间：2019年5月8日14：00—18：00
地　点：作家网会议室
主　办：北京师范大学中国当代新诗研究中心
承　办：作家网
主持人：谭五昌
整理者：安琪

2019年5月8日，"《卧夫诗选》首发暨卧夫诗歌研讨会"在作家网会议室举办。《卧夫诗选》由诗人安琪编选并发起众筹，于2018年在文汇出版社出版，系诗人卧夫首部正式出版发行的诗集。卧夫生前诗人身份一直比较模糊，他更多地以服务诗人的摄影家、报道家及手稿收集者的形象为人所知，《卧夫诗选》的出版，使读者有了阅读卧夫诗作的读本。在卧夫辞世五周年的日子，北京师范大学中国当代新诗研究中心举办了这场首发暨研讨，以诗歌的方式表达了对诗人卧夫的怀念。出席研讨会的专家学者有：首都师范大学文学院教授、博士生导师吴思敬，诗人、《诗探索》主编林莽，北京师范大学文学院教授、博士生导师张清华，北京外国语大学教授、博士生导师汪剑钊，北京师范大学中国当代新诗研究中心主任谭五昌，中国社会科学院文学研究所研究员吴子林，诗人、作家网总编冰峰，诗人、批评家、《北京文学》副主编师力斌，人民网专栏作家邬晓薇，诗人、作家网总编室主任、《卧夫诗选》编者安琪，诗人、摄影家、《访谈家》主编张后，诗人丛小桦，《文艺报》记者黄尚恩，卧夫妻子阿兰以及鲁院36高研班诗人谈雅丽、王朝军、孙立本、于小芙。研讨会由谭五昌主持。

研讨会首先播放了作家网录制的卧夫视频资料《告别卧夫，让春天写下最后一首挽歌》。里面有卧夫留在人世的唯一声像。

谭五昌：刚才大家都看了关于卧夫的影像资料，隆重感谢作家网冰峰先生！冰峰先生的这个工作很重要，用影像来叙事，展示逝者的身份。卧夫生前的诗人身份是比较淡薄的，给人的感觉好像是一个给大家拍照的摄影师，现在通过这个影像视频，和《卧夫诗选》等两本诗集的出版，一下把卧夫这样低调又很有才华的优秀诗人的身份凸显出来了。

尤其刚才的影像配上说明性的文字，出自安琪的手笔，我本人看了很有感触。诗歌界有卧夫这样低调、热忱的、把诗歌作为他的生命来追求的诗人，这也是中国当代诗坛的一道风景。卧夫诗歌中的死亡情结、死亡意识非常浓郁，这一点令我深受触动。我也是卧夫多年的朋友，我俩曾经在一个房间一起住过。但我们之间触及灵魂层面的交流没有，当时他比较低调，只是向我说他的一些计划，比如他怎么打算给海子修墓，怎么编跟海子有关的诗歌图卷，等等。

当时卧夫给我感觉他还是非常热爱生命的，他还有很多工作没有完成。2014年5月得到他失踪的消息，得到他死亡的噩耗，我和许多朋友感到很震惊。当时为他送行，来了几百个人，安琪在《卧夫诗选》后记写道："卧夫在诗歌界是没有敌人的人，不但没有敌人，还有一大群非常认可他、欣赏他的朋友。"这一点在诗歌界不多见，体现了卧夫的人格魅力。

今天很荣幸由我来主持这个研讨会，来的人不多，但档次很高。尤其卧夫是这么低调的诗人，有这么多重量级的评论家与诗人出席，非常难得，也体现了我们对逝者卧夫的尊重。首先请师力斌老师发言。

师力斌：我拿到这本《卧夫诗选》有一个感受，诗歌是另一部身体。我现在只能以一个读者的身份去读，做一个心理学的解读，读他，也算跟卧夫做一个对话。

我看他的诗，很多是倾诉式或者自白式的那种，张清华和安琪也有写到，说他是自语式的，自言自语，有一种商量的口吻。很多诗里以"我"这样的感觉。我一直在猜想这是一个什么样的人，这个人和我能不能处得来？怎么理解他的诗歌？没法知人论世，我就斗胆把作为读者的感受跟各位交流一下，也算我对诗人的怀念、敬仰。

他确实是一个不断自我反思的人，有时他能将自责和反省推向极端。比如他采用对话、倾诉、商量、疑问的口吻，好像和一个很亲密的人在对话，比如《像阿Q同志那样把心事告诉吴妈》，当然他有调侃，但我理解调侃背后他有他的孤独，比如说："我几乎只有一个亲人，他住在天堂，他是我的父亲；我几乎只有一个朋友也住在天堂，名叫海子。每次想念我都夹着尾巴。"

如果卧夫活着时，我们读他这个诗，可能觉得有点矫情，很难理解。他不是经常参加一些聚会，跟朋友打得火热吗？但在诗歌里，他的自卑加憧憬的孤独感，我现在才能理解，他真的不是装的。再比如，《如果时光可以倒流》，整个诗是对话的，相当于两个人在对话，他非常敏感，有很多自省。

再比如《误解》其中有几句："随即我就病了，被人看在眼里，病因其实我已经找到了，是我误解了自己。"琢磨这些话，我自己也经常会这样，白天办某些事，晚上回去反复想，《论语》里讲"吾日三省吾身"，曾国藩讲"慎独"。中国的传统也是，知识分子老爱反思自己，所以我觉得他在精神气质上确实有一点像海子和顾城，有一种神秘的、常人无法想象的情形，在他的诗歌里呈现。

又极具画面感，比如《本少爷生来命苦》，这也是一句调侃的话。我看他有的诗里讲到，有一段是"靠捡垃圾"为生，我不知道他这个人，是不是用极端口吻来比附他生活的拮据或者困顿，或者暂时的囊中羞涩。但是我想，他在精神气质上是这样，我佩服他这种想象力。我特别喜欢他这样一句，"把太阳紧紧拴住，另一端系在腰上，让我们的世界永远明媚"，是困顿的、朴素的，甚至像孩子一样比较直白的愿望，反而能表达他那种困境。

再比如，《躺在土里一动不动》，我想这首诗可能是爱情诗，其中有几句，"很想成为盲人，把世界关在眼睛外面"，这话像一个小孩儿说的，不符合受过教育、经过语言训练的人的表达方式，过于文绉绉的表达，反而没有他这样的力度。

总体感觉他很质朴，有普通人的喜怒哀乐、七情六欲，当然有身体的欲望。他里面有很多关于女性情感独白式的部分。我想重点再谈一点，关于他对诗歌的态度，他对诗总体上是贬低、调侃的，并不认为诗有多高雅。比如看这些标题，《千万别爱上写诗的男人》《我说过我写的是诗吗？》《硬着头皮写一首诗》《做一次爱就能写出一首诗吗？》《诗人的手淫时代》《男人不一定非要写诗》，还有这样的句子，"我把诗歌和咸菜放进冰箱"，他的总体态度确实是调侃式的，我不知道他真实生活中是什么样的。

比如《诗说》,是他对诗歌总体的态度,他讲了诗不是什么、不是什么,什么也不是,不是粮食、不是闪电、不是及时雨、不是救世主、不是医生等等,不是啤酒、不是处女……这首诗彻底将诗世俗的功用给否定了,诗它不能带来任何好处。"诗歌这鬼东西以虚伪的形式在指缝间,渐渐流失,或者被强大的敌人几乎揭穿",他彻底看透,但他另外还热爱写诗,比如他有一首诗叫《硬着头皮写一首诗》,"我忍不住想与诗歌抱头痛哭,终于可以踏踏实实写这首诗了"。这个人很矛盾、很纠结,一方面不自信,诗到底能不能给我带来什么?好像不行,但另一方面我又放弃不了。

在这,我找到一个关键词就是"敌人",这可能涉及我更深的一种感受,我搜了一下,他诗歌里出现"敌人"的非常多。按道理,华老师、安琪等了解他的人说,他生活中基本上没有仇敌,诗歌里反而敌人特别多。这一点,让我猜测这样的人是不是有隐秘的一面,或者他生活中,在现实世界里难以完成,在想象中把他的性格、强悍的一面,或者恨的一面表达出来。他拿诗歌作为一个发泄,这也是他不能放弃诗歌的一个原因。

比如像《敌人的证据 AK-47》,这个标题我觉得很火爆,一个人竟然能拿"AK-47"写诗,作为一个朋友很多的人,对我来说确实是很罕见。凭我个人的经验,我自己写诗很难,即使写敌人也不会这样。里面有一句,"我已经没有证据证明谁是最危险的敌人,我对敌人已经熟视无睹,甚至经常面带微笑,问一声好",也是一个矛盾的态度。我想卧夫性格非常复杂,内心里有过很激烈的斗争,曾经有很多幻想,有过各种各样的欲望和诉求,但最后选择离开,不再纠缠。他说他是狼,我想他是不是遇到过狮子,有过非常危险的境遇?

谭五昌:力斌抓住一个关键词就是"敌人",其实卧夫在生活中没有敌人,真正的敌人可能是他自己。他跟自己对话,卧夫精神结构比较复杂,一方面有非常强烈浓郁的死亡情结、死亡意识;另一方面,又有一个优秀诗人正常的精神状态。我最近写了一篇文章专门谈卧夫的死亡情结,在这方面他跟海子是兄弟,卧夫他本人对海子非常推崇。

卧夫为什么选择在 2014 年以这种残酷的方式自我了结?大家都明白,卧夫走到这一步,生活中的一些不顺心只是导火线,真正原因是他内心的死亡情结,死亡的意志是不可抗拒的。卧夫在他的诗歌中说:"我为什么死得这么慢呢?"又说,"我死过很多次而且死了很久很久"。

读得人心惊肉跳,对卧夫来说,这是他本人真实心灵状况的反映。

虽然卧夫在诗中说过,"可爱的人根本爱不过来",但卧夫肯定是被死亡阴影拥抱的一个人,最后他选择这种惨烈的死亡方式,也不意外,其实在文本当中,我们可以读到非常充分的理由。作为朋友,我为卧夫的死难过、遗憾,但是作为一个诗人来说,恰恰是卧夫诗歌中浓郁的死亡情结、自觉的死亡意识,构建了他诗歌文本的分量。如果一个诗人从青年到中年到老年,他的诗歌文本从没有触及死亡主题,我认为这个诗人的写作是没有深度的。像汪国真先生,我们私交很好。对他个人的品性,我非常尊重,但是为什么大家觉得他的诗歌写作是属于一种心灵鸡汤式的写作,缺少分量的写作?他的作品很正能量、很阳光、很热爱生命,确实非常好,但就是欠缺一种分量。

作为大学老师,我在课堂讲诗的时候,有时也感觉很矛盾,比如讲海子,我一方面坚决告诫我的学生,海子的自杀是不能学的,要无条件地拒绝自杀行为。但如果从诗歌评论者、研究者的角度写文章,海子身上的死亡情结、死亡意识,恰恰是海子文本最重要的亮点之一,也是他天才的表征之一。这句话放到卧夫身上也是适用的,假如卧夫的诗歌中都是充满阳光、热爱生命,没有以意外的方式离开我们,假如他的诗中没有死亡意识、没有时间意识,那么卧夫的诗歌显得有点轻飘飘,没有现在这样的分量。恰恰是卧夫诗歌中的死亡情结、死亡意志与生命意志残酷的较量,最终死亡意志取得胜利,才留下如此丰富的、矛盾的、纠结的精神状态,才更值得我们今天在座的专家诗人对他的诗作进行研讨。

下面有请著名评论家吴思敬老师发言。

吴思敬:今天在卧夫逝世5周年之际,我们举行小型的研讨会,这本身是很有意义的。我们为什么聚到一块?因为卧夫这个人最大的特点,包括诗歌创作、生存方式,都超越了一般的功利。今天大家聚到这里来,也完全是超功利的,完全是纯正地对一个诗人的追思和怀念。

这里我特别感谢安琪,安琪跟卧夫是有些交往,但并不是非常密切、特别亲的,只是诗友。但安琪在他逝世以后,收集卧夫的作品,而且编了这本书,这后面有很多的出版、经济各方面因素,她自己还买了270本书送给诗友。在安琪身上特别体现了对诗这种纯真的感情,她对卧夫的感情,也正是我们这些人对卧夫的感情。

我今天参加这个会,虽然小,我心里是很热、很感动的。特别今天还有很多跟卧夫没见过面的朋友，听说有这个消息后聚到这里来，这是一次很难得的聚会，这是我要表达的第一层意思。

第二层意思，对于当下，诗人的死亡现象，我们现在确实应当冷静地分析一下。在中国那么长的诗歌史上，自杀的诗人有几个？屈原是最突出的代表。后来被杀的诗人那是不少，但是真正用自杀方式结束生命的很少。

现代诗人当中，只有朱湘，而朱湘在很大程度上是被生活所逼迫。在现代诗歌史上能找出几个诗人自杀？很少很少。但在我们当代诗歌史上，在"文革"当中，最著名的是闻捷的自杀，闻捷的自杀在"文革"特殊背景之下，完全是被冤假错案压垮的。

在那之后，那么多老诗人，他们受到了迫害、折磨，都凭借坚强的生存意志挺下来了。但是，进入新时期以后，按说是我们诗人的压力怎么也不会像"文革"那样大，但是从海子自杀、顾城又杀妻自缢以后，一下子出现（现在还没有精确统计）差不多得有20个左右诗人自杀，这包括知名的和不知名的。

我前年在《当代文坛》文艺理论研讨会上，专门就诗人的自杀问题有一个发言。我觉得，现在诗歌界老诗人和评论家们应当告诉诗人，告诉年轻的诗人，怎么样对待生活，怎么样对待死亡。死亡意识可以有，但并不应当用自杀的方式结束自己的生命。无论基督教还是佛教，没有一个主张自杀的。

现在抛开卧夫，联系这些现象，诗歌界评论家应当正确地阐释诗人的死亡意识和诗人诗作的关系，但不要用实际行动去死亡。评论家、诗人不要再鼓吹诗人殉诗、为诗而死等，把诗人的死亡渲染得过于美，让诗人觉得死就是一首诗，太残酷了！实际上诗人自杀和诗人真正的诗歌价值没有必然的联系。

有人就说海子因为死成就了他，海子的死固然在一定程度上增加了他的知名度，但海子在今天屹立在诗歌史上是靠他的文本、靠他的诗。而顾城在自杀之前早就是一流的著名诗人，绝对不是顾城之死才把他推到这个位置。所以顾城和海子的成就首先是他们的文本。有些人不管你死得怎么排场，或者怎么设计死亡方式，最后能不能留下也不一定。

我们要借一切机会向年轻人说，死并不能提升你诗歌的价值，死并不能成就你。成就一个诗人的关键是你的文本、你的作品。我们一定要把这个讲下去，而不应当过多渲染死亡，把死亡的行动作为诗句歌咏，我认为这是非常片面的误导。这是结合这些年来出现诗人死亡现象我的感想，今天在座有很多评论家和很有地位的诗人，在今后写纪念文章、写什么也好，不要过多谈这些。

我这次非常感谢安琪编了《卧夫诗选》。在这之前我只是对卧夫这个名字有印象，开会的时候见过面。没有正面跟他说过几句话，散会就走，谈不上交往。这个诗人我是认识、见过，觉得他对诗歌很热心、很好，这是一个印象，对作品没有印象。

假如早点了解作品，能不能打个电话，疏解一下他，起码能做到这一点。当然这是后话，这个会我们不是礼赞卧夫之死，更不是渲染他怎么样。我们面对的就是卧夫这个诗人和他的诗作。

《卧夫诗选》让我看到，卧夫不凭借他的死亡，他也是一个诗人，也是一个真正的诗人，这就够了。他并不是用死才成了诗人，或者死增加了他诗的分量。

卧夫为什么是一个诗人，而且是一个可以站得住的诗人？

首先，他对诗歌有观点，诗选里有许多内容涉及诗和写诗，《诗说》（3首），这个题目像诗歌观点一样，当然他不是用论文形式写的创作体会，但确实他用他的特殊语言，谈了对诗人的理解，比如诗说的第一首，他说诗不是什么，不是什么。最后——

诗说：我是梦的遗址/坐落于白天与黑夜之间/诗说：对我无须苦思冥想/像风一样洒脱有致/像水一样顺其自然/终会心得其所

这是一个真正对诗有大悟的人，真正体会到诗是什么的人才能说的话。诗就是一个梦，诗人就是一个追梦人，他就是在白天与黑夜之间，这一点说得非常到位。然后再看看，"无须苦思冥想/像风一样洒脱有致/像水一样顺其自然"这就是诗人最好的创作状态，有自然的出路，这一直符合中国经验，也符合伟大诗人的创作经验。

诗绝不是硬编的，这也是卧夫诗歌的写法，自然流露符合中国的诗教。看卧夫的诗歌，可能觉得有些句子比较平淡，有些句子生活诗意不足，但不能说不是从心灵流出的，他没有装腔作势，这是他对诗本质的理解。他把诗的使命感、政治化、概念化的东西全都抛去，忠实地回到自我，忠实地面对内心。

这就是他，由于对诗有了非常正确的、很到位的理解，他的创作，是放松的、自然的、亲切的。我们读他的诗好像跟一个朋友亲切对话，他没有装腔作势,把自己写得神头鬼面谁也看不懂,拿这个当作最大的娱乐,也不为了显示有学问,大量旁征博引,引一帮大名人。现在不引西洋名人引古代名人,动不动和杜甫对话,用这些装点自己,他没有。他非常真实地面对自我,他的诗是发自内心的。这是他最根本的点。

其次,作为个人的风格,卧夫的诗歌,借鉴了后现代的反讽、调侃、幽默。平时看他人老老实实,但他确实有冷幽默,他的这种素质,使他文本表达的时候就可以收放自如。不管什么样的题目都敢于调侃,他很多正面的思想在调侃中产生,形成他非常独特的文风。

无论生活也好,包括性、做爱,包括严肃的诗歌创作,包括大题目,都可以用他带有幽默调侃的语言出来,在语言风格上,他是有独特贡献的,他把一种自然轻松同时又后现代的某些风格融合在一起。他不是说比如抱西方某一大家,而是融会贯通形成了自己的语言风格。形成自己独特的语言风格是一个诗人成熟的标志,卧夫的语言风格有他的独到之处,拿出题目和句子,能看出这是卧夫的诗,而不是别人的诗,这就很了不起。作为诗人,如果在语言上没有自己独特的贡献,这个诗人是值得怀疑的,卧夫是承受得住这点检验的。

最后,卧夫的诗歌为当代诗坛塑造了一个"多余的人"的形象。俄罗斯有"多余的人"这个形象,卧夫就是当代的"多余的人",起码在诗歌中我们看到的是这样一个人。在生活中他是热心的人、乐于助人的人,各方面很勤奋的人,但诗歌中他塑造的是这个时代"多余的人"。如果一个诗人通过诗歌塑造出一个自我的形象,或者一个艺术加工的形象,在当下社会中具有某种代表性和典型意义的形象,就说明他的诗歌概括性。所以卧夫虽然用非常个性的语言写出来,但他这个"多余的人"的形象,确实是我们当下青年人的一种写照。

卧夫所有诗歌当中,有些题目如《别把自己当成人》,前面还有小序,我不想一一举例。写祖国,像舒婷的《祖国啊,我亲爱的祖国》,他有首诗叫《祖国万岁》,题目比舒婷的祖国还有感情色彩。可是他后面写的,写——塌下来,让女娲去修补/出车祸了,让屈原去处理/我只负责用十五个水桶打水/七上八下。

他的写法跟舒婷不一样。舒婷的写法绝对代表朦胧一代,尽管她对"四人帮"非常愤懑,但她有理想、期望,但到卧夫这没有,祖国跟他有什么关系?你说可怕吧,我们批判也好,但他确实写出了这些东西。

再看《像阿Q同志那样把心事告诉吴妈》，题目就带有调侃，但又确实，"我发现我有点像只猫咪，在被宠爱的同时，骨子里其实对人又很冷漠，远远比不上狗或者一点不像狼"，太深刻了！骨子里的冷漠，对人的冷漠，只有在诗中能体现，但他平常对大家是热情的、温暖的，送大家回家。这就是人的两个方面，一个人有天使也有魔鬼的特质，这些结合在一个人身上，这是一个活生生的卧夫。骨子里他对世界的冷漠、对人的冷漠，最终才导致他走上这条死亡的绝路，这是根本原因。

生活中他恐怕没有跟任何人谈过，跟安琪未必谈过，但他在诗歌中坦诚地说出来，"远远比不上狗"，食指曾在诗中说"我不如一条疯狗"，多少年过去了，到卧夫这里还是这样，"或者一点不像狼"，狼是他的名字，但是那种狼性没有。所以这是一种当代知识分子的精神矮化现象。

雷平阳有一首《祭父帖》，在这首诗最后，雷平阳说，我想给我的父亲写一首墓志铭，他这一生疯狂地渴望着生，所以他才有肉身与精神的双重卑贱。这句话写得太深刻了，不只概括了他的父亲，我们就是肉身与精神的双重卑贱，今天的知识分子似乎地位提高了，待遇也没问题了，教授挣的工资多了，但精神的卑贱没有解决。所以雷平阳这句话"肉身与精神的双重卑贱"就和北岛的"卑鄙是卑鄙者的通行证"一样概括了我们这个时代。一个诗人只有写出这样的诗才不愧对我们的时代，所以读这样的诗，我感到一种认同感，我就是精神的卑贱者。卧夫没有用这么强烈的语言，但是卧夫用他的带有反讽意味的语言，写出了他对时代的绝望。

像他有的句子，"然后我就睡不着了，在海边没成为渔夫，到乡下走一走成了农夫，一到床上我就成了卧夫"。本来卧夫不是这么来的，但他把卧夫谐音了。自己成不了英雄，也成不了真正的王者，只是爬在床上的卧夫，这就是一个"多余的人"的形象。

这首代表作《初冬的玻璃》，这是清华在序言中引用的，他引用得非常好。这首诗写道："我是个空酒瓶子，我只要尸首摔在地上，就会破碎得让你看不见"，没有价值，本来空瓶子没有价值，一旦砸碎以后更没有价值。"但我死不过顾城，活不过海子"，这就是他对自己作为诗人的定位，他感觉自己不可能超过顾城和海子，"又做不到把红旗插到某个山头",又不能当英雄,当不了英雄,"我在梦里力气大得惊人,等我醒来却对所有的故事欲语无言,我看透了一面初冬的玻璃"。梦里力量大得惊人,醒来之后什么都没有。这种精神的痛苦、精神的苦恼,他真是用诗歌的语言体现出来了。

所以,我觉得在今天,能够这么深刻地写出一个知识分子内心世界的这样的诗人不多,他这个"多余的人"的形象,确实也很难进入文学史高大全的正面形象中去,但他无疑代表当下很多诗人,包括很多知识分子内心的状态。这是很真实的,这就是卧夫的价值,也可能若干年以后,我们的时代变了,但是我们会记住,在21世纪初期,前20年当中,我们是有这样一个诗人,真实地记录了这个时代,这就是卧夫的价值。谢谢!

谭五昌：吴老师谈得非常有高度,吴老师这个发言使得卧夫的诗歌,包括卧夫的写作,还有他的精神状态的价值都得到更加充分的彰显。吴老师主要谈了三个方面的问题：

第一,吴老师对卧夫诗歌进行概括,他认为真实、自然、反讽、调侃,具有独特的语言审美风格,吴老师特别认真,文本细读,概括得很到位、很精准。

第二,吴老师说,卧夫展示出了当代"多余的人"的诗人形象,非常精辟,这也是我想说的话,我读卧夫的诗歌时,看到了一个在城市里游手好闲的诗人形象。卧夫生活优裕,没有什么生存压力,他游荡在北京各种诗歌的场合,甚至到全国各地游荡,这大概是卧夫留给吴老师包括我们很多人的突出印象。

第三,卧夫尽管物质上很充裕,其精神却陷入对立性的贫困乃至颓废状态,他的精神世界非常荒凉,卧夫在诗歌中有过很多次死亡想象,甚至出现过"我背着自己的尸体在到处寻找自己"这样非常骇人的死亡意象,来表明他陷入了一种精神危机。我最近这几年一直研究诗人自杀现象,卧夫也是我研究的对象之一,刚才吴老师说到我心坎上了。我们坚决反对诗人自杀现象,一个诗人在诗歌中可以写死亡,但必须活得好好的,必须有一个强大的灵魂。

比如伊蕾,在爱情上备受挫折,她诗歌中也有很多死亡意象,跟爱情诉求融合在一起。但伊蕾不是一直坚强乐观,活得好好的吗?去年她突然的辞世只是一个意外。一个诗人在诗歌作品中有死亡想象、死亡诉求,并不代表着他(她)在现实中一定要自杀,这个应该要分开来，吴老师提得很好，对于诗人自杀现象，我们不要渲染。吴老师的提醒，不是多余的。

接下来，有请著名诗人林莽老师发言。

林莽： 吴老师刚才讲得非常好！卧夫他去世五年了，为什么我们开这个会？我们作为诗人探讨一个诗人，探讨卧夫作为他这个年龄段，代表他这个年龄段的诗人，他的价值和意义到底在哪儿？如果从这点来说，清华的序里面写了很多有价值的内容，包括安琪带有回忆性的关于这本书编辑的原因，都写得非常好，他已经做了很多阐释和研究。但是我觉得，对卧夫来说研究得还不够，到底他是一个什么样的诗人，可能还需要我们认真思考。

我认识卧夫，在2001年以后，我印象中第一次见他是在老故事酒吧，我见他当时拿着照相机，穿的是非常普通的牛仔裤，戴着有点颜色的眼镜。我的第一印象他是一个搞摄影的人，他到处给诗人拍照，这是第一次见面。后来慢慢地发现他经常开自己的车，由一个小车换成一个大车，为了更多地给诗人服务，拉更多人。车经常借给别人碰坏了，有一次镜子刮到反光镜，我说卧夫车怎么了？借给谁开弄坏的，明天去修。他非常低调，我们去过几次外地，有一次去白洋淀，他给谢老师和很多诗人照了很多照片。

作为一个诗人，我跟他认识很多年，不太清楚他写什么诗，在他去世以后，我才在一些地方零星看到一些，没有像这本书这样集中看到。

卧夫这个人，大家都说了很多，他是比较低调，为大家做了很多贡献，有很多诗人朋友。卧夫虽然用照相机拍照，但他的眼睛在观察这个社会，或者观察诗人群体，他对诗人群体其实有很深刻的认知，甚至有很多蔑视和批判。比如有一首诗叫《做了爱就能写一首诗》，其实里面带有很大的讽刺性的东西。

从他的诗里面，我突然对这个人产生一种兴趣，他到底经历过什么？卧夫应该是经历很多生活磨难的人，虽然没跟他谈过这个问题，但应该研究一个诗人到底经历了什么？从卧夫的诗歌里面我看到他对人生的理解确实是有其道理的，另外他之所以叫这个名字，叫卧夫，叫"落荒的狼"里边都是有原因的，这里边肯定有很深刻的自己对生活的体味。

我们要想研究卧夫，应该对他的历史有更深入的了解和知道。可能需要了解一下历史背景，进一步研究他的诗生成的原因。但即使不知道他的生存背景，我们也看到，他作为一个人生存的艰难和困苦，甚至经历了很多的磨难，所以有很深刻的人生体会。他为人低调，是他站在更高处看这个社会，甚至俯视，他很多诗里写到对诗人群体的俯视。对诗人群体在一个活动里面那些东西的可笑视而不见。他在诗里对那些不断把自己标榜为大师的人的蔑视非常明显，那些吹牛皮的话他听到了，虽然没有发言、反驳，但他内心是清晰的，从他的诗能看到这些东西。

卧夫的死是很突然的，其实他是很热爱生活的人。我到他宋庄工作室去过，他工作室里那么大的空间，装满了书、画、雕塑、诗人们的书法。他是有自己的理想的。他搞收藏，收藏诗人的笔记、文本、手稿，从这些我们能够看出他是热爱生活、热爱艺术的一个人。

在他的工作室里你能看到精心的布置，能感到他对艺术、对绘画、对音乐的热爱，能感到他是热爱艺术、热爱人生、热爱生活的人。之所以发生这样的悲剧，这里面有我所不知道的原因。卧夫他的诗歌是一种自语式的独白，他的诗首先是写给自己的，不像有些诗人是写给别人的，写给编辑、写给诺贝尔奖，或者写出来就是吓唬别人的，像吴老师所说的用大词、用世界文化名人、用各种各样的典籍装扮自己。不是，卧夫的诗是写给自己。我觉得，一个好的诗人首先是写给自己，因为你真诚。

我不知道卧夫的诗发表过没有？可能基本没有，除了在博客上贴一贴，他不拿出来发表。不是说他的诗不能发表，他不愿意这么去做。原因在哪儿？他因为是写给自己的，我写给自己满足我心灵本身的需求就够了，已经完成了。志同道合者看一看就够了，我不用这个沽名钓誉，或用这个达到其他目的，卧夫肯定是这么一个人。他对这些东西根本看不上，对发表不发表也看不上。从他的诗里能看到，他对那些东西很蔑视，对诗人群体很龌龊、自以为是、自吹自擂式的东西非常反感。

从卧夫的诗歌来说，他的语言是随心所欲的，自己想到哪儿写到哪儿。他的文化素质、生活经历构成一种可能性，他的诗歌是很跳跃的，语句非常跳跃，内容在虚实之间，有虚有实。他跟生活有一定的间距，不是完全白描式地写生活，但这种间距并不陌生，通过一种特殊的渠道，通过人生经验的渠道，因为我们都有共同的经验，共同的经验让我们抵达他想表达的东西。卧夫的诗在写作跳跃、空灵感上是达到一定的高度的。

另外，他的诗歌内容很具体，虽然是虚实之间，但是很具体也很生动，都是来源于生活、来源于体会，不是来源于某一本书，或别人的东西，或借鉴别人几句话。他的作品都跟自己生命体验直接相关，是跟经验相通。他把生活的现实引在语言后面，他没有把生活现实的一些东西直接暴露给我们，而是隐藏的。但凡是有共同经验的人，能隐隐约约地感到，他后面是有东西的，他的东西是很厚重的，甚至是很残酷的。

他有时用反讽、用调侃，他有时更多是自我解嘲，拿自己开涮。拿自己解嘲的诗人，并不是不尊重自己，而是他用那种方法认知世界。有时他的语言好像略显突兀，但这种突兀不是无迹可循，是有迹可循，突兀背后不是虚无的，是跟生命紧紧挂钩的。

另外结构显得不够完整，但他所有的语言最后都结束在非常低调的语言上。他不抬高自己，他也不需要说什么名言，他就把自己最真实的东西呈现给大家。

他对诗坛是冷眼旁观甚至看不上的，他对文化界的许多现象根本看不上，甚至有点鄙视。虽然他不说，虽然他为大家服务，虽然他为大家买单，但在他心里对这些东西高低贵贱是清楚的。从他的诗集来看，他是有独立人格的人。他的诗歌有独到之处，是一个心灵真挚的人。

谭五昌：谢谢林莽老师精彩的发言，非常到位，可谓知人论世。

林莽老师的发言贴近卧夫真实的精神、生命状态。卧夫生前拒绝发表诗歌作品，安琪说过这一点。卧夫为什么拒绝发表作品呢？在他看来，写作最大的动力是一种精神需求与心理需求，这点林莽老师说得很到位。另外在艺术特点上，林莽老师说得也很清楚，卧夫的诗歌语言是放开了，他做到了随心所欲，他并不想出名，没有功利心，所以可以放开。

林莽老师提到一点，卧夫这个人非常热爱生活、热爱艺术，这说得非常对，但卧夫他也非常向往死亡。像海子也不能说是完全被死亡情结吞没的人，他也写过《活在珍贵的人间》这样的诗篇。19世纪欧洲杰出的浪漫主义诗人诺瓦利斯说过，一位天才诗人往往通过热爱死亡来表达热爱生命。这是一种矛盾性，也是一种辩证法，最终要看生命意志战胜死亡意志，还是死亡意志战胜生命意志？接下来有请著名评论家张清华先生发言，他写了很好的评论卧夫诗歌的文章。

张清华：我谈不上有发言权，也不是知人论世，我和卧夫生前是很平常的朋友，没有单独跟人交往，甚至我都没有坐过他的车。我听到他死的消息时怀着一丝歉疚。歉疚，一方面是抽象的原因，我们总觉得作为一个读者、作为一个研究诗的人，你如果没有认真对待过一个人，总是有问题的。无论作为朋友还是作为诗人，我都从来没有认真对待过卧夫，这是我很歉疚的一点。

还有一个具体的原因，2014年刚开春，有一天五昌还是谁给我打电话说海子的母亲来了，就在北师大东门，在那吃饭，问我愿不愿意过来一下。我赶紧过来，过来时他们已经吃完了。我坐下，大概5分钟以后，卧夫说，我已经把单买了，我先走了。

这件事才过去一个月，突然听说卧夫走了，可能因为具体原因我没有去送别。后来晚上我打开电脑搜他的诗，我这么一看吓了一跳，歉疚感就出来了。我原来没有认真细读过，现在细读一下，觉得他的诗写得非常好，我选了一些，直接发给《钟山》杂志。《钟山》杂志主编有时让我约点稿子。我发给他以后，他说你配一篇短评，本来我就想写几句话，但是一不小心就写成一篇文章。

我自己比较喜欢这篇文章，后来我出了一本随笔集把这篇文章收进去，整个书起了《怀念一匹羞涩的狼》这个名。刚才吴老师、林莽老师也都讲到，一个诗人，他的诗和他的人生和他的生命人格实践，冥冥之中是有关联的。有的人是用生命写作，这种自觉性很强，有的人虽然不是自觉性很强，但是某一天突然发现，他的人生轨迹和他的诗歌写作之间，有一种特别密切的、不可分割的联系。我突然意识到，卧夫是这么一个诗人，所以我就觉得有特别的意义。

今天各位的发言，同样把话题集中到这一点。用我的话讲，卧夫是一个有精神肖像或者有他自己的文化性格的这么一个诗人。首先从他取的这个笔名，这个笔名英文是"狼（wolf）"，它对应的中文是走向它的字意的反面，刚才吴老师说的"多余的人"，这个点到题上了。"卧夫"其实就是躺在床上的奥勃洛摩夫。一方面，他身上有比较原始和男性的那部分，简单地讲，他和世俗生活和社会制度化的东西之间，他是有自觉的保留，至少是保有距离，他无力去对抗，但他始终保持这种距离。

其次在精神上，他的特立独行和拒绝归顺或者归驯的气质是他的狼性。另一方面，在文化人格上，他又展现另外一个侧面，我觉得如果和俄罗斯有联系的话他是"多余的人"；如果和中国传统相联系，从李白的诗里，"古来圣贤皆寂寞，惟有饮者留其名"。这种大孤独和大糊涂和这些东西是有联系的。他有一种自觉的自我废弃的倾向。这种倾向还是值得我们研究的。所以他的笔名里面就隐含了他性格的两重性，正是这样的两重性，张大了他的精神空间和文化空间。正因为他的内心世界的复杂，他构成了和现实生活，隐而不显、习而不察，被我们忽略了或者被我们误解的那一面。

施蛰存先生有一句话我始终觉得说得太好了："每个时代的人都在纪念上个时代的屈原，然后又在制造自己时代的屈原。"这就是诗人和时代之间的一个很有意思、也很有深意的关系。向来诗人和世俗生活之间，我说的是那些优秀的或者有自己文化个性和精神世界的那种诗人，他们总是和所处的时代有一种错位关系。还不一定是对抗关系，有的时候是错位关系，他就是一个生错时代、走错房间的局外人。

所以我以前不太理解，为什么卧夫每次出席活动，他的角色定位总是拿着一个照相机在那咔嚓、咔嚓照半天，你以为他是一个小报记者，夹着一卷宣纸，非常谦恭地请别人留言。也让我觉得是不是一个不入流的收藏家？其实他内心是很高贵的，我们现在想想他内心的高贵在他的诗里都体现出来。但他又不是从社会学意义上给自己什么身份的人，他恰恰在社会学上拒绝别人给他身份，自己也不愿意给自己一个身份。

恰恰因为这点，我觉得他在我们这个时代，刚才吴老师从谱系学的意义上阐述得很好，他就是和我们这个时代之间，通过这种自我废弃、自我梳理，甚至是自我贬义构成区别关系，这些东西在他的诗里反讽地写出来，如果正面写出来他就会是文化英雄。海子从精神肖像上确实有"诗歌烈士"的特性。卧夫他的诗里有大量的海子元素，可以看出他的语言和海子的语言，他的意向、群落、修辞和海子有非常丰富的内在关系。但他在海子的基础上戏谑化，他把他自我矮化和自我拆解，这是他一个非常大的贡献。

如果他还是以海子的那种紧张、庄严，甚至是宏大，以那种大词来写作的话，他就不再具有独立的意义。他正是把海子的那些诗歌形象，做了戏谑的、解构性的处理、矮化的处理、软化的处理，甚至刻意体现他有某种玩世不恭性，这才具有独特的意义。如果从这个角度，从文化关系和文化谱系上去做文章的话，卧夫是一篇大文章，能够把他的文化性格分析出来，然后和他的诗对照起来，然后和前代诗人的诗歌形象、精神肖像谱系化，建立一个谱系关系，他其实是很了不起的一位诗人。

这方面我们的研究远没有抵达应有的深度，我还是觉得卧夫是值得我们反复细读、深入细读和阐释的诗人。因为他这种诗歌形象太有价值。在我们的时代，我们当然不排除其他类型的写作，知识分子式的写作，用生命庄严的投入的写作，颠覆性的写作，民间的、口语的各种各样的写作，其实在我们时代都有意义。但是我觉得卧夫这个在精神上是别具一格的，是别有深意的，我们还是反复把这块做一个深入的解读。

所以我建议，能不能把卧夫的诗做一个全编？少量不适合编入的东西可以适当剔出，但是应该有一个按年份。卧夫的诗有多少？

阿兰：有1200到1500首。因为喜欢卧夫的诗歌，我20岁的时候，我们成了笔友，写了一年多的信才开始一起生活。我毕业以后放弃公务员的工作，直接从广东到北京圆明园找他。他走的时候，我起码三年不去想这件事。现在有时间了，各方面合适的话，将来肯定是要出全编的。

张清华：卧夫作为一个诗人的重要性，必须建立在文本的基础上，应该有一个完整的文本。我有预感，他的其他文本也一定有可观之处。刚才两位老师讲的，他是面对自己内心生活的真实写作。他的语言完全是他自己的，他没有规制化的、流俗化的、时尚化的修辞，非常本色、非常独特，这个单从文本上很有价值。

在这个基础上，因为他独特的生命人格实践和我们时代的复杂关系，和前代诗人之间的谱系关系，构成我刚才说的他的精神肖像和文化性格。这点如果在他的文本基础上做深入阐释会更好，我现在不能判断他到底有多重要，我认为这是一个相当重要的诗人。我们如果能够完成这个工作，我们能够对得起他，不再对他有歉疚。

我的序里有几句话还想再念一下，口语很难表达：

我想说这是自然的诗篇：轻松但不轻薄，浅白但不浅显，俏皮但不轻浮，狷介但不狂傲……假如把所有的辩证法，艺术的辩证法，都镶嵌到他并不厚重的诗卷上，也不会显得特别过分。他的每首诗中几乎都充满了自嘲而渺小的口吻，但却让人感到真实的亲切，谦逊而可爱。确乎，用庄严而巨大的口气写作，在近些年早已不合时宜，但在刻意矮化和渺小的口气中，也要有自己的声线和口音。卧夫显然是用生命找寻到了自己的频率，独属于他的话语风格，卑微而幽默，浅白而洒脱，就像一个人独有的指纹那样清晰、确切和自然。而这正是一切珍贵的写作所共有的品质，也是我所说过的类似"上帝的诗学"的一个规则，即为生命支撑、见证和实践的诗学。某一天人们会发现，他的诗歌和他的生命已经完全地融为一体，互为表里，无法分拆。如果真有那么一个时刻，卧夫可就不是一个可有可无的诗人了。这几句话我自己在"寸"着说，今天我更加相信我的理解和判断并没有很冒失。

我念他最后的一首诗"微信上的一首诗"《我将死无葬身之地》。（略）

这首诗写得太好了！他把自己的人生，把自己的自我理解、自我肖像都刻在这，确实是一个特立独行的、独一无二的诗人。

谭五昌： 张清华先生的发言非常有深度、有高度，内涵很丰富，他的发言精神、思想的信息量非常大，特别有亮点，刚才清华说，卧夫深受海子诗歌的影响，但对之进行了戏谑化的处理。刚才吴老师、林老师也说到过卧夫的反讽、调侃，把自己放在非常低的位置，进行本色化的叙事，表达诗人他与世界的一种关系，这一点非常好。

张清华老师把卧夫放在一个诗歌谱系的角度来定位，从这个角度来看，卧夫作为一位诗人的重要性毫无疑义得到彰显。如果在当代诗歌史上没有独特的诗人形象的建构，一个诗人恐怕很难在诗歌史上留下痕迹。比如，我们说海子是"麦地诗人"，说顾城是"童话诗人"，至于卧夫，怎么定位？"多余的人"！吴老师、清华都讲到这一点。总而言之，卧夫他用非常独特的、自觉的、有方向的写作，建构起了自己的诗人形象，后面我们再进一步探讨，刚才几位老师的发言非常有高度。谢谢清华兄！接下来有请汪剑钊先生发言。

汪剑钊： 我今天来是有双重性在里面。一是我跟卧夫是好朋友，另外一个我是代表我太太关睢来，本来她是要来的，她读着读着《卧夫诗选》感觉很伤心，怕挺不住。这两天在家里，她一直在和故人谈卧夫以前交往的细节。关睢读这些诗读得很伤心，最后说还是你去吧。她自己在家里诵经焚香，因为她信佛，这也是对卧夫的一种纪念。这样我就有双重身份,我也算是双鸭山的女婿。卧夫生前把双鸭山叫作"鸭鸭山"。双鸭山人许多都说鸭鸭山。

谈到跟卧夫的交往,我突然有这个感觉,刚才清华也说,我们作为朋友有一种歉疚感。因为我们以前的交往中,总是看到他阳光的一面、他服务的一面,但是对他的精神、对他的内心反而是忽视的,总是看到他在为别人服务。我们理所当然享受到他的服务,我为什么不能为他做点什么?

特别这几天读他的诗歌时这种感受更深。实际上你读他的诗歌,能够感觉出来他对世界的感受,他那种矛盾的东西,如果多读一点,实际上能够了解卧夫他整个的内心,甚至后来对他选择的东西,多少能够洞察。

但我们实际上在他生前跟他交往时,更多的是朋友家常聊天,诗歌或更深入的感情交流,并不多。

我们从卧夫的行为能推出他内心的感受,比如说卧夫的名字来自狼,他为什么戴着铁链子。他很痛苦,内心有一种要发泄的东西。因为他感受到自己生而为狼但像狗一样活着。他身上有他的狼性,他有对更开阔原野的向往,对蓝天、白云,对整个世界美好的东西都向往。但在生活中间,他看到很多东西,并不是他所想的内容。他热爱诗歌,但是他看到的诗人离他理想的距离还比较远,他甚至看到很多诗人身上那种非诗的东西。

在这里面,他的艺术理想跟现实有一个很大的差距。今天回想起来,能够找到某种他最后选择这条路的迹象。他就觉得生活怎么能这样?因为他对诗歌的热爱,我们从他留下的这些作品能够看出来那份情感,包括他对诗人的帮助,不仅是友谊,更有对诗歌的尊重,那种对诗歌向往的东西在里面。但是生活总是让他觉得不那么如意,就我读他的诗歌,感到他的诗歌里面,按照我们习惯做学术,关键词"日常性""戏谑性""自我审判",他有这些东西在里面。

我们看他的诗歌,前面几位也都提到,他都是跟自己的诗发生关系,也跟他阅读的大师没有关系,他就是我手写我心,把自己内心体验用笔写下来,记录下来,那种真实的东西,日常很多东西他都写进去。而且他有精心设计,有技巧在里面,而这种技巧是一般人做不到的,只有受过真正训练的人才能做到,包括对词语的选择。在一种漫不经意的情况下,你经常能在他的诗歌里面发现,他能从形而下的思维能写到形而上，当你读他的诗，会有撞击的那种东西。这点是我读他的诗歌的时候，一个很深切的体验。

另外，他的诗歌里有解构的东西，他向往崇高，但以崇高为理想的东西不屑一顾，他瞧不上那些东西。像林莽老师刚才说的，他对很多东西是俯视的。地位比他高或名声比他更显赫的人，他有可能是瞧不起的，这一点他诗歌里也有体现。

另一方面，更重要的诗歌是他对自我的解读特别可贵。在他的诗歌里，我们经常看到他戏谑地、自嘲地对自己的解读，把自己内心的怯懦，甚至人性的弱点都体现出来。这种对自我的审判，根本上是对人性的审判。因为人性，按照托尔斯泰的说法，人一半是天使，一半可能是魔鬼。针对这种撕裂的状态，卧夫有感，也把它写到诗歌里。在他的诗歌里，我们既可以看到有天使的成分，也有恶魔的成分。而且他把恶魔的成分写出来，完成了道德上自我完善的过程。这点在卧夫的作品里是很明显的。

还有刚才吴老师提到"多余的人"的观点。正是因为他觉得这种分裂，他觉得这个世界上他的精神找不到位置，是精神上找不到归宿，或者没有可栖居的地方。俄罗斯"多余的人"生活无忧，但他希望做点什么，或者想为国家做点什么，为人类的精神做点什么东西，他发现自己无能为力，自己看到天空，但是实际上人是站在泥潭里面，那种感受是特别深的。

卧夫觉得诗比人可靠，一方面他看到别人在犯恶，另一方面觉得他自己，有些恶的东西好像没有克服。他的选择多多少少跟这有关，对人性恶的层面，把人拉向地狱的那股力量，他总觉得难以抗拒。

我们作为朋友，在他生前能够多了解一下他，也许能帮他排解排解，现在确实说后悔有点无济于事，但我确实有一种内疚。我们在卧夫活着的时候，对他诗歌了解真的不多，总是感觉他给我们拍照，就是一个摄影师，出色的摄影师，而且他很温和地会把他拍的照片选几张好的会发给我们，而我们对他的诗歌了解不够。

这次安琪真的是做了一件大好事，把他的作品搜集出来，这种集子的推出，也是让我们进一步了解了卧夫的内心世界。对他诗歌的了解，需要对他整体性的了解，可能只读一首诗、两首诗，无法对他的整个内心进行把握。

卧夫具有个性特征的语言表达。他的语言文字很浅，浅白但不浅薄，在浅里有他的深意，有他狂傲的一面，但狂傲的背后又有对他内心谦卑的认可。

谢谢大家！

谭五昌：谢谢剑钊兄的精彩发言，用日常性、戏谑性、解构性、批判性来概括卧夫的诗歌。我阅读时很有同感，卧夫像鲁迅无情地解剖自己的灵魂，卧夫能够把真善美的一面写出来，更能对自己灵魂阴暗的东西大胆曝光出来，包括残酷的死亡游戏，他写得惊心动魄。卧夫嘲讽自己时其实也在嘲讽别人，剑钊下了功夫，非常深入卧夫的文本，深入卧夫诗歌内在的精神风景。让我们精彩继续，现在有请子林兄发言。

吴子林：我讲三点：

第一点，卧夫是安琪的朋友，因为我跟安琪走在一起，所以我才认识卧夫，跟卧夫有了近距离的接触。卧夫突然间走了，我们一时没反应过来，真是很震惊，但是没想到更震惊的是他的文本。刚才听阿兰说有1200到1500首左右的诗作，但是在他的博客上，安琪下载的就只有100来首，说明他是自己遴选过的。他把自己个人觉得比较满意的作品遴选出来，拿出来给人看。

但尽管这样，很多人还是不知道他是写诗的，包括我自己，没像安琪那么了解他。卧夫走以后，安琪把他的博客一页页看下来，一篇篇下载下来，最后整成一本诗集。安琪跟我说，卧夫是一个被忽略的诗人，我感到很震惊。啊？卧夫还写诗？他整天背个相机拿着一卷宣纸，参加各种活动，活动完拉大家回家，从来没看到他拿出作品。我看到他的诗歌感觉很震惊，就跟对他的离世一样震惊。安琪说他每首诗都很好，我也感到很震惊，我五一期间慢慢看，从头翻到尾，他的诗歌水平可以说已经超过相当多现在的诗人。现在的作家普遍是这种情况，理论是一套一套的口号是一堆一堆的，可他的作品又是另一回事。从来不拿出文本给人家看的卧夫，突然间安琪发现了他，把他的文本整理出来，哇！让你大吃一惊，几乎每首诗都是很好的，没有特别明显的破绽，都是比较完美的。所以我说首先卧夫他遴选过，从他自己的创作里遴选出一部分他比较满意的。

未来以后的研究，文本工作还需要往下做，以后可以想办法看看能不能尽量多收集，按编年的方式收集，这样可能比较好。因为文本是能够说明一切的，其他都是附属于它的，文本是第一位的，文字比一个人的生命要长久得多。除了安琪，还有一些人也做了一些工作，给我们以后的研究打了一个很好的根基。

第二点，诗人写作有两种，一种是写给自己看的，一种是写给别人的。卧夫属于第一种，写给自己的，他不是通过写诗获取什么头衔、当什么领导、捞什么名、获得什么利益。不是的，他就是热爱，他就是喜欢。否则一个人不可能几十年下来，一个人吭哧、吭哧悄悄地写，从不示人，放在抽屉里，放在自己的博客里。他是热爱诗歌的，他是有自己诗歌的理想和标准的。他看得上的诗人，他是可以掏心掏肺的，看不上的诗人，嘴巴不说实际上他是嗤之以鼻的。嘴巴上不说，但是他的态度我们能够揣摩出来的，他就是这样一个人。

他这种姿势来写作，意味着他活着的时候必然不为人所知。因为我们现在就看一些表面的、喧哗的、热闹的东西，反而对执着的沉浸状态下写作的人是不了解的，所以他们很容易被人忽略。没想到因为卧夫的离世让人们发现他另外一幅形象。

他的写作属于个人化写作，是写给自己的写作，其实也是对自己诗歌理想的一种坚守，这种写作，不随波逐流。他就是一匹狼，特立独行的狼，刚才汪老师讲到，他骨子里是孤傲的。

他又像很多老师讲到的一样，经常自嘲、自讽，甚至矮化自己。吴老师说"多余的人"，的确是这样，为什么他是"多余的人"呢？因为他不合流，他不跟大家一起玩诗歌，他自己悄悄地玩，按照他的理想、他的标准来玩，而且玩得相当好、水平相当高。他把自己放置在"多余的人"的位置，因为他处在一种边缘的地位，他就在诗歌界边上看大家，看这些作家、看这些诗人、看这些批评家，看你们各种各样的表现，他诗里也会嘲讽几下、挖苦几下、批评几下，表明他独立的态度。所以我说这个"多余的人"他是很清醒的，甚至我跟安琪说，他太清醒了，他看得太透彻了，这反而不好。

第三点，用他自己命名来说不叫"多余的人"，是"新狂人"，鲁迅笔下《狂人日记》的狂人，他把中国的文化、历史看得很清楚，他是这种诗人。第63页的《新狂人感想》，他就是这种新狂人。第231页说"离诗近了就离人更近了，离人近了就离诗更远了"，你看说得多好。他宁愿拥抱诗歌也不拥抱我们，他觉得很多人都是俗人拥抱干吗？他觉得值得拥抱的就是诗歌，离人近了离诗就远了。在《新狂人感想》他也这么说"诗歌可能比人可靠"。如果用他自己命名的话，他就是21

世纪中国诗坛的"狂人"。这个形象应该是立在他的诗作里的,很有标志性。他的可贵就在于现在这种狂人太少了,这种能够坚守自己的文学精神、诗歌理想的清洁精神的狂人,大多数都被外在的、各种功利的所谓的名声、荣誉、权利裹胁而去,把文学、把诗歌当作一个敲门砖。

像卧夫这种能够默默地在坚守、在坚持写作的人很少很少。所以我说这是非常可贵的一种狂人精神,反而恰恰这个时代是最需要的。当然这应了古人的一句话"古来圣贤皆寂寞",但恰恰这么巧妙,反而这些人未来会留在历史上,那些热闹的会被历史淘洗掉,为什么?文本。谁能默默坚持,谁能坚守自己的理想,拿出厚实的文本,那他就在历史上立住了。所以我说卧夫这一点非常可贵。

我就讲这三点,谢谢大家!

谭五昌:子林的发言完全进入了卧夫的文本世界、精神世界、边缘化写作、个人化写作,对诗歌理想的坚守,这些说得非常到位。子林说卧夫是"21世纪诗坛的新狂人",我记录下来了,这大概是对卧夫诗人形象的新定位。

卧夫一方面确实谦卑,另一方面又很高傲。我们努力挖掘卧夫内心精神世界非常隐秘的部分,你要真正了解一个诗人,首先对他复杂的精神面貌要把握得很到位,不能只看到这个角度而遗忘那个角度。子林讲得很好,很深刻。接下来请冰峰来讲。

冰峰:我对卧夫非常熟悉,因为我们一起出过境,他一直很特殊。比如我们在台湾的时候,他突然走了,跟我们团里谁都没说,然后过两天他又回来了。卧夫拿着照相机走到哪儿先给你拍照,拍了一堆照,然后不给你。他是比较奇怪比较特殊的一个人。后来我慢慢觉得,他有一个特殊的尴尬,就是他自身身份的尴尬。

因为在我们整个诗歌领地,官方刊物的领地占了很大的部分;还有学院派,从大学里出来这批人,包括学者们,他们有很好的教育背景,有很好的横向的同学的关联,所以他们也占了很大的领地;更早出来的诗人有一些连接的,他们也形成了一定的契合,也有一定的山头。而卧夫,他显得比较尴尬,他在哪个领域里都不可能站到露脸的地方。所以他在每个领域,只能以一个特殊的身份:既参与又服务的形象。

卧夫从东北过来,过来之后他很难融入整个诗歌圈子。他很焦虑,很多诗人他根本看不上,所以他也不强烈表达,用我的文本说话,让你们看看我比你强,强又如何?他已经看得很清楚,强也不可能跑到前面去,山头山大王已经排好序你是插不进去的。所以他这种尴尬,使得他心里想急速寻找另外出路。

后来他参加海子诗歌艺术节,连续几届,他慢慢对海子选择这样的诗歌出路,有所感觉和认同。我们刚才放这个专题片,就是他在海子诗歌艺术节上的讲话。海子诗歌艺术节有几届是五昌主持,剩下几届是我主持。那次恰好我和北塔主持,让他上台发言他死活不上去,后来是安琪站起来说他为海子修墓,与海子关系很近,最应该发言,这才把他弄上去,弄上去他讲了刚才录像里的那段与海子有关的话。

他在各个场合始终不想融入队列里,后来他读海子的东西也多,又走过一次海子走过的路,一下子让海子这种强大的诗歌精神把他控制了似的。我觉得多少还是受了海子诗歌的影响。包括刚才清华老师说,他的诗歌的风格,有很明显的海子诗歌风格的选择。他后来选择这样一条路与海子对他的影响,我觉得是分不开的。在诗人这个圈子,卧夫各种状态应该还是可以的。我不知道是因为压力的原因还是因为自己的追求,选择这样的结束,这个我想不清楚,他是厌倦这个圈子,厌倦这种生活模式还是厌倦身边的人?这个真的不清楚。我对他的离去,是感觉非常奇怪的。

安琪后来到作家网与卧夫有极大的关系。那天有一场活动,卧夫通知我、安琪通知子林。我们三个人去了,去了以后活动场地已经变到另外一个地方,我们三个不知道。然后我们打他电话,手机关机,给她女友打电话,给他朋友打电话,谁都找不着他,实际那会儿他已经失踪两三天。在他失踪的那一天,他还给我们发了短信,通知让我们参加活动。从时间上推断,他给我们发完会议通知就失踪了。

从发短信情况看,他好像没有准备好自杀这件事,如果准备好他为什么要通知我们开会呢?总的来说有很多疑问,他的离去让我们有太多的不解。他写完东西不那么宣传,不像有的人写完东西,朗读给别人看。他很沉静,你要求看他的诗歌,他才让你看一看,他是这样一种性格,表现得特别低调。

但是我不知道,是什么原因让他选择这样一条路。我分析了他诗歌地位的尴尬,认为这可能决定了他后来的走向。今天我们研究他的诗歌文本我觉得是非常重要的,毕竟诗人是靠文本确立他的地位,不管怎么样,他已经通过一种方式,让我们开始关注他的文本。我们接下来对他的文本的研读应该更加细致、更加深入。

卧夫走了以后,我发现了安琪,那个时候我发现了安琪的文字能力。因为很多写诗的人让他写一篇文章是写不了的。我原来聘过几个写诗的好朋友,结果他们通讯报道其他文章都写不了。后来我看了安琪整理卧夫的诗选,写了悼念卧夫的文章,分析了卧夫的诗歌,我一看,安琪还是比较全面,就邀请安琪加盟我们作家网。

所以卧夫和我们作家网很有缘分。他辞世后,我马上让我们的团队给他做了刚才这个专题片,而且我们很认真地研究他,尽可能捕捉他的信息,从这些信息分析到他的几种可能,在我们那个片子里进行表达。安琪和卧夫有深厚的缘分,可能没有卧夫的事,安琪这样的诗人也不可能来到作家网工作。

卧夫走了,给我们这些朋友留下回忆。我们永远看到他是那个年龄时候的容貌,对他来说我们要纪念他,他永远年轻,他永远不会衰老。如果说他的文本、他的诗歌能够继续留在诗坛、留在我们的诗歌当中,卧夫的选择也没有什么不恰当的。

我就说这么多。谢谢!

谭五昌:作家网总编冰峰为卧夫做了很大贡献,提供了很好的影像资料,包括评价都很到位。接着请张后发言。

张后:卧夫活着时,我做过卧夫访谈,我认识卧夫刚好十年,我对卧夫研究稍微深入一点。卧夫的文本的价值,更多在于他的东北语言。我们不能抛弃他的东北人身份。我也是东北人,东北人天生语言的诙谐在他的诗里体现得淋漓尽致。在我的阅读当中,东北有两个人,把东北语言用到了极致,郭力家、卧夫。他的性格、他的语言,造成他这种语言的表达方式。如果能再委婉一点,可能语言会达到更高的极致,因为东北话有时有点啰唆,这点在文本中能够看到,如果稍微矫正这点,可以达到一个语言的高峰。他的死完全是他自我设计的。

大多数人是在5月8日、9日知道他去世的消息,在这之前我们30几个人约卧夫去东北采矿区,我一直想,如果当时卧夫跟我们去,可能这件事就不会发生。当时他说,兄弟去不了,在办一件大事。刚才冰峰老师说,卧夫自己恐怕都没有想到会是哪天出走及至死亡,这在他人生当中是意外。他没有计划哪一天和哪一年,但他对要怎么把自己干掉,是有设计的。访谈时他说到有十本日记,摞起来有这么厚,希望有一天他的日记能被披露出来,这能更全面地反映他生活的轨迹。这些年,我多次和他在一起,两人出去玩时跟他住一个旅馆,他有时半夜起来记。我睡觉,他怕影响我,悄悄用手机打开记很多东西,这些东西能够留下来对他非常有价值。

阿兰:日记有,小说也有一本。

谭五昌:谢谢张后,他作为卧夫的好朋友、知情者,为我们提供了很多重要的信息。现在请《卧夫诗选》编选者安琪发言。

安琪:我自己不能解释为什么最后卧夫走的时候是我出面帮他编书搞众筹,我只能用神秘论来解释,每一个优秀诗人都不会被埋没,冥冥之中有诗神在安排。我跟人交往讲究君子之交淡如水,很少跟谁走得很近,跟卧夫的关系也仅是活动遇到搭顺风车。我不爱应酬,很少和卧夫在饭局相遇。为什么最后我出面做这些事情?很难解释。维特根斯坦有一句话,"神秘的不是世界为什么是这样,而是世界就是这样",很多事是没有道理的,你只管接受这个结果就是了。我感觉我编《卧夫诗选》也是如此。

当然,可能也有一个前提,我是比较早发现卧夫诗歌价值的读者,有文为证。卧夫生前经常买单、经常开车接送人,我也坐过几次顺风车,心里就想,他对大家这么好,好像大家没有对他做什么。恰好2009—2011年,我在《特区文学》"十面埋伏"里做诗歌批评专栏,每期有推介一个诗人的权利,卧夫老为我们做事,我也要为他做事,如果他的诗写得好,我不正好可以推介吗?我去他博客看,很吃惊,诗写得这么好,却从来不说。我悄悄选了一首《最后一分钟》,写了一篇1500字小评论《最后一分钟,赞美死去的活人》,刊登于2010年第5期《特区文学》,那是一首充满死亡气息的诗。我特意把那本期刊拿给卧夫,卧夫笑一笑收起来。但后来我发现他并未把这篇文章从我的博客转到他的博客,可见他确实淡泊名利。

他后来老爱调侃说安琪是我的知音,来源于此。他曾写有文章,自言以后出书只要印三本,一本给刘福春,刘福春在收集诗集;一本给海湄,海湄经常向他讨诗集;一本给自己,需要的话再加印一本给安琪,安琪是他的知音。而我只要有机会遇到卧夫,就会建议他出书,我说卧夫你又不差钱,自费出版也出得起呀。他很拒绝。尽管他曾资助过别人出诗集,但自己根本不想出,他说我看得多了,每次诗歌活动,到处送诗集人家都不拿,聚餐结束书都放在椅子上,还是我帮收起来的。所以他不出是认为没有意义。

我到现在依然有这样一个观点,没有一个人有发现别人推介别人的义务,编辑除外,编辑是工作需要。虽然张清华老师很客气,说有愧疚,但作为每个生命个体,我认为没有什么愧疚的,谁也不欠谁。作为诗歌的作者,自己不推自己的诗,不出书、不投稿、不告诉别人自己在写诗,连身边朋友都不知道你在写诗或者看不到你的诗,你的埋没能怪谁呢?当然卧夫是自甘埋没、淡泊名利,我也没什么好说的。好在诗神从来不会遗漏一个有才华的人,诗神自有安排。我属于被安排的那个。

确实我非常惊异卧夫诗歌的独特性,如果卧夫的诗不足以传世,我不会费精力做这些事,自己的事都忙不过来,干吗编别人的差诗?肯定我编的过程感受到他诗的质量,刚才张老师讲,他的诗语言跟我们读的许多诗不一样。他不受影响,很多诗人,为了发表、为了获奖,写作上会有一些妥协,有的跟着刊物风格走,有的跟着鲁奖诗人走。这些都是客观事实,但卧夫从来只写自己的诗,只用自己的语言。

诗集编辑的过程中都是带着感动和冲动在做的,这么一个为大家服务的诗人突然走了,我又知道他的诗很优秀,不能无动于衷。他生前我就知道他的诗很好,他可以自己编却不编,我干吗替他编,现在他走了,不能自己编了,我再不编,他的好诗就得沉没了。我就这么想,这么编。2014年5月12号参加完他的葬礼回来就开始编,没日没夜地在电脑前下载他的博客,四天后,一本完整的诗选模型出来了。微信发布目录,寻求出版,私下也电话几个做出版的诗人朋友,没有结果,大家都说诗集出版难,免费是不可能的。自费我也出不起,阿兰要养儿子,也不敢让她出资,只能先放着,另寻机会。

2015年5月,卧夫辞世周年纪念,世中人自己快印了百来本,送给参加追思会的诗人,用的就是我的编选本。2018年,中岛供职的博客中国有一个众筹出版诗集的项目,已经出版了第一辑,第二辑我参加了进去,做的就是《卧夫诗选》。众筹是这样的,必须筹到1000本的款项,这才算成功,才可以出版,是正规出版物。《卧夫诗选》每本定价42元,都直接在手机上操作,打进几本的钱,填上自己的地址,出版后博客中国会按照地址寄几本给你。很严谨。也有的不想要书,只想无偿支持,打进去钱不写地址,这部分的书就归博客中国配送图书馆。我和阿兰需要书也得全款打进去,博客中国一本也不会多给。

众筹过程中发生很多感人的事，许多诗人一下子打进 5 本 10 本书款，女诗人海男和她的先生陈川打进 50 本的书款，许多诗人不断呼吁、转发，把《卧夫诗选》的出版信息传播到与诗无关的亲友群、同学群，种种这些，我都记在心里。一本也好两本也好，都是情意，都是对卧夫的纪念。在大家还没读到卧夫诗歌的情况《卧夫诗选》众筹成功，体现的是大家的爱心和卧夫的人格魅力。

众筹成功后我自己又加买了一批，连同此前投进去的总共买了 270 本，这点我必须感谢我的先生吴子林。我跟他说，我想买卧夫的诗送给没参与众筹的诗人、批评家们，以扩大卧夫诗歌的影响，他说买，毫无二话。

《卧夫诗选》第一次排版稿发给我时我全书打印了出来，对版式很不满意，字太大，土气。我向中岛要求重新排版。我说，这不是我的书，这是卧夫的书，这是大家出的钱，我得给大家一个交代，版式不好影响卧夫诗歌的质量。确实一流诗作版式不好就变成二流了。中岛也仗义，同意重排，重排是要多费博客中国成本的。我拿了几本书，打车到博客中国，直接坐在美编身边，让美编参考学习，题目内文书眉，全部重来，一直到我满意为止。这就是现在大家拿在手上的这本诗选。博客中国这一辑众筹的只有《卧夫诗选》跟其他本版式不同。

《卧夫诗选》出版过程中开始有刊物陆续发表卧夫诗作，有的是刊物主编从微信上看到向我要稿子，比如《扬子江诗刊》当时的子川主编，有的是我主动联系刊物投稿子，比如《诗歌月刊》当时的王明韵主编。刊物和稿费我都转给阿兰了。那一阵凡到我们作家网做"作家访谈"的我都会向他们谈到卧夫诗作，张清华、树才、蓝蓝、潘洗尘等等，都有收到我发过去的《卧夫诗选》电子版和组诗，那半年掀起了卧夫诗歌的小高潮。今年是卧夫辞世五周年，我们这个研讨会的召开，从学理上为卧夫诗歌做了认定，是对卧夫诗歌的进一步深化，也是水到渠成的事。诗神真的不会亏待任何一个写得好的人，一切都在诗神的安排中。

阿兰也曾说到出版卧夫诗全集的事，我说那是后事，一步一步走，卧夫生前一本诗集都没出过，先出一本让大家认识卧夫的诗，全集整理出来得多少年啊，况且资金也是大问题。海子也是先出单本诗选然后才出的全集。我也不敢保证自己能继续编卧夫的诗，我倒是觉得卧夫的散文可以先出一本，他的散文大家可以到他的博客去翻读，跟他的诗一样，也是独特的视角和独特的语言。

卧夫有独特的语言系统，就是他的东北语系。卧夫的语言能力，打情骂俏啊、反讽挖苦啊、自嘲啊戏谑啊，都在他的诗里。

我昨天想到卧夫的"不合作"，专门记在卡片上。卧夫他的人跟他的作品都充满"不合作"精神。他其实跟社会也不合作，我现在突然想，他请诗人在宣纸上抄诗按手印，莫非是他的行为艺术？他知道诗人们大都爱虚荣，想流芳千古，想名垂青史，他让你抄诗你就抄诗，让你按手印你就按手印，他内心不定怎么鄙视你，被邀请的都乖乖地甚至迫不及待地抄诗按手印，没被邀请的还生闷气好像自己被忽视了，被遗漏在他的诗长城外了。他内心不定怎么嘲笑你呢。

这是我今天突然涌出的念头，卧夫在做一个大的行为艺术，测试诗人虚荣心的行为艺术。他攒下15卷诗长城后撒手离世，无所谓这些手稿的归宿，就说明了他对这些手稿的态度。当然，这只是我的推测。有时搭顺风车，和卧夫聊天，卧夫非常看不起那些不靠劳动谋生，日子过得落魄却自诩投身诗歌的那些人。他可怜那些人，他的观点是一个好的诗人应该先把自己的日子过好，不要让自己成为社会、成为家人的包袱。与卧夫交流，没感觉他有厌世情绪，也没感觉他很热爱生活，就是觉得他与诗歌活动的疏隔，不发言，不朗诵，不说话，只拍照，只让人写手稿。现在想来，这就是他的不合作，也是他的大寂寞。

爱情和死亡是卧夫的两大主题。卧夫写爱情时语句会明亮些，写死亡时就很狠了，他的死亡诗针对的都是自己，自己如何死，身首分离的死，血淋淋的。阿兰曾经问我，你认为卧夫真的会自杀吗？我说，会，他的诗已经有很深的死亡意识和自杀情结。卧夫的诗歌有浓郁的虚无感，他只在写爱情时才明亮、才抒情。他写爱情时好像换了一个人，心比较柔软，语言充满温暖的亮色抒情的味道。当写自我时，充满死亡意识，阴郁的，对社会的不合作，你感觉卧夫融不进社会，这些在诗歌中有体现，用"多余的人"来形容我没想到。

说了很多，就此打住。

谭五昌：安琪说得很好，讲《卧夫诗选》的编辑过程有很多内情。另外，她说到优秀诗人的发现问题，不能保证每个批评家都能发现所有优秀诗人，有的人很傲慢，拒绝批评家，卧夫的被发现也是一种缘分。下面请邬晓薇女士发言。

邬晓薇：我作为阿兰私人朋友来的，准确地说是跨界。我在人民网做科技、财经报道,但出于对诗的喜好,她那天跟我说这个研讨会,如果没有这个喜好就不来了。我出的书里也有我写的诗,但我没有进诗歌圈子,我在新闻圈子。对作家网提供这个机会让大家相聚缅怀卧夫,我很感动。

另外,非常感谢安琪,安琪刚才发言时我差点流泪,感谢她的编辑让我们分享到卧夫的作品。卧夫的文本有值得我们探讨的价值我们才来,不是因为卧夫的辞世。卧夫有一个非常美的人性的光辉,他写诗的初衷,先悦己再悦人。很多人写诗为了发表、为了挣钱、为了出名,卧夫不是。我唯一的遗憾是我跟阿兰认识晚,也不认识卧夫,我性格有阳光的地方,如果早点认识卧夫,兴许可以帮他开解,不让他走上这一步。

谭五昌:感谢邬晓薇女士热情的讲话,给我们带来了温暖。

王朝军:我刚才读了卧夫的几首诗,认为他的诗首先是有硬度和棱角的。其次他的诗是写给自己的,他的诗有在悬崖边上临风吟诵的感觉。他有一个强大的主体,自我的一个主体。感觉是被外力的迫使,迫使他自身强大,他强大的诗一直涌动在他设立的主体之内,一直没有对外,是内敛的也是在主体之内的,他的诗是毫无雕琢的,紧张、焦虑,不是很坦然。

对卧夫诗中的形象,吴思敬老师说"多余的人",吴子林老师说"狂人",但我更想用陀思妥耶夫斯基说的"地下室的人",这更能反映卧夫精神的火,他是内敛的,他的精神在内敛中得到极致的释放,他要在那个空间中充实着自身的血肉和呼吸。

谭五昌:谢谢王朝军先生的发言,至于他认为卧夫属于"地下诗人",恐怕不大准确。包括吴老师说的"多余的人",子林说的"狂人",都是对卧夫诗人形象的定位。最后,有请卧夫先生的夫人阿兰女士致答谢词。

阿兰:我不那么善于表达,但是听了各位对卧夫诗的评价,我还是再表达一下自己的见解。像师老师说,大家可能不太了解卧夫生活中是一个什么样的人,卧夫是一个非常感恩的人。在情感上他是个有洁癖的人,他对弱小的人物充满悲悯之心,这点他在宋庄生活的几年大家得以见证。

他年轻时,住在离北大很近的圆明园画家村。我跟他是笔友,19岁来到北京找他,然后结婚,一起过了17年。2012年卧夫爱上了一个女孩，我们离的婚，如果卧夫还跟我在一起，便不会走这条路。他经济不拮据，儿子才读初中，他以这种方式离世，不应该。他不会为诗歌自杀，他的创作精力一直很旺盛，他是一个天天写诗的人，他对诗歌的热情与坚持让人佩服，卧夫的死是个谜，他或许遇到心理上过不去的坎，进到一个黑洞不想出来。我不想多说了。感谢各位老师今天坐在一起研讨卧夫、研讨卧夫诗歌，关于卧夫，还有很多事情要做，期待继续得到老师们的关注和支持！

谢谢，谢谢！

谭五昌：谢谢阿兰的发言。今天的讨论非常充分，各个层面几乎都谈到了，由于时间关系，卧夫的文本解读有待今后继续加强，今天是一个非常好的开端，在卧夫去世五周年之际来举行卧夫诗歌研讨会，非常有纪念意义，相信卧夫地下有知会感谢大家！最后我们用热烈的掌声来结束今天的研讨会，感谢大家！

首都师范大学驻校诗人灯灯对话会在京举行

◇梁 莉

2019年3月26日,首都师范大学第十五位驻校诗人灯灯对话会在首都师范大学中国诗歌研究中心(以下简称诗歌中心)会议室举行。吴思敬、孙晓娅、安琪、马丽、谈雅丽、张少恩、灯灯等国内著名学者、诗人、评论家以及首都师范大学部分研究生参加了此次对话会。会议由诗歌中心副主任孙晓娅教授主持。

对话会伊始,孙晓娅教授首先对出席本次对话会的各位嘉宾做了简要介绍。她期待大家可以通过这次对话取得不同向度的收获。诗人灯灯对诗歌中心举办这次对话会表达了由衷的感谢,并简要叙述了自己的创作历程和诗歌理念。她提到自己从2004年开始写诗,写作一直是"寻找自己的过程"。她认为在互联网时代,写作不可急功近利,并希望自己能够慢下来,发现生活的美。灯灯还引用了一句罗曼·罗兰的话"世界上只有一种真正的英雄主义,那就是认识生活的真相并依然爱它"来表达自己的生活态度。

接下来,各位嘉宾分别从不同的角度对灯灯的诗歌创作畅谈各自的理解,对其诗歌中的小我与大我、语言与意象、叙事与抒情进行了深入的探讨,对灯灯的诗作《我说嗯》中充沛的个人感受和《外省亲戚》中的叙事、留白等问题都进行了深入的交流,充分展现了诗歌阅读的多重可能性。

此后,与会的博士生司念、洪文豪、辛北北等都做了精彩的发言,并就自己对诗歌创作的理解与灯灯进行了对话交流。研讨会在热烈融洽的氛围中持续了近三个小时。

最后,诗歌中心副主任吴思敬教授做总结发言。他认为灯灯对诗的看法非常清晰与独到,各位嘉宾与灯灯之间的对话也是具体而丰富的。同时,他也鼓励同学们多多参与这种与诗人面对面的交流,扩大学术视野,提高学术写作水平。

(作者单位:首都师范大学文学院)

西南交通大学段从学教授在首都师范大学举行讲座

◇朱 瑜

2019年4月16日上午，西南交通大学段从学教授应邀来到首都师范大学，为师生们带来了一场题为"进化论与新诗的发生"的精彩讲座。本次讲座由首都师范大学中国诗歌研究中心主办，诗歌中心副主任孙晓娅教授主持。巴黎索邦大学（巴黎四大）吴湜珃珊博士以及首都师范大学部分研究生聆听了此次讲座。

段从学，先后毕业于西南大学、北京大学，获文学硕士、博士学位，曾在首都师范大学、华南师范大学从事博士后研究。现为西南交通大学人文学院教授、博士生导师。学术职务有四川省鲁迅研究会副会长、四川省郭沫若学会常务理事等。主要从事中国现代文学史、中国新诗评论与研究，兼及一般文化理论。在《中国现代文学丛刊》《新文学史料》等刊物发表学术论文八十余篇，已经出版《穆旦的精神结构与现代性问题》（人民出版社，2014）、《新诗文本细读十三章》（清华大学出版社，2017）等多种学术著作。

讲座中，段从学教授以黄遵宪的"口语"和胡适的"白话"为切入点，对"进化论与中国新诗的发生"进行解读。他认为，黄遵宪"口语"的失败和胡适"白话"的成功，不是简单的"诗文学"古今之变，而是更大范围内的社会历史思想转型问题。段从学教授进一步详细地阐释了黄遵宪使用"流俗语"以及主张"吾手写吾口"，始终是以共时性关联为基础；而胡适的"白话文学史观"，则超越了共时性关系的特质，其背后蕴含着进化论思想，这也正是其突破黄遵宪的地方。在随后的互动环节中，段从学教授就学生论文写作给予了有益指导，在资料搜集、文本阅读与工具书的使用等方面与同学们进行了深入交流，现场气氛热烈。

孙晓娅教授对此次讲座做了简要总结。她高度肯定了讲座主题的学术研究价值，并补充指出"白话"和"国语"恰恰也是刘半农在民谣运动中所依托的重要发力点。最后,孙晓娅教授对段从学教授、吴湜珏珊博士和各位同学的到来表达了衷心的感谢。

(作者单位:首都师范大学中国诗歌研究中心)

"百年新诗学案"第二次课题组会议在京召开

◇张凯成

2019年4月21日,教育部人文社科重点研究基地重大项目"百年新诗学案"第二次课题组会议在京召开。此次会议由首都师范大学中国诗歌研究中心主办,项目总负责人吴思敬教授主持会议。特邀咨询专家谢冕、洪子诚、徐庆全、郭娟、陈徒手,各分卷负责人姜涛、王永、易彬、王士强、张立群、古远清,以及部分特约撰稿人李文钢、朱明明等出席了会议。

"百年新诗学案"是首都师范大学中国诗歌研究中心精心策划的一项重大科研项目,于2016年向教育部提出申报,2017年教育部正式批准为"2017年度教育部人文社会科学重点研究基地重大项目"(项目批准号:17JJD750002,立项时间:2017年11月;结项时间:2020年12月)。

会议伊始,吴思敬教授首先回顾了项目组当前所取得的研究成果,强调了该项目对于当下诗歌研究的重要意义。接下来,会议分为上、下两场进行,上半场主要是特邀咨询专家针对各分卷主编重新调整后的写作大纲提出意见,下半场是各分卷主编讲述目前的撰写情况,与会人员对此提出看法和建议。经过热烈讨论,与会的咨询专家及编委对"百年新诗学案"的写作体例、进度要求、经费使用等相关事宜达成了一系列共识,取得了丰硕的研讨成果,为该项目的顺利进行打下了坚实基础。

(作者单位:华中师范大学文学院)

百年回望:《中国文学研究论著汇编》出版座谈会在京召开

◇王 梦

2019年4月27日,"百年回望:《中国文学研究论著汇编》出版座谈会"在京召开。全国各地数十名专家学者、出版发行方代表和媒体代表参加了会议。本次会议由首都师范大学中国诗歌研究中心主办。我校校长孟繁华、宣传部副部长张加春出席了座谈会。

《中国文学研究论著汇编》(以下称《汇编》)主编、中国诗歌研究中心主任赵敏俐教授首先对《汇编》的编纂缘起和基本出版情况进行了介绍。它是首都师范大学中国诗歌研究中心"十三五"规划重大项目,首次汇总20世纪上半叶中国文学研究论著,集中展示半个世纪中国文学研究之成就,分为文学史卷、古代文学卷、名家译著卷、现代文学卷四卷,汇录文学研究论著700余种,每卷80册,共计320册。

孟繁华作嘉宾致辞。他指出,中国语言文学一直是首都师范大学传统优势学科,中国诗歌研究中心在我校学科建设中扮演着重要的龙头角色。赵敏俐教授带领着诗歌中心的学术团队所做的这一工作,是扎扎实实的人文社会学科基础文献资料建设的大工程,意义重大。中国民间文艺家协会党组书记邱运华、全国哲学社会科学办公室原副主任杨庆存、四川大学文学与新闻学院特聘教授刘福春、发行方代表北京唐威文化发展有限公司董事长房宇分别致辞表示祝贺。

会议的下半场由国家图书馆原馆长、首都师范大学特聘教授詹福瑞主持。各位与会专家对《汇编》及后续汇编的出版进行了热烈而深入的研讨。徐志啸、赵义山、尚永亮、李炳海、李怡、李均洋、朱万曙、姜锡东、沈文凡、刘东方、傅刚、廖可斌、杜桂萍、傅道彬、郭丹、尹小林等先后发言,大家一致认为,《汇编》的出版,是首都师范大学对中国文学乃至中国文化研究与传承所做的又一重要贡献,是对近百年学术的整理与再发现,具有创新性、实用性和启发性,它既有传承与开发利用之效、融汇中外文学研究之功、也具有抢救与保护文化遗产等方面的意义。同时，大家也对汇编的续编与完善提出了诸多中肯的建议。

詹福瑞教授进行会议总结。他指出，《汇编》具有回顾学术发展历程的价值，是对"五四"学人学术成就的总结和致敬，看中国文学研究在 20 世纪初如何走向现代、走向世界、开启新境、引领后学，它将有力地推动 21 世纪学术的发展，在传承优秀中华文化，建设中华民族新文化的过程中发挥重要作用。最后，赵敏俐教授答谢，对孟繁华校长及各位专家学者的到来表示真诚的感谢，希望继续对诗歌中心的发展给以更多的关心和支持。

（作者单位：首都师范大学中国诗歌研究中心）

河北师范大学宫立副教授在首都师范大学举行讲座

◇南 烛

2019年5月17日下午,河北师范大学宫立副教授应邀来到首都师范大学,为师生们带来一场题为"现代文学史料的发掘与文学史研究的互动"精彩讲座。本次讲座由首都师范大学中国诗歌研究中心主办,诗歌中心副主任孙晓娅教授主持。我校部分研究生聆听了这次讲座。

宫立,2015年博士毕业于华东师范大学,师从陈子善教授。现为河北师范大学副教授,主要研究方向为中国现代文学史料学。在《中国现代文学研究丛刊》《鲁迅研究月刊》《新文学史料》等刊物发表学术论文60余篇,在《中国社会科学报》《文艺报》等发表学术随笔200余篇,主持国家社会科学基金后期资助项目和河北省社会科学基金项目各一项,参加国家社科基金项目和国家社科基金重大项目各一项,其学术论文《论任访秋的现代文学史三部曲》,荣获第九届河北省文艺评论奖文章类一等奖。

讲座中,宫立老师以自己多年的史料研究经验,披露了史料研究的"炼金术"。在他看来,文学研究有两条路径:一是用新的理论、思想、方法阐释旧文本,使旧文本焕发新机;二是发现新材料,阐释新材料。学生要在文学研究中要找到自己的兴趣点,以点带面、由浅入深,在这两条路径中寻求写作的新可能。在研究过程中要注意寻求表象之下研究对象的多面性,还原人物真实的人生经历,呈现出人物的复杂性和立体性,避免研究单调化、扁平化。宫立老师以李瑛、牛汉、施蛰存等为例,讲解了应该如何探索勾勒研究对象的"多副面孔"。另外,宫立老师认为,研究对象的高度决定了研究的容量,在选取研究对象时,要寻找能够深度挖掘的人物。在搜集史料时,一方面要集中于一个作家,另一方面,要以这个作家为中心,铺陈开来,扩大范围。最后,宫立老师鼓励同学们要多练笔,早日形成自己的研究体系和风格特色。

在随后的互动环节中，宫立老师就论文写作中附录的处理方法和当代文学的史料研究等问题与同学们进行了深入交流。宫立老师的讲座朴实而严谨，会场学术氛围浓郁。最后，孙晓娅教授做简要总结，并对宫立老师和各位同学的到来表示衷心的感谢。

（作者单位：首都师范大学中国诗歌研究中心）

首都师范大学第十六位驻校诗人入校仪式在京举行

◇李佳悦

2019年9月16日，由首都师范大学中国诗歌研究中心（以下简称诗歌中心）主办的"首都师范大学第十六位驻校诗人入校仪式"在京举行。数十位著名学者、诗人、评论家以及首都师范大学部分研究生参加了此次会议。

祝立根，1978年出生于云南腾冲，2002年毕业于云南艺术学院美术系，现居昆明。其诗歌多发表于《诗刊》《人民文学》《诗探索》等刊物，曾参加《诗刊》第32届青春诗会、《人民文学》首届"新浪潮"诗歌笔会、第八届《十月》诗歌笔会及第八届全国青年作家创作会议，已出版诗集《宿醉记》《一头黑发令我羞耻》。祝立根的诗情感深沉，心怀悲悯，作品语言节制、凝练，富有张力，曾获2018年"华文青年诗人奖"，并被遴选为2019—2020年度首都师范大学驻校诗人。

本次会议由诗歌中心副主任孙晓娅教授主持。会议伊始，她对前来参加会议的各位嘉宾表示了热烈欢迎，并对十几年来驻校诗人工作所取得的成绩进行了简要总结。接下来，诗歌中心的同学们为欢迎祝立根入校，精心准备了一场诗歌朗诵表演。

随后，与会嘉宾围绕驻校诗人制度和祝立根的诗歌创作发表了各自的意见。驻校诗人制度的发起者之一、著名诗人林莽首先对诗人祝立根的创作进行了评述，他认为祝立根的诗有三个特点值得关注：向下、及物且有根的，直接指向生活体验；向内的、寻找生命本身内在的感受，努力完成对心灵的救赎，以及向更高层次的，向艺术本质的追求。

《诗刊》主编李少君接着谈到，祝立根低调却能在诗坛脱颖而出，在于他个人有鲜明的诗歌观念和诗歌理想。祝立根的诗"险峻""激情""隐忍"，呈现出强大的地方性背景，建议他在保持个人性的基础性之上，尝试更多的写作手法，并发展他对理论的兴趣。

作家出版社副总编商震认为祝立根诗中的"情感可靠"最值得称赞，许多当代诗人写诗花哨，结构、意象准确，但情感却不是自己的，有很强的制造成分。中国艺术研究院研究员王巨川看到了祝立根的诗中存在当下诗坛所少有"纯粹的象牙的色泽"，混沌、苍凉的意味浓厚，其诗歌选题极具灵性。诗人邰筐提醒祝立根要形成个人写作的思维结构。天津社科院研究员王士强认为"驻校"将是一个重要的契机：从北京到云南，生活环境的变化正是诗人写作的转型、调整的绝佳契机。《诗刊》编辑隋伦指出了祝立根诗歌中有对个人生命价值理解的认识。然而，其诗歌在表露肉身的沉重、展示苦难本身的同时，苦难本身的"光晕"可能被忽视了。中央财经大学教授马丽叙述了个人在读祝立根的诗歌时，体会到"生命的苦难"。诗人赵青也表达了祝立根诗歌给予个人的鲜明体验。诗人漫天鸿向祝立根传达了"诗再大气一点"的寄语。河北大学文学院教师王琦谈论了祝立根诗中的"城市"和"乡村"两重生活经验交织，并期待诗人未来带来更多城市生活经验投射的诗歌。

接近会议尾声时，诗人祝立根表达了个人对诗歌的热爱和创作的虔诚，并由衷感谢了首都师范大学给予其"驻校诗人"的学习机会。最后，诗歌中心副主任吴思敬教授做总结发言。他认为，祝立根的诗歌立足于生命体验和自然体验，他出生于乡野，受过完整的艺术专业训练，有着良好的美术和美学基础。愿祝立根在未来一年的驻校经历中，合理地思考与吸收今天各位嘉宾所提出的问题，开阔眼界、提升境界，走出属于自己的诗歌道路。

（作者单位：首都师范大学中国诗歌研究中心）

上海大学曹辛华教授在首都师范大学举行讲座

◇望 月

2019年9月19日下午，上海大学曹辛华教授应邀来到首都师范大学，为师生们带来一场题为"特殊的新诗——新格律词创制及其意义"的精彩讲座。本次讲座由首都师范大学中国诗歌研究中心主办，中心副主任孙晓娅教授主持。《中外名流》杂志社社长黄长江先生、运城学院袁晓聪老师以及我校部分研究生及本科生参加了此次讲座。

曹辛华，男，河南巩义人。1993年本科毕业于河南师范大学中文系，1996年硕士毕业于河南大学文学院，1999年博士毕业于苏州大学文学院，师从杨海明教授。2000年9月至2002年9月在南京大学中文系博士后流动站工作，师从莫砺锋教授。2016年入选江苏省333人才工程第二层次，2016年著作入选国家社科成果文库。2017年担任上海大学特聘教授、中华诗词创作研究院院长。主要研究方向为诗词学、唐宋文学、现当代旧体文学，主要学术著作有《20世纪中国古代文学研究史·词学卷》《唐宋诗词的文体观照》《中国词学研究》（合著）等。

讲座中，曹辛华教授首先分享了自己早年的诗词写作经历。他将现代音乐化入古体诗词中，为同学们展示诗词的声诗唱法，并以李白的《早发白帝城》和杜甫的《登高》为例，将音律融于古诗并演唱出来，揭示了"词乐一家"的本质。接着，曹辛华教授提出"新格律词"这一新颖观点。他认为，"新格律词"本质为音乐文学，其内涵有两层，一是用已有的流行歌曲的歌词形式填词；二是以原唱为谱重新填制。新诗为一度创作，而"新格律词"相对于原唱是二度写作，这是新诗与"新格律词"最大的不同。随后，曹教授还从语言运用、体制、归属、创制基础、创制意义等方面全面论述了"新格律词"的特征，并向同学们展示了自己的部分作品。

在随后的互动环节中，曹辛华教授鼓励同学们要学习写作"新格律词"，学会用"新格律词"来抒情达意。曹辛华教授讲解深刻、观点新颖，语言生动幽默，会议现场气氛热烈。

孙晓娅教授做简要总结。她指出，"诗歌一体"的传统由来已久，而新诗中对诗歌音乐性的关注恰恰处于缺失状态，非常值得我们反省和深思。最后，孙晓娅教授对曹辛华教授、黄长江先生、袁晓聪老师及同学们的到来表达了衷心的感谢。

（作者单位：首都师范大学中国诗歌研究中心）

首都师范大学驻校诗人祝立根
在首都师范大学举行讲座

◇瑾　瑜

2019年10月8日下午，首都师范大学第十六届驻校诗人祝立根为我校师生带来了一场题为"一个人的诗歌史——诗歌发展之我观"的精彩讲座。本次讲座由首都师范大学中国诗歌研究中心主办，诗歌中心副主任吴思敬教授主持，我校部分研究生及本科生参加了此次讲座。

祝立根，1978年生于云南腾冲，毕业于美术系油画专业。曾获华文青年诗人奖、云南省年度优秀文学作品奖、滇东文学奖等奖项。中国作协会员，诗歌发表于《人民文学》《诗刊》《青年文学》《十月》《大家》等刊物，参加《诗刊》社第32届青春诗会、《人民文学》首届"新浪潮"诗歌笔会、8届《十月》诗歌笔会及8届青创会。出版诗集《一头黑发令我羞耻》《宿醉记》。

讲座伊始，吴思敬教授对祝立根做了简要介绍。他对祝立根的诗歌创作表示充分的肯定，同时指出祝立根自身既有汉民族文化的优势，又浸淫在云南边陲的少数民族文化中，造就了他诗歌创作的有利条件。他希望同学们可以通过这次讲座，取得双向度的收获。

接下来，祝立根从三个方面分享了自己的诗歌经验。首先，他认为诗人和作家有明面上的区别，诗人更纯粹，诗歌创作更多地依赖人生的直觉，对文化的依赖性远远没有对自我感知的依赖性大，而作家的创作则更多地依赖文化，并引用了严羽《沧浪诗话》中的"诗有别裁"来佐证自己的观点。其次，祝立根简述了自己的诗歌阅读史，从《诗经》《楚辞》谈到现代新诗，他重点剖析了口语诗的优劣，并以此说明了社会发展和诗歌的关系。最后，祝立根通过《澜沧江在云南兰坪县境内的三十三条支流》《使至塞上》等具体的诗歌文本说明了潜藏在诗歌背后的"密码"，解释了语言、色彩、空间和光线对于诗歌的重要性，并和同学们分享了自己诗歌创作的心得体会。在随后的互动环节中，祝立根就自己诗歌中的"头发"问题、"色彩"问题以及现代器物如何在现代诗歌中获得美感等问题与同学们进行了深入交流。讲座现场气氛热烈。

最后,吴思敬教授对此次讲座做了简要总结。他指出,祝立根通过引用名家作品,结合自己的个人体会,和同学们分享了自己的"诗歌史",并给予诗歌史上的重要作品中肯的评价,这体现了他丰富的学识修养。同时,吴思敬教授还对祝立根以及各位同学的到来表示了衷心的感谢。

(作者单位:首都师范大学中国诗歌研究中心)

台湾大学洪淑苓教授在首都师范大学举行讲座

◇南 烛

2019年11月12日下午,台湾大学洪淑苓教授应邀来到首都师范大学,为我校师生带来一场题为"主体、日常与爱情——台湾当代女诗人情诗创作的几个面向"的精彩讲座。本次讲座由首都师范大学中国诗歌研究中心主办,中心副主任孙晓娅教授主持。首都师范大学文学院胡疆锋教授、黄华副教授,诗人安琪、杜杜以及我校部分研究生及本科生参加了此次讲座。

洪淑苓,台湾大学中国文学系博士,现任台湾大学中国文学系教授。曾任台大艺文中心主任、台大台湾文学研究所教授与所长(2011—2014)。曾任美国圣塔芭芭拉加州大学访问教授(2009)、德国海德堡大学访问教授(2019)。研究专长为现当代文学、现当代诗、民俗学与民间文学。曾开设现代诗选、现代诗学专题、饮食文学与文化研究等课程。著有学术专书《思想的裙角——台湾现代女诗人的自我铭刻与时空书写》《孤独与美——台湾现代诗人九家论》《现代诗新版图》《20世纪文学大师:徐志摩》《关公民间造型研究》《牛郎织女研究》等。

讲座伊始,孙晓娅教授首先对洪淑苓教授以及与会嘉宾做了简要介绍。她对洪淑苓教授的学术研究成果表示了高度的肯定,并指出,洪教授的研究范围广泛,学术功底扎实,文本分析细腻,同学们要珍惜这次学习机会。

随后,洪淑苓教授凭借自己开阔的学术视野,立足女性主义立场,以女性诗人自身主体性的确立、日常生活经历和爱情经验三个维度为面向,深入剖析了台湾当代女诗人的情诗创作路径以及审美范式。她以席慕蓉、夏宇、林泠、颜艾琳等女诗人的作品为例,从意象、语言、形式等方面进行具体的女性情诗文本细读,指出部分女诗人诗歌中具有的"传统情怀",并以此为基点还原台湾女性诗人的思想状态和情感质素，透视当代女性的生存情形和精神状况。同时，作为诗人的洪淑苓教授，还从自身的写作经验出发，以《老式情歌》为例，分享了自己的情诗写作心得。在随后的互动环节中，洪淑苓教授就自身的爱情观、诗歌解构"过度"和诗歌灵感的处理等问题与同学们进行了双向度的交流。

最后，孙晓娅教授做总结发言，她指出，洪淑苓老师以经典文本为例，梳理了30年代以来台湾女诗人的创作风貌，并观照到男诗人视野下的女性，为我们多维度、全方位地展示了台湾女性情诗的演变过程。同时，孙晓娅教授对洪淑苓教授、与会嘉宾以及同学们的到来表示衷心的感谢。

（作者单位：首都师范大学中国诗歌研究中心）

2016年中国新诗纪事[①]

◇李润霞　薛媛元

【说明】

1.《2016年中国新诗纪事》（后简称《纪事》）是关于诗歌史实的年度编年大事记，所记为2016年1月1日至2016年12月31日内发生的有关诗歌活动、诗歌现象、诗歌创作、诗歌会议、诗歌评奖、诗刊发布等与诗歌有关的史事，地域主要以内地（大陆）为主，也涵盖中国香港、澳门和台湾的部分诗歌史实。

2.《纪事》力求客观叙述，不做主观评价。对于特殊事件，保留刊载该信息的刊物上原有的评语。记录均依照当时的用字用语和作者的署名，除一些作者的笔名后面用括号注出该作者的常用名外，不做任何改动。作品发表和出版时间，均以所刊载的报刊标明的出刊时间和所著书籍的版权页的记录为准。

3.《纪事》除特殊情况外不再收入公开出版的诗集、诗论集的出版信息，但继续收录部分诗歌民刊、自印诗集的出版信息。

4.《纪事》按时间编次，同日发生的事件并入一日，日不详编入当月。诗歌活动举行地点只列城市或单位、学校，除有特别意义，一般不列入具体门牌、酒吧名称、教室数字等详细名址。

5. 严格说来，《纪事》以"大"记"史"，故不求"全"。其中中国港澳台等地的史料因各种原因多有遗漏，欢迎方家补正。

[①]【基金项目】本文为国家社会科学基金项目《中国现代文学史写作与经典的建构与解构》成果之一，项目号为13BZW150。

一月

  2 日　"2016 中国诗歌春晚——上海分场"第二次活动在上海浦东图书馆举行，默默、严力、李天靖、陆渔、小鱼儿以及日本翻译家河崎深雪、澳大利亚诗人罗伯·沙克尼（Rob Schackne）等参加活动。"飞地之声"系列诗歌讲座第七回"回到第一层面还是第四层面：诗歌阅读的古老转型"在深圳旧天堂书店举行，王敖主讲，张尔主持。

  3 日　"晴朗文艺沙龙"之"我这一年……"在晴朗文艺书店举行。新星出版社与《卡丘》诗刊主办的《卡丘微信读诗课》第 1 期在《卡丘》微信群举办，主题为蒋一谈的截句诗，周瑟瑟主持，蒋一谈、秦千里、张战、张成德、宫白云、安琪、杨碧薇、李之平等参加。中国诗歌网等主办的"首届中国网络诗人高级研修班"结业仪式在上海大学举行，叶辛、徐忠志、张烨等参加。

  5 日　《2015 年中国诗歌排行榜》首发式暨诗歌研讨会在北京大学诗歌研究院召开，邱华栋主持，周瑟瑟、张越、朱强、树才、姜涛、潇潇、中岛等参加，探讨九大诗歌榜单、2015 年诗歌创作经验、百年新诗历史成就与未来发展、当下诗歌存在问题等话题。"作家网诗意人生朗诵会"启动仪式在北京举办，赵智、詹泽、赵振江、洪烛、梁粱、张陵、北塔、庞俭克、吴新蔚、安琪、韩晓东、亚瑟夫·阿南达·卡尔德隆·梅孟德斯（Yasef Ananda）、李姿（Liz）、阿贝尔（Abel Ginarte）等参加。诗人吕坪病逝，享年 93 岁。

  6 日　2015 年度"腾讯·商报华文好书"颁奖典礼在北京举行，余秀华诗集《摇摇晃晃的人间》等书籍获奖。

  7 日　"神秘的朋友——《现实与欲望》新书发布暨塞尔努达诗歌分享会"在北京中国国际展览中心举行，紫石主持，赵振江、范晔、汪天艾等出席。《他们在岛屿写作 2》电影发布典礼在香港大学举行，龙应台主持。

  8 日　"冬日的玫瑰——第二届廖诗蝶诗歌奖颁奖典礼暨诗歌朗诵会"在中南林业科技大学举行，沈祁士主持，杨克获奖，廖诗蝶、谭克修、吴昕孺、杨林、雪马、刘定光、汤文培等出席。《他们在岛屿写作 2》电影发布活动之《他们在岛屿写作 2》世纪文学对话在香港光华新闻文化中心举行，林文月、董桥、洛夫、杜家祁等出席。

9日　北京青年诗会主办，阿西、陈迟恩等发起的"钟声的语言——2016新年读诗会"在北京猜火车文化沙龙举行，昆鸟、张杭、苏丰雷、王辰龙、古赫、严彬等参加。"诗意遂宁·新春诗会"暨《元写作》诗群作品研讨会在四川遂宁举行，活动包括胡亮文论集《阐释之雪》暨《元写作》诗群作品研讨会和"诗意遂宁·新春诗歌朗诵酒会"，柏桦主持研讨会，陶春主持读诵会，向以鲜、哑石、周东升、陶春、芮虎、邓梁、蒋蓝等参加。《人民文学》杂志社和江汉大学举办的第二届人民文学诗歌奖颁奖典礼暨武汉诗教推进咨询会在武汉举行，吉狄马加、李强、施战军出席并颁奖，叶舟获年度诗人奖，石头、郭建强获年度诗歌奖，夏午、黄智扬、徐晓获年度新锐奖。首都师范大学中国诗歌研究中心等举办的"《隐形者》首发式暨李青淞诗歌创作研讨会"在北京举行，屠岸、吴思敬、张陵、唐晓渡、邱华栋、霍俊明等参加。

10日　商务印书馆主办的"我坐着，读一位诗人——《里尔克诗全集》新书发布会"举行，王寅、王家新、多多、张辉、何家炜等出席。"情韵珠江——2016第二届广东诗歌春晚"在郭小东文学馆举行，屈金星、陈隋和、李仁义、牧言、肖伊谷、了凡、熊国华、唐德亮、王一丁等参加。首届"诗探索中国春泥诗歌奖"开始征稿。中国诗歌万里行创作基地揭牌仪式在四川遂宁拱市村举行。

11日　《绿荫诗报》、珠海市写作学会举办的"2015绿荫年度诗歌奖"揭晓，阿桃歌、钟晴获"2015绿荫年度诗人奖"和"2015绿荫年度诗歌新人奖"。

12日　大关天环线旅游联盟和陕西省名人协会主办的2016第二届中国诗歌春晚西安分会场暨大秦岭艺术界联欢晚会在南门外宏信国际花园泰元文化交流中心举办，活动包括大关天环线文化旅游沙龙、陕西省名人协会年会和大秦岭艺术界联欢晚会，屈金星、思远、张凌雁、孙见喜等参加并朗诵。诗人陈之光病逝，享年86岁。

13日　《华西都市报》推出、梁平等评选的"2015名人堂·年度诗人"揭晓，诗人胡弦当选。《莽原》2015年度文学奖揭晓，王猛仁《隔岸烟花》、简单《人物记》获诗歌奖。

14日　第二届"农民文学奖"颁奖暨《中国梦·农民梦》首发式在湖南湘阴鹤龙湖镇举行，刘叙龙、孙冬春、李红旗、张中一、潘正权、周菊清、张志民等获农民文学奖"提名奖"，危勇诗歌《咏鸡》获主奖。诗人贾芝去世,享年 103 岁。

15—16 日　《诗歌与人》杂志和广州图书馆主办的 2016 年广州"诗歌与水墨"主题新年诗会在广州图书馆举行,黄礼孩等出席。

16 日　《静电》诗刊创刊号诗作品研讨会在河南平顶山举行,张杰、简单主持,海因、森子、杜力、高岭、罗羽、杨东晓、孙希彬、王春生等参加。蒋一谈新书——《截句》分享会在长沙西西弗书店举行,周瑟瑟主持。

17 日　"诗歌来到美术馆"第三十期包慧怡诗歌朗读交流会在上海民生美术馆举行,胡续冬主持。"飞地之声"系列诗歌讲座第八回"诗歌杂志上的当代艺术"在深圳旧天堂书店举行,鲍栋主讲,张尔主持。

18 日　首届"朵上·一首好诗"诗歌奖颁奖仪式暨朵上诗歌嘉年华在南京朵上文化空间举行,李啸洋《锁具》获主奖,丫丫《木匠》、雷默《七棵银杏》获优秀奖,杨黎获评委会主席奖第一名,汪政、梁小斌、李笠、陆渔、胡弦、李黎、孔繁勋等出席。

19 日　诗歌月刊杂志社等主办的《诗歌月刊》"DCC 杯"全球华文诗歌大奖赛颁奖典礼暨深莞新春诗会在深圳市 DCC 文化创意园举行,韩素素组诗《我父亲母亲的河流》获一等奖,向以鲜组诗《劳动者之歌》、茉棉组诗《茉棉的诗歌》获二等奖,蒋志武组诗《栖身于虚无的枝头上》等获三等奖,阮雪芳等获优秀奖,洪君植等获入围奖,王山、任芙康、庄伟杰、李可君、阿翔、李双鱼、柴画、仪桐等出席。

22 日　2015 年度中国作家出版集团奖颁奖大会在北京举行,《诗刊》社微信公众平台获特别贡献奖,王小妮等获优秀作家贡献奖。中华诗词学会等主持的"《颖川诗词——陈文玲诗词集(三)》新书发布暨研讨会"在北京召开,叶嘉莹、郑欣淼、吉狄马加、蒋子龙等出席。

23 日　2016 北京新年诗会暨诗稿旗袍展在北京香黛宫举办,刘建甫、张小云、戴其苍、曹喜蛙、宗德宏、李飞骏等参加。湖北省作协等主办的第四届地铁·公共空间诗歌朗诵会在武汉市洪山广场地铁站举行,李少君、李元胜、陈先发等出席。

24 日　单读发起的首届书店文学奖在北京单向空间花家地店揭晓,《零年:1945——现代世界诞生的时刻》获年度作品奖,张定浩获年度青年作者奖,刘子超《午夜降临前抵达》获年度旅行写作奖,虹膜获年度文化类新媒体实践奖,包慧怡《唯有孤独恒长如斯》获年度文学翻译奖，《丁玲传》《午夜之子》《悲伤与理智》等入选年度书单，西川、阿乙、许知远、北岛等参加。张执浩等组织的第四届公共空间诗歌活动在武汉启动。《圆环清晨》黎衡诗歌分享会在深圳旧天堂书店举行。

25日　武眉凌策划的2016中国诗歌春晚云南分会场在侬人谷景区举行，王博生、北塔、瑞箫、郝秀英、罗广才、健如风、天涯孤鹰、周娇南等参加。

30日　中国朗诵网等主办的2016第二届中国诗歌春晚在北京国家会议中心举行，节目包括诗歌朗诵、舞蹈、音乐、诗剧、诗歌行为艺术等，国际丝路诗社、中国诗歌旅游联盟宣布成立，"新丝路·新诗路"暨嘉华海上国际诗歌游轮启动仪式同时举行，赵敏俐、曾凡华、黄亚洲、洪烛、北塔、柳忠秧、冰峰、周瑟瑟、李黎、毕翼等出席。北京师范大学中国当代新诗研究中心等主办的以"和平的祈祷"为主题的2016年首届华语诗歌春节联欢晚会暨颁奖仪式在北京大学百年讲堂开幕，节目包括朗诵、歌舞、茶艺、书法、器乐演奏、太极表演等，郑敏获"诗歌创作终身成就奖"、屠岸获"诗歌翻译终身成就奖"、谢冕获"诗歌评论终身成就奖"，屠岸、赵振江、吴思敬、曾凡华、李少君、姜念光、汪剑钊等参加。《涂抹诗学》年刊首期发布会暨首届华语春晚合肥分会场活动在合肥"保罗的口袋"书店举行，夏午主持，梁小斌、王明韵、余怒、罗亮、黑光、红土等参加。

31日　奇遇电影《我的诗篇》众筹放映会在深圳举办，导演秦晓宇出席并接受采访。诗探索中国新诗会所向郑敏、谢冕拜年。

二月

2日　《文学报》等主办的第四届"禾泽都林杯"城市、建筑与文化诗歌散文大赛颁奖活动在杭州江南文学会馆举办，肖阳获诗歌一等奖。

10日　首届"中国新诗发现奖"暨"中国著名诗人看诸城"采风活动启动。

11日　鹿特丹国际诗歌网推出"庆祝中国新年·中国新诗一百周年"专辑，含新诗百年——重读胡适、当代中国诗人问卷、《中国新诗1916—2016》节选、诗东西论坛"连诗"《山》《海》及点评等。

12日　中央电视台《中国诗词大会》节目在农历大年初五在央视

综合频道开播。

14日　"人日游草堂"民俗文化活动在杜甫草堂博物馆大雅堂举行，活动包括祭拜仪式、"草堂唱和"诗会等，梁平主祭。

15日　《雨花》杂志举办的"纪念中国人民抗日战争胜利暨世界反法西斯战争胜利70周年"征文活动揭晓，南京理工大学二月兰诗社《中华劫》等获诗歌集体奖，蒋义海组诗《马俊，永远驰骋的骏马》等获诗歌奖。

18日　长宁区委宣传部等举办的"诗画长宁——镜头中的长宁·十二五映像"摄影比赛在上海开展。

20日　公众微信"诗歌阅读"主办的诗歌选本《梦想中的蔚蓝》首发式暨研讨会在成都子曰书院举行，凸凹、李龙炳、刘泽球、王学东、胡马、张选虹、印子君等参加。

26日　《红岩》杂志社举办的"第五届红岩文学奖"揭晓，《余怒诗集》获"中国诗歌奖"，美国诗人特蕾茜·K.史密斯的《史密斯诗集》（远洋译）获"外国诗歌奖"，刘波《当代汉语诗歌的神秘魔方——余怒诗歌论》获"文学评论奖"。首届"诗探索中国新诗发现奖"开始征稿。

27日　中国诗歌网"新旧诗论"主题恳谈会在北京举办，郑欣淼、屠岸、郑伯农、吴思敬等出席。杨罡诗歌朗诵会暨《亚历山大与女理发师》新书发布会在北京通州太阳花酒店举行，周瑟瑟主持，黎波、邱华栋、谭五昌、江小鱼、戴潍娜等出席。

28日　《民族文学》杂志社等主编的"2015《民族文学》年度奖颁奖会"在北京举行，维吾尔族铁木尔·达瓦买提诗歌《致青年们》（铁来克译）、雅森·孜拉力诗作《心灵之声》获奖，吉狄马加、玛拉沁夫、叶梅、石一宁、李霄明、包明德、彭学明、徐忠志等出席。

29日　唐建平作曲、阿古拉泰执笔的大型交响音乐史诗《成吉思汗》在北京音乐厅举行。

本月　首届（2016年度）"玉平诗歌奖"征稿。

三月

5日　"我们与你在一起"诗歌公益活动在都匀市归兰水族乡举行，黄怒波、杨启刚等参加。

5—6日　中国作协诗歌委员会、江苏省作协主办的"中国新诗百年论坛"第九站活动在扬州举行，活动包括"'虹桥书院'系列诗学活动启动仪式""现代性：百年新诗的自我追寻或'问题情境'"等，耿占春主持对话会，陈晓明、耿占春、霍俊明、欧阳江河、谢冕、吉狄马加、韩松林、叶延滨、商震、李少君、唐晓渡、叶橹等参加，文西、胡正刚、砂丁等获2015年度扬子江青年诗人奖。

7日　广东、江苏两省文学调研交流座谈会在广东文学艺术中心召开，韩松林、闾海燕、吴正峻、杨克、范英妍、肖馥筠、周西篱等参加，杨克主持。

8日　吴震寰策展的"2016国际花神国际诗歌节·女诗人画展"在广州举办，海男、施施然、楚雨、杜青、马莉、郑皖豫、舒丹丹、江满芹等诗人参加。

9日　首届"卡丘·沃伦诗歌奖"揭晓，蒋一谈获奖。

10日　罗江农民赛诗会在四川德阳市蟠龙镇小安村举行，中央电视台十套《读书》栏目组制参加并拍摄，云峰诗社、凤雏诗社社员参与赛诗。河北省文化名人联谊会举办的2016"端午节"诗词大赛开始征稿。

12日　飞地之声之诗公社计划第一回"杯影诗乐"在深圳市罗湖美术馆举行，爱德华·拉格（Edward Ragg）、王敖、陈涌海出席。泰州市诗人协会等举办的"润泰杯"首届全国新诗推进会在溱湖风景区举行，张宗刚主题讲座"中国新诗的前世今生"同时举行。

12—13日　汕头大学文学院等主办的第三节粤东诗歌发展论坛在汕头举办，论坛主题为"新诗现代性与粤东区域地理"，论坛包括"新诗现代性与粤东区域地理""粤东诗歌个案探论"等，温远辉、龙扬志、任世宾、林馥娜等出席。

13日　江苏科技大学和镇江报业传媒集团主办的"2016江南风六人诗歌作品朗诵会"在江苏科技大学举行，欧阳江河、宋琳、陈东东、陈先发、王景曙和范德平等出席。广东《汕尾日报》、汕尾诗歌学会等举办的"善美之城"全国诗歌大赛开始征稿。

15日　第二届"中国诗河·鹤壁"诗歌大赛开始征稿。

18日　文艺报社等主办的陈丽伟作品研讨会在北京举行，白庚胜、崔艾真、白烨、李彬、柳建伟、林莽、黄桂元等出席。高晓松作词的音乐短片《生活不止眼前的苟且》发布。

19日　中国作家协会《诗刊》社主办的"《诗刊》2015年度陈子

昂诗歌奖"在北京中国现代文学馆揭晓,陈先发《颂七章》获年度诗歌奖,周退密《周退密诗词选》获年度诗词奖,张二棍《暮色中的事物》、沈鱼《我仍旧无法深知》获年度青年诗歌奖,王海亮《王海亮诗选》、韩倚云《韩倚云诗选》获年度青年诗词奖。诗歌岛策划的"诗的"巡展在上海开幕,北岛出席开幕式。"给虚空上妆"讨论会在上海 Isgo Gallery 画廊举行,天水、胡续冬主持,韩国强、王寅、张定浩、韩李李、慕容引刀等出席。第十八届上海国际电影节金爵奖最佳纪录片《我的诗篇》在重庆上映。

20日 庆祝世界诗歌日暨《珞珈诗派》诗歌朗诵会在武汉卓尔书店举办,李少君、车延高、阎志、吴晓、卢圣虎、荣光启、朱赫、午言等参加。秦皇岛海港区文联等举办的全民海子诗歌朗诵会暨海子诗歌音乐沙龙在秦皇岛市音协吉他学会举行,黄红亮、冯颖、梦瑜等出席。微信公众号"为你读诗"发起的"给灵魂片刻自由"主题第二届世界诗歌日音乐会在北京天桥艺术中心举行。

21日 由北京大学爱基金等主办的"爱只因有你——献给地球的诗篇"大型公益诗歌朗诵音乐会(人民教师专场)在首都师范大学附属中学举行,吉狄马加、乔榛、赵忠祥、瞿弦和、虹云、徐涛、约瑟夫·格雷夫斯、丽兹·克兰恩等出席。国家图书馆、《诗刊》杂志社在京举办"文津经典诵读"诗歌吟诵会在北京举行,黄明康、南山诗社等成员参加。诗人毛正三病逝,享年88岁。

22日 诗歌沙龙《我们为什么还要读诗——诗歌选本与阅读》在北京中信书店芳草地店举行,叶延滨、杨志学等出席,李成、宗德宏、孤城、蓝珊、宫池、傅实等参加。中国诗歌学会会长黄怒波出席在德国驻华大使馆举办的德国总统见面会。

23日 第二届金迪诗歌奖揭晓,叶丹《叶丹自选诗》获金奖,樊子组诗《障碍》、徐源组诗《黔西北人物》获银奖,唐益红组诗《一闪而过的事物》、绿袖子组诗《殇之爱,疑惑时光比肩》、西木长诗节选《生死欲》获铜奖,吉狄马加《我,雪豹……》获杰出成就奖,康雪组诗《他们对自己满怀诚意》获特别推荐奖,马晓康《马晓康的诗》获新锐新星奖,阿翔等获十佳诗人奖。第十三届人天华文青年诗人奖颁奖典礼和重庆"少数花园"华文青年奖座谈会在重庆国际展览中心举行,王单单、臧海英、张巧慧获奖,谢冕、吴思敬、林莽、刘福春、李元胜、蒋登科、张传敏、华万里、金铃子等出席。

24日　以桃文化为主题的"春天送你一首诗"大型诗歌朗诵会在浙江奉化萧王庙街道林家村举行，季士君《一醉再醉》和阿门《奉化，桃花盛开的地方》获征文一等奖。第四届"井冈山文学奖"（2015年度）揭晓，黄刚诗集《呦呦：中国青蒿的歌唱》等获"作品奖"。

25日　"中日诗歌交流办公室暨联合出版《中日诗歌丛书》签字仪式"在北京大学举行，李红雨主持，水田宗子、杉林坚次、拉斯·瓦果（Lars Vargo）夫妇、小田康之、叶静漪、黄怒波、刘乔等参加。

26日　由"海子诗歌奖"评奖委员会主办，北师大中国当代新诗研究中心等发起第三届"海子诗歌奖"在北京揭晓，朵渔获主奖，西娃、余秀华、李浩、袁绍珊（中国澳门）获提名奖。民刊《卡丘》主办的"中国诗人田野调查小组"宋庄基地启动仪式暨卡丘十年研讨会在北京宋庄岁月传媒大厦举行，活动包括研讨会、诗歌朗诵、中国诗人田野调查小组宋庄基地揭牌仪式、田野调查等，周瑟瑟、张德江、李川等出席。由"诗青年"发起的纪录片电影《我的诗篇》观影会暨纪念诗人海子诗歌朗诵会在杭州举行，李晗、章茴、乌苏拉、杨缕等参加。"诗歌来到美术馆"第三十一期朱朱诗歌朗读交流会在上海民生现代美术馆举行，胡续冬主持。

26—27日　第五届海子诗歌艺术节暨京津冀诗歌联盟首届诗会在秦皇岛海港区举行，活动包括开幕式、海子诗歌作品研讨、朗诵、即兴诗歌创作、世界诗人大会采风基地、京津冀诗歌联盟创作基地揭牌仪式等，北塔等出席。

28日　由美国北加东湾牡丹诗社与洛阳市作家协会等主办的"牡丹与春天"——中美国际牡丹诗会在河南洛阳举行，田中禾、张鲜明、冯杰、张晓雪、王亦丁、张炳志、赵克红、艺辛、林中明、黄雅纯、谢萌、唐·吉布斯教授（Don Gibbs）、郑兰美、马汉瑞、林一男、陈韵如等参加。

29日　由大众网、《山东文学》《齐鲁晚报》等主办的"中国第三届网络文学大奖赛"启动，大奖赛下设诗歌奖。诗人张承信病逝，享年79岁。

3月29日—4月1日　由中国作家协会诗歌委员会等主办的主题为"百年新诗以来诗人身份的构建"的"中国新诗百年论坛（商洛）暨商洛诗歌研讨会"在商洛举行，阎安主持"商於古道，诗歌之路"主题研讨会，吉狄马加、范小青、贾平凹、叶延滨、胡弦、张清华、欧阳江河、谭五昌、臧棣等参加。

30日 "一带一路"与当代诗歌研讨会在海口观澜湖度假区举办，剑男、谢冕、向以鲜、李其文等参加。

3月30日—4月1日 第三届"天下诗林大会"活动在河南举行。

本月 中国北极·第32届"青春诗会"开始征稿。第三届"海子诗歌奖"启动。

四月

1日 青海省作家协会等主办的当代藏族女作家丛书第二部首发式暨研讨会在西宁书城举行，完么措诗集《水之韵》、德吉卓玛诗集《红珊瑚树》、才让草诗集《妈妈的挤奶桶》、我杰吉的诗集《黎明》入选。

3日 常熟公望书画艺术研究院、公望画院、虞山当代美术馆等主办的"随黄公望游富春山——翟永明诗歌朗诵会"在常熟虞山当代美术馆举行，翟永明、杨键、庞培、小海、杜涯、李建春、续小强、陈虞等出席。

4日 "诗圣情怀·中国梦想"第二届杜甫国际诗歌节在河南巩义举办，吉狄马加、何向阳、叶延滨、郑愁予、梅丹理、杨杰、邵丽等参加，活动包括祭拜仪式、"杜甫诗歌传承和当代诗歌精神"主题学术交流讨论会等。"山水吟——第四届虞山雅集诗歌朗诵会暨杜涯诗集《落日与朝霞》新书发布创作研讨会、朗诵会"在江苏常熟"虞山当代美术馆"举行，翟永明、庞培、杨键、张维、小海、李德武、陈虞、长岛等参加。

5日 "第二届杜甫国际诗歌节""中国新诗百年华文诗人影像志"史料展览在河南巩义开展。

6日 中国作家协会《诗刊》社主办的"子昂故里·诗意遂宁——2015年度陈子昂诗歌奖颁奖大会"在四川遂宁举行，陈先发获年度诗歌奖，周退密获年度诗词奖，张二棍、沈鱼获年度青年诗歌奖，王海亮、韩倚云获年度青年诗词奖，吉狄马加、商震等出席并颁奖。

7日 "海淀作家协会北方交通大学附中基地"授牌仪式在北京市北方交通大学附中举行，王久辛等参加。

7—15日 北京师范大学国际写作中心主办的翻译工作坊第二季"跨越语言的诗意——2016中外诗人对话/互译"在北京举行，欧阳江河、西川、张清华、树才、潇潇、周瓒等参加。

8日　北京语言大学中国文化对外翻译与传播研究中心、中国文化译研网主办的"中国诗歌对外翻译与传播国际高层论坛"在北京开幕，活动包括中国文化译研网"译点"诗歌工作室成立仪式、中国文化译研网入网仪式、"诗歌之夜—国际诗歌朗诵会"等，吉狄马加、曹志芸、赵四、唐晓渡、费正云等参加。博野县作家协会举办的以"赏古园梨花、抒浪漫诗情、助博野腾飞、圆中华梦想"为主题的"博野县第三届梨园诗会"在博野县冯村古梨园举办。

8—11日由中国作家出版集团等主办的纪念红军长征胜利80周年"中国诗人习水行"采风创作活动在贵州习水举行，何建明、叶延滨、车延高、杨志学、姜念光、张国领、人邻、孤城、朵拉图、朱雀、田斌、杨云霞等参加。

9日　北京上苑2016迎春诗歌朗诵会在北京上苑艺术院举行，紫石、苏丰雷主持。

10日　张卫东诗集《物色》首发式在成都三圣乡子曰书院举行，哑石、牛放、刘泽球、陶春、陈建、黄啸、易杉等出席。"飞地之声"系列诗歌讲座第九回"半是花朵/半是熄灭的火——巴西诗歌吹读会"在深圳旧天堂书店举行，胡续冬主讲，张尔主持。中国现代文学馆第四届客座研究员离馆暨第五届客座研究员聘任仪式在北京举行，刘波等入选，吴义勤主持，李敬泽、阎晶明、梁鸿鹰、白烨、陈福民、李洱、高秀芹、刘涛、饶翔、徐刚等出席。

12日　中华诗词创新研究会、巩义杜甫纪念馆、杜甫故里诗词学会等主办的第二届广东省"桂城杯"诗歌奖启动仪式在南海桂城举行，活动包括中华诗词创新高峰论坛、祭拜诗圣杜甫等。

13日　中国作家出版集团主办的"青春的失意与诗意——聂权、彭敏作品研讨会"在北京举行，李少君、刘琼、王国平等参加。

16日　《南方都市报》设立的"华语文学传媒大奖"第十四届颁奖典礼在广东佛山顺德北滘文化中心举行，欧阳江河获"年度杰出作家"奖，宇向获"年度诗人"奖，唐晓渡获"年度文学批评家"奖，韩少功等参加。吕露诗人访谈录《吕录：与33个人的对话》新书发布会在重庆万象城西西弗书店举行。该书以90后女生的视角，将自己与冯唐、周云蓬、芒克、韩东等33位文化人关于生活、灵魂问答的对话记录下来。散文诗研究院主办的王舒漫散文诗研讨会暨"散文诗研院"揭牌仪式在上海市杨浦区文化馆举行，梅纾主持，马永波、张锦江、张烨、季振邦、王宗仁、缪克构、杨绣丽等出席。微信文章《陈子昂把玩笑开大了，这不是赤裸裸的抄袭吗？》指出唐诗《在暮色中赶路》与金玲子《暮色多么沉寂》雷同，引发争议。诗文书画大家忆明珠作品陈列馆揭幕典礼在仪征市文化馆举行，吉狄马加、邵燕祥、叶橹等出席。

16—17日　江西省作协等举办的"红色岁月　人民生活"2016年江西（灵山）谷雨诗会在上饶县举行，活动包括"起于八〇年代"——"灵山诗群"作品研讨会、2016年江西（灵山）谷雨诗歌朗诵会、2015江西年度诗人奖颁奖、"红色上饶　诗意灵山"2016江西谷雨诗会采风创作等。

17日　以"梦想汇聚中国力量诗歌谱写青春华章"为主题第33届全国大学生樱花诗歌邀请赛颁奖典礼暨朗诵组决赛在武汉大学举行，昭通学院米吉相获特等奖，复旦大学童作焉、台州学院章途寿获一等奖。"诗歌来到美术馆"第三十二期万夏诗歌朗读交流会在上海民生现代美术馆举行，胡续东主持。

17—21日　中国作协诗歌委员会主办的"中国新诗百年论坛走进南宁"暨庄步璇诗歌研讨会和"中国新诗百年论坛走进玉林暨当代诗歌与校园文化建设研讨会"在广西民族大学、广西玉林师范学院举行，讨论主题包括"中国新诗形式建设问题"、庄步璇诗歌、新诗的自由问题等，谢冕、叶延滨、孙绍振、吴思敬、胡弦、师力斌、黄晓娟、庄步璇等参加。

17—20日　第三届利马国际诗歌节在秘鲁举行，蔡天新参加并与当地诗友交流。

19—21日　"中国新诗百年论坛走进玉林暨当代诗歌与校园文化建设研讨会"及诗歌朗诵会在广西玉林师范学院举行。

21日　席慕容讲座"诗与原乡"在呼和浩特内蒙古师范大学举办。

23日　思南读书会2016世界读书日主题活动"汤显祖和莎士比亚——从翻译看东西方文化交流"在上海举行，屠岸、张玲出席并主讲。"2015中国好书"排行榜在中央电视台一套"2015中国好书盛典"节目中发布，孙玉石《新诗十讲》入选，屠岸等参加。铁木尔·达瓦买提诗集《生命的足迹》蒙译版研讨会在新疆乌鲁木齐举行。由新华网等主办的"中国百家山水诗赋文化工程"启动仪式在北京新华社综合楼报告厅举行，何建明、王树成、冯健、李栋恒、郑伯农、白林、方立新等出席。

24日　第五届"美丽岛"中国桂冠诗歌奖颁奖典礼在锦溪举行，严力获桂冠诗人奖，安琪获桂冠诗集奖，燎原获桂冠诗学奖，远村获桂冠诗歌翻译奖，屠岸获桂冠诗歌流派奖，周瑟瑟获桂冠诗歌卫士奖，"李占刚、胡权权、子厚新诗集联合发布会"和诗歌朗诵会同时举行，何拜伦等出席。谷雨书苑举办的蔡天新讲座"两种文化　科学与人文"在美国旧金山硅谷亚洲艺术中心举行。湖南省诗歌学会第7场熬吧诗歌沙龙"最近的远人——世界读书日暨远人诗歌沙龙专场"在长沙举行，刘羊主持，远人、梦天岚、张战、胡汀潞、王亚男、王雅静、朱世豪、李卓铭等参加。"听见花开"主题"诗意北京——石景山百姓诵读活动之听见花开"诗会在北京市国际雕塑公园举行，朱琳、马龙翔等参加。

25日　中国诗歌学会等组织的"指尖上的诗歌　诗海里的人生"第四届中国（海宁）·徐志摩微诗歌大赛开始征稿。

26日　"汪国真追思会"在北京举行，王文章、汪黄任等参加。

26日—29日　由中国作协《诗刊》社等主办的"骆宾王诗歌奖颁奖典礼暨诗人走进义乌采风活动"在浙江义乌举行，吉狄马加主持，林莽《记忆：1984—2014诗选》、雷平阳《基诺山》获主奖，李元胜《我想和你虚度时光》、古马《古马的诗》、臧棣《骑手和豆浆》获提名奖。

27日　以穆旦诗歌为主题的"我所得到的不过是失去的生活"文化展在北大举行。中国作协机关党委主办的"春之和声文学作品朗诵会"在北京中国现代文学馆举行，白庚胜等出席。

28日　诗人杨克峰病逝，享年81岁。《新诗百年》诗歌朗诵会"春华篇"在北京大学百年讲堂举办，徐涛、高峰、于芳、纳森、林中华、薛飞等参加。

30日　第24届"柔刚诗歌奖"揭晓，灰娃获荣誉奖，年微漾（郑龙腾）《九百里韩江昼夜流淌》《饶平赋》获主奖，唐放（程一）《提篮桥记事》《六月》获校园奖。西南交通大学团委主办的首届"百年新诗与大学生写作"西南高校诗歌论坛和诗歌朗诵会在西南交通大学举行，柏桦、哑石、尚仲敏、余旸、段从学、王学东等出席。《中国诗歌》第六届"新发现诗歌夏令营"开始征稿。

4月30日—5月1日　中国诗歌网"西湖论诗"座谈及采风活动

在杭州举行，何建明、黄亚洲等参加。

五月

2—16日　"中国文化创新领袖"美国交流合作项目在美国举行，欧阳江河等参加。

5日　首届艾青诗歌节（中国·金东）新闻发布会在浙江金华市金东区举行。

6日　"贺敬之柯岩文学馆·柯岩馆"在台儿庄开馆，贺敬之、铁凝、翟泰丰等参加。

7日　杭州市作家协会、南京理工大学诗学研究中心等主办的苏波诗集《一个词，另一个词》首发式在杭州富阳丽萍花卉生活空间举办，钱旭群主持，马永波、姚月、涂国文、李郁葱、方格子等参加。"京华悦读荟"等举办的母亲节诗歌朗诵会在容介书院举办，活动包括我读我诗、分享感动和我要读诗，查曙明、姬国胜、海涛、李剑飞等出席。

8日　中国作协诗歌委员会、贵州遵义市等主办的"中国·绥阳首届双河国际诗歌文化活动周"在贵州省遵义市绥阳县举行，活动包括高峰论坛、清溪湖诗会、"诗歌与我"沙龙活动及啤酒烧烤晚会、绥阳诗歌作品评鉴会等，中国诗文化陈列馆同时举行，吉狄马加、西川、舒婷、叶延滨、陈仲义、臧棣等出席。靖江农商行杯"怀德家书"征文大赛颁奖礼暨三阳开泰"春天送你一首诗·走进怀德"靖江本土作家诗文作品朗诵会在常州大学怀德学院举行，臧海英获2015年度《诗刊》"发现"新锐奖，李少君、商震等出席。《诗刊》全国青年诗人座谈会暨靖江读者见面会在靖江举行，李少君、谢建平主持，王单单、严彬、江汀、梁书正、尹马、王更登加、李顺星等参加。

9日　臧海英诗集《出城记》入选"21世纪文学之星丛书"2016年卷。

11日　金铃子发表给唐诗的公开信，要求就陈子昂诗歌奖获奖作品抄袭一事道歉。

12日　"藏王宴杯"全国散文诗大赛开始征稿。张口设立的"小诗人奖"开始征稿。《楚天金报》等主办的端午诗歌大赛开始征稿。中国诗歌网"每周诗星"评选活动启动。李文朝史诗《血肉筑长城》手稿捐赠仪式在军事博物馆举行。

13—15日　中国作协诗歌委员会等主办的"相聚天台山"首届全国诗文大会在浙江天台山举行，谢冕、晓雪、黄亚洲、吴思敬、吴传玖、温远辉、胡红拴、祁人、康桥等与会。

14日　天津美术馆、诗现场俱乐部主办的"诗和远方"诗现场见面会在天津大悦城举行，张楚、芒克、翟永明、徐柏坚等参加。"诗读不懂怎么办"主题讲座在北京大学举行，臧棣、秦晓宇主讲。思南读书会120期"自然文学在今天——米福斯特与《我们的村庄》"在上海思南文学之家举行，谈瀛洲、包慧怡主讲。象山县文广新局等主办的《原则诗选》首发式暨乱礁洋原则诗群创作基地授牌仪式在浙江象山举行，活动包括签售赠书仪式、原则诗群作品研讨会、揭牌仪式等，韩高琦、俞强、李郁葱、史一帆、吴伟峰等参加。

15日　余秀华诗集《我们爱过又忘记》读者见面会在北京单向街书店召开。《草堂》诗刊在成都创刊。

16日　"海上丝绸之路"采访活动在海口启动，高洪波、陈怀国、孔见、储福金、王炳根、崔艾真、马叙、张学东等参加。

16—17日　由河南师范大学华语诗歌研究中心主办的首期"诗人见面会"——70后诗人陈家坪个人诗歌朗诵会及作品研讨会在河南师范大学举行，陈家坪、王东东、姜丰、张备、许相全、小葱、张恒元、高爽、陈志伟等出席。

17日　中央电视台发展研究中心等主办的《中国诗词大会》研讨会在北京召开，康震、郦波、蒙曼、王一如、靳智伟等参加。

18日　第三届"诗兴开封"国际诗歌大赛开始征稿。

19日　"2015·星星年度诗歌奖"颁奖典礼在四川师范大学文理学院举行，臧棣获《星星》2015年度诗人奖，程川获年度大学生诗人奖，周庆荣获"星星散文诗奖"双年奖，阿来、龚学敏等出席。

20日　第四次中国—法国文学论坛之"作家、诗人与译者的不同视角"论坛在北京举行，刘震云、李洱、树才、笛安等参加。《辽宁日报》"文化观察"版开设"重读新诗系列策划"专栏。茂名作家中国石化集团茂名石化公司参观采风活动举行，叶蓝作诗《钢铁与花草相伴》。

5月20日—6月20日　复旦大学复旦诗社、任重书院、语言文字工作委员会、中文系等主办的第六届"复旦诗歌节"在复旦大学举行，活动包括"第二届台北上海双城诗展"系列诗歌节主题活动、第六届复旦"光华诗歌奖"颁奖礼暨复旦诗社成立35周年纪念晚会、第五届"中国90后诗人论坛"、复旦诗社2016届毕业朗诵会、"诗歌点亮上海——诗词名家名作阅读分享会"系列活动之欧阳江河诗集《如此博学的饥饿》分享会等。

21日　中国当代文学研究会、廊坊师范学院文学院、首都师范大学中国诗歌研究中心等主办的"北岛诗歌创作研讨会"在廊坊召开，探讨话题包括北岛诗的历史感和使命感、他的深层的灵魂的诘问、他的独特的智性人格魅力、他的现代诗歌美学，以及他在当代诗歌史的定位和价值等，谢冕、吴思敬、李润霞等参加。

22日　中国诗歌万里行"同一首诗吟咏江宁"采风创作活动启动仪式在南京江宁区秣陵杏花村举行，叶延滨、祁人、陆健、洪烛、李犁、周占林、宫池、冯亦同等参加。首届艾青诗歌节（中国·金东）火把传递暨寻访艾青足迹出征启动仪式在金华市金东区艾青文化公园举行。湖南省诗歌学会主办的湖南省诗歌学会第一届二次理事会、《诗歌世界》暨《2015湖南诗歌年选》首发式在长沙蓉园宾馆举行，罗鹿鸣主持，谭仲池、王跃文、霍俊明、王晓华等出席。

23日　诗人北鱼、卢山等发起的"你人生第一本诗集，我们帮你免费出版"诗青年主题公益行动"青年诗人成长陪跑计划"在"诗青年"微信公众平台启动。《中国诗人》年度奖启动。

25日　"书香中国·北京阅读季"第三届北京儿童阅读周在北京启动，屠岸出席并讲演。第六届华人榜（华奖）颁奖礼在联合国总部举行，诗人书法家吴震启入榜。快闪诗朗诵在金华金东万达广场内广场举行，度母洛妃等出席。

26日　金华市金东区人民政府等举办的首届艾青诗歌节在浙江金华举行，高瑛、吉狄马加、谢冕、黄怒波、叶延滨、徐忠志、晓雪、黄亚洲、杨克、臧军、吴思敬、谢有顺、欧阳江河等出席，金华市金东区获颁"中国诗歌创作基地"称号，傅村中心小学获颁"艾青诗歌学校"称号。诗人艾哈迈德·阿拜病逝，享年70岁。

27日　"和美长兴·太湖风情"诗歌大赛开始征稿。

28日　中华诗词研究院主办的中华诗词网络平台创新品牌活动之"毕业季·诗歌季"启动仪式暨中华诗词研究院网站上线新闻发布会在北京首都大酒店召开。虹桥诗词学会等举办的联合年会暨龙山文学论坛在龙山举行，倪蓉棣、李振南、施中旦、崔宝珏、陈友中等参加。

28—29日 《十月》杂志社等主办的"中国南雄·梅岭诗会"在广东南雄市举行,活动包括采风、诗歌朗诵会、百名作家走进南雄采风作品集《南雄印象》首发式等参加,吉狄马加、陈东捷、许志新、黎子流、曾凤保、王碧安等参加。

29日 首届玉平诗歌奖揭晓,林建红获主奖,辰水、陈仁凯、徐俊获主奖提名,程一获新锐奖,邓梦园、杨泽西、朱旭东获新锐奖提名,王宏伟、杨盼盼等获新锐优秀奖。陈迟恩诗集《城堡与迷宫》新书分享会暨朗诵会在北京举行。诗歌季刊《光年》创刊,《光年》诗刊第一季首发暨作品交流会在广东惠州举行,游天杰、肖红、邹雄彬、吴振尧、江湖海、阿樱、谢仕亮等参加。

31日 海门市作协第一次全体会员大会在湖南海门召开,蔡晓舟诗集《心事》获2015年度表彰奖。广西作家策划的"呼吸——黄土路摄影诗歌展"在广西北海市简居文艺吧举行。

本月 中共江苏省委宣传部等组织的"童心里的诗篇"——中国·江苏第二届全国少儿诗会启动。"海百合之夜"的安谅美文诵读会在上海图书馆举办。

六月

1日 首届"杨牧诗歌奖"开始征稿。

2日 "诗意对人的重要性"李少君《神降临的小站》诗歌分享与签售会在海口举行。

2—3日 香港中文大学(中大)中文系主办的"文学创作教学研讨会"在香港中文大学举行,北岛、骆以军出席并发表"《给孩子的诗》:启发与设想""梦里不知身是客"主题演讲。

3日 美缘陶杯·首届《山东诗人》奖(2015年度)颁奖典礼在济南泉西宾馆举行,桑恒昌、吴开晋、高平获终身成就奖,简明、南鸥、三色堇、北塔获杰出诗人奖,王爱红、西棣、邵一劢获优秀诗人奖,徐晓获新锐奖,吴思敬、潘红莉、曲近、彭惊宇、高旭旺、梁晓明、刘川、邹建军、超侠等参加。

3—4日,第二届山东青年诗会暨《山东诗典》(2014卷)出版座谈会在济南召开,桑恒昌、高平、南鸥、三色堇、北塔、王爱红等参加。

4—5日　福建省作协、《福建文学》等主办的"第六届漳浦诗人节"在福建漳浦举行，活动包括开幕式、"行进的节奏·在漳浦大地上"诗歌朗诵会、"自媒体视域下的诗歌"研讨会、蔡新故居等地文学采风等，叶延滨、陈毅达、曾镇南、陈卫、唐成茂、道辉等参加。

5日　朱涛诗集《半轮黄日》首发式暨研讨会在中国人民大学举行，李少君主持，谢冕、唐晓渡、刘福春、张柠、敬文东、孙晓娅等参加。诗歌岛策划的"诗的"@成都开展。第二届上海市民诗歌节暨第十届市民诗歌创作活动启动仪式在上海作协大厅举行，任袁雯、赵丽宏、杜仁伟、黄昌印等参加。中国诗人俱乐部等主办的2016北京皇城根端午诗会在静雅文化小院举行，艾若主持，周庆荣、楚天舒、许九梅、金智泉、任孤城等出席。

7日　第五届《中国作家》郭沫若诗歌奖揭晓，沈苇《沙之书》获大奖，辛铭《一个人与一个民族的梦》、郁葱《与己书》、张新泉《与老为邻》、董进奎《春光陷于舌尖》、王学芯《山谷里的雾》、黄惠波《胡杨·秋问》获优秀奖。"诗意宜昌·致远方"端午诗会在宜昌市举行，活动包括"致远方——我爱宜昌"诗歌创作和朗诵艺术大赛、"诗意校园"评选活动、中国诗歌之城"宜昌诗库建设"活动、"迎端午、颂家乡"主题"诗意宜昌"万人吟诗活动等，吉狄马加、熊召政、欧阳江河、林莽、车延高、蓝野、瞿弦和、温玉娟、徐涛等参加。诗人王昊病逝，享年90岁。首届"中国天水·李杜诗歌奖"开始征稿。"中国诗歌网首届端午诗会"在北京举办，查曙明、杨志学、宗焕平、洪烛、王改正、莫真宝、班清河等参加。

8日　中华诗词研究院、北京诗词学会等主办的北京端午诗会在北京国子监举行，殷之光、李军、杜宁林、星汉、林峰、罗辉、赵焱森等出席。

9日　中国作协诗歌委员会等组织的西湖诗会暨第六届杭州学习节启动仪式在杭州举行。"中西现当代诗学"诗歌公众号倡议为周伦佐先生募捐。第三届海子诗歌奖颁奖典礼在山东大学知新楼报告厅举行，活动包括颁奖和朗诵两个环节，潇潇主持，朵渔获主奖，余秀华、李浩、西娃、袁绍珊等获提名奖。获奖诗人代表朵渔、李浩分别上台致了答谢词，他们表达了对海子及海子诗歌奖由衷的敬意。唐晓渡、张清华、燎原、李少君、曾凡华、高兴、汪剑钊等参加。

10日　上海电视节第22届"白玉兰"奖揭晓，《中国诗词大会》

获得最佳综艺栏目奖。

11日 "诗歌来到美术馆"第三十三期鸿鸿诗歌朗读交流会在上海民生现代美术馆举行，胡续东主持。"京华悦读荟"举办的"当缪斯约会阳光——田野宋庄·端午诗会"在北京宋庄画家村"单国栋艺术馆"举行，林夕、张晴、刘伊、超侠、小布头、杜杜、李荠、玛姬等参加。

16日 博客中国发起的"1917—2016影响中国百年百位诗人评选"启动。

17日 张家界市文联与《星星》诗刊联合举办的"走遍全世界，还是张家界"全国诗歌大赛开始征稿。

17—19日 中国当代文学研究会与南开大学穆旦新诗研究中心举办的"穆旦与百年中国新诗：21世纪中国现代诗第九届研讨会"在南开大学举行，陈洪、吴思敬、罗振亚、李怡、古远清、陈仲义等与会。

18日 "成都十诗人影视文化传媒有限公司开业仪式暨电影《借客》开机仪式暨韩东电影《在码头》新闻发布会"在成都举行，翟永明、韩东、杨黎、周亚平、吉木狼格、王敏、石光华、乌青、何小竹等出席。首届《中外文艺》"蓝塔"诗歌双年奖颁奖仪式在成都举行，陶春、邰筐获奖。由中国诗歌学会等主办的"新诗百年田园诗歌主会场纪念活动暨2016中国都江堰田园诗歌节"在四川都江堰市柳街镇开幕，活动包括"新诗百年·我最喜欢的百首田园诗歌"榜单发布、"文化的延续"中国田园诗歌讲习、田园诗歌小镇采风、"结缘诗乡"柳街种诗活动、"诗思泉涌"现场赛事会等，廖奔、程步涛、阿来、瞿弦、周所同、何开四、曹纪祖、周啸天、雨田等参加。"诗歌剧研究高端论坛"在广东财经大学外国语学院举行，活动包括研讨会、"诗佩拉"演出等，张广奎等参加。"截句诗丛"首发式在北京花家地单向空间举行，文坛、张维娜主持，李敬泽、张清华、欧阳江河、西川、臧棣、树才、伊沙、桑克、朵渔等参加。"中国桂冠诗丛"首发式在北京师范大学举行。"父爱的天空"主题朗诵诗会在北京东城区第二文化馆举办，叶延滨、曹宇翔、杨志学、宗焕平、宗德宏、孤城、蓝珊、赵琼、赵国培、王威、文川、刘燕等出席。

18—19日 南京大学中国新文学研究中心新诗研究所和柔刚诗歌奖组委会联合主办的"第24届柔刚诗歌奖颁奖仪式暨获奖诗人作品研讨会"在南京大学文学院举行，活动包括"我额头青枝绿叶——第24

届柔刚诗歌奖颁奖仪式暨朗诵会""词语擦亮自身的刻痕——第24届柔刚诗歌奖获奖诗人作品研讨会"等，灰娃获荣誉奖，年微漾获主奖，唐放获校园奖，王彬彬、郭枫、贾梦玮、蓝蓝、叶辉、潘维、庞培、周瓒、黄梵、马铃薯兄弟等参加。

19日 "1969—1975林莽白洋淀时期绘画作品展"在青岛良友书坊开展。

20日 由鲁迅文学院主办、以"黄金在天上舞蹈，命令我歌唱——诗歌的语言、翻译和可能性"为主题的鲁迅文学院学术论坛在北京举行，吉狄马加、邱华栋、敬文东、蒋一谈、郭艳、安琪、赵四等参加，探讨话题包括诗歌翻译的价值、诗歌翻译的可能性，以及译作对诗歌创作的影响等。北京大学中国诗歌研究院、中国诗歌学会等主办的"新时期的诗歌美学"——《用我的诗爱你》研讨会在北京大学举行。

22日 中宣部出版局、宣教局等举办的《重读先烈诗章》出版座谈会在北京举行。

23日 "全国书香之家"天读民居书院、福建天钳道文化投资有限公司主办的撒娇诗派·新死亡诗派诗歌朗诵会在福建漳州举办，默默、郁郁、道辉、阳子、何如、林茶居、吴常青、简清枝等出席。北京大学中文系、北京大学中国诗歌研究院主办的"为什么是截句：当代短诗写作的可能性研讨会"在北京大学中国诗歌研究院（朗润园采薇阁）举行，臧棣主持，蒋一谈、车前子、安琪、西渡、夏可君、严彬、彭敏等诗人参加。

24日 《诗探索》编辑部、青岛平度市人民政府主办的首届"诗探索·中国春泥诗歌奖"揭晓，梁积林、吉尔、梅苔尔获奖。周瑟瑟与莫笑愚、黄明祥、李冈等诗人在湖南岳阳市启动了中国诗人田野调查小组洞庭湖诗人田野调查行动，周瑟瑟携带个人截句诗集《栗山》在自己故乡湘阴县栗山村举行"《栗山》与村民见面朗诵会"。

25日 中共兰州市委、北京大学中国诗歌研究会主办的"文化兰州·全民共享"公益项目系列活动《来自大地的深情——2016西部诗歌峰会》在兰州开幕，欧阳江河、翟永明、陈晓明、张清华、韩春燕、阿尔丁夫·翼人等参加。中央人民广播电台对台湾节目中心等主办的"首届海峡两岸新锐作家好书评选"入选作品揭晓活动在成都言几又书店举行，李成恩诗集《酥油灯》入选。"菽庄吟社"启动仪式暨诗文吟诵专场在鼓浪屿菽庄花园举行。《东三省诗歌年鉴》编委会、北大荒作家协会主办的古剑、蒋玉"御剑诗行"诗歌朗诵专场在哈尔滨"E 胡同文化沙龙"举行,马永波主持,安澜、安然、张雪松、张琳、王立国、李亚洲等参加。天津市作协等举办的"永远跟党走"主题诗歌朗诵会在周恩来邓颖超纪念馆举行,李彬、赵玫、王起宝等出席。迈克尔·杰克逊(Michael Jackson)诗集《舞梦》中文版首发仪式和"舞·梦·诗·话"的纪念诵演会在北京 718 文化创意园首发。上海教育报刊总社等主办的《诗歌中的莎士比亚——纪念莎士比亚逝世 400 周年诗歌分享会》在上海市作协大厅举行,陈燕华、陆澄、谈瀛洲、包慧怡等出席。

25—30 日 2016 年委内瑞拉第十三届国际诗歌节在委内瑞拉加拉加斯举行,活动包括开幕式、诗歌朗诵会、诗歌光盘录制、文学交流、主题阅读等,西川参加。

26 日 喀纳斯杯·第四届西部文学奖颁奖典礼在新疆喀纳斯举行,阿信、南子获诗歌奖。喻言诗集《批评与自我批评》首发仪式在成都举行,梁平、刘红立、吴鸿、邱伟、吴永强、凸凹等参加。"《栗山》与村民见面田野朗诵会"和截句研讨会在樟树镇栗山书院举行,李年明、叶菊如、李清明、黄明祥、梦天岚、吴昕孺、肖歌、李不嫁、小七等参加。

27 日 2016 欧洲诗歌与艺术荷马奖颁奖礼在西昌举行,吉狄马加获奖。

6 月 27 日—7 月 1 日 中国作协诗歌委员会、《诗刊》社等主办的 2016 西昌邛海"丝绸之路"国际诗歌周在西昌市举行,活动包括"诗歌的地域性、民族性和世界性"主题文化交流互动、"诗意大凉山""行走大凉山""献给土地与天空的诗"等创作采风、诗歌朗诵会、诗歌论坛、交响诗音乐会、文化田野考察等。吉狄马加主持开幕式,铁凝、美国诗人理查德·弗兰克·斯图尔特(Richard Frank Stewart)、土耳其诗人阿涛·贝赫拉姆格鲁(Ataol Behramoglu);李道、尤兰达、左拉尼、余泽民、梅丹理、徐贞敏、蔡益怀、绿蒂、叶延滨、阿来、晓雪、树才、李少君、臧棣、祁人、耿占春、唐晓渡等出席。

28 日 "又一春:桂兴华新作音乐朗诵会"在东方艺术中心举行,贺敬之题字,陈醇、丁建华、赵静、梁波罗、张名煜、刘凝、淳子等参加。

七月

1日　《东三省诗歌年鉴》编委会发动众筹为已故诗人陈丹妮出版《远山有雪：陈丹妮诗文录》。

2日　《东三省诗歌年鉴》编委会、北大荒作家协会主办的"雪城鹰扬"张雪松、王成君、苍鹰诗歌朗诵专场在哈尔滨"E胡同文化沙龙"举行，马永波主持，蒋玉、古剑、曲文峰、苏美晴、玉纸背等参加。上海市作家协会等主办的第二届市民诗歌节暨"海上心声""红色起点，光荣城市"纪念建党95周年诗歌朗诵会在上海图书馆举行，朱培怡主持，陆澄、过传忠、刘安古、陈幼琦、俞洛生、王苏等出席。

3日　"诗歌来到美术馆"第三十四期尤兰达·卡斯塔纽诗歌朗读交流会在上海民生现代美术馆举行，胡续东主持，包慧怡翻译。

4日　中国作协、《诗刊》社主办的"2016中国当代诗歌论坛"在甘肃合作市举行，活动包括"中国当代诗歌视阈中的地域性写作——甘南诗歌现象分析"主题研讨、2016年中国当代诗歌主题报告、"百年新诗的历史意义""如何欣赏当代诗"主题讲座等，李少君主持开幕式，雷平阳、李元胜、何言宏、臧棣等参加。美国音乐人肖恩·珀辛格（Shawn Persinger）和诗人王敖合作的列侬与诗歌之夜暨飞地书局开幕礼在深圳市飞地书局举行。

4—6日　《中国诗人》、无锡市诗歌学会举办的、以"爱祖国，爱家乡"为主题的无锡"中国·太湖风诗歌朗诵会"暨安娟英作品研讨会在无锡巡塘古镇万和书院等地举行，顾浩、黄东成、骆寒超、黄亚洲、董培伦、龚学敏等参加。

6日　"首都师范大学驻校诗人冯娜诗歌创作研讨会"在北京紫玉饭店召开，吴思敬主持，赵敏俐、李志强、王巨川、卢桢、张立群、孟庆澍、胡军、朵渔等参加。

8日　国风诗歌沙龙首场活动·翟永明诗歌朗诵会在北京国家图书馆举行，翟永明、徐冰、唐晓渡、李晓桦、周瓒等出席。

8—12日　新世纪诗典国际诗会在韩国首尔举行，活动包括第二届中韩文化艺术大展、中韩诗歌研讨会、中韩文诗集首发仪式、"首尔之夜"诗歌朗诵会、"葵之怒放"首尔场等，伊沙、徐江、沈浩波、君儿、西娃、湘莲子、蒋涛、江湖海、邢昊、安琪等参加。

9日 由黄山书社主办的"截句诗丛"新书发布会在扬州国展中心举办,邱华栋主持,树才、桑克、霍俊明、周瑟瑟、蒋一谈、严彬、李壮、贾兴权等参加。黄山书社等主办的"瘦西湖截句研讨暨朗诵会"在扬州瘦西湖凫庄举办,周瑟瑟主持,树才、桑克、邱华栋、霍俊明、蒋一谈、严彬、李壮等参加。《东三省诗歌年鉴》编委会、北大荒作家协会主办的"元洲交辉"李亚洲、爱辉、元正诗歌朗诵专场在哈尔滨"E胡同文化沙龙"举行,马永波主持,桂桂、周琳、赵思齐等参加。

10日 福建省作家协会、福建省图书馆主办的"作家讲坛"第二讲"诗意的人生与学术"在福建省图书馆开讲,谢冕主讲。由四川犍为县委宣传部、《星星》诗刊联合主办的"古韵犍为 茉莉飘香"全国诗歌征文启动。

14日 以"回归本土信仰,寻找诗与歌的源头"为主题的第28届麦德林国际诗歌节在哥伦比亚麦德林市希望公园开幕,中国诗人赵丽宏、音乐人苏阳等参加。

16日 《楚天都市报》主办的池莉首部诗集《池莉诗集·69》发布会暨读者见面会在武汉新华·楚天读书俱乐部举行,谈笑主持,池莉、任浩等出席。"中国好诗·第二季"首发式和读诗分享会在北京举行。"飞地之声"系列诗歌讲座第十回"诗歌的创造力"在深圳市福田区飞地书局举行,多多主讲,张尔主持。《东三省诗歌年鉴》编委会、北大荒作家协会主办的杨于军、陈丹妮、桂桂"丹桂于扬"诗歌朗诵专场在哈尔滨"E胡同文化沙龙"举行,马永波主持,红雨、王春梅、彭旭东、杨天庆、龚若晴等参加。

17日 晋宁县委县政府主办的第二届大益·晋宁"大航海诗歌艺术汇"活动在云南晋宁举行,活动包括"晋宁与乡愁"主题演讲、"乡愁,勇气和开拓精神——我们的诗歌创作"和"呐喊或呻吟——我眼中的当代诗歌病相"主题交流、"大航海诗歌创作大赛"颁奖典礼等,胡正刚、果玉忠、师立新获银帆奖,海田、东牟、何永飞获远征奖,吉狄马加、王家新、于坚、吕德安、臧棣、陈东东、桑克等出席。

18日 第28届中国李白诗歌节暨"李白杯"全国诗歌大赛在安徽马鞍山启动。

21日 "2016腾讯书院文学奖"颁奖活动在北京举行,胡弦获现代诗类·年度诗人奖。

22—24日 中国作协诗歌委员会等主办的、主题为"新诗与译介"

的中国新诗百年论坛走进丽水暨丽水诗歌研讨会在丽水举行，叶延滨主持，王家新、罗振亚、胡弦、李以亮、程一身、胡桑、何同彬等参加。

23日 "《栗山》截句研讨与读者见面会"在长沙举办，周瑟瑟等参加。北岛、天水策划，诗歌岛主办的多媒体艺术展——"诗的"巡展@北京在北京1+1艺术中心开展，莎日娜、韩李李、洛兵等参展。包慧怡诗集《我坐在火山的最边缘》发布会和分享会在上海明圆美术馆举行。《东三省诗歌年鉴》编委会主办的"白山黑水总关情　张晓民朗诵专场"在哈尔滨巴洛克景区举行，马永波、红雨主持，蒋玉、李洪臣、张雪松、刘文辉等参加。湖南省诗歌学会等主办的"诗歌的故乡——周瑟瑟截句诗集《栗山》长沙品读会"在长沙市图书馆二楼大报告厅举行。

24日 成都商报《诗歌集结号》《圭臬》诗刊主办的"圭臬诗会"暨四川诗歌民刊研讨会在成都龙泉驿区美术馆举行，活动包括研讨会和《圭臬》诗刊2016年卷首发式，哑石、易杉、凸凹、陶春、桑眉、黎阳等参加。

24—27日 "中国诗人田野调查小组"走进岳阳活动举行，周瑟瑟、莫笑愚、黄明祥、梦天岚等参加。

25日 第三届德令哈海子青年诗歌节在青海省德令哈市巴音河海子诗歌陈列馆开幕，海子母亲、弟弟、堂妹以及杨炼、芒克、徐敬亚、王小妮等参加。

26日 "飞地之声"系列诗歌讲座第十一回"百年中国新诗漫谈"在深圳市福田区飞地书局举行，孙文波、哑石主讲。《为你读诗》"闪光"系列诗歌音乐会全国巡演北京站夏季演出在北京天桥艺术中心举行，潘杰客、濮存昕、王刚、陈铎、刘芳菲等参加。

28日 2016"全球华语短诗大赛"年度诗人揭晓，张存己、炎拓、脱脱不花、秦三澍、程川、童作焉、康苏埃拉、熊森林、马映、王艺彭等当选新诗类年度诗人，胡江波、张晓伟、白云瑞、沈戈晖、陶慧、徐盛晖、曹一鸣、朱学博、范云飞、金苇杭当选旧体诗词年度诗人。

28—30日 北京大学中国诗歌研究院新诗研究所、《新诗》丛刊等举办的首届"鲁能·山海天诗歌节"在海南省文昌市举行，活动包括"当代诗如何发明了大海"学术分享会、"海边书吧"现代诗鉴赏沙龙、"大海啊，永远在重新开始"——《致大海》诗歌朗诵暨颁奖晚会等，姜涛主持学术分享会，蓝蓝主持鉴赏沙龙，胡绪东主持颁奖晚会，孙文波、臧棣、陈东东、谢笠知、一行、茱萸等参加，臧棣获鲁能山海天新诗奖。

29日　"八一军诗会"系列活动在战略支援部队某部举行，活动包括"诗歌文化与部队战斗力"座谈会、"八一军诗会"等，何建明、李瑛、强勇、肖柯、叶延滨等参加。中国作家出版集团·中国诗歌网主办的"雷人诗歌研讨会"在中国作家协会举行，顾建平主持，杨志学、何建明、吴义勤、李一鸣、梁鸿鹰等出席。

30日　"诗的"巡展@北京"以诗作画，诗在画中"现场绘画活动在北京1+1艺术中心举办。深圳市文联主办的"第一朗读者""深圳为你读诗"主题活动第五季第45期"在不可预料之岸"在深圳中心城胡桃里举行，唐晓渡为学术主持，吴思敬、宋琳、田原、舒丹丹等出席。杭州图书馆"作家公社"等策划的、以"新诗百年历史和网络信息化时代网络写作的融合及冲突"为主题的"新诗百年纪念暨《圭臬》诗刊发布会"在杭州图书馆举行，李郁葱、涂国文、施世游、老农夫、钱旭君等参加。"爱飞翔·乡村教师培训"2016年上海站开班仪式暨电影《我的诗篇》华东师范大学首映式在上海华东师范大学思群堂举行，吴飞跃、崔永元出席。《东三省诗歌年鉴》编委会主办的"诗酒人生"品酒诵诗会在哈尔滨林兴路举行，马永波、王欢主持，马尚田、苏波、王曼、史琪等出席。

7月31日—8月3日　中国作协诗歌委员会等主办的"2016中国潍度·青海国际诗人毡房圆桌会议"在青海省黄南藏族自治州河南蒙古族自治县举行，活动包括"水、河流：人类的生命之源与诗歌"主题高峰论坛、诗歌朗诵会等，吉狄马加等出席。

本月　王家新诗歌讲座在俄罗斯莫斯科白银时代诗歌博物馆举行。

八月

1日　四川邛崃《诗苑文荟》创刊。

1—8日　鹿特丹诗歌节网站推出中国诗人专辑，介绍中国诗人阿库乌雾（彝族）、娜夜（满族）、卡瓦娘吉（藏族）、郑敏、多多、王家新、宋琳等。

2日　第十一届全国少数民族文学创作"骏马奖"揭晓，何永飞

（白族）《茶马古道记》、崔龙官（朝鲜族）《崔龙官诗选集》、妥清德（裕固族）《风中捡拾的草叶与月光》、鲁娟（彝族）《好时光》、依力哈尔江·沙迪克（维吾尔族）《云彩天花》获诗歌奖。

3日　韩东执导电影《在码头》开机发布会在北京召开，贾樟柯、欧阳江河、尹丽川、周亚平、老狼、小河、西川、杨黎等出席。诗人水晶花病逝，享年51岁。

4日　80年代诗歌纪念馆等主办的"中国最冷小镇——呼中"全国高校大学生诗歌文献展在黑龙江省图书馆开展。全国高校大学生诗歌文献展研讨会暨姜红伟大学生诗学研究成果研讨会在黑龙江省图书馆举行。

5—7日　新疆文联《西部》杂志社等主办的"新诗百年天山论剑"活动在新疆阜康天山天池湖畔举行，吉狄马加、谢冕、唐晓渡、徐敬亚、王小妮、耿占春、谢有顺、臧棣、沈苇等参加。

6日　伊沙《当代诗经》首发式暨诗歌朗诵会在西宁书城举行，高玉峰、班果、周斌、梅卓等出席。

9日　《中西现当代诗学》微信平台、《东三省诗歌年鉴》编委会等举办的七夕诗歌朗诵雅集在哈尔滨中华巴洛克麦田国际青年旅舍举行，马永波主持，关英珍、李洪臣、于洋、杨淑琴等参加。

11日　第二届河南杜甫文学奖颁奖典礼在郑州举行，高金光《人间呼吸》、吴元成《花木状》、温青《天堂云》获诗歌奖。第二次"青年诗词论坛""刘泽宇诗词研讨"在西安交通大学举办，刘白杨、金中、吴翔、王昆等参加。

11—12日　英国剑桥大学国王学院、剑桥大学文化保护项目"康河计划"主办的、以"花园"为主题的剑桥徐志摩诗歌艺术节在英国剑桥大学国王学院举行，北岛、欧阳江河、刘正成、于明诠、杨克、杨炼等参加。

11—15日　中国北极·第32届"青春诗会"在漠河举行，活动包括开幕式、诗歌研讨辅导、采访创作等，吉狄马加、谢冕、贾玉梅、王利文、商震、李少君、刘立云、李琦、李元胜、霍俊明、曹立光、辰水、方石英、林火火等参加。

12日　成都市文广新局与"中国诗歌万里行"组委会主办的《中国新诗百年千家诗集》收藏项目暨中国诗歌万里行走进成都图书馆新闻发布会在成都市图书馆举行，叶延滨、梁平、祁人、李犁等参加。

13日　思南读书会第136期"死于黎明——洛尔嘉诗歌朗诵会暨新书分享会"在上海思南文学之家举行，王家新、王寅、胡桑主讲。

14日　韩东执导电影《在码头》在湖北黄石开机。"艺术对话之中国艺术的诗性原理"在北京时代美术馆举办，夏可君主持，臧棣、敬文东、张光昕参与对话。中华世纪坛举办的第八届"诗意中国·中华世纪坛中秋原创诗会"在北京举行。

14—17日　北京大学中国新诗研究所、江汉大学现当代诗学研究中心举办的"2016年度现当代诗学研究论坛"在北京举行，姜涛、张洁宇、姚丹、李哲、段美乔、周瓒、孙伟、刘奎、张光昕、张桃洲、段从学、刘洁岷等出席。

16日　谭五昌主编的《2015年中国新诗排行榜》首发式暨朗诵会在北京时代美术馆举行，叶延滨、程步涛、曾凡华、童蔚、简明、苏历铭、汪剑钊、石厉、杨志学、王艺等参加。

16—20日　首届"上海国际诗歌节"在2016上海书展举办，活动包括"我的诗篇"上海民众写上海诗歌大赛、"上海诗歌之夜"——中国新诗百年庆典、"世界诗歌论坛"暨"上海国际诗歌工作坊"、"国际诗歌翻译坊"、"跨界对话：艺术的诗意"、"诗歌与未来"（汇讲坛）等，管管、杨炼、西川、于坚、唐晓渡、赵丽宏、杨小滨、李少君、明迪、莎郎·奥兹、肖恩·奥布莱恩、特伦斯·海斯、简·瓦格纳、维克托·罗德里格斯·努涅斯、拉蒂·萨克希娜、德拉根·德拉格耶洛维奇等出席。

17日　《东三省诗歌年鉴》首次诗书画联谊活动在肇东曲文焱工作室举行，马永波、王成君、关英珍、曲文峰、王影等参加。中国诗歌网2015—2016年度十大好诗评选活动启动。

18日　诗生活网诗观点文库推出七位50后诗人专访。

19日　"诗歌之星"广东省中山市第二届小学生现场诗歌创作大赛颁奖典礼在中山举行，梁雪菊、邱运来等出席。"巴金故居·截句沙龙"在上海武康路巴金故居举行，伊沙、李壮、杨庆祥、严彬、周瑟瑟、臧棣、戴潍娜、朱涛等参加。

20日　"打开诗的匣子：百人论诗《花与恶心》"诗歌研讨活动在天读民居书院微信诗歌系列群举办，荣光启、海上、邓翔、卢桢、樊子、云经立、徐南鹏、赵卫峰、伍明春等参加。2016凤凰·鼓浪屿国际诗歌节诗歌大赛开始征稿。单向空间主办的"上下之家·诗歌之夜"在上海上下之家举行，于坚、伊沙、严彬、李壮、周瑟瑟、杨庆祥、桑克、臧棣、戴潍娜等参加。由利星名品广场等主办的黄亚洲中英文双语诗集《听我歌唱杭州》首发仪式和诗歌朗诵会在南宋皇城遗址尚城1157·利星举行。

21日　"诗歌来到美术馆"第三十五期特伦斯·海斯诗歌朗读交流会在上海民生现代美术馆举行，胡续冬主持，包慧怡翻译。

23日　南国书香节南方文学周名家活动之"杨克诗歌作品研讨会"在南方报业传媒集团举行，张清华、张柠、何言宏、邱华栋、刘醒龙、熊育群、谢有顺、申霞艳等参加。

24日　黄河口金秋诗会开始征稿。

25日　首届"诗探索·中国诗歌发现奖"揭晓，小西《小西诗歌15首》和栾纪曾评论《同诗歌一起寻找和发现自己》、老井《地心的成卒》和刘斌评论《诅咒与葡萄——读老井的煤炭诗兼及其他》、八零的《银驼山庄》和杨光评论《现实隐喻与叙述的诗性建构》获奖。

25—28日　主题为"诗漫江城　盛世咏唱"的武汉诗歌节在汉口卓尔书店举行，活动包括闻一多诗歌奖颁奖仪式、诗人面对面、诗歌朗诵、"诗漫江城"——诗歌音乐会、2016"新发现"诗歌夏令营和99诗展启幕仪式等，北岛、田原等参加，简明获第八届"闻一多诗歌奖"与10万元奖金。

26日　百花洲文艺出版社北京诗歌出版中心在北京成立，邱华栋、中岛、宫池等参加。"童心里的诗篇"——中国·江苏第二届全国少儿诗会颁奖典礼在张家港举行，费东《手机》等诗歌获奖。

27日　吴真真诗集《他们转身消失在旷野上》研讨会在广州举行，世宾、黄礼孩、吴真真、老刀、沈鱼、梦亦非等参加。《东三省诗歌年鉴》编委会等主办的"粘福"主题诗会在哈尔滨粘福火锅店举行，李洪臣、徐子英、孙永奇等参加。马永波、王成君倡导的"艺枫2016当代诗人手稿夏季慈善拍卖会"在哈尔滨国际会展中心举行。老贺策展的"异象——李云枫绘画作品展'诗人与画家系列'"在北京好食好色文化空间开展，活动包括开幕酒会、诗歌朗诵等。

本月　第二届中国·兴隆刘章诗歌奖揭晓，荣荣、刘年、张清华、周庆荣、谷禾获奖。

九月

2日 "第一朗读者"第五季第二场活动"蓝天蓝得让人想入非非"在深圳中心书城（南台阶）举行，唐欣、杨小滨、赵目珍出席。

3日 诗人马新朝病逝，享年63岁。"飞地之声"第十二回"现代诗写作——语言历险与精神戏剧"在深圳飞地书局举行，杨小滨·法镭主讲，张尔主持。北京青年诗会举办的"王东东诗歌研讨活动"在北京举行，张光昕、王炜、秦晓宇、柳亚刀、阿西、车邻、陈迟恩、陈家坪等参加。中国作家出版集团·中国诗歌网主办的"喜迎G20、吟颂新杭州——红领巾首席文学顾问黄亚洲诗集《听我歌唱杭州》"诗歌研讨会在北京举行，何建明、王巨才、吴义勤、梁鸿鹰、叶延滨、吴思敬、顾建平、高兴、杨志学、谭五昌等参加。

4日 《中西现当代诗学》微信平台、《东三省诗歌年鉴》编委会等主办的第三届流放地诗会在哈尔滨中华巴洛克麦田国际青年旅舍举行，马永波、王淑云、徐元正、王唯伟等参加。"继承江西诗派传统"诗歌研讨会在南昌市天泽宾馆举行，活动包括主题演讲和研讨会等，姚晓明主持，杜华平、胡迎建、熊盛元、杨雪骋、毛静等出席。

5日 成都商报《诗歌集结号》策划主办的"我住在大海上·鲁迅文学奖获得者雷平阳成都诗歌（书法）分享会"在成都举行。诗人马新朝遗体告别仪式在郑州举行，黄怒波、商震、邵丽、何弘、子川、谢克强、霍俊明、马瑾、张宇、乔叶、墨白等出席。

7日 中国诗歌学会等主办的河南诗人漫天鸿地球村系列作品研讨会在北京大学朗润园举行，唐晓渡主持，黄怒波、刘玉琴、吴思敬、曾凡华、徐忠志、王家新等参加。

8日 《诗探索》编辑部、山东高密市人民政府主办的第六届中国"红高粱诗歌奖"揭晓，魔头贝贝、吴乙一、敬丹樱获奖。第二届"中国诗河·鹤壁"诗歌大赛颁奖典礼和诗歌高峰论坛在市人民会堂举行，胡云昌组诗《鹤壁的山水印章，谁也无法私刻》获一等奖，韩冰组诗《鹤壁之光》、香奴散文诗《鹤归壁兮淇水长》获二等奖，康湘民组诗《必须找到一条河》等获三等奖，田耘诗歌《淇河的水在淇水诗苑的诗句里流淌》、纯子散文诗《当我写下淇河，也就写下一条诗意的河》等获优秀奖，陶少亮诗歌《鹤壁泥土：捧出的集古瓷窑》、牧之散文诗

《鹤壁 鹤壁》获提名奖，何建明、程步涛、张俊成、何弘、李军等出席。

9日 "飞地夜读"第二回"不正当的快乐×卡瓦菲斯诗歌沙龙"在深圳飞地书局举行，熊森林主讲。中国诗歌网主办的《燕宁的诗》新书发布会在北京举行，陶勇主持，宋江鹏、翟婧婧、刘燕宁等参加。中国诗歌万里行走进斐济启动仪式暨首届世界朋友节在斐济苏瓦举行，祁人、李犁、周占林、姚江平、马福水、张井涛、佟宇红、崔丽、施家齐、邱昱、张晓辰等出席。

10日 "诗歌来到美术馆"第三十六期蜂饲耳诗歌朗读交流会在上海民生现代美术馆举行，胡续冬主持，赵仲明翻译。

11日 "九月读诗：无边的现实主义——雷平阳《我住在大海上》诗歌分享会"在北京单向空间花家地店举行，王单单主持，雷平阳、西川、商震、李少君、林莽、蓝野、沈浩波、霍俊明、刘年、严彬等出席。

11—17日 中国诗歌网等主办的"第二届中国网络诗人高级研修班"在上海大学举行。

14日 首都师范大学中国诗歌研究中心主办的"2016年首都师范大学驻校诗人王单单入校仪式"在北京举行，孙晓娅主持，吴思敬、林莽、刘福春、张清华、孙晓娅、刘立云、霍俊明等参加。

15日 法国文学研究会等主办的"梁宗岱的翻译人生：《梁宗岱译集》北京发布会"在北京单向空间·大悦城店举行，董强、王家新、陈太胜等参加。

16—17日 温州市文联、温州市瓯海区文联与坡度诗社等主办的2016南方年代诗歌峰会暨粤港澳温州人文化节在广州举行，杨克、黄礼孩、谷禾、聂权、阿翔、阿斐、李傻傻、唐不遇、郑小琼等参加。

20日 抚州市委宣传部、《诗探索》等举办的"临川之笔"暨纪念汤显祖逝世400周年全国诗歌大赛征文评审揭晓，一苇、吴素贞获一等奖，圻子、席永君、祝忧湫、慕白获二等奖，王长江、白鹤林等获三等奖，冉小江、老四等获优秀奖。"时光河流"席慕蓉现场分享会暨《席慕蓉诗集》精装版首发式在北京单向空间·爱琴海店举办。陈黎讲座"现代诗写作的格与破格，鬼哭与神出"在首都师范大学举行，孙晓娅主持，树才、潇潇、安琪、黑丰等参加。

23—24日 首届江苏青年诗人改稿会在南京举行，商震、梁平、宗仁发、阎安、龚学敏、王明韵、潘红莉、李黎、毛振虞、曾昊清、杨隐等参加。

23—25日　1116俱乐部发起的瑞海姆·第二届北京诗歌节在北京密云举行，活动包括"时间：中国诗歌名家手稿展""诗歌朗诵音乐会""诗歌与音乐"主题研讨会等，芒克、多多、杨炼、严力、唐晓渡、臧棣、树才等参加。

24日　河北省会诗歌沙龙首届"太行诗会"在石家庄举行，幽燕获首届"太行诗歌奖"。第九届群众文学诗歌创作论坛在天津市图书馆报告厅举行，曾凡华、任红孩、黄桂元、何永飞等出席。第九届全国群众文学诗歌创作论坛暨天津市第二十五届"东丽杯"全国鲁藜诗歌评选颁奖会在天津东丽礼堂举行，何永飞《茶马古道记》获大奖，李雨桐《春姑娘》等获新人奖，马来村《深耕诗选》等获一等奖，杨献平《命中》等获二等奖，何真宗《我的城乡地理》等获三等奖，周鹏程《迷雾城》等获优秀奖。人民日报出版社等主办的《那些年我们读过的诗》新书发布暨"致敬诗人"诗歌朗诵会在北京大学举行，翟永明、欧阳江河、西川、周瑟瑟等参加。诗人道辉诗电影"揪耳剧"《蝴蝶和怀孕的子弹》开机仪式在福建天读民居书院举行，道辉、伊夫、池亦刚、张建国、青禾、阿翔、阳子、林跃奇、桃园晨笛、赵琳等参加，金秋诗歌朗诵会、漳州古城采风活动同时举行。芒克、邢宝华、刘同发起，瑞海姆田园度假村等主办的第二届北京诗歌节诗歌朗诵音乐会在北京密云白河畔举行，芒克、多多、杨炼、严力、唐晓渡、臧棣、赵野、高晖等参加，严力、王琪博分获首届及第二届1116俱乐部"诗歌与艺术奖"。西安财经学院、陕西师范大学出版总社主办的"沈奇诗与诗学学术研讨会"在西安财经学院长安校区举行，谢冕、陈思和、吴思敬、杨匡汉、刘福春、李森、刘波、李洁、贾平凹、李国平、李浩、李震、杨乐生等参加。诗人凯歌悬树自尽，时年21岁。

9月25日—11月5日　由中共成都市委宣传部等主办的"2016首届成都国际音乐诗歌季"在成都举行，活动包括2016首届成都国际诗歌音乐节之大型交响诗歌晚会——《花重锦官城》、经典诗意音乐作品回望、中国古诗词吟诵音乐会、歌剧《薛涛》音乐会、诗意化交响乐专场、太古里音乐会、吉狄马加个人诗歌朗诵会、"醉吟唱晚"诗与乐大型民族音乐会、大型户外诗歌音乐会、"诗与远方"大型户外主题音乐节、音乐诗剧《寻找杜甫》等，廖昌永、李泉、张靓颖、霍尊、陈粒、唐国强、濮存昕、乔榛、肖雄、季冠霖等参加。

25—27日　中国乡村诗歌高峰论坛在青岛举行，活动包括首届"诗探索·中国春泥诗歌奖"颁奖晚会、平度市"中国诗歌之乡"授牌仪式、"新世纪以来中国乡村诗歌发展研究"论坛、采风笔会等，林莽、北野、高建刚、郑小琼、徐俊国、麦豆、梁积林、田暖、臧海英等参加，梁积林、吉尔、梅苔尔获奖。

26日　深圳市文学艺术界联合会、深圳出版发行集团、中国诗歌流派网等主办的"1986中国现代诗群体大展"30周年纪念活动暨吕贵品诗歌作品赏读会在深圳书城中心城举行，胡野秋主持，徐敬亚、王小妮、吕贵品、尹昌龙、聂雄前、陶明远、于爱成、梁二平、韩庆成等出席。

27日　雷武铃、杨铁军在复旦大学"奇境译坊"探讨希尼诗歌翻译体悟。

29日　杨炼、唐晓渡、芒克发起，杨卫、老贺策划的"幸存者"俱乐部启动仪式在北京好食好色文化空间举行，活动包括诗歌朗诵、"音乐·论坛：30年回顾走向未来"等。

30日　"麦田守望者"主题诗会在哈尔滨麦田青年旅舍举行，关英珍、王庆森、那雪萍等参加。

十月

3日　《延伸：焦作现代诗歌大展》新书发布会在河南焦作竹林七贤书画院举行，张艳庭主持，刘金忠、马万里等参加。

6—9日　由波兰文学家协会主办的第45届"华沙之秋"国际诗歌节在波兰华沙举行，沈苇、桑克参加，活动包括：诗人见面会、外国诗人诗歌朗诵会、文学批评研讨会、"诗歌与爵士"诗人之夜等。

8日　解昆桦讲座"新诗维度：无声画，有声诗"和廖咸浩"现代诗研习班"在台北齐东诗社举办。

13日　美国民谣歌手鲍勃·迪伦获2016年诺贝尔文学奖，引发中国诗歌界探讨。"燕赵七子"诗歌分享会在石家庄解放广场展馆举行，北野、东篱、宋峻梁、石英杰、李洁夫、见君、晴朗李寒参加。

14日　广东省作协诗歌创作委员会、中山市诗歌学会等主办的"诺贝尔文学奖获奖者鲍勃·迪伦与诗歌的本源"座谈会在中山君利酒店举行,丘树宏、郑万里、苏桂宁、贺仲明、陈剑晖、张均、龙扬志等参加。

15日 《十月》杂志社、岳阳市委宣传部主办的"第二届岳阳楼国际诗会"和"历史资源与当代诗歌研讨会"在湖南省岳阳市举行,胡丘陵、欧阳江河、余三定、姚风、苏历铭、余笑忠、蓝蓝、荣光启、荣荣等参加。"叶延滨诗歌朗诵会"在成都杜甫草堂举行,宋凯、郭玥、梁平、张新泉、刘红立、曹纪祖、吴鸿、李永才、蒲小林、李自国等参加。新诗讲座"手梦幻、写实、冥想与游戏的四重奏——现代诗创作经验分享"在台北齐东诗社举行。北大培文和单向空间主办的《新诗评论》新刊分享会在北京单向空间举行,周瓒、张桃洲、唐晓渡、冷霜、张光昕等参加。北大培文、单向空间主办的诗歌批评与我们时代的文学生活——《新诗评论》新刊分享会在北京单向空间·爱琴海店举办,周瓒主持,唐晓渡、张桃洲、冷霜、张光昕等参加。

16日 "让桌子春光明媚"蒲小林诗歌朗诵会在成都杜甫草堂举行,梁平、张新泉、刘红立、曹纪祖、马平、税清静、牛放、伍立杨、吴鸿、卓慧等参加。《珞珈诗派》诗歌朗诵会(广州站)在广州珞珈1893咖啡馆举行,谢有顺、李少君、远岸、刘予丰、吴晓、远洋、朱涛、阿杰、黎衡等参加。

10月16日—11月15日 "味言道——车前子绘画作品展"在北京好食好色文化空间举行。

17日 洛娜·克罗齐(Lorna Crozier)诗歌讲座在北京师范大学举行。

21日 霍俊明主持的《新诗百年谈:传统、现代性及公共性》在《文艺报》刊出,吴思敬、欧阳江河、罗振亚、何言宏、何同彬等参加。

21—24日 凤凰网、厦门鼓浪屿管委会等主办的2016凤凰·鼓浪屿诗歌节在鼓浪屿举办,活动包括开幕式,"个人化写作与外来文化影响"、"一首诗的诞生"、"诗与歌的写作时代"、"厦门80后诗歌图景"等论坛讲座,"百年鼓浪屿精英颂"、"诗歌本色朗诵","诗与歌的和鸣"跨界音乐会、寻诗之旅等活动,北岛、舒婷、郑愁予、维雅·库普里扬诺夫、玛尔莲娜·加布利扬、李道、田原、金泰城、金旼廷、金经株、墨普德、胡安·卡洛斯·梅斯特雷、洛尔娜·克罗齐、廖伟棠、汪剑钊等参加。

22日 "吉狄马加诗歌朗诵会"在成都金沙遗址博物馆举行，阿来、梁平、刘红立、曹纪祖、母涛、师江、宋凯、梁红、郭月、张新泉、赵智、龚学敏、牛放、伍立杨等出席。新诗讲座"寻找意象的截角"在台北齐东诗社举行。荆州市文联、荆州日报传媒集团等主办的首届"天宇杯"全国岑参诗歌大赛颁奖典礼及诗歌朗诵会在荆州举行，李啸洋《谒张居正墓》获一等奖，舒和平《在岑河》、颜笑尘《东门之音》获二等奖，康湘民《梦回大唐戍边兼怀岑参》、莲叶《荆州书》、冰岛《荆州诗事》、杜风《岑参赋》获三等奖，《向往岑河》《荆州山水赋》《岑河：岑参的洗砚池》《荆州，再用三千年的考量，也不想失去的城》等获优秀奖和提名奖。河南省作家协会、河南省诗歌学会主办的马新朝诗歌研讨暨追思会在河南省文学院召开，马新朝诗集《响器》在会上首发，何弘、乔叶、孔祥敬、高旭旺、孔令更、马海盈、马天保、墨白、高金光、张鲜明、刀刀等参加。"第一朗读者"第五季第三场活动在深圳中心书城举办，徐贞敏、陈黎、徐敬亚、冷霜等参加。上海交通大学当代中国文学与文化研究中心、虞山当代美术馆主办的、以"江南七子——中国新诗的最新转型及可译性问题"为主题的第二届当代中国诗歌论坛在江苏常熟虞山当代美术馆举办，陈先发、胡弦、潘维、庞培、杨键、叶辉、张维、柯雷、陈建华、何言宏、陆梅、沈健、曹梦琰等参加。"第一朗读者"第五季第四场诗剧场"语言的魔术爱与无"在深圳华侨城胡桃里举办，孙晓娅、龙扬志主持。

23日 "诗歌来到美术馆"第三十七期哈利·克里夫诗歌朗读交流会在上海民生现代美术馆举行，胡续冬主持，包慧怡翻译。"飞地之声"系列诗歌讲座第十三回"当代诗的语言能量"在深圳飞地书局举行，冷霜主讲，张尔主持。王妍丁举办的"月色倾城 王妍丁诗歌作品诵读会"在北京50+生活馆举行，冯福生、杜宁林、戴萱等出席。

24—29日 "2016年中外诗人互译·对话·朗诵"系列活动在北京举行，活动包括"北京师范大学国际写作中心翻译工作坊·第三季——跨越语言的诗意：2016中外诗人对话百年新诗与互译"讨论会、"磨铁读诗会·北京系列诗歌朗诵与交流活动"之长城诗会、胡同诗会、跨越语言的诗意——国际诗歌朗诵会等，安妮·费赫特、吉狄马加、张清华、明迪、沈浩波、安妮柯·布拉辛哈、安妮·费赫特、树才、吕约、李少君等参加。

26日 "神秘的朋友"——路易斯·塞尔努达诗歌分享暨译者见

面会在深圳旧天堂书店举行,汪天艾出席并主讲。第四届国际诗人2016瘦西湖虹桥修禊开幕式暨虹桥秋禊·绿杨城郭曲水流觞活动在扬州瘦西湖"虹衢春风"景区举行,唐晓渡、杨炼主持,姜龙、吉狄马加、格罗丽亚·明格斯、易玛、梅斯特雷等参加。

26—29日 中国当代文学研究会、河南师范大学文学院等主办的新时期诗歌批评暨多多诗歌研讨会在河南新乡河南师范大学举行,活动包括研讨会、"多多诗歌批评圆桌""新世纪诗歌批评圆桌——以《新世纪诗歌批评文选》的出版为契机""在生活和宇宙的边缘:当代诗人为你讲读诗歌"朗诵会等,探讨话题包括"多多诗歌中的历史精神、神学特征、诗性与刺点""多多诗歌的竞技特质、死亡主题、诗意生成""对抗日常生活与当代诗歌的日常化运动""叙事性天平的倾斜和智性抒情""诗学演变与新世纪诗歌"等,吴思敬、吴晓东、张桃洲、西渡、耿占春、钱文亮、李润霞、张大为、李建周、张伟栋、冯强、云燕、王学东等参加。

28日 《花城》杂志、未来文学共同发起主办的花城雅集文化沙龙在广州唐宁书店举行,徐敬亚、王明韵、杨黎、默默、韩庆成等参加。广东省作家协会主办的"广东省中青年诗人暨评论家高研班"开班仪式在广东作协大楼举行,杨克出席并致辞,吉狄马加、张清华、高兴、欧阳江河、郭守运参与授课。《东三省诗歌年鉴》"好好看看秋天"采风活动举行,王成君、蒋玉、古剑、桂桂等参加。

29日 由广东省作家协会主办的"广东诗歌的历史与现状"主题高峰论坛在广州举行,吉狄马加、叶延滨、商震、龚学敏、刘向东、赵思运、霍俊明、胡弦等参加。"第三届东荡子诗歌奖暨首届(广东)高校诗歌奖"在地处广州的暨南大学举行,王寅获诗人奖,朱大可获评论奖,黎子(吴霞霞)、阿柒(唐明映)、蔡其新、叶由疆、郑智杰获首届高校诗歌奖。"诗、影、舞、剧——诗的多元穿越"在台北齐东诗社举行。阿库乌雾发起的"世界少数族裔诗会"在四川省图书馆举行,梁昭、羊子、马克·本德尔等参加。教育部名刊名栏建设研讨会暨名栏建设首届颁奖大会在北京联合大学召开,江汉大学《江汉学术》"现当代诗学研究"等获"名栏建设优秀奖",刘洁岷获"名栏优秀责任编辑奖",张桃洲《去国诗人的中国经验与政治书写》获"名栏优秀论文奖"。《寻人不遇——对中国古代诗人的朝圣之旅》作者比尔·波特造访北京彼岸书店并接受采访。

30 日　2016 绿岸艺术节之第三届草地诗歌音乐会在上海陆家嘴中心绿地举行，活动包括诗人朗诵、歌手弹唱、和观众对话互动、募捐等，小海、北塔、魏新、谈瀛洲、古冈、张春华、让－克劳德－维兰（法国）、罗伯－沙克尼（澳大利亚）、千夜、刘嘉伟等参加。

31 日　首都师范大学中国诗歌研究中心、澄迈县委县政府主办的"2016 年度（第四届）澄迈·诗探索奖"颁奖典礼在海南澄迈举行，路也获杰出成就奖，江一郎获年度诗人奖，王士强获理论评论奖，李以亮获诗歌翻译奖，余小蛮、埂夫、洪光越获青年诗人奖，吴思敬、杨匡汉、叶延滨、孔见、霍俊明、徐仲佳、雁西、邓菡彬、蔡根谈、符力、邹旭、艾子、林森等出席。

十一月

1 日　博客中国举办的"1917—2016 影响中国百年百位诗人评选"揭晓，艾青居现代诗人首位，北岛居当代诗人首位。

2 日　南京大学中国新文学研究中心新诗研究所主办的"当代中国新诗：如何'介入'现实"讨论会在南京大学文学院举行，李章斌主持，柯雷、胡弦、育邦、王珂、何同彬、梁雪波等参加。

4 日　中国诗歌学会等主办的"新诗百年·张志民代表作暨诗意门头沟"诗歌朗诵会举办，瞿弦和、曹灿、虹云、张筠英、任志宏、徐涛、何凯鹏、王磊等参加。

5 日　首届"中国天水·李杜诗歌节"颁奖典礼在天水市秦州大剧院举行，吉狄马加诗集《我，雪豹》获金奖，雷平阳诗集《山水课》、西娃诗集《我把自己分成碎片发给你》获贡献奖，武强华诗集《北纬38°》、王单单诗集《山冈诗稿》、张二棍《旷野》获新锐奖。"红花郎"杯全球汉语诗歌拉力赛颁奖典礼在成都举行，诗人大解获年度奖。《诗歌与人》、中山大学英语创意研究写作中心主办的第十一届"诗歌与人·国际诗歌奖"颁奖典礼在中山大学举行，黄礼孩、戴凡、谢有顺出席，匈牙利籍英国诗人乔治·希尔特斯、圣卢西亚诗人德里克·沃尔科特获奖。飞地夜读第五回"用你的照片换一本诗集"引力的邀约——青年诗人写作沙龙在深圳飞地书局举行，憩园、颖川、熊森林主讲。思南读书会第 150 期"梦中的汗血宝马——《红蓝如凌》新书发布及诗歌分享会"在上海思南文学之家举行，张如凌、王为松、陆澄主讲，赵丽宏主持。迟子建诗歌讲座在华中科技大学举行。人民日报出版社主办的"那些年我们读过的诗"诗歌朗诵会在中国传媒大学举行，李泽鹏、奕丹主持，董伟、陈小申、崔志刚、王小佳、张政法、刘慧武、王妍丁、吴迎波等参加。由中华诗词研究院等主办的民国诗词学论坛在北京会议中心举行，探讨主题包括民国诗词学优秀传统、诗词价值、诗词学态势；民国旧体文学文献及其电子资源问题；民国新、旧文学关系问题；研讨民国诗词学相关成果（出版、传播）等，忽培元、杨天石、赵仁珪等参加。

5—6日 "纪念新诗诞生百年：新诗与外国诗歌译介学术研讨会"在扬州举行，中心议题为"中国新诗与外国诗歌译介"，谢冕、吴思敬、孙绍振、叶橹等出席。

5—7日 以"东亚诗人之间的友好交流的发展与东亚各国之间的友善、和平、生命、博爱精神的提升"为宗旨的首届东亚诗人大会在韩国首尔举行，活动包括"和平与友情"主题演讲、东亚各国诗歌朗诵会等，王家新、孙晓娅、七月、朵渔、扶桑、孙磊、宇向等参加。

6日 首届昌耀诗歌奖颁奖典礼在青海省互助土族自治县举行，梅卓主持，舒婷、燎原、耿占春等参加，李南、谭克修、姚风获诗歌创作奖，陈仲义获理论批评奖，谢冕获特别荣誉奖，活动包括颁奖典礼、土族故土园参观活动、"诗的青海酒的高原"首届昌耀诗歌节颁奖典礼诗歌朗诵会、"昌耀与当代青海诗歌"主题研讨会等。

8—10日 东南大学现代汉诗研究所、人文学院、中文系主办的中国现代汉诗研讨会在地处南京的东南大学召开，活动包括自由发言、专文研讨、现代汉诗研究所揭牌仪式及东南大学现代汉诗研究所兼职研究员授聘仪式等，陈素琰、章亚昕、沈奇、熊国华、江锡铨、汪政、陈太胜、钱文亮、李润霞、吴投文、陈爱中、张立群等参加。

9日 东南大学第九届"中华赞"经典诵读大赛在东南大学举行，姜林杉为评委，谢冕、洪子诚、鄢东等参加，孙翌超组、倪一博组、黄文俊组、魏欣宇组获一等奖。

10日 第十三届十月文学奖颁奖典礼在四川宜宾李庄举行，吉狄马加长诗《不朽者》和李元胜组诗《命有繁花》获诗歌奖。2016年广东省小学生诗歌教育总结研讨会暨教师研修班在中山举行，梁雪菊等参加。

11日 赖斯·瓦格在中国台湾为杨牧颁发2016年瑞典蝉奖。以

"凝心聚力十三五　共诵健康好乡村"为主题、倡导"健康中国"和"文化中国"理念的十渡听禅中国健康好乡村首届公益诗会在北京市房山区十渡举行，拒马河诗社同时成立，刘金、宗焕平、刘文江、赵晓义等参加。

11—13日　以"宝可梦，诗可梦——诗在远方，也在生活周遭"为主题的第十一届太平洋诗歌节在台湾花莲松园别馆和亚士都饭店举行，活动包括百年新诗清谈、"为大/小孩子们读诗"圆桌诗会、联吟朗诵等，杨炼、臧棣、姜涛、何言宏、王寅、包慧怡、韩昕余、韩成礼、金尚浩、仓本知明、叶汐帆、陈义芝、陈黎、撒韵·武荖等参加，陈黎、杨炼获累积成就奖，朱涛、蜂饲耳获年度诗人奖。

12日　《阿来的诗》诗集发布会暨诗歌朗诵会在成都举行，房方、罗勇、何世平、邱伟、吴鸿、张庆宁、伍立杨、柏桦、龚静染、刘亚明等出席。"诗歌来到美术馆"第三十八期托马什·鲁热茨基诗歌朗读交流会在上海民生现代美术馆举行，胡续东主持，金雯翻译。思南读书会第151期"海外华文文学的今天和明天——2016海外华文文学上海论坛嘉宾见面会"在上海思南文学之家举行，施玮等参加，陆志清主持。"第一朗读者"第五季第五场"用母语的烛光照亮世界的迷途"主题诗剧场在深圳e当代美术馆举行，郑愁予、刘虹、旧海棠出席。第五届虞山雅集暨虞山当代美术馆首届"美术馆·人文艺术奖"颁奖典礼在常熟举行，张维、夏可君、杨键等参加，李少君、王家新、夏可君、杨键、朱建忠获奖。"点灯——陈东东作品研讨会"在江苏常熟虞山当代美术馆举办，李健春主持，王家新、杨键、庞培、夏可君、潘维、陈家坪、敬文东等参加。《诗探索》编辑部等主办的"诗探索·中国新诗发现奖"诗会在山东诸城举行，活动包括首届"诗探索·中国新诗发现奖"颁奖典礼、新诗发现奖评委获奖者交流会等，邹进、林莽、李掖平、刘福春、罗振亚、孙基林等参加，小西《小西诗歌15首》与栾纪曾评论《同时个一起寻找和发现自己》、老井《地心的戍卒》（组诗）与刘斌评论《诅咒与葡萄——读老井的煤炭诗兼其他》、八零的《银驼山庄》与杨光的评论《现实隐喻与叙述的诗性建构》获奖。华夏新诗研究会等主办的"峭岩长诗（广州）论坛"在广州三寓宾馆举行，野曼、岳宣义、吴思敬、朱先树、寇宗鄂、乔平等参加。

13日　新诗百年学术研讨会暨《青年诗歌年鉴》（2015年卷）首发式和"首届中国青年诗人奖"颁奖典礼在洛阳师范学院举行，谭五昌、简明、刘向东、庄伟杰、高旭旺、韩庆成、陈亚美、安琪、花语、大枪、查曙明等参加，曹谁、马慧聪、吕达获主奖，盛华厚、张元、高璨获新锐奖。深圳"十大好诗评选"发布活动在深圳举行，韩东《我们不能不爱母亲》、黄茜《女巨人》、津渡《咸鱼铺子》、柳宗宣《鱼子酱及其他》、张战《陌生人》、杨碧薇《一个陌生人的死亡》、杨沐子《聊天正在形成》、潘洗尘《深夜祈祷文》、冉冉《手心的镜子》、宋琳《来自基弗的画》当选十大好诗，《诗建设》获年度致敬诗歌媒体奖，《诗歌与人》获年度致敬诗歌组织奖，胡洪侠、吕德安、沈苇、朵渔、刘海星、子夏等出席。"飞地之声"系列诗歌讲座第十四回"我写诗，我画画"在深圳飞地书局举行，吕德安主讲，张尔主持。"用母语的烛光照亮世界的迷途"主题诗论坛在深圳e当代美术馆举行，郑愁予等出席。《来自巴勒斯坦的情人——达尔维什诗选》首发式在北京外国语大学举行，北岛、西川、树才、刘文飞、唐晓渡、张清华、薛庆国等参加。大运河文化论坛等主办的白马湖诗社成立大会暨"诗意江南"首播盛典在杭州举行，北塔、天明、邹宴等出席。

14日　中国诗歌研究中心主办的柯雷讲座"疼痛之处——中国当代先锋诗歌的文化翻译问题"在首都师范大学举行，吴思敬、孙晓娅等参加。

15日　《扶正诗社》第四届"扶正诗歌奖"之"隐态文学奖"颁奖典礼在深圳观澜山水田园文化产业园举行，哑默获奖，洛夫、农夫等参加。耿占春就文学的先锋性问题接受《大河报》独家专访。

16日　第二十五届"柔刚诗歌奖"开始征稿。

16—17日　第十六届普埃布拉国际诗歌节在墨西哥普埃布拉市举行，《中国新诗百年孤独1916—2016》墨西哥版（西班牙语）在诗歌节首发。

16—20日　"诗意多元：在墨西哥城与诗歌相遇——2016年度墨西哥城国际诗歌节"在墨西哥普埃布拉举行，活动包括诗人译者朗诵会、"流亡、移居和异域写作"座谈会、多多新诗集《诺言：多多诗选》签售仪式、专题朗诵会等，多多、明迪等参加，多多获"新黄金时代诗歌奖"。

17—20日　第四届中国三苏诗会暨书法笔会于在河南郏县举行，活动包括"苏东坡精神与当代诗歌创新"主题诗歌研讨会、书法笔会、诗歌展、诗人采访、新诗朗诵会、采风等，孙文波、张曙光、耿占春、泉声、森子、阿西、罗羽、李南、李以亮、西渡、桑克等参加。

18日 日本城西大学国际交流中心主办的"第二届蝉奖纪念国际研讨会——表现生命的尊严"在日本千叶县鸭川市举行，拉斯·威廉主持，北岛、谷川俊太郎、文贞姬、高桥睦郎、伊尼、水田宗子、吉增刚造等参加。

19日 第三届北京青年诗会主题活动在北京举行，活动包括"诗歌正义"主题讨论会和诗歌朗诵会，戴潍娜主持，陈家坪、王东东、张光昕、陈庆、马抱抱等参加。北岛的诗碑揭幕仪式在日本千叶县鸭川市举行，北岛、水田宗子、拉斯·威廉夫妇、薇瑞罗·威廉、柳泽伯夫、龟田郁夫、高桥睦郎、文贞姬、依尼、田原等出席。思南读书会第152期"唐诗解构·激活古典"在上海思南文学之家举行，洛夫主讲，刘家祯朗诵，赵丽宏主持。纪念徐志摩逝世85周年"新月如歌"徐志摩音乐诗会暨第四届中国（海宁）·徐志摩微诗歌大赛颁奖典礼在浙江省海宁市举行，获奖者均为网名：@十耘《白发》、@钻石灵魂《有怀》获一等奖，@Wonderland野草离离《无题》、@星北斗《请安》、@荷灵子《母亲·第三只眼睛》获二等奖，@蝴蝶寻花魂《立夏》、@大衣柜里的辛普森《你的小纸条》、@程哩《失眠》、@yxh葛利高里《周长》获三等奖，@见明《一块墓碑》等获佳作奖，@一粒小豌豆呀《秘密》等获大学生特别奖。由作家出版社、榆林市作家协会等主办的赵英诗集《我从陕北来》新书发布暨研讨会在陕西省西安市举行。"诗意江南"董培伦诗歌创作六十周年朗诵会在杭州"尚城1157·利星"（中山南路店）举行。

19—20日 由中国人民大学文学院、首都师范大学中国诗歌研究中心主办的"百年新诗与今天"学术研讨会暨朗诵会在北京举行，活动包括"百年新诗与今天"学术研讨会、"纪念百年中国新诗"朗诵会等。

20日 "诗刻：第二届武汉·重庆诗歌双城会"在武昌举行，活动包括开幕式、"诗歌与城市"研讨会、"无界"诗歌影像展、诗歌音乐会等，张执浩、李元胜、余怒、陈先发、黄沙子、槐树、余秀华、荣光启、艾先、毛子等参加。"别来有恙：周云蓬旧天堂讲弹会"在深圳旧天堂书店举行。

23日 北京大学人文社会科学研究院主办的"作为'同时代史'的中国革命——木山英雄《人歌人哭大旗前》研讨会"在北京举行，

木山英雄、洪子诚、钱理群等参加。"飞地之声"系列诗歌讲座第十五回"诗歌如何塑造伊朗的心灵"在深圳飞地书局举行，修蕾·沃尔普主讲，张尔主持。第29届阿姆斯特丹国际纪录片电影节评奖结果揭晓，范俭导演、以诗人余秀华生平为题材的纪录片《摇摇晃晃的人间》获主竞赛长片单元评委会特别奖。

23—29日 《橡皮：中国先锋文学5》赠书活动在微信公众号"废话四中""橡皮文学奖"上进行。

24日 《洛夫诗手稿》分享会在南京先锋书店举行，洛夫出席并朗诵。

25日 由深圳报业集团、深圳读书月组委会办公室主办的"新诗百年·第十届诗歌人间原创诗歌音乐会"在胡桃里举行，舒婷、陈仲义、于坚、吕德安、杨争光、高兴、小海、何小竹、张执浩、汪剑钊、高银等参加。"新诗百年诗·歌重逢"专题研讨会在深圳合纵文化集团举行，舒婷、陈仲义、于坚、吕德安、杨争光、高兴、小海、何小竹、张执浩、汪剑钊等参加。江苏省作家协会、张家港市人民政府主办的第五届"长江杯"江苏文学评论奖暨第四届扬子江诗学奖颁奖仪式在张家港市举行，汤养宗《孤愤书》、陈先发《寒江帖九章》、陈人杰《陈人杰的诗》获诗歌奖，霍俊明《萤火时代的两个精神样本》、敬文东《我们和我的变奏——钟鸣论》获得评论奖。

25—27日 深圳报业集团的"新诗百年·第十届诗歌人间原创诗歌音乐会"在深圳举行，活动包括主题研讨、诗歌音乐会、文学采风等，舒婷、陈仲义、于坚、吕德安、杨争光等等出席。

26日 2016第二届上海市民诗歌节诗歌盛典在1933老场坊·空中舞台举行，张家声、任志宏、曹雷、刘广宁、陈少泽、陆澄、梁波罗、牧言、蝴蝶等参加。严力、瑞箫策展的"诗意当代"艺术融合展在上海浦东世博园举行，芒克、严力、弘十四、祁国、轩辕轼轲、宇向、张瑞箫等出席。于坚"世界在着——行走与图像"《朝苏记》《并非所有的沙都被风吹散：西行四章》《岩石 大象 档案：于坚作品集》新书首发会在深圳西西弗书店·欢乐海岸店举行，东磐、何小竹等出席。市民文化节第十届上海朗诵艺术节暨上海市民写作大赛颁奖典礼举行，高国俊、张萌、巫惟格、李卫（化名）等当选"十佳市民作家"。"一束向死而生的光——赵丽宏诗集《疼痛》发布会"在单向空间举行，赵丽宏、西川、唐晓渡、邱华栋等参加。人民艺术诗社成立一周年纪念活动"金翅膀——中国梦"全国征文大赛颁奖仪式暨周克余诗歌朗诵会在北京中国现代文学馆举行。

26—27日　义乌市作家协会举办的第二届"容艺文化"诗歌节在中共义乌市委党校举办，活动包括《遇见》龚永松诗集首发式暨座谈会、《今夜，义乌遇见您》诗歌朗诵会暨中国·义乌第二届"容艺文化"诗歌节、走进义乌采风活动等。

27日　"一道光·穿透灵魂"赵丽宏诗歌新作朗诵会暨诗集《疼痛》发布会在上海市图书馆举行，曹可凡主持，陈村、金宇澄、张定浩、赵丽宏出席。

29日　赵三才讲座"囚歌及其时代"在深圳旧天堂书店举行。中国诗歌学会等主办的"法兰西人文理想与伽利玛出版社"讲座在北京大学举行，陈晓明主持。

十二月

1日　第二届"李白诗歌奖"开始征稿。

12月1日—（2017年）1月1日　由新加坡作家协会、新加坡文艺协会及新加坡五月诗社主办的"新华诗歌年"系列活动之"文人相亲"诗画展在新加坡举行。

3日　由人民日报出版社等主办的"《那些年我们读过的诗》——中国农业大学站诗歌朗诵会"在中国农业大学举行，汪剑钊、树才、关雎、汪洋、贾小军、于洪等参加。由新加坡五月诗社联合新加坡作家协会等主办的"诗人有约"新中诗歌朗诵会在新加坡晚假驯生活馆举办，邹璐、周德成主持，北塔、黄亚洲、杨北城、雷人、周道模、马晓康、卞启忠、韩晓露、何亚兰、贾荣香参加。

4日　北京大学中国诗歌研究院主办的"马莉中国诗人肖像画展"在北京大学图书馆开展，谢冕、栗宪庭、陈平原、陈晓明、唐晓渡、杨煦生、蒋朗朗、吴思敬、伊蕾、臧棣等参加。人民文学出版社引进的俄罗斯"大书奖"金奖作品《帕斯捷尔纳克传》中文版在京首发，王嘎一、蓝英年、王家新等参加。沈阳日报万泉文学社"万泉课堂"《漫谈诗歌创作》在沈阳新华购书中心举办，胡世宗主讲，张清清、吴玉洁等参加。

5日　广东省作家协会主办的第二届有为文学奖、桂城杯诗歌颁奖典礼在佛山举行，远人诗集《你交给我一个远方》获金奖。

6日　湖北省作协举办的剑男、黄斌、余笑忠诗歌研讨会在武汉举行，叶延滨、谢克强、刘益善、刘川鄂、张执浩、田禾、魏天无、邹建军、荣光启等参加。中国诗歌春晚香港会场座谈会暨启动仪式在北京举行，屈金星、北塔、王芳闻、郗娟、易学、张剑波等出席。

7日　海淀区作协等主办的第一届中学生诗歌论坛——人大附中站在北京人大附中举办，李沛航、王威主持，安琪、王秀云、冯雷、谭波、殷晓媛、王博生等参加。鲁迅文学院主办的"千山静默，万物歌唱——诗与歌的关系研讨会"在北京举行，吉狄马加、商震、邱华栋、李少君、郭艳、树才、敬文东、霍俊明等参加。

8日　《草堂》诗刊等主办的"川图读者沙龙·草堂诗会之'莽汉与他的时代——李亚伟诗歌读享会'"在四川省图书馆举行，梁平、向以鲜、龚静染等参加。中国作协主办的田间百年诞辰纪念座谈会在中国现代文学馆举行，钱小芊主持，铁凝、贺敬之、李敬泽、关仁山、樊发稼、尧山壁、石祥、张常海出席。

9日　马来西亚第7届邦戈岛国际诗歌节在霹雳州邦咯岛开幕，活动包括朗诵、研讨、采风等，卞启忠、韩晓露、何亚兰、贾荣香、苦力、木焱、王芳闻、张春华、张恒萍、张剑波、张建明等出席。

10日　第二届"诗建设"诗歌奖（"米索尼"杯）颁奖典礼在浙江乌镇举行，多多获主奖，王敖、苏野、楼河获新锐奖。跨界诗剧场"第一朗读者"第五季第七场"群山的轮廓"在深圳胡桃里举行，西渡、向卫国主持，蒋浩、阿毛、陈陟云出席，从容等参加，陈陟云、阿毛获"第一朗读者·最佳诗人奖"，蒋浩获"第一朗读者·先锋诗歌奖"。林迪策展的"大象：诗与图像"于坚作品展在上海明当代美术馆开展，邱志杰主持开幕式，于坚、彭晓玲等参加。潇潇"低处的灿烂"个人诗歌朗诵会在成都清源际艺术中心举办，远岸等参加。复旦大学中国语言文学系等主办的诗歌翻译与批评研讨会暨"世界诗歌批评本"丛书工作坊在上海复旦大学举办，王柏华、陈思和、王焰致、王柏华、王家新、汪剑钊、张尔、胡继华、罗良功等出席。"即兴与故事"——张杭诗集分享会在北京市西城区鼓楼西剧场举办，王卫主持，王炜、昆鸟、江汀、张杭等参加。江苏省作家协会等主办的"天降花雨·美在雨花"诗文大赛颁奖典礼暨诗歌创作座谈会在南京雨花台区举行，何同彬、王峰、海马、蔡宁、吴其盛、张晓阳、裘如君、杜立明、胡剑明、愚木、雷默、屏子等出席。

10—11日　由汕头大学文学院主办的、以"我们的存在"为主题的2016"汕头大学诗歌节"在汕头大学举行,活动包括诗歌朗诵会、诗歌座谈会、诗歌沙龙等,顾彬、杨炼、翟永明、陈育虹、池凌云、李亚伟、美国翻译家乔治·欧康奈尔(George O'Connell,中文名乔直)等出席。

11日　"飞地之声"系列诗歌讲座第十六回"新诗中的意象问题"在深圳飞地书局举行,西渡主讲,张尔主持。

12日　华西都市报封面新闻推出了"2017年度名人堂·年度诗人"评选启动,车前子、王单单、张二棍、汤养宗、蓝蓝、臧海英入围候选人名单。东西方诗人联合会等主办的"第六届新锐批评家高端论坛暨刘剑诗歌研讨会"在芜湖市碧桂园凤凰酒店召开,杨四平、刘剑等出席。北京大学影视戏剧研究中心主办的第六届中国新锐批评家高端论坛在芜湖市碧桂园凤凰酒店举行,谭五昌、古远清、杨四平、蔡天新、罗庆春、孙基林、谢昭新、方维保、赵思运等参加。

13日　五月诗社主办的"诗人有约"的诗歌朗诵会在新加坡泖生活馆举行,北塔、卞启忠、黄亚洲、苦力、雷人、郭永秀、林得楠、成君、王润华、林方等参加。

16—18日　第四届两广诗人年会在北流市举行,活动包括"诗坛新力量"主题研讨会等。中国新诗百年论坛系列活动之太仓站活动在江苏太仓举行,活动包括关于"新诗经典化"问题的讨论等,张德明主持,向天渊、赵金钟、龙扬志等参加。

17日　北京文艺网主办的"新诗百年庆典暨北京文艺网第三届国际华文诗歌奖"颁奖典礼在北京举行,晒盐人获一等奖,古冈、西衙口获二等奖,轩辕轼轲、荣荣、额鲁特·珊丹(蒙古族)获三等奖,蟋蟀获第一部诗集奖,食指获评"年度诗人"。杨炼、唐晓渡、杨小滨、陈黎、芒克、李少君等参加。第八届纽约市青年桂冠诗人(New York City Youth Poet)决赛在纽约公共图书馆举行,华裔少女Sharon Lin(音译:林莎伦)获大奖。2016"大地之爱——新教育专场"北京诗会在对外经济贸易大学举行,朱永新、吉狄马加、王兆海、蒋庆哲、陆洋、肖玉等主席。海峡两岸首届"胡适奖学金"颁奖典礼在中国台湾"中央研究院"近代史研究所胡适纪念馆举行,席云舒(席加兵)博士论文《胡适"中国的文艺复兴"思想研究》获一等奖,黄进兴等参加。

18 日　2016 两岸诗会暨桂冠诗人颁奖典礼在台湾高雄佛光山举行，活动包括"新诗百年进入互联网时代的创作和传播"主题高端论坛、桂冠诗人颁奖典礼等，林金美、洛夫、张丽兰等参加，洛夫、雨弦、雷平阳、雁西获"桂冠诗人"称号，星云大师获"桂冠诗人特别奖"。

19 日　创建中国特色新诗体回顾与展望座谈会在南京举行，方祖岐等参加。"诗青年"策划发起的"诗青年"成长陪跑计划免费诗集出版最终名单公布，七夜《倒影碑》、蒙晦《色彩游戏》、苏丰雷《深夜的回信、木码头及其他》、卢悦宁《小经验》、萧楚天《萧楚天诗选》、高爽《行游之蚀》等入选。

21 日　《自行车先锋诗年刊》2015/2016 卷开始征稿。

22 日　2016 年诗东西奖、DJS 奖、胡适诗集奖揭晓，胡安·费利佩·赫雷拉（美国墨西哥裔）获诗东西诗歌奖，陈宁获诗东西翻译奖，张尔获诗东西编辑奖，宋炜获胡适诗歌奖，张桃洲获胡适批评奖，张伟栋、王璞获胡适首部诗集奖，蕨弦、江汀获胡适青年诗人奖，弗朗斯瓦·罗伊（加拿大—墨西哥）获 DJS 翻译赞助奖，张抗《即兴与故事》、昆鸟《公斯芬克斯》等获胡适首部诗集奖提名。

23 日　凤凰文化·凤凰网读书会之《持灯的使者》（增订版）新书分享会在北京单向空间·花家地店举行，北岛、芒克、黄锐、徐晓、史宝嘉、鄂复明、刘禾、欧阳江河、李陀、陆焕兴、张朗朗等参加。北京大学中国诗歌研究院等主办的"《灰娃七章》新书分享会"在北京大学举行，屠岸、周瓒、董强、崔曼莉、谢冕、唐晓渡、商震、刘福春、李兆忠等参加。由西南民族大学彝学学院主办的依乌诗歌研讨及朗诵会在成都举行，阿库乌雾（罗庆春）、尚仲敏、吉木狼格、何小竹、小安等参加。

25 日　广东省委宣传部、省教育厅主办的"童心诗说"2016 广东小学生诗歌节音乐诗会暨本届诗歌节颁奖礼在广州培正中学举行，任溶溶、莫非、吴哲铭、许岚岚、吴晓青等参加，王梓烨、曾新月等获特等奖。中国诗歌网主办的"著名诗人畅谈学习、贯彻习近平总书记在作代会上的重要讲话书写时代经典诗篇座谈会"在中国作家出版集团召开，话题包括"如何创作出流传后世的好诗""如何利用最美、最生动的诗歌鼓舞人心"等，何建明、强勇、叶延滨、李少君、曾凡华、汪剑钊等参加。

26日 第四届"滴撒诗歌奖"颁奖典礼在安徽宣城举行,马启代获奖,盛敏主持,梁小斌等参加。"诗颂中华 凤鸣香港"中国诗歌春晚大学生迎新春诗会在西安培华学院举行,雷涛、屈应超、王延年、王芳闻、王海、孙见喜、商子秦、远村、贾松禅等出席。

27日 《非非》《非非评论》联合评出的2016年中国诗歌界十大新闻揭晓,分别为中文版《里尔克诗全集》出版、"Cunzaishikan(存在诗刊)"与"中西现当代诗学"微信公众号发起为周伦佐先生众筹募捐活动、"东北诗歌年鉴编委会"和诗歌微信公众号"中西现当代诗学"联手推出系列诗歌活动、《非非》杂志纪念"非非主义"创立三十周年"介入中国"专号出版、《扬子江评论》编发"汉语诗歌的当下境况"专题讨论、"2016凤凰·鼓浪屿诗歌节"成功举办、鲍勃·迪伦荣获2016年度诺贝尔文学奖引发争议、北岛主编的《今天》更名为《此刻》并在中国国内出版、哑默获"第四届扶正诗歌奖之隐态文学奖"、中国民间诗刊编辑出版活跃等。

28日 由北京大学中国诗歌研究院等主办的"一位域外'旁观者'如何看中国当代诗坛?"——柯雷新书《精神与金钱时代的中国诗歌》中文版发布分享会在北京大学举行,吴晓东主持,荷兰汉学家柯雷、洪子诚、唐晓渡、翟永明、欧阳江河、西川、张清华、周瓒、沈浩波等出席。"诗颂中华·凤鸣咸阳"中国诗歌春晚咸阳会场迎新春诗会在咸阳职院举办,雷涛、吴克敬、王芳闻、刘聪博、张存等出席。

29日 首届"凤凰山杯"全球华语诗歌大奖赛颁奖典礼在深圳举行,蒋志武《在凤凰山,隐身的苦难也是清甜的》(组诗)获一等奖,胡云昌《凤凰涅槃即为山》(组诗)、吴传玖《凤凰山三题》获二等奖,萨仁图娅《任你心跳 任你神往》、风荷《有凤,来兮——青山赴约,流水叙怀——致福永》、红雨《凤凰和我一起远渡重洋》(外一首)、陈修平《凤凰于飞的福地》(组诗)、苏美晴《凤凰山,依傍山水的诗歌地理》(组诗)获三等奖。"飞地之声"系列诗歌讲座第十七回"诗与文化——从诺贝尔和美国大选谈起"在深圳飞地书局举行,奚密主讲,张尔主持。

30日 "飞地之声"系列诗歌讲座第十八回"有什么在我心里一过"在深圳飞地书局举行,王小妮、顾爱玲主讲,张尔主持。第一届"飞地诗歌奖"颁奖典礼在深圳飞地书局举行,奚密、孙文波、萧开愚、韩博、蒋浩、顾爱玲、田地、太阿、李似弘、何鸣、谢湘南、阿翔、赵婧、杨沐子、李三林、张光昕、茱萸、秦三澍等参加，萧开愚获主奖，小朱获青年诗人奖。电影《我的诗篇》公映定档会在"吴晓波频道年终秀"举行，吴晓波、秦晓宇、吴飞跃等出席，陈年喜获首届"年度桂冠工人诗人"奖。

31日 北京大学五四文学社、北京大学诗歌中心新诗研究所主办的"第十届未名诗歌奖"开始征稿。

（作者单位：李润霞　南开大学文学院
薛媛元　大连外国语大学汉学院）